I MISTERI

DEL CASTELLO D'UDOLFO

DI

ANNA RADCLIFFE

ANN RADCLIFFE

CAPITOLO I

Sulle sponde della Garonna, nella provincia di Guienna, esisteva nell'anno 1584 il castello di Sant'Aubert: dalle sue finestre scoprivansi i ricchi e fertili paesi della Guienna, che si estendevano lungo il fiume, coronati da boschi, vigne ed oliveti. A mezzodì, la prospettiva era circoscritta dalla massa imponente dei Pirenei, le cui cime, or celate nelle nubi, ora lasciando scorgere bizzarre forme, si mostravano talvolta, nude e selvagge, in mezzo ai vapori turchinicci dell'orizzonte, e talora scoprivano le loro pendici, lungo le quali dondolavano grandi abeti neri, agitati dai venti. Spaventosi precipizi contrastavano colla ridente verzura de' prati e delle selve circostanti, e lo sguardo affaticato dall'aspetto di quelle voragini, si riposava alla vista degli armenti e delle capanne dei pastori. Le pianure della Linguadoca si estendevano a tiro di occhio a tramontana ed a levante, e l'orizzonte confondevasi a ponente colle acque del golfo di Guascogna.

Sant'Aubert, accompagnato dalla sposa e dalla figlia, andava spesso a passeggiare sulle sponde della [6]Garonna; egli si compiaceva di ascoltare il mormorio armonioso delle sue acque. Aveva altre volte conosciuto un altro genere di vivere ben diverso da questa vita semplice e campestre; aveva a lungo vissuto nel vortice del gran mondo, ed il quadro lusinghiero della specie umana, formatosi dal suo giovine cuore, aveva subìto le tristi alterazioni dell'esperienza. Nondimeno, la perdita delle sue illusioni non aveva nè scosso i suoi principii, nè raffreddata la sua benevolenza: aveva abbandonata la società piuttosto con pietà che con collera, e si era limitato per sempre al dolce godimento della natura, ai piaceri innocenti dello studio, ed in fine all'esercizio delle domestiche virtù.

Discendeva da un cadetto d'illustre famiglia; ed i suoi genitori avrebbero desiderato che, per riparare alle ingiurie della fortuna, egli avesse ricorso a qualche ricco partito, o tentato d'innalzarsi colle mene dell'intrigo. Per questo ultimo progetto, Sant'Aubert aveva troppo onore e troppa delicatezza; e, quanto al primo, non aveva bastante ambizione per sacrificare all'acquisto delle ricchezze ciò ch'esso chiamava felicità. Dopo la morte del padre sposò una fanciulla amabile, eguale a lui per nascita, non meno che pei beni di fortuna. Il lusso e la generosità di suo padre avevano talmente oberato il patrimonio ricevuto in retaggio, che fu costretto di alienarne porzione. Qualche anno dopo il suo matrimonio, lo vendè a Quesnel, fratello di sua moglie, e si ritirò in una piccola terra di Guascogna, dove la felicità coniugale ed i doveri paterni dividevano il suo tempo colle delizie dello studio e della meditazione.

Da lunga pezza questo luogo eragli caro; vi era venuto spesso nella sua infanzia, e conservava ancora l'impressione dei piaceri ivi gustati; non aveva obliato nè il vecchio contadino incaricato allora d'invigilare sopra di lui, nè i suoi frutti, nè la sua crema, nè le di lui carezze. Que' verdi prati, ove, pieno di salute, di gioia e di gioventù, aveva scherzato[7] tanto in mezzo ai fiori; i boschi, la cui fresca ombra aveva inteso i suoi primi sospiri, e mantenuta la sua riflessiva malinconia, che divenne in seguito il tratto dominante del suo carattere; le passeggiate agresti pe' monti, i fiumi che aveva traversato, le pianure vaste e immense come la speranza dell'età giovanile! Sant'Aubert non si rammentava se non con entusiasmo e con rincrescimento questi luoghi abbelliti da tante rimembranze. Alla perfine, sciolto dal mondo venne a fissarvi il suo soggiorno ed a realizzare così i voti di tutta la sua vita.

Il castello, nello stato d'allora, era molto ristretto; un forestiero ne avrebbe ammirato senza dubbio l'elegante semplicità e la bellezza esteriore; ma vi abbisognavano lavori considerevoli per farne l'abitazione d'una famiglia. Sant'Aubert aveva una specie di affezione per quella parte d'edificio che aveva conosciuta il passato; e non volle mai che ne fosse alterata una sol pietra, dimodochè la nuova costruzione, adattata allo stile dell'antica, fece del tutto una dimora più comoda che ricercata. L'interno, abbandonato alle cure della signora Sant'Aubert, le somministrò occasione di mostrare il suo gusto; ma la modestia che caratterizzava i suoi costumi, le fu sempre di guida negli abbellimenti da lei prescritti.

La biblioteca occupava la parte occidentale del castello, ed era piena delle migliori opere antiche e moderne. Questo appartamento guardava su di un boschetto che, piantato lungo un dolce clivo, conduceva al fiume, ed i cui alti e grossi alberi formavano un'ombra folta e misteriosa. Dalle finestre si scopriva, al disopra delle pergole, il ricco paese che estendevasi all'occidente, e si scorgevano a sinistra gli orribili precipizi dei Pirenei. Vicino alla biblioteca eravi un terrazzo munito di piante rare e preziose. Lo studio della botanica era uno dei divertimenti di Sant'Aubert, ed i monti vicini, che offrono tanti tesori ai naturalisti, lo trattenevano[8] spesso giornate intiere. Nelle sue gite, veniva qualche volta accompagnato da sua moglie, e talvolta dalla figlia: un panierino di vimini per riporvi le piante, un altro pieno di qualche alimento, che non si sarebbe potuto trovare nelle capanne dei pastori, formavano il loro equipaggio; scorrevano così i luoghi più selvaggi, le vedute più pittoresche, e la loro attenzione non era concentrata totalmente nello studio delle menome opere della natura, che non permettesse loro d'ammirarne egualmente le bellezze grandi e sublimi. Stanchi di scavalcar rupi, ove pareano essere stati condotti dal solo entusiasmo, e dove non si scorgevano sul musco altre orme fuor quelle del timido camoscio, cercavano essi un ricovero in que' bei templi di verzura, nascosti in seno delle montagne. All'ombra de' larici e degli alti pini, gustavano di una refezione frugale, bevendo l'acque di una sorgente vicina, e respiravano con delizia gli effluvi delle varie piante smaltanti la terra, o pendenti a festoni dagli alberi e dalle rupi.

A sinistra del terrazzo, e verso le pianure della Linguadoca, eravi il gabinetto di Emilia, benissimo assortito di libri, di disegni, di strumenti musicali, di qualche garrullo uccelletto e di fiori i più ricercati; quivi, occupata nello studio delle belle arti, essa le coltivava con successo, giacchè molto convenivano al gusto ed al carattere di lei. Le sue naturali disposizioni secondate dalle istruzioni dei genitori, avevano facilitato i suoi rapidi progressi. Le finestre di questa stanza si aprivano fino al suolo sul giardino che circondava la casa; e viali di mandorli di fichi, di acacie e di mirti fioriti, conducevano assai lungi la vista fino ai verdi margini irrigati dalla Garonna.

I contadini di questo bel clima, finiti i lavori, venivano spesso verso sera a ballare sulle sponde del fiume. Il suono animato della musica, la vivacità dei loro passi il brio delle movenze, il gusto[9] ed il capriccioso abbigliamento delle villanelle, dava a tutta questa scena un carattere interessantissimo.

La facciata del castello, dalla parte di mezzogiorno, era situata di fronte alle montagne. Al pian terreno eravi una gran sala e due comodi salotti. Il pian superiore, chè eravene un solo, era distribuito in camere da letto, meno una sola stanza, munita d'un largo verone, ove si faceva ordinariamente la colazione.

Nell'aggiustamento esterno, l'affezione di

Sant'Aubert per il teatro della sua infanzia, aveva talvolta sacrificato il gusto al sentimento. Due vecchi larici ombreggiavano il castello, e ne impedivano alquanto la vista; ma Sant'Aubert diceva qualche volta, che se li vedesse seccare, avrebbe forse la debolezza di piangerli. Piantò vicino a questi larici un boschetto di faggi, di pini e di frassini alpini; su di un alto terrazzo, al disopra del fiume, eranvi parecchi aranci e limoni, i cui frutti, maturando tra i fiori, esalavano nell'aere un ammirabile e soave profumo.

Unì loro alcuni alberi d'un'altra specie, e colà, sotto un folto platano le cui frondi stendevansi fino sul fiume, amava sedere nelle belle sere estive tra la consorte ed i figliuoli. Traverso il fogliame vedeva il sole tramontar nel lontano orizzonte, ne scorgeva gli ultimi raggi risplendere, venir meno e confondere a poco a poco i purpurei riflessi colle tinte grige del crepuscolo. Ivi pure amava egli leggere e conversare colla moglie, a far giuocare i figliuoletti, ad abbandonarsi ai dolci affetti, compagni consueti della semplicità e della natura. Spesso pensava, colle lagrime agli occhi, come que' momenti fossero le cento volte più soavi de' piaceri rumorosi e delle tumultuose agitazioni del mondo. Il suo cuore era contento; chè avea il raro vantaggio di non desiderar maggior felicità di quella onde fruiva. La serenità della coscienza comunicavasi alle sue[10] maniere, e, per uno spirito come il suo, dava incanto alla stessa felicità.

La caduta totale del giorno non lo allontanava dal suo platano favorito; amava quel momento in cui gli ultimi chiarori si spengono, in cui le stelle vengono a scintillare l'una dopo l'altra nello spazio, e a riflettersi nello specchio delle acque; istante patetico e dolce, in cui l'anima delicata schiudesi ai più teneri sentimenti, alle contemplazioni più sublimi. Quando la luna, cogli argentei raggi, traversava il fronzuto fogliame, Sant'Aubert restava ancora; e spesso si faceva portare, sotto quell'albero a lui caro, i latticini ed i frutti che componevano la sua cena. Allorchè la notte faceasi più cupa, l'usignuolo cantava, ed i di lui armoniosi accenti risvegliavangli nel fondo dell'anima una dolce malinconia.

La prima interruzione della felicità che aveva conosciuta nel suo ritiro, fu cagionata dalla perdita di due maschi: essi morirono in quell'età in cui le grazie infantili hanno tanta vaghezza; e sebbene, per non affliggere soverchiamente la sposa, egli avesse moderata l'espressione del suo dolore, e si fosse sforzato di sopportarlo con fermezza, non aveva filosofia bastante da reggere alla prova di simile sciagura. Una figlia era ormai la sua unica prole. Invigilò attentamente sullo sviluppo del di lei carattere, e si occupò del continuo a mantenerla nelle disposizioni più adatte a formarne la felicità. Ella aveva annunziato fin dall'infanzia una rara delicatezza di spirito, affezioni vive ed una docile benevolenza; ma lasciava travedere nondimeno troppa suscettività per godere di una pace durevole: avanzandosi alla pubertà, questa sensibilità diede un tuono riflessivo ai suoi pensieri, e una dolcezza alle maniere, che, aggiungendo grazia alla beltà, la rendevano molto più interessante alle persone che l'avvicinavano. Ma Sant'Aubert aveva troppo buon senso per preferire le attrattive alla virtù; egli[11] era troppo avveduto per non sapere quanto queste siano pericolose a chi le possiede, e non poteva esserne molto contento. Procurò dunque di fortificare il di lei carattere, di suefarla a signoreggiare le inclinazioni ed a sapersi dominare: le insegnò a non cedere tanto facilmente alle prime impressioni, e a sopportare con calma le infinite contrarietà della vita. Ma per insegnarle a vincere sè medesima, ed a prendere quel grado di dignità tranquilla, che sol può domare le passioni, e innalzarci al disopra dei casi e delle disgrazie, aveva bisogno egli stesso di qualche coraggio, e non senza grande sforzo parea vedere tranquillamente le lacrime ed i piccoli disgusti, che la sua previdente sagacità cagionava talvolta ad Emilia.

Questa interessante fanciulla somigliava alla madre; ne aveva la statura elegante, i delicati lineamenti; aveva al par di lei, gli occhi azzurri, languidi ed espressivi; ma per quanto belle ne fossero le fattezze, l'espressione però della sua fisonomia, mobile come gli oggetti che la colpivano, dava soprattutto al di lei volto un'attrattiva irresistibile.

Sant'Aubert coltivò il suo spirito con estrema cura. Le comunicò una tintura delle scienze, ed una esatta cognizione della più squisita letteratura. Le insegnò il latino e l'italiano, desiderando che potesse leggere i sublimi poemi scritti in queste due lingue. Annunziò essa, fino dai primi anni, un gusto deciso per le opere di genio, a questi principii aumentavano il diletto e la soddisfazione di Sant'Aubert. — Uno spirito coltivato, — diceva egli, — è il miglior preservativo al contagio del vizio e delle follie: uno spirito vuoto ha sempre bisogno di divertimenti, e s'immerge nell'errore per evitare la noia. Il movimento delle idee, forma, della riflessione, una sorgente di piaceri, e le osservazioni fornite dal mondo medesimo, compensano i pericoli delle tentazioni ch'esso offre. La meditazione e lo studio sono necessarie alla felicità, tanto in campagna[12] quanto in città; in campagna esse prevengono i languori di un'apatia indolente, e somministrano nuovi godimenti pel gusto e l'osservazione delle grandi cose; in città, esse rendono la distrazione meno necessaria, e per conseguenza meno pericolosa. —

La di lei passeggiata favorita era una peschiera situata in un boschetto vicino, sulla riva di un ruscello, che, scendendo dai Pirenei, spumava a traverso gli scogli, e fuggiva in silenzio sotto l'ombra degli alberi; da questo sito si scuoprivano fra le fronzute selve, i più bei siti dei paesi circonvicini; l'occhio si smarriva in mezzo alle eccelse rupi, alle umili capanne dei pastori, ed alle vedute ridenti lungo il fiume: in questo luogo delizioso si recava bene spesso anche Sant'Aubert e sua madre a godere il rezzo ne' calori estivi, e verso sera, all'ora del riposo, ci veniva a salutare il silenzio e l'oscurità, ed a prestar ascolto ai queruli canti della tenera Filomela; talvolta ancora portava la musica; l'eco svegliavasi al suono dell'oboe, e la voce melodiosa di Emilia addolciva i lievi zeffiri che ricevevan e portavano lunge da lei la sua espressione ed i suoi accenti.

   Un giorno, Emilia lesse in un canto del tavolato i versi seguenti scritti col lapis:

Ingenui figli del sentir più puro
Che sì poco spiegate il mio dolore,
Versi miei, se avverrà che in questo oscuro
Sacro alla pace taciturno orrore
Un oggetto gentil mai si presenti,
L'amor mio gli narrate e i miei tormenti.
Quel dì che nel mio core il suo sembiante
Le amorose destò prime scintille,
Ah! fatal giorno! ahi sventurato amante!
Contro il vivo fulgor di sue pupille
Indifeso mi stava e senza tema
Della vaga di lor possanza estrema.
E ripiena d'angelico diletto
Già sentia palpitar l'alma nel seno:
Ma l'inganno svanì; l'amato oggetto
Da me volse le piante in un baleno,
E lasciommi in partir tutti i più forti
D'invincibile amor crudi trasporti.
[13]

   Questi versi non erano indirizzati ad alcuno: Emilia non poteva applicarli a sè medesima, sebbene fosse, senza alcun dubbio, la ninfa di quelle boscaglie: ella scorse rapidamente il circolo ristretto delle sue conoscenze, senza poterne fare l'applicazione, e restò nell'incertezza: incertezza molto meno penosa per lei, di quello sarebbe stata per uno spirito più ozioso, non avendo occasione di occuparsi a lungo d'una bagattella, e d'esagerarne l'importanza pensandovi del continuo. L'incertezza, che non le permetteva di supporre che quei versi le fossero indirizzati, non l'obbligava neppure di adottare l'idea contraria; ma il piccolo moto di vanità da lei sentito non durò molto, e ben presto lo dimenticò per i suoi libri, i suoi studi e le sue buone opere.

Poco tempo dopo, la sua inquietudine fu eccitata da un'indisposizione del padre; esso fu colto dalla febbre, che, senza essere molto pericolosa, non mancò di dare una scossa sensibile al di lui temperamento. La signora Sant'Aubert e sua figlia lo assistettero con molta premura, ma la sua convalescenza fu lenta, e mentre egli ricuperava la salute, la di lui sposa perdeva la sua. Appena fu ristabilito, la prima visita fu alla peschiera: un paniere di provvisioni, i libri, ed il liuto di Emilia vi furono mandati dapprima; della pesca non se ne parlava, perchè Sant'Aubert non prendeva verun piacere alla distruzione degli esseri viventi.

Dopo un'ora di passeggio e di ricerche botaniche, fu servito il pranzo: la soddisfazione provata pel piacere di rivedere ancora quel luogo favorito, riempì i commensali del più dolce sentimento: la cara famiglia parea ritrovare la felicità sotto quelle ombre beate. Sant'Aubert discorrea con singolar allegria: ogni oggetto ne rianimava i sensi; l'amabile frescura, il diletto che si prova alla vista della natura dopo i patimenti d'una malattia ed il soggiorno di[14] una camera da letto, non ponno del certo nè comprendersi, nè descriversi nello stato di perfetta salute; la verzura delle selve e de' pascoli, la varietà de' fiori, l'azzurra vòlta de' cieli, l'olezzo dell'aere, il lene murmure delle acque, il ronzio de' notturni insetti, tutto sembra allora vivificar l'anima e dar pregio all'esistenza. La Sant'Aubert, rianimata dalla gaiezza e dalla convalescenza dello sposo, obliò la sua indisposizione personale: passeggiò pe' boschi, e visitò le situazioni deliziose di quel ritiro: conversava essa col marito e colla figlia, e riguardavali spesso con un grado di tenerezza che le faceva versar lagrime. Sant'Aubert, accortosene, le rimproverò teneramente la sua emozione: ella non potè che sorridere, stringere la di lui mano, quella di Emilia, e piangere davvantaggio. Sentì egli che l'entusiasmo del sentimento le diveniva quasi penoso; una trista impressione s'impadronì dei suoi sensi, e gli sfuggirono sospiri. — Forse, diceva tra sè, forse questo momento è il termine della mia felicità, come ne è il colmo; ma non abbreviamolo con dispiaceri anticipati; speriamo che non avrò sfuggita la morte per avere da piangere io stesso i soli esseri interessanti che me la fanno temere. —

Per uscire da questi cupi pensieri, o forse piuttosto per intrattenervisi, pregò Emilia di andar a cercare il liuto, e suonargli qualche bel pezzo di tenera musica. Nell'avvicinarsi alla peschiera, essa fu sorpresa di sentire le corde del suo strumento toccate da una mano maestra, ed accompagnata da un canto lamentevole, che cattivò la di lei attenzione. Ascoltò in profondo silenzio, temendo che un indiscreto movimento non la privasse d'un suono o non interrompesse il suonatore. Tutto era tranquillo nel padiglione, e non sembrando che ci fosse alcuno, ella continuò ad ascoltare; ma finalmente la sorpresa e il diletto fecero luogo alla timidezza; questa aumentò pella rimembranza dei versi scritti a matita,[15] da lei già veduti, e titubò se doveva o no ritirarsi all'istante.

Nell'intervallo, la musica cessò; Emilia riprese coraggio, e si avanzò, sebben tremando, verso la peschiera, ma non ci vide nessuno: il liuto giaceva sul tavolino, e tutto il resto stava come ce lo aveva lasciato. Emilia principiò a credere di avere inteso un altro istrumento, ma si ricordò benissimo di aver lasciato, nel partire, il suo liuto vicino alla finestra; si sentì agitata senza saperne il motivo; l'oscurità, il silenzio di quel luogo, interrotto sol dal lievissimo tremolio delle foglie, aumentò il suo timore infantile; volle uscire, ma si accorse che si indeboliva, e fu obbligata a sedere; mentre procurava di riaversi, i suoi occhi incontraron di nuovo i versi scritti col lapis; sussultò come se avesse veduto uno straniero, poi sforzandosi di vincere il terrore, alzossi e si avvicinò alla finestra; altri versi erano stati aggiunti ai primi, e questa volta il suo nome ne formava il soggetto.

Non le fu più possibile di dubitare che l'omaggio non fosse a lei diretto, ma non le fu meno impossibile d'indovinarne l'autore: mentre ci pensava, sentì il romore di qualche passo dietro l'edifizio; spaventata, prese il liuto, fuggì ed incontrò i genitori in un sentieruzzo lungo la radura.

Salirono tutti insieme sopra un poggetto coperto di fichi, d'onde si godeva il più bel punto di vista delle pianure e delle valli della Guascogna: sedettero sull'erba, e mentre i loro sguardi abbracciavano il grandioso spettacolo, respiravano in riposo i dolci profumi delle piante sparse in quel luogo incantevole. Emilia ripetè le canzoni più gradite ai genitori, e l'espressione con cui le cantò ne raddoppiò il diletto. La musica e la conversazione ve li trattennero fino all'imbrunire: i candidi veli che segnavan di sotto a' monti il veloce corso della Garonna avean cessato d'esser visibili; era un'oscurità[16] più malinconica che trista. Sant'Aubert e la sua famiglia si alzarono lasciando con dispiacere quel sito. Ahimè! La signora Sant'Aubert ignorava come non dovesse ritornarvi mai più!

Giunta alla peschiera, essa si accorse di aver perduto un braccialetto, che si era tolto pranzando, ed avea lasciato sulla tavola, nell'andare al passeggio. Fu cercato con molta premura, specialmente da Emilia, ma invano, e convenne rinunziarvi. La Sant'Aubert aveva in gran pregio questo braccialetto, perchè conteneva il ritratto di sua figlia; e questo ritratto, fatto da poco, era di perfettissima somiglianza. Quando Emilia fu certa di tal perdita, arrossì, e divenne pensierosa. Un estraneo si era adunque introdotto nella peschiera in loro assenza; il liuto smosso ed i versi letti non le permettevano di dubitarne: si poteva dunque concludere con fondamento, che il poeta, il suonatore ed il ladro erano la medesima persona. Ma sebbene que' versi, la musica ed il furto del ritratto formassero una combinazione notevole, Emilia si sentì irresistibilmente aliena dal farne menzione, e si propose soltanto di non visitare più la peschiera senza essere accompagnata da qualcuno dei genitori.

Nel tornare a casa, la fanciulla pensava a quanto le era accaduto; Sant'Aubert si abbandonava al più dolce godimento, contemplando i beni che possedeva. La sua sposa era conturbata ed afflitta dalla perdita del ritratto; avvicinandosi a casa, distinsero un romore confuso di voci e di cavalli; parecchi servi traversarono i viali, ed una carrozza a due cavalli arrivò nello stesso punto davanti la porta d'ingresso del castello. Sant'Aubert riconobbe la livrea del cognato, e trovò difatti i coniugi Quesnel nel salotto. Essi mancavano da Parigi da pochissimi giorni, e recavansi alle loro terre distanti dieci leghe dalla valle, Sant'Aubert gliele aveva vendute da qualche anno. Quesnel era l'unico fratello della moglie di Sant'Aubert; ma la [17] diversità di carattere avendo impedito di rafforzare i loro vincoli, la corrispondenza tra essi non era stata molto sostenuta. Quesnel si era introdotto nel gran mondo; amava il fasto, e mirava a divenire qualcosa d'importante; la sua sagacità, le sue insinuazioni avevano quasi ottenuto l'intento. Non è dunque da stupire se un uomo tale non sapesse apprezzare il gusto puro, la semplicità e la moderazione di Sant'Aubert, e non vi ravvisasse se non se picciolezza di spirito e totale incapacità. Il matrimonio di sua sorella aveva mortificato assai la sua ambizione, essendosi lusingato ch'essa avrebbe formato un parentado più adatto a servire ai suoi progetti. Egli aveva ricevute proposte confacentissime alle sue speranze; ma la sorella, che a quell'epoca venne richiesta da Sant'Aubert, si accorse, o credè accorgersi, che la felicità e lo splendore non erano sempre sinonimi, e la sua scelta fu presto fatta. Qualunque fossero le idee di Quesnel a tal proposito, egli avrebbe sacrificato volentieri la quiete della sorella all'innalzamento della propria fortuna; e quand'essa si maritò, non potè dissimularle il suo disprezzo per i di lei principii, e per l'unione ch'essi determinavano. La Sant'Aubert nascose l'insulto allo sposo, ma per la prima volta, forse, concepì qualche risentimento. Conservò la sua dignità, e si condusse con prudenza; ma il di lei riservato contegno avverti abbastanza Quesnel di ciò ch'ella sentiva.

Nell'ammogliarsi, egli non seguì l'esempio della sorella; la sua sposa era un'Italiana, ricchissima erede; ma il costei naturale e l'educazione ne facevano una persona frivola quanto vana.

Si erano prefissi di passare la notte in casa di Sant'Aubert, e siccome il castello non bastava ad alloggiare tutti i domestici, furono mandati al vicino villaggio. Dopo i primi complimenti e le disposizioni necessarie, Quesnel cominciò a parlare delle[18] sue relazioni ed amicizie. Sant'Aubert, il quale aveva vissuto abbastanza nel ritiro e nella solitudine perchè questo soggetto gli paresse nuovo, lo ascoltò con pazienza ed attenzione, ed il suo ospite credè ravvisarvi umiltà e sorpresa insieme. Descrisse vivamente il piccolo numero di feste, che le turbolenze di quei tempi permettevano alla corte di Enrico III, e la sua esattezza compensava l'arroganza: ma quando arrivò a parlare del duca di Joyeuse, di un trattato segreto, ond'egli conosceva le negoziazioni colla Porta, e del punto di vista sotto al quale Enrico di Navarra era veduto alla corte, Sant'Aubert richiamò l'antica esperienza, e si convinse facilmente che il cognato tutto al più poteva tenere l'ultimo posto alla corte; l'imprudenza dei suoi discorsi non poteva conciliarsi colle sue pretese cognizioni: pure Sant'Aubert non volle mettersi a discutere, sapendo troppo bene che Quesnel non aveva nè sensibilità, nè criterio.

La Quesnel, nel frattempo, esprimeva il suo stupore alla Sant'Aubert sulla vita trista che menava, diceva essa, in un cantuccio così remoto. Probabilmente, per eccitare l'invidia, si mise poscia a narrare le feste da ballo, i pranzi, le veglie ultimamente date alla corte, e la magnificenza delle feste fatte in occasione delle nozze del duca di Joyeuse con Margherita di Lorena, sorella della regina; descrisse colla stessa precisione e quanto aveva veduto, e quanto non erale stato concesso di vedere. La fervida immaginazione di Emilia accoglieva que' racconti coll'ardente curiosità della gioventù, e la Sant'Aubert, considerando la figlia colle lacrime agli occhi, comprese che se lo splendore accresce la felicità, la sola virtù però può farla nascere.

Quesnel disse al cognato: «Sono già dodici anni che ho comprato il vostro patrimonio. — All'incirca,» rispose Sant'Aubert, reprimendo un sospiro. — Sono ormai cinque anni che non vi sono stato,» riprese[19] Quesnel; «Parigi ed i suoi dintorni sono l'unico luogo ove si possa vivere; ma d'altra parte, io sono talmente occupato, talmente versato negli affari, ne sono tanto oppresso, che non ho potuto senza grandissima difficoltà, ottenere di assentarmi per un mese o due.» Sant'Aubert non diceva nulla, e Quesnel seguitò: «Sonomi maravigliato spesso, che voi, assuefatto a vivere nella capitale, voi, che siete avvezzo al gran mondo possiate dimorare altrove, sopratutto in un paese come questo, ove non si sente parlare di nulla, e dove si sa appena di esistere. — Io vivo per la mia famiglia e per me,» disse Sant'Aubert; «mi contento in oggi di conoscere la felicità, mentre anch'io per lo passato ho conosciuto il mondo.

— Ho deciso di spendere nel mio castello trenta o quarantamila lire in abbellimenti,» soggiunse Quesnel, senza badare alla risposta del cognato; «mi son proposto di farci venire i miei amici nella prossima estate. Il duca di Durfort, il marchese di Grammont spero che mi onoreranno della loro presenza per un mese o due.»

Sant'Aubert l'interrogò su' suoi progetti di abbellimento; si trattava di demolire l'ala destra del castello per fabbricarvi le scuderie. «Farò in seguito,» aggiunse egli, «una sala da pranzo, un salotto, un tinello, e gli alloggi per tutti i domestici, poichè adesso non ho da allogarne la terza parte.

— Tutti quelli di mio padre vi alloggiavano comodamente,» riprese Sant'Aubert, rammentandosi con dispiacere l'antica abitazione, «ed il di lui seguito era pur numeroso.

— Le nostre idee si sono un po' ingrandite,» disse Quesnel; «ciò ch'era decente in quei tempi, or non parrebbe più sopportabile.»

Il flemmatico Sant'Aubert arrossì a tai parole, ma l'ira fe' presto luogo al disprezzo.[20]

«Il castello è ingombro d'alberi,» soggiunse Quesnel, «ma io conto di dargli aria.

— E che! voi vorreste tagliare gli alberi?

— Certo, e perchè no? essi impediscono la vista; c'è un vecchio castagno che stende i rami su tutta una parte del castello, e cuopre tutta la facciata dalla parte di mezzogiorno; lo dicono così vecchio, che dodici uomini starebbero comodamente nel suo tronco incavato: il vostro entusiasmo non giungerà fino a pretendere che un vecchio albero inutilissimo abbia la sua bellezza od il suo uso.

— Buon Dio!» sclamò Sant'Aubert; «voi non distruggerete quel maestoso castagno, che esiste da tanti secoli, e fa l'ornamento della terra! Era già grosso quando fu fabbricata la casa; da giovine io mi arrampicava spesso su' di lui rami più alti; nascosto tra le sue foglie, la pioggia poteva cadere a diluvio, senza che una sola goccia d'acqua mi toccasse: quante ore vi ho passate con un libro in mano! Ma perdonatemi,» continuò egli rammentandosi che non era inteso, «io parlo del tempo antico. I miei sentimenti non sono più di moda, e la conservazione di un albero venerabile non è, al par d'essi, all'altezza de' tempi odierni.

— Io lo atterrerò per certo,» disse Quesnel, «ma in sua vece potrò ben piantare qualche bel pioppo d'Italia fra i castagni che lascierò nel viale. La signora Quesnel ama molto i pioppi, e mi parla spesso della casa di suo zio nei dintorni di Venezia, ove questa piantagione fa un effetto superbo.

— Sulle sponde della Brenta,» rispose Sant'Aubert, «ove il suo fusto alto e diritto si sposa ai pini, a' cipressi, e pompeggia intorno a portici eleganti e svelti colonnati, deve effettivamente adornare quei luoghi deliziosi, ma fra i giganti delle nostre foreste, accanto ad una gotica e pedante architettura!

— Questo può essere, caro signor mio,» disse Quesnel, «io non voglio disputarvelo. Bisogna che[21] voi ritorniate a Parigi, prima che le nostre idee possano avere qualche rapporto. Ma, a proposito di Venezia, ho quasi voglia di andarci nella prossima estate. Può darsi ch'io diventa padrone della casa di cui vi parlava, e che dicono bellissima. In tal caso rimetterò i miei progetti di abbellimento all'anno venturo, e mi lascierò trascinare a passare qualche mese di più in Italia.»

Emilia restò alquanto sorpresa nell'udirlo parlare in quei termini. Un uomo tanto necessario a Parigi, un uomo che poteva appena allontanarsene per un mese o due, pensar di andare in paese straniero, ed abitarvi per qualche tempo! Sant'Aubert conosceva troppo bene la di lui vanità per maravigliarsi di simile linguaggio, e vedendo la possibilità di una proroga per gli abbellimenti progettati, ne concepì la speranza di un totale abbandono.

Prima di separarsi, Quesnel desiderò intertenersi in particolare col cognato; entrarono ambidue in un'altra stanza e vi restarono a lungo. Il soggetto del loro colloquio rimase ignoto; ma Sant'Aubert al ritorno parve molto pensieroso, e la tristezza dipinta sul suo volto allarmò assai la di lui consorte. Quando furono soli, essa fu entrata di chiedergliene il motivo; la delicatezza però la trattenne, riflettendo che se suo marito avesse creduto conveniente d'informarnela, non avrebbe aspettato le di lei domande.

Il dì dopo, Quesnel partì dopo aver avuto un'altra conferenza con Sant'Aubert. Ciò accadde al dopo pranzo, e verso sera i nuovi ospiti si rimisero in viaggio per Epurville, ove sollecitarono i cognati di andarli a trovare, ma più nella lusinga di far pompa di magnificenza, che per desiderio di farne lor fruire le bellezze.

Emilia tornò con delizia alla libertà statale tolta colla loro presenza. Ritrovò i suoi libri, le sue passeggiate, i discorsi istruttivi dei suoi genitori, ed[22] anch'eglino godettero di vedersi liberati da tanta frivolezza ed arroganza.

La Sant'Aubert non andò a fare la sua solita passeggiata, lagnandosi di un poco di stanchezza, ed il marito uscì colla figlia.

Presero la strada dei monti. Il loro progetto era di visitar alcuni vecchi pensionati di Sant'Aubert. Una rendita modica gli permetteva simile aggravio, mentr'è probabile che Quesnel con tutti i suoi tesori non avrebbe potuto sopportarlo.

Sant'Aubert distribuì i soliti benefizi ai suoi umili

amici; ascoltò gli uni, consolò gli altri; li contentò tutti co' dolci sguardi della simpatia ed il sorriso dell'affabilità, e traversando con Emilia i sentieri ombrosi della selva, tornò seco lei al castello.

La moglie era già ritirata nelle sue stanze; il languore e l'abbattimento che l'avevano oppressa, e che l'arrivo dei forestieri aveva sospeso, la colsero di nuovo, ma con sintomi più allarmanti. L'indomani si manifestò la febbre; il medico vi riconobbe il medesimo carattere di quella ond'era guarito Sant'Aubert; essa ne aveva ricevuto il contagio assistendo il marito: la sua complessione troppo debole non aveva potuto resistere: il male, insinuatosi nel sangue, l'aveva piombata nel languore. Sant'Aubert, spinto dalla inquietudine, trattenne il medico in casa; si rammentò i sentimenti e le riflessioni che avevano turbate le sue idee l'ultima volta ch'erano stati insieme alla peschiera; credè al presentimento, e temè tutto per la malata: riuscì non ostante a nascondere il suo turbamento, e rianimò la figlia, aumentandone le speranze. Il medico, interrogato da lui, rispose che, prima di pronunciarsi, dovea aspettare una certezza, non ancora da lui acquistata. L'inferma sembrava averne una meno dubbiosa, ma i suoi occhi soltanto potevano indicarla; essa li fissava spesso su' suoi con un'espressione[23] mista di pietà e di tenerezza, come se avesse anteveduto il loro cordoglio, e sembrava non istare attaccata alla vita se non per cagione di essi e del loro dolore. Il settimo giorno fu quello della crisi; il medico prese un accento più grave; ella se ne accorse, e profittando di un momento ch'erano soli, l'accertò esser ella persuasissima della sua morte imminente. «Non cercate d'ingannarmi,» gli disse; «io sento che ho poco di vivere, e da qualche tempo son preparata a morire; ma poichè così è, una falsa compassione non v'induca a lusingare la mia famiglia; se lo faceste, la loro afflizione sarebbe troppo violenta all'epoca della mia morte; io mi sforzerò, coll'esempio, d'insegnar loro la rassegnazione ai voleri supremi.»

Il medico s'intenerì, promise di obbedire, e disse un po' ruvidamente a Sant'Aubert che non bisognava sperare. La filosofia di questo sventurato non era tale da resistere alla prova di un colpo tanto fatale; ma riflettendo che un aumento di afflizione, nell'eccesso del suo dolore, avrebbe potuto aggravare maggiormente la consorte, prese forza bastante per moderarla alla di lei presenza. Emilia cadde svenuta, ma appena riprese l'uso dei sensi, ingannata dalla vivacità dei suoi desiderii, conservò fino all'ultimo momento la speranza della guarigione della madre.

La malattia faceva rapidi progressi; la rassegnazione e la calma dell'inferma sembravano crescere con essa la tranquillità con cui attendeva la morte, nasceva da una coscienza pura, da una vita senza rimorsi, e per quanto poteva comportarlo l'umana fragilità, passata costantemente nella presenza di Dio e nella speme d'un mondo migliore; ma la pietà non poteva annientare il dolore che provava, lasciando amici tanto cari al suo cuore. Negli estremi momenti, parlò molto col marito e con Emilia sulla vita futura ed altri soggetti religiosi; la di lei rassegnazione,[24] la ferma speranza di ritrovare nell'eternità i cari oggetti che abbandonava in questo mondo; lo sforzo che faceva per nascondere il dolore cagionatole dalla momentanea separazione, tutto contribuì ad affliggere siffattamente Sant'Aubert, che fu costretto ad uscire dalla camera. Pianse amare lagrime, ma in fine fece forza a sè stesso, e rientrò con una ritenutezza che non poteva se non accrescere il suo supplizio.

In alcun tempo Emilia non aveva meglio conosciuto quanto fosse prudente di moderare la sua sensibilità, nè mai erasene occupata con tanto coraggio; ma dopo il momento terribile e funesto dovè cedere al peso del dolore, e comprese come la speranza al par della forza avessero concorso a sostenerla. Sant'Aubert era troppo afflitto egli stesso per poter consolare la figlia.

CAPITOLO II

La spoglia mortale della Sant'Aubert fu inumata nella chiesa del villaggio vicino; sposo e figlia accompagnarono il corteggio funebre, e furono seguiti da un numero prodigioso di abitanti, che piangevano tutti sinceramente la perdita dell'ottima donna.

Ritornati dalla chiesa, Sant'Aubert si chiuse nella sua camera, e ne uscì colla serenità del coraggio e col pallore della disperazione; ordinò a tutte le persone che componevano la sua famiglia di riunirsi vicino a lui. La sola Emilia non compariva: soggiogata dalla scena lugubre ond'era stata testimone, erasi chiusa nel suo gabinetto per piangervi in libertà. Sant'Aubert l'andò a cercare; le prese la mano in silenzio, e le sue lacrime continuarono: egli stesso stentò molto a riacquistare la voce e la facoltà di esprimersi; finalmente disse tremando: «Cara Emilia, noi andiamo a pregare per l'anima della tua buona madre; non vuoi tu unirti a noi?[25] Imploreremo il soccorso dell'Onnipotente: da chi possiamo noi attenderlo se non dal cielo?»

Emilia trattenne le lacrime, e seguì il padre nel salotto ov'erano riuniti i domestici. Sant'Aubert lesse con voce sommessa l'uffizio dei morti, e vi aggiunse preghiere per l'anima dei defunti. Durante la lettura, gli mancò la voce, e le lacrime inondarono il libro; si arrestò, ma le sublimi emozioni d'una devozione pura innalzarono successivamente le sue idee al disopra di questo mondo, e versarono infine il balsamo della consolazione nel suo cuore.

Finito l'uffizio, e ritirati i domestici, egli abbracciò teneramente la sua Emilia. «Mi sono sforzato,» le disse, «di darti fino dai primi anni un vero impero su te stessa, e te ne ho rappresentata l'importanza in tutta la condotta della vita; questa sublime qualità ci sostiene contro le più pericolose tentazioni del vizio, ci richiama alla virtù, e modera parimente l'eccesso delle emozioni più virtuose. Vi è un punto in cui esse cessano di meritare questo nome, se la loro conseguenza è un male; qualunque eccesso è vizioso; il dispiacere medesimo, sebbene amabile ne' suoi primordi, diviene una passione ingiusta, quando uno vi si abbandona a spese dei propri doveri. Per dovere io intendo parlare di ciò che si deve a sè stessi, al par di quello che si deve agli altri, un dolore smoderato infiacchisce l'anima, e la priva di quei dolci godimenti che un Dio benefico destina all'ornamento della nostra vita. Emilia cara, invoca, fa uso di tutti i precetti che hai da me ricevuti, e di cui l'esperienza ti ha così spesso dimostrato la saviezza... Il tuo dolore è inutile; non riguardare questa verità come un'espressione comune di consolazione, ma come un vero motivo di coraggio. Non vorrei soffocare la tua sensibilità, figlia mia, ma moderarne soltanto l'intensità. Di qualunque natura possano essere i mali,[26] ond'è afflitto un cuore troppo tenero, non si deve sperar nulla da quello che non lo è. Tu conosci il mio dolore, sai se le mie parole sono di quei discorsi leggieri fatti a caso per arrestare la sensibilità nella sua sorgente, e il cui unico fine è di far pompa d'una pretesa filosofia. Ti dimostrerò, cara figlia, ch'io posso mettere in pratica i consigli che do. Ti parlo così, perchè non ti posso vedere, senza dolore, consumarti in lacrime superflue e non fare veruno sforzo per consolarti; non ti ho parlato prima, perchè avvi un momento in cui qualunque ragionamento deve cedere alla natura. Questo momento è passato, e quando lo si prolunga all'eccesso, la trista abitudine che si contrae, opprime lo spirito al punto di togliergli la sua elasticità, tu urti in questo scoglio, ma son persuaso che mi proverai col fatto di volerlo evitare.»

Emilia, piangendo, sorrise al genitore. «O padre!» esclamò, e le mancò la voce. Avrebbe aggiunto senza dubbio: Io voglio mostrarmi degna del nome di vostra figlia. Ma un movimento misto di riconoscenza, di tenerezza e di dolore l'oppresse di nuovo: Sant'Aubert la lasciò piangere senza interromperla, e parlò di altre cose.

La prima persona che venne a partecipare alla sua afflizione fu un certo Barreaux, uomo austero, e che sembrava insensibile; il gusto della botanica li aveva legati in amicizia, essendosi incontrati spesso sui monti. Barreaux erasi ritirato dal mondo, e quasi dalla società, per vivere in un bellissimo castello, all'ingresso de' boschi, e vicinissimo alla valle. Come Sant'Aubert, egli era stato crudelmente disingannato dall'opinione che aveva avuta degli uomini, ma, al par di lui, non si limitava ad affliggersene ed a compiangerli; sentiva più sdegno contro i loro vizi, che compassione per le loro debolezze.

Sant'Aubert fu sorpreso nel vederlo. Lo aveva invitato spesso a venire a visitare la sua famiglia,[27] senza avervelo mai potuto decidere; quel giorno venne senza riserva, ed entrò in casa come uno dei più intrinseci amici della famiglia. I bisogni della sventura parevano averne addolcita la ruvidezza e domati i pregiudizi. La desolazione di Sant'Aubert parve l'unica sua occupazione; le maniere, più che le parole, ne esprimevano la commozione: parlò poco del soggetto della loro afflizione, ma le sue attenzioni delicate, il suono della sua voce, e l'interesse dei suoi sguardi esprimevano il sentimento del suo cuore; e questo linguaggio fu benissimo inteso.

A quell'epoca dolorosa, Sant'Aubert fu visitato dalla sua unica sorella, la signora Cheron, vedova da qualche anno, la quale abitava allora nelle proprie terre vicino a Tolosa. La loro corrispondenza era stata poco attiva: le espressioni non le mancarono però; ella non intendeva quella magia dello sguardo, che parla così bene all'anima, e quella dolcezza di accenti, che versa un balsamo salutare nei cuori afflitti e desolati. Assicurò il fratello che prendeva il più sincero interesse al suo dolore, lodò le virtù della sua sposa, ed aggiunse quanto immaginò di più consolante. Emilia non cessò dal piangere finch'essa parlò. Sant'Aubert fu più tranquillo, ascoltò in silenzio, e cambiò tenore di conversazione.

Nel partire, la signora Cheron li pregò di andarla presto a trovare. «Il cambiamento di soggiorno vi distrarrà non poco,» diss'ella; «fate malissimo ad affliggervi tanto.» Suo fratello comprese la verità di queste parole, ma sentiva più ripugnanza di prima a lasciare un asilo consacrato alla sua felicità. La presenza della sposa aveva reso quei luoghi tanto interessanti per lui, che ogni giorno calmando l'amarezza del suo dolore, aumentava la vaghezza delle sue rimembranze.

Egli aveva cionnonpertanto doveri da compiere, [28] e di questo genere era una visita al cognato Quesnel; un affare importante non permetteva di differirla più a lungo, e desiderando d'altronde di scuotere Emilia dal suo abbattimento prese seco lei la strada d'Epurville.

Quando la carrozza entrò nel bosco che circondava il suo antico patrimonio, e che scoprì il viale di castagni e le torricelle del castello, nel pensare agli avvenimenti trascorsi in quell'intervallo, e come il possessore attuale non sapesse nè apprezzare, nè rispettare un tanto bene, Sant'Aubert sospirò profondamente; alla fine, entrò nel viale, rivide quei grandi alberi, delizia della sua infanzia e confidenti della sua gioventù. A poco a poco il castello mostrò la sua massiccia grandezza. Rivide la grossa torre, la porta vôlta d'ingresso, il ponte levatoio, ed il fosso asciutto che circondava tutto l'edifizio.

Il romore della carrozza chiamò una folla di servitori al cancello. Sant'Aubert scese, e condusse

Emilia in una sala gotica; ma gli stemmi, le antiche insegne della famiglia non la decoravano più. Le travi, e tutto il legname di quercia del soffitto, erano stati tinti di bianco. La gran tavola, ove il feudatrio faceva pompa tutti i giorni della magnificenza e dell'ospitalità sua, dove il riso ed i lieti canti avevano così spesso rimbombato, questa tavola non esisteva più; le panche istesse che circondavano la sala, erano state tolte. Le grosse pareti non erano ricoperte che di frivoli ornamenti, i quali dimostravano quanto fosse gretto e meschino il gusto ed il sentimento del proprietario attuale.

Sant'Aubert fu introdotto nel salotto da un elegante servitore parigino. I coniugi Quesnel lo ricevettero con fredda garbatezza, con qualche complimento alla moda, e parvero aver obliato totalmente di aver avuto una sorella.

Emilia fu sul punto di versare lacrime, ma ne fu trattenuta da un giusto risentimento. Sant'Aubert, [29] franco e tranquillo, conservò la sua dignità senza mostrare di avvedersene, e pose, in soggezione Quesnel; il quale non poteva spiegarsene il motivo.

Dopo una conversazione generale, Sant'Aubert mostrò desiderio di parlargli da solo a solo. Emilia restò colla signora Quesnel, e fu tosto informata come per quel giorno istesso fosse stata invitata una società numerosa: essa fu costretta di sentirsi dire che una perdita irrimediabile non deve privare di verun piacere.

Quando Sant'Aubert seppe di questo invito, sentì un misto di disgusto e d'indignazione per l'insensibilità di Quesnel, e fu quasi tentato di tornarsene al momento al suo castello; ma sentendo che, a suo riguardo, era stata invitata a venire anche la signora Cheron, e considerando che Emilia avrebbe potuto un giorno provare le conseguenze dell'inimicizia d'un simile zio, non volle esporvela; d'altra parte, la sua istantanea partenza sarebbe parsa senza dubbio poco conveniente a persone, che mostravano nondimanco un sì fiacco sentimento delle convenienze.

Fra i convitati si trovavano due gentiluomini italiani, uno chiamato Montoni, parente lontano della signora Quesnel, dell'età circa quarant'anni, di ammirabile statura; avea fisonomia virile ed espressiva, ma in generale esprimeva la baldanza e l'alterigia, piuttosto che ogni altra disposizione.

Il signor Cavignì, suo amico, non mostrava più di trent'anni. Era ad esso inferiore di nascita, ma non in penetrazione, e lo superava nel talento d'insinuarsi. Emilia fu piccata del modo con cui la Cheron parlò a suo padre. «Fratello mio,» gli diss'ella, «mi spiace di vedervi di così cattiva ciera; dovreste consultare qualche medico.» Sant'Aubert le rispose, con malinconico sorriso, che presso a poco stava come al solito; ed i timori di Emilia le fecero trovare il padre cambiato assai più che realmente nol fosse. Se Emilia fosse stata meno oppressa, si sarebbe[30] divertita, la diversità dei caratteri della conversazione durante il pranzo, e la magnificenza istessa con cui fu servito, molto al di sopra di tutto quanto aveva veduto fin allora, non avrebbero senza dubbio mancato di svagarla. Montoni, recentemente giunto dall'Italia, raccontava le turbolenze e le fazioni che agitavano quel paese. Dipingeva con vivacità i diversi partiti; deplorava le probabili conseguenze di quegli orribili tumulti. Il suo amico parlava con altrettanto ardore della politica della sua patria; lodava il governo e la prosperità di Venezia, e vantava la di lei decisa superiorità su tutti gli altri Stati d'Italia; si rivolse in seguito alle signore, e parlò colla medesima eloquenza delle mode, degli spettacoli, delle affabili maniere dei Francesi, ed ebbe l'accortezza di far cadere il suo discorso su tutto ciò che poteva lusingare il gusto di quella nazione: l'adulazione non fu conosciuta da coloro cui era indirizzata, ma l'effetto però che produsse sulla loro attenzione non isfuggì alla sua perspicacia. Quando potè disimpegnarsi dalle altre signore, si rivolse ad Emilia; ma essa non conosceva nè le mode, nè i teatri parigini, e la sua modestia e semplicità, e le sue belle maniere contrastavano forte col tuono delle compagne. Dopo il pranzo, Sant'Aubert uscì solo per visitare ancora una volta il vecchio castagno, che Quesnel pensava distruggere. Riposando sotto quell'ombra, guardò attraverso le folte sue frondi, e scorse tra le foglie tremolanti l'azzurra vôlta de' cieli; gli avvenimenti della sua gioventù presentaronsegli tutti insieme alla fantasia. Si rammentò gli antichi amici, il loro carattere, e perfino le loro fattezze. Da molto tempo essi non esistevano più; gli parve essere anch'egli un ente quasi isolato, e la sua Emilia sola poteva fargli amare ancora la vita.

Perduto nella folla delle immagini che gli presentava la sua memoria, giunse al quadro della [31] moribonda sposa; sussultò, e volendo obliarla, se gli fosse stato possibile, tornò alla società.

Sant'Aubert fece attaccare la carrozza di buonissim'ora; Emilia si accorse per via ch'era più taciturno è più abbattuto del solito; essa ne attribuì la cagione alle memorie ricordategli da quel luogo, nè sospettò il vero motivo d'un dolore ch'egli non le comunicava.

Ritornati al castello, la di lei afflizione si rinnovò, e conobbe più che mai gli effetti della privazione di una madre tanto cara, che l'accoglieva sempre col sorriso e le più affabili carezze, dopo un'assenza anche momentanea. Or tutto era cupo e deserto.

Ma ciò che ottener non possono nè la ragione, nè gli sforzi, l'ottiene il tempo. Scorsero le settimane, e l'orrore della disperazione si trasformò a poco a poco in un dolce sentimento che il cuore conserva, e gli diventa sacro. Sant'Aubert al contrario, s'indeboliva sensibilmente, sebbene Emilia, la sola persona che non lo abbandonasse mai, fosse l'ultima ad accorgersene. La sua complessione non si era ristabilita dall'urto ricevuto nella malattia, e la scossa che provò alla morte della moglie, determinò il suo estremo languore: il suo medico lo consigliò di viaggiare. Era visibile come i suoi nervi fossero stati fortemente attaccati dall'accesso del dolore; e si credeva che il cambiamento dell'aria ed il moto, calmandone lo spirito, potessero riescire a restituirgli l'antico vigore.

Emilia si occupò quindi dei preparativi, e Sant'Aubert dei calcoli sulle spese del viaggio. Bisognò congedare i servi. Emilia, che si permetteva rare volte di opporre alla volontà del padre domande od osservazioni, avrebbe voluto non ostante sapere per qual motivo, nel suo stato infermiccio, egli non si riservasse almeno un servitore. Ma quando, la vigilia della partenza, si accorse che Giacomo, Francesco e Maria erano stati licenziati, e conservata[32] soltanto Teresa, sua antica governante, ne fu estremamente sorpresa, ed arrischiò di domandargliene il motivo... «Lo faccio per economia,» le rispose egli; «noi intraprendiamo un viaggio molto dispendioso.» Il medico aveva prescritto l'aria di Linguadoca e di Provenza: Sant'Aubert risolse adunque d'incamminarsi lentamente verso quelle province, costeggiando il Mediterraneo.

Si ritirarono di buon'ora nelle loro camere la sera precedente alla partenza. Emilia doveva porre in ordine alcuni libri e qualche altra cosa; suonò mezzanotte prima che avesse finito; si ricordò dei suoi disegni, cui voleva portar seco, e che aveva lasciati nel salotto. Vi andò, e, passando vicino alla camera del padre, ne trovò la porta socchiusa, e credè che fosse nel suo gabinetto, come solea fare tutte le sere dopo la morte della moglie. Agitato da insonnii crudeli, lasciava il letto, e andava in quella stanza per procurare di trovarci il riposo. Quando essa fu in fondo alla scala, guardò nel gabinetto, ma nol vide. Nel risalire, bussò leggermente all'uscio, non ricevè nessuna risposta, e si avanzò pian piano per sapere ove fosse.

La camera era oscura, ma attraverso alla porta vetrata si scorgeva un lume nel fondo di una stanza attigua. Emilia era persuasa che suo padre stava là dentro; ma temendo che a quell'ora egli vi si trovasse incomodato, volle andar ad assicurarsene. Considerando però che una sì improvvisa apparizione l'avrebbe forse spaventato, lasciò fuori il lume, e si avanzò pian piano verso la stanza. Là, essa vide il padre seduto innanzi ad un tavolino, e scorrendo parecchie carte, alcune delle quali assorbivano la sua attenzione, e gli strappavano sospiri e per fino singulti. Emilia, la quale non si era avvicinata alla porta se non per assicurarsi dello stato di salute del padre, fu trattenuta in quel momento da un misto di curiosità e di tenerezza. Non poteva[33] essa scuoprire le sue pene, senza desiderare di saperne eziandio la causa. Continuò ad osservarlo in silenzio, non dubitando più che quelle carte non fossero altrettante lettere. D'improvviso, ei si pose in ginocchio in un atteggiamento più solenne che fin allora non l'avesse veduto; ed in una specie di smarrimento che somigliava molto all'orrore, fece una lunghissima preghiera. Il di lui volto era coperto da mortal pallore quando si alzò. Emilia pensava a ritirarsi, ma lo vide avvicinarsi di nuovo alle carte, e si trattenne. Egli prese un piccolo astuccio, e ne levò una miniatura: il lume, che ci rifletteva sopra, le fece distinguere una donna, e questa donna non era sua madre!

Sant'Aubert guardò il ritratto con viva espressione di tenerezza, lo recò alle labbra, al cuore, e mandò sospiri convulsi. Emilia non poteva credere ai propri occhi, ignorando ch'egli possedesse il ritratto di un'altra donna fuor di sua madre, e specialmente poi che gli fosse tanto caro. Essa lo guardò di nuovo a lungo per trovarci l'effigie della genitrice, ma la di lei attenzione servì solo a convincerla essere quello il ritratto di un'altra donna. Finalmente, il padre lo ripose nell'astuccio, ed Emilia, riflettendo di avere indiscretamente osservati i di lui segreti, si ritirò il più adagio che le fu possibile.

CAPITOLO III

Sant'Aubert, in vece di prendere la strada diretta che conduceva in Linguadoca, seguitando le falde dei Pirenei, preferì un cammino sulle alture, perchè offriva vedute più estese e più pittoresche. Uscì un poco di strada per congedarsi da Barreaux; lo trovò che erborizzava vicino al suo castello, e quando gli manifestò il soggetto della sua visita e la sua risoluzione, l'amico gli dimostrò una sensibilità[34] di cui fino a quel punto Sant'Aubert non avevalo creduto capace. Si separarono con reciproco rammarico.

«Se qualcosa avesse potuto togliermi dal mio ritiro,» disse Barreaux, «sarebbe stato il piacere di accompagnarvi in questo viaggio; io non faccio complimenti, e potete credermi: attenderò il vostro ritorno con grande impazienza.»

I viaggiatori continuarono il loro cammino: nel montare in carrozza, Sant'Aubert si volse e vide il suo castello nella pianura. Idee lugubri gl'invasero lo spirito, e la sua immaginazione malinconica gli suggerì che non doveva più ritornarvi. Respinse questo pensiero, ma continuò a guardare il suo asilo fino a che la distanza non gli permise più di distinguerlo.

Emilia restò, come lui, in un profondo silenzio, ma dopo qualche miglio, la di lei immaginazione, colpita dalla maestosità degli oggetti circostanti, cedè alle impressioni più deliziose. La strada passava, ora lungo orridi precipizi, ora pei siti più deliziosi.

Emilia non potè trattenere i suoi trasporti, quando, dal mezzo de' monti e de' boschi di abeti, scoprì in lontananza immense pianure, sparse di ville, di vigneti e di piantagioni d'ogni specie. Le onde maestose della Garonna scorrevano in quella ricca valle, e dalla sommità dei Pirenei, d'onde ella trae origine, si conducevano verso l'Oceano.

La difficoltà di una strada così poco frequentata obbligò spesso i viaggiatori di camminare a piedi; ma si trovavano essi ampiamente ricompensati dalla fatica per la vaghezza dello spettacolo offerto dalla natura. Mentre il mulattiere conduceva lentamente la carrozza, avevano tutto il comodo di percorrere le solitudini e di abbandonarsi alle sublimi riflessioni che sollevano l'anima, la leniscono, e la riempiono in fine di quella consolante certezza che Iddio,[35] è presente dappertutto. I godimenti di Sant'Aubert portavan l'impronta della sua meditabonda malinconia. Questa disposizione aggiunge un incanto segreto agli oggetti, e inspira un sentimento religioso per la contemplazione della natura.

I nostri viaggiatori si erano premuniti contro la mancanza degli alberghi, portando seco provvisioni; potevano dunque fare le loro refezioni a ciel sereno, e riposare la notte in qualunque luogo avessero trovato una capanna abitabile. Avevano egualmente fatte provvisioni per lo spirito, portando seco un'opera di botanica scritta da Barreaux, e qualche poeta latino o italiano. Emilia, d'altronde, aveva seco le matite, e tratto tratto disegnava i punti di vista che la colpivano maggiormente.

La solitudine della strada aumentava l'effetto della scena; appena incontravano essi di tempo in tempo un contadino coi muli, o qualche fanciullo che scherzava tra le rupi. Sant'Aubert, incantato di quella maniera di viaggiare, si decise di avanzare sempre nelle montagne finchè trovasse strada, e di non uscirne che al Rossiglione, vicino al mare, per passare quindi in Linguadoca.

Un po' dopo mezzodì giunsero in vetta d'un alto picco che dominava parte della Guascogna e della Linguadoca. Colà godevasi d'una folta ombra. Vi scaturiva una fonte, che, fuggendo sotto gli alberi fra erbosi margini, correva a precipitarsi al basso in brillanti cascatelle. Il suo lene murmure alfine perdevasi nel sottoposto baratro, ed il candido polvischio della sua spuma serviva solo a distinguerne il corso in mezzo ai negri abeti.

Il luogo invitava al riposo. Si ammannì il pranzo; le mule furono staccate, e l'erba che fitta cresceva quivi intorno, lor fornì copioso nutrimento.

Finito il pasto, Sant'Aubert prese la mano d'Emilia, e teneramente la strinse senza dir verbo. Poco stante, chiamò il mulattiere, e chiesegli se[36] conoscesse una via tra i monti che guidar potesse nel Rossiglione. Michele rispose trovarsene parecchie, ma esserne poco pratico. Sant'Aubert, non volendo viaggiare se non fino al tramonto, domandò il nome di vari casali vicini, ed informossi del tempo cui impiegherebbero a giugnervi. Il mulattiere calcolò che si potea andare a Mateau, ma che, se si volesse movere verso mezzogiorno, dalla parte del Rossiglione, eravi un villaggio dove si giugnerebbe assai prima del tramonto.

Sant'Aubert s'appigliò a quest'ultimo partito. Michele finì il pasto, attaccò le mule, si ripose in via, e poco stante sostò. Sant'Aubert lo vide pregare appiè d'una croce piantata sulla punta d'una rupe all'orlo della strada; finita l'orazione, fe' schioccar la frusta e, senza riguardo alcuno per la difficoltà della via, nè per la vita delle povere mule, le spinse di gran galoppo sul margine d'uno spaventoso precipizio. Lo spavento d'Emilia le tolse quasi l'uso de' sensi. Suo padre, il quale temeva ancor più il pericolo di fermarsi d'improvviso, fu costretto a tornar a sedere, e tutto lasciare in balia alle mule, le quali parvero più savie del loro conduttore. I viaggiatori giunsero sani e salvi nella valle, e sostarono sul margine d'un ruscello.

Dimenticando ormai la magnificenza delle viste grandiose, internaronsi nell'angusta valle. Tutto quivi era solitario o sterile; non vi si vedea anima viva fuorchè il capriuolo montano, il quale, talfiata, mostravasi di repente sullo scosceso culmine di qualche inaccessibile dirupo. Era un sito qual l'avrebbe scelto Salvator Rosa, se avesse vissuto. Allora Sant'Aubert, colpito da tale aspetto, attendeasi quasi a veder isbucare da qualche antro vicino una torma di masnadieri, e tenea in mano le armi.

Intanto inoltravano, e la valle allargavasi, assumendo carattere meno spaventoso. Verso sera, trovaronsi sulle montagne, in mezzo a scopeti. Da lunge,[37] intorno ad essi, il campanaccio degli armenti, la voce de' mandriani eran l'unico suono che udir si facesse; e la dimora de' pastori l'unica abitazione che là si scoprisse. Sant'Aubert notò che il lecce, il sovero e l'abete vegetavano per gli ultimi sulle vette circostanti. Ridente verzura tappezzava il fondo della valle. Scorgeasi nelle profondità, all'ombra di castagni e querce, pascere e saltellare grosse mandre, disperse od aggruppate con grazia; taluni animali dormivano presso la fresca corrente, altri vi spegnevano la sete, ed altri vi si bagnavano.

Il sole cominciava ad abbandonare la valle; i suoi ultimi raggi brillavano sul torrente, ravvivando i ricchi colori della ginestra e delle eriche fiorite. Sant'Aubert domandò a Michele quanto fosse distante il casale di cui avevagli parlato, ma esso non potè rispondergli con esattezza. Emilia cominciò a temere avesse smarrita la strada; non eravi ente umano che potesse soccorrerli, nè guidarli. Avevano lasciato da lunga mano dietro a sè e il pastore e la capanna, il crepuscolo scemava ognor più, l'occhio nulla potea discernere tra l'oscurità, e non distingueva nè casale, nè tugurio; una riga colorata segnava solo l'orizzonte, formando l'unica risorsa de' viaggiatori. Michele si sforzava di farsi coraggio cantando ariette, che per vero dire, non valevano molto a scacciare le idee lugubri, ond'erano occupati i viaggiatori.

Continuarono a camminare assorti in quei profondi pensieri cui seco traggono la solitudine e la notte. Michele non cantava più, e non si udiva che il mormorio della brezza nei boschi, nè si sentiva che la frescura. D'improvviso furono scossi dallo scoppio d'un'arme da fuoco; Sant'Aubert fece fermare la carrozza, e si pose ad ascoltare. Il romore non viene ripetuto, ma si sente correre nella macchia. Sant'Aubert prende le sue pistole, e ordina a Michele di accelerare il passo. Il suono di un corno da caccia fa rimbombare i monti; Sant'Aubert osserva,[38] e vede un giovine slanciarsi nella strada, seguito da due cani; lo straniero era vestito da cacciatore; un moschetto ad armacollo, un corno alla cintura, ed una specie di picca in mano, davano una grazia particolare, alla sua persona, secondando l'agilità dei suoi passi.

Dopo un momento di riflessione, Sant'Aubert volle aspettarlo per interrogarlo sul casale cui cercava: il forestiere rispose che il villaggio era distante solo una mezza lega, che vi andava egli stesso, e gli avrebbe servito di guida; Sant'Aubert lo ringraziò, e colpito dalle di lui maniere semplici e franche, gli offrì un posto in carrozza. Lo straniero ricusò, assicurandolo che avrebbe seguito le mule senza fatica. «Ma voi sarete alloggiato male,» soggiuns'egli; «questi montanari sono gente poverissima; non solo non conoscono lusso, ma mancano eziandio delle cose reputate più indispensabili. —

Mi accorgo che voi non siete di questo paese,» disse Sant'Aubert. — No, signore, io sono viaggiatore.»

La carrozza si avanzava, e l'oscurità crescente fe' meglio conoscere l'utilità di una guida; i sentieri poi che s'incontravano spesso, avrebbero aumentata la loro incertezza. Finalmente videro i lumi del villaggio: si distinsero alcuni casolari, o meglio si poterono discernere mercè il ruscello che ripercotea ancora il fioco chiaror del crepuscolo. Lo straniero si avanzò, e Sant'Aubert intese da lui non esistere in quel luogo nessun albergo, ma egli si offrì di cercare un ricetto. Sant'Aubert lo ringraziò, e siccome il villaggio era vicinissimo, scese per accompagnarlo, mentre Emilia li seguiva in carrozza.

Cammin facendo, Sant'Aubert domandò al compagno se aveva fatta una buona caccia. «No, signore,» rispos'egli, «e nemmanco era il mio progetto; amo questo paese e mi propongo di scorrerlo ancora per qualche settimana; ho i cani con me piuttosto per piacere, che per utilità; questo abito[39] da cacciatore poi mi serve di pretesto, e mi fa godere della considerazione, che verrebbe ricusata senza dubbio ad un forestiero senza apparente occupazione. — Ammiro il vostro gusto,» rispose Sant'Aubert, «e, se fossi più giovine, vorrei io pure passare qualche settimana costì; siamo anche noi viaggiatori, ma il nostro scopo non è l'istesso. Io cerco la salute ancor più del piacere.» Qui sospirò e tacque per un momento; poi, raccogliendosi soggiunse: «Vorrei trovare una strada un po' buona, che mi conducesse nel Rossiglione, per passar quindi in Linguadoca. Voi, che sembrate conoscere il paese, potreste indicarmene una?»

Lo straniero lo assicurò che si sarebbe fatto un piacere di servirlo, e gli parlò d'una strada più a levante, che dovea condurre ad una città, e di là facilmente nel Rossiglione.

Giunti al villaggio, cominciarono a cercare un asilo, che potesse offrir loro ricovero per la notte; non trovarono nella maggior parte delle case che ignoranza, povertà e brio; Sant'Aubert veniva guardato con aria timida e curiosa; non bisognava aspettarsi un buon letto. Arrivò Emilia, ed osservando la fisonomia stanca ed afflitta del povero padre, si querelò ch'egli avesse scelta una strada sì poco comoda per un malato. Le migliori abitazioni erano composte di due camere; una per le mule e il bestiame, e l'altra per la famiglia, composta quasi da per tutto di sette o otto figli, e tutti, con il padre e la madre, dormivano su pelli o foglie secche; e siccome la sola apertura che fosse in quelle camere era nel tetto, eravi un fumo ed un odore nauseabondo tali, che toglievan quasi il respiro nell'entrarvi. Emilia distolse gli sguardi, e fissò il padre con tenera inquietudine, di cui il giovine forestiero parve intendere l'espressione; trasse in disparte Sant'Aubert, e gli offrì il suo letto. «Se lo paragoniamo a tutti gli altri, è abbastanza comodo,» gli disse, «ma altrove mi vergognerei di offrirvelo.»[40]

Sant'Aubert gli attestò la sua riconoscenza e ricusò l'offerta; ma lo straniero insistette. «Non rifiutate; sarei dolente troppo, signore,» ripres'egli, «se voi giaceste sopra una pelle mentr'io mi trovassi in un letto; i vostri rifiuti offenderebbero il mio amor proprio, e potrei pensare che la mia proposta vi spiaccia; vi mostrerò la strada, e la mia albergatrice troverà modo d'allogare anche la signorina.»

Sant'Aubert consentì alfine; e restò sorpreso che lo straniero fosse tanto poco galante da preferire il riposo di un uomo a quello d'una giovane vezzosa, non avendo offerta la camera ad Emilia; ma essa non fu della medesima opinione, e con un sorriso espressivo gli dimostrò quanto fosse sensibile all'attenzione da lui avuta pel padre.

Il forestiero, che si chiamava Valancourt, si fermò il primo per dire qualche cosa alla sua albergatrice. L'alloggio ch'essa aprì non somigliava punto a tutti quelli che fin allora avevan veduti. La buona donna impiegò tutte le sue premure nell'accoglier bene i viaggiatori, ed essi furono costretti di accettare i due soli letti che si trovassero in quella casa. Ova e latte erano il solo cibo che potesse offrire, ma Sant'Aubert aveva provvisioni, e pregò Valancourt di cenare con loro; l'invito fu benissimo accolto, e la conversazione si animò. La franchezza, la semplicità, le idee grandiose ed il gusto per la natura che mostrava di aver il giovane, incantavano Sant'Aubert. Egli aveva detto spesso che quest'interesse per la natura non poteva esistere in un'anima che non avesse gran purità di cuore e d'immaginazione.

I discorsi furono interrotti da un violento tumulto, in cui la voce del mulattiere cuopriva tutte le altre. Valancourt si alzò per saperne il motivo, e la disputa durò tanto, che Sant'Aubert perdè la pazienza e uscì egualmente. Michele altercava coll'albergatrice, perchè essa proibivagli d'introdurre i muli[41] nella stalla, che gli aveva permesso di dividere co' suoi tre figli; il sito non era molto bello per verità, ma non eravi nulla di meglio, e, più delicata dei suoi conterranei, essa non voleva che i figli dormissero nella medesima stanza coi muli. Valancourt riuscì finalmente a pacificar tutti. Pregò l'albergatrice di lasciare la stalla al mulattiere ed ai suoi muli; cedè ai di lei figli le pelli stategli preparate per riposarsi, e l'assicurò che, avvolto nel mantello, avrebbe passato benissimo la notte su di una panca vicino alla porta. La buona donna non voleva accettare simile accomodamento, ma Valancourt insistè tanto, che questo grande affare terminò così.

Era tardi, quando Sant'Aubert ed Emilia si ritirarono nelle loro stanze; Valancourt restò dinanzi alla porta. In quella bella stagione preferiva siffatto posto ad una stanzuccia e ad un letto di pelli. Sant'Aubert fu alcun poco sorpreso di trovare nella camera Omero, Orazio ed il Petrarca, ma il nome di Valancourt scritto su quei volumi, glie ne fece conoscere il possessore.

CAPITOLO IV

Sant'Aubert si svegliò di buonissim'ora; il sonno l'aveva ristorato, e volle partire subito. Valancourt fece colazione con lui, e narrò che pochi mesi prima era stato fino a Beaujeu, città grossa del Rossiglione, e Sant'Aubert, dietro suo consiglio, si decise di prendere quella direzione.

«La scorciatoia, e la strada che conduce a Beaujeu,» disse il giovane, «si uniscono alla distanza di una lega e mezza di qua: se volete permetterlo, posso dirigervi il vostro mulattiere; bisogna ch'io passeggi, e la passeggiata che farò con voi, vi sarà più gradita di qualunque altra.»

Sant'Aubert accettò la proposta con grato animo; partirono insieme, ma il giovine non volle acconsentire[42] di entrare nella carrozza. La strada alle falde de' monti percorreva una valle ridente splendida per verzura e sparsa di boschetti. Numerosi armenti vi riposavano all'ombra delle quercette, dei faggi e de' sicomori; il frassino e la tremula lasciavan ricadere le fronzute punte de' rami sulle aride rocce; un po' di terra appena ne ricopriva le radici, ed il più lieve soffio ne agitava tutti i rami.

Ad ogni ora del dì vi s'incontrava gente. Il sole non compariva ancora, e già i pastori guidavano una immensa mandra a pascere su pe' monti. Sant'Aubert era partito assai presto per godere della vista del sorger del sole e respirare l'aura pura mattutina, tanto proficua a' malati, e che dovea esserlo specialmente in quelle regioni ove la copia e varietà delle piante aromatiche la impregnavano della più soave fragranza.

La leggera nebbia che velava gli oggetti circostanti dileguossi a poco a poco, e permise ad Emilia di contemplare i progressi del dì.

I riflessi incerti dell'aurora, indorando le punte delle rupi, rivestironle successivamente di vivida luce, mentre la lor base ed il fondo della valle restavan coperti da negro vapore. Intanto, le tinte delle nubi d'oriente rischiararonsi, s'imporporarono, e rifulsero alfine di mille splendidi colori.

La trasparenza dell'atmosfera lasciò allo scoverto fiotti d'oro puro, i raggi brillanti fugarono le tenebre, e penetrarono nelle fondure della valle ripercotendosi negli argentei rivi: la natura destavasi da morte a vita. Sant'Aubert si sentì ravvivato; avea il cuore commosso; versò lagrime ed innalzò i pensieri al Creatore di tutte le cose.

Emilia volle scendere a calpestar quell'erba tutta rorida di fresca rugiada; essa voleva gustar quella libertà onde il camoscio parea fruire sulle brune vette de' monti. Valancourt sostava coi viaggiatori, mostrando loro con sentimento gli oggetti particolari[43] della sua ammirazione. Sant'Aubert se gli affezionava. — Il giovine è focoso, ma buono; dicea fra sè; — ben si vede che non ha mai abitato Parigi. — Egli arrivò al punto dove si univano le due strade, con molto suo dispiacere; e si congedò con più cordialità che non lo permetta d'ordinario una nuova conoscenza. Valancourt continuò a discorrere buona pezza vicino alla carrozza; era il momento di separarsi, e non dimanco restava sempre mettendo in campo argomenti che lo scusassero di questo prolungamento. Alla perfine accommiatossi, e quando partì, Sant'Aubert osservò come contemplasse Emilia con isguardo attento ed espressivo; ella lo salutò con timida dolcezza; la carrozza partì, ma Sant'Aubert poco dopo, sporgendo la testa, osservò Valancourt immobile sulla strada, colle braccia incrociate sul bastone, e gli occhi fissi sulla carrozza; lo salutò colla mano, e Valancourt, scosso dalla sua estasi, gli fece il saluto e si allontanò.

 L'aspetto del paese cambiò in breve: i viaggiatori, si trovavano allora in mezzo ad altissime montagne coperte fino alla sommità da negri boschi di abeti. Varie punte granitiche, sorgendo dalla valle stessa, andavan a celare in grembo alle nubi le nevose cime. Il ruscello, divenuto un fiume, scorreva in dolce silenzio, e quei cupi boschi riflettevano la loro ombra nelle sue limpide acque. Per intervalli uno scosceso dirupo inalzava l'ardita fronte al di sopra dei boschi e dei vapori che servivan di cintura ai monti; talvolta una marmorea aguglia sosteneasi perpendicolarmente al fiorito margine delle acque; un larice colossale la stringea colle robuste braccia, e la sua fronte, solcata dalla folgore, coronavasi ancora di verdi pampini.

Quando la carrozza camminava adagio, Sant'Aubert scendeva, e si compiaceva di andare in cerca di piante curiose, ond'erano sparsi quei luoghi; Emilia, nell'esaltazione dell'entusiasmo, s'internava[44] nei folti boschi, tendendo l'orecchio in silenzio al loro imponente mormorio.

Per lo spazio di molte leghe non incontrarono nè villaggi, nè casali di sorte alcuna; qualche capanna di cacciatori qua e là era la sola traccia di abitazione umana. I viaggiatori pranzarono a ciel sereno, in un bel sito della valle, assisi all'ombra dei faggi; dopo di che partirono immediatamente per Beaujeu.

La strada saliva sensibilmente, e lasciando i pini disotto a loro, trovaronsi in mezzo a precipizi. Il crepuscolo della sera accrescea l'orrore de' luoghi, ed i viaggiatori ignoravano la distanza di Beaujeu. Sant'Aubert nonpertanto credea di non esserne molto lontano, e si rallegrava di non aver quindi più oltre quella città, a varcare simili deserti. Le selve, le rupi, i circostanti gioghi confondevansi a poco a poco nell'oscurità, ed in breve non fu più possibile discernere quelle indistinte immagini. Michele precedeva cauto, appena scorgendo la via ma le sue mule, più esperte, camminavano ancora con passo franco.

Alla svolta di un monte, videro un lume; i dirupi e l'orizzonte furono illuminati a gran distanza. Gli era certo un gran fuoco, ma nulla indicava se fosse accidentale o preparato. Sant'Aubert lo credette acceso da qualche masnada di quei banditi che infestavano i Pirenei; stava molto attento, e desiderava sapere se la strada passava vicino a quel fuoco. Aveva armi da potersi difendere in caso di bisogno; ma a che serviva una sì debole risorsa contro una banda di assassini determinati? Rifletteva a questa circostanza, quando udì una voce dietro di essi, che intimava al mulattiere di fermarsi. Sant'Aubert gli ordinò di camminar più presto, ma o fosse per testardaggine di Michele, o dei muli, questi non cambiarono il loro passo; s'intese il galoppo di un cavallo; un uomo raggiunse[45] la carrozza, e ordinò nuovamente di fermarsi. Sant'Aubert, non dubitando più del costui disegno, scaricò una pistola dallo sportello; l'incognito vacillò sul cavallo, ed il romore del colpo fu seguito da un gemito di dolore. Sarà facile immaginarsi lo spavento di Sant'Aubert, il quale credè riconoscere allora la voce dolente di Valancourt. Fece arrestare egli stesso la carrozza, pronunziò il nome del giovane, e non potè averne più alcun dubbio. Scese tosto, e corse a soccorrerlo; il giovane era ancora a cavallo, il suo sangue scorreva in copia, e sembrava soffrir molto, sebbene cercasse di consolare Sant'Aubert, assicurandolo che non era nulla, e sentivasi ferito solo leggermente nel braccio. Sant'Aubert e il mulattiere lo aiutarono a smontare e l'adagiarono in terra; il primo voleva fasciargli la ferita, ma gli tremavano le mani talmente, che non potè riuscirvi. Michele intanto correa dietro al cavallo ch'era fuggito mentre ne scendea il padrone; chiamò Emilia, e non ricevendo risposta, corse alla carrozza, e la trovò svenuta. In questa terribile situazione, e spinto dal dolore di lasciare Valancourt perdere il sangue, si sforzò di sollevarla, e chiamò Michele per chieder acqua dal ruscello vicino. Michele era andato troppo lontano, ma Valancourt, udendo il nome di Emilia, capì di che si trattava, ed obbliando sè medesimo, andò in suo soccorso; essa era già rinvenuta quando le fu vicino; egli seppe che il deliquio era stato cagionato dal timore del sinistro occorsogli, e con voce turbata da tutt'altro sentimento che da quello del dolore, l'assicurò che la sua ferita era di pochissima conseguenza. Sant'Aubert si accorse allora che il sangue non era ancora stagnato; i suoi timori cambiarono oggetto; lacerò un fazzoletto per bendargli la piaga: il sangue si fermò, ma egli temendo le conseguenze, domandò più volte se Beaujeu fosse ancora molto lontano, ed avendo inteso ch'era distante due leghe,[46] il suo timore crebbe. Ignorava se Valancourt avrebbe potuto resistere al moto della carrozza, e lo vedeva sul punto di svenire. Appena questi ebbe conosciuta la sua inquietudine, si affrettò di rincorarlo, e parlò della sua avventura come di una bagatella. Michele aveva ricondotto il cavallo; Valancourt, salì nella carrozza; Emilia s'era riavuta, e continuarono la strada di Beaujeu.

Sant'Aubert, rinvenuto dal terrore, manifestò la sua sorpresa sull'incontro di Valancourt; ma questi la fece cessare. «Voi avete rinnovato il mio gusto per la società,» gli disse; «dopo la vostra partenza, il mio casolare mi sembrava un deserto. E giacchè il mio unico scopo è quello di viaggiare per diletto, mi sono deciso di partire immediatamente. Ho presa questa strada, perchè sapeva ch'era più bella di qualunque altra; e d'altronde,» aggiunse esitando un poco, «lo confesserò (e perchè non dovrei confessarlo?), io aveva qualche speranza di raggiungervi.

— Ed io ho crudelmente corrisposto alla vostra gentilezza,» riprese Sant'Aubert, che si rimproverava la sua fretta, e glie ne spiegò il motivo. Ma Valancourt, premuroso di evitare qualunque inquietudine sul di lui conto, nascose l'ambascia che provava, e seguitò a conversare allegramente. Emilia stava in silenzio, a meno che Valancourt non le volgesse la parola, ed il tuono commosso con cui lo faceva, valeva da per sè loro ad esprimere molto.

Trovavansi allora presso a quel fuoco che spiccava tanto vivamente nell'oscurità della notte: illuminava allora la strada tutta, e poteasi facilmente distinguere le figure che la circondavano. Accostandosi, riconobbero una banda di zingari che, specialmente in quell'epoca frequentavano i Pirenei, svaligiando i viaggiatori. Emilia notò con ispavento l'aspetto truce di quella compagnia, ed il fuoco che li rischiarava, diffondendo una nube purpurea sugli[47] alberi, gli scogli e le frondi, aumentava l'effetto bizzarro del quadro.

Tutti quegli zingari preparavano la cena. Una larga caldaia stava sul fuoco, e parecchie persone occupavansi ad empirla. Lo splendore della fiamma faceva scorgere una specie di rozza tenda, intorno alla quale giuocherellavano alla rinfusa ragazzi e cani. Il tutto formava un complesso veramente grottesco. I viaggiatori sentivano il pericolo. Valancourt taceva, ma mise la mano sur una delle pistole di Sant'Aubert, il quale, fatto altrettanto, fece avanzare il mulattiere. Passarono nondimeno senza ricevere insulti. I ladri non s'aspettavano probabilmente a tale incontro, ed occupavansi troppo della cena per sentire allora tutt'altro interesse.

Dopo un'ora e mezza di cammino nella più profonda oscurità, i viaggiatori arrivarono a Beaujeu e smontarono al solo albergo che vi fosse, e che, sebbene molto superiore alle capanne, non cessava però di essere cattivo.

Fu fatto venire immediatamente il chirurgo della città, se tuttavolta si può dar questo nome ad una specie di maniscalco, che curava uomini e cavalli, e che in caso di bisogno, faceva anche da barbiere. Esaminò il braccio di Valancourt, e avendo riconosciuto che la palla non era penetrata nelle carni, lo medicò e gli raccomandò il riposo; ma il paziente non era in verun modo disposto ad obbedirlo. Il piacere di star meglio era succeduto all'inquietudine del male; chè ogni godimento diviene positivo quando contrasta con un pericolo. Valancourt aveva riacquistate le forze, e volle prender parte alla conversazione. Sant'Aubert ed Emilia, liberi da qualunque timore, erano di una singolare allegrezza. Era già tardi, e Sant'Aubert fu costretto di uscire col locandiere per andar a cercare qualche cosa per la cena. Emilia, nell'intervallo, si assentò anch'essa sotto pretesto di mettere in ordine alcune sue cose;[48] trovò l'alloggio meglio disposto di quello che credea e quindi tornò a raggiugnere Valancourt. Parlarono delle vedute scoperte in quel giorno, dell'istoria naturale, della poesia, e finalmente del padre d'Emilia la quale non poteva parlare o sentir parlare, se non con gioia, d'un soggetto tanto caro al suo cuore.

La serata passò piacevolmente, ma siccome Sant'Aubert era stanco, e Valancourt soffriva ancora, si separarono subito dopo cena.

La mattina seguente, Valancourt aveva la febbre, non aveva dormito e la sua ferita era infiammata: il chirurgo, che venne a visitarlo di buon'ora, lo consigliò di restar tranquillo a Beaujeu. Sant'Aubert aveva pochissima fiducia nei di lui talenti; ma avendo inteso che non se ne poteva trovare uno più abile, cambiò il suo piano, e risolse di aspettare la guarigione del malato. Valancourt parve cercar di dissuadernelo, ma con più garbo che buona fede. La sua indisposizione trattenne i viaggiatori per più giorni colà. Sant'Aubert ebbe luogo di conoscere i di lui talenti ed il suo carattere, con quella precauzione filosofica, che sapeva tanto bene impiegare in tutte le circostanze. Conobbe un naturale franco e generoso, pieno di ardore, suscettibile di tutto ciò ch'è grande e buono, ma impetuoso, quasi selvaggio ed alquanto romanzesco. Valancourt conosceva poco il mondo; avea idee assennate, sentimenti giusti; la sua indignazione, come la sua stima si esprimevano senza misura, nè riguardi. Sant'Aubert sorrideva della sua veemenza, ma la reprimea di rado, e diceva fra sè: — Questo giovine, senza dubbio, non è mai stato a Parigi. — Un sospiro succedeva a queste riflessioni: egli era deciso di non lasciar Valancourt prima del suo pieno ristabilimento, e siccome esso era allora in istato di viaggiare, ma non a cavallo,

Sant'Aubert l'invitò ad approfittar qualche giorno della sua carrozza. Avendo saputo che il giovine era d'una famiglia distinta di[49] Guascogna, il cui grado e la considerazione erangli ben noti, la sua riserva fu meno grande, e Valancourt avendo accettato l'offerta con piacere, ripresero tutti insieme la strada che conduceva al Rossiglione.

Viaggiavano senza sollecitarsi, fermandosi quando il sito meritava attenzione; s'inerpicavano spesso sopra alture, cui non potevan giugnere le mule; smarrivansi tra que' dirupi, coperti di lavanda, di timo, di ginepro di tamarindo, e protetti da ombre antiche; una bella vista entusiasmava Emilia, superando le maraviglie della più fervida imaginazione. Sant'Aubert si divertiva talvolta ad erborizzare, mentre Emilia e Valancourt attendevano a qualche scoperta: il giovane le faceva osservare gli oggetti particolari della sua ammirazione, e recitava i più bei passi dei poeti italiani o latini cui essa prediligeva. Nell'intervallo della conversazione, e quando non era osservato, fissava gli sguardi su quel leggiadro volto, i cui lineamenti animati indicavano tanto spirito ed intelligenza: quando parlava in seguito, la dolcezza della sua voce palesava un sentimento cui cercava invano di nascondere. Grado grado, le pause ed il silenzio di lui divennero più frequenti: Emilia mostrò molta premura d'interromperli: essa fin allora così riservata, parlava del continuo, ora dei boschi, ora delle valli, ora dei monti, anzichè esporsi al pericolo di certi momenti di silenzio e di simpatia.

La via di Beaujeu saliva rapidissimamente: ei

si trovarono in mezzo a' più eccelsi monti; la serenità e purezza dell'aere, in quell'alte regioni, entusiasmavano i tre viaggiatori; l'anima loro ne pareva alleggerita, ed il loro spirito diventato più penetrante. Ei non avevano parole ad esprimere emozioni tanto sublimi, quelle di Sant'Aubert ricevevano un espressione più solenne: le lagrime irrigavangli le guancie, e camminava in disparte.[50] Valancourt parlava tratto tratto per attirar l'attenzione di Emilia; la limpidezza dell'atmosfera che lasciavale distinguere tutti gli oggetti, ingannavala talvolta, e sempre con piacere. Essa non poteva credere sì lunge da lei ciò che parevale così vicino; il silenzio profondo della solitudine non era interrotto se non dal grido delle aquile svolazzanti per l'aere, e dal sordo rumoreggiar de' torrenti in fondo degli abissi. Di sopra ad essi la splendida volta de' cieli non era oscurata da nube alcuna, i vortici di vapore sostavano in grembo a' monti, il loro rapido movimento velava talvolta tutto il paese, e tal altra scoprendone parte, lasciava all'occhio alquanti momenti d'osservazione. Emilia, estatica, contemplava la grandezza di quelle nubi che variavano forma e tinte; ne ammirava l'effetto sulle sottostanti contrade cui davano ad ogni istante mille nuove forme.

Dopo aver viaggiato così per parecchie leghe, cominciarono a scendere nel Rossiglione, e la scena che si svolse spiegava una bellezza meno aspra. I viaggiatori rammaricavano gli oggetti imponenti cui stavan per abbandonare. Benchè stancato da que' vasti aspetti, l'occhio riposava gradevolmente sul verde de' boschi e de' prati; il fiume che irrigavali la capanna sotto l'ombra de' faggi, i giulivi crocchi de' pastorelli, i fiori che adornavano i clivi, formavano insieme uno spettacolo incantevole.

Scendendo, riconobbero uno de' grandi varchi de' Pirenei in Ispagna: i fortilizi, le torri, le mura, ricevevano allora i raggi del sole all'occaso; le selve circostanti non avevano più se non un riflesso giallastro, mentre le punte de' dirupi tingeansi ancora di rosa.

Sant'Aubert guardava attento senza scoprire la piccola città indicatagli. Valancourt non poteva informarlo della distanza, non essendo mai ito tant'oltre; pur iscorgevano una strada, e doveano crederla[51] diretta, giacchè dopo Beaujeu non avean potuto smarrirsi da alcuna parte.

Il sole era vicino al tramonto, e Sant'Aubert sollecitò il mulattiere; egli sentivasi assai debole, e desiderava vivamente il riposo; dopo una sì faticosa giornata la sua inquietudine non si calmò, osservando un gran treno d'uomini, di muli e di cavalli carichi, che sfilavano pei sentieri dell'opposto monte, e siccome i boschi ne celavano spesso il cammino, non si poteva precisarne il numero: qualcosa di brillante, come d'armi risplendeva agli ultimi raggi del sole e la divisa militare si distingueva sui primi, e su qualche individuo sparso fra la comitiva. Appena furono nella valle, un'altra banda uscì dai boschi, ed i timori di Sant'Aubert aumentarono, non dubitando non fossero tanti contrabbandieri arrestati nei Pirenei, e scortati dalla soldatesca.

I viaggiatori avevano errato tanto nelle montagne che s'ingannarono nei loro calcoli, e non poterono giungere a Montignì prima della notte. Traversarono la valle, e notarono sopra un rustico ponte che riuniva due coste, un crocchio di fanciulli i quali divertivansi a lanciar sassi nel torrente; le pietre nel cadere, facevano spruzzar colonne d'acqua mandando un sordo fragore ripercosso alla lontana dagli echi dei monti. Sotto il ponte scoprivasi tutta la valle in prospettiva, una cateratta in mezzo alle rupi, ed una capanna sopra una punta protetta da annosi abeti. Quell'abitazione parea dovesse esser vicina ad una piccola città. Sant'Aubert fece fermare: chiamò i ragazzi, e lor chiese se Montignì fosse molto lontano; ma la distanza, lo strepito delle acque non gli permisero di farsi udire, e la ripidezza delle montagne che sostenevano il ponte era troppa perchè tutt'altri fuor d'un alpigiano pratico potesse ascenderle. Sant'Aubert dunque dovette decidersi a continuare col favore del crepuscolo la strada, la quale era talmente disagiosa che parve miglior consiglio scendere[52] di vettura. La luna cominciava a spuntare, ma tramandava troppo fioca luce; e' camminavano a caso in mezzo ai pericoli. In quel punto si udì la campana d'un convento; la fitta tenebria impediva la vista dell'edifizio, ma il suono pareva venire dai boschi che coprivano il monte di destra. Valancourt propose d'andarne in cerca. «Se non troviam ricovero in quel convento,» dicea egli, «almeno c'indicheranno la distanza o la posizione di Montignì.» E si mise a correre senza aspettar risposta; ma Sant'Aubert lo richiamò dicendogli: «Io sono orribilmente stanco, ho bisogno di pronto riposo; andiamo tutti al convento; il vostro robusto aspetto sventerebbe i nostri disegni; ma quando si vedrà il mio spossamento e la stanchezza d'Emilia, non ci si negherà ricetto.»

Sì dicendo, prese il braccio d'Emilia, e raccomandando a Michele d'aspettarlo, seguì il suono della campana e salì dalla parte dei boschi, ma a passi vacillanti. Valancourt gli offerse il braccio cui accettò. La luna venne a rischiarare il sentiero, e lor permise in breve di scorgere torri che sorgevano sul colle. La campana continuava a guidarli; entrarono nel bosco, ed il fioco chiarore della luna divenne più incerto per l'ombra ed il tremolio delle foglie. L'oscurità, il cupo silenzio, quando la campana non suonava, la specie d'orrore ispirato da un luogo sì selvaggio, tutto riempì Emilia d'uno spavento che la voce e la conversazione di Valancourt poteva solo diminuire. Dopo alcun tempo di salita, Sant'Aubert, si lamentò, e tutti sostarono sur un erboso poggio, dove gli alberi, più radi, lasciavan godere il chiaro della luna. Sant'Aubert sedette sull'erba tra i due giovani. La campana non suonava più, e la quiete notturna non era interrotta da strepito veruno, avvegnacchè il fragor sordo di qualche lontano torrente paresse accompagnare, anzichè turbare il silenzio.[53]

Avevano allora sott'occhio la valle testè lasciata. La luce argentea che ne scopriva le fondure, riflettendo sulle rupi e le selve di sinistra, contrastava colle tenebre, onde i boschi a destra erano come avvolti. Le cime sole erano illuminate a sbalzi; il resto della valle perdeasi in seno ad una nebbia, di cui lo stesso chiaro di luna non serviva che a crescere la foltezza. I viaggiatori ristettero alcun tempo a contemplare quel bell'effetto.

«Simili scene,» disse Valancourt, «dilettano il cuore come i concenti di deliziosa musica; chiunque ha gustata una volta la melanconia ch'esse ispirano non vorrebbe mutarne l'impressione per quella dei più squisiti piaceri. Elleno destano i nostri più puri sentimenti; dispongono alla benevolenza, alla pietà, all'amicizia. Coloro ch'io amo, parvemi sempre d'amarli assai più in quest'ora solenne.» Tremogli la voce, e sostò.

Sant'Aubert nulla dicea. Emilia vide cadere una lagrima sulla mano cui stringeva tra le proprie. Indovinonne ben essa il pensiero; anche il suo era corso alla pietosa memoria della genitrice. Ma Sant'Aubert, rianimandola: «Oh sì,» disse reprimendo un sospiro, «la memoria di quelli che noi amiamo, di un tempo trascorso per sempre, gli è in questo istante che si posa sulle anime nostre! È come una melodia lontana in mezzo al silenzio delle notti, come le tinte raddolcite di questo paesaggio.» Poscia, dopo una pausa, continuò: «Io ho sempre creduto le idee più lucide a quest'ora che in qualunque altra, ed il cuore che non ne riconosce l'influenza, è di certo un cuore snaturato. Vi son tanti....»

Valancourt sospirò.

«Ve ne sono dunque molti?» disse Emilia. — Fra

alcuni anni forse, cara figlia,» rispose Sant'Aubert, «tu sorriderai ricordandoti tale domanda, se tuttavolta questa memoria non ti strapperà[54] le lagrime. Ma vieni, mi sento un po' meglio. Andiamo innanzi.»

Uscirono finalmente dal bosco, e videro sopra un'eminenza il convento cui aveano tanto cercato. Un muro altissimo che lo circondava li condusse ad un'antica porta; bussarono, ed il laico che venne ad aprire li condusse in una sala vicina, pregandoli di aspettare fino a che fosse avvertito il superiore. Nell'intervallo, comparvero parecchi frati ad osservarli con curiosità; poco stante ritornò il laico e li scortò innanzi al superiore. Egli sedeva in un seggiolone; aveva un grosso libro davanti a sè, sostenuto da vasto leggìo. Ricevè garbatamente i viaggiatori senza alzarsi, fece loro poche interrogazioni, ed acconsentì alla loro domanda. Dopo una brevissima conferenza, fatti i debiti complimenti, furono condotti in una stanza, ove si preparava la cena, e Valancourt, accompagnato da un frate, andò a cercare Michele, la carrozza ed i muli. Appena ebbe scesa la metà della strada, udì la voce del mulattiere, il quale chiamava i nostri viaggiatori per nome. Convinto, non senza difficoltà, che tanto lui, quanto il suo padrone non avevano più nulla da temere, si lasciò condurre in una capanna vicino al bosco. Valancourt tornò in fretta a cenare cogli amici, ma Sant'Aubert soffriva troppo per mangiare con appetito. Emilia, assai inquieta per suo padre, non sapeva pensare a sè medesima, e Valancourt, mesto e pensieroso, ma sempre occupato di loro, non pensava ad altro se non a confortare ed incoraggire Sant'Aubert. Separatisi presto, si ritirarono nelle loro stanze. Emilia dormì in un gabinetto contiguo alla camera del padre; trista, pensierosa ed occupata soltanto dello stato di languore in cui lo vedeva, coricossi senza speranza di riposo.

Due ore dopo una campana squillò, e passi precipitosi percorsero i corridoi. Poco esperta degli usi claustrali, Emilia spaventossi; i suoi timori,[55] sempre vivi pel padre, le fecero supporre che stesse più male; si alzò in fretta per correre da lui, ma essendosi fermata un momento all'uscio onde lasciar passare i frati, ebbe tempo di riaversi, di riordinare le idee, e comprendere che la campana aveva suonato mattutino. Questa campana non suonava più, tutto era quiete, ed essa non andò più oltre; ma, non potè dormire, ed allettata d'altra parte dal fulgore d'una splendida luna, aprì la finestra e si mise a rimirar il paese.

Placida era la notte e bella, il firmamento senza nubi, e lieve zeffiro agitava appena gli alberi della valle. Stava attenta, allorchè l'inno notturno dei religiosi sorse dolcemente dalla cappella, situata in luogo più basso, talchè il sacro cantico parea salire al cielo traverso il silenzio delle notti. I pensieri susseguironsi; dall'ammirazione delle opere, l'anima sua passò all'adorazione del loro onnipossente e buono autore. Penetrata d'una pietà pura e scevra da profani sentimenti, l'anima sua elevossi al disopra dell'universo; gli occhi versaron lagrime; ella adorò la Potenza infinita nelle sue opere, e la bontà sua ne' suoi benefizi.

Il cantico de' frati cesse di nuovo il posto al silenzio; ma Emilia non lasciò la finestra se non quando la luna, essendo tramontata l'oscurità parve invitarla al riposo.

CAPITOLO V

Sant'Aubert si trovò la mattina seguente bastantemente in forza per continuare il viaggio, e sperando arrivare lo stesso giorno nel Rossiglione, si mise in cammino di buonissim'ora. La strada che percorrevano allora i viaggiatori, offriva vedute selvagge e pittoresche come le precedenti; solo tratto tratto le scene, meno severe, spiegavano una bellezza più amena e ridente.[56]

Quando Sant'Aubert parea occupato delle piante, contemplava con trasporto Emilia e Valancourt, i quali passeggiavano insieme; questi col contegno e l'emozione del piacere indicava una bella vista nella scena che lor s'offriva; quella ascoltava e guardava con un'espressione di sensibilità seria indicante l'elevatezza del suo spirito. Rassembravano a due amanti, i quali mai non avessero lasciati i monti natii, che la situazione loro avesse preservati dal contagio delle frivolezze; le cui idee, semplici e grandiose come il paesaggio che percorrevano, non comprendessero la felicità se non nella tenera unione de' cuori puri. Sant'Aubert sorrideva e sospirava a un tempo, pensando alla romanzesca felicità onde la sua imaginazione offerivagli il quadro; sospirava inoltre pensando quanto la natura e la semplicità fossero mai estranee al mondo, poichè i loro soavi diletti parevano un romanzo.

— Il mondo,» dicea egli seguendo il proprio pensiero, «il mondo mette in ridicolo una passione cui appena conosce; i suoi movimenti ed interessi distraggono lo spirito, depravano i gusti, corrompono il cuore; e l'amore non può esistere in un cuore quando non ha più la cara dignità dell'innocenza. La virtù e la simpatia son quasi la medesima cosa; la virtù è la simpatia messa in azione, e le più delicate affezioni di due cuori formano insieme il vero amore. Come mai potrebbesi cercar l'amore in seno alle grandi città? La frivolezza, l'interesse, la dissipazione, la falsità vi surrogano del continuo la semplicità, la tenerezza e la franchezza. —

Era quasi mezzodì quando i viaggiatori giunsero ad un passo sì pericoloso che lor fu d'uopo scendere di carrozza; la strada era contornata da boschi, e anzichè continuare innanzi, si misero a cercar l'ombra. Un umido rezzo era diffuso per l'aere; lo splendido smeraldo dell'erba, la bella miscea de' fiori, de' balsami, de' timi e delle lavande che la[57] smaltavano; l'altezza de' pini, de' frassini e de' castagni che ne proteggevano l'esistenza, tutto concorrea a far di quello un luogo veramente delizioso. Talvolta il fogliame, più fitto, interdicea la vista del paesaggio; altrove, qualche misterioso varco lasciava traveder all'imaginazione quadri assai più leggiadri che fin allora non avesse osservati, ed i viaggiatori abbandonavansi volentieri a que' godimenti quasi ideali.

Le pause ed il silenzio che avevano già interrotto i colloqui di Valancourt e d'Emilia furono quel dì molto più frequenti. Il giovane, dalla vivacità più espressiva, cadeva in un accesso di languore, e la malinconia pingevasi senz'arte fin nel di lui sorriso. La fanciulla non poteva più ingannarsi: il suo proprio cuore partecipava il medesimo sentimento.

Quando Sant'Aubert fu ristorato, continuarono a camminare pel bosco, credendo sempre costeggiar la strada; ma s'accorsero alfine d'averla smarrita affatto. Avevano seguito il declivio ove la beltà de' luoghi li tratteneva, e la strada andava invece montando su per la ripida costa. Valancourt chiamò Michele, ma l'eco solo rispose alle sue grida, ed i suoi sforzi furono parimente vani per ritrovar la strada. In tale stato, scorsero fra gli alberi, a qualche distanza, la capanna d'un pastore. Valancourt vi corse per chiedere qualche indicazione; giuntovi, vi trovò soltanto due ragazzi che giocavan sull'erba. Guardò in casa, e non vide nessuno. Il maggiore de' fanciulli gli disse che suo padre trovavasi ne' campi, sua madre nella valle, nè tarderebbe a tornare. Il giovane pensava a quanto convenisse fare, allorchè la voce di Michele echeggiò d'improvviso su le rupi circostanti. Valancourt rispose tosto e cercò d'andare a raggiungerlo; dopo un faticoso lavoro tra le boscaglie ed i massi, lo raggiunse alfine ed a stento riescì a farlo tacere. La strada era lontanissima dal luogo ove riposavano il padre e la figlia. Era difficile[58] di condur fin là la vettura; sarebbe stato troppo penoso per Sant'Aubert d'inerpicarsi pel bosco, com'egli stesso avea fatto, ed il giovane era angustiato molto per trovare un cammino più praticabile.

Intanto, Sant'Aubert ed Emilia eransi accostati alla capanna e riposavano sopra una panca campestre situata fra due pini ed ombreggiata dalle loro frondi; avean guardato a Valancourt, ed aspettavano che li raggiungesse.

Il maggiore de' ragazzi aveva lasciato il giuoco per rimirar i viaggiatori; ma il piccino continuava i suoi salti e tormentava il fratello perchè tornasse ad aiutarlo. Sant'Aubert considerava con piacere quella fanciullesca semplicità, quando d'improvviso tale spettacolo, rammentandogli i figli perduti in quella fresca età, ed in ispecie la loro diletta madre, lo fece ricadere nella mestizia. Emilia, accortasene, cominciò una di quelle ariette commoventi cui egli tanto prediligeva, e ch'ella sapeva cantar colla massima grazia ed espressione. Il padre le sorrise attraverso le lagrime, le prese la mano, la strinse teneramente e cercò bandire i malinconici pensieri. Essa cantava ancora, quando Valancourt tornò; egli non volle interromperla, e sostò ad ascoltare. Quand'ebbe finito, accostossi e narrò d'aver trovato Michele ed anche una strada per ascendere il dirupo. Sant'Aubert, a tai parole, ne misurò coll'occhio la tremenda altezza; sentivasi oppresso, e la salita pareagli spaventosa. Il partito però sembravagli preferibile ad una strada lunga e scabrosa affatto; risolse di tentarlo, ma Emilia, sempre premurosa, gli propose di pranzare in prima, onde ristorar alquanto le forze, e Valancourt tornò alla vettura a cercarvi provvigioni.

Al ritorno, propose di collocarsi un po' più in alto, essendovi la vista più bella ed estesa. Stavano per recarvisi, quando videro una giovane accostarsi ai ragazzi, accarezzarli, e piangere amaramente.[59]

I viaggiatori, interessati dalla di lei sventura, sostarono a meglio osservarla. Essa prese in braccio il minore de' figli, e scorti i forestieri, si terse le lagrime in fretta ed accostossi alla capanna. Sant'Aubert le chiese la causa della di lei afflizione. Gli diss'ella che suo marito era un povero pastore, il quale tutti gli anni passava la state in quella capanna per condur a pascere un armento sui monti. La notte precedente aveva perduto tutto; una banda di zingari, i quali da qualche tempo infestavano la contrada, avean rapite tutte le pecore del suo padrone. «Jacopo,» aggiunse la donna, «avendo accumulato qualche peculio, avea comperato poche pecore per noi; ma adesso bisognerà darle per sostituire il gregge tolto al padrone; il peggio si è che quando questi saprà la cosa, non vorrà più affidarci i suoi montoni; è un uomo cattivo; ed allora, che cosa sarà de' nostri figliuoli?»

L'atteggiamento di quella donna, la semplicità del suo racconto ed il suo sincero dolore indussero Sant'Aubert a crederne la trista storia. Valancourt, convinto ch'era vera, chiese tosto quanto valesse il gregge rubato; allorchè lo seppe, rimase sconcertato. Sant'Aubert diè qualche moneta alla donna; Emilia vi contribuì col suo borsellino, e quindi avviaronsi al luogo convenuto. Valancourt restò di dietro parlando colla moglie del pastore, la quale allora piangeva per la gratitudine e la sorpresa; le chiese quanto le mancasse ancora per ripristinare il gregge rapito. Trovò che la somma era quasi la totalità di quanto portava seco. Stava egli incerto ed afflitto. — Tale somma, dicea tra sè, basterebbe alla felicità di questa povera famiglia; sta in poter mio il darla, e renderli lieti e contenti; ma come farò poi io? come tornerò a casa col poco che mi resterà? — Esitò alcun tempo; trovava una voluttà singolare a salvare una famiglia dalla rovina, ma sentiva la difficoltà di proseguir la sua strada col poco danaro che avrebbesi riservato.[60]

Stava così perplesso, quando comparve lo stesso pastore. I figliuoli gli corsero incontro; egli ne prese uno in braccio, e coll'altro attaccato alla cintola, inoltrò a lenti passi. Il suo aspetto abbattuto, costernato, decise Valancourt; gettò tutto il danaro che avea, tranne pochi scudi, e corse dietro a Sant'Aubert, il quale, sorretto da Emilia, incamminavasi verso l'erta. Il giovane non erasi mai sentito l'animo sì leggero; il cuore balzavagli dalla gioia, e tutti gli oggetti a lui intorno parevano più belli ed interessanti. Sant'Aubert osservò i di lui trasporti, e gli disse:

«Che cos'avete che sì v'incanta?

— Oh! la bella giornata!» sclamava Valancourt; «come splende il sole, come pura è l'aura qual sito magico!

— E stupendo!» disse Sant'Aubert, la cui felice esperienza spiegava facilmente l'emozione di Valancourt; «peccato che tanti ricchi, i quali potrebbero procurarsi a piacimento uno splendido sole, lascino avvizzir i lor giorni nelle nebbie dell'egoismo! Per voi, mio giovine amico, possa sempre il sole sembrarvi bello quant'oggi; possiate voi, nell'attiva vostra beneficenza, riunir sempre la bontà e la saviezza!»

Valancourt, onorato di tal complimento, non potè rispondere se non con un sorriso, e fu quello della gratitudine.

Continuarono a traversare il bosco tra le fertili gole de' monti. Giunti appena nel sito ove volean recarsi, tutti insieme proruppero in un'esclamazione; dietro ad essi, la rupe perpendicolare sorgeva a prodigiosa altezza e spartivasi allora in due punte egualmente alte. Le loro grige tinte contrastavano collo smalto de' fiori sbuccianti tra i crepacci; i burroni sui quali l'occhio scorrea rapido per ispingersi giù nella valle, erano sparsi anch'essi d'arboscelli; più giù ancora, un verde tappeto indicava[61] i castagneti, in mezzo a' quali scorgeasi la capanna del povero pastore. Da ogni parte, i Pirenei ergeano le maestose cime; talune, carche d'immensi massi di marmo, mutavan colore ed aspetto nel medesimo tempo del sole; altre, ancor più alte, mostravan soltanto le nevose punte, e le basi colossali, uniformemente tappezzate, coprivansi sin giù nella valle di pini, larici e verdi querce. Questa valle, benchè stretta, era quella che conduceva al Rossiglione; i freschi pascoli, la doviziosa coltura contrastavano stupendamente colla grandiosità delle masse circostanti. Fra le catene prolungate di monti scoprivasi il basso Rossiglione, e la grande lontananza, confondendo tutte le gradazioni, parea riunir la costa ai candidi flutti del Mediterraneo. Un promontorio su cui sorgeva un faro indicava solo la separazione ed il lido; stormi d'uccelli marini volavano intorno. Più lungi però distinguevansi alcune bianche vele; il sole ne aumentava il candore, e la lor distanza dal faro ne facea giudicar la celerità; ma eravene di sì lontane, che servivan soltanto a separare il cielo ed il mare.

Dall'altra parte della valle, proprio in faccia ai viaggiatori, eravi un passaggio fra le rocce, che guidava in Guascogna. Costà, nessun vestigio di coltura; gli scogli di granito ergevansi spontaneamente dalle basi, trapassando i cieli colle sterili aguglie; costà, nè foreste, nè cacciatori, nè tuguri: talvolta però un gigantesco larice gettava l'immensa sua ombra sopra un incommensurabile precipizio, e talfiata una croce sopra un dirupo accennava al viaggiatore il terribil destino di qualche imprudente. Il loco parea destinato a diventare un ricovero di banditi; Emilia ad ogni istante aspettavasi a vederli sbucare; poco dopo, un oggetto non meno terribile le colpì la vista. Una forca, eretta all'ingresso del passaggio, e proprio al disopra d'una croce, spiegava bastantemente qualche tragico fatto.[62] Evitò essa di parlarne a Sant'Aubert, ma tal vista inquietolla; avrebbe voluto sollecitare il passo per giungere con certezza prima del tramonto. Ma il padre avea bisogno di rifocillarsi, e, sedendo sull'erba, i viaggiatori votarono il paniere.

Sant'Aubert fu rianimato dal riposo e dall'aria

serena di quella spianata. Valancourt era talmente estatico, talmente bisognoso di conversare, che parea aver dimenticata tutta la strada che restava da fare. Finito il pasto, fecero un lungo addio a quel sito maraviglioso e tornarono ad inerpicarsi. Sant'Aubert ritrovò la carrozza con piacere; Emilia vi salì secolui: ma volendo conoscere più minutamente la deliziosa contrada dove stavano per discendere, Valancourt slegò i suoi cani e li seguì a piedi; egli soffermavasi talvolta sopra le alture che gli offrivano un bel punto di vista; il passo delle mule permettevagli siffatte distrazioni. Se qualche luogo spiegava una rara magnificenza, tornava alla carrozza, e Sant'Aubert, troppo stanco per andar a goderne in persona, vi mandava la figlia e stavasene ad aspettarla.

Era tardi quando calarono dalle belle alture che coronano il Rossiglione. Questa magnifica provincia è incassata nelle loro maestose barriere, non restando aperta che dalla parte del mare. L'aspetto della cultura abbelliva in fondo il paesaggio, ed il piano tingevasi de' più vividi colori, e quali il lussureggiante clima e l'industria degli abitanti potevano dovunque farli nascere. Boschetti d'aranci e di limoni imbalsamavan l'aere; i lor frutti già maturi dondolavano tra le frondi, e le coste dal facile declivio facevan pompa delle più belle uva. Più lungi, selve, pascoli, città, casali, il mare, sulla cui rifulgente superficie scorrevano molte vele sparse, un tramonto scintillante di porpora; questo passo, in mezzo ai monti che lo dominavano, formava la perfetta unione dell'ameno col sublime; era la bellezza dormente in seno all'orrore.[63]

I viaggiatori, giunti al basso, inoltrarono fra siepi di mirti e di melagrani fioriti sino alla piccola città d'Arles, dove contavan passar la notte. Trovarono un alloggio semplice, ma pulito; avrebbero passata una deliziosa sera, dopo le fatiche ed i godimenti del dì, se il momento della separazione che accostavasi non avesse sparso una nube su' loro cuori. Sant'Aubert voleva partir la domane, costeggiare il Mediterraneo e giungere così in Linguadoca. Valancourt, guarito troppo presto, ormai senza pretesto per seguire i suoi nuovi amici, dovea separarsene in quel luogo stesso. Sant'Aubert, il quale l'amava, proposegli di andar più innanzi; ma non reiterò l'invito, e Valancourt ebbe il coraggio di non accettare, per mostrare d'esserne degno. E' dovevano dunque lasciarsi la domane: Sant'Aubert per partire alla volta della Linguadoca, e Valancourt per riprendere la via de' monti onde riedere a casa. Tutta la sera non proferì sillaba, e stette soprappensieri: Sant'Aubert fu con lui affettuoso, ma però grave; Emilia fu seria, benchè cercasse di comparir allegra; e dopo una delle più malinconiche sere che mai avessero passate insieme, separaronsi per la notte.

CAPITOLO VI

Il giorno dipoi, Valancourt fece colazione coi compagni, ma nessun d'essi parea aver dormito. Sant'Aubert portava l'impronta dell'oppressione e del languore. Emilia trovava la di lui salute molto infiacchita, e le sue inquietudini crescevano del continuo: osservava essa tutti i di lui sguardi con timida premura, e la loro espressione si trovava subito fedelmente ripetuta ne' suoi.

Sin dal principio della loro conoscenza, Valancourt aveva indicato il suo nome e la sua famiglia. Sant'Aubert conosceva l'uno e l'altra, non meno[64] che i beni delle sua casa, posseduti allora da un fratello maggiore di Valancourt, i quali distavano otto leghe circa dal suo castello; ed aveva incontrato questo fratello in qualche luogo del vicinato. Questi preliminari avevano facilitato la sua ammissione; il contegno, le maniere e l'esterior suo gli avevano guadagnata la stima di Sant'Aubert, che volentieri fidava nel proprio criterio, ma rispettava le convenienze; e tutte le buone qualità che riconosceva in lui, non gli sarebbero parse motivi sufficienti per avvicinarlo tanto alla figlia.

La colazione fu quasi taciturna, quanto eralo

stata la cena della sera precedente; ma la loro meditazione fu interrotta dal romore della carrozza che doveva condur via Sant'Aubert ed Emilia. Valancourt si alzò, corse alla finestra, riconobbe la carrozza, e tornò alla sua sedia senza parlare. Il momento di separarsi era omai giunto. Sant'Aubert disse al giovane che sperava rivederlo nella valle, e che non vi sarebbe passato di certo senza onorarli di una visita. Valancourt lo ringraziò affettuosamente, e l'assicurò che non ci avrebbe mai mancato: sì dicendo guardava timidamente Emilia, la quale si sforzava di sorridere in mezzo alla sua profonda tristezza; passarono qualche minuto in un colloquio animatissimo; Sant'Aubert s'avviò alla carrozza, Emilia e Valancourt lo seguirono in silenzio: il giovane restava fermo allo sportello, e quando furono saliti pareva che nessuno avesse il coraggio di dirsi addio. In fine Sant'Aubert pronunziò la trista parola; Emilia fece altrettanto a Valancourt, che lo ripetè con un sorriso forzato, e la carrozza si mise in moto.

I viaggiatori restarono a lungo in silenzio. Sant'Aubert finalmente disse: «È un giovine interessante; sono molti anni che una conoscenza sì breve non m'ha così affettuosamente colpito. Egli mi ricorda i giorni della mia gioventù, quel tempo in[65] cui tutto mi sembrava ammirabile e nuovo.» Sospirò, e ricadde nella sua meditazione. Emilia si affacciò alla portiera, e rivide Valancourt immobile sulla porta, che li seguiva cogli occhi; egli la scorse, e salutolla colla mano; ella gli restituì il saluto, ma ad una svolta della strada non potè più vederlo.

«Mi ricordo ciò ch'era io in quell'età,» soggiunse

Sant'Aubert; «io pensava e sentiva precisamente come lui. Il mondo allora aprivasi dinanzi a me, ed or esso si chiude.

— O caro papà, non abbandonatevi a pensieri sì lugubri,» disse Emilia con voce tremante; «voi avete, spero, da vivere molti anni, per la vostra felicità e la mia.

— Ah Emilia!» sclamò Sant'Aubert; «pel tuo! sì, spero che abbia ad esser così.» Asciugò una lagrima che scorrevagli lungo le guance, e sorridendo della sua emozione, aggiunse con voce tenera: «Avvi qualcosa nell'ardore ed ingenuità di quel giovane, che dee soprattutto commovere un vecchio, di cui il veleno del mondo non alterò i sentimenti; sì, io scopro in lui un non so che d'insinuante, di vivificante, come la vista della primavera quando si è infermi. Lo spirito del malato assorbe qualcosa del succhio rinnovantesi, e gli occhi si rianimano ai raggi meridiani; Valancourt è per me questa felice primavera.»

Emilia, la quale stringea amorosamente la mano del padre, non aveva mai udito dalla sua bocca un simile elogio che le riescisse tanto gradito, nemmen quand'erane stata ella medesima l'oggetto.

Viaggiavano in mezzo a vigneti, boschi e prati, entusiasmati ad ogni passo di quel magnifico paesaggio cui limitavan i Pirenei e l'immenso pelago. Dopo mezzodì giunsero a Calliure, situato sul mediterraneo. Vi pranzarono, e lasciata passare la caldura, ripresero a seguire i magici lidi che stendonsi[66] fin nella Linguadoca. Emilia considerava con entusiasmo il vasto impero dell'onde, di cui i lumi e le ombre variavan tanto singolarmente la superficie, e le cui spiagge, adorne di boschi, rivestivan già le prime assise dell'autunno.

Sant'Aubert era impaziente di trovarsi a Perpignano, dove aspettava lettere di Quesnel, e per tal motivo aveva lasciato tosto Calliure, malgrado l'urgente bisogno di qualche riposo. Dopo alcune leghe di strada, addormentossi; ed Emilia, la quale avea messi due o tre libri in carrozza partendo dalla valle, ebbe agio di farne uso. Essa cercò quello che aveva letto Valancourt il dì prima: desiderava ripassar le pagine sulle quali gli occhi d'un amico sì caro eransi fissati poc'anzi. Volea riandar i passi ch'egli ammirava, pronunziarli com'egli facea, e ricondurlo, per dir così, alla di lei presenza. Cercando questo libro ch'essa non potea trovare, scorse in vece sua un volume del Petrarca, appartenente al giovane, il cui nome vi appariva sopra scritto. Spesso ei gliene leggeva alcuni brani, e sempre con quella patetica espressione che caratterizzava i sentimenti dell'autore.

Arrivarono a Perpignano subito dopo il tramonto del sole. Sant'Aubert vi trovò le lettere che aspettava da Quesnel. Se ne mostrò così dolorosamente commosso, che Emilia, spaventata, lo scongiurò, per quanto glielo permise la delicatezza, di spiegargliene il contenuto. Non le rispose se non con lacrime, e tosto parlò di tutt'altro. Emilia credè bene di non sollecitarlo ulteriormente, ma lo stato di suo padre l'occupava forte, e non potè dormire per tutta la notte.

Il dì seguente continuarono lungo la costa per giungere a Leucate, porto del Mediterraneo, situato sulle frontiere del Rossiglione e della Linguadoca. Cammin facendo, Emilia rinnovò la istanze del dì prima, e parve talmente turbata dal silenzio e della[67] disperazione di Sant'Aubert, che questi bandì alfine qualunque riguardo. «Io non voleva, cara Emilia,» le diss'egli, «avvelenare i tuoi piaceri, e avrei desiderato, almeno durante il viaggio, nasconderti circostanze, che avrei pur troppo dovuto manifestarti un giorno; la tua afflizione me lo impedisce, e tu soffri forse più dell'incertezza che non soffriresti della verità. La visita del signor Quesnel fu per me un'epoca fatale; ei mi disse allora parte delle notizie dispiacenti che mi vengono ora confermate dalle sue lettere. Tu mi avrai inteso parlare d'un tal Motteville di Parigi, ma ignoravi che la maggior porzione di quanto possiedo era deposto in sue mani; io aveva in lui cieca fiducia, e non voglio ancora crederlo indegno della mia stima: parecchie circostanze hanno concorso alla sua rovina, ed io sono rovinato con lui.»

Qui si fermò per moderare la sua emozione.

«Le lettere che ho ricevute dal signor Quesnel» continuò egli eccitandosi a fermezza, «ne contenevano altre di Motteville stesso, e tutti i miei timori sono confermati.

— Bisognerà egli abbandonare il nostro castello?» disse Emilia dopo un lungo silenzio.

— Non è per anco ben certo,» disse Sant'Aubert; «ciò dipenderà dall'accordo che Motteville potrà fare co' suoi creditori. Il mio patrimonio, tu lo sai, non era molto pingue, ed ora non è quasi più nulla. Io ne sono afflittissimo per te sola, figlia cara.»

A tai parole gli mancò la voce. Emilia, tutta lacrimosa, gli sorrise teneramente, e sforzandosi di superare la sua agitazione, gli rispose: «Non vi affliggete nè per voi nè per me, o mio buon padre. Noi possiamo essere ancora felici. Sì, se ci resta il castello della valle, noi lo saremo certamente; terremo una sola donna di servizio, e non vi accorgerete del cambiamento della vostra fortuna. Consolatevi,[68] caro papà, noi non proveremo nessuna privazione, giacchè non abbiamo mai gustato le vane superfluità del lusso, e la povertà non potrà privarci giammai dei nostri più dolci godimenti; essa non potrà nè diminuire la nostra tenerezza, nè avvilirci ai nostri occhi od a quelli delle persone che ci stimano.»

Sant'Aubert celossi il volto nel fazzoletto, non potendo parlare; ma Emilia continuò a favellare al padre le verità ch'egli stesso avea saputo inculcarle. «La povertà,» essa gli dicea, «non potrà privarci d'alcuno de' diletti dell'anima; voi potrete sempre essere un esempio di coraggio e bontà, ed io la consolazione d'un prediletto genitore.»

Sant'Aubert non poteva rispondere: strinse Emilia al cuore: le loro lacrime si confusero, ma non erano più lacrime di tristezza. Dopo questo linguaggio del sentimento, ogni altro sarebbe stato troppo debole, ed entrambi stettero silenziosi. Sant'Aubert parlò in seguito secondo il consueto, e se lo spirito non era nella sua ordinaria tranquillità, ne aveva almeno ripresa l'apparenza.

Giunsero a Leucate assai per tempo, ma Sant'Aubert era stanchissimo, e volle passarvi la notte. La sera andò a passeggiare colla figlia per visitarne i contorni. Si scuopriva il lago di Leucate, il Mediterraneo, una parte del Rossiglione circondato dai Pirenei, ed una porzione molto considerevole della Linguadoca e delle sue fertilissime campagne. Le uve, già mature, rosseggiavano sui colli aprichi, e la vendemmia era principiata. I due passeggianti vedevano i crocchi giulivi, udivano le canzoni a lor recate sui vanni di lieve zeffiro e godevano anticipatamente di tutti i piaceri che lor promettea la strada. Sant'Aubert nondimeno non volle lasciar il mare: bene spesso fu tentato di tornarsene nella valle, ma il piacere che prendeva Emilia a questo viaggio, contrabbilanciava sempre questo desiderio;[69] e d'altronde, voleva far la prova se l'aria marina non lo sollevasse un poco.

Il giorno seguente si rimisero in cammino. I Pirenei, sebbene molto lontani, offrivano una veduta delle più pittoresche; a destra aveano il mare, ed a sinistra immense pianure, che si confondevano coll'orizzonte. Sant'Aubert se ne rallegrava, e ne parlava con Emilia; ma la sua allegria era più finta che naturale, ed ombre di tristezza facean velo bene spesso alla sua fisonomia: un sorriso però di Emilia bastava per dissiparle; ma ella stessa aveva il cuore straziato, e vedeva benissimo che gli affanni del padre indebolivano visibilmente tutti i giorni la sua salute.

Giunsero molto tardi ad una piccola città della Linguadoca; avevano prefisso di dormirvi, ma fu impossibile; la vendemmia teneva occupati tutti i posti, e convenne recarsi ad un villaggio più lontano; la stanchezza ed i patimenti di Sant'Aubert richiedevano un pronto riposo, e la notte era già avanzata; ma la necessità non ha legge, e Michele continuò il suo cammino.

Le ubertose pianure della Linguadoca, nel fervore delle vendemmia, rintronavano de' frizzi e della rumorosa allegria francese. Sant'Aubert non potea più goderne; il suo stato contrastava troppo tristamente col brio, la gioventù e i piaceri che circondavanlo. Quando volgea i languidi occhi su quella scena, pensava che in breve non la vedrebbero più. — Que' monti lontani ed eccelsi,» dicea tra sè, considerando i Pirenei ed il tramonto, «queste belle pianure, quella vôlta azzurra, la cara luce del dì, saranno per sempre interdette a' miei sguardi; fra poco la canzone del contadino, la voce consolatrice dell'uomo non giugneranno più all'orecchio mio... —

Gli occhi d'Emilia parean leggere tutto che passava nell'animo del padre: essa li fissava sul di lui viso coll'espressione d'una tenera pietà. Dimenticando[70] allora gli argomenti d'un vano rammarico, non vide più altro che lei, e l'orribile idea di lasciar la figlia senza protettore, cambiò la sua pena in un vero tormento; sospirò dal cuor profondo, e non mosse labbro. Emilia comprese quel sospiro; gli strinse le mani con tenerezza, e si volse dalla parte della portiera per nascondere le lagrime. Il sole proiettava allora un ultimo raggio sul Mediterraneo, i cui vapori parevano tutti d'oro; a poco a poco le ombre del crepuscolo si distesero; una zona scolorita apparve solo a ponente, segnando il punto dove il sole erasi perduto nelle brume d'una sera autunnale. Una fresca brezzolina sorgeva dalla spiaggia. Emilia calò i cristalli; ma la frescura, sì gradevole nello stato di salute, non era necessaria per un infermiccio, e il padre la pregò di rialzarli. Crescendo la sua indisposizione, pensava allora più che mai a por fine alla marcia del dì; fermò Michele per sapere a qual distanza fossero dal primo villaggio. «A quattro leghe,» disse il mulattiere. — Io non potrò farle,» disse Sant'Aubert; «cercate, nell'andare innanzi, se non vi fosse una casa sulla strada in cui possano riceverci per istanotte.»

Si rigettò in carrozza; Michele fe' schioccar la frusta, e galoppò finchè Sant'Aubert quasi fuor de' sensi, gli fece segno di fermarsi. Emilia guardava alla portiera: vide alla perfine un contadino a qualche distanza: lo aspettarono e gli chiesero se non vi fosse ne' dintorni alloggio pe' viaggiatori. Rispose di non conoscerne. «C'è un castello in mezzo ai boschi,» soggiunse, «ma io credo che non vi si riceve nessuno, e non posso insegnarvene la strada essendo quasi io stesso forestiero.»

Sant'Aubert stava per rinnovellare le sue domande sul castello; ma l'uomo piantollo lì e se ne andò. Dopo un momento di riflessione, Sant'Aubert ordinò a Michele di andare pian piano verso i boschi. Ad ogni istante il crepuscolo diventava più [71] oscuro, e la difficoltà di guidarsi cresceva. Passò un altro paesano.

«Quale è la strada del castello ne' boschi?» gridò Michele.

— Il castello ne' boschi!» sclamò il paesano. «Volete parlare di quelle torrette?

— Non so se son torrette,» disse Michele: «parlo di quel caseggiato bianco che vediamo da lungi in mezzo a tutti quegli alberi.

— Sì, son torrette. Ma che! fareste conto d'andarci?» rispose l'uomo con sorpresa.

Sant'Aubert, udendo quella strana interrogazione colpito in ispecie dall'accento con cui la si faceva, scese di carrozza e gli disse: «Noi siamo viaggiatori, e cerchiamo una casa per passarvi la notte: ne conoscete voi qui una vicina?

— No, signore,» rispose l'uomo «a meno che non voleste tentar fortuna in que' boschi: ma io per me non ve lo consiglierei.

— A chi appartiene quel castello?

— Nol so, signore.

— È dunque disabitato?

— No, non è disabitato; il castaldo e la governante, vi sono, a quanto credo.»

All'udir ciò, Sant'Aubert si decise a rischiare un rifiuto presentandosi al castello. Pregò il contadino di servir di guida a Michele, e gli promise una ricompensa. L'uomo riflettè un poco, e disse che avea altre faccende, ma che non potevano sbagliare seguendo il viale cui accennò. Sant'Aubert stava per rispondere, quando il paesano, augurandogli la buona notte, lo lasciò senza aggiugner altro.

La carrozza si diresse al viale, cui si trovò sbarrata da una stanga; Michele smontò ed andò a levarla. Penetrarono allora tra antichi castagni e querce annose, i cui rami intralciati formavano una vôlta altissima: eravi qualcosa di deserto e di selvaggio nell'aspetto di quel viale, ed il silenzio erane[72] tanto imponente, che Emilia si sentì côlta da involontario tremore. Ricordavasi l'accento del paesano nel parlare di quel castello: essa dava alle di lui parole un'interpretazione più misteriosa che non avesse fatto prima: cercò nullameno di calmare la paura; pensò che un'imaginazione turbata ne l'avea resa suscettibile, e che lo stato del padre e la sua propria situazione dovevano senza dubbio contribuirvi.

Inoltrarono lentamente; l'oscurità era quasi completa: il terreno disuguale e le radici degli alberi che l'imbarazzavano ad ogni tratto obbligavano a molta precauzione. D'improvviso, Michele si fermò: Sant'Aubert guardò per saperne la causa. Vide a qualche distanza una figura traversare il viale; faceva troppo buio per distinguere di più, ed egli ordinò d'avanzare.

«Mi sembra un luogo strano,» disse Michele; «non veggo case, e faremmo meglio a tornar indietro.

— Andate un po' più innanzi, e se non vedremo edifizi, torneremo sulla strada maestra.»

Michele s'avanzò, ma con ripugnanza; e l'eccessiva lentezza della sua marcia fe' riaffacciare Sant'Aubert alla portiera, e vide ancora la medesima figura. Questa volta trasalì. Probabilmente l'oscurità lo rendea proclive a spaventarsi più del consueto; ma, checchè esser potesse, fermò Michele, e gli disse di chiamar l'individuo che traversava di tal modo il viale.

«Con vostro permesso,» disse Michele, «può bene essere un ladro.

— Nol permetto di certo,» ripigliò Sant'Aubert, non potendo astenersi dal sorridere a quella frase; «via, torniamo sulla strada, chè non veggo alcuna apparenza di trovar qui quel che cerchiamo.»

Michele voltò con vivacità, e rifece velocemente il viale; una voce partì allora d'in fra gli alberi a[73] sinistra; non era un comando, non un grido di dolore, ma un suono roco e prolungato che nulla avea d'umano. Michele spronò le mule senza pensare all'oscurità, nè agl'intoppi, nè alle buche, e neppure alla carrozza; nè si fermò se non quando fu uscito dal viale, e giunto sulla strada infine, rallentò il passo.

«Io sto assai male,» disse Sant'Aubert stringendo la mano della figlia, la quale, spaventata dal tuono di voce del padre, esclamò: «Gran Dio! voi state più male, e noi siamo senza soccorso; come faremo?» Egli appoggiò la testa sulla di lei spalla; essa lo sostenne fra le sue braccia, e fece fermar la carrozza. Appena il rumore delle ruote fu cessato, sentirono musica in lontananza, lo che fu la voce della speranza per Emilia, che disse: «Oh! noi siamo vicini a qualche abitazione, e potremo trovarci aiuto.» Ascoltò attenta: il suono era molto lontano, e parea venire dal fondo di un bosco, una parte del quale costeggiava la strada. Guardò dalla parte d'onde venivano i suoni, e vide al chiaro di luna qualcosa che somigliava ad un castello, ma era difficile di giungervi. Sant'Aubert stava troppo male per sopportare il più piccolo movimento: Michele non poteva abbandonare le mule; Emilia, che sosteneva ancora il padre, non voleva abbandonarlo, e temeva pur di avventurarsi sola a tal distanza, senza sapere dove ed a chi indirizzarsi: frattanto bisognava prendere un partito, e senza dilazione. Sant'Aubert disse dunque a Michele di avanzare più lentamente che gli fosse possibile, e dopo un momento svenne. La carrozza si fermò di nuovo; egli era privo affatto dell'uso dei sensi. «Ah! padre mio, mio caro padre!» gridava Emilia disperata; e credendolo in punto di morte, esclamò: «Parlate, ditemi una sola parola; ch'io ascolti anche una volta il suono della vostra voce.» Egli non rispose nulla: spaventata sempre più, ordinò a Michele di andare[74] ad attingere acqua nel ruscello vicino; egli ne portò un poco nel suo cappello, che la ragazza spruzzò sul viso del genitore. I raggi della luna, riflettendo allora sopra di lui, mostravano l'impressione della morte. Tutti i movimenti di terrore personale cedettero in quel punto a un timore dominante, e, confidando Sant'Aubert a Michele, il quale con molta difficoltà lasciò le mule, Emilia saltò fuori della carrozza per cercare il castello che aveva veduto da lontano, e la musica che dirigeva i suoi passi, la fece entrare in un sentiero che conduceva nell'interno del bosco. Il suo spirito, unicamente occupato del padre e della sua propria inquietudine, aveva dapprincipio perduto qualunque timore; ma la foltezza degli alberi, sotto i quali passava, intercettavano i raggi della luna; l'orrore di quel luogo le rammentò il suo pericolo; la musica era cessata, e non le restava altra guida che il caso. Si fermò un poco con uno spavento inesprimibile; ma l'immagine del padre vinse ogni altro sentimento, e si rimise in cammino. Non vedeva nessuna abitazione, nessuna creatura, e non udiva il più piccolo romore; camminava sempre senza saper dove, scansava il folto del bosco e si teneva in mezzo il più che poteva; finalmente vide una specie di viale in disordine che metteva ad un punto illuminato dalla luna; lo stato di quel viale le rammentò il castello delle torrette, e non dubitò più di esserne vicina. Esitava a procedere, quando un romore di voci e scrosci di risa colpirono all'improvviso il suo udito; non era un riso di allegrezza, ma quello di una gioia smoderata, ed il suo imbarazzo crebbe d'assai. Mentre essa ascoltava, una voce in gran distanza si fece sentire dalla parte della strada ond'era partita; immaginandosi che fosse Michele, suo primo pensiero fu quello di tornare indietro, ma poi non seppe risolversi. L'ultima estremità poteva solamente aver deciso Michele a lasciare le sue mule: credè il[75] padre moribondo, e corse con maggiore celerità, nella debole lusinga di ricevere qualche soccorso da' convitati del bosco. Il suo cuore palpitava per terribile incertezza; e più si avanzava, più il romore delle foglie secche la faceva tremare ad ogni passo. Giunse ad un luogo scoperto illuminato dalla luna; si fermò, e scorse fra gli alberi un banco erboso formato a cerchio cui stavan sedute parecchie persone. Nell'avvicinarsi, giudicò dal loro abbigliamento che dovevano essere contadini, e distinse sparse pel bosco varie capanne. Mentre guardava e si sforzava di vincere il timore che la rendeva immobile, alcune villanelle uscirono da una capanna; la musica seguitò e ricominciarono a ballare; era la festa della vendemmia, e l'istessa musica udita da lontano. Il di lei cuore, troppo lacerato, non poteva sentire il contrasto che tutti quei piaceri formavano colla propria situazione; si fece innanzi ad un gruppo di vecchi assisi vicino alla capanna, espose la sua circostanza, e ne implorò l'assistenza. Parecchi si alzarono con vivacità, offrirono tutti i loro servigi, e seguirono Emilia, che parea aver l'ali correndo verso la strada maestra.

Quando furono giunti alla carrozza, essa trovò il padre rinvenuto. Ricuperando i sensi, aveva inteso da Michele la partenza della figlia; la sua inquietudine per lei oltrepassando il sentimento dei suoi bisogni, aveva mandato Michele a cercarla; non pertanto era tuttora in istato di languore, e sentendosi incapace di andar più oltre, rinnovò le sue domande sopra un albergo, o sul castello del bosco. «Il castello non può ricevervi,» disse un contadino venerabile, il quale aveva seguito Emilia, «esso è appena abitato; ma se volete farmi l'onore di accettare il mio tugurio, vi darò il mio letto migliore.»

Sant'Aubert era francese: non istupì dunque della cortesia di un francese. Malato com'era, sentì quanto valore acquistava l'offerta, dalla maniera colla[76] quale era fatta. Aveva troppa delicatezza per iscusarsi, o per esitare un sol momento a ricevere quell'ospitalità contadinesca; l'accettò dunque con altrettanta franchezza, quanta n'era stata adoperata nell'offerta.

La carrozza camminò lentamente, seguitando i contadini per la strada già fatta da Emilia, e giunsero alla capanna. L'affabilità del suo ospite, e la certezza di un pronto riposo, resero le forze a Sant'Aubert; egli vide con dolce compiacenza quel quadro interessante; i boschi, resi più cupi dal contrasto, circondavano il sito illuminato; ma diradandosi ad intervalli, un bianco chiarore ne facea spiccar una capanna o riflettevasi in un rigagnolo; egli ascoltò con piacere i suoni allegri della chitarra e del tamburello, ma non potè vedere senza emozione il ballo di que' villici. Non avvenne l'egual cosa di Emilia: l'eccesso dello spavento si era cambiato in una profonda tristezza, e gli accenti della gioia facendo luogo a spiacevoli confronti, servivano ancora a raddoppiarla.

Il ballo cessò all'avvicinarsi della carrozza: era un

fenomeno in quei boschi remoti, e tutti la circondarono con istraordinaria curiosità. Appena intesero che vi era un forestiero ammalato, molte fanciulle traversarono il prato, tornarono immediatamente con vino e canestri di frutta, e li offersero ai viaggiatori disputandosi la preferenza. La carrozza si fermò finalmente vicino ad una casuccia decentissima, che apparteneva al venerabile condottiero; egli aiutò Sant'Aubert a scendere, e lo condusse con Emilia in una stanzetta terrena, illuminata soltanto dalla luna. Sant'Aubert, lieto di trovare il desiato riposo, si adagiò sopra una specie di poltrona. L'aria fresca e balsamica, impregnata di soavi effluvi, penetrava nella stanza dalle finestre aperte e rianimava le sue facoltà infiacchite. Il suo ospite che si chiamava Voisin, tornò immediatamente con [77] frutta, crema, e tutto il lusso campestre che poteva somministrare il suo ritiro. Offrì tutto col sorriso della cordialità, e si mise in piedi dietro la sedia di Sant'Aubert, il quale insistè per fargli prendere posto a tavola; quando i frutti ebbero calmato la di lui sete ardente, si sentì un poco sollevato, e cominciò a discorrere. L'ospite gli comunicò tutte le particolarità relative a lui ed alla sua famiglia. Questo quadro di unione domestica, dipinto col sentimento del cuore, non poteva mancare di eccitare il più vivo interesse. Emilia, seduta vicino al padre, tenendo una mano fra le sue, ascoltava attenta il buon vecchio. Il di lei cuore era pieno di tristezza e versava lacrime, pensando che quanto prima non avrebbe più posseduto il prezioso bene di cui essa godeva ancora. Il fioco raggio della luna autunnale, e la musica che si faceva ancora sentire da lontano, s'accordavano colla sua malinconia. Il vecchio parlava della sua famiglia, e Sant'Aubert taceva.

«Non mi resta più che una figlia,» disse Voisin, «ma fortunatamente essa è maritata e mi tiene luogo di tutto. Quando morì mia moglie,» aggiuns'egli sospirando, «io andai a riunirmi con Agnese e la sua famiglia. Essa ha parecchi figli, che voi vedete ballare laggiù, allegri e grassi come tanti fringuelli. Possano eglino esser sempre così! io spero morire in mezzo a' loro, o signore: ora son vecchio, e mi resta poco da vivere; ma è una gran consolazione il morire fra i suoi figli.

— Mio buon amico,» disse Sant'Aubert con voce tremante, «voi vivrete, lo spero, lungamente in mezzo ad essi.

— Ah, signore! nella mia età, non ho molto luogo a sperarlo.» Il vecchio fece una pausa. «Eppoi lo desidero appena,» ripigliò quindi. «Ho fiducia che, se muoio, andrò difilato al cielo; la mia povera moglie vi è prima di me. La sera, al chiaro di luna, credo vederla vagolar presso questi[78] boschi cui amava tanto. Credete voi, signore, che noi possiam visitare la terra, quando avremo lasciati i nostri corpi?

— Non dubitatene,» gli rispose Sant'Aubert; «le separazioni sarebbero troppo dolorose se le credessimo eterne. Sì, Emilia cara, noi ci ritroveremo un dì.»

Alzò gli occhi al cielo, ed i raggi della luna, che cadevan sopra di lui, mostrarono tutta la pace e la rassegnazione dell'anima sua, malgrado l'espressione della tristezza.

Voisin comprese aver troppo prolungato il tema, e l'interruppe dicendo: «Ma noi siamo all'oscuro; abbiamo bisogno di un lume.

— No,» gli disse Sant'Aubert, «preferisco il chiaro della luna: non v'incomodate, caro amico. Emilia, amor mio, io sto ora assai meglio di quel che non lo sia stato tutto il giorno. Quest'aria mi rinfresca; io gusto questo riposo, e mi compiaccio di ascoltare questa bella musica che si ode in lontananza. Lasciami vedere il tuo sorriso. Chi è che suona così bene la chitarra?» diss'egli in seguito; «son due strumenti oppure un'eco?

— È un'eco, o signore, almeno io lo credo. Ho inteso spesso questo strumento la notte, quando tutto è in calma: ma nessuno conosce chi lo suona. Talvolta è accompagnato da una voce, ma sì dolce e così trista, che si potrebbe credere compaiano spiriti nel bosco.

— Vi compariranno per certo,» disse Sant'Aubert sorridendo, «ma in carne ed ossa.

— Qualche volta, a mezzanotte, quando non posso dormire,» proseguì Voisin, il quale non badò a quell'osservazione, «l'ho sentita quasi sotto le mie finestre, nè mai ho intesa musica tanto piacevole: essa mi faceva pensare alla mia povera moglie, e piangeva. Talfiata apersi la finestra per procurare di scorgere qualcuno, ma nell'istante medesimo cessava[79] l'armonia, e non si vedeva nessuno. Ascoltava con tanto raccoglimento, che il rumore d'una foglia o il menomo vento finiva col farmi paura. Si diceva che questa musica fosse un annuncio di morte; ma son molti anni che l'ascolto e sopravvivo ancora a questo tristo presagio.»

Emilia sorrise ad una superstizione tanto ridicola, e non pertanto, nella posizione del suo spirito, essa non potè del tutto resistere alla sua impressione contagiosa.

«Va bene, amico mio, disse Sant'Aubert; ma se qualcuno avesse avuto il coraggio di andar dietro al suono, il musico sarebbe stato conosciuto. Nessuno l'ha fatto?

— Sì, signore, fu tentato più volte, si è seguita la musica sino al bosco, ma essa si ritirava a misura che noi avanzavamo, e sembrava sempre alla medesima distanza: i nostri villani hanno avuto paura, e non vollero andar più oltre. Ben di rado la si sente tanto di buon'ora come stasera; d'ordinario ciò accade verso mezzanotte quando quella fulgida stella che si trova adesso al di sopra di quelle torrette tramonta a sinistra del bosco.

— Quali torrette?» domandò Sant'Aubert; «io non ne vedo alcuna.

— Perdonate, signore, eccone là una, sulla quale riflette la luna; vedete voi quel viale? il castello è quasi nascosto interamente dagli alberi.

— Sì, papà,» disse Emilia guardando; «non vedete voi qualche cosa brillare al disopra del bosco? io credo sia una banderuola, sulla quale riflettono i raggi della luna.

— Sì, ora vedo ciò che mi accenni. Di chi è quel castello?

— Il marchese di Villeroy ne era il possessore,» rispose Voisin con fare d'importanza.

— Ah!» disse Sant'Aubert agitatissimo: «siamo dunque così vicini a Blangy?[80]

— Era la dimora favorita del marchese,» soggiunse Voisin; «ma la prese in antipatia, e son molti anni che non vi è stato: mi fu detto che è morto da poco tempo, e che questo feudo passò in altre mani.»

Sant'Aubert, ch'era caduto in pensieri, uscì dalla sua meditazione a queste ultime parole esclamando: «Morto! gran Dio! e da quanto tempo?»

— Mi fu detto esser già da quattro settimane,» rispose Voisin; «lo conoscevate voi forse?

— È cosa straordinaria,» rispose Sant'Aubert, senza fermarsi alla domanda.

— E perchè?» disse Emilia con timida curiosità. Egli non rispose, e ricadde nella sua meditazione; ne uscì poco dopo, e domandò chi fosse il suo erede.

«Mi son dimenticato del nome» disse Voisin; «ma so che questo signore abita Parigi, e che non pensa neppur per ombra di venire al suo castello.

— Il castello è egli ancora chiuso?

— A un bel circa, signore; la vecchia castalda e suo marito ne hanno cura, ma vivono in una casuccia poco distante.

— Il castello è spazioso,» disse Emilia, «e dee essere molto deserto, se non ha che due abitanti.

— Deserto! oh sì, signorina,» rispose Voisin; «non vorrei passarvi la notte per tutti i tesori del mondo.

— Che dite mai?» soggiunse Sant'Aubert, uscendo dalla sua meditazione; e Voisin ripetè l'istessa protesta. Sant'Aubert non potè trattenere una specie di singulto; ma quasi avesse voluto evitare le osservazioni, domandò prontamente a Voisin da quanto tempo abitasse quel paese.

«Quasi dalla infanzia,» rispose l'ospite.

— Vi rammentate voi della defunta marchesa?» disse Sant'Aubert con voce alterata.

— Ah! signore, se me lo ricordo; ve ne sono molti altri che non l'hanno dimenticata neppur essi.[81]

— Sì,» rispose Sant'Aubert, «ed io sono uno di quelli.

— Dunque vi ricorderete d'una bella ed eccellente signora: dessa meritava una sorte migliore.»

Sant'Aubert versò qualche lagrima.

«Basta,» diss'egli con voce quasi soffocata, «basta, amico mio.»

Emilia, sebbene sorpresissima, non si permise di manifestare i suoi sentimenti con veruna dimanda. Voisin volle scusarsi, ma Sant'Aubert l'interruppe. «L'apologia è inutile,» gli disse; «cambiamo piuttosto tema di conversazione. Voi parlavate della musica che abbiamo sentita.

— Sì, signore, ma zitto, essa ricomincia; ascoltate questa voce.»

Udirono infatti una voce dolce, tenera ed armoniosa, ma i cui suoni, debolmente articolati, non permettevano di distinguer nulla che somigliasse a parole. Ben presto essa cessò, e lo strumento che l'accompagnava intuonò teneri concenti. Sant'Aubert osservò che i tuoni n'erano più pieni e melodiosi di quelli d'una chitarra, ed anche più malinconici di quelli d'un liuto. Continuarono ad ascoltare, e non sentirono più nulla.

«Questo è strano,» disse Sant'Aubert, rompendo alfine il silenzio.

— Stranissimo,» disse Emilia.

— È vero,» soggiunse Voisin; e tacquero tutti.

Dopo una lunga pausa, Voisin ripigliò:

«Sono circa diciotto anni che intesi questa musica per la prima volta in una bellissima notte estiva, men ricordo; ma era più tardi. Io passeggiava solo nel bosco; mi ricordo ancora ch'era molto afflitto; aveva un figliuolo malato, e temeva di perderlo; aveva vegliato tutta sera al suo letto, mentre sua madre dormiva, avendolo essa assistito tutta la notte precedente. Uscii per prendere un po' d'aria; la giornata era stata caldissima, ed io passeggiava[82] pensieroso sotto gli alberi; udii una musica in lontananza, e pensai fosse Claudio che suonasse la sua zampogna; egli era amantissimo di questo strumento. Quando la sera era bella, stavasi un pezzo sulla sua porta a suonare; ma quando arrivai in un luogo ove gli alberi erano meno folti (non me ne scorderò per tutta la vita), mentr'io guardava le stelle di settentrione, che in quel momento erano molto alte, tutto a un tratto udii suoni, ma suoni ch'io non posso descrivere: sembrava un concerto di angeli; guardai attentamente, e mi pareva sempre di vederli salire al cielo. Quando tornai a casa, raccontai ciò che aveva ascoltato; si burlarono tutti di me, e mi dissero ch'erano pastori, i quali avean suonato il loro flauto; non potei mai persuaderli del contrario. Poche sere dopo, mia moglie udì l'istessa armonia, e fu sorpresa quanto me. Il padre Dionigi la spaventò moltissimo, dicendole che il cielo mandava questo avvertimento per annunziare la morte di suo figlio, e che questa musica aggiravasi intorno alle case, contenenti qualche moribondo.»

Emilia, nell'ascoltare quelle parole, si sentì colpita da un timore superstizioso affatto nuovo per lei, ed ebbe molta difficoltà a nascondere il suo turbamento al padre.

«Ma nostro figlio visse, o signore, a dispetto del padre Dionigi.

— Il padre Dionigi?» disse Sant'Aubert, il quale

ascoltava con attenzione tutti i racconti del buon vecchio; «noi siam dunque vicini ad un convento?

— Sì, signore, il convento di Santa Chiara è poco distante da noi; esso è sulla riva del mare.

— O cielo!» sclamò Sant'Aubert, come colpito da un'improvvisa rimembranza; «il convento di Santa Chiara!»

Emilia osservò che ai segni del dolore sparsi sulla di lui fronte, mescolavasi un sentimento di[83] orrore. Esso restò immobile; l'argenteo chiaror della luna colpivagli allora il volto; somigliava ad una di quelle marmoree statue che, poste su di un mausoleo, sembran vegliare sulle fredde ceneri, ed affliggersi senza speranza.

«Ma, caro papà,» disse Emilia, volendo distrarlo dai tristi pensieri, «voi vi scordate quanto avete bisogno di riposo; se il nostro buon ospite me lo permette, io andrò a prepararvi il letto, giacchè so come desiderate che sia fatto.»

Sant'Aubert si raccolse alquanto, e sorridendole con dolcezza, la pregò di non aumentare la sua fatica con questa nuova premura. Voisin, la cui cortesia era stata sospesa dall'interesse che avevano eccitato i suoi racconti, si scusò di non aver fatto venire ancora Agnese, ed uscì per andare a prenderla.

Poco dopo tornò, conducendo sua figlia, giovine di amabilissima presenza. Emilia intese da lei ciò che non aveva ancora sospettato, cioè che, per dar ricovero a loro, bisognava che parte della famiglia cedesse i suoi letti. Si afflisse di questa circostanza; ma Agnese, nella sua risposta, mostrò la medesima buona grazia e l'istessa ospitalità del padre. Fu dunque deciso che parte dei figli e Michele andassero a dormire in una casa poco distante.

«Se domani io starò meglio, mia cara Emilia,» disse Sant'Aubert, «noi partiremo di buon'ora per poterci riposare durante il caldo del giorno, e torneremo a casa. Nello stato della mia salute e delle mie idee, non posso pensare se non con pena ad un viaggio più lungo, e sento il bisogno di tornare alla valle.»

Anche Emilia desiderava questo ritorno, ma si turbò sentendo una risoluzione così subitanea. Suo padre, senza dubbio, stava molto peggio di quello che voleva far credere. Sant'Aubert si ritirò per prendere un po' di riposo. Emilia chiuse la sua cameretta,[84] e non potendo dormire, i di lei pensieri la ricondussero all'ultima conversazione relativa allo stato delle anime dopo morte. Questo soggetto l'alterava sensibilmente, dacchè non poteva più lusingarsi di conservare lungamente il padre. Ella si appoggiava pensierosa ad una finestrella aperta. Assorta nelle sue riflessioni, alzava gli occhi al cielo; vedeva il firmamento sparso d'innumerevoli stelle, abitate forse dagli spiriti incorporei; i suoi occhi erravano negli immensi spazi eterei: i di lei pensieri s'innalzavano, come prima, verso la sublimità di un Dio, e la contemplazione dell'avvenire. Il ballo era cessato, le capanne erano silenziose, l'aria sembrava appena sommuovere leggermente la sommità degli alberi; il belato di qualche pecorella smarrita, tratto tratto il suono lontano di un campanello, il romore di una porta che si chiudeva, interrompevano soli il silenzio della notte. Anzi da ultimo questi diversi suoni, che le rammentavano la terra e le sue occupazioni, cessarono del tutto: cogli occhi lagrimosi, penetrata da una rispettosa devozione, restò alla finestra fintanto che, verso mezzanotte, l'oscurità si fu estesa sulla terra, e che la stella indicata da Voisin disparve dietro il bosco. Si ricordò allora di ciò ch'egli aveva detto su tal proposito, e rammentossi la musica misteriosa; stava alla finestra, sperando e temendo nel tempo istesso di sentirla tornare; era occupata della forte commozione del padre, quando Voisin aveva annunziata la morte del marchese di Villeroy e rammentata la sorte della marchesa, e si sentiva vivamente interessata di conoscerne la causa. La di lei curiosità su questo oggetto era tanto più viva, in quanto che suo padre non aveva mai pronunziato alla di lei presenza il nome di Villeroy. La musica non si sentì: Emilia si accorse che le ore riconducevanla a nuove fatiche; pensò che bisognava alzarsi di buon mattino, e si decise di porsi a letto.

[85]

CAPITOLO VII

Emilia fu svegliata di buon'ora, come l'aveva preveduto. Il sonno l'aveva ristorata un poco; era stata invasa da sogni penosi, e la più dolce consolazione degl'infelici non aveale menomamente giovato. Aprì la finestra, guardò il bosco, respirò l'aria pura dell'aurora, e si sentì più tranquilla. Tutto il paese spirava quella frescura che sembra apportar la salute. Non si sentivano che suoni dolci e simpatici, come la campana d'un convento lontano, il mormorio delle onde, il canto degli uccelli e il muggito del bestiame, ch'essa vedeva camminare lentamente fra gli sterpi e gli alberi.

Emilia udì un movimento nella sala, e riconobbe la voce di Michele, che parlava alle sue mule ed usciva con loro da una capanna vicina: uscì essa pure, e trovò il padre, il quale erasi alzato in quel momento, e non istava meglio di prima. Lo condusse nella stanzetta dove avevano cenato la sera avanti: vi trovarono una buonissima colazione, e l'ospite e sua figlia, che li aspettavano per augurar loro il buon giorno.

«Io v' invidio questa bella dimora, amici miei,» disse Sant'Aubert nel vederli; «essa è così piacevole, così placida, così decente! E l'aria che vi si respira! Son certo che questa potrebbe forse restituirmi la salute.»

Voisin lo salutò garbatamente, e gli rispose con civiltà squisita: «La mia dimora è divenuta invidiabile, dacchè voi e questa signorina l'avete onorata della vostra presenza.»

Sant'Aubert sorrise amichevolmente a questo complimento, e si mise a tavola, la quale era coperta di frutta, burro e cacio fresco. Emilia, che aveva esaminato attentamente il padre, e lo trovava in uno stato deplorabile, l'impegnava premurosamente a[86] protrarre la sua partenza fino a sera; ma egli sembrava impaziente di tornare a casa, ed esprimeva questa impazienza con un calore veramente straordinario. Assicurava che da lunga pezza non s'era sentito tanto bene, e che viaggerebbe con minor pena al fresco del mattino che ad ogni altra ora del dì. Ma mentre esso parlava col suo ospite rispettabile, e lo ringraziava della cortese accoglienza fattagli, Emilia lo vide cambiar di colore e cadere sulla sedia prima ch'essa potesse sostenerlo. In pochi momenti si rimise dall'improvviso deliquio, ma stava così male, che si riconobbe incapace di viaggiare; e dopo aver lottato un poco contro la violenza dei suoi mali, domandò di essere aiutato a risalire la scala, e rimettersi in letto. Questa preghiera rinnovò tutti i terrori di Emilia provati il giorno antecedente, ma sebbene potesse appena sostenersi, e resistere al colpo fatale che la colpiva, procurò di reprimere il proprio dolore, e dandogli il braccio tremante, aiutò il padre a tornare nella sua camera.

Appena fu in letto, egli fece chiamare Emilia, la quale piangeva fuori della stanza, e chiese di esser lasciato solo con lei. Allora le prese la mano, e fissò gli occhi nella figlia con tanta tenerezza e dolore, che il suo coraggio l'abbandonò, ed essa proruppe in un pianto dirotto. Sant'Aubert cercava di conservare la sua fermezza, e non poteva parlare; non poteva che stringerle la mano, e trattenere a stento le proprie lacrime; alfine prese la parola.

«Mia cara figlia,» diss'egli, sforzandosi di sorridere in mezzo all'impressione del suo dolore, «mia cara Emilia!» Fece una pausa, alzò gli occhi al cielo, come per implorarne l'assistenza, ed allora con un tuono di voce più fermo, con uno sguardo in cui la tenerezza paterna univasi con dignità alla pia solennità d'un santo, «Figliuola,» le disse, «io vorrei addolcire le tristi verità che sono costretto a svelarti, ma non so nasconderti nulla. Oimè![87] vorrei poterlo fare, ma sarebbe troppo crudele di prolungare il tuo errore: la nostra separazione è imminente; convien dunque parlarne, e prepararci a sopportarla con le nostre riflessioni e le preghiere.» Gli mancò la voce; Emilia, sempre piangendo, si strinse la di lui mano al seno, ed oppressa da convulsi sospiri, non aveva nemmen forza d'alzare gli occhi.

«Non perdiamo un solo momento,» disse Sant'Aubert, rientrando in sè stesso; «ho molte cose da dirti. Debbo rivelarti un segreto della più alta importanza, ed ottenere da te una solenne promessa; quando ciò sarà fatto, io sarò più tranquillo. Tu devi aver già osservato, mia cara, quanto desidero di essere a casa mia; tu ne ignori la ragione: ascolta ciò che sono per dirti. Ma aspetta, ho bisogno di questa promessa, fatta a tuo padre moribondo!»

Emilia colpita da queste ultime parole, come se per la prima volta avesse conosciuto il pericolo del padre, alzò la testa; le sue lacrime si arrestarono, e guardandolo un momento con l'espressione di un'insopportabile afflizione, fu assalita dalle convulsioni, e svenne. Le grida di Sant'Aubert attirarono Voisin ed Agnese, che le apprestarono tutti i possibili soccorsi, ma per lunga pezza indarno. Quando Emilia rinvenne, Sant'Aubert era così spossato da tutta quella scena, che restò qualche minuto senza poter parlare. Un cordiale presentatogli da Emilia, rianimò le sue forze. Allorchè per la seconda volta furono soli, egli sforzossi di calmarla, e le prodigò tutte le consolazioni compatibili colla circostanza. Ella si gettò nelle sue braccia, pianse dirottamente, ed il dolore la rendeva talmente insensibile a' suoi discorsi, ch'egli cessò di parlare, non potendo che intenerirsi e mescolare le proprie lacrime a quelle della fanciulla. Richiamata alfine ad un sentimento di dovere, volle risparmiare al padre un più lungo spettacolo del suo dolore; si[88] sciolse dalle di lui braccia, asciugò le lacrime, ed articolò qualche parola di consolazione.

«Cara Emilia,» riprese Sant'Aubert, «figliuola mia, assoggettiamoci con umile rassegnazione all'Ente che ci ha protetti e consolati nei pericoli e nelle afflizioni. Ogni istante della nostra vita è da lui conosciuto; egli non ci ha mai abbandonati, e non ci vorrà abbandonare neppure in questo momento. Io sento questa consolazione nel mio cuore; ti lascerò, figlia mia, ti lascerò nelle di lui braccia, e sebbene io abbandoni questo mondo, sarò sempre alla tua presenza. Sì; Emilia cara, non piangere: la morte in sè stessa non ha nulla di nuovo o di sorprendente, giacchè sappiamo tutti di essere nati per morire; essa non ha nulla di terribile per coloro che confidano in un Dio onnipotente. Se la vita mi fosse stata prolungata, il corso della natura me la avrebbe tolta fra pochi anni. La vecchiaia, e tuttociò ch'ella porta seco d'infermità, di privazioni e d'affanni, sarebbero state quanto prima il mio retaggio; la morte finalmente sarebbe giunta, e ti sarebbe costata quelle lacrime che spargi in questo momento. Rallegrati piuttosto, cara figlia, di vedermi liberato da tanti mali. Io muoio con uno spirito libero, suscettibile delle consolazioni della fede, e con perfetta rassegnazione.»

Si fermò stanco di parlare. Emilia si sforzò di ricomporsi, e rispondendo a ciò che le aveva detto, cercò di persuaderlo che non aveva parlato invano.

Dopo un poco di riposo, egli ripigliò. «Ma torniamo al soggetto che tanto mi preme. Ti ho detto che aveva da chiederti una promessa solenne; bisogna ch'io la riceva, prima di spiegarti la circostanza principale di cui devo parlarti; sonvene altre che, pel tuo riposo, importa che tu ignori per sempre. Promettimi dunque che eseguirai esattamente ciò che sono per ordinarti.»[89]

Emilia, colpita dalla gravità di queste espressioni, si terse le lagrime, cui non poteva impedirsi dallo spargere; e guardando il padre eloquentemente, si obbligò con giuramento a fare ciò che egli esigerebbe da lei, senza sapere di che si trattasse. Allora egli continuò: «Ti conosco troppo, Emilia cara, per temere che tu abbia a mancar mai ai tuoi impegni, ma sopratutto ad un impegno così rispettabile. La tua parola mi pone in calma, e la tua lealtà diviene di un'importanza inconcepibile per la tranquillità dei tuoi giorni. Ascolta ora ciò che debbo dirti. Il gabinetto contiguo alla mia camera nel nostro castello della valle contiene una specie di botola, che si apre sotto un'asse del pavimento; la riconoscerai ad un nodo rimarchevole del legno; d'altronde, è la penultima asse dalla parte della parete, ed in faccia alla porta della camera. Circa ad un braccio di distanza dalla finestra, scorgerai una commessura, come se la tavola ne fosse stata cambiata; calca il piede su quella linea, la tavola si abbasserà, e potrai facilmente farla scorrere sotto l'altra; di sotto troverai un vuoto.» Egli si fermò per prender fiato, ed Emilia restò nella più profonda attenzione. «Capisci tu queste istruzioni, mia cara?» le disse egli. Emilia, capace appena di proferir accento, l'assicurò che l'intendeva benissimo.

«Quando tornerai a casa...» E sospirò profondamente.

Appena ella lo sentì parlare di questo ritorno, tutte le circostanze che dovevano accompagnarlo si presentarono alla di lei immaginazione; ebbe un nuovo accesso di dolore, e Sant'Aubert, più afflitto ancora dallo sforzo e dal ritegno fattosi, non potè trattenere le lacrime. Dopo alcuni momenti, si riebbe, e continuò: «Cara figlia, consolati; quando non esisterò più non sarai abbandonata. Ti lascio sotto l'immediata protezione della provvidenza, che non mi ha negato mai i suoi soccorsi. Non mi affliggere[90] coll'accesso della tua disperazione; insegnami piuttosto, col tuo esempio, a moderare quella che risento.»

Il malato, il quale non parlava se non con difficoltà, ripigliò il suo discorso dopo una pausa. «Quel gabinetto, mia cara..... quando tornerai a casa, vacci, e sotto la tavola che ho descritta, troverai un fascio di carte; sta attenta adesso. La promessa che ho ricevuta da te, è relativa a questo unico oggetto; tu devi bruciare quelle carte senza osservarle, nè leggerle; io te l'ordino assolutamente.»

La sorpresa d'Emilia superando un istante il suo dolore, chiese il motivo di quella precauzione. Il padre rispose che se avesse potuto spiegarglielo, la promessa da lei richiesta non sarebbe stata più necessaria. «Ti basti, figlia mia, di penetrarti bene di questa ragione: essa è d'un'estrema importanza. Sotto quella medesima asse troverai circa dugento doppie in una borsa di seta. Questo segreto fu già immaginato per mettere in salvo il denaro che si trovava nel castello, allorchè la provincia era inondata da truppe, che, profittando della circostanza, si abbandonavano ad ogni sorta di depredazioni ed al saccheggio. Mi resta ancora da ricevere un'altra promessa da te, ed è, che in qualunque critica posizione possa trovarti, non venderai mai la nostra possessione della valle.»

Sant'Aubert aggiunse, che s'ella si fosse maritata, avrebbe dovuto specificare nel contratto nuziale, che il castello le sarebbe rimasto in assoluta proprietà. Le parlò in seguito del suo patrimonio con maggior dettaglio di quel che non avesse fatto fin a quel punto.

«Le dugento doppie, ed il poco denaro che troverai nella mia borsa, son tutto il contante che ho da lasciarti. Ti ho già detto in quale stato sono i nostri affari col signor Motteville di Parigi. Ah figlia mia, ti lascio povera, ma non nella miseria.»[91]

Emilia non poteva rispondere a nulla; inginocchiata accanto al letto, bagnava di lacrime la mano diletta che teneva ancor nelle proprie.

Dopo questo discorso, lo spirito di Sant'Aubert parve molto più tranquillo; ma, spossato dallo sforzo fatto, cadde nel sopore. Emilia continuò ad assisterlo ed a piangere vicino a lui, fino a che un lieve colpo battuto alla porta della camera la costrinse a rialzarsi. Voisin venivale a dire che dabbasso eravi un confessore del convento vicino, pronto ad assistere suo padre; ma essa non volle che lo si svegliasse, e fece pregare il sacerdote a non andarsene. Quando Sant'Aubert uscì dal suo sopore, tutti i suoi sensi erano confusi; e ci volle qualche tempo prima ch'ei riconoscesse Emilia. Allora mosse le labbra, le stese la mano, ed essa fu dolorosamente colpita dall'impressione di morte che osservava in tutti i suoi lineamenti. Dopo pochi minuti ricuperò la voce, ed Emilia gli domandò se desiderava vedere un confessore. Le rispose di sì, ed appena fu introdotto il reverendo padre, ella si ritirò. Restarono insieme circa mezz'ora: quindi fu richiamata Emilia, che trovò il padre più agitato, ed essa allora guardò il confessore con alquanto risentimento, come s'egli ne fosse stato la cagione. Il buon religioso la rimirò con dolcezza, e Sant'Aubert, con voce tremebonda, la pregò di unire le sue preghiere a quelle degli altri, e dimandò se il suo ospite non volesse associarvisi. Il buon vecchio ed Agnese arrivarono amendue piangendo, e s'inginocchiarono vicino al letto. Il reverendo padre, con voce maestosa, recitò lentamente le preci degli agonizzanti. Sant'Aubert, con volto sereno, si univa con fervore alla loro devozione; qualche lacrima sfuggivagli talvolta dalle socchiuse pupille, ed i singulti di Emilia interruppero spesso l'uffizio. Quando fu finito, e che venne amministrata l'estrema unzione, il religioso se n'andò. Sant'Aubert[92] fe' segno a Voisin d'avvicinarsegli, gli porse la mano, e stette alcun tempo in silenzio. Alfine gli disse con voce fioca:

«Mio buon amico, la nostra conoscenza fu breve, ma essa bastò per dimostrarmi il vostro buon cuore; io non dubito che voi non trasportiate tutta questa benevolenza su mia figlia: quando non sarò più, essa ne avrà bisogno. L'affido alle cure vostre, pei pochi giorni cui dee passar qui: non vi dico di più. Voi avete figli, conoscete i sentimenti d'un padre: i miei diventerebbero penosi assai se avessi meno fiducia in voi.»

Voisin lo rassicurò, e le lagrime attestavano la sua sincerità, che nulla trascurerebbe per addolcire l'affanno d'Emilia, e che, s'ei lo bramasse, l'avrebbe ricondotta in Guascogna. L'offerta gradì tanto al moribondo, che non trovò parole ond'esprimere la propria gratitudine, o a meglio dire che l'accettava.

«Soprattutto, Emilia cara,» ripigliò il morente, «non cedere alla magia de' bei sentimenti: gli è l'errore d'uno spirito amabile; ma quelli che posseggono una vera sensibilità, debbon sapere di buon'ora quant'ella sia cosa pericolosa; è dessa che tragge dalla menoma circostanza un eccesso di guai o di piacere. Nel nostro passaggio traverso questo mondo noi incontriamo più mali assai che godimenti; e siccome il sentimento della pena è sempre più vivo che quello del benessere, la nostra sensibilità ci rende vittima quando non sappiamo moderar e contenerla.»

Emilia gli ripetè quanto i suoi consigli le fossero preziosi, e gli promise di non dimenticarli mai e cercare di approfittarne. Sant'Aubert le sorrise con affetto e tristezza insieme. «Lo ripeto,» le disse, «io non vorrei renderti insensibile, quand'anche ne avessi il potere; vorrei solo guarentirti dagli eccessi della sensibilità ed insegnarti ad evitarli. È spregevolissima quella pretesa umanità che si contenta di compiangere, nè pensa a confortare!...»[93]

Sant'Aubert, qualche tempo dopo, parlò della signora Cheron sua sorella.

«Bisogna ch'io t'informi,» aggiunse, «d'una circostanza interessante per te. Noi abbiamo avuto, lo sai, pochissimi rapporti con lei, ma è la sola parente che hai: ho creduto conveniente, come vedrai nel mio testamento, di affidarti alle sue cure sino all'età maggiorenne: essa non è veramente la persona alla quale avrei voluto rimettere la mia cara Emilia, ma non aveva altra alternativa, e la credo in fondo poi una buona donna; non ho d'uopo, figliuola, di raccomandarti d'usar la prudenza per conciliarti le sue buone grazie: lo farai del certo in memoria di chi l'ha tentato tante volte per te.»

Emilia protestò che quant'egli le raccomandava sarebbe religiosamente eseguito. «Aimè!» soggiunse affogata dai singhiozzi; «ecco in breve quanto mi rimarrà; sarà la mia unica consolazione il compiere esattamente tutti i vostri desiderii.»

La fanciulla non potea che ascoltare e piangere, ma la calma estrema del padre, la fede, la speranza cui dimostrava, lenivano alquanto la di lei disperazione. Nondimeno, essa vedeva quella figura scomposta, que' segni precursori di morte, quegli occhi infossati, e sempre fissi in lei, quelle pupille pesanti e preste a chiudersi: avea il cuore lacerato, e non poteva esprimersi. Ei volle darle ancora una volta la benedizione. «Dove sei, cara mia?» disse egli allungando debolmente le mani verso di lei.

Emilia era rivolta dalla parte della finestra per nascondere la sua inesprimibile afflizione; ma comprese allora ch'egli non ci vedeva più: le impartì la sua benedizione, che parve l'ultimo sforzo della sua vita spirante, e ricadde sul guanciale; essa lo baciò in fronte; il freddo sudore della morte gl'innondava le tempie; e dimenticando tutto il suo coraggio, gliele irrigò di lagrime. Il morente aprì gli occhi; egli esisteva ancora, ma erano gli ultimi[94] sforzi della natura affralita, ed in breve la sua anima volò innanzi al Supremo Motore.

Emilia fu strappata a viva forza da quella camera da Voisin e da sua figlia, che procurarono di calmare il suo dolore; il vecchio piangeva con lei, ma i soccorsi di Agnese erano più opportuni.

CAPITOLO VIII

Il buon religioso della mattina ritornò la sera per consolare Emilia, e le portò l'invito dell'abbadessa di un convento vicino al suo di recarsi da lei. La fanciulla non accettò l'offerta, ma rispose con molta riconoscenza. La pia conversazione del confessore, la dolcezza delle sue maniere, che somigliavano a quelle del defunto padre, calmarono un poco la violenza dei suoi trasporti: innalzò il cuore all'Ente Supremo, presente da per tutto. — Relativamente a Dio, — pensava Emilia, — il mio dilettissimo padre esiste come ieri esisteva per me: egli non è morto che per me; per Dio, per lui, veramente esiste. —

Ritirata nella sua cameretta, i suoi pensieri malinconici vagarono ancora intorno al padre. Immersa in una specie di sonno, imagini lugubri offuscaronle l'immaginazione. Sognò di vedere il genitore accostarsele con benevolo contegno. D'improvviso, sorrise mesto, alzò gli occhi, aprì le labbra; ma invece delle sue parole, udì una musica soave, trasportata sull'aere a grandissima distanza. Vide allora tutti i suoi lineamenti animarsi nella beata estasi d'un ente superiore: l'armonia diventava più forte; essa si destò. Il sogno era finito, ma la musica durava ancora, ed era una musica celeste.

Tese l'orecchio, e si sentì agghiacciata da superstizioso rispetto: le lagrime cessarono, si alzò, ed affacciossi alla finestra. Tutto era oscuro, ma Emilia, distogliendo gli occhi dalle tetre selve che frastagliavan[95] l'orizzonte, vide a manca quell'astro brillante ond'avea favellato il vecchio, e che trovavasi al di sopra del bosco. Ricordossi quanto avea detto, e siccome la musica agitava l'aere ad intervalli, aprì la finestra per ascoltar la dolce armonia, la quale poco dopo andò affievolendosi, ed essa tentò indarno scoprire donde partisse. La notte non le permise di nulla distinguere sul prato sottoposto, ed i suoni diventando successivamente più fiochi e soavi, cessero alfine il luogo ad un assoluto silenzio...

Il giorno dipoi essa ricevè un nuovo invito dalla badessa; Emilia che non poteva risolversi ad abbandonare la casuccia finchè vi riposava il cadavere del padre, acconsentì con ripugnanza di andare quella medesima sera a rassegnarle il suo rispetto. Un'ora circa avanti il tramonto del sole, Voisin le servì di guida, e la condusse al convento traversando il bosco. Questo convento era situato, al par di quello dei frati di cui abbiam parlato, all'estremità di un piccolo golfo del Mediterraneo. Se Emilia fosse stata meno infelice, avrebbe ammirato la bella vista di un immenso mare, che si scopriva da un colle, sul quale sorgeva l'edificio; essa avrebbe contemplato quelle ricche spiaggie coperte d'alberi e di pasture, ma le sue idee erano fisse in un solo pensiero, e la natura non aveva ai suoi occhi nè forma, nè colore.

Mentre passava per l'antica porta del convento la campana suonò a vespro, e le parve il primo tocco del funerale del padre. I più leggeri incidenti bastano per alterare uno spirito infiacchito dal dolore. Emilia superò la crisi penosa, da cui era agitata, e si lasciò condurre dalla badessa, la quale la ricevè con materna bontà. La di lei fisonomia interessante, i suoi sguardi benigni, penetrarono Emilia di riconoscenza; avea gli occhi pieni di lacrime, e non poteva parlare. La badessa la fece sedere vicino a lei e l'osservò in silenzio, mentre essa cercava di asciugare le lacrime. «Calmatevi,[96] figliola,» le disse ella con voce affettuosa; «non parlate, io v'intendo, voi avete bisogno di riposo. Noi andiamo alla preghiera; volete accompagnarci? è una consolazione, fanciulla cara, il poter deporre i propri affanni in seno del nostro Padre celeste: egli ci vede, ci compiange, e ci castiga nella sua misericordia.»

Emilia versò nuove lacrime, ma le più dolci emozioni ne mitigarono l'amarezza. La badessa la lasciò piangere senza interromperla, guardandola con quell'aria di bontà che pareva indicare l'attitudine di un angelo custode; Emilia divenne più tranquilla, parlando francamente, spiegò i suoi motivi di non lasciare l'abitazione di Voisin.

La badessa approvò i di lei sentimenti ed il suo rispetto figliale, ma l'invitò a passare qualche giorno al convento, prima di ritornare al suo castello. «Procurate di distrarvi, figlia mia,» le disse ella, «per rimettervi un poco da questa scossa, prima di arrischiarne una seconda; non vi dissimulerò quanto il vostro cuore si sentirà lacerare alla vista del teatro della vostra passata felicità; qui voi troverete tutte le consolazioni che possono offrire la pace, l'amicizia e la religione; ma venite,» soggiunse vedendo che gli occhi le si riempivano di lacrime, «venite, scendiamo in cappella.»

Emilia la seguì in una sala, ov'erano già riunite tutte le monache; la badessa la presentò dicendo: «È una giovane per la quale ho molta considerazione; trattatela come vostra sorella.» Andarono tutte insieme alla cappella, e l'edificante devozione colla quale fu recitato l'uffizio divino, elevò lo spirito di Emilia alle consolazioni della fede e d'una perfetta rassegnazione.

L'ora era già avanzata, quando la badessa acconsentì a lasciarla partire. Ella uscì dal convento meno oppressa di quando v'era entrata, e fu ricondotta a casa da Voisin. Essa lo seguiva pensierosa in un[97] sentieruzzo poco battuto, quando d'improvviso la sua guida si fermò, guardossi intorno, gettossi fuor del sentiero nello scopeto, dicendo d'avere smarrita la strada; camminava con molta velocità. Emilia, che non poteva seguirlo in un terreno lubrico e nella oscurità, restava a gran distanza, e fu costretta di chiamarlo: egli non voleva fermarsi, e l'invitava ad accelerare il passo con ruvidezza.

«Se voi non siete certo della vostra strada,» disse Emilia, «non sarebbe meglio indirizzarvi a quel gran castello che scorgo là fra gli alberi?

— No,» disse Voisin, «non ne vale la pena: quando saremo a quel ruscello dove voi vedete splendere un lume al di là del bosco, noi saremo a casa. Non capisco come ho potuto fare a smarrirmi: sarà forse perchè vengo rare volte da queste parti dopo il tramonto del sole.

— È un luogo molto solitario,» disse Emilia. «Ma però non ci sono assassini?

— No, signorina, non ve ne sono.

— Cosa è dunque che vi spaventa tanto, amico mio? Sareste mai superstizioso?

— No, non lo sono; ma, per dirvi la verità, signorina, nessuno ama trovarsi la notte nelle vicinanze di quel castello.

— Da chi è dunque abitato per crederlo così formidabile?

— Oh! signorina, se almeno fosse abitato! Il signor marchese è morto, come vi dissi; non ci era venuto da molti anni, ed i suoi servitori si sono ritirati in una casuccia poco lontana.»

Emilia comprese allora che il castello era quello di cui aveva già parlato Voisin, e che aveva appartenuto al marchese di Villeroy, la cui morte aveva tanto sorpreso il di lei padre.

«Ah,» disse Voisin; «com'esso è desolato! Era pure una bella casa; che bella situazione! quando me ne ricordo...»[98]

Emilia gli domandò il motivo di quel terribile cambiamento. Il vecchio taceva, ed essa, colpita dallo spavento ch'egli manifestava, occupata soprattutto dall'interesse manifestato da suo padre, ripetè la domanda, ed aggiunse: Se non sono gli abitanti che vi spaventano, e se non siete superstizioso, per qual ragione dunque, amico mio, non avete il coraggio di avvicinarvi la sera a quel castello?

— Ebbene dunque, signorina, sarò forse un poco superstizioso, ma se ne sapeste la vera cagione, potreste divenirlo anche voi. Sono accadute colà cose stranissime; il vostro buon padre pareva aver conosciuto la marchesa.

— Ditemi, vi prego, cos'è accaduto?» gli disse Emilia molto commossa.

— Oimè!» rispose Voisin; «non mi domandate di più; i segreti domestici del mio padrone devono essere sempre sacri per me.»

Emilia, sorpresa da quest'ultima espressione, e sopratutto dal tuono di voce con cui avevala pronunziata, non volle fare ulteriori domande. Un interesse più vivo, l'imagine di Sant'Aubert, occupava allora tutti i suoi pensieri, ella si rammentò la musica della notte precedente, e ne parlò a Voisin. «Voi non siete stata la sola,» le diss'egli; «l'ho udita anch'io; ma ciò m'accade così spesso a quell'ora, che non ci bado più.

— Voi credete al certo,» disse Emilia, «che questa musica abbia rapporti col castello, ed ecco perchè siete superstizioso, n'è vero?

— Può essere signorina; ma vi sono altre circostanze relative a quel castello, e delle quali io conservo tristamente la memoria.»

Queste parole furono accompagnate da un profondo sospiro, e la delicatezza di Emilia trattenne la curiosità, che le avevano destato quei detti misteriosi.

Tornata a casa, la sua disperazione ricominciò: [99] pareva che non ne avesse sospeso il corso se non perdendo momentaneamente di vista colui che ne formava il soggetto; andò tosto a contemplare la salma del padre, e cedè a tutti i trasporti di un dolore senza speranza. Voisin avendola finalmente decisa di allontanarsene, se ne tornò nella sua camera. Oppressa dalle fatiche del giorno, si addormentò immediatamente, e quando si svegliò trovossi molto più sollevata.

Sant'Aubert aveva domandato di essere sepolto nella chiesa delle monache di Santa Chiara; aveva scelta la cappella settentrionale, prossima alla sepoltura dei marchesi di Villeroy, e ne aveva indicato il posto. Il superiore vi acconsentì, e la processione funebre s'incamminò a quella volta. Il venerando padre, seguito da molti preti, venne a riceverla alla porta. Il canto del *Miserere*, il suono dell'organo, che rimbombò in chiesa quando vi entrò la bara, i passi vacillanti, e l'aria abbattuta di Emilia, avrebbero strappato le lacrime ai cuori più duri; ma essa non ne versò neppur una. Colla faccia semicoperta da un velo nero, camminava in mezzo a due persone che la sorreggevano; la badessa la precedeva, le monache la seguivano, ed il lamentoso loro canto faceva eco a quello lugubre del coro. Quando la processione fu giunta al sepolcro, Emilia abbassò il velo, e nell'intervallo dei canti si distinsero facilmente i di lei singulti. Il reverendo sacerdote cominciò la messa, ed Emilia riescì a frenarsi alquanto, ma quando il cadavere fu deposto nella tomba, quando udì gettar la terra che dovea ricoprirlo, le sfuggì un fioco gemito, e cadde in braccio alla persona che la sosteneva; ma si rimise prontamente, e potè intendere quelle parole sublimi: — *Il suo corpo riposa in pace, e l'anima è tornata a Chi glie l'ha data.* — La sua disperazione allora fu sollevata da un diluvio di lacrime.[100]

La badessa la fece uscire di chiesa, la condusse nel suo appartamento, e le offrì tutti i soccorsi della santa religione e di una tenera pietà. La fanciulla facea sforzi per vincere la sua debolezza; ma la superiora, la quale l'osservava attenta, le fece preparare un letto e la indusse al riposo. Reclamò con bontà la promessa fatta da lei di passar qualche giorno al convento. Emilia, cui nulla più richiamava alla capanna, teatro del suo infortunio, ebbe agio allora di considerar la sua posizione, e si sentì incapace di ripartire immediatamente.

Intanto la bontà materna della badessa e le dolci attenzioni delle monache nulla risparmiavan per calmare il di lei spirito e restituirla in salute; ma essa avea provato scosse troppo violente per ristabilirsi presto: fu adunque per parecchie settimane colta da lenta febbre, e cadde in uno stato di languore. S'affligea di lasciar la tomba dove riposavano le ceneri del padre; si lusingava che, se moriva colà, sarebbe a lui riunita. Intanto, Emilia scrisse alla signora Cheron sua zia ed alla sua vecchia governante per partecipar loro l'accaduto, ed informarle della sua situazione. Mentre l'orfanella stava in convento, la pace interna di quell'asilo, la bellezza de' dintorni, le attenzioni della superiora e delle monache fecero su lei un effetto sì attraente, che fu quasi tentata di separarsi dal mondo; essa avea perduto i suoi più cari amici, voleva chiudersi in quel chiostro, in un soggiorno che il sepolcro del padre rendeale sacro in sempiterno. L'entusiasmo del suo pensiero, ch'erale quasi naturale, avea sparso una vernice sì patetica sul santo ritiro d'una monaca, ch'ell'avea quasi smarrito di vista il vero egoismo che lo produce. Ma i colori che un'imaginazione malinconica, lievemente imbevuta di superstizione, prestava alla vita monastica, svanirono a poco a poco, quando le tornarono le forze, e ricondussero un'imagine ch'erane stata bandita soltanto passaggiermente.[101] Tale memoria richiamolla tacitamente alla speranza, alla consolazione, ai più dolci sentimenti; bagliori di felicità mostraronsi da lunge, e benchè non ignorasse a qual punto potevano esser fallaci, non volle privarsene. Dopo parecchi giorni, ricevè una risposta dalla sua zia, gonfia di espressioni comuni di condoglianza, ma non d'un vero dolore; le annunziava che una persona da lei incaricata sarebbe andata a prenderla per ricondurla al castello della valle, giacchè le di lei occupazioni non le permettevano d'intraprendere un sì lungo viaggio. Sebbene Emilia preferisse la sua valle a Tolosa, fu nonostante colpita da una condotta così poco delicata e sconveniente. La zia permetteva ch'ella ritornasse al suo castello senza parenti e senza amici per consolarla e per difenderla; e questa condotta diveniva tanto più colpevole, in quanto che suo padre moribondo aveva affidata la derelitta figliuola alle cure della sorella, com'essa l'aveva avvisata nella lettera scrittale.

Passarono alcuni giorni dall'arrivo dell'inviato della signora Cheron all'epoca in cui Emilia fu in grado di partire. La sera precedente alla sua partenza, andò a casa di Voisin per congedarsi da quella buona famiglia, ed attestarle la sua riconoscenza: trovò il buon vecchio assiso sulla porta, fra la figlia ed il genero, che, riposando in quel momento dai lavori della giornata, suonava una specie di flauto somigliante ad una zampogna. Essi avevano innanzi a sè imbandita una piccola mensa ben provvista di pane, frutti e vino; i ragazzi, tutti belli e pieni di salute, godevano intorno alla tavola della refezione che lor veniva distribuita con indicibile affetto dai genitori. Emilia si fermò un momento prima di avvicinarsi, contemplando il quadro interessante di quella buona gente; essa guardava attentamente quel vecchio rispettabile, e girando gli occhi sulla casa, l'immagine del padre le rammentò tutto l'orrore[102] della sua situazione. Disse addio a tutta la famiglia con un'espressione la più tenera e sensibile; Voisin l'amava come sua figlia e versava lacrime. Emilia piangeva; evitò di entrare nella casetta, che le avrebbe rinnovato impressioni troppo dolorose, e partì.

Tornata al convento, ella si decise di visitare ancora una volta la tomba del padre. Avendo inteso che un andito sotterraneo conduceva a quei sepolcri, aspettò che tutti fossero in letto, eccettuato una monaca che le aveva promessa la chiave della chiesa. Emilia restò in camera finchè l'orologio suonò mezzanotte, ed allora giunse la monaca colla chiave promessa. Scesero insieme una scaletta a chiocciola; la monaca si offrì di accompagnarla fino al sepolcro, aggiungendo spiacerle il lasciarla andar sola a quell'ora; ma Emilia la ringraziò, e non potè acconsentire di avere un testimonio del suo dolore. La buona religiosa aprì una porticina e le porse il lume. Emilia la ringraziò, si avanzò nella chiesa, e suora Maria si ritirò. Assalita da improvviso terrore, la fanciulla si riavvicinò alla porta, ed era tentata di richiamarla, ma al momento stesso, vergognandosi del suo timore, si avanzò nuovamente. L'aria fredda e umida di quel luogo, il cupo silenzio che vi regnava, e un fioco raggio di luna che traversava una finestra gotica, avrebbero senza dubbio risvegliata in chiunque la superstizione; ma essa in quel punto non aveva altro pensiero che il suo dolore. Tutto ad un tratto le parve vedere un'ombra fra le colonne; si fermò, ma non avendo udito i passi di alcuno, conobbe esser l'effetto della sua imaginazione alterata. Sant'Aubert era sepolto in un'urna semplicissima, la quale non portava altra iscrizione fuor del suo nome e cognome, la data della nascita e quella della morte, ed era situata al piè del pomposo mausoleo de' Villeroy. Emilia vi si trattenne in orazione finchè la[103] campana del mattutino l'avvertì esser tempo di ritirarsi. Versò ancora qualche lacrima, baciò il prezioso sarcofago, e se ne tornò in camera abbandonando un luogo così tristo. Dopo quel momento di effusione gustò di un sonno tranquillo;

svegliandosi, si sentì lo spirito più calmo, e parve più rassegnata di quello fosse stata dopo la morte del padre.

Giunto il momento della partenza, tutto il suo dolore si rinnovò; la memoria di suo padre nella tomba, e la bontà di tante persone viventi, l'affezionavano a quella dimora; ella sembrava provare, per il luogo ove riposava Sant'Aubert, quella tenera affezione che si risente per la patria. La badessa, nel separarsi da lei, le diede tutte le più sensibili testimonianze di attaccamento, e l'impegnò a tornare, se altrove non avesse incontrata quella considerazione, che dovea aspettarsi. Le altre monache le esternarono i più vivi rammarici; alla perfine lasciò il convento colle lacrime agli occhi, portando seco l'affetto ed i voti di tutte le persone che vi restavano.

Aveva già percorso un lungo tratto di paese prima che il magnifico spettacolo, che si offeriva alla sua vista, potesse distrarla. Assorta nella malinconia, non notò tanti oggetti incantevoli se non per rammentarsi meglio il padre perduto. Sant'Aubert trovavasi con lei quando prima li aveva veduti, e le di lui osservazioni su di essi le tornavano alla memoria. Quel giorno passò nel languore e nell'abbattimento; la notte essa dormì sulla frontiera della Linguadoca, ed il dì successivo entrò in Guascogna.

Al tramontar del sole, Emilia si trovò nelle vicinanze della valle tutti quei luoghi che conosceva sì bene, richiamandola a rimembranze che le straziavano il cuore, ridestarono tutta la sua tenerezza ed il suo dolore; guardava piangendo le vette dei Pirenei colorite allora dalle più belle e vaghe tinte del tramonto. «Là,» sclamava essa, «là sono[104] quelle medesime grotte; ecco là il medesimo bosco di abeti ch'egli guardava con tanta compiacenza quando passammo insieme da quei luoghi! Ecco là quella capanna sull'ameno colle del quale mi aveva fatto disegnare la veduta. Oh! padre mio, io non vi vedrò mai più.»

La strada ad una svolta le lasciò scorgere il castello in mezzo a quel magnifico paesaggio; i fumaiuoli, imporporati dall'occaso, sorgevan dietro le piantagioni favorite di Sant'Aubert, il cui fogliame celava le parti basse dell'edifizio. Emilia non potè reprimere un profondo sospiro. — Quest'ora, pensava ella, era pure la sua ora prediletta. — E vedendo il paese sul quale allungavansi le ombre: «Qual quiete!» sclamava; «qual deliziosa scena! tutto è tranquillo, tutto è amabile, aimè! come già un tempo!»

Ella resisteva ancora al peso terribile del suo dolore, quando udì la musica dei balli campestri che bene spesso aveva osservati passeggiando col padre sulle fiorite sponde della Garonna. Allora pianse amaramente fino al momento in cui si fermò la carrozza. Alzò gli occhi, e riconobbe la sua vecchia governante che apriva la porta della casa. Il cane di suo padre veniva festoso incontro di lei, e quando fu discesa la colmò di carezze; lo che aumentò il di lei vivo dolore.

«Mia cara padroncina...» le disse Teresa, e poi si

fermò; le lacrime di Emilia le impedivano di replicare; il cane saltellava intorno a lei; di repente corse alla carrozza. «Ah! signora Emilia, povero il mio padrone!» sclamò Teresa; «il suo cane è andato a cercarlo.»

Emilia singhiozzò vedendo quell'animale amoroso saltare in carrozza, scendere, fiutare, e cercare con inquietudine.

«Venite mia cara signorina,» disse Teresa, «andiamo; che cosa potrò io darvi per rinfrescarvi?»[105]

Emilia prese la mano della governante, sforzandosi di moderare il suo dolore, con interrogazioni sullo stato della di lei salute. Camminava lentamente verso la porta, si fermava, faceva un passo, e si fermava di nuovo. Qual silenzio! Qual abbandono, qual morte in quel castello! Temendo di rientrarvi, e rimproverandosi le sue esitanze, traversò rapidamente la sala, come se avesse temuto di guardarsi intorno, ed aprì il gabinetto che altre volte chiamava il *suo*. L'imbrunir della sera dava qualcosa di solenne al disordine di quel luogo: le sedie, i tavolini, e tutti gli altri mobili, che in tempi più felici osservava appena, parlavano allora troppo eloquentemente al suo cuore; ella sedette vicino ad una finestra che guardava sul giardino, d'onde, in compagnia del padre, aveva spesso contemplato l'effetto maraviglioso del sole all'occaso. Non si contenne più e si trovò sollevata da quello sfogo.

«Vi ho preparato il letto verde,» disse Teresa portandole il caffè; «ho creduto che ora lo preferireste al vostro. Non avrei mai creduto che aveste a tornar sola. Qual giorno, gran Dio! La nuova, quando la ricevetti, mi trapassò il cuore: chi l'avrebbe detto, quando partì il mio povero padrone, che non doveva tornare mai più?»

Emilia si coprì la faccia col fazzoletto, e le accennò di tacere e partirsene.

La fanciulla rimase alcun tempo immersa in alta mestizia; non vedea un solo oggetto che non le ravvivasse il suo dolore: le piante favorite di Sant'Aubert, i libri scelti per lei, e cui leggevano spesso insieme, gli strumenti musicali onde amava tanto l'armonia e che suonava egli medesimo. Alla fine, fattasi coraggio, volle vedere l'appartamento abbandonato; sentì che la sua pena sarebbe aumentata se differiva.

Traversò il cortile, ma il coraggio le venne meno nell'aprir la biblioteca; forse l'oscurità che la sera[106] ed il fogliame diffondevano intorno accresceva il religioso effetto di quel luogo, dove tutto le parlava del padre. Scorse la sedia nella quale si poneva: rimase interdetta a tal vista, ed immaginossi quasi averlo visto in persona dinanzi a lei. Cercò scacciare le illusioni d'un'immaginazione turbata, ma non potè astenersi da un certo rispettoso terrore che mescolavasi alle sue emozioni. Inoltrò pian piano verso la sedia e vi s'assise; avea presso un leggìo, su cui stava un libro che suo padre non avea chiuso; riconoscendo la pagina aperta, rammentossi che la vigilia della sua partenza Sant'Aubert aveagliene letto qualcosa: era il suo autore favorito. Guardò il foglio, pianse, e tornò a guardarlo: quel libro era sacro per lei; essa non avrebbe chiusa la pagina aperta per tutti i tesori del mondo; ristette dinanzi al leggìo, non potendo risolversi a lasciarlo.

In mezzo ai suoi tristi pensieri, vide la porta aprirsi lentamente; un suono cui udì in fondo alla stanza, la fece trabalzare; credette scorgere qualche movimento. Il subietto della sua meditazione, l'abbattimento de' suoi spiriti, l'agitazione de' sensi le cagionarono un repentino terrore; s'aspettò qualcosa di sovrannaturale. Ma la ragione vincendo la paura: «Di che ho io a temere?» disse; «se le anime di coloro che amiamo compariscono, non può essere che pel nostro meglio.»

Il silenzio che regnava la fece vergognare del suo timore; frattanto il medesimo suono ricominciò; distinguendo qualcosa intorno a lei, che venne ad urtar leggermente la sua sedia, gettò un grido, ma non potè nel tempo stesso trattenersi dal sorridere con un po' di confusione, riconoscendo il buon cane che si accucciava vicino a lei, e le lambiva le mani. Emilia, non trovandosi in grado quella sera di visitare tutto il castello, uscì ed andò a passeggiare in giardino, sul terrazzo sovrastante al fiume. Il sole era tramontato, ma sotto i fronzuti rami de' mandorli[107] distinguevansi le strisce di fuoco che indoravano il crepuscolo. La fanciulla si avvicinò al platano favorito, ove Sant'Aubert sedeva spesso vicino a lei, e dove la sua tenera madre le aveva tante volte parlato delle delizie della vita futura; quante volte ben anco suo padre aveva trovato conforto nell'idea di una eterna riunione! Oppressa da tale rimembranza, lasciò il platano, ed appoggiandosi al muro del terrazzo, vide un gruppo di contadini che ballavano allegramente sulle rive della Garonna, la cui vasta estensione rifletteva gli ultimi raggi del dì. Qual doloroso contrasto per la povera Emilia, infelice e desolata! Si voltò, ma oimè! dove poteva essa andare senza incontrar ad ogni passo oggetti fatti per aggravare il suo dolore? se ne tornava lentamente a casa quando incontrò Teresa, la quale sgridolla dolcemente di esporsi sola in giardino ed a quell'ora, dove non poteva ricevere alcuna consolante assistenza nello stato penoso in cui si trovava.

«Ve ne prego, Teresa, lasciatemi tranquilla,» disse Emilia; «la vostra intenzione è ottima, ma l'eloquenza è male adattata in questo momento.

— Intanto la cena è preparata,» rispose la governante.

— Non posso mangiare,» disse Emilia.

— Fate malissimo, mia cara padrona, bisogna nutrirsi. Vi ho preparato un fagiano, che m'ha mandato stamattina il signor Barreaux: avendolo incontrato ieri, gli dissi che vi aspettava; vi giuro che non ho mai veduto un uomo più afflitto di lui, quando gli diedi la trista nuova...»

Emilia, malgrado tutte le premure di Teresa, non volle mangiare, e si ritirò nella sua camera.

Qualche giorno appresso ricevè lettere di sua zia. La signora Cheron, dopo alcune espressioni di consolazione e di consiglio, la invitava ad andare a Tolosa, aggiungendo che il defunto fratello avendole affidata la sua educazione, si credeva in obbligo[108] d'invigilare sopra di lei. Emilia avrebbe preferito di restare alla valle; essendo esso l'asilo della sua infanzia ed il soggiorno di coloro che aveva perduti per sempre, poteva piangerli liberamente senza essere molestata da alcuno; ma desiderava parimenti non dispiacere alla sola parente che le restava.

Quantunque la di lei tenerezza non le permettesse di dubitare un istante sulle ragioni che avevano determinato Sant'Aubert a fare questa scelta, Emilia comprendeva benissimo che la sua felicità andava ad essere esposta ai capricci della zia. Rispondendole, ella chiese il permesso di restare ancora qualche tempo nella valle, allegando il suo estremo abbattimento, ed il bisogno che aveva di riposo e di solitudine, per ristabilirsi dai dispiaceri sofferti; sapeva benissimo che i di lei gusti differivano assai da quelli di sua zia, la quale amava la dissipazione, e le sue ricchezze le permettevano di goderne. Dopo avere scritta questa lettera, Emilia si sentì più sollevata.

Ricevè la visita di Barreaux, il quale compiangeva sinceramente la perdita dell'amico.

«Non posso rammentarmene senza il più vivo interesse,» diceva egli; «io non troverò alcuno che lo somigli. Se avessi incontrato un uomo solo come lui nel mondo, non ci avrei rinunciato.»

L'affezione di Barreaux per Sant'Aubert lo rendeva estremamente caro ad Emilia; la di lei maggior consolazione consisteva nel parlare de' suoi genitori con un uomo che stimava moltissimo, e che, sotto un esteriore poco gradevole, nascondeva un cuore tanto sensibile ed uno spirito così coltivato.

Scorsero parecchie settimane, ed Emilia nel suo pacifico ritiro passò gradatamente dal dolore ad una dolce malinconia; poteva già leggere, e leggere perfino i libri che aveva percorsi col padre, sedere al suo posto nella biblioteca, inaffiare i fiori da lui[109] piantati, suonare il pianoforte, e cantare di tempo in tempo qualcuna delle sue arie favorite.

Quando il suo spirito fu un poco rimesso da questa prima scossa, comprese il pericolo di cedere all'indolenza, e pensando che un'attività sostenuta avrebbe potuto restituirle la forza, si attaccò scrupolosamente ad impiegare con metodo tutte le ore del giorno. Allora conobbe più che mai il pregio dell'educazione ricevuta. Coltivando la di lei mente, Sant'Aubert le aveva assicurato un rifugio contro l'ozio e la noia. La dissipazione, i brillanti divertimenti e le distrazioni della società da cui separavala la sua posizione attuale, non eranle punto necessari. Ma, nel tempo medesimo, il padre aveva sviluppato le preziose qualità del suo spirito; spargendo le sue beneficenze intorno a sè, con la bontà e la compassione addolciva i mali di coloro che non poteva alleviare coi soccorsi; in una parola, sapeva compatire tutti gli esseri che si trovavano vittima dei mali inseparabili della vita umana.

Non ricevendo nessuna risposta dalla Cheron, Emilia cominciava a lusingarsi di poter prolungare il suo soggiorno nella valle; e sentendosi bastantemente in forza, si arrischiò a visitare quei luoghi, ove il passato rappresentavasi più vivamente al di lei spirito; recossi dunque alla peschiera, e per aumentare la malinconia, che tanto le piaceva, portò seco il liuto, e vi andò in una di quelle ore della sera che tanto si affanno all'immaginazione e al cuore: quando la fanciulla fu tra i boschi e vicina a quel luogo delizioso, si fermò, appoggiossi contro un albero, e pianse qualche minuto prima di avanzarsi. La stradella che menava al padiglione era allora tutta ingombra di erbe; i fiori seminati da suo padre sui margini, ne parevan quasi soffocati; le ortiche, il caprifoglio crescevano a cespi; ed ella osservava tristamente quella passeggiata negletta; ove tutto annunziava il disordine e la noncuranza,[110] aprì la porta tremando. «Ah!» disse; «ogni cosa è al suo posto come ve la lasciai quando ci stava in compagnia di chi non rivredrò mai più.» Se ne stava ella così pensierosa, senza riflettere ch'era imminente la notte, e che gli ultimi raggi del sole indoravano già la cima de' monti; sarebbe rimasta senza dubbio più a lungo in quella situazione, se non fosse stata risvegliata da un rumore di passi dietro l'edifizio. Poco dopo fu aperta la porta, comparve uno straniero, e stupefatto di vedere Emilia, la supplicò di scusare la sua indiscretezza. Al suono di quella voce, svanì il timore di lei, ma crebbe la sua commozione. Quella erale famigliare, e sebbene non potesse riconoscerne l'oggetto, la memoria le serviva troppo bene perch'ella conservasse paura.

L'ignoto ripetè le sue scuse. Emilia rispose qualche parola, ed allora avanzandosi esso con vivacità, esclamò: «Gran Dio! è mai possibile? Certo, io non m'inganno, è la signorina Sant'Aubert.

— È vero,» disse Emilia, riconoscendo Valancourt, la cui fisonomia sembrava molto animata. Mille rimembranze penose rinnovarono le sue tristi afflizioni, e lo sforzo che fece per contenersi, non servì se non ad agitarla davvantaggio. Valancourt intanto s'informava premurosamente della salute di Sant'Aubert. Un torrente di lacrime gli fece conoscere pur troppo la fatal notizia. Egli la condusse ad una sedia, e si assise vicino a lei che continuava a piangere, mentre il giovane teneva una mano stretta fra le sue.

«Io so,» disse finalmente, «quanto in simili casi sono inutili le consolazioni: dopo una sì gran disgrazia, non posso che affliggermi con voi.»

Quando Valancourt intese che Sant'Aubert era morto in viaggio, ed aveva lasciato Emilia in mano a persone estranee, esclamò involontariamente: «Dov'era io?» quindi mutò discorso, e parlò di sè medesimo. Le raccontò che, dopo la loro separazione,[111] aveva errato qualche giorno sulla riva del mare, ed era tornato in Guascogna passando per la Linguadoca.

Dopo questa breve narrazione, egli tacque: Emilia non era disposta a riprendere la parola, e s'incamminarono verso il castello. Quando furono giunti alla porta, egli si fermò come se avesse creduto di non dover andar più oltre; disse ad Emilia che contando recarsi il giorno seguente ad Estuvière, domandava il permesso di venire a congedarsi da lei, ed essa non ebbe coraggio di negarglielo.

Giunta la notte, non potè prender sonno, essendo più che mai occupata dalla memoria del padre. Rammentandosi in qual maniera precisa e solenne le aveva ordinato di bruciare le sue carte, rimproverò a sè stessa di non avere obbedito più presto, e decise di riparar la domane a questa negligenza.

CAPITOLO IX

La mattina seguente, Emilia fece accendere il fuoco nella camera da letto del padre, e vi andò ond'eseguire scrupolosamente i di lui ordini: chiuse la porta per non essere sorpresa, ed aprì il gabinetto dov'erano i manoscritti; là, in un canto, presso un seggiolone, eravi il medesimo tavolino ove avea veduto assiso il padre la notte precedente alla loro partenza, ed essa non dubitò più che le carte di cui le aveva parlato, non fossero quelle stesse la cui lettura gli cagionava allora tanta emozione. La vita solitaria vissuta da Emilia, i malinconici subietti de' suoi consueti pensieri avevanla resa suscettibile di credere a spettri e fantasime. Era in ispecie passeggiando la sera in una casa deserta, ch'ella avea rabbrividito più volte a pretese apparizioni, che non l'avrebbero mai colpita quand'era felice: tal fu la causa dell'effetto da lei provato,[112] allorchè, alzando gli occhi per la seconda volta sulla sedia posta in un canto oscuro, vi scorse l'imagine del genitore. Fu colta da terrore, ed uscì a precipizio. Poco stante rimproverossi la sua debolezza nel compiere un dovere così serio, e riaperse il gabinetto. A tenore delle istruzioni ricevute trovò ben presto il nodo che doveva servirle di guida: calcò col piede, e la tavola scorse da per sè sotto la contigua. Emilia vi ritrovò il fascio di carte, la borsa dei luigi, e qualche altro foglio sparso; prese tutto con mano tremante, richiuse il segreto, e disponevasi a rialzarsi, quando si vide ancora dinanzi l'imagine che l'avea spaventata: ella si precipitò nella camera, e cadde sopra una sedia svenuta; poco dopo rinvenne, e superò in breve quella spaventevole, ma pietosa sorpresa dell'immaginazione. Tornò alle carte, ma avea la testa sì poco a casa, che fissò gli occhi quasi involontariamente sopra le pagine aperte, senza pensare che trasgrediva agli ordini formali del padre; una frase di estrema importanza risvegliò l'attenzione e la memoria di lei. Abbandonò le carte, ma non potè cancellare dallo spirito le parole che rianimavano così vivamente il suo terrore e la sua curiosità; essa erane estremamente commossa. Più meditava, e più la sua immaginazione accendevasi. Spinta dalle più imperiose ragioni, voleva conoscere il mistero che si nascondeva in quella frase; si pentiva del giuramento fatto, ed arrivò perfino a dubitare di essere obbligata ad osservarlo; ma il suo errore non fu di lunga durata.

«Ho promesso,» diss'ella, «e non devo discutere, ma obbedire: allontaniamo una tentazione che mi renderebbe colpevole, giacchè mi sento forza bastante per resistere.» E all'istante tutto fu arso.

Aveva lasciata la borsa sul tavolino senza aprirla; ma accorgendosi che conteneva qualcosa di più grosso dei dobloni, si mise ad esaminarla.[113]

«La sua mano ve li pose,» dicea ella baciando ogni

moneta ed irrigandola di lagrime; «la sua mano, che or non è più se non fredda polvere!»

Vi trovò in fondo un pacchettino, contenente una scatoletta d'avorio nella quale esisteva il ritratto d'una signora. Stupì e sclamò: «È la stessa dinanzi la quale piangeva mio padre!» Per quanto la considerasse attentamente, non potè precisarne la somiglianza: essa era di peregrina beltà. La sua espressione particolare era la dolcezza, ma vi regnava un'ombra di tristezza e rassegnazione.

Sant'Aubert non le aveva prescritto nulla a proposito di questa pittura. Emilia credè poterla conservare, e rammentandosi in qual modo le avesse parlato della marchesa di Villeroy, s'immaginò facilmente che quello ne fosse il ritratto: pur non sapeva comprendere per qual ragione egli l'avesse conservato.

La fanciulla osservava la miniatura, senza comprendere l'interesse che prendeva a contemplarla, e il movimento d'affetto e di pietà che sentiva in sè. Ricci di capelli bruni scherzavano trascuratamente sovra un'ampia fronte: avea il naso quasi aquilino. Le labbra sorridevano, ma con malinconia: sollevava gli occhi cilestri al cielo con amabil languore, e la specie di nube sparsa su tutta la sua fisonomia parea esprimere la più viva sensibilità.

Emilia fu scossa dalla profonda meditazione in cui l'aveva gettata quel ritratto, sentendo aprire la porta del giardino: conobbe che Valancourt ritornava al castello, e le abbisognarono alcuni momenti per rimettersi. Quando lo incontrò nel salotto, fu colpita dal cambiamento della sua fisonomia dopo la loro separazione nel Rossiglione: il dolore e l'oscurità le avevano impedito di accorgersene la sera precedente; ma l'abbattimento di Valancourt cedè alla gioia di vederla.

«Voi vedete,» le disse, «ch'io faccio uso del[114] permesso da voi accordatomi. Vengo per dirvi addio, sebbene abbia avuto la fortuna d'incontrarvi ieri soltanto.»

Emilia sorrise debolmente, e, come imbarazzata di ciò che dovrebbe dire, gli domandò da quanto tempo fosse tornato in Guascogna. «Vi sono da...» disse Valancourt facendosi rosso, «dopo aver avuta la disgrazia di separarmi da amici che mi avevano reso così delizioso il viaggio dei Pirenei; ho fatto un giro assai lungo.»

Una lacrima scorse dagli occhi d'Emilia mentre Valancourt parlava; egli se ne avvide e parlò di tutt'altro; lodò il castello, la sua bella situazione ed i punti di vista che offriva. Emilia, imbarazzatissima per quel colloquio, scelse con piacere un soggetto indifferente. Andarono sul terrazzo, e Valancourt fu incantato dalla vista del fiume, dei prati, e dei quadri molteplici che presentava la Guienna.

Si appoggiò al parapetto, contemplando il rapido corso della Garonna. «Non è molto tempo,» diss'egli, «che sono rimontato fino alla sua sorgente; io non aveva allora la fortuna di conoscervi, poichè in tal caso avrei dolorosamente sentita la vostra assenza.»

Il giovane tacque, e sedette accanto a lei, muto e tremante; finalmente disse con voce interrotta: «Questo luogo delizioso.... dovrò abbandonarlo, e abbandonerò anche voi, forse per sempre.

Questi momenti possono non tornar più; non voglio perderli: soffrite intanto che, senza offendere la vostra delicatezza e il vostro dolore, vi esprima una volta tutta l'ammirazione, e la riconoscenza che m'inspira la vostra bontà. Oh! se io potessi avere un giorno il diritto di chiamare amore il vivo sentimento che...»

La commozione di Emilia non le permise di rispondere, e Valancourt, avendo gettato gli occhi[115] su di lei, la vide impallidire e sul punto di venir meno: fece un moto involontario per sostenerla, e questo moto bastò a farla rinvenire con certo quale spavento. Quando Valancourt riprese la parola, tutto in lui, e perfino la voce, manifestava l'amore il più tenero.

«Io non ardirei,» soggiunse egli, «parlarvi più a lungo di me: ma questo momento crudele avrebbe meno amarezza, se potessi portar meco la speranza, che la confessione, testè sfuggitami, non mi escluderà in avvenire dalla vostra presenza.»

Emilia fece un nuovo sforzo per vincere la confusione delle sue idee. Temeva di tradire il suo cuore, e di lasciar conoscere la preferenza che accordava a Valancourt. Ella esitava a manifestare i sentimenti ond'era animata, non ostante che il cuore ve la spingesse con molta vivacità. Nonpertanto, riprese coraggio, per dirgli che si trovava onorata dalla bontà d'una persona, per la quale suo padre aveva avuto tanta stima.

«Egli mi ha dunque giudicato degno della sua stima?» disse Valancourt con dubbiosa timidezza; poi, rimettendosi, soggiunse: «Perdonate questa domanda; io so appena ciò che voglia dirmi. Se ardissi lusingarmi della vostra indulgenza, se voi mi concedeste la speranza di avere qualche volta le vostre nuove, mi separerei da voi con maggior tranquillità.»

Dopo un momento di silenzio, Emilia rispose: «Io sarò sincera con voi; voi vedete la mia situazione, e son certa che vi ci adatterete. Vivo in questa casa, che fu quella del padre mio, ma ci vivo sola. Oimè! Io non ho più genitori, la cui presenza possa autorizzare le vostre visite...

— Non affetterò di non sentire questa verità,» disse il giovane. Poi aggiunse tristamente: «Ma chi m'indennizzerà del sacrificio che mi costa la mia franchezza? Almeno mi permetterete voi di presentarmi ai vostri parenti.»[116]

La fanciulla confusa, non sapeva che rispondere conoscendone la difficoltà. Il suo isolamento e la sua posizione non le lasciavano un amico del quale potesse ricevere un consiglio. La Cheron, unica sua parente, era occupata solo de' propri piaceri, e trovavasi talmente offesa della ripugnanza di Emilia a lasciar la valle, che sembrava non pensar più a lei.

«Ah! io lo vedo,» disse Valancourt, dopo un lungo silenzio, «conosco che mi sono lusingato di troppo. Voi mi credete indegno della vostra stima. Viaggio fatalissimo! Io lo riguardava come l'epoca più fortunata della mia vita: quei giorni deliziosi avveleneranno il mio avvenire.»

Qui si alzò bruscamente, e passeggiando a gran passi sul terrazzo, gli si vedeva la disperazione dipinta in volto. Emilia ne fu vivamente commossa. I movimenti del suo cuore trionfarono della di lei timidezza, e quando egli le fu vicino, gli disse con una voce che la tradiva: «Voi fate torto ad amendue, quando dite ch'io vi credo indegno della mia stima; devo confessare che la possedete da molto tempo, e che....»

Valancourt aspettava impaziente la fine della frase, ma le parole le spirarono sul labbro: i suoi occhi nullameno manifestavano tutte l'emozioni del di lei cuore; Valancourt passò rapidamente dall'imbarazzo alla gioia. «Emilia,» esclamò egli, «mia cara Emilia. O cielo! come resistere a tanta felicità!»

Si accostò alla bocca la mano della fanciulla; essa era fredda e tremante, e Valancourt la vide impallidire; si rimise però prontamente, e gli disse sorridendo: «mi pare di non essere ancora ristabilita dal colpo terribile che ha ricevuto il mio povero cuore.

— Perdonatemi,» le rispose il giovane, «io non parlerò più di ciò che può eccitare la vostra sensibilità.»[117] Poi, obliando la sua risoluzione, cominciò a parlare nuovamente di sè medesimo.

«Voi non sapete,» le disse, «quanti tormenti ho sofferti vicino a voi, quando senza dubbio, se mi onoravate d'un pensiero, voi dovevate credermi molto lontano di qui. Non ho cessato di vagolar tutte le notti intorno a questo castello avvolto in una profonda oscurità; quanto m'era delizioso il sapermi vicino a voi! Godeva nell'idea che vegliava intorno al vostro ritiro, e che voi gustavate sonno tranquillo. Questi giardini non sono nuovi per me. Una sera scavalcai la siepe, e passai una delle più felici ore della mia vita sotto la finestra, che credeva la vostra.»

Emilia s'informò quanto tempo Valancourt fosse stato nel vicinato. «Molti giorni,» rispos'egli; «io voleva profittare del permesso accordatomi da Sant'Aubert. Non capisco com'egli avesse questa bontà, ma sebbene lo desiderassi vivamente, quando si avvicinava il momento, io perdeva il coraggio, e differiva la mia visita. Era alloggiato in un villaggio poco discosto, e scorreva co' miei cani i dintorni di questo bel paese, anelando la fortuna d'incontrarvi, senza aver l'ardire di venire a trovarvi.»

Passarono circa due ore in questa conversazione; finalmente Valancourt, alzandosi: «Bisogna ch'io parta,» disse tristamente, «ma colla speranza di rivedervi, e con quella di offrire il mio rispetto e la mia servitù ai vostri parenti. La vostra bocca mi confermi in tale speranza.

—I miei parenti si chiameranno fortunatissimi di far la conoscenza d'un antico amico del padre mio.»

Valancourt le baciò la mano, e restarono immobili senza potersi allontanare. Emilia taceva, teneva gli occhi bassi, e quelli di Valancourt stavano fissi in lei. In quel punto, udirono camminare frettolosamente dietro al platano.[118]

La fanciulla, voltandosi, vide la signora Cheron; arrossì, e fu assalita da improvviso tremito; pure si alzò, e corse incontro alla zia.

«Buon giorno, nipote mia,» disse la Cheron gettando uno sguardo di sorpresa e curiosità su Valancourt, «buon giorno, nipote mia, come state? Ma la domanda è inutile; il vostro volto indica bastantemente che vi siete già consolata della vostra perdita.

— Il mio volto in tal caso mi fa torto, signora; la perdita da me fatta non può mai essere riparata.

—Bene!... Bene!... non voglio affliggervi. Voi somigliate moltissimo a vostro padre... e certo sarebbe stata una fortuna pel pover'uomo se avesse avuto un carattere diverso.»

Emilia non volle replicare, e le presentò l'afflitto Valancourt; il giovane rispettosamente salutò la signora Cheron, la quale gli restituì una fredda riverenza, guardandolo con piglio sdegnoso. Dopo qualche momento egli si congedò da Emilia con un'aria che le faceva bastantemente conoscere il suo dolore di allontanarsi, e lasciarla in compagnia della zia.

«Chi è quel giovine?» disse questa con asprezza; «suppongo sarà uno dei vostri adoratori; ma io credeva, nipote mia, che aveste un po' più rispetto delle convenienze, per ricevere le visite d'un giovinetto nello stato di solitudine in cui siete. Il mondo osserva questi falli; se ne parlerà, credetelo a me, che ho più esperienza di voi.»

Emilia, punta da un rimprovero così violento, avrebbe voluto interromperla, ma la zia continuò: «È necessariissimo che vi troviate sotto la direzione d'una persona in grado di guidarvi più di quello che possiate farlo voi stessa. In verità, ho poco tempo per un compito tale; nondimeno, giacchè il vostro povero padre, negli ultimi istanti di[119] sua vita, mi ha pregato di vegliare sulla vostra condotta, sono obbligata d'incaricarmene; ma sappiate, nipote cara, che se non vi determinate alla massima docilità, non mi tormenterò troppo a riguardo vostro.»

Emilia non si provò neppure a rispondere. Il dolore, l'orgoglio ed il sentimento della sua innocenza la contennero fino al momento in cui la zia aggiunse: «Io son venuta a prendervi per condurvi a Tolosa; mi dispiace però che vostro padre sia morto con sì tenue sostanza: malgrado ciò, vi prenderò in casa mia. Quel benedetto vostro padre è stato sempre più generoso che previdente; in caso diverso egli non avrebbe lasciato sua figlia alla discrezione dei parenti.

— E così appunto non ha fatto,» disse Emilia freddamente; «il disordine della sua fortuna non proviene tutto da quella nobile generosità che lo distingueva: gli affari del signor Motteville possono accomodarsi, come spero, senza rovinare i creditori, e fino a quell'epoca mi stimerò fortunatissima di risiedere nella valle.

— Non ne dubito,» rispose la Cheron, con un sorriso pieno d'ironia. «Oh! non ne dubito; e vedo quanto la tranquillità ed il ritiro furono salutari al ristabilimento del vostro spirito. Non vi credeva capace, nipote mia, di una simile doppiezza. Quando mi allegavate questa scusa, io ci credeva in buona fede, e non mi aspettava certo di trovarvi in una compagnia tanto amabile come quella del signor La.... Va.... me ne sono scordata il nome. Si vede che osservate bene le convenienze!...»

Emilia si fece di fuoco, raccontò la relazione di Valancourt e di suo padre, la circostanza della pistolettata, e il seguito de' loro viaggi; vi aggiunse l'incontro fortuito del giorno precedente, e confessò infine che Valancourt le aveva dimostrato qualche interesse, e domandato il permesso di rivolgersi a' suoi parenti.[120]

«E chi è quel giovine avventuriere?» disse la Cheron; «quali sono le sue pretese?

— Ve le spiegherà egli stesso, o signora; mio padre lo conosceva, ed io lo credo irreprensibile.

— Sarà un cadetto,» sclamò la zia, «e per conseguenza un mendico. Così dunque mio fratello s'appassionò per cotesto giovine in pochi giorni! già fu sempre così; nella sua gioventù prendeva inclinazione o avversione, senza potere indovinarne il motivo; ed ho osservato più volte, che le persone dalle quali si allontanava, erano sempre più amabili di quelle che l'interessavano; ma dei gusti non si può disputare. Era assuefatto a fidarsi molto della fisonomia; qual ridicolo entusiasmo! Cos'ha di comune il volto d'un uomo col suo carattere? Un uomo dabbene non potrà forse qualche volta avere una fisonomia spiacevole?»

La Cheron pronunziò questa sentenza col tuono trionfante di una persona, la quale, credendo aver fatta una grande scoperta, se ne applaudisce, e pensa non si possa contraddirla.

Emilia, desiderando finire quel colloquio, pregò la zia di accettare qualche rinfresco.

Appena giunta a casa, questa le ordinò di fare i suoi preparativi della partenza per Tolosa fra due o tre ore. Essa la scongiurò di differire almeno fino al giorno seguente, e l'ottenne con qualche difficoltà.

Il resto del giorno fu passato nell'esercizio di una pedantesca tirannia per parte della zia, e nei disgusti e nel dolore per parte della nipote. Appena quella si fu ritirata, Emilia diede l'ultimo addio alla casa, ch'era stata la sua culla. La lasciava senza sapere il tempo della sua assenza, e per un nuovo genere di vita che ignorava assolutamente; ma non poteva vincere il presentimento che non sarebbe mai più ritornata nella valle. Mentre era nella biblioteca paterna, e che sceglieva qualche libro per portar[121] seco, Teresa aprì la porta onde assicurarsi, secondo il consueto, se tutto era in ordine, e restò sorpresa di trovare colà la padroncina. Emilia le diede le opportune istruzioni pel mantenimento del castello.

«Oimè!» le disse Teresa; «voi dunque partite? Se non m'inganno però mi sembra che voi sareste più felice qui, che non dove vogliono condurvi.»

Emilia non le rispose, e tornò nella sua camera. Ivi giunta, si mise alla finestra, e vide il giardino fiocamente illuminato dalla luna che sorgea allora al disopra dei fichi. La placida bellezza della notte accrebbe il di lei desiderio di gustare un tristo piacere, facendo pure i saluti ai luoghi prediletti della sua infanzia. Si sentì spinta a scendere, e gettandosi indosso il velo leggero col quale soleva passeggiare, entrò a cauti passi nel giardino, e si diresse celeremente verso i boschetti lontani, lieta di respirar ancora un'aura libera e sospirare senza essere osservata da veruno. Il profondo riposo della natura, i soavi effluvi diffusi dal notturno zeffiro, la vasta estensione dell'orizzonte e l'azzurro firmamento stellato rapivano in dolce estasi l'anima sua e la portavano gradatamente a quelle altezze sublimi donde le orme di questo mondo svaniscono.

Emilia fissò gli occhi sul platano, e vi riposò per l'ultima volta. Quivi, ancor poche ore prima, ella discorreva con Valancourt. Ricordossi la confessione da lui fatta che spesso vagolava la notte intorno alla sua dimora, che ne scavalcava il recinto; e d'improvviso pensò che in quel momento stesso egli poteva trovarsi forse in giardino. La paura d'incontrarlo, il timore altresì delle censure della zia la indussero a ritirarsi in casa. Si fermava spesso ad esaminare i boschetti prima di traversarli; vi passò senza vedere alcuno; ma giunta ad un gruppo di mandorli più vicino alla casa, ed essendosi voltata per vedere ancora il giardino, credette scorgere[122] una persona uscire dai pergolati più tenebrosi ed avviarsi lentamente per un viale di tigli, allora illuminato dalla luna. La distanza, la luce troppo fioca, non le permisero d'accertarsi se fosse illusione o realtà. Continuò a guardare alcun tempo, e poco dopo credette udir camminare a sè vicino. Rientrò a precipizio, e tornata nella sua stanza, aprì la finestra nel momento in cui qualcuno penetrava sotto i mandorli, nel luogo stesso da lei lasciato poc'anzi. Chiuse la finestra, e, benchè agitatissima, potè gustare qualche ora di sonno.

CAPITOLO X

La carrozza che doveva condurre Emilia e la zia a Tolosa fu alla porta di buonissim'ora. La signora Cheron comparve alla colazione prima che vi giungesse la nipote, e piccata dall'abbattimento in cui la vide quando comparve, glielo rimproverò in un modo poco acconcio a farlo cessare. Non senza molta difficoltà, Emilia potè ottenere di condur seco il cane tanto amato da suo padre. La zia, premurosa di partire, fece avanzare la carrozza; la vecchia Teresa stava sulla porta per congedarsi dalla sua padrona. «Dio vi accompagni, signorina,» le disse.

Emilia non potè rispondere che stringendole teneramente la mano.

Molti degl'infelici che ricevevano soccorsi da suo padre, erano dinanzi alla porta del giardino, e venivano per salutare l'afflittissima Emilia. Essa distribuì tutto il danaro che aveva in tasca, e si ritirò nella carrozza con un profondo sospiro. I precipizi, l'altezza gigantesca dei Pirenei, e tutte le altre magnifiche vedute, rammentarono a Emilia mille interessanti rimembranze; ma questi oggetti d'ammirazione entusiastica, non eccitavano più allora in lei che il dolore ed i dispiaceri.[123]

Valancourt intanto era ritornato a Estuvière col cuore tutto pieno di Emilia. Qualche volta si abbandonava ai sogni di un avvenire felice, più spesso cedeva alle inquietudini, e fremeva dell'opposizione che potrebbe trovare nei parenti di Emilia. Egli era l'ultimo figlio di un'antica famiglia di Guascogna. Avendo perduto i genitori nell'infanzia, la sua educazione e la sua tenue legittima erano state affidate al conte Duverney, suo fratello maggiore di vent'anni. Egli aveva un'elevazione di spirito ed una grandezza d'animo che lo facevano brillare negli esercizi in allora chiamati *eroici*. La sua sostanza era diminuita ancora per le spese della sua educazione; ma il fratello maggiore parea pensare forse che il suo genio e i suoi talenti avrebbero supplito alle ingiurie della fortuna; offrivano essi una prospettiva brillante a Valancourt nella carriera militare, il solo allora che potesse essere abbracciato ragionevolmente da un gentiluomo; ed in conseguenza entrò al servizio.

Aveva ottenuto un congedo dal reggimento, quando intraprese il viaggio dei Pirenei, all'epoca in cui aveva conosciuto Sant'Aubert. Il suo permesso stando per ispirare, aveva perciò maggior premura di presentarsi ai parenti di Emilia: temeva di trovarli contrari ai suoi voti. Il suo patrimonio, col mediocre supplemento di quello di Emilia, sarebbe bastato ad entrambi, ma non potea soddisfare nè la vanità, nè l'ambizione.

Frattanto le nostre viaggiatrici avanzavano: Emilia si sforzava di mostrarsi contenta, e ricadeva nel silenzio e nell'abbattimento. La Cheron attribuiva la sua malinconia al dispiacere di allontanarsi dall'amante; persuasa che il dolore della nipote per la morte del padre non fosse che un'affettazione di sensibilità, costei faceva di tutto per metterlo in ridicolo.

Finalmente giunsero a Tolosa. Emilia essendovi[124] stata molti anni addietro, glie n'era rimasta una debolissima rimembranza. Restò sorpresa del fasto della casa e dei mobili; forse la modesta eleganza cui era assuefatta, fu la cagione del suo stupore. Seguì la Cheron traverso una vasta anticamera piena di servi vestiti di ricche livree, entrò in un bel salotto ornato con più magnificenza che gusto, e la zia ordinò che servissero la cena.

«Son contenta di trovarmi nel mio castello,» diss'ella abbandonandosi su di un gran canapè; «ci ho tutta la mia gente intorno; detesto i viaggi, sebbene dovessi amarli, perchè tutto ciò che vedo fuori di qua, mi fa sempre trovare ogni cosa più bella nel mio palazzo. Ebbene! non dite nulla? Perchè sì muta, Emilia?»

Questa trattenne le lacrimo che le sfuggivano, e finse di sorridere. La sua zia si diffuse molto sullo splendore della casa, sulle conversazioni, e finalmente su ciò che aspettava da Emilia, il cui riserbo e la cui timidezza passavano ai di lei occhi per orgoglio ed ignoranza. Ne prese motivo par rimproverarla, non conoscendo ciò ch'è necessario per guidare uno spirito, il quale, diffidando delle proprie forze, possedendo un discernimento delicato, e immaginandosi che gli altri abbiano maggiori lumi, teme di esporsi alla critica, e cerca rifugio nell'oscurità del silenzio.

La cena interruppe l'altiero discorso della signora Cheron, e le riflessioni umilianti ch'essa vi mescolava per la nipote. Dopo cena, la Cheron si ritirò nel suo appartamento, ed una cameriera condusse Emilia al suo; salirono una larga scala, traversarono diversi corridoi, scesero qualche gradino, e passarono per uno stretto andito in una parte remota della casa; infine la cameriera aprì la porta di una stanzuccia, e disse esser quella destinata per la signora Emilia: la fanciulla, rimasta sola, si diede[125] in preda a tutto l'eccesso del dolore che non poteva più contenere. Coloro che sanno per esperienza a qual punto il cuore s'affezioni agli oggetti anche inanimati allorchè ne ha preso l'abitudine, quanto stenti a lasciarli, con qual tenerezza li ritrovi, con qual dolce illusione crede vedere gli antichi amici, costoro soli comprenderanno l'abbandono in cui si trovava allora Emilia, bruscamente tolta dall'unico ricetto ch'ella riconoscesse dall'infanzia, e gettata sopra un teatro e fra persone che le spiacevano ancor più pel carattere che per la novità. Il fido cane di suo padre era con lei nella cameretta, l'accarezzava, e le leccava le mani mentr'ella piangea. «Povera bestia,» diceva essa; «non ho più nessun altro che te per amico.»

CAPITOLO XI

Il castello della signora Cheron era vicinissimo a Tolosa, e circondato da immensi giardini; Emilia, alzatasi di buon'ora, li percorse prima della colazione. Da un terrazzo che si estendeva fino all'estremità di questi giardini, scoprivasi tutta la Bassa Linguadoca. Emilia riconobbe le alte cime dei Pirenei; e la sua immaginazione le dipinse tosto la verzura ed i pascoli che sono alle falde di essi. Il suo cuore volava verso la sua placida dimora. Provava un piacere inesprimibil nel supporre di vederne la situazione, sebbene potesse appena scorgerne i monti. Poco occupata del paese in cui si trovava, fissava gli occhi sulla Guascogna, ed il suo spirito pascevasi delle rimembranze interessanti destate in lei da tal vista.

Un servitore venne ad avvertirla che la colazione era pronta.

«Dove siete stata così di buon'ora?» disse la Cheron quando entrò la nipote. «Non approvo queste passeggiate solitarie. Desidero che non usciate[126] tanto presto la mattina senz'essere accompagnata. Una fanciulla, che al castello della valle dava appuntamenti al chiaro di luna, ha bisogno d'un poco di sorveglianza.»

Il sentimento della propria innocenza non impedì il rossore di Emilia. Essa tremava, e chinava gli occhi tutta confusa, mentre la zia le lanciava sguardi arditi, ed arrossiva ella stessa: ma il di lei rossore era quello dell'orgoglio soddisfatto, quello di una persona che si compiace della propria penetrazione.

Emilia, non dubitando che la zia non intendesse parlare della sua passeggiata notturna prima di lasciar la valle, credè dovergliene spiegare i motivi; ma essa, col sorriso del disprezzo, ricusò di ascoltarla.

«Non mi fido,» le disse, «delle proteste di alcuno; giudico le persone dalle loro azioni, e proverò la vostra condotta per l'avvenire.»

Emilia, meno sorpresa della moderazione e del silenzio misterioso della zia, di quello nol fosse stata dell'accusa, vi riflettè profondamente, e non dubitò più non fosse Valancourt ch'ella avea veduto la notte ne' giardini della valle, e che la zia poteva bene aver riconosciuto. Intanto, non lasciando un soggetto penoso se non per trattarne un altro che non eralo meno, parlò di Motteville e della perdita enorme che la nipote faceva nel suo fallimento. Mentr'essa ragionava con fastosa pietà degl'infortunii che opprimevano Emilia, insisteva sui doveri dell'umanità e della riconoscenza, facendo divorare alla povera fanciulla le più crudeli mortificazioni, ed obbligandola a considerarsi non solo sotto la di lei dipendenza, ma sotto quella ben anco di tutta la servitù.

L'avvertì allora che in quel giorno si aspettava molta gente a pranzo, e le ripetè tutte le lezioni della sera precedente sul modo di contenersi in società: aggiunse che voleva vederla abbigliata con[127] gusto ed eleganza, e poscia si degnò mostrarle tutto lo splendore del suo castello, farle osservare tutto quanto brillava d'una magnificenza particolare, e che si faceva distinguere nei vari appartamenti; dopo di che si ritirò nel suo gabinetto di toletta. Emilia si chiuse nella sua camera, tirò fuori i suoi libri, e ricreò lo spirito colla lettura, fino al momento di vestirsi.

Quando i convitati furono riuniti, Emilia entrò nella sala con un'aria di timidezza che non potè vincere, per quanto vi si sforzasse. L'idea che la zia l'osservava con occhio severo, la turbava vie maggiormente. Il suo abito di lutto, la dolcezza, l'abbattimento della sua bella fisonomia, non meno che la modestia del contegno, la resero interessantissima a quasi tutta la società. Riconobbe essa Montoni ed il suo amico Cavignì, che aveva trovati in casa di Quesnel; avevano questi nella casa della Cheron tutta la famigliarità di antichi conoscenti, ed anch'essa sembrava accoglierli con molto piacere.

Montoni portava nel suo contegno il sentimento della superiorità: lo spirito ed i talenti co' quali poteva sostenerla obbligavano tutti gli altri a cedergli. La finezza del suo tatto era fortemente espressa nella sua fisonomia; ma sapeva dissimulare quando bisognava, e potevasi notare spesso in lui il trionfo dell'arte sulla natura. Aveva il viso lungo e magro, eppure lo dicevano bello; elogio forse più da attribuirsi alla forza e vigoria dell'anima, che delineavansi in tutti i suoi tratti. Emilia concepì per lui una specie d'ammirazione, ma non quell'ammirazione che poteva condurre alla stima; essa vi univa una specie di timore, di cui non sapeva indovinare il motivo.

Cavignì era giocondo ed insinuante come la prima volta. Sebbene quasi sempre occupato della signora Cheron, trovava il mezzo di parlar con Emilia. Le indirizzò da principio qualche motto spiritoso, e[128] prese in seguito un'aria di tenerezza di cui ella si accorse benissimo, e che non la spaventò. Ella parlava poco, ma la grazia e dolcezza delle sue maniere l'incoraggirono a continuare; non fu interrotta se non quando una giovine signora del circolo, che parlava sempre, e di tutto, venne a mescolarsi ai loro discorsi; questa signora, che spiegava tutta la vivacità e la civetteria francese, affettava d'intender tutto, o piuttosto non vi mettea nemmeno affettazione. Non essendo mai uscita da una perfetta ignoranza, s'immaginava che non avesse nulla da imparare; obbligava tutti ad occuparsi di lei, divertiva talvolta, stancava dopo un momento, e poi era abbandonata.

Emilia, quantunque ricreata da tutto quanto aveva veduto, si ritirò senza rincrescimento, e si abbandonò volentieri di nuovo alle rimembranze che tanto le piacevano.

Passarono quindici giorni in una folla di visite e di dissipazioni; Emilia accompagnava per tutto la Cheron, si divertiva di rado, e annoiavasi spesso. Fu colpita dell'apparente istruzione e delle cognizioni di cui facean mostra intorno a lei le persone che componevano la conversazione; non fu se non molto dopo che riconobbe l'impostura di tutti quei pretesi talenti. Ciò che la ingannò maggiormente fu quell'aria di brio continuato, e soprattutto di bontà ch'ella osservava in ciascun personaggio. S'immaginava che un'affabilità consueta e sempre pronta ne fosse il vero fondamento. Finalmente, l'esagerazione di qualcuno, meno abile degli altri, le fece sospettare che, se il contento e la bontà sono i soli principii d'una dolce amenità, gli eccessi smoderati ai quali uno si abbandona ordinariamente sono il risultato della più perfetta insensibilità.

Emilia passava i momenti più graditi nel padiglione del terrazzo. Vi si ritirava con un libro, per godere della sua malinconia, o col liuto, per vincerla.[129] Assisa cogli occhi fissi sui Pirenei e sulla Guascogna, essa cantava le ariette più interessanti del suo paese, imparate nell'infanzia.

Una sera, Emilia suonava il liuto nel padiglione con un'espressione che veniva dal cuore. Il sole all'occaso illuminava ancora la Garonna, che fuggiva a qualche distanza, e le cui acque erano passate dinanzi alla valle. Emilia pensava a Valancourt; non ne avea udito più parlare dopo il suo soggiorno a Tolosa; ed ora, lontana da lui, sentiva tutta l'impressione che aveva fatta sul proprio cuore. Prima di aver conosciuto Valancourt, non aveva incontrato alcuno, il cui spirito ed il gusto si accordassero tanto bene col suo. La Cheron avevale parlato di dissimulazione, di artifizi; pretendeva essa che quella delicatezza, cui ammirava nell'amante, non foss'altro che un laccio per piacerle, eppure essa credeva alla di lui sincerità. Un dubbio nondimeno, per debole che fosse, bastava opprimerle il cuore.

Il rumore d'un cavallo sulla strada, sotto la sua finestra, la scosse da questi pensieri: vide un cavaliere il cui personale ed il portamento le rammentavano Valancourt, giacchè l'oscurità non le permetteva di distinguerne i lineamenti. Si tirò indietro temendo d'esser veduta, e desiderando al tempo stesso di osservare. L'incognito passò senza guardare, e quando si fu ravvicinata alla finestra, lo vide nel viale che conduceva a Tolosa. Questo lieve incidente la rese di cattivo umore, e, dopo alcuni giri sul terrazzo, tornò presto al castello.

La Cheron rientrò più ruvida del solito; ed Emilia non fu contenta se non quando le fu permesso di ritirarsi nella sua cameretta.

Il giorno dopo essa fu chiamata dalla zia, la quale ardeva di collera, e che, appena la vide, le presentò una lettera.

«Conoscete voi questo carattere?» le disse con voce severa, e guardandola fiso, mentre Emilia esaminava la lettera con attenzione.[130]

— No, signora, io non lo conosco,» le rispose.

— Non mi fate perder la pazienza,» disse la zia; «voi lo conoscete, confessatelo subito, esigo che diciate la verità.»

Emilia taceva e stava per uscire. La Cheron la richiamò.

«Oh! voi siete colpevole: vedo adesso che conoscete il carattere.

— Ma se ne dubitavate, signora,» disse Emilia con dignità, «perchè accusarmi di aver detto una bugia?

— È inutile negarlo,» disse la signora Cheron; «vedo dal vostro contegno che voi non ignorate il contenuto di questa lettera. Son sicurissima che in casa mia, e senza mia saputa, avete ricevute lettere da quel giovine insolente.»

Emilia, indispettita dalla villania di quell'accusa, ruppe il silenzio, e si sforzò di giustificarsi, ma senza convincere la zia.

«Non posso supporre che quel giovine avrebbe ardito scrivermi, se voi non l'aveste incoraggito.

— Mi permetterete di rammentarvi, signora,» disse Emilia con voce timida, «alcune particolarità d'un colloquio che avemmo insieme a casa mia: vi dissi allora con franchezza di non essermi opposta che il signor Valancourt s'indirizzasse alla mia famiglia.

— Non voglio essere interrotta,» disse la signora Cheron; «io.... io... perchè non gliel'avete proibito?»

Emilia non rispose. «Un uomo sconosciuto a tutti, assolutamente straniero; un avventuriere che corre dietro ad una ricca fanciulla! Ma almeno, sotto questo rapporto, si può dire ch'egli si è ingannato d'assai.

— Ve l'ho già detto, signora, la sua famiglia era conosciuta da mio padre,» disse Emilia modestamente, e fingendo di non avere udita l'ultima frase.

— Oh! non mi fido niente affatto del suo giudizio[131] favorevole,» replicò la zia colla sua solita leggerezza. «Egli aveva idee così guaste! Giudicava la gente alla fisonomia.

— Signora, poco fa mi credevate colpevole, eppur lo giudicavate dalla mia fisonomia.»

Emilia si permise questo rimprovero per rispondere in qualche modo al tuono poco rispettoso col quale la Cheron parlava di suo padre.

«Vi ho fatta chiamare,» soggiunse la zia, «per significarvi che non intendo essere importunata dalle lettere o dalle visite di tutti i giovinastri che pretenderanno adorarvi. Questo signor di Valla... non so come lo chiamate, ha l'impertinenza di chiedermi che gli permetta di offerirmi i suoi rispetti; ma gli risponderò come va. Quanto a voi, Emilia, lo ripeto una volta per sempre, se non vi uniformate alla mia volontà, non m'inquieterò più per la vostra educazione, e vi metterò in un convento.

— Ah! signora,» disse Emilia struggendosi in lacrime, «come posso io aver meritato questo trattamento?»

La Cheron in quell'istante avrebbe potuto ottenere da lei la promessa di rinunziare per sempre a Valancourt. Colta dal terrore, non voleva più acconsentire a rivederlo; temeva d'ingannarsi, e temeva finalmente di non essere stata abbastanza riservata nella conferenza avuta alla valle. Sapeva benissimo di non meritare i sospetti odiosi formati dalla zia, ma era tormentata da infiniti scrupoli. Divenuta timida, e dubitando di far male, risolse di obbedire a qualunque suo comando, e glie ne fece conoscere l'intenzione; ma la Cheron non le prestava fede, e non iscorgeva in lei che l'artifizio, o la paura.

«Promettetemi,» disse alla nipote, «che non vedrete quel giovine, e non gli scriverete senza mio permesso.

— Ah! signora,» rispose Emilia, «potete voi supporre ch'io fossi capace di farlo?[132]

— Io non so cosa supporre; la gioventù non si capisce, chè manca troppo di buon senso per desiderar di essere rispettata.

— Io mi rispetto da me stessa,» replicò Emilia; «il padre mio me ne ha sempre insegnata la necessità. Egli mi diceva che, colla mia propria stima, otterrò sempre quella degli altri.

— Mio fratello era un buon uomo,» soggiunse la Cheron, «ma non conosceva il mondo. Ma... in somma, non mi avete fatta la promessa che esigo da voi.»

Emilia fece la promessa, e andò a passeggiare in giardino. Arrivata al suo padiglione favorito, sedette vicino alla finestra che guardava in un boschetto. La calma di quella solitudine le permetteva di raccogliere i suoi pensieri e di giudicare da per sè della sua condotta. Si rammentò il colloquio avuto al castello, e si convinse con gioia, che nulla poteva allarmare il suo orgoglio, nè la sua delicatezza; si confermò nella stima di sè medesima, e della quale sentiva tanto bisogno. In ogni caso, si decise a non alimentare una corrispondenza segreta, e ad osservare la medesima riserva con Valancourt allorchè lo incontrerebbe. Nell'atto che faceva queste riflessioni, versò alcune lacrime, ma le asciugò prontamente, quando sentì camminare, aprire il padiglione, e, girando la testa, ebbe riconosciuto Valancourt. Un misto di piacere, di sorpresa e terrore s'impadronì tanto del suo cuore, che ne fu vivamente commossa. Impallidì, arrossì, e restò alcuni istanti nell'impossibilità di parlare, e di alzarsi dalla sedia. Il volto di Valancourt era lo specchio fedele di ciò che doveva esprimere il suo: la di lui gioia fu sospesa quando s'accorse dell'agitazione di Emilia. Rinvenuta dalla prima sorpresa, essa rispose con un dolce sorriso; ma una folla di contrari affetti assalirono nuovamente il di lei cuore, e lottarono con forza per soggiogar la sua risoluzione. Era difficile conoscere[133] se la vinceva in lei o la gioia di veder Valancourt, o la paura de' trasporti ai quali si abbandonerebbe la zia allorchè saprebbe quest'incontro. Dopo qualche parola altrettanto laconica che imbarazzata, lo condusse in giardino e gli domandò se avesse veduta la signora Cheron.

«No,» diss'egli, «non l'ho veduta, mi fu detto ch'era occupata, e quando ho saputo ch'eravate in giardino, mi sono affrettato di venirvi a trovare.» Poi soggiunse: «Posso io arrischiare di dirvi il soggetto della mia visita senza incorrere nel vostro sdegno? Posso io sperare che non mi accuserete di precipitazione, usando del permesso che mi accordaste, d'indirizzarmi ai vostri parenti?»

Emilia non sapea che cosa rispondere, ma la sua perplessità non fu di lunga durata, e fu di nuovo assalita dal terrore allorchè, alla svolta del viale, vide la signora Cheron. Ella aveva ripreso il sentimento della propria innocenza, ed il suo timore ne fu affievolito in guisa, che, in vece di evitare la zia, le andò incontro tranquillissima con Valancourt. Il malcontento e l'impaziente alterigia con cui li osservava la Cheron sconcertarono però Emilia: comprese che quell'incontro sarebbe stato creduto premeditato; presentò il giovane, e, troppo agitata per restar con loro, corse a chiudersi in casa, ove aspettò lungamente e con estrema inquietudine il risultato della conferenza. Non sapeva immaginarsi come l'amante avesse potuto introdursi in casa della zia prima di avere ottenuto il permesso che domandava. Ignorava essa una circostanza che doveva rendere inutile questo passo, nel caso ben anco che la Cheron l'avesse accolto. Valancourt, nell'agitazione del suo spirito, aveva obliato di datare la sua lettera; in conseguenza, non avrebb'ella potuto rispondergli.

La signora Cheron ebbe un lungo colloquio con Valancourt, e quando rientrò in casa, il suo contegno[134] esprimeva più cattivo umore che quell'eccessiva severità di cui aveva fremuto Emilia.

«Finalmente,» disse la zia, «ho congedato quel giovinetto, e spero che non riceverò più simili visite, mi ha assicurata che il vostro abboccamento non era concertato.

— Signora,» disse Emilia commossa, «voi glie ne faceste domanda?

— Certo che glie l'ho fatta! non dovevate credermi imprudente tanto da pensare che l'avrei trascurata.

— Cielo» sclamò la fanciulla; «quale idea si farà egli di me, signora, se voi stessa gli dimostrate tali sospetti?

— L'opinione che si farà di voi,» ripigliò la zia, «è d'or innanzi di pochissima conseguenza. Ho messo fine a questa faccenda, e credo che avrà qualche opinione della mia prudenza. Gli lasciai travedere che non era una stolida, e soprattutto non tanto compiacente da soffrire un commercio clandestino in casa mia. Quanto fu indiscreto vostro padre,» continuò poi, «d'avermi lasciata la cura della vostra condotta! Vorrei vedervi accasata; se dovessi trovarmi importunata più a lungo da quel signor Valancourt, o da altri pari a lui, vi metterò certamente in un chiostro. Ricordatevi dunque dell'alternativa. Quell'audace ha avuto l'impertinenza di confessarmi che la sua sostanza è tenuissima, ch'egli dipende da suo fratello maggiore, e che questa sostanza dipende dal suo avanzamento nella carriera militare. Stolto! avrebbe almeno dovuto nascondermelo se voleva persuadermi. Egli aveva dunque la presunzione di supporre ch'io avrei maritata mia nipote ad un uomo nullatenente, ad un miserabile che lo confessa egli stesso...»

Emilia fu sensibile alla sincera confessione fatta da Valancourt; e quantunque la sua povertà rovesciasse le loro speranze, la franchezza della sua[135] condotta le cagionò un piacere che superò momentaneamente tutti i suoi affanni.

La Cheron continuò: «Egli ha altresì creduto bene di dirmi che non avrebbe ricevuto il suo congedo se non da voi, ciò ch'io negai positivamente. Conoscerà così esser sufficientissimo che non lo aggradisca io, e colgo questa occasione di ripeterlo: se voi concerterete con lui il menomo abboccamento a mia insaputa, preparatevi ad uscir di casa mia all'istante.

— Come mi conoscete poco, se credete che sia necessario un ordine simile!»

La signora Cheron si mise alla toletta, essendo invitata per quella sera ad una conversazione. Emilia avrebbe voluto dispensarsi dall'accompagnarla, ma non ardì domandarlo pel timore d'una falsa interpretazione. Quando fu nella sua camera, diè libero sfogo al proprio dolore: si ricordò che Valancourt, sempre più amabile per lei, era bandito dalla sua presenza, e forse per sempre. Essa impiegò nel pianto quel tempo che la zia consacrava ad abbigliarsi. Quando si rividero a tavola, i suoi occhi tradivano le lacrime, e ne fu duramente rimproverata. Fece grandi sforzi per parer lieta, nè le riuscirono affatto infruttuosi.

Andò colla zia dalla signora Clairval, vedova di certa età, e stabilita da poco tempo a Tolosa in una villa del marito. Ella aveva vissuto diversi anni a Parigi con molta eleganza: era naturalmente allegra, e dopo il suo arrivo a Tolosa, aveva date le più belle feste che vi fossero vedute.

Tutto ciò eccitava non solo l'invidia, ma anche la frivola ambizione della signora Cheron, e non potendo gareggiare nel fasto e nella spesa, voleva almeno esser creduta l'intima amica della Clairval.

A tal uopo, le usava le maggiori cortesie; e quando si trattava di essere invitata da lei, taceva qualunque altro impegno. Ne parlava da per tutto, e si dava[136] grandi arie d'importanza, facendo credere che fossero amiche intrinseche.

Il divertimento di quella sera consisteva in una festa da ballo ed una cena. Il ballo era d'un genere affatto nuovo. Si danzava a diversi gruppi in giardini estesissimi. I grandi e begli alberi sotto i quali si dava la festa, erano illuminati da infiniti lampioni disposti con tutta la varietà possibile. Le diverse fogge aumentavano l'incanto di quella scena. Mentre alcuni ballavano, altri, seduti sulle erbose zolle, parlavano con libertà, criticavano le acconciature, prendevano rinfreschi o cantavano ariette accompagnandosi colla chitarra. La galanteria degli uomini, le civetterie delle donne, la leggerezza e il brio delle danze, il liuto, il flauto, il cembalo, e l'aria campestre, che i boschi davano a tutta la scena, facevano di questa festa un modello piccantissimo dei piaceri e del gusto francese. Emilia considerava questo quadro ridente con una specie di diletto malinconico. Sarà facile comprendere la sua sorpresa allorchè, gettando a caso gli occhi su di una contraddanza, riconobbe l'amante che ballava con una bella e giovine signora, e sembrava aver per lei le più premurose attenzioni: si volse tosto volendo condurre altrove la zia, che discorreva con Cavignì senza avere veduto Valancourt. Un'improvvisa debolezza l'obbligò a sedere, e l'estremo pallore che comparve sul di lei volto, fece credere ai circostanti ch'ella fosse incomodata. La Cheron continuava a parlare con Cavignì, e il conte di Beauvillers, che si era occupato di Emilia, le fece alcune maligne osservazioni a proposito del ballo, alle quali ella rispose quasi con incoerenza, tanto l'idea di Valancourt la tormentava, tanto essa era inquieta di restare sì a lungo vicino a lui. Le osservazioni del conte sulla contraddanza l'obbligarono intanto a fissarvi gli occhi, che nello stesso momento s'incontrarono in quelli di Valancourt. Tremò e voltò[137] via tosto gli sguardi, ma non senza aver distinta l'alterazione di lui nel vederla. Si sarebbe volentieri allontanata all'istante medesimo da quel luogo, se non avesse pensato che questa condotta gli avrebbe fatto conoscere troppo l'imperio ch'egli aveva sul di lei cuore. Si provò a continuare il discorso col conte, il quale le parlò della dama che ballava con Valancourt: il timore di lasciar travedere il vivo interesse ch'ella vi prendeva, l'avrebbe senza dubbio tradita, se gli sguardi del conte non si fossero fissati allora sulla coppia di cui parlava.

«Quel giovine cavaliere,» diss'egli, «sembra un uomo compito in tutto, fuorchè nel ballo: la sua compagna è una delle bellezze di Tolosa, e sarà ricchissima. Voglio sperare che saprà fare una scelta migliore per la felicità della sua vita, di quel che non l'abbia fatto per la contraddanza; m'accorgo ch'egli imbroglia tutti gli altri. Mi sorprende però che quel giovane, col suo bel portamento, non abbia imparato a ballare.»

Emilia, alla quale batteva forte il cuore ad ogni parola, volle troncare il discorso informandosi del nome di quella signora: prima che il conte potesse risponderle, la contraddanza finì; ed Emilia, vedendo che Valancourt si avanzava verso di lei, si alzò tosto, e andò accanto alla zia.

«Ecco qua il cavaliere Valancourt, signora,» le disse sottovoce; «di grazia ritiriamoci.» La zia si alzò, ma il giovane le aveva raggiunte; egli salutò la signora Cheron con rispetto, e sua nipote con dolore. Siccome la presenza di quest'ultima gl'impediva di restare, passò oltre con un contegno, la cui tristezza rimproverava a Emilia di aver potuto risolversi ad aumentarlo: se ne stava essa pensierosa, allorchè il conte Beauvillers le tornò accanto.

«Vi domando perdono, signorina,» le disse egli,

«di un'inciviltà involontaria. Quando criticava così liberamente il cavaliere nel ballo, ignorava ch'ei[138] fosse di vostra conoscenza.» Emilia arrossì e sorrise. La Cheron però gli rispose: «Se voi parlate del giovane passato poco fa, posso assicurarvi che non è, nè di mia conoscenza, nè di quella della signorina Sant'Aubert.

— Gli è il cavaliere Valancourt,» disse Cavignì con indifferenza.

— Lo conoscete voi?» riprese la signora Cheron.

— Non ho con lui nessuna relazione,» rispose Cavignì.

— Non sapete i motivi che ho di qualificarlo d'impertinente? Esso ha la presunzione di ammirare mia nipote.

— Se, per meritare l'epiteto d'impertinente, basta ammirare madamigella Emilia,» soggiunse Cavignì, «temo che ve ne siano molti, ed io m'inscrivo nella lista.

— Oh! signore,» disse la Cheron con sorriso forzato, «mi accorgo che imparaste l'arte dei complimenti dopo il vostro soggiorno in Francia; ma non bisogna adulare le fanciulle, perchè esse prendono l'adulazione per verità.»

Cavignì girò un momento la testa, e disse con voce studiata: «A chi si possono dunque allora far complimenti, signora? Perchè sarebbe assurdo di rivolgersi ad una donna, il cui gusto è già formato:

essa è superiore a qualunque elogio.»

Terminando questa frase, egli guardava Emilia di soppiatto, e l'ironia brillava nei di lui occhi. Essa lo intese, ed arrossì per la zia; ma la Cheron rispose: «Voi avete perfettamente ragione, signore; una donna di gusto non può, nè deve soffrire un complimento.

— Ho inteso dire al signor Montoni,» soggiunse Cavignì, «che una donna sola ne meritava.

— Da vero,» esclamò la Cheron con un sorriso pieno di fiducia; «e chi sarà mai?

— Oh!» replicò egli: «è facile conoscerla. Non[139] vi è certo più di una donna al mondo che abbia insieme il merito d'inspirare la lode e lo spirito di ricusarla.» Ed i suoi occhi si voltavano ancora verso Emilia, la quale arrossiva sempre più per la zia.

— Ma bravo signore,» disse la Cheron, «io protesto che voi siete Francese. Non ho mai udito uno straniero esprimersi con tanta galanteria.

— È verissimo, signora,» rispose il conte cessando dalla sua parte mutola; «ma la galanteria dei complimenti sarebbe stata perduta, senza l'ingenuità che ne scuopre l'applicazione.»

La Cheron non conobbe il senso satirico di questa frase, e non sentiva la pena che Emilia provava per lei.

«Oh! ecco qua il signor Montoni in persona,» disse

la zia; «voglio raccontargli tutte le belle cose che mi avete dette.» Ma l'Italiano passò in un altro viale. «Vi prego di dirmi che cosa può occupar tanto stasera il vostro amico? Non si è lasciato vedere neppur un momento, disse madama Cheron con aria dispettosa.

— Egli ha,» disse Cavignì, «un affare particolare col marchese Larivière, che, da quanto vedo, l'ha occupato fino ad ora, perchè non avrebbe mancato al certo di venire ad offrirvi i suoi omaggi.»

Da tutto quel che intese, Emilia credè accorgersi che Montoni corteggiava seriamente la zia, e che non solo essa lo aggradiva, ma si occupava con gelosia delle di lui menome negligenze. Che la signora Cheron, alla sua età, volesse scegliere un secondo sposo, sembrava partito ridicolo; pure, la di lei vanità non lo rendeva impossibile; ma che, col suo spirito, il suo volto e le sue pretese, Montoni potesse scegliere la zia, ecco ciò che sorprendeva Emilia. I suoi pensieri però non fissaronsi a lungo su questo oggetto; essa era tormentata da interessi più[140] pressanti. Valancourt, rifiutato dalla zia, Valancourt aveva ballato con una bella giovine signora... Traversando il giardino, essa guardava da tutte le parti, sperando, e temendo di vederlo comparire nella folla. Nol vide, e la pena che ne risentì le fece conoscere aver ella più sperato che temuto.

Montoni le raggiunse di lì a poco, e balbettò qualche parola sul dispiacere d'essere stato tanto tempo occupato altrove. La zia ricevè questa scusa coll'aria dispettosa d'una bambina, ed affettò di parlar soltanto a Cavignì, il quale, guardando Montoni ironicamente, parea volergli dire: «Io non abuserò del mio trionfo, e sosterrò la mia gloria con tutta umiltà.»

La cena fu servita nei vari padiglioni del giardino ed in una gran sala del castello; la Cheron e la sua comitiva vi cenarono insieme alla signora Clairval, ed Emilia potè reprimere a stento l'emozione, quando vide Valancourt prender posto alla medesima tavola dov'era lei. La zia lo vide egualmente, e chiese al vicino: «Chi è quel giovine?

— È il cavaliere Valancourt,» le fu risposto.

— So anch'io il suo nome,» soggiuns'ella; «ma chi è mai cotesto cavaliere Valancourt che s'introduce a questa tavola?»

L'attenzione della persona da lei interrogata fu distratta prima di ottenerne risposta. La tavola era lunghissima; Valancourt stava verso il mezzo colla sua compagna, ed Emilia, ch'era in un angolo della medesima, non l'aveva ancora veduta; ciò le diede motivo di fare mille riflessioni tutte egualmente per lei disgustose.

Le osservazioni su tal proposito facevano il tema di una conversazione indifferente, e qualcuno si compiaceva d'indirizzarle alla signora Cheron, sempre intenta ad avvilire Valancourt.

«Ammiro quella bella signora,» diss'ella, «ma condanno la sua scelta.[141]

— Oh! il cavaliere Valancourt è il giovine più amabile ch'io conosca,» rispose la signora alla quale era stato rivolto quel discorso; «si dice perfino che la signora Demery lo sposerà quanto prima, e gli porterà in dote le sue ricchezze.

— Ciò è impossibile,» sclamò la Cheron, facendosi di fuoco; «egli ha sì poco l'aria d'un uomo di qualità, che se non lo vedessi alla tavola della signora Clairval, non mi sarei mai persuasa che potesse esser tale; d'altra parte, ho forti motivi per dubitare della voce che corre.

— Ed io non posso dubitarne,» disse l'altra signora, alquanto piccata di quella contraddizione.

— Posso io domandarvi,» disse la Clairval, «signore mie, quale è il soggetto della vostra quistione?

— Vedete voi,» le disse la Cheron, «quel giovine quasi in mezzo alla tavola, e che parla colla signora Demery? Ebbene! quell'uomo, che non è conosciuto da alcuno, ha pretese presuntuose su mia nipote, e questa circostanza, almeno io lo temo, ha dato luogo a credere ch'egli si spacciasse per mio adoratore; considerate ora quanto una tal ciarla sia offensiva per me.

— Ne convengo, mia buona amica,» rispose la Clairval, «e potete esser certa ch'io lo smentirò da per tutto.» E si voltò da un'altra parte. Cavignì, che fino a quel punto era stato freddo spettatore di quella scena, fu in procinto di rompere in una risata, e lasciò il posto bruscamente.

«Vedo bene che voi ignorate,» disse alla Cheron la dama seduta accanto a lei, «che il giovine di cui parlaste alla signora Clairval è suo nipote!....

— È impossibile!» sclamò la Cheron, accorgendosi del suo grossolano sbaglio; e da quel momento cominciò a lodar Valancourt con altrettanta bassezza, quanta malignità aveva impiegata fino allora per denigrarlo.[142]

Emilia era stata assorta durante la massima parte del discorso, e fu così preservata dal dispiacere di udirlo; fu sorpresissima dunque nel sentire le lodi delle quali sua zia colmava Valancourt, ed ignorava ancora ch'egli fosse nipote della Clairval; epperò vide senza rammarico la zia, più imbarazzata di quello che volesse parere, cercar di ritirarsi subito dopo la cena. Montoni venne allora a darle la mano per condurla alla carrozza, e Cavignì, con ironica gravità, la seguì accompagnando Emilia. Nel salutarli e nel rialzar la portiera, essa vide l'amante tra la gente, alla porta. Egli sparve prima della partenza della vettura; la zia non disse nulla ad Emilia, ed elleno si separarono giugnendo a casa.

La mattina seguente, essendo Emilia a colazione colla zia, le fu presentata una lettera, di cui, al solo indirizzo, riconobbe il carattere; la ricevè con mano tremante, e la zia domandò tosto donde venisse. Emilia la disigillò con suo permesso, e vedendo la firma di Valancourt, gliela consegnò senza leggerla. La Cheron la prese con impazienza, e mentre la leggeva, Emilia procurava d'indovinarne il contenuto nei di lei sguardi; gliela restituì quasi subito, e siccome gli sguardi della nipote domandavano se potesse leggere: «Sì, leggete, leggete, figliuola,» le disse con minor severità di quello che si aspettava. Emilia non aveva mai obbedito tanto volentieri. Valancourt nella sua lettera, parlava poco dell'abboccamento del dì prima; dichiarava che non avrebbe ricevuto congedo se non da lei sola, e la scongiurava di riceverlo quella sera medesima, mentre leggeva, stupiva che la Cheron mostrasse tanta moderazione, e, guardandola timidamente, le disse: «Che debbo rispondergli?

— Eh! bisogna vederlo quel giovine, sì certo,» disse la zia; «bisogna vedere ciò che può dire a favor suo; fategli dire che venga.»

Emilia osava credere appena a' propri orecchi. [143]

«No, no, restate, gli scriverò io stessa,» aggiunse la zia; e chiese carta e calamaio.

Emilia non ardiva fidarsi ai dolci motti che l'animavano; la sorpresa sarebbe stata meno grande, se avesse inteso la sera innanzi ciò che la zia non avea scordato, cioè che Valancourt era nipote della signora Clairval.

Ella non conobbe i segreti motivi della zia; ma il risultato fu una visita, la sera stessa, di Valancourt, che la Cheron ricevè sola nel suo gabinetto. Ebbero essi insieme un lungo colloquio prima che Emilia fosse chiamata: quando essa entrò, la zia parlava con dolcezza, e gli occhi del giovane, il quale alzossi prontamente, scintillavano di gioia e di speranza.

«Noi parlavamo di affari,» disse la zia; «mi diceva qui il cavaliere, che il fu signor Clairval era fratello della contessa Duverney, sua madre: avrei voluto ch'egli mi avesse parlato più presto della sua parentela colla signora Clairval; l'avrei riguardato come un motivo più che sufficiente per riceverlo in casa mia.»

Valancourt s'inchinò, e voleva presentarsi ad Emilia, ma la Cheron lo prevenne.

«Ho acconsentito che voi riceviate le sue visite, e sebbene non intenda impegnarmi in alcuna promessa, nè dire che lo considererò come mio nipote, permetterò la vostra relazione e riguarderò l'unione ch'egli desidera, come un fatto che potrà aver luogo fra qualche anno, se il cavaliere avanzerà di grado, e se le sue circostanze gli permetteranno di ammogliarsi; ma il signor Valancourt osserverà, e voi pure, Emilia, che, fino a quel punto, v'interdico positivamente qualunque idea di matrimonio.»

La figura d'Emilia, durante questa brusca aringa, cambiava ad ogni momento; e, verso la fine, la sua confusione fu tale, che stava per ritirarsi. Valancourt, intanto, quasi imbarazzato quanto lei, non[144] osava guardarla. Allorchè la zia ebbe finito, egli le rispose: «Per quanto lusinghiera possa essere per me la vostra approvazione, per quanto mi trovi onorato dalla vostra stima, nulladimeno temo tanto, che oso appena sperare.

— Spiegatevi,» disse la Cheron. L'inattesa risposta turbò talmente il giovine, che se fosse stato spettatore di quella scena, non avrebbe potuto far a meno di ridere.

«Fino a che la signora Emilia non mi permetta di profittare delle vostre bontà,» diss'egli con voce sommessa, «fintantochè ella non mi permetta di sperare...

— Se non c'è altra difficoltà, m'incarico io di risponder per lei. Sappiate, signore, ch'essa è sotto la mia custodia, ed io pretendo ch'ell'abbia ad uniformarsi in tutto alla mia volontà.»

Sì dicendo, si alzò, e ritirossi nella sua camera lasciando Emilia e Valancourt in pari imbarazzo: finalmente il giovine, la cui speranza era maggiore del timore, le parlò colla vivacità e franchezza a lui naturali: ma Emilia non si rimise se non dopo qualche tempo prima di intendere le domande e le preghiere sue.

La condotta della signora Cheron era stata diretta dalla sua vanità personale. Valancourt, nel suo primo abboccamento con lei, le aveva ingenuamente confessata la sua posizione attuale, e le sue speranze per l'avvenire; e con maggior prudenza che umanità, aveva severamente ed assolutamente respinta la sua domanda: desiderava che la nipote facesse un gran matrimonio, non già perchè le augurasse la felicità che si suppone unita al grado ed alla opulenza, ma per voler dividere l'importanza che un illustre parentado potea darle. Quando seppe che Valancourt era nipote d'una persona come madama Clairval, desiderò un'unione il cui splendore per certo avrebbela avvolta nella sua aureola. Fondando[145] le sue speranze sulla ricchezza della Clairval, obliava ch'essa aveva una figlia. Valancourt però non l'aveva dimenticato, e contava sì poco sopra l'eredità della propria zia, che non aveva neppure parlato di lei nel suo primo colloquio colla Cheron; ma comunque potesse esser per l'avvenire la fortuna d'Emilia, la distinzione che le procurava questo parentado era certa, giacchè la brillante situazione della Clairval formava l'invidia di tutti, ed era un oggetto d'emulazione per quelli che potevano sostenerne la concorrenza. Essa aveva dunque acconsentito di abbandonar la nipote all'incertezza d'un impegno la cui conclusione era dubbiosa e lontana; e di tal modo poco combinata la sua felicità o col consenso, o coll'opposizione: avrebbe però potuto render questo matrimonio sicuro e vantaggioso insieme, ma una tal generosità non entrava allora per nulla nei suoi progetti.

Da quel punto, Valancourt fece frequenti visite alla signora Cheron, ed Emilia passò nella sua società i più felici momenti dei quali avesse goduto dopo la morte del padre. Erano ambidue troppo dolcemente occupati del presente, per interessarsi molto del futuro: amavano, erano riamati, e non sospettavano che quell'istesso attaccamento, il quale formava la loro felicità, potesse cagionare un giorno la disgrazia della loro vita. In questo intervallo, la relazione della Cheron colla Clairval divenne sempre più intima, e la vanità della prima si pasceva di già bastantemente, pubblicando da per tutto la passione del nipote della sua amica per Emilia.

Montoni divenne anch'egli l'ospite giornaliero del castello, ed Emilia si accorse, col massimo dispiacere, ch'egli era l'amante di sua zia, e amante favorito.

I nostri due giovani passarono così l'inverno, non solo nella pace, ma anche nella felicità. Il reggimento di Valancourt era in guarnigione vicino a[146] Tolosa, per cui potevano vedersi di frequente. Il padiglione del terrazzo era il teatro favorito delle loro conferenze; la zia ed Emilia vi andavano a lavorare, e Valancourt leggeva loro opere di spirito. Egli osservava l'entusiasmo d'Emilia, esprimeva il suo, e si convinceva infine, ogni giorno più, che le loro anime erano fatte l'una per l'altra, e che con il medesimo gusto, la medesima bontà e nobiltà di sentimenti, essi soli reciprocamente potevano rendersi felici.

FINE DEL PRIMO VOLUME

1875. Milano, Tip. Ditta Wilmant.

NOTA

La presente edizione del libro è una traduzione abbreviata e priva di quasi tutte le parti in poesia. Ortografia e punteggiatura originali sono state mantenute, correggendo senza annnotazione minimi errori tipografici. In particolare, l'uso di trattini e virgolette per introdurre il discorso diretto, molto irregolare e incoerente, è stato per quanto possibile regolarizzato. Un indice è stato inserito all'inizio.

I seguenti refusi sono stati corretti [tra parentesi il testo originale]:

P. 5 -
ora lasciando scorgere bizzarre [bizzare] forme, si mostravano

10 -
senso per preferire le attrattive [attrattative] alla virtù

11 -
gli oggetti che la colpivano, dava soprattutto [soprattuto]

14 -
l'entusiasmo [l'entusiamo] del sentimento le diveniva

16 -
trovò difatti i coniugi [cuniugi] Quesnel nel salotto.

19 -
ma l'ira fe' presto luogo al disprezzo [disprezeo].

26 -
è passato, e quando lo si prolunga all'eccesso [acesso],

36 -
grandiose, internaronsi nell'angusta valle [vallea].

39 -
altrove mi vergognerei [vergogneri] di offrirvelo.

42 -
della più soave fragranza [fraganza].

54 -
non sapeva pensare a sè medesima, e Valancourt [Valancorut],

62 -
superficie [superfice] scorrevano molte vele sparse,

67 -
d'un tal Motteville [Monteville] di Parigi, ma ignoravi che la

68 -
Si scuopriva il lago di Leucate, il Mediterraneo [Meditarraneo],

73 -
La carrozza [carozza] si fermò di nuovo; egli

76 -
si adagiò sopra una specie [spece] di poltrona.

84 -
alla finestra, sperando e temendo [tememdo] nel tempo istesso

85 -
(e altre) Sant'Aubert [Sant'Auber]

93 -
lenivano alquanto la di lei disperazione [dispezione].

96 -
a lasciarla [lascirla] partire. Ella uscì dal convento

98 -
perchè siete superstizioso [saperstizioso], n'è vero?

100 -
fu deposto [doposto] nella tomba, quando udì gettar la terra

100 -
avea provato scosse troppo violente [violenti]

103 -
alla perfine [perfino] lasciò il convento colle lacrime

106 -
La fanciulla rimase [rimasa] alcun tempo immersa in alta

114 -
sebbene abbia avuto la fortuna [fotuna] d'incontrarvi

115 -
poi, rimettendosi [rimettandosi], soggiunse: «Perdonate questa

121 -
rapivano in dolce estasi l'anima sua e la portavano [porvano]

122 -
il timore altresì [altresi] delle censure della zia

129 -
di aver conosciuto [conasciuto] Valancourt,

130 -
No, signora, io non lo conosco [conoscono],

138 -
essa è superiore [superiora] a qualunque elogio.

141 -
conosciuto da alcuno, ha pretese presuntuose [prosuntuose]

Grafie alternative mantenute:

- colta / côlta

- sopratutto / soprattutto

I MISTERI DEL CASTELLO D'UDOLFO

CAPITOLO XII

L'avarizia della zia d'Emilia cedè finalmente alla sua vanità. Qualche splendido pranzo dato dalla Clairval, e l'adulazione generale ond'essa era l'oggetto, aumentarono la premura della Cheron per assicurare una parentela che l'avrebbe tanto illustrata a' propri occhi ed a quelli del mondo. Propose il prossimo matrimonio di Emilia, ed offrì di assicurarne la dote, purchè la Clairval facesse altrettanto pel nipote. Questa ponderò la proposta, e considerando ch'Emilia era la più prossima erede della Cheron, l'accettò senza difficoltà. Emilia ignorava queste disposizioni, quando la zia l'avvertì di prepararsi alle nozze che dovevano aver luogo senza indugio. La fanciulla, sorpresa, non capiva il motivo di una sì istantanea conclusione, in verun modo sollecitata da Valancourt. Ed infatti, non conoscendo le convenzioni delle due zie, era ben lontano dallo sperare una sì gran felicità. Emilia mostrò qualche opposizione, ma la Cheron, sempre gelosa della sua autorità, insistè per il pronto matrimonio, colla stessa veemenza, con cui ne aveva rigettate in principio le menome apparenze. Tutti gli scrupoli di Emilia svanirono, quando Valancourt, istruito allora della sua felicità, venne a scongiurarla di confermargliene [6] la certezza.

Mentre si facevano i preparativi di queste nozze, Montoni diveniva l'amante dichiarato della Cheron. Ne fu malcontentissima la Clairval quando udì parlare del loro imminente matrimonio, e voleva impedire quello di Valancourt con Emilia; ma la coscienza le rappresentò, che non aveva diritto di punirli dei torti altrui. Sebbene donna del gran mondo, era però meno famigliarizzata della sua amica col metodo di far dipendere la felicità dalla fortuna e dagli omaggi ch'essa attira, anzichè dal proprio cuore.

Emilia osservò con ansietà l'ascendente acquistato da Montoni sulla zia, come pure la maggior frequenza delle sue visite. La sua opinione su questo Italiano era confermata da quella di Valancourt, il quale aveva sempre esternato estrema avversione per lui. Una mattina ch'essa lavorava nel padiglione, godendo della dolce frescura primaverile, Valancourt leggeva vicino a lei, e tratto tratto deponeva il libro per conversare. Fu avvisata che la zia voleva vederla subito; entrò nel suo gabinetto, e paragonò sorpresa l'aria abbattuta della signora Cheron col genere ricercato del di lei abbigliamento.

«Nipote mia...» diss'ella, e si fermò con qualche imbarazzo. «Vi ho fatta cercare... io... io... voleva vedervi. Ho da darvi una notizia... da questo momento voi dovete considerare il signor Montoni come vostro zio; noi ci siamo maritati stamattina.»

Confusa, non tanto del matrimonio, quanto del

segreto con cui era stato fatto, dell'agitazione colla quale le venne annunziato, Emilia attribuì siffatto mistero alla volontà di Montoni, piuttostochè a quella di sua zia; ma questa non voleva che si credesse così.

«Voi vedete,» soggiuns'ella, «che ho voluto fuggire la pubblicità; ma ora che la cerimonia è fatta, non m'importa più che si sappia. Vado subito ad annunziare alla mia gente che il signor Montoni è il loro padrone.»[7]

Emilia fece quanto potè per felicitare la zia di un matrimonio così imprudente.

«Voglio celebrare le mie nozze con tutto il fasto,» continuò la signora Montoni, «e per non perder tempo, mi servirò dei preparativi che furono fatti per le vostre, le quali verranno protratte un poco; ma voglio che per far onore alla festa, voi vi abbigliate degli abiti fatti pel vostro matrimonio. Desidero egualmente che facciate noto il mio cambiamento di nome al signor Valancourt, il quale ne informerà la signora Clairval. Fra pochi giorni voglio dare un pranzo magnifico, e conto su di loro.»

Emilia era talmente attonita, che potè appena replicare alla zia, e, a tenore del suo desiderio, tornò nel padiglione ad informar l'amante dell'accaduto. La sorpresa non fu il primo sentimento di Valancourt, sentendo parlare di queste nozze precipitose; ma quando seppe che le sue erano differite, e che gli ornamenti preparati per abbellire l'imeneo della sua Emilia, stavano per esser degradati servendo per la signora Montoni, il dolore e lo sdegno agitarono a vicenda il suo spirito. Non potè dissimularlo alla fanciulla; i di lei sforzi per distrarlo e scherzare su questi timori repentini furono inutili. Quando alla fine si separò da lei, era oppresso da una tenera inquietudine che la colpì vivamente, e pianse senza saper perchè, quando fu giunta all'ingresso del giardino.

Montoni prese possesso del castello colla facilità d'un uomo che da lunga pezza lo riguardava come suo. Il suo amico Cavignì l'aveva singolarmente servito prodigando alla Cheron le attenzioni e le adulazioni ch'essa esigeva, ed alle quali Montoni pareva prestarsi con pena; egli ebbe un appartamento nel castello, e fu obbedito dalla servitù come lo stesso padrone.

Pochi giorni dopo, la signora Montoni, come l'aveva promesso, diede un magnifico pranzo ad una[8] numerosa società. Valancourt v'intervenne, ma la Clairval se ne scusò. Vi fu accademia di musica e festa da ballo. Valancourt, come di ragione, danzò con Emilia; egli non poteva esaminare le decorazioni della festa, senza rammentarsi ch'erano destinate per le sue nozze. Nonostante cercava di consolarsi, pensando che fra poco i suoi voti sarebbero stati esauditi. La signora Montoni ballò, rise e chiaccherò del continuo tutta la sera. Montoni però, taciturno e riservato, sembrava ristucco di quel divertimento, e della frivola società che ne formava l'oggetto.

Fu il primo e l'ultimo banchetto dato in occasione di quelle nozze. Montoni, cui il carattere severo, e il taciturno orgoglio, impedivano d'animare queste feste, era nondimeno dispostissimo a provocarle. Trovava esso ben di rado nelle conversazioni un uomo che potesse rivaleggiar con lui per lo spirito od il talento. Tutto il vantaggio, in questa specie di riunioni, era dunque sempre dalla parte sua. Conoscendo con quale egoismo si frequenta la società, temeva d'esser vinto in simulazione, ovvero in considerazione, dovunque egli si trovava. Ma la signora Cheron, quando trattavasi del proprio interesse, aveva talfiata più discernimento che vanità. Conosceva essa la sua inferiorità alle altre donne in tutte le qualità personali. La gelosia naturale risultante da questa cognizione, ne contrariava dunque l'inclinazione per le riunioni che offriva Tolosa. La sua politica era cambiata; si opponeva con vivacità al gusto del marito per il gran mondo, e non dubitava ch'egli non fosse per essere così ben ricevuto da tutte le donne com'eralo stato allorchè faceva la corte a lei.

Erano scorse poche settimane da questo matrimonio, quando la signora Montoni partecipò ad Emilia il progetto di andare in Italia, tostochè fossero finiti tutti i preparativi pel viaggio.[9]

«Andremo a Venezia,» diss'ella; «Montoni vi possiede un bel palazzo, e quindi passeremo al suo castello in Toscana. Perchè prendete voi un'aria così seria, figliuola? Voi che amate tanto le belle vedute, dovreste essere incantata di questo viaggio.

— Devo forse venire anch'io?» disse Emilia con

emozione e sorpresa insieme.

— Sì, certo,» replicò la zia; «come potete supporre che noi vogliamo lasciarvi qui? Ah! vedo che pensate al cavaliere. Io credo che non sappia nulla, ma lo saprà sicuramente quanto prima. Montoni è uscito per darne parte alla signora Clairval, ed annunziarle che i nodi proposti fra le nostre famiglie sono sciolti irremissibilmente.»

L'insensibilità colla quale la Montoni faceva sapere alla nipote che la separavano, forse per sempre, dall'uomo al quale doveva unirsi per tutta la vita, aumentò vie più la disperazione dell'infelice a tal notizia. Quando potè parlare, domandò il motivo di tal cangiamento a riguardo di Valancourt; e l'unica risposta che ne ottenne fu, che Montoni aveva proibito questo matrimonio, attesochè Emilia poteva aspirare a partiti assai più vantaggiosi.

«Io lascio attualmente tutta questa faccenda a mio marito,» soggiunse la Montoni; «ma devo convenire che il signor Valancourt non mi è piaciuto mai, e che non avrei mai dovuto dare il mio consenso. Son debole assai; bene spesso son così buona, che le pene altrui mi rattristano, e la vostra afflizione la vinse sulla mia opinione. Il signor Montoni però mi ha dimostrato con molta chiarezza la follia ch'io faceva, ma non avrà certo a rimproverarmela una seconda volta. Pretendo assolutamente la vostra sommissione a quelli che conoscono meglio di voi i vostri interessi, e ci dovete obbedire in tutto.»

Emilia sarebbe stata sorpresa dalle asserzioni

e[10] dall'eloquenza di questo discorso, se tutte le di lei facoltà, annientate dalla scossa ricevuta, le avessero permesso d'intenderne una sola parola. Qualunque fosse la debolezza della signora Montoni, avrebbe potuto risparmiarsi il rimprovero di una eccessiva compassione e d'una prodigiosa sensibilità ai mali altrui, e soprattutto a quelli di Emilia. Quella medesima ambizione che l'aveva indotta a brigare il parentado della Clairval, formava oggi il soggetto della rottura. Il suo matrimonio con Montoni esaltava ai di lei occhi la propria importanza, e conseguentemente cambiava le sue mire per Emilia.

Questa interessante fanciulla era troppo afflitta per far valere le sue ragioni, o scendere a preghiere. Quando finalmente volle far uso di quest'ultimo mezzo, le mancò la parola, e si ritirò nella sua camera per riflettere, se ciò le fosse stato possibile, ad un colpo così inaspettato e tremendo.

Passò gran pezza prima che si fosse riavuta abbastanza da porsi a riflettere; ma il pensiero che le si affacciò fu tristo e terribile. Credè che Montoni volesse disporre di lei pel proprio vantaggio, e pensò che Cavignì fosse la persona per la quale si interessasse. La prospettiva del viaggio d'Italia diveniva ancor più disgustosa, quando considerava la situazione turbolenta di quel paese lacerato dalle guerre civili, in preda a tutte le fazioni, e dove ogni castello si trovava esposto all'invasione del partito avverso. Considerò a qual persona era rimesso il suo destino, ed a qual distanza si sarebbe trovata da Valancourt. A tale idea, svanì qualunque altra immagine, ed il dolore immerse nella confusione tutti i suoi pensieri.

Passò qualche ora in questo stato doloroso; quando fu avvertita per il pranzo, volle scusarsene. La Montoni però, ch'era sola, non volle acconsentirvi, e le convenne obbedire. Parlarono pochissimo durante il pranzo. L'una era oppressa dal suo dolore,[11] e l'altra indispettita dell'assenza inaspettata di Montoni. La sua vanità era offesa da siffatta negligenza, e la gelosia l'allarmava principalmente su di ciò ch'ella chiamava un impegno misterioso. Non ostante Emilia si provò a parlar nuovamente di Valancourt, ma la zia, insensibile a pietà ed ai rimorsi, divenne quasi furiosa perchè si permettessero osservazioni sulla di lei autorità e su quella di Montoni; in conseguenza la povera Emilia si ritirò piangendo.

Traversando il vestibolo, udì entrare qualcuno dalla porta grande; le parve di vedere Montoni e raddoppiò il passo; ma riconobbe tosto la voce diletta di Valancourt.

«Emilia, mia cara Emilia!» sclamò egli col tuono dell'impazienza, a misura che si avanzava e che scuopriva le orme della disperazione sul volto di lei. «Emilia, bisogna ch'io vi parli; ho da dirvi mille cose; conducetemi in qualche parte ove possiamo parlare con libertà. Ma! voi tremate, vi sentite male; lasciate ch'io vi conduca ad una sedia.»

Vide una porta aperta, e si provò a condurre Emilia colà; ma essa, ritirando la mano, gli disse sorridendo languidamente:

«Sto già meglio. Se volete parlare con mia zia, è nel salotto.

— Voglio parlare con *voi sola*, mia cara Emilia,» replicò Valancourt. «Gran Dio! Siete già arrivata a questo punto? Acconsentite voi così facilmente a dimenticarmi? questo luogo non ci conviene, possiamo essere intesi. Non voglio da voi che un solo quarto d'ora di attenzione.

— Sì, quando avrete veduto mia zia,» disse Emilia.

— Io era già infelice, venendo qui,» esclamò Valancourt; «non aumentate il mio affanno con questa freddezza e con questo crudele rifiuto.»[12]

L'energia colla quale pronunciò tali parole, la commosse fino alle lagrime, ma persistè nella negativa d'ascoltarlo fintantochè non avesse veduto la signora Montoni.

«Dov'è suo marito, dov'è egli questo Montoni?» disse Valancourt con voce alterata; «debbo parlar giusto con lui.»

Emilia, spaventata delle conseguenze dello sdegno che sfavillava ne' di lui occhi, l'assicurò con voce tremante che Montoni non era in casa, e lo scongiurò di moderare il risentimento. Agli accenti interrotti della di lei voce, gli sguardi di Valancourt passarono tosto dal furore alla tenerezza.

«Vi sentite male, Emilia,» diss'egli, «e vogliono

perderci amendue. Perdonatemi se ho ardito dubitare della vostra tenerezza.»

Emilia non s'oppose più ad accordargli un colloquio nella stanza vicina. La maniera colla quale aveva nominato Montoni, aveale cagionato i più fondati timori sul pericolo cui poteva correre egli stesso; non pensò più se non a prevenire le terribili conseguenze della sua vendetta. Ascoltò egli attento le di lei preghiere, e non vi rispose che con occhiate di disperazione e di tenerezza. Nascose alla meglio il suo risentimento per Montoni, e si sforzò di acchetare i di lei terrori; ma Emilia, poco contenta di quell'apparente tranquillità, si turbò ancor davvantaggio, e procurò di far conoscere a Valancourt l'inconveniente di un altero con Montoni, lo che avrebbe potuto rendere la loro separazione irrimediabile. Cedè egli alle tenere preghiere, e le promise che, per quanto grande potesse essere l'ostinazione di Montoni, non farebbe mai uso della violenza per conservare i suoi diritti.

Emilia si sforzò di calmarlo coll'assicurazione di un attaccamento inviolabile. Gli fe' osservare che fra un anno circa sarebbe stata maggiorenne, e che per conseguenza allora sarebbe uscita di tutela.[13] Queste assicurazioni però consolavano poco Valancourt: egli considerava che allora essa sarebbe in Italia, ed in balia di coloro il cui potere su di lei non sarebbe cessato tanto facilmente co' loro diritti. Emilia, alquanto calmata dalla promessa ottenuta e dalla tranquillità ch'egli affettava, stava per lasciarlo, quando la zia entrò nella stanza. Gettò essa un'occhiata di rimprovero sulla nipote, che si ritirò subito, e una di malcontento e d'alterigia sull'infelice giovane.

«Non è questa la condotta ch'io mi aspettava da voi,» diss'ella, «o signore; io non credeva di vedervi più in casa mia dopo avervi fatto avvertire che le vostre visite non mi tornavano più gradite. Credeva ancor meno, che voi cercaste di vedere clandestinamente mia nipote, e ch'ella avesse l'imprudenza di acconsentire a ricevervi.»

Valancourt, vedendo esser necessario di giustificare Emilia, protestò che l'unico scopo della sua visita era stato quello di domandare un abboccamento a Montoni, e ne spiegò i motivi colla moderazione che il sesso, più che il carattere di quella donna superba, poteva solo esiger da lui.

Le sue preghiere furono ricevute con asprezza. La zia si lagnò che la sua prudenza avesse ceduto a quant'essa chiamava la sua compassione, aggiungendo infine che conoscendo benissimo la follia della sua prima condiscendenza, e volendo evitare di ricadervi, rimetteva intieramente ed esclusivamente quest'affare al marito.

L'eloquenza sentimentale del giovane le fece alfine comprendere l'indegnità della sua condotta; essa conobbe la vergogna, ma non il rimorso. S'indispettì che Valancourt l'avesse ridotta a quella penosa situazione, ed il suo odio crebbe colla coscienza dei propri torti. L'antipatia ch'egli le ispirava era tanto più forte, in quanto che, senza accusarla, la costringeva a convincersi da sè stessa.

[14] Non le lasciava una scusa per la violenza del risentimento col quale lo considerava. Alla perfine, la sua collera divenne così violenta, che Valancourt si decise di uscire al momento, affine di non perdere la propria stima in una risposta poco misurata, e si convinse appieno che non doveva sperare nè pietà, nè giustizia da una persona che sentiva il peso delle male opere, e non l'umiltà del pentimento.

Si era formata l'istessa idea di Montoni, essendo chiaro che il piano della separazione veniva direttamente da lui. Non era probabile ch'egli abbandonasse il suo disegno per preghiere o ragioni che doveva aver prevedute, e contro le quali era preparato. Intanto, fedele alle promesse fatte ad Emilia, più occupato del suo amore, che geloso della propria dignità, Valancourt si guardò bene dall'irritar Montoni senza necessità. Gli scrisse, non per domandargli un abboccamento, ma per sollecitare il suo favore, e ne attese la risposta con qualche tranquillità.

CAPITOLO XIII

La signora Clairval si teneva in disparte da tutto quell'intrigo: quando aveva acconsentito al matrimonio di Valancourt, era nella credenza che Emilia avrebbe ereditato dalla zia. Allorchè il matrimonio di quest'ultima l'ebbe disingannata su tal proposito, la coscienza le impedì di rompere un'unione quasi formata; ma la sua benevolenza non andava al punto da spingerla a fare un passo che avesse a deciderla intieramente. Si felicitava che Valancourt fosse sciolto da un impegno ch'essa credeva tanto al disotto di lui per le sostanze, quanto Montoni giudicava umiliante tal parentado per la bellezza di Emilia. La Clairval poteva stimarsi offesa, che un individuo della sua famiglia fosse stato così[15] congedato; ma non si degnò di esprimerne il suo risentimento in altro modo che col silenzio.

Montoni, nella sua risposta, assicurò Valancourt che un abboccamento, non potendo nè cambiare la risoluzione dell'uno, nè vincere i desiderii dell'altro, non finirebbe che in un diverbio affatto inutile, e che per ciò credeva bene di non accordarglielo.

La moderazione tanto raccomanndatagli da Emilia, e le promesse fattele, poterono sole trattenere l'impetuosità di Valancourt, che voleva correre da Montoni a domandar con fermezza quanto veniva ricusato alle sue preghiere. Si limitò dunque a rinnovare le sue istanze, e le appoggiò con tutte le ragioni che poteva somministrare la sua posizione. Passarono alcuni giorni in domande da una parte, e nell'inflessibilità dall'altra. Fosse per timore, o per vergogna, o per l'odio che risultava da questi due sentimenti, Montoni evitava accuratamente colui che aveva tanto offeso; non era nè intenerito dal dolore espresso nelle lettere di Valancourt, nè colpito dal pentimento per le solide ragioni in esse contenute. In fine, le lettere dell'infelice giovine furono respinte senza essere aperte. Nella sua prima disperazione, obliò tutte le promesse eccettuata quella di evitare la violenza, e corse al castello, risoluto di veder Montoni, e porre tutto in opra per riuscirvi. L'Italiano fece dire che non era in casa, ed allorchè Valancourt chiese di parlare alla signora o ad Emilia, gli fu negato positivamente l'ingresso. Non volendo impegnarsi in alterchi coi servitori, partì e tornò a casa in uno stato di frenesia: scrisse l'accaduto a Emilia, esprimendole senza riserva le angosce dell'anima; e la scongiurò, giacchè restava solo questo ripiego, di accordargli un abboccamento segreto.

Appena quella lettera fu spedita, la sua alterazione si calmò: conobbe il fallo commesso, aumentando le pene di Emilia colla descrizione troppo[16] sincera de' suoi guai. Avrebbe dato la metà del mondo per ricuperare quella lettera imprudente. Emilia però fu preservata dal dolore che avrebbe provato ricevendola. La signora Montoni aveva ordinato che le fossero portate tutte le lettere dirette alla nipote: la lesse, e montata sulle furie per la maniera con la quale Valancourt vi trattava Montoni, la bruciò.

Montoni, intanto, sempre più impaziente di lasciar la Francia, sollecitava i preparativi della partenza, e terminava in fretta ciò che gli restava da fare. Osservò il più profondo silenzio sulle lettere nelle quali Valancourt, disperando d'ottener di più, e moderando la passione che avealo fatto trascendere, sollecitava il permesso soltanto di dire addio ad Emilia. Ma quando il giovane intese che sarebbe partita fra pochi giorni, e ch'era stato deciso che non la rivedrebbe più, perdè ogni prudenza, e in una seconda lettera le propose un matrimonio segreto. Questa lettera andò come l'altra nelle mani della signora Montoni, e venne la vigilia della partenza senza che Valancourt avesse ricevuto una sola riga di consolazione, o la menoma speranza di un ultimo abboccamento.

Intanto Emilia era inabissata nello stupore prodotto da tante disgrazie inaspettate ed irrimediabili. Essa amava Valancourt col più tenero affetto; erasi abituata da lunga pezza a considerarlo come l'amico ed il compagno di tutta la vita; non avea un pensiero di felicità al quale non fosse unita la sua idea. Qual doveva esser dunque il suo dolore al momento di una separazione così inaspettata, e forse eterna, e ad una distanza tale, dove le nuove della loro esistenza potrebbero appena giugnere, e tutto questo per obbedire ai voleri di uno straniero, a quelli d'una persona che provocava non ha guari ancora il loro matrimonio? Invano procurava essa di vincere il suo dolore, e rassegnarsi ad una sciagura inevitabile. Il silenzio di Valancourt l'affliggeva ancor[17] più, perchè non sapeva attribuirlo al suo vero motivo; ma quando, alla vigilia di lasciar Tolosa, seppe che non erale permesso di salutarlo, il dolore l'oppresse maggiormente, e non potè trattenersi dal domandare alla zia se le fosse stata positivamente negata questa consolazione, ciò che le fu barbaramente confermato.

«Se il cavaliere avesse voluto ottener da noi questo favore,» diss'ella, «avrebbe dovuto contenersi diversamente. Egli doveva aspettare con pazienza che noi fossimo disposti ad accordarglielo; non mi avrebbe rimproverata perchè persisteva a negargli mia nipote, e non avrebbe molestato il signor Montoni, il quale non credeva conveniente di entrare in discussione su questa ragazzata. La di lui condotta in quest'affare è stata affatto presuntuosa e importuna; desidero di non sentir mai più parlar di lui, e che ci liberiate da cotesta ridicola tristezza, da cotesti sospiri, da cotesta aria cupa, la quale farebbe credere che voi siate sempre disposta a piagnucolare; fate come tutti gli altri; il vostro silenzio non basta a nascondere la vostra inquietudine alla mia penetrazione; vedo bene che siete disposta a piangere in questo momento, sì in questo momento istesso, a dispetto della mia proibizione.»

Emilia, che si era voltata dall'altra parte per nascondere le sue lacrime, si ritirò a precipizio per versarne in copia. Fu sì grande la di lei agitazione nel riflettere al suo stato e all'idea di non veder più Valancourt, che sentissi venir meno. Appena si fu riavuta un poco, si affacciò alla finestra, e l'aria fresca della notte la rianimò alquanto. Il chiaro di luna, cadendo sopra un lungo viale di olmi, sotto di lei, invitolla a tentare se il moto e l'aria aperta non calmerebbero l'irritazione di tutti i suoi nervi. Tutti dormivano nel castello: Emilia scese lo scalone, e traversando il vestibolo, penetrò cautamente nel giardino per un andito solitario. Camminava più[18] o meno celeremente, secondo che le ombre la ingannavano, credendo vedere qualcuno da lontano, e temendo non fosse qualche spione di sua zia. Frattanto, il desiderio di rivedere il padiglione, nel quale aveva passati tanti momenti felici con Valancourt, dove aveva ammirato seco lui le belle pianure della Linguadoca, e la Guascogna sua cara patria, questo desiderio la vinse sul timore di essere osservata, e andò verso il terrazzo, che si prolungava sino all'ingresso del giardino, dominando gran parte della sottoposta prateria, alla quale si scendeva per una marmorea scalea. Quando fu alla scala, sostò un momento guardando intorno. La distanza del castello aumentava la specie di spavento che le cagionavano il silenzio, l'ora e l'oscurità; ma non iscorgendo nulla che potesse giustificare i suoi timori, salì sul terrazzo, onde il chiaro di luna scopriva l'ampiezza, e mostrava il padiglione in fondo. Si avanzò verso questo, e vi entrò; l'oscurità del luogo non era adatta a diminuire la sua timidezza. Le gelosie erano aperte, ma le piante dei fiori ingombravano l'esterno delle finestre, lasciando appena vedere a traverso i rami il paese fiocamente illuminato dalla luna. Avvicinandosi ad una finestra, essa non gustava di quello spettacolo se non in quanto potea servirla a richiamarle alla fantasia più vivamente l'immagine di Valancourt.

«Ah!» sclamò con un gran sospiro, gettandosi sopra una sedia; «quante volte ci siamo seduti in questo luogo! Quante volte abbiamo noi contemplato questa bella vista! Non l'ammireremo più insieme? mai, forse non ci rivedremo mai più!»

D'improvviso, lo spavento ne sospese le lagrime: avendo udito una voce vicina a lei nel padiglione, gettò un grido, ma lo strepito ripetendosi, distinse la voce amata di Valancourt. Era egli stesso, era il giovane che la teneva in braccio. In quell'istante la commozione le tolse l'uso della parola.[19]

«Emilia,» disse alfine Valancourt, tenendole una mano stretta tra le sue, «mia cara Emilia!» Tacque nuovamente, e l'accento col quale aveva pronunziato questo nome, esprimeva la sua tenerezza insieme ed il suo dolore.

«O Emilia mia!» soggiuns'egli dopo una lunga pausa; «vi riveggo ancora, ed ascolto ancora il suono della vostra voce! Ho errato intorno a questi luoghi e a questo giardino per tante notti, nè aveva che una debolissima speranza di rivedervi! Era questa la sola risorsa che mi restava; grazie al cielo non mi è mancata.»

Emilia pronunziò qualche parola senza saper quasi ciò che dicea, espresse il suo inviolabile affetto, e si sforzò di calmare l'agitazione di Valancourt. Quando egli si fu un poco rimesso, le disse:

«Io son venuto qui subito dopo il tramonto del sole, nè ho cessato poi dal percorrere i giardini ed il padiglione. Aveva abbandonato qualunque speranza di vedervi; ma non sapeva risolvermi a staccarmi da un luogo ove vi sapeva così vicino a me, e sarei probabilmente rimasto tutta notte in questi contorni. Ma quando apriste il padiglione, l'oscurità m'impediva di distinguere con certezza se fosse la mia cara Emilia: il cuore mi batteva così forte per la speranza ed il timore ch'io non poteva parlare. Appena intesi gli accenti lamentosi della vostra voce, ogni dubbio svanì, ma non i miei timori, fintantochè non pronunziaste il mio nome. Nell'eccesso della gioia, non ho pensato allo spavento che vi avrei cagionato; ma non poteva più tacere. Oh! Emilia, in momenti così preziosi, la consolazione e il dolore lottano con tanta forza, che il cuore può a stento sopportarne la tenzone.»

Il cuore d'Emilia sentiva questa verità; ma la gioia di riveder l'amante nel momento in cui si accorava di esserne separata per sempre, si confuse presto col dolore, quando la riflessione guidò la sua[20] immaginazione sull'avvenire. Faceva essa ogni sforzo per ricuperare la calma e dignità tanto necessarie per sostenere quest'ultimo colloquio. Valancourt non poteva moderarsi; i trasporti della gioia si cangiarono improvvisamente in quelli della disperazione; ed espresse col linguaggio il più appassionato l'orrore della separazione, e la poca probabilità d'una possibile riunione. Emilia procurava contenere la propria tristezza, e addolcire quella dell'amante.

«Voi mi lasciate,» le dicea egli, «voi andate in terra straniera! E a qual distanza! Voi andate a trovare nuove società, nuovi amici, nuovi ammiratori; si sforzeranno di farvi scordare di me, e vi saranno preparati nuovi nodi. Come poss'io saper tutto questo, e non sentire che non tornerete più per me, che non sarete mai più mia?» La voce gli mancò soffocata dai singulti.

«Credete voi dunque,» diss'Emilia, «che la mia afflizione nasca da un affetto leggiero e momentaneo? Potete voi crederlo?

— Soffrire!» interruppe Valancourt; «soffrir per me! Emilia mia, quanto son dolci, e quanto amare al tempo stesso queste parole! Io non devo dubitare della vostra costanza; eppure, tal è l'inconseguenza del vero amore; è esso sempre pronto a sospettare; e quand'anche la ragione lo riprova, egli vorrebbe sempre una nuova assicurazione. Adesso vi veggo, vi stringo tra le mie braccia: ancora pochi momenti, e non sarà più che un sogno: guarderò, e non vi vedrò più... Io rinasco da morte a vita, quando mi dite che vi son caro; ma appena non vi ascolto più, ricado nella dubbiezza, e mi abbandono alla diffidenza.» Poi, sembrando raccogliersi, esclamò: «Quanto son colpevole di tormentarvi così in questi momenti nei quali dovrei consolarvi, e sostenere il vostro coraggio!»

Questa riflessione lo intenerì singolarmente. La sua voce e le sue parole erano così appassionate,[21] che Emilia, non potendo più contenere il proprio, cessò di reprimere il dolore di Valancourt, il quale in cotesti istanti terribili di amore e di pietà perdè quasi il potere e la volontà di signoreggiare la sua agitazione.

«No,» esclamò, «io non posso, non deggio lasciarvi. Perchè affideremo noi la felicità della nostra vita alle volontà di coloro che non hanno il diritto di distruggerla, e non possono contribuirvi se non concedendovi a me? O Emilia! osate fidarvi al vostro cuore! Osate esser mia per sempre!» La voce gli tremava, e non disse di più. Emilia piangeva e taceva. Valancourt le propose di sposarsi segretamente. «Alla punta del giorno lascerete la casa della signora Montoni, e mi seguirete alla chiesa di Sant'Agostino, ove ci attende un sacerdote per unirci.»

Il silenzio col quale la fanciulla ascoltò una proposta dettata dall'amore e dalla disperazione, in un momento in cui era appena capace di respingerla, quando il suo cuore era intenerito dal dolore d'una separazione, che poteva essere eterna, quando la sua ragione era in preda alle illusioni dell'amore e del terrore; questo silenzio incoraggì le speranze di Valancourt. «Parlate, mia cara Emilia,» le diss'egli con ardore; «lasciatemi ascoltare il suono della vostra voce soave; fate che intenda da voi la conferma del mio destino.» Essa rimase muta, un freddo brivido l'assalse, e svenne. L'immaginazione turbata di Valancourt se la figurò moribonda. La chiamò per nome, e si alzava per andar a chieder soccorso al castello; ma pensando alla di lei situazione, fremette all'idea di uscire e lasciarla in quello stato.

Dopo qualche momento ella sospirò e rinvenne. Il contrasto da lei sofferto fra l'amore e il dovere, la sommissione alla sorella di suo padre, la ripugnanza ad un matrimonio clandestino, il timore d'un nodo indissolubile, la miseria ed il pentimento in[22] cui essa poteva immergere l'oggetto de' suoi affetti, erano motivi troppo forti per uno spirito affralito dalle sciagure, e la sua ragione era rimasta alquanto sospesa. Ma il dovere e la saviezza, per quanto potessero esser penosi trionfarono finalmente della tenerezza e de' suoi tristi presentimenti. Essa temeva specialmente di gettar Valancourt nell'oscurità, ed in quei vani rimorsi che sarebbero, o le parevan dover essere la conseguenza necessaria di un matrimonio nella loro posizione. Ella si condusse senza dubbio con una grandezza d'animo poco comune, quando risolse di provare un male presente, piuttosto che provocare una disgrazia futura.

Si spiegò con un candore che giustificava pienamente a qual punto essa lo stimasse ed amasse, e perciò gli divenne, se fosse stato possibile, ancor più cara. Gli espose tutti i motivi che la decidevano a rigettare la sua offerta. Egli confutò, o piuttosto contraddisse tutti quelli che riguardavano lui solo; ma gli altri lo richiamarono a tenere considerazioni su di lei, che il furore della passione e della disperazione gli avevano fatto obliare. Quel medesimo amore che facevagli proporre un matrimonio segreto ed immediato, l'obbligava allora a rinunziarvi. La vittoria costava troppo al suo cuore; si sforzava di calmarsi per non affliggerla maggiormente, ma non poteva dissimulare tutto quel che sentiva. «O Emilia,» diss'egli, «bisogna ch'io vi lasci, e son certo che vi lascio per sempre.»

Singulti convulsi l'interruppero, e amendue piansero a calde lacrime. Rammentandosi finalmente il pericolo di essere scoperti, e l'inconveniente di prolungare un colloquio che l'esporrebbe all'altrui censura, Emilia si fece coraggio, e pronunziò l'ultimo addio.

«Restate» disse Valancourt, «restate ancora un momento, ve ne scongiuro; ho da dirvi mille cose. L'agitazione del mio spirito non mi ha permesso[23] di parlarvi d'un sospetto importantissimo; ho temuto mostrarmi poco discreto, e sembrare aver unicamente in mira di allarmarvi, per farvi accettare la mia proposta.»

Emilia, turbata, non lo lasciò, ma lo fece uscire dal padiglione, e passeggiando sul terrazzo, Valancourt continuò:

«Quel Montoni! Io ho udito voci molto strane sul conto suo. Siete voi ben sicura ch'egli sia realmente della famiglia della signora Quesnel, e che la di lui fortuna sia tale quale sembra essere?

— Non ho ragione di dubitarne,» rispose Emilia con sorpresa; «son certa del primo punto, ma non ho alcun mezzo di giudicar del secondo; e vi prego dirmi tutto quel che ne sapete.

— Lo farò per certo, ma questa informazione è imperfettissima e poco soddisfacente. Il caso mi ha fatto incontrare un Italiano che discorreva con qualcuno di questo Montoni, parlavano essi del suo matrimonio, e l'Italiano diceva che s'era quello che s'immaginava, la signora Cheron non sarebbe troppo felice. Continuò esso a parlarne con pochissima considerazione, ma in termini generali e disse certe cose sul di lui carattere, che eccitarono la mia curiosità. Gli feci qualche domanda, ma egli fu riservato nelle risposte; e dopo avere esitato qualche tempo, confessò che Montoni, secondo la voce pubblica, era un uomo perduto negli averi e nella riputazione. Aggiunse qualcosa d'un castello che possiede in mezzo agli Appennini, e qualche altra circostanza relativa al suo primo genere di vita: lo strinsi maggiormente, ma il vivo interesse delle mie domande fu, per quanto io credo, troppo visibile, e lo insospettì. Nessuna preghiera fu capace a determinarlo di spiegarmi le circostanze cui aveva fatto allusione, o a dirne di più: gli osservai che se Montoni possedeva un castello negli Appennini, ciò sembrava indicare una nascita distinta, e contraddire[24] la supposizione della sua rovina. L'incognito scosse la testa e fece un gesto significantissimo, ma non rispose.

«La speranza di saper qualcosa di più positivo mi trattenne a lungo vicino a lui; rinnovai più volte le mie domande, ma l'Italiano stette in una perfetta riservatezza, dicendomi che tutto quanto aveva esposto non era se non il risultato d'una diceria vaga; che l'odio e la malignità inventavano spesso simili istorie, e bisognava crederci poco. Mi vidi dunque costretto di rinunziare a saperne davvantaggio, poichè l'Italiano pareva allarmato delle conseguenze della sua indiscrezione. Restai perciò nell'incertezza su d'un oggetto in cui essa è quasi insopportabile. Pensate, cara Emilia, a quanto debbo soffrire; vi vedo partire per terre straniere con un uomo di carattere tanto sospetto, come quello di cotesto Montoni, ma non voglio allarmarvi senza necessità; è probabile, come lo ha detto l'Italiano, che questo Montoni non sia quello di cui egli parlava; nonpertanto, riflettete, mia cara, prima di affidarvi a lui. Ma ormai mi scordava tutte le ragioni che poco fa mi hanno fatto abbandonare le mie speranze, e rinunziare al desiderio di possedervi subito.»

Valancourt passeggiava a gran passi sul terrazzo, mentre Emilia, appoggiata al parapetto, stava immersa in profonda meditazione. La notizia allor ricevuta l'allarmava moltissimo, e rinnovava il suo interno contrasto. Essa non aveva mai amato Montoni. Il fuoco de' suoi occhi, la fierezza dei suoi sguardi, il di lui orgoglio, la sua audacia, la profondità del suo risentimento, che alcune occasioni, benchè leggere, avevano messo in caso di sviluppare, erano altrettante circostanze ch'essa avea sempre osservato con certo quale stupore; e l'espressione ordinaria de' suoi lineamenti avevale sempre inspirata antipatia. Credeva essa ogni momento più[25] che fosse quello il Montoni del quale aveva parlato l'Italiano. L'idea di trovarsi sotto il suo dominio assoluto in paese straniero, le sembrava spaventosa; ma il timore non era il solo motivo che dovesse indurla ad un matrimonio precipitato. L'amore più tenero le aveva già parlato a favore dell'amante, e nella sua opinione non aveva potuto vincerla sul proprio dovere, sull'interesse ben anco di Valancourt, e sulla delicatezza che la faceva opporre ad un matrimonio clandestino. Non conveniva dunque aspettare che il terrore operasse più di quello che non avesser potuto il dolore e l'amore; ma questo terrore restituì ai motivi già combattuti tutta la loro energia, e rese necessaria una seconda vittoria. Valancourt, i cui timori per Emilia divenivano sempre più forti, a misura che ne pesava le ragioni, non poteva adattarsi a questa seconda vittoria. Era più che persuaso che il viaggio d'Italia avrebbe immerso la sua Emilia in un laberinto di mali. Egli era dunque risoluto di opporvisi pertinacemente, e di ottenere da lei un titolo, per divenire il suo legittimo protettore.

«Emilia,» diss'egli col più vivo ardore, «questo non è il momento degli scrupoli; non è il momento di calcolare gl'incidenti frivoli e secondari relativamente alla nostra felicità avvenire. Vedo adesso, più che mai, quali sono i pericoli ai quali andate incontro con un uomo del carattere di Montoni. Il discorso dell'Italiano fa temere molto, ma meno assai della fisonomia, e dell'idea ch'essa mi ha formata di lui; vi scongiuro per il vostro interesse, e pel mio, di prevenire le disgrazie che mi fanno fremere a prevederle soltanto.... Cara Emilia! soffrite che la mia tenerezza e le mie braccia ve ne allontanino; datemi il diritto di difendervi. Io son lacerato dal dolore all'idea della nostra separazione, e dei mali che possono esserne la conseguenza. Non vi son pericoli[26] ch'io non sia capace di affrontare per salvarvi. No,

Emilia, no, voi non mi amate.

— Abbiamo pochi momenti da perdere in recriminazioni e giuramenti,» disse questa sforzandosi di nascondere l'emozione; «se voi dubitate quanto mi siete caro, e quanto lo sarete eternamente, allora non vi è espressione da parte mia che sia capace di convincerne.» Queste ultime parole spirarono sulle sue labbra, e proruppe in largo pianto. Dopo alcuni istanti, si riebbe da quello stato di tristezza, e gli disse: «Bisogna ch'io vi lasci: è tardi, e nel castello potrebbero accorgersi della mia assenza. Pensate a me, amatemi, quando sarò lungi di qui. La mia fiducia a tal proposito formerà tutta la mia consolazione.

— Pensare a voi, amarvi!» sclamò Valancourt.

— Tentate di moderare siffatti trasporti per amor mio, tentatelo!

— Per amor vostro!

— Sì, per amor mio,» disse la fanciulla con voce tremante; «non posso lasciarvi in questo stato.

— Ebbene, non mi lasciate,» rispose Valancourt; «perchè lasciarci, o almeno lasciarci prima dell'albeggiare del dì?

— È impossibile,» soggiunse Emilia; «voi mi straziate il cuore; ma non acconsentirò mai a questa proposta imprudente e precipitata.

— Se potessimo disporre del tempo, Emilia cara, essa non sarebbe tanto precipitata. Bisogna sottoporci alle circostanze.

— Sì, certo, bisogna sottomettervici. Io vi ho già aperto il cuore: or mi sento spossata.

— Perdonate, Emilia; pensate al disordine del mio spirito in questo momento in cui sto per lasciare tutto ciò che ho di più caro al mondo. Quando sarete partita, mi ricorderò con rimorso di tutto quanto vi feci soffrire; allora desidererò invano[27] di vedervi, non foss'altro per un istante solo, per lenire il vostro dolore.»

Le lagrime lo interruppero; Emilia pianse con lui.

«Mi mostrerò più degno del vostro amore,» disse Valancourt alfine; «non prolungherò questi crudeli istanti, Emilia mia, unico mio bene, non dimenticatemi mai: Dio sa quando ci rivedremo. V'affido alla Provvidenza. O Dio, Dio mio, proteggetela, beneditela!»

Si strinse la di lei mano al cuore: Emilia gli cadde quasi esanime sul seno. Non piangevan più, non si parlavano. Valancourt, allora repressa la sua disperazione, tentò di consolarla e rincorarla. Ma essa parea incapace di comprenderlo, ed un sospiro che esalava per intervalli provava solo che non era svenuta.

Ei la sorreggeva camminando a lenti passi verso il castello, piangendo e parlandole sempre. Ella rispondea sol co' sospiri. Giunti alfine a capo del viale, parve rianimarsi, e guardandosi intorno:

«Qui bisogna separarsi,» diss'ella sostando. «Perchè prolungar questi momenti? Rendetemi quel coraggio del quale ho tanto bisogno. Addio,» soggiunse con voce languida; «quando sarete partito, mi ricorderò di mille cose ch'io doveva dirvi.

— Ed io! di tante e tante altre,» rispose Valancourt; «non vi ho mai lasciata senza ricordarmi subito dopo d'una domanda, d'una preghiera, e d'una circostanza relativa al nostro amore, ch'io ardeva dal desiderio di comunicarvi, ma che mi sfuggiva dalla fantasia appena vi vedeva. O Emilia! quelle fattezze ch'io contemplo in questo momento, fra poco saranno lontane da' miei sguardi, e tutti gli sforzi dell'immaginazione non potranno delinearmeli con sufficiente esattezza...»

Ciò detto se la strinse di nuovo al seno, ove la tenne in silenzio bagnandola delle sue lagrime, che vennero pure a sollevare l'ambascia della fanciulla. [28] Si dissero addio, e si separarono. Valancourt sembrava fare ogni sforzo per allontanarsi. Traversò a precipizio il viale; ed Emilia, che camminava lentamente verso il castello, ascoltò i suoi passi veloci. La calma malinconica della notte cessò alfine di essere interrotta. Ella si affrettò di tornare alla sua camera per cercarvi il riposo, ma, oimè! esso era fuggito lungi da lei, e la sua sciagura non le permetteva più di gustarne.

CAPITOLO XIV

Le carrozze furono di buon'ora alla porta: il fracasso dei servitori che andavano e venivano per le gallerie, svegliarono Emilia da un sonno affannoso. Il suo spirito agitato le aveva rappresentato tutta notte le immagini più spaventose ed il più tristo avvenire. Fece ogni sforzo per bandir queste sinistre impressioni, ma passava da un male immaginario alla certezza d'un male reale. Rammentandosi che aveva lasciato Valancourt, e forse per sempre, il cuore le mancava a misura che la sua immaginazione se lo rappresentava lontano; questi sforzi spargevano sulla di lei fisonomia un'espressione di rassegnazione, come un legger velo rende la bellezza più interessante nascondendone soltanto qualche debole tratto. Ma la signora Montoni notò il di lei pallore straordinario, e la rimproverò severamente; disse alla nipote che male a proposito si era abbandonata ad inquietudini fanciullesche, che la pregava di osservare un po' più il decoro, e non lasciar trasparire che fosse incapace di rinunziare ad un affetto poco conveniente. Fu servita la colazione: Montoni parlò pochissimo, e parve impaziente di partire. Le finestre della sala guardavano sul giardino, e nel passarvi vicino, Emilia non potè fare a meno di dare un'occhiata a quel luogo, ove, nella notte precedente, erasi separata da Valancourt. Gli[29] equipaggi erano già in ordine, ed i viaggiatori salirono in carrozza e si misero in cammino. Emilia sarebbe partita dal castello senza rammarico, se Valancourt non avesse abitato ne' dintorni.

Da una piccola eminenza, ella osservò le immense pianure della Guascogna, e le vette irregolari dei Pirenei che sorgevano da lontano sull'orizzonte, illuminate già dal sole nascente. «Care montagne,» diss'ella fra sè, «quanto tempo passerà prima ch'io vi rivegga! quante disgrazie in quest'intervallo, potranno aggravare la mia miseria! Oh! s'io potessi esser sicura di non ritornar mai più, ma che Valancourt vivesse un giorno per me, partirei in pace! Egli vi vedrà, vi contemplerà, mentr'io sarò lontana di qui.»

Gli alberi della strada, che formavano una linea di prospettiva alle immense distanze, stavano per nasconderne la vista; ma gli azzurri monti distinguevansi ancora traverso il fogliame, ed Emilia non si tolse dalla portiera fin quando non li ebbe totalmente perduti di vista.

Un altro oggetto risvegliò in breve la sua attenzione. Aveva essa osservato appena un uomo che camminava lungo la strada col cappello calato sugli occhi, ma ornato d'un pennacchino militare. Al rumore delle ruote egli si voltò, ed essa riconobbe Valancourt. Le fece un segno, si avvicinò alla carrozza, e dalla portiera le pose in mano una lettera.

Si sforzò di sorridere in mezzo alla disperazione che vedevasegli dipinta sul volto; questo sorriso restò impresso per sempre nell'anima di Emilia: si affacciò allo sportello, e lo vide su d'una collinetta, appoggiato ad uno degli alberi che l'ombreggiavano; seguiva cogli occhi la carrozza, e stese le braccia; ella continuò a guardarlo fintantochè la lontananza non n'ebbe cancellati i lineamenti, e che la strada, svoltando, nol fece sparire affatto.

Si fermarono ad un castello poco lontano per[30] prendervi Cavignì, e i viaggiatori percorsero le pianure della Linguadoca. Emilia fu relegata, senza riguardo, colla cameriera di sua zia nella seconda carrozza. La presenza di costei le impedì di legger la lettera di Valancourt, non volendo esporsi alle di lei probabili osservazioni sulla commozione che avrebbele cagionato la lettura della medesima. Nulladimeno, n'era tale la curiosità, che la sua mano tremante fu mille volte sul punto di romperne il sigillo. All'ora del pranzo, Emilia potè aprirla: essa non aveva mai dubitato de' sentimenti di Valancourt; ma la nuova assicurazione che ne riceveva, restituì un po' di calma al suo cuore. Bagnò la lettera con lacrime di tenerezza, e la mise da parte per leggerla quando sarebbe stata soverchiamente afflitta, e per occuparsi di lui meno dolorosamente di quello avesse fatto la loro separazione. Dopo molti dettagli che l'interessavano assai, perchè esprimevano il suo amore, ei la supplicava di pensar sempre a lui al tramonto del sole. «I nostri pensieri allora si riuniranno,» diceva egli; «io attenderò il tramonto colla maggiore impazienza, e godrò dell'idea che i vostri occhi si fisseranno in quel momento sopra i medesimi oggetti che i miei, e che i nostri cuori si comprenderanno. Voi non sapete, Emilia, la consolazione che me ne riprometto, ma mi lusingo che la proverete anche voi.»

È inutile dire con qual commozione Emilia aspettò tutto il giorno il tramonto del sole: lo vide finalmente declinare su d'immense pianure, lo vide scendere, ed abbassarsi dalla parte ove abitava Valancourt. Da quel momento il di lei spirito fu più tranquillo e rassegnato di quello nol fosse stato dopo il matrimonio di Montoni e di sua zia.

Per molti giorni i viaggiatori traversarono la Linguadoca, e quindi entrarono nel Delfinato. Dopo qualche tragitto pe' monti di quella provincia pittoresca,[31] scesero dalle carrozze, e cominciarono a salir le Alpi. Qui si offrirono ai loro occhi scene così sublimi, che la penna non potrebbe imprendere a descriverle in verun modo. Queste nuove e sorprendenti immagini occuparono talmente Emilia, che talfiata le fecero allontanare l'idea costante di Valancourt. Più spesso esse le rinnovavano la rimembranza de' Pirenei, che avevano ammirati insieme, e di cui allora credeva che nulla superasse la bellezza. Quante volte desiderò di comunicargli le nuove sensazioni che l'animavano a questo spettacolo: quante volte si compiaceva essa d'indovinare le osservazioni ch'egli avrebbe fatte, e se lo figurava sempre vicino: queste idee nobili e grandiose davano alla di lei anima, ai di lei affetti una nuova vita.

Con quali vive e tenere emozioni si univa essa

ai pensieri di Valancourt all'ora del tramonto! Vagando in mezzo alle Alpi, contemplava quell'astro maraviglioso che si perdeva dietro le lor vette, le cui ultime tinte morivano sulle punte coperte di neve, e questo teatro s'avvolgeva in una maestosa oscurità. Passato quel momento, Emilia distolse gli occhi dall'occidente col dispiacere che si prova alla partenza d'un amico. L'impressione singolare che spande il velo della notte, a misura che si svolge, veniva vie più accresciuta da quei sordi rumori che non si ascoltano mai se non al progressivo calar delle tenebre, e che rendono la calma generale assai più imponente: è il lieve stormir delle foglie, l'ultimo soffio della brezza che s'alza al tramonto, il mormorio dei vicini torrenti.....

Nei primi giorni di questo viaggio attraverso le Alpi, la scena rappresentava un avvicendarsi sorprendente di deserti e d'abitazioni, di colti e di terreni sterili. Sull'orlo di spaventosi precipizi, nelle cavità delle rupi, al disotto delle quali si vedeva una folta nebbia, si scoprivano villaggi, campanili e monasteri. Verdi pascoli, ubertosi vigneti, formavano[32] un contrasto interessante co' sovrapposti massi perpendicolari, le cui punte di marmo o granito coronavansi di eriche, e non mostravano che rocce massicce ammucchiate le une sull'altre, terminate da monti di neve, d'onde cascavano i torrenti rumoreggianti in fondo alla valle.

La neve non era ancora sciolta sulle alture del Cenisio, che i viaggiatori traversarono con qualche difficoltà; ma Emilia, osservando il lago di ghiaccio, e la vasta pianura circondata da quelle rupi scoscese si raffigurò facilmente la bellezza di cui si sarebbero ornate allo sparir della neve.

Scendendo dalla parte dell'Italia, i precipizi divennero più spaventosi, le vedute più alpestri e maestose. Emilia non si stancava di guardare le nevose cime de' monti alle differenti ore del giorno: rosseggiavano al levar del sole s'infiammavano al mezzogiorno, e la sera rivestivansi di porpora; le tracce dell'uomo non si riconoscevano che alla zampogna del pastore, al corno del cacciatore, o all'aspetto d'un ardito ponte gettato sul torrente per servir di passaggio al cacciatore lanciato sull'orme del camoscio fuggitivo.

Viaggiando al di sopra delle nuvole, Emilia osservava con rispettoso silenzio la loro immensa superficie, che bene spesso cuopriva tutta la scena sottoposta, e somigliava ad un mondo nel caos; altre volte, nel diradarsi, lasciavano travedere qualche villaggio o una parte di quell'impetuoso torrente, il cui fracasso faceva rimbombar le caverne; si vedevano le rupi, le loro punte di ghiaccio, e le cupe foreste d'abeti che arrivavano alla metà delle montagne. Ma chi potrebbe descrivere l'estasi di Emilia quando scuoprì per la prima volta l'Italia! Dal ciglione uno dei precipizi spaventosi del Cenisio, che stanno all'ingresso di cotesto bel paese, gettò gli sguardi alle falde di quelle orride montagne, e vide le ubertose valli del Piemonte e l'immense[33] pianure della Lombardia. La grandezza degli oggetti che le s'affacciarono improvvisamente, la regione de' monti, che sembravano accumularsi, i profondi precipizi sottoposti, quella cupa verzura d'abeti e di querce che ricuopriva le profonde voragini, i torrenti fragorosi, le cui rapide cascate sollevavano una specie di nebbia, e formavano mari di ghiaccio, tutto prendeva un carattere sublime e contrapposto alla quiete e alla bellezza dell'Italia; questa bella pianura che aveva per limiti l'orizzonte ne accresceva vie più lo splendore con le tinte cilestri che si confondevano coll'orizzonte medesimo.

La signora Montoni era spaventatissima osservando i precipizi, sull'orlo dei quali i portantini correvano con leggerezza pari alla celerità, e saltavan come camosci. Emilia tremava egualmente, ma i di lei timori erano un misto di sorpresa, d'ammirazione, di stupore e di rispetto, onde non avea mai provato nulla di simile.

I portantini si fermarono per prender fiato, ed i viaggiatori sedettero sulla cima d'una rupe. Montoni e Cavignì disputarono sul passaggio di Annibale attraverso le Alpi: quegli pretendeva che fosse entrato dal Cenisio, e questi sosteneva ch'era sceso dal San Bernardo. Questa controversia presentò all'immaginazione di Emilia tutto ciò che aveva dovuto soffrire quel famoso guerriero in un'impresa così ardita e perigliosa.

La signora Montoni intanto guardava l'Italia; contemplava essa coll'immaginazione la magnificenza dei palagi e la maestosità dei castelli dei quali andava ad esser padrona a Venezia e negli Appennini, e di cui si credea esser divenuta la principessa. Lungi dalle inquietudini che avevanle impedito a Tolosa di ricevere tutte le *bellezze*, delle quali il marito parlava con maggior compiacenza per la sua vanità, che riguardi pel loro onore e rispetto per la verità, la signora Montoni progettava accademie,[34] sebbene non amasse la musica; conversazioni, sebbene non avesse verun talento per figurare nella società; in somma, essa voleva superare collo splendore delle sue feste e la ricchezza delle livree tutta la nobiltà di Venezia. Questa idea lusinghiera fu nonostante un poco turbata nel riflettere che il di lei sposo, quantunque si abbandonasse ad ogni sorta di divertimenti, quando se gli presentavano, affettava però il maggior disprezzo per la frivola ostentazione che suole accompagnarli. Ma pensando che il di lui orgoglio sarebbe forse più soddisfatto di spiegare il suo fasto in mezzo ai concittadini ed amici, di quello nol fosse stato in Francia, continuò a pascersi di queste illusioni, che non cessavano d'estasiarla.

A misura che i viaggiatori calavano, vedevano l'inverno cedere il posto alla primavera, ed il cielo cominciava a prendere quella bella serenità che appartiene soltanto al clima d'Italia. Il fiume Dora, che scaturisce dalle sommità del Cenisio, e si precipita di cascata in cascata attraverso i profondi burroni, si rallentava, senza cessare di esser pittoresco, nell'avvicinarsi alle valli del Piemonte. I viaggiatori vi discesero avanti il tramonto del sole, ed Emilia ritrovò ancor una volta la placida beltà d'una scena pastorale: vedeva armenti, colline verdeggianti di selve, e graziosi arboscelli quai ne avea visti sulle Alpi stesse: i prati erano smaltati di fiori primaverili, ranuncole e viole che non tramandano in verun altro paese un odore così soave. Emilia avrebbe voluto divenire una contadina piemontese, abitare quelle ridenti capanne ombreggiate alle rupi, avrebbe voluto menare una vita tranquilla in mezzo a quegli ameni paesaggi, pensando con ispavento alle ore, ai mesi intieri che avrebbe dovuto passare sotto il dominio di Montoni.

Il sito attuale le raffigurava spesso l'immagine di Valancourt; essa lo vedeva sulla punta d'uno scoglio[35] osservando con estasi la stupenda natura che lo circondava; lo vedeva errare nella valle, soffermarsi spesso per ammirare quella scena interessante, e nel fuoco d'un entusiasmo poetico slanciarsi su qualche masso. Ma quando pensava in seguito al tempo e alla distanza che dovevano separarli, quando pensava che ciascuno de' suoi passi aumentava questa distanza, il cuore le si straziava, ed il paese perdeva ogni incanto.

Dopo aver attraversata la Novalese, essi giunsero verso sera all'antica e piccola città di Susa, che aveva altre volte chiuso il passaggio delle Alpi nel Piemonte. Dopo l'invenzione dell'artiglieria, le alture che la dominano ne hanno rese inutili le fortificazioni; ma, al chiaro della luna, quelle alture pittoresche, la città sottoposta, le sue mura, le sue torri ed i lumi che ne illuminavano porzione, formavano per Emilia un quadro interessantissimo. Passarono la notte in un albergo che offriva poche risorse; ma l'appetito dei viaggiatori dava un sapore delizioso alle pietanze più grossolane, e la stanchezza assicurava il loro sonno. In cotesto luogo, Emilia intese il primo pezzo di musica italiana su territorio italiano. Seduta dopo cena vicino ad una finestrella aperta, ella osservava l'effetto del chiaro di luna sulle vette irregolari delle montagne. Si rammentò che in una notte consimile aveva riposato su d'una roccia de' Pirenei col padre e Valancourt. Intese sotto di lei i suoni armoniosi d'un violino; l'espressione di quell'istrumento, in perfetta armonia coi teneri sentimenti nei quali era immersa, la sorpresero e l'incantarono a un tempo. Cavignì, il quale si avvicinò alla finestra, sorrise della sua sorpresa.

«Eh! eh!» le diss'egli; «voi ascolterete la medesima cosa, forse in tutti gli alberghi: dev'essere un figlio del locandiere quello che suona così, non ne dubito.»[36]

Emilia sempre attenta, credeva udire un artista: un canto melodioso e querulo la piombò a grado a grado nella meditazione; i motteggi di Cavignì ne la trassero sgradevolmente. Nel tempo istesso Montoni ordinò di preparare gli equipaggi di buon'ora, perchè voleva pranzare a Torino.

La signora Montoni godeva di trovarsi alfine in una strada piana: raccontò lungamente tutti i timori provati, obliando senza dubbio che ne faceva la descrizione ai compagni dei suoi pericoli; ed aggiunse che sperava presto perder di vista quelle orribili montagne. «Per tutto l'oro del mondo,» diss'ella, «non farei un'altra volta l'istesso viaggio.» Si lamentò di stanchezza, e si ritirò di buon'ora. Emilia fece altrettanto, ed intese da Annetta, la cameriera di sua zia, che Cavignì non erasi ingannato a proposito del suonatore di violino. Era colui il figlio di un contadino abitante nella valle vicina, che andava a passare il carnevale a Venezia, e ch'era creduto molto amabile. «Quanto a me,» disse Annetta, «preferirei vivere in queste boscaglie, e su queste belle colline, che andare in una città. Si dice che noi non vedremo più nè boschi, nè montagne, nè prati, e che Venezia è fabbricata in mezzo al mare.»

Emilia convenne con Annetta, che quel giovane perdeva molto nel cambio, poichè lasciava l'innocenza e la bellezza campestre, per la voluttà di una città corrotta.

Quando fu sola, non potè dormire. L'incontro di Valancourt, e le circostanze della loro separazione, non cessarono di occupare il suo spirito, ritracciandole il quadro di un'unione fortunata in seno della natura, e della felicità dalla quale temeva d'essere lontana per sempre.[37]

CAPITOLO XV

Il giorno seguente, di buonissim'ora, i viaggiatori partirono per Torino. La ricca pianura che si estende dalle Alpi a quella magnifica città, non era allora, come adesso, ombreggiata da grossi alberi. Piantagioni d'ulivi, di gelsi, di fichi, frammiste di viti, formavano un magnifico paesaggio, traverso il quale l'impetuoso Eridano si slancia dalle montagne, e si unisce a Torino colle acque dell'umile Dora. A misura che i viaggiatori avanzavano, le Alpi prendevano ai loro sguardi tutta la maestà del loro aspetto. Le giogaje s'innalzavano le une sopra le altre in una lunga successione. Le cime più alte, coperte di nubi, si perdevano qualche volta nelle loro ondulazioni, e spesso slanciavansi di sopra ad esse. Le falde di que' monti, le cui irregolari cavità presentavano ogni sorta di forme, tingevansi di porpora e di azzurro al movimento della luce e delle ombre, variando ad ogni istante la scena. A levante si spiegavano le pianure di Lombardia; scoprivansi già le torri di Torino, e, in maggior distanza, gli Appennini circoscrivevano un immenso orizzonte.

La magnificenza di quella città, la vista delle sue chiese, dei suoi palagi e delle grandiose piazze, oltrepassavano non solo tutto ciò che Emilia avea veduto in Francia, ma tutto quello ancora che si era immaginato.

Montoni, il quale conosceva già Torino, e non n'era sorpreso, non cedè alle preghiere della consorte, che avrebbe desiderato vedere qualche palazzo; non si fermò che il tempo necessario per riposarsi, e si affrettò di partir per Venezia. Durante il viaggio, egli si mostrò altiero e riservatissimo, specialmente colla moglie; ma questa riserva però era meno quella del rispetto che dell'orgoglio[38] e del malcontento. Si occupava pochissimo di Emilia. I suoi discorsi con Cavignì avevano sempre per soggetto la guerra o la politica, che lo stato convulsivo d'Italia rendeva allora molto interessanti. Emilia osservava che, nel raccontare qualche fatto illustre, gli occhi di Montoni perdevano la loro fosca durezza, e sembravan brillare di gioia. Sebbene ella dubitar potesse talvolta che questo istantaneo cambiamento fosse piuttosto l'effetto della malizia, che la prova del valore, pure questo pareva convenir molto bene al di lui carattere, e alle sue maniere superbe e cavalleresche; e Cavignì, con tutta la sua disinvoltura e buona grazia, non era in grado di stargli a confronto.

Entrando nel Milanese, lasciarono il loro cappello alla francese pel berretto italiano scarlatto, ricamato in oro. Emilia fu sorpresa nel vedere Montoni aggiungervi il pennacchio militare, e Cavignì contentarsi delle piume che vi si portavano di solito. Credè finalmente che Montoni prendesse l'equipaggio soldatesco per traversar con più sicurezza una contrada inondata di truppe, e saccheggiata da tutti i partiti. Si vedeva in quelle feraci pianure la devastazione della guerra. Laddove le terre non restavano incolte, si riconoscevano le tracce della rapina. Le viti erano strappate dagli alberi che dovevano sostenerle; le olive giacevano calpestate; i boschetti di gelsi erano stati tagliati per accenderne il fuoco devastatore de' casali e dei villaggi. Emilia volse gli sguardi, sospirando, a settentrione, sulle Alpi Elvetiche: le loro solitudini severe parevano essere il sicuro asilo degli infelici perseguitati.

I viaggiatori osservarono spesso distaccamenti di truppe che marciavano a qualche distanza, e negli alberghi ove sostavano provarono gli effetti della estrema carestia, e tutti gli altri inconvenienti che sono le conseguenze delle guerre intestine. Pur non ebbero mai alcun motivo di temere per la loro sicurezza.[39] Giunti a Milano, non si fermarono nè per considerare la grandiosità di quella metropoli, nè per visitarne il magnifico tempio, che si stava ancora costruendo.

Passato Milano, il paese portava il carattere di una devastazione più spaventosa. Tutto allora parea tranquillo; ma come il riposo della morte sopra un volto che conserva ancora l'impronta orribile delle ultime convulsioni. Lasciato il Milanese, incontrarono essi nuovamente truppe. La sera era avanzata; videro un esercito sfilare da lontano nella pianura, e le cui lance e gli elmi scintillavano ancora agli ultimi raggi del sole. La colonna inoltrò sopra una parte della strada chiusa fra due poggi. Si distinguevano facilmente i capi che dirigevano la marcia.

Parecchi uffiziali galoppavano sui fianchi, trasmettendo gli ordini ricevuti dai superiori; altri, separati dall'avanguardia, volteggiavano nella pianura a destra.

Nell'avvicinarsi, Montoni, dai pennacchi, dalle bandiere e dai colori delle divise dei vari corpi, credè riconoscere la piccola oste comandata dal famoso condottiero Utaldo. Egli era amico di lui e de' capi principali. Fece fermare le carrozze per aspettarli, e lasciar libero il passo. Una musica guerriera si fece in breve sentire; essa andò sempre crescendo, e Montoni, persuaso che fosse proprio la banda del celebre Utaldo, sporse il capo dalla carrozza, e salutò il generale agitando per aria il berretto. Il condottiere rese il saluto colla spada, e vari uffiziali, avvicinatisi alla carrozza, accolsero Montoni come un antico conoscente: il capitano stesso arrivò poco stante; la truppa fece alto, ed il capo s'intertenne con Montoni, cui sembrava contentissimo di rivedere. Emilia comprese, dai loro discorsi, esser quello un esercito vittorioso che tornava nel suo paese; i numerosi carriaggi che l'accompagnavano erano carchi delle ricche spoglie dei nemici, non che di feriti[40] e prigionieri che sarebbero stati riscattati alla pace. I capi doveano separarsi il giorno seguente, dividere il bottino, ed accantonarsi, colle proprie bande, nei rispettivi castelli. Quella sera doveva dunque esser consacrata ai piaceri, in memoria della comune vittoria, e del congedo che prendevano scambievolmente.

Utaldo disse a Montoni che le sue schiere si sarebbero accampate quella notte in un villaggio distante mezzo miglio di là; l'invitò a tornare addietro, e a prender parte al banchetto, assicurandolo che le signore sarebbero benissimo trattate. Montoni se ne scusò allegando che voleva arrivare a Verona la sera medesima, e dopo qualche domanda sullo stato dei dintorni di quella città, si accommiatò e partì, ma non potè giungere a Verona che a notte molto tarda.

Emilia non potè vederne la deliziosa situazione che il giorno dopo. Abbandonarono di buon'ora quella bella città, e giunti a Padova, s'imbarcarono sulla Brenta per Venezia. Qui, la scena era intieramente cambiata. Non eran più i vestigi di guerra sparsi nelle pianure del Milanese, ma al contrario tutto respirava il lusso e l'eleganza. Le sponde verdeggianti della Brenta non offrivano che bellezze, delizie ed opulenza. Emilia considerava con istupore le ville della nobiltà veneta, i loro freschi portici, i bei colonnati ombreggiati da pioppi e cipressi di maestosa altezza; gli aranci, i cui fiori odorosi imbalsamavano l'aria, ed i folti salci che bagnavan le lunghe chiome, nel fiume, formando ombrosi ricetti. Il carnevale di Venezia sembrava trasportato su quelle sponde incantevoli. Le gondole, in perpetuo moto, ne aumentavano la vita. Tutta la bizzarria delle mascherate formava una superba decorazione; e verso sera, molti gruppi andavano a ballare sotto i grossi alberi.

Cavignì istruiva Emilia del nome dei gentiluomini[41] ai quali appartenevano le ville; e per divertirla vi aggiungeva un leggiero schizzo dei loro caratteri, essa compiacevasi talvolta ad ascoltarlo;

ma il suo brio non faceva più sulla signora Montoni l'effetto di prima: questa parea quasi sempre seria, e Montoni era constantemente riservato.

È indescrivibile la meraviglia della fanciulla allorchè scoprì Venezia, i suoi isolotti, i suoi palazzi e le sue torri che tutti insieme sorgevano dal mare riflettendo i loro svariati colori sulla superficie chiara e tremolante. Il tramonto dava alle acque ed ai monti lontani del Friuli, che circondano a tramontana l'Adriatico, una tinta giallastra di effetto mirabilissimo. I portici marmorei e le colonne di San Marco erano rivestite di ricche tinte e dell'ombra maestosa della sera. A misura che si avanzavano, la magnificenza della città disegnavasi più particolareggiatamente. I suoi terrazzi, sormontati da edifizi aerei eppur maestosi, illuminati, com'eranlo allora, dagli ultimi raggi del sole, parevano piuttosto fatti uscir dall'onde dalla bacchetta di un mago, che costruiti da mano mortale.

Il sole essendo finalmente sparito, l'ombra invase gradatamente le acque e le montagne, spegnendo gli ultimi fuochi che ne doravan le sommità; e il violaceo malinconico della sera si stese ovunque come un velo. Quanto era profonda e bella la tranquillità che avvolgeva la scena! La natura pareva immersa nel riposo. Le più soavi emozioni dell'anima eran le sole che si destassero. Gli occhi di Emilia si empivano di lacrime: essa provava i trasporti di una devozione sublime, innalzando gli sguardi alla vôlta celeste, mentre una musica deliziosa accompagnava il mormorio delle acque. Ella ascoltava in tacita estasi, e nessuno ardiva rompere il silenzio. I suoni pareano ondeggiar nell'aere. La barca avanzavasi con movimento sì placido, che appena si poteva distinguere; e la brillante città sembrava moverle incontro[42] da sè per ricevere i forestieri. Distinsero allora una voce donnesca che, accompagnata da qualche istrumento, cantava una dolce e languida arietta. La sua espressione patetica, che sembrava ora quella di un amore appassionato, ed ora l'accento lamentevole del dolore senza speranza, annunziava bene come il sentimento che le dettava non fosse finto. «Ah!» disse Emilia sospirando e rammentandosi Valancourt; «quel canto parte sicuramente dal cuore!»

Essa guardavasi intorno con attenta curiosità. Il crepuscolo non lasciava più distinguere che immagini imperfette. Intanto, a qualche distanza, le parve vedere una gondola, ed intese nel tempo istesso un coro armonioso di voci e d'istrumenti. Esso era così dolce, così soave! Era come l'inno degli angeli che scendono nel silenzio della notte. La musica finì, e parve che il coro sacro risalisse al cielo. La calma profonda che susseguì era espressiva quanto l'armonia poc'anzi cessata. Finalmente, un sospiro generale parve risvegliar tutti da una specie d'estasi. Emilia però restò a lungo abbandonata all'amabile tristezza, che si era impadronita de' suoi sensi; ma lo spettacolo ridente e tumultuoso della piazza di San Marco fugò le sue meditazioni. La luna, che sorgea allora sull'orizzonte, spandeva un debole chiarore su' terrazzi, su' portici illuminati, sulle magnifiche arcate, e lasciava vedere le numerose società, i cui passi leggieri, i canti ed i suoni si mescolavano confusamente.

La musica che i viaggiatori avevano già intesa, passò vicino alla barca di Montoni, in una di quelle gondole che si vedevano errare sul mare, piene di gente che andava a godere il fresco della sera. Quasi tutte avevano suonatori. Il mormorio dell'acque, i colpi misurati dei remi sull'onde spumanti, vi aggiungevano un incanto particolare. Emilia osservava, ascoltava, e le pareva di essere nel tempio delle fate. Anche la zia provava qualche piacere. Montoni[43] felicitavasi di essere tornato finalmente a Venezia, ch'esso chiamava la *prima città del mondo*; e Cavignì era più allegro ed animato del solito.

La barca passò pel Canal grande ov'era situata la casa di Montoni. I palazzi di Sansovino e Palladio spiegavano agli occhi d'Emilia un genere di bellezza e magnificenza tale, onde la sua immaginazione non aveva potuto formarsi un'idea. L'aria era agitata da dolci suoni ripetuti dall'eco del canale, e gruppi di maschere che ballavano al lume della luna, realizzavano le più brillanti funzioni della fantasmagoria.

La barca si fermò davanti al portico di una gran casa, ed i viaggiatori sbarcarono su d'un terrazzo, che per una scala marmorea li condusse in un salotto, la cui magnificenza fece stupire Emilia. Le pareti ed il soffitto erano ornati di affreschi. Lampade d'argento, sospese a catene dello stesso metallo, illuminavano la stanza. Il pavimento era coperto di stuoie indiane dipinte di mille colori. La tappezzeria delle finestre era di seta verde chiaro, ricamata in oro, arricchita di frange verdi ed oro. Il balcone guardava sul Canal grande. Emilia, colpita dal carattere tetro di Montoni, osservava con sorpresa il lusso e l'eleganza di quei mobili. Si rammentava con istupore che glielo avevano descritto per un uomo rovinato. — Ah!» si diceva ella; «se Valancourt vedesse questa casa, non parlerebbe più così! Come sarebbe convinto della falsità delle ciarle. —

La signora Montoni prese le arie d'una principessa; Montoni, impaziente e contrariato, non ebbe neppure la civiltà di salutarla e complimentarla sul di lei ingresso in casa sua. Appena giunto ordinò la gondola ed uscì con Cavignì per prender parte ai piaceri della serata. La Montoni divenne allora seria e pensierosa: Emilia, cui tutto sorprendeva, si sforzò di rallegrarla, ma la riflessione non diminuiva[44] nè i capricci, nè il cattivo umore della zia, le cui risposte furono talmente sgarbate, che Emilia, rinunziando al progetto di distrarla, andò ad una finestra, per godere almeno lei d'uno spettacolo così nuovo ed interessante. Il primo oggetto che la colpì fu un gruppo di persone che ballavano al suono di una chitarra e di altri strumenti. La donna che teneva la chitarra e quella che suonava il tamburello, ballavano esse pure con molta grazia, brio ed agilità. Dopo queste vennero le maschere: chi era travestito da gondoliere, chi da menestrello e cantavano tutti versi accompagnati da pochi strumenti. Si fermarono a qualche distanza dal portico, ed in que' canti Emilia riconobbe le ottave dell'Ariosto. Cantavano le guerre dei mori contro Carlo Magno, e le sventure del paladino Orlando. Cambiò il tuono della musica, ed intese le malinconiche stanze del Petrarca; la magia di quegli accenti dolorosi veniva sostenuta da un'espressione e da una musica veramente italiana. Il chiaro di luna compiva l'incantesimo.

Emilia era entusiasmata; versava lacrime di tenerezza, e la sua immaginazione si portava in Francia vicino a Valancourt; vide con rincrescimento svanire quella scena incantata, e restò per qualche tempo assorta in una pensierosa tranquillità. Altri suoni risvegliarono di lì a poco la sua attenzione: era una maestosa armonia di corni. Osservò che molte gondole si mettevano in fila alle sponde; riconobbe nella lontana prospettiva del canale una specie di processione che solcava la superficie dell'acque; a misura che si avvicinava, i corni ed altri strumenti facevano echeggiar l'aria de' più soavi concenti.... Poco dopo le deità favolose della città parvero sorgere dal seno delle acque. Nettuno, con Venezia sua sposa, si avanzavano sul liquido elemento, circondati dai Tritoni e dalle naiadi. La bizzarra magnificenza di questo spettacolo sembrava[45] avere improvvisamente realizzato tutte le visioni de' poeti; le vaghe immagini, delle quali era ripiena l'anima di Emilia, le restarono impresse anche molto dopo la comparsa di quella mascherata.

Dopo cena, sua zia vegliò lunga pezza, ma Montoni non tornò a casa. Se Emilia aveva ammirata la magnificenza del salotto, non fu però meno sorpresa nell'osservare lo stato nudo e miserabile di tutte le stanze, che dovè traversare per giungere alla sua camera: vide essa una lunga fuga di grandi appartamenti, il cui dissesto indicava bastantemente come non fossero stati abitati da molto tempo. Vi erano su qualche parete brani sbiaditi di antichissimi parati, su alcune altre qualche affresco quasi distrutto dall'umidità. Finalmente essa giunse alla sua camera, spaziosa, elevata, sguarnita come le altre, e con grandi finestroni; questa stanza richiamolle alla fantasia le idee più tetre, ma la vista del mare le dissipò.

CAPITOLO XVI

Montoni ed il suo compagno non erano ancora tornati a casa all'alba: i gruppi delle maschere o dei ballerini si dispersero collo spuntar del giorno, come tante chimere. Montoni era stato occupato altrove; la di lui anima poco suscettibile di frivole voluttà, si pasceva nello sviluppo delle passioni energiche, le difficoltà, le tempeste della vita che rovesciano la felicità degli altri, rianimavano tutta l'elasticità dell'anima sua, procurandogli i soli godimenti dei quali potesse esser capace; senza un estremo interesse la vita non era per lui che un sonno. Quando gli mancava l'interesse reale, se ne formava di artificiali, finchè l'abitudine, venendo a snaturarli, cessassero di esser fittizi: tale era l'amore pel giuoco. Non vi si era abbandonato dapprincipio che per togliersi dall'inerzia e dal languore,[46] e vi aveva persistito con tutto l'ardore di una passione ostinata. Aveva passata la notte con Cavignì a giuocare in una società di giovani che avevan molto da spendere e molti vizi da soddisfare. Montoni sprezzava la maggior parte di questa gente, più per la debolezza de' loro talenti, che per la bassezza delle inclinazioni, e non li frequentava se non per renderli strumenti de' suoi disegni. Fra costoro però eranvene di più abili, e Montoni li ammetteva alla sua intimità, conservando però sopra di loro quell'alterigia decisa che comanda la sommessione agli spiriti vili o timidi, e suscita l'odio e la fierezza degli spiriti superiori. Egli avea dunque numerosi e mortali nemici; ma l'antichità del loro odio era la prova certa del di lui potere; e siccome il potere era il suo unico scopo, gloriavasi più di quest'odio che di tutta la stima che avessero potuto tributargli. Sprezzava dunque un sentimento tanto moderato come quello della stima, ed avrebbe disprezzato sè medesimo, se si fosse creduto capace di contentarsene. Nel numero ristretto di coloro ch'egli distingueva, contavansi i signori Bertolini, Orsino e Verrezzi. Il primo aveva un carattere allegro e passioni vive; era di una dissipazione e d'una stravaganza senza pari, ma del resto generoso, ardito e schietto. — Orsino, orgoglioso e riservato, amava il potere più che l'ostentazione: avea indole crudele e sospettosa; sentiva vivamente le ingiurie, e la sete della vendetta non gli dava riposo. Sagace, fecondo in ripieghi, paziente, costante nella sua perseveranza, sapeva signoreggiare le azioni e le passioni. L'orgoglio, la vendetta e l'avarizia erano quasi le sole ch'ei conoscesse: pochi riflessi che valessero ad arrestarlo, e pochi gli ostacoli che potessero eludere la profondità de' suoi stratagemmi. Costui era il favorito di Montoni.

Verrezzi non mancava di talenti; ma la violenza della sua immaginazione lo rendeva schiavo delle[47] passioni più opposte. Egli era giocondo, voluttuoso, intraprendente, ma non aveva nè fermezza, nè coraggio vero, ed il più vile egoismo era l'unico principio delle sue azioni. Pronto ne' progetti, petulante nelle speranze, il primo ad intraprendere e ad abbandonare non solo le sue imprese, ma anche quelle degli altri; orgoglioso, impetuoso ed insobordinato: tal Verrezzi; chiunque però conosceva a fondo il di lui carattere, e sapeva dirigere le sue passioni, lo guidava come un fanciullo.

Questi erano gli amici che Montoni introdusse in casa sua, ed ammise a mensa, il giorno dopo il suo arrivo a Venezia. Vi era parimente fra loro un nobile Veneziano chiamato il conte Morano, ed una tal signora Livona, che Montoni presentò alla moglie come persona di merito distinto; essa era venuta la mattina per congratularsi del suo arrivo, ed era stata invitata a pranzo.

La signora Montoni ricevè di mala grazia i complimenti di quei signori. Bastava, per dispiacerle, che fossero amici di suo marito; e li odiava perchè accusavali d'aver contribuito a fargli passar la notte fuori di casa. Finalmente l'invidiava, chè, sebbene convinta della poca influenza di lei su Montoni, supponeva che preferisse la loro società alla sua. Il grado del conte Morano gli fruttò un'accoglienza che ricusava a tutti gli altri: il di lei portamento, le maniere sprezzanti, ed il suo stravagante e ricercato abbigliamento (essa non aveva ancora adottato le fogge veneziane), contrastavano forte colla bellezza, modestia, dolcezza e semplicità della nipote. Questa osservava con più attenzione che piacere la società che la circondava: la bellezza però, e le grazie seducenti della signora Livona l'interessarono involontariamente; la dolcezza de' suoi accenti e la sua aria di compiacenza risvegliarono in Emilia le tenere affezioni che sembravano sopite da lungo tempo.[48]

Per profittare della frescura della sera, tutta la compagnia s'imbarcò nella gondola di Montoni. Lo splendido fulgore del tramonto coloriva ancora le onde, andando a morire a ponente; le ultime tinte parevano dileguarsi a poco a poco, mentre l'azzurro cupo del firmamento cominciava a scintillar di stelle. Emilia abbandonavasi ad emozioni dolci e serie insieme; la quiete della laguna su cui vogava, le immagini che venivano a pingervisi, un nuovo cielo, gli astri ripercossi nelle acque, il profilo tetro delle torri e de' portici, il silenzio infine in quell'ora solenne, interrotto sol dal gorgoglio dell'onda e dai suoni indistinti di lontana musica, tutto sublimava i suoi pensieri. Sgorgaronle lagrime; i raggi della luna, luminosi ognor più che le ombre diffondeansi, proiettavano allora su di lei il loro argenteo splendore. Semicoperta d'un nero velo, la sua figura ne ricevea un'inenarrabile soavità. Il conte Morano, seduto accanto ad Emilia, e che l'aveva considerata in silenzio, prese improvvisamente un liuto, e suonandolo con molta agilità, cantò un'aria piena di malinconia con voce insinuante. Quand'ebbe finito, diede il liuto ad Emilia, che, accompagnandosi con quell'istrumento, cantò con molto gusto e semplicità una romanza, poi una canzonetta popolare del suo paese; ma questo canto le richiamò al pensiero rimembranze dolorose: la voce tremante le spirò sul labbro, e le corde del liuto non risuonarono più sotto la sua mano. Vergognandosi infine della commozione che l'aveva tradita, passò tosto ad una canzone sì allegra e graziosa, che tutta la conversazione proruppe in applausi e fu obbligata a ripeterla. In mezzo ai complimenti che le venivano fatti, quelli del conte non furono i meno espressivi, e non cessarono se non quando Emilia passò il liuto alla signora Livona, la quale se ne servì con tutto il gusto italiano.

Il conte, Emilia, Cavignì e la signora Livona cantarono[49] quindi canzonette accompagnate da due liuti, e da qualche altro istrumento. Talvolta gli strumenti tacevano, e le voci, in accordo perfetto, andavano indebolendosi fino all'ultimo grado; dopo una breve pausa si rialzavano, gli strumenti riprendevan forza, ed il coro generale echeggiava per l'aria.

Intanto, Montoni, annoiato di quella musica, rifletteva al mezzo di disimpegnarsi per seguir coloro che volevano andare a giuocare in un casino. Propose di tornare a terra: Orsino l'appoggiò con piacere, ma il conte e tutti gli altri vi si opposero con vivacità.

Montoni meditava di nuovo il modo di sbarazzarsi da quell'impaccio; una gondola vuota che tornava a Venezia passò accanto alla sua. Senza tormentarsi più a lungo per una scusa, profittò dell'occasione, e affidando le signore agli amici partì con Orsino. Emilia, per la prima volta, lo vide andar via con rincrescimento, poichè considerava la di lui presenza come una protezione, senza saper bene ciò che avesse a temere. Egli sbarcò alla piazza San Marco, e correndo al casino, si perdè nella folla de' giuocatori.

Il conte aveva fatto partire segretamente un suo servo nella barca di Montoni per mandar cercare i suoi suonatori e la propria gondola. Emilia, ignara di tutto questo, intese le allegre canzonette de' gondolieri che, turbando coi remi le onde argentine, ove ripercoteasi la luna, si avvicinavano, e distinse poco dopo il suono degli istrumenti, ed una sinfonia veramente armoniosa; nell'istante medesimo le barche si avvicinarono, il conte spiegò tutto, e passarono nella di lui gondola parata col gusto più squisito.

Mentre la società gustava rinfreschi di frutti e gelati, i suonatori nell'altra barca eseguivano deliziose melodie: il conte, seduto accanto ad Emilia, [50] occupavasi di lei sola, e le prodigava con voce soave ed appassionata complimenti, il cui senso non poteva esser dubbioso; per evitarli, essa parlava colla signora Livona, e prendeva con lui un tuono riservato ed imponente, ma troppo dolce per contenere le di lui sollecitudini. Egli non poteva vedere, nè ascoltare altri che Emilia, e non poteva parlare che a lei. Cavignì l'osservava con mal umore, e la fanciulla con imbarazzo.

Sbarcarono tutti alla piazza San Marco; la serenità della notte determinò la Montoni ad accettare le proposte del conte, di passare cioè alcun tempo prima di andare a cena, al di lui casino col resto della società. Se qualche cosa avesse potuto dissipare gli affanni di Emilia, sarebbe stata per certo la novità di tutto ciò che la circondava, gli ornamenti dei ricchi palazzi ed il tumulto delle maschere.

Finalmente recaronsi al casino, ornato col miglior gusto: eravi preparata una splendida cena; ma quivi il contegno riserbato di Emilia fece comprendere al conte quanto gli fosse necessario il favore della Montoni; la condiscendenza da essa già dimostratagli gl'impediva di giudicare l'impresa molto difficile; rivolse allora parte delle sue attenzioni sulla zia, la quale fu talmente lusingata di tale distinzione, che non potè dissimulare la gioia, e prima della fine della cena il conte possedeva tutta la sua stima. Quand'egli si dirigea a lei, il suo volto accigliato si rasserenava, e sorridea a tutte le sue parole, gradiva tutte le di lui proposte: Morano la invitò colla società a prendere il caffè nel suo palco al teatro per la sera dopo; Emilia, avendo inteso ch'ella accettava, non si occupò più che di trovare una scusa per dispensarsene.

Era già tardi quando s'imbarcarono; la sorpresa d'Emilia fu estrema, allorchè, uscendo dal casino, vide il sole sorgere dall'Adriatico, e la piazza San Marco tuttavia piena di gente. Il sonno da gran[51] pezza le aggravava le palpebre; la frescura del vento marino la ravvivò, ed essa sarebbe partita di colà con rincrescimento, se non fosse stata la presenza del conte, il quale volle assolutamente accompagnar le signore fino a casa. Montoni non era tornato ancora: la di lui moglie entrò nelle proprie stanze, e liberò Emilia dalla noia della sua compagnia.

Montoni tornò tardi ed era furente: aveva fatto una grossa perdita; prima di coricarsi, volle parlare a quattr'occhi con Cavignì, e l'aria di quest'ultimo fece conoscere abbastanza il dì seguente che il soggetto della conferenza eragli riuscito poco gradevole.

La Montoni, che per tutto il dì era stata taciturna e pensierosa, ricevè verso sera alcune Veneziane, la cui affabilità piacque assai ad Emilia. Queste signore avevano un'aria di scioltezza e cordialità inesprimibile co' forestieri; parevan conoscerli da molto tempo; la loro conversazione era a vicenda tenera, sentimentale e briosa. La Montoni istessa, che non aveva veruna attrattiva per quel genere di trattenimento, e la cui asciuttezza e l'egoismo contrastavano sovente all'eccesso colla loro squisita cortesia, ella stessa non potè essere insensibile alle loro grazie.

Cavignì andò a trovar le signore alla sera: Montoni aveva altri impegni. S'imbarcarono esse nella gondola per andare alla piazza San Marco, ove il concorso era numeroso. Dopo una breve passeggiata, si misero a sedere alla porta di un casino; e mentre Cavignì faceva portare il caffè e gelati, arrivò il conte Morano. S'avvicinò ad Emilia con aria d'impazienza e di piacere, che, unita alle di lui attenzioni della sera precedente, l'obbligarono a riceverlo con timida riservatezza.

Era quasi mezzanotte allorchè andarono al teatro. Emilia nell'entrarvi, si rammentò tutto ciò che aveva veduto, e ne fu meno abbagliata. Tutto lo[52] splendore dell'arte le pareva inferiore alla semplicità della natura. Il suo cuore non era commosso dall'ammirazione come alla vista dell'immenso Oceano e della grandezza de' cieli, al fragor dell'onde tumultuanti, alle melodie d'una musica campestre. Tai memorie doveano renderle insipida la scena affettata che le s'offriva allo sguardo.

Scorsero così varie settimane, nelle quali Emilia si compiacque a considerare un teatro i costumi tanto opposti ai francesi; ma il conte Morano vi si trovava troppo frequentemente per la di lei tranquillità. Le sue grazie, la sua figura, le sue belle doti, che facevano l'ammirazione generale, avrebbero forse interessato anche Emilia, se il suo cuore non fosse stato prevenuto per Valancourt. Fors'anco avrebbe fatto meglio a mettere meno pertinacia nelle sue premure. Qualche tratto del suo carattere che rivelò, indisposero Emilia, e la prevennero contro le di lui migliori qualità.

Poco dopo il suo arrivo a Venezia, Montoni ricevè una lettera da Quesnel, che gli annunziava la morte dello zio della propria moglie nella sua villa sulla Brenta, ed il suo progetto di venir tosto a prender possesso di cotesta casa e degli altri beni toccatigli. Questo zio era fratello della madre della signora Quesnel. Montoni eragli parente da parte di padre, e sebbene non avesse nulla a pretendere da cotesta ricca eredità, non potè nascondere tutta l'invidia che tale notizia suscitavagli in cuore.

Emilia aveva osservato che, dopo la sua partenza

dalla Francia, Montoni non aveva conservato nessun riguardo per sua zia: in principio l'aveva trascurata, ed ora non le mostrava che avversione e cattivo umore. Ella non aveva mai supposto che i difetti della zia fossero sfuggiti al discernimento di Montoni, e che lo spirito e la figura di lei avessero meritata la sua attenzione. La sorpresa cagionatale da questo matrimonio era stata estrema; ma la[53] scelta era fatta, e non s'immaginava com'egli potesse così presto mostrarle il suo aperto disprezzo. Montoni, allettato dall'apparente ricchezza della Cheron, si trovò singolarmente deluso nelle sue speranze. Sedotto dalle astuzie da essa messe in opra finchè l'avea creduto necessario, si trovò incappato nel laccio in cui egli avrebbe voluto far cadere lei stessa. Era stato giocato dall'accortezza d'una donna, della quale stimava pochissimo l'intelligenza, e si trovava aver sacrificato l'orgoglio e la libertà, senza preservarsi dalla rovina disastrosa sospesa sul di lui capo. La signora Cheron erasi posta in testa propria la maggior parte delle sostanze. Montoni s'era impadronito del resto, e benchè la somma ricavatane fosse inferiore alla sua aspettativa ed ai suoi bisogni, aveva portato questo danaro a Venezia per abbagliare il pubblico, e tentar la fortuna con un ultimo sforzo.

Le voci riportate a Valancourt sul carattere e la situazione di Montoni, erano pur troppo esatte. Toccava al tempo ed alle circostanze a svelare il mistero.

La Montoni non era di carattere da soffrire un'ingiuria con dolcezza, e molto meno dal risentirla con dignità. Il di lei orgoglio esacerbato si spiegava con tutta la violenza, tutta l'acredine d'uno spirito limitato, o almeno mal regolato. Non volea nemmen riconoscere avere colla sua duplicità provocato in certo qual modo siffatto disprezzo. Persistè a credere lei sola essere da compiangersi e Montoni da biasimare. Incapace di concepire qualche idea morale d'obbligazione, non ne sentiva la forza se non quando la si violava verso di lei. La sua vanità soffriva già crudelmente per lo sprezzo aperto del consorte; le restava da soffrir davvantaggio, scuoprendone lo stato di fortuna. Il disordine della di lui casa faceva conoscere parte della verità alle persone spassionate; ma quelle che non[54] volevan credere decisamente se non secondo i loro desideri, erano affatto cieche. La Montoni non si credeva niente meno d'una principessa, essendo padrona di un palazzo a Venezia, e di un castello negli Appennini. Talvolta Montoni parlava di andare per qualche settimana al suo castello di Udolfo ond'esaminarne lo stato e ritirarne le rendite. Parea non esservi stato da due anni, e che il castello fosse abbandonato alle cure d'un vecchio servo, ch'egli chiamava il suo intendente.

Emilia sentiva parlar di questo viaggio con piacere, poichè le prometteva nuove idee e qualche tregua alle assiduità di Morano. D'altronde, alla campagna, avrebbe avuto più agio d'occuparsi di Valancourt, e della malinconica memoria dei luoghi natii.

Il conte Morano non si tenne lunga pezza al muto linguaggio delle premure. Dichiarò la sua passione ad Emilia, e fece proposte allo zio, il quale accettò a dispetto del di lei rifiuto. Incoraggito da Montoni, ed in ispecie da una cieca vanità, il conte non disperò di riuscire. Emilia fu sorpresa ed offesa sensibilmente della di lui persistenza. Morano passava tutto il suo tempo in casa di Montoni, vi pranzava, e seguiva da per tutto Emilia e la sua zia.

Montoni non parlava più d'andare ad Udolfo, e non era in casa se non quando vi si trovavano il conte ed Orsino. Si notò qualche freddezza tra lui e Cavignì, sebbene quest'ultimo abitasse sempre nel palazzo. Emilia s'avvide che lo zio si rinchiudea spesso nelle sue stanze con Orsino per ore intiere, e qualunque fosse il tema de' loro colloqui, convien dire che fosse interessantissimo, perchè Montoni trascurava fin la sua passione favorita pel giuoco, e passava la notte in casa. Eravi qualcosa di misterioso nelle visite d'Orsino; Emilia n'era più inquieta che sorpresa, avendo involontariamente scoperto ciò ch'egli si sforzava di nascondere. Montoni, dopo le[55] visite dell'amico, era talfiata più pensieroso del solito; tal altra, le sue profonde meditazioni l'allontanavano da quanto lo circondava, e spandevano sulla di lui fisonomia un'alterazione tale da renderla terribile. Altre volte i di lui occhi sfavillavano, e tutta l'energia dell'animo suo parea prendere maggior vigore nell'idea d'una sorpresa formidabile. Emilia cercava di seguire con interesse i di lui mutamenti, ma si guardò bene dal far conoscere l'esito delle sue osservazioni alla zia, la quale non vedeva ne' modi strani del marito se non la conseguenza d'una ordinaria severità.

Una seconda lettera di Quesnel annunziò l'arrivo di lui e della moglie a Miarenti: conteneva inoltre particolari sul fortunato caso che li conducea in Italia, e finiva con un invito pressantissimo per Montoni, sua moglie e sua nipote, di andarlo a trovare ne' suoi nuovi possessi.

Emilia ricevè, quasi nel medesimo tempo, una lettera molto più interessante, e che per qualche tempo calmò l'amarezza del suo cuore. Valancourt, sperando ch'ella fosse ancora a Venezia, aveva arrischiato una lettera per la posta; le parlava del suo amore, delle sue inquietudini e della sua costanza. Aveva languito per qualche tempo a Tolosa dopo la di lei partenza, avendovi gustato il piacere di visitar tutti i giorni quei luoghi, ov'ella si trovava del consueto, ed erane partito per recarsi al castello di suo fratello, nelle vicinanze della valle. Dopo le più tenere espressioni e lunghi dettagli, egli aggiungeva:

«*Voi dovete osservare che la mia lettera è datata da parecchi giorni diversi. Guardate le prime righe, e conoscerete che le scrissi subito dopo la vostra partenza di Francia. Scrivere a voi, ecco la sola occupazione che ha potuto rendermi sopportabile la vostra assenza. Quando converso con voi sulla carta, e vi esprimo ciascuno de' miei sentimenti, e tutti gli affetti del cuore, mi pare che siate sempre presente:*[56] *non ho avuto fino ad ora altra consolazione. Ho differito a spedire il plico unicamente pel piacere di aumentarlo. Quando una circostanza qualunque aveva interessato il mio cuore ed infondeva un raggio di gioia nell'anima mia, mi affrettava di comu-*

nicarvelo, e mi pareva vedervi godere ad una tal descrizione.

«*Debbo farvi nota una circostanza che distrugge in un punto solo tutte le mie illusioni. Son costretto di andare a raggiungere il mio reggimento, e non posso più vagar sotto quelle ombre amene, ove mi figurava di vedervi al mio fianco. La valle è affittata. Ho luogo di credere che ciò avvenne a vostra insaputa, da quanto mi ha detto Teresa stamattina, e perciò appunto ve ne parlo. Essa piangeva raccontandomi che lasciava il servizio della sua cara padrona, ed il castello nel quale passò tanti anni felici.* E quel che è peggio, *aggiungeva,* senza una lettera della signora Emilia che me ne raddolcisca il dolore. Questa è l'opera del signor Quesnel; e ardisco dire ch'essa ignora tutto quel che si fa in questo luogo.

«*Teresa mi ha detto aver ricevuto una lettera da lui, annunziandole che il castello era affittato, che non c'era più bisogno del suo servizio, e che avesse a sloggiare entro una settimana. Qualche giorno prima di ricevere questa lettera, ella era stata sorpresa dall'arrivo del signor Quesnel e di un forestiero, i quali avevano esaminato partitamente il castello.*»

Verso la fine della lettera datata una settimana dopo quest'ultima frase, Valancourt soggiungea:

«*Prima di partire pel reggimento, sono andato stamattina alla valle. Ho saputo che il locatario vi è già alloggiato, e che Teresa n'è partita. Ho procurato di aver notizie sul carattere di cotesto signore, ma indarno. La peschiera era sempre aperta. Vi andai, e vi passai un'ora, pascendomi dell'immagine della mia cara Emilia. O Emilia mia! sicuramente noi non siamo separati per sempre, sì, lo spero, e vivremo l'uno per l'altro.»*[57]

Questa lettera le fece versar molte lacrime, ma lacrime di tenerezza e soddisfazione, sentendo che Valancourt stava bene di salute, e che il suo affetto per lei non era indebolito nè dal tempo, nè dalla lontananza. Quanto alla notizia che le dava intorno al suo castello, era stupita ed offesa che Quesnel l'avesse affittato senza degnarsi neppure di consultarla. Questo procedere provava evidentemente a qual punto egli credesse assoluta la sua autorità ed illimitati i suoi poteri nell'amministrazione del di lei patrimonio. È vero che prima della sua partenza le aveva proposto di affittare que' fondi, e per riguardo ad economia essa non aveva fatta obbiezione alcuna; ma affidare al capriccio d'uno straniero i beni e la casa paterna, privarla di un asilo sicuro nel caso che qualche disgraziata circostanza potesse rendergielo necessario; ecco ciò che l'aveva decisa ad opporvisi forte. Sant'Aubert, negli ultimi momenti della sua vita, aveva ricevuto da lei la promessa solenne di non disporre mai del castello, e, soffrendone la locazione, questa promessa era violata. Era troppo evidente che Quesnel non aveva fatto caso delle di lei obbiezioni, e considerava come indifferente tutto ciò che si opponeva ai soli vantaggi pecuniari. Pareva eziandio ch'egli non si fosse degnato d'informare Montoni di tale operazione, giacchè quest'ultimo non avrebbe avuto alcun motivo per nascondergliela, se gli fosse stata nota. Tale condotta spiacque forte ad Emilia e la sorprese; ma ciò che l'afflisse maggiormente fu il licenziamento della vecchia e fedel serva del padre suo. «Povera Teresa,» diceva Emilia, «tu non puoi avere accumulato nulla del tuo salario; tu eri caritatevole cogli infelici, e credevi morire in quella casa ove hai passato il fiore degli anni! Povera Teresa! Ora ti hanno scacciata nella tua vecchiaia, e sarai costretta d'andare mendicando un tozzo di pane!»

E piangeva amaramente mentre faceva queste riflessioni,[58] pensando a quel che avrebbe potuto fare per Teresa, e al modo di spiegarsi in proposito con Quesnel. Temeva assai che la di lui anima insensibile non fosse capace di pietà. Volle informarsi se nelle sue lettere a Montoni colui facesse menzione de' suoi affari; lo zio la fece pregare, di lì a poco, di passare nel suo gabinetto, e immaginandosi che egli volesse comunicarle qualche passo di lettera di Quesnel relativo all'affare della valle, vi andò tosto e lo trovò solo.

«Io scrivo al signor Quesnel,» le disse egli, allorchè la vide entrare, «in risposta ad una lettera che ho ricevuto ultimamente. Desiderava parlarvi sopra un articolo di questa lettera.

— Anch'io desiderava intertenermi con voi di tal soggetto,» rispose Emilia.

— È una cosa interessantissima per voi,» soggiunse Montoni; «voi la vedrete al certo sotto il medesimo aspetto di me, poichè non si può vederla diversamente; converrete adunque che qualunque obbiezione fondata sul *sentimento*, come si dice, deve cedere a considerazioni d'un vantaggio più positivo.

— Accordandovi questo,» disse Emilia modestamente, «mi pare che nel calcolo dovrebbero entrare anche le considerazioni d'umanità; ma temo non sia troppo tardi per deliberare a tal proposito, e mi spiace che non sia più in mio potere di rigettarlo.

— È troppo tardi,» disse Montoni; «ma piacemi vedere che vi sottomettete alla ragione e alla necessità, senza abbandonarvi a querele inutili. Applaudisco assaissimo a tale condotta, la quale annunzia una forza d'animo di cui il vostro sesso è difficilmente capace. Quando avrete qualche anno di più, riconoscerete il servizio che vi fanno gli amici vostri, allontanandovi dalle romanzesche illusioni del *sentimento*. Non ho ancora chiusa la lettera, e potete aggiungervi qualche linea per informar lo zio del vostro consenso: lo vedrete fra breve, essendo[59] mia intenzione di condurvi fra pochi giorni a Miarenti con mia moglie; così potrete discorrere di quest'affare.»

Emilia scrisse le linee seguenti:

«È inutile adesso, o signore, il farvi osservazioni sull'affare del quale il signor Montoni mi dice avervi scritto. Avrei potuto desiderare che lo si concludesse meno precipitosamente; ciò mi avrebbe dato tempo per vincere quant'egli chiama pregiudizi, *e il cui peso mi opprime il cuore. Giacchè la cosa è fatta, io mi vi sottopongo, ma nonostante la mia sommissione, ho molte cose da dire su altri punti relativi al medesimo soggetto, e li riserbo pel momento in cui avrò l'onore di vedervi.*

Intanto vi prego, signore, di voler prender cura della povera Teresa, in considerazione della vostra affezionatissima nipote.

«Emilia Saint-Aubert.»

Montoni sorrise ironicamente a ciò che aveva scritto Emilia, ma non le fece veruna obbiezione. Ella si ritirò nel suo appartamento, e cominciò una lettera per Valancourt; vi riferiva le particolarità del suo viaggio, e l'arrivo a Venezia. Vi descrisse le scene più interessanti del suo passaggio nelle Alpi, le sue emozioni alla prima vista dell'Italia, i costumi ed il carattere del popolo che la circondava, e qualche dettaglio sulla condotta di Montoni. Si guardò bene dal nominare il conte Morano, e meno ancora della di lui dichiarazione, sapendo quanto il vero amore sia facile ad allarmarsi.

CAPITOLO XVII

Il dì dopo, il conte pranzò in casa Montoni; era straordinariamente allegro. Emilia osservò nelle sue maniere con lei un'aria di fiducia e di gioia che non aveva mai avuta; si provò a reprimerlo raddoppiando[60] la consueta freddezza, ma non le riuscì. Egli parve cercar l'occasione di parlarle senza testimoni, ma Emilia non volle mai aderire ad ascoltar cose che non si potessero dire a voce alta. Verso sera, il signor Montoni e tutta la società andarono a divertirsi sul mare; il conte, conducendo Emilia allo *zendaletto*[1], portò la sua mano alle proprie labbra, e la ringraziò della condiscendenza che si era degnata mostrare. La fanciulla, sorpresa e malcontenta, affrettossi a ritirar la mano, e credette che scherzasse; ma quando in fondo alle scale conobbe, dalla livrea, che era lo zendaletto del conte, e che il resto della società, essendo già entrata in altre gondole, stava per partire, risolse di non soffrire un abboccamento particolare; gli diede la buona sera, e tornò verso il portico. Il conte la seguì, pregando e supplicando, allorchè giunse Montoni, il quale la prese per mano, e la condusse al zendaletto; Emilia lo pregava sottovoce di considerare la sconvenienza di quel passo.

«Questo capriccio è intollerabile,» diss'egli; «io non vedo qui nessuna sconvenienza.»

Da quel punto, l'avversione di Emilia pel conte divenne una specie d'orrore; l'audacia inconcepibile colla quale continuava a perseguitarla ad onta del suo rifiuto, l'indifferenza ch'egli mostrava per la sua opinione particolare, finchè Montoni favorisse le sue pretese, tutto si riuniva per aumentare l'eccessiva ripugnanza ch'essa non aveva mai cessato di sentire per lui. Si tranquillò però alquanto sentendo che Montoni sarebbe venuto con loro. Egli si mise da una parte e Morano dall'altra. Tutti tacevano mentre i gondolieri preparavano i remi; ma Emilia, fremendo del colloquio che sarebbe susseguito a quel silenzio, ebbe alfine bastante coraggio per romperlo con qualche parola indifferente, all'uopo[61] di prevenire le sollecitazioni dell'uno ed i rimproveri dell'altro.

«Io era impaziente,» le disse il conte, «di esprimere la mia riconoscenza alla vostra bontà: ma devo pure ringraziare il signor Montoni, che mi procurò un'occasione tanto desiderata.»

Emilia guardò il conte con un misto di sorpresa e malcontento.

«Come!» soggiuns'egli; «vorreste voi diminuire la soddisfazione di questo momento delizioso? Perchè rimpiombarmi nella perplessità del dubbio, e smentire, coi vostri sguardi, il favore delle vostre ultime dichiarazioni? Voi non potete dubitare della mia sincerità e di tutto l'ardore della mia passione.

È inutile, vezzosa Emilia, senza dubbio, è inutile affatto che cerchiate di nascondere più a lungo i vostri sentimenti.

— Se li avessi mai nascosti, signore,» rispose Emilia, «sarebbe inutile senza dubbio il dissimularli viemaggiormente. Aveva sperato che mi avreste risparmiata la necessità di dichiararli ancora; ma poichè mi ci obbligate, vi protesto, e per l'ultima volta, che la vostra perseveranza vi priva perfin della stima ond'io era disposta a credervi degno.

— Perdio!» sclamò Montoni; «questo oltrepassa la mia aspettativa; aveva conosciuto capricci nelle donne, ma... Osservate, madamigella Emilia, che se il conte è vostro amante, io nol sono, e non servirò di trastullo alle vostre capricciose incertezze. Vi si propone un matrimonio che onorerebbe ogni famiglia: ricordatevi che la vostra non è nobile; voi resisteste lunga pezza alle mie ragioni; il mio onore adesso è impegnato, e non intendo fare una trista figura. Voi persisterete, se v'aggrada, nella dichiarazione che m'incaricaste di fare al conte.

— Bisogna per certo che siate caduto in errore, signore,» disse Emilia; «le mie risposte su questo soggetto furono costantemente le medesime; è degno[62] di voi l'accusarmi di capriccio. Se acconsentiste ad incaricarvi delle mie risposte, è un onore ch'io non sollecitai. Ho dichiarato io stessa al conte Morano, ed a voi, o signore, che non accetterò mai l'onore ch'egli vuol farmi, e lo ripeto.»

Il conte guardava Montoni con meraviglia; il contegno di quest'ultimo mostrava eziandio sorpresa, ma una sorpresa mista a sdegno.

«Qui c'è audacia e capriccio insieme. Negherete voi le vostre proprie espressioni, signorina?

— Una tal domanda non merita risposta,» disse Emilia arrossendo; «voi ve la rammenterete, e vi pentirete d'averla fatta.

— Rispondete categoricamente,» replicò Montoni con veemenza. «Dunque ardite disdire le vostre parole? Vorreste negare che poco fa avete riconosciuto esser troppo tardi per isciogliervi dai vostri impegni, e che voi accettaste la mano del conte? lo negherete voi?

— Negherò tutto, perchè nessuna delle mie parole ha mai espresso nulla di simile.

— Negherete voi quello che scriveste al signor Quesnel vostro zio? Se ardite farlo, il vostro carattere attesterà contro di voi. Che potete dire adesso?» continuò Montoni, prevalendosi del silenzio e della confusione d'Emilia.

— Mi accorgo, signore, che siete in un grand'abbaglio, e ch'io stessa fui ingannata.

— Non più finzioni, ve ne prego. Siate franca e sincera, se è possibile.

— Io sono stata sempre tale, signore, e non men fo al certo nessun merito. Non ho alcun motivo di fingere.

— Cosa vuol dir tutto questo?» esclamò Morano alquanto commosso.

— Sospendete il vostro giudizio, conte,» replicò Montoni; «le idee d'una donna sono impenetrabili. Ora, si venga alla spiegazione....[63]

— Scusatemi, signore, se io sospendo questa spiegazione fino al momento in cui voi sembrerete più disposto alla fiducia; tutto quel ch'io potrei dire adesso non servirebbe che ad espormi ad insulti.

— Spiegatevi ve ne prego,» disse Morano.

— Parlate,» soggiunse Montoni, «vi accordo tutta la fiducia; sentiamo.

— Permettete che vi porti ad uno schiarimento, facendovi una domanda.

— Mille se v'aggrada,» disse Montoni sdegnosamente.

— Qual era il tema della vostra lettera al signor Quesnel?

— Eh! qual poteva mai essere? L'offerta onorifica del conte Morano.

— Allora, signore, noi ci siamo ingannati stranamente entrambi.

— Noi ci siamo spiegati male, suppongo, nel colloquio precedente alla lettera. Devo rendervi giustizia; siete molto ingegnosa nel far nascere un malinteso.»

Emilia procurava di trattenere le lagrime e risponderete con fermezza. «Permettetemi, signore, di spiegarmi intieramente, o di tacer del tutto.

— Montoni,» gridò il conte, «lasciatemi patrocinare la mia propria causa; è chiaro che voi non potete farci nulla.

— Qualunque discorso a tal proposito,» disse Emilia, «è inutile; se volete farmi grazia, non prolungatelo.

— È impossibile, signora, ch'io soffochi una passione che forma l'incanto ed il tormento della mia vita. V'amerò sempre, e vi perseguiterò con ardore instancabile; quando sarete convinta della forza e costanza della mia passione, il vostro cuore cederà alla pietà, e forse al ravvedimento.»

Un raggio di luna, cadendo sul volto di Morano,[64] scoperse il turbamento e l'agitazione dell'anima sua. D'improvviso esclamò: «È troppo, signor Montoni, voi m'ingannaste, e vi domando soddisfazione.

— A me, signore? l'avrete,» balbettò questi.

— Mi avete ingannato,» continuò Morano, «e volete punire l'innocenza del cattivo successo dei vostri progetti.»

Montoni sorrise sdegnosamente. Emilia, spaventata dalle conseguenze che poteva avere quel diverbio, non potè tacere più a lungo. Spiegò il motivo dello sbaglio, e dichiarò che non aveva inteso consultar Montoni se non per l'affitto della valle, concludendo, e supplicandolo di scrivere sul momento a Quesnel onde riparare a siffatto errore.

Il conte poteva appena contenersi; nullameno, mentr'essa parlava, entrambi stavano attenti ai suoi discorsi. Calmato alquanto il di lei spavento, Montoni pregò il conte d'ordinare ai gondolieri di tornare addietro, promettendogli un abboccamento particolare; Morano aderì senza difficoltà.

Emilia, consolata dalla prospettiva di qualche riposo, adoprò le sue premure conciliatrici a prevenire una rottura fra due persone che aveanla perseguitata, ed insultata ben anco senza riguardo.

Lo zendaletto si fermò alla casa di Montoni; il conte condusse Emilia in una sala, ove lo zio la prese pel braccio e le disse qualcosa sottovoce. Morano le baciò la mano nonostante tutti i di lei sforzi per ritirarla, le augurò la buona notte colla più tenera espressione, e ritornò allo zendaletto, accompagnato dall'altro.

Emilia, nella sua camera, considerò con estrema inquietudine la condotta ingiusta e tirannica di Montoni, la pertinacia impudente di Morano e la propria tristissima situazione, lontana dagli amici e dalla patria. Invano pensava a Valancourt, come a di lei protettore: egli era trattenuto lontano dal suo servizio,[65] ma si consolava almeno nel sapere ch'esisteva al mondo una persona la quale divideva le sue pene, ed i cui voti non tendevano che a liberarnela.

Risolse nondimanco di non cagionargli un dolore inutile ragguagliandolo come le spiacesse d'aver respinto il suo giudizio sopra Montoni, benchè però non si pentisse d'aver ascoltata la voce del disinteresse e della delicatezza, rifiutando la proposta d'un matrimonio clandestino. Ella nutriva qualche speranza nel suo prossimo colloquio collo zio; era decisa a dipingergli la sua trista situazione, e pregarlo di permettergli d'accompagnarlo al di lui ritorno in Francia; quando d'improvviso ricordossi che la valle, suo prediletto soggiorno, unico suo asilo, non sarebbe più a di lei disposizione per lunga pezza. Pianse allora, temendo di trovar poca pietà in un uomo come Quesnel, il quale disponeva delle sue proprietà senza nemmen degnarsi di consultarla, e licenziava una serva vecchia e fedele, mettendola così in istrada. Ma benchè certa di non aver più casa in patria, e pochi amici, volea tornarvi, per sottrarsi al dominio di Montoni, la cui tirannide verso di lei e la durezza verso gli altri pareanle insopportabili. E neppur desiderava abitare collo zio, il procedere del quale a di lei riguardo bastava a convincerla del pari non avrebbe altro fatto se non cambiar d'oppressore.

La condotta di Montoni le pareva singolarmente sospetta, a proposito della lettera a Quesnel. Poteva, da principio, essere stato ingannato; ma essa temeva non persistesse egli volontariamente nel suo errore per intimorirla, piegarla ai suoi desiderii, e costringerla a sposare il conte. In qualunque caso però, era premurosissima di parlarne a Quesnel, e considerava la sua visita imminente con un misto d'impazienza, di speranza e timore.

Il giorno seguente, la Montoni, trovandosi sola con Emilia, le parlò del conte Morano. Parve sorpresa[66] che la sera innanzi non avesse raggiunto le altre gondole, e ripreso così presto la volta di Venezia. Emilia raccontò tutto l'accaduto, esprimendo il suo cordoglio per il malinteso sorto fra lei e Montoni, e supplicò la zia d'interporre i suoi buoni uffici, perchè questi desse al conte un rifiuto decisivo e formale; ma si accorse in breve ch'ella sapeva già tutto.

«Non dovete aspettarvi nessuna condiscendenza da me,» le disse: «ho già dato il mio voto, ed il signor Montoni ha ragione di estorcere il vostro consenso con tutti i mezzi che sono in suo potere. Quando la gioventù s'accieca su' suoi veri interessi, e se ne allontana ostinatamente, la maggior fortuna che possa avere è quella di trovare amici che si oppongano alle loro follie. Ditemi, in grazia, se, per la vostra nascita, potevate aspirare ad un partito così vantaggioso, come quello che vi è offerto?

— No, signora,» rispose Emilia; «io non ho l'orgoglio di pretendere...

— Non si può negare che non ne abbiate una buona dose. Il mio povero fratello, vostro padre, era anch'egli molto orgoglioso; ma, in verità, bisogna confessarlo, la fortuna non lo favoriva troppo.»

Sdegnata per questa maligna allusione al padre, ed incapace di rispondere con sufficiente moderazione, Emilia esitò un momento confusa; la zia ne trionfava; finalmente le disse: «L'orgoglio di mio padre, signora, aveva un oggetto nobilissimo; la sola felicità ch'ei conoscesse, veniva dalla bontà, educazione e carità sua verso il prossimo. Egli non la fece mai consistere nel superar gli altri in ricchezza, nè era umiliato della sua inferiorità a tal riguardo. Non respigneva i miseri e gli sventurati. Disprezzava talvolta quelle persone le quali, in seno alla prosperità, si rendevano invise a forza di vanità, d'ignoranza e di crudeltà. Io farò dunque consistere la mia gloria nell'imitarlo.[67]

— Non ho la pretensione, nipote mia, di comprendere quest'accozzaglia di bei sentimenti; ne lascio tutta la gloria a voi; ma vorrei insegnarvi un poco di buon senso, e non vedervi la maravigliosa saviezza di sprezzare la vostra felicità. Non mi vanto d'una educazione tanto raffinata come quella che vostro padre si piacque di darvi, ma mi contento d'un po' di senso comune. Sarebbe stata una vera fortuna, per vostro padre e per voi, se vi avesse insegnato ad adoprarlo.»

Emilia, offesa sensibilmente da simili riflessioni sulla memoria del padre, disprezzando questo discorso, la lasciò d'improvviso e ritirossi nella sua camera.

Ne' pochi giorni che scorsero da questo colloquio alla partenza per Miarenti, Montoni non rivolse mai una parola alla nipote; i di lui sguardi esprimevano il suo risentimento; ma Emilia era molto sorpresa com'egli potesse astenersi dal rinnovare il soggetto. Lo fu viemaggiormente vedendo che, negli ultimi tre giorni, il conte non comparve, e che Montoni non ne pronunziò neppure il nome. Parecchie congetture le si affacciarono alla mente; temeva talora che la lite si fosse rinnovata, e fosse riuscita fatale al conte; qualche volta inclinava a credere che la stanchezza e il disgusto fossero state la conseguenza del di lei rifiuto, e ch'egli avesse abbandonato i suoi progetti; da ultimo, s'immaginava che il conte ricorresse allo strattagemma di sospendere le sue visite, ottenendo da Montoni che non lo nominasse, nella speranza che la gratitudine e la generosità opererebbero molto su lei, e determinerebbero un consenso ch'egli non attendeva più dall'amore. Passava il tempo in queste vane congetture, cedendo volt'a volta alla speranza ed all'amore: partirono infine per Miarenti, e quel giorno, come gli altri, il conte non comparve, nè si parlò menomamente di lui.[68]

Montoni avendo deciso di non partir da Venezia prima di sera, per evitare il caldo e godere il fresco della notte, s'imbarcarono per giungere alla Brenta un'ora prima del tramonto. Emilia, seduta sola a poppa, contemplava in silenzio gli oggetti che fuggivano a misura che la barca inoltrava: vedeva i palazzi sparire a poco a poco confusi coll'onde; ben presto le stelle succedettero agli ultimi raggi del sole, ed una notte fresca e tranquilla l'invitò a dolci meditazioni, turbate sol dal romore momentaneo dei remi, e dal lieve mormorio delle acque.

Giunti alle bocche della Brenta, si attaccarono alla barca i cavalli, e la fecero avanzare speditamente fra due sponde ornate a vicenda d'alberi altissimi, di ricchi palagi, di giardini deliziosi, e di boschetti odorosi di mirti e d'aranci. Allora affacciaronsi alla fanciulla tenere memorie; pensò alle belle sere passate nella sua valle, ed a quelle trascorse con Valancourt presso Tolosa ne' giardini della zia. Perduta in tristi riflessioni, e spesso colle lagrime agli occhi, ne fu scossa d'improvviso dalla voce di Montoni, che l'invitava a prender qualche rinfresco. Recatasi nella cabina, vi trovò la zia sola. La fisonomia di questa era accesa di collera, prodotta, a quanto parea, da un colloquio avuto col marito. Questi la guardava con aria di corruccio e disprezzo, e per qualche tempo restarono ambedue in perfetto silenzio. Montoni parlò ad Emilia di Quesnel.

«Mi lusingo, non vorrete persistere nel sostenere che ignoravate il soggetto della mia lettera.

— Dopo il vostro silenzio mi era figurata, o signore, che non fosse più necessario d'insistere, e che avreste riconosciuto il vostro errore.

— Avevate sperato l'impossibile,» sclamò Montoni; «mi sarei dovuto aspettare dal vostro sesso una sincerità ed una condotta più riflessiva, colla[69] stessa facilità con cui voi poteste immaginarvi di convincermi d'errore.»

Emilia arrossì, e non parlò più. Conobbe allora troppo chiaramente che aveva di fatti sperato l'impossibile, e che laddove eravi stato errore volontario, non si poteva sperare di convincere; era evidente che la condotta di Montoni non era stata l'effetto di un malinteso, ma quello d'un piano concertato.

Impaziente di sottrarsi ad un colloquio tanto dispiacevole ed umiliante per lei, Emilia tornò fuori a sedere a poppa. Là almeno le veniva accordato dalla natura quella quiete che le ricusava Montoni.

Quando, svegliata dalla voce d'una guida o da qualche movimento nella barca, essa ricadea nelle sue riflessioni, pensava all'accoglienza che le farebbero i coniugi Quesnel, e che cosa direbbe a proposito della valle. Poi cercava distogliere lo spirito da un soggetto tanto fastidioso, divertendosi a contemplare i tratti del bel paese illuminato dalla luna. Mentre la sua imaginazione distraevasi così, scoprì un edifizio che s'innalzava al disopra degli alberi. Man mano che la barca inoltrava, udiva rumor di voci; in breve distinse l'alto portico d'una bella casa ombreggiata da pini e pioppi, e la riconobbe per la casa medesima statale già mostrata come proprietà del parente della signora Quesnel.

La barca si fermò vicino ad una scala marmorea che conduceva sotto il portico, il quale era illuminato. Montoni sbarcò colla sua famiglia, e trovarono i coniugi Quesnel in mezzo agli amici, assisi su sofà, che godevano il fresco della notte mangiando frutti e gelati, mentre alcuni suonatori, in qualche distanza, facevano una bella serenata. Emilia era già avvezza ai costumi dei paesi caldi, e non fu sorpresa di trovar quei signori di fuori dal loro portico a due ore dopo mezzanotte.

Fatti i soliti complimenti, la compagnia prese[70]

posto sotto il portico, e da una sala vicina le furono serviti rinfreschi squisitissimi. Cessato il piccolo tumulto dell'arrivo, e quando Emilia si fu rimessa dal turbamento provato in barca fu sorpresa dalla bellezza singolare di quel luogo, e dai comodi che offriva per guarentirsi dalle molestie della stagione. Era una rotonda a cupola scoperta di marmo bianco, sostenuta da colonnati della medesima materia. Le due ali guardavano su lunghi cortili, lasciando vedere immense gradinate sulle sponde del fiume. Una fontana in mezzo, co' suoi zampilli, formava, cadendo un piacevole mormorio, e l'odore soave dei fiori profumava quel luogo delizioso.

Quesnel parlò dei propri affari col suo tuono ordinario d'importanza. Vantò i nuovi acquisti, e compianse con affettazione Montoni delle recenti perdite da lui fatte. Quest'ultimo, il cui orgoglio almeno era capace di sprezzare una tale ostentazione, scuopriva facilmente, sotto una finta compassione, la vera malignità di Quesnel. Lo ascoltò con silenzio sdegnoso, quand'ebbe nominato sua nipote, si alzarono entrambi ed andarono a passeggiare in giardino.

Emilia intanto si avvicinò alla signora Quesnel, la quale parlava della Francia. Il solo nome della di lei patria erale caro: provava gran piacere nel considerare una persona che ne veniva. Quel paese d'altronde era abitato da Valancourt, e dessa ascoltava attentamente nella lieve lusinga di sentirlo nominare. La Quesnel che, durante il suo soggiorno in Francia, parlava con estasi dell'Italia, non parlava in Italia che delle delizie della Francia, sforzandosi di eccitare la curiosità altrui raccontando tutte le belle cose che aveva avuto la fortuna di vedervi.

Emilia attese invano il nome di Valancourt. La signora Montoni parlò a sua volta delle bellezze di Venezia, e del piacere che sperava gustare visitando il castello di Montoni negli Appennini. Quest'ultimo[71] articolo non era trattato che per vanità. Emilia sapeva bene che la di lei zia apprezzava poco le grandezze solitarie, e quelle in ispecie che potea presentare il castello di Udolfo. La conversazione continuò malignandosi vicendevolmente, per quanto poteva permetterlo la civiltà, con reciproca ostentazione. Assise su morbidi sofà, sotto un portico elegante, circondate dai prodigi della natura e dell'arte, gli esseri meno sensibili avrebbero dovuto provare trasporti di cordialità, buone disposizioni, e cedere con trasporto a tutte le dolcezze di quei luoghi incantati.

Poco stante albeggiò; sorse il sole, e permise agli sguardi attoniti di contemplare il magnifico spettacolo che offrivano da lunge i monti coperti di neve, i declivi verdeggianti, e le ubertose pianure che si estendevano alle loro falde.

I contadini che andavano al mercato passavano in battello. Gli ombrelli di tela colorata, che portavano la maggior parte per guarentirsi dai raggi solari; i canestri di frutti e di fiori che andavano accomodando nel tragitto; l'abbigliamento semplice e pittoresco delle villanelle, tutto formava un colpo d'occhio dei più sorprendenti. La rapidità della corrente, la vivacità dei rematori, i canti di quei contadini all'ombra delle vele, ed il suono di qualche rustico strumento, dava a tutta la scena il carattere di una festa campestre.

Allorchè Montoni e Quesnel ebbero raggiunte le signore, passeggiarono tutti insieme nei giardini, la cui elegante distribuzione contribuì molto a distrarre Emilia. La forma maestosa e la ricca verzura dei cipressi, ch'ella trovava qui nella loro perfezione, l'altezza smisurata dei pini e dei pioppi, i folti rami dei platani, contrastavano coll'arte in quei giardini meravigliosi; i boschetti di mirto ed altre piante fiorite confondevano gli aromatici effluvi con quelli di mille fiori che smaltavano il terreno, e l'aria[72] veniva rinfrescata dai limpidi ruscelli, serpeggianti fra i verdi pergolati.

Intanto il sole s'innalzava sull'orizzonte, ed il caldo cominciava a farsi sentire. La società abbandonò i giardini per andar in cerca di riposo.

CAPITOLO XVIII

Emilia profittò della prima occasione propizia per parlare a Quesnel del castello della valle. Le sue risposte furono concise, e fatte coll'accento di chi non ignorando il suo assoluto potere, s'impazientisce di vederlo messo in dubbio. Le dichiarò che la disposizione presa era una misura necessaria, e ch'essa doveva andar debitrice alla di lui prudenza de' vantaggi che gliene sarebbero ridondati.

«Del resto,» aggiunse «quando il conte veneziano, di cui non mi ricordo il nome, vi avrà sposata, i fastidi della vostra dipendenza cesseranno. Come vostro parente, mi rallegro per voi d'una circostanza tanto felice, e, ardisco dirlo, così poco attesa dai vostri amici.»

Per qualche momento, Emilia restò muta e fredda; quindi procurò disingannarlo a proposito del poscritto da lei aggiunto alla lettera di Montoni; Quesnel parve avere ragioni particolari di non crederle, e per assai tempo persistè ad accusarla di capriccio. Convinto alfine della di lei avversione per Morano, e del rifiuto positivo che gli aveva dato, si abbandonò alle stravaganze del risentimento, esprimendosi colla maggiore asprezza. Lusingato segretamente dal parentado d'un nobile, onde aveva finto dimenticar il casato, era incapace d'intenerirsi dei patimenti cui poteva incontrare la nipote nel sentiero che le segnava la propria ambizione.

Emilia vide tosto tutte le difficoltà che la minacciavano; e quantunque nessuna persecuzione potesse farla rinunziare a Valancourt per Morano, essa fremeva[73] all'idea delle violenze di suo zio. A tanta collera ed a tanto sdegno oppos'ella solamente la dolce dignità d'uno spirito superiore; ma la fermezza misurata della sua condotta non servì che ad esacerbare il corruccio di Quesnel, obbligandolo a riconoscere la sua inferiorità. Finì per dichiararle che, se persisteva nella sua follìa, e lui e Montoni l'avrebbero abbandonata al disprezzo universale.

La calma nella quale Emilia erasi mantenuta in presenza dello zio, l'abbandonò quando fu sola: pianse amaramente; ripetè più d'una volta il nome del padre, di quel tenero padre che non vedeva più, e di cui si rammentava tutti gli avvertimenti datile al letto di morte. «Oimè!» diceva essa; «conosco bene adesso che la forza del coraggio è preferibile alle grazie della sensibilità. Farò tutti gli sforzi per adempire alla mia promessa; non mi abbandonerò ad inutili lamenti, e procurerò di soffrire con fortezza d'animo l'oppressione che non posso evitare.»

Sollevata in qualche modo dal suo fermo proposito di adempire in parte alle ultime volontà paterne, terse il pianto, e comparve a tavola colla consueta serenità.

Verso sera, le signore andarono a prendere il fresco nella carrozza della Quesnel sulle rive della Brenta. La situazione d'Emilia formava un contrasto malinconico coll'allegria delle brillanti società riunite sotto gli alberi lungo il delizioso fiume. Taluni ballavano all'ombra, altri, sdraiati sull'erba, prendevano gelati, mangiavano frutti e gustavano in pace le dolcezze d'una bella sera all'aspetto del più bel paese del mondo.

La fanciulla considerando le lontane vette nevose degli Appennini, pensò al castello di Montoni, e fremè all'idea ch'egli ve la condurrebbe, ed avrebbe saputo costringerla all'obbedienza. Questo timore però svanì, riflettendo ch'era in di lui potere a Venezia, come lo sarebbe stata in ogni altra parte.
[74]

Tornarono a Miarenti assai tardi; la cena era preparata nella magnifica rotonda già tanto ammirata da Emilia: le signore si riposarono sotto il portico, finchè Quesnel, Montoni ed altri gentiluomini vennero a raggiungerle. Emilia faceva ogni sforzo per tranquillarsi, allorchè una barca sostò d'improvviso alla scalea del giardino, ed essa distinse la voce di Morano, il quale comparve poco dopo. Ricevè i di lui complimenti in silenzio, e la sua freddezza parve da principio sconcertarlo, ma in seguito si rimise, riprese il suo brio, e la fanciulla osservò che la specie d'adulazione onde l'opprimevano i suoi zii, e di cui ella maravigliossi forte, eccitava solo il suo disgusto.

Appena potè ritirarsi, le di lei riflessioni quasi involontariamente si aggirarono sui mezzi possibili d'indurre il conte a desistere dalle sue pretese; la sua delicatezza non ne trovò di più efficace fuor quello di confessargli un vincolo già formato, e rimettersene alla di lui generosità. Nullameno, quando la domane egli rinnovò le sue premure, Emilia abbandonò quel progetto: sarebbe repugnato troppo al di lei orgoglio lo svelare il segreto del suo cuore ad un uomo come Morano, e domandargli un sacrifizio; talchè respinse con impazienza il piano già concetto. Ripetè il suo rifiuto nei termini più decisi, e biasimò severamente la condotta tenuta verso di lei. Il conte ne parve mortificato, ma continuò a persistere nelle solite assicurazioni di tenerezza; l'arrivo della Quesnel l'interruppe, e fu per Emilia un gran soccorso.

Di tal guisa, Emilia passò i giorni più infelici in quella casa deliziosa a motivo dell'ostinata assiduità di Morano, e della tirannia crudele che esercitavano su di lei Quesnel e Montoni, i quali parevano, al par della zia, più risoluti che mai a siffatto matrimonio. Quesnel, vedendo infine che i discorsi e le minacce erano egualmente inutili per venire[75] ad una pronta decisione, vi rinunziò, e tutto fu rimesso al tempo ed al potere di Montoni. Emilia intanto desiderava tornar a Venezia, sperando colà sottrarsi in parte alle persecuzioni di Morano; d'altro lato, Montoni, distratto dalle occupazioni, non sarebbe sempre stato in casa. In mezzo alle sciagure, pensò anche a raccomandar con forza la povera Teresa a Quesnel il quale, la lusingò promettendole che non l'avrebbe dimenticata.

Montoni, in un lungo colloquio, concertò con Quesnel il piano da eseguirsi riguardo alla nipote, e questi promise trovarsi a Venezia tosto dopo la celebrazione del matrimonio.

Emilia per la prima volta, non provò verun rincrescimento a separarsi da' parenti. Morano tornò a Venezia nella stessa barca di Montoni. La fanciulla, la quale osservava gradatamente l'avvicinarsi di quella superba città, si vide dappresso la sola persona che potesse diminuirgliene il piacere. Arrivarono verso mezzanotte; Emilia fu liberata dalla presenza del conte, che seguì Montoni in un casino, e potè finalmente ritirarsi nella sua camera.

Il dì seguente, lo zio in un breve colloquio dichiarò ad Emilia che non intendeva esser tirato più per le lunghe; il suo matrimonio col conte era per lei di un vantaggio così prodigioso, che sarebbe follìa l'opporvisi, ed una follìa inconcepibile, e che verrebbe celebrato senza dilazione, e, se facea duopo, senza di lei consenso. La giovane, la quale fino allora aveva impiegate le ragioni, ricorse alle preghiere: il dolore le impediva di considerare che, con un uomo del carattere di Montoni, le suppliche non produrrebbero migliore effetto delle ragioni. Gli domandò poscia con qual diritto esercitasse egli su di lei quell'autorità illimitata. In uno stato più tranquillo, non avrebbe rischiato questa domanda che non le giovava a nulla, e faceva trionfare Montoni della sua debolezza e del suo isolamento.[76]

«Con qual diritto?» sclamò questi con un sorriso maligno; «col diritto della mia volontà; se voi potrete sottrarvene, io non vi domanderò con qual diritto lo faceste. Ve lo ricordo per l'ultima volta: voi siete straniera, lontana dalla patria; deve interessarvi di avermi per amico, e ne conoscete i mezzi; se mi obbligate a divenirvi nemico, m'arrischierò a dire che la punizione supererà la vostra aspettativa; dovreste ben sapere che non son fatto per essere burlato.»

Emilia restò immobile dopo che Montoni l'ebbe lasciata: era disperata, o piuttosto stupefatta; il sentimento della sua miseria era il solo che avesse conservato: la Montoni la trovò in quello stato. La giovine alzò gli occhi, e il dolore espresso da tutta la di lei persona avendo senza dubbio intenerita la zia, le parlò con insolita bontà; il cuore di Emilia ne fu commosso, e dopo aver pianto alcun poco, raccolse bastante forza per raccontarle il soggetto del suo dolore, e sforzarsi d'interessarla per lei. La compassione della zia era stata sorpresa, ma la sua ambizione non poteva moderarsi, e credeva esser già la zia d'una contessa. I tentativi della fanciulla non riusciron meglio con lei che con Montoni: ritornò nella sua camera, e cominciò nuovamente a piangere, risolutissima di sfidare ad ogni costo tutta la vendetta di Montoni, anzichè sposare un uomo di cui avrebbe disprezzata la condotta, quand'anco non avesse mai conosciuto Valancourt.

Sopraggiunse poco di poi una faccenda che per qualche giorno sospese l'attenzione di Montoni; le visite misteriose d'Orsino si erano rinnovate con maggiore frequenza, dopo il ritorno di Montoni. Cavignì, Verrezzi, e qualcun altro erano ammessi, oltre Orsino, a questi conciliaboli notturni: Montoni divenne più riservato e severo che mai. Se i propri interessi non l'avessero resa indifferente a tutto il resto, Emilia si sarebbe accorta che meditava qualche progetto.[77]

Una sera che non doveva tenersi riunione, arrivò Orsino agitatissimo e spedì al casino un suo confidente in cerca di Montoni: lo pregava di tornare a casa subito, raccomandando al messo di non pronunziar il suo nome. Montoni tornò sull'istante, trovò Orsino, e seppe tosto il motivo della visita ed agitazione sua, conoscendone già una parte.

Un gentiluomo veneziano, che aveva recentemente provocato l'odio di Orsino, era stato pugnalato da scherani pagati da quest'ultimo. Il morto apparteneva alle prime famiglie, ed il Senato erasi preso a cuore quell'affare. Uno degli assassini fu arrestato, e confessò, Orsino essere il reo. Alla nuova del suo pericolo, egli veniva a trovare Montoni perchè gli facilitasse la fuga, sapendo che in quel momento tutti gli officiali di polizia erano in cerca di lui per tutta la città, talchè riuscivagli impossibile di uscirne. Montoni acconsentì a nasconderlo per qualche giorno finchè la vigilanza fosse rallentata, e potesse con sicurezza lasciar Venezia. Sapeva il pericolo che incorreva accordando asilo ad Orsino; ma era tale la natura delle obbligazioni sue verso quell'uomo, che non credeva prudente negarglielo.

Tal era la persona ammessa da lui alla sua confidenza, e per la quale sentiva tanta amicizia, quanto potevalo comportare il suo carattere.

Per tutto il tempo che Orsino rimase nascosto nella casa, Montoni non volle attirare gli sguardi del pubblico celebrando le nozze del conte; ma quando la fuga del reo ebbe fatto cessare questo ostacolo, informò Emilia che il di lei matrimonio avrebbe avuto luogo la mattina seguente. Essa protestò che non avrebbe mai acconsentito, ed egli rispose con un maligno sorriso, assicurandola che di buonissima ora il conte ed un sacerdote si sarebbero trovati in casa sua, e consigliandola a non isfidare il di lui risentimento con un'opposizione contraria ai suoi voleri ed al proprio di lei bene.[78]

«Esco per tutta sera,» aggiuns'egli: «ricordatevi che domani do la vostra mano al conte Morano.»

Emilia, la quale, dopo le ultime di lui minacce, si lusingava che la crisi giungerebbe al suo termine, fu poco scossa da questa dichiarazione; studiò dunque il mezzo di farsi coraggio considerando che il matrimonio non poteva esser valido fintantochè in presenza del sacerdote ella ricuserebbe di prender parte alla cerimonia. Il momento della prova si avvicinava, ed essa era egualmente agitata dall'idea della vendetta e a quella dell'imeneo. Assolutamente incerta sulle conseguenze del suo rifiuto all'altare, temeva più che mai il potere illimitato di Montoni, ed era persuasa che avrebbe trasgredite senza scrupolo tutte le leggi per riuscire ne' suoi progetti.

Mentre stava immersa in questo mare di affanni fu avvertita che Morano desiderava parlarle. Appena il servo fu uscito con le di lei scuse, se ne pentì, lo chiamò indietro, e volendo provare se le preghiere e la fiducia produrrebbero migliore effetto del rifiuto e dello spregio, gli fece dire che sarebbe andata a trovarlo ella stessa.

La dignità e il nobile contegno con cui mosse incontro al conte, l'aria rassegnata e pensierosa che ne addolciva la fisonomia, non erano mezzi capaci per farlo rinunziare a lei, nè servirono se non ad aumentare una passione che l'aveva già inebriato. Egli ascoltò ciò ch'essa diceva con apparente compiacenza e gran desiderio di contentarlo, ma la sua risoluzione era invariabile. Mise in opera con lei l'arte e l'insinuazione la più raffinata. Persuasa Emilia che non avesse nulla da sperare dalla di lui giustizia, ripetè solennemente le sue proteste d'opposizione, e lo lasciò coll'assicurazione formale che avrebbe saputo mantenersi nella negativa anche malgrado la violenza. Un giusto orgoglio aveane trattenute le lacrime in presenza di Morano, ma[79] appena si trovò sola, pianse amaramente, invocando il padre, ed attaccandosi con dolore inesprimibile all'idea di Valancourt.

La sera era avanzatissima, allorchè la Montoni entrò nella di lei camera cogli ornamenti nuziali che inviavale il conte. Essa aveva scansata la nipote per tutta la giornata, temendo cedere ad un'insolita sensibilità: non ardiva esporsi alla disperazione di Emilia; e forse la sua coscienza, il cui linguaggio era sì poco frequente, le rimproverava una condotta sì dura verso un'orfana figlia di suo fratello, e della quale un padre moribondo le aveva affidata la felicità.

Emilia non volle vedere quei regali, e tentò, sebbene senza speranza, un nuovo ed ultimo sforzo per interessare la compassione della zia. Commossa forse alternativamente dalla pietà o dai rimorsi, seppe nasconder l'una e gli altri, e rimproverò alla nipote la follia di affliggersi per un matrimonio che non poteva mancare di renderla felice. «Certo,» le diss'ella, «se io non fossi maritata, e se il conte mi offrisse la sua mano, sarei molto lusingata di questa distinzione. Se io credo dover pensare così, voi, nipote mia, che non siete ricca, dovete indubitatamente trovarvene onoratissima, e mostrare una riconoscenza, un'umiltà verso Morano, tale da corrispondere alla sua condiscendenza. Son sorpresa, ve lo confesso, di veder lui così sommesso e voi così orgogliosa. Stupisco della sua pazienza, e, se fossi in lui, vi farei per certo ricordare un po' meglio dei vostri doveri. Io non vi adulerò, ve lo dico schietto; è questa ridicola adulazione che vi dà tanta e tale opinione di voi stessa, che vi fa credere non esservi nessuno che possa meritarvi. L'ho detto spesso al conte; io non badava alla stravaganza de' suoi complimenti, e voi li pigliavate alla lettera.

— La vostra pazienza, signora,» disse Emilia, «soffriva allora assai meno della mia.[80]

— Tutto questo è pura affettazione, null'altro,»

rispose la zia; «io so che l'adulazione v'insuperbisce e vi rende così vana, che credete ingenuamente di vedere tutti gli uomini ai vostri piedi; ma v'ingannate. Posso accertarvi, nipote mia, che non troverete molti adoratori come il conte; chiunque altro vi avrebbe voltate le spalle, e vi avrebbe lasciata in preda a un tardo pentimento.

— Oh! perchè mai il conte non fa quel che farebbero gli altri?» disse Emilia sospirando.

— È una fortuna per voi che non sia così,» replicò la zia.

— Io non sono ambiziosa; desidero solo restare nello stato in cui mi trovo.

— Non si tratta di ciò,» soggiunse la zia; «vedo che pensate sempre a quel Valancourt. Scacciate, ven prego, queste ubbie amorose e questo ridicolo orgoglio; diventate ragionevole. D'altronde son tutte ciarle inutili; voi sarete maritata domani, vogliate o no, già lo sapete: il conte non vuole esser più a lungo vostro zimbello.»

La fanciulla non tentò rispondere a siffatta singolare aringa, sentendone l'inutilità. La zia depose i regali del conte sopra un tavolino ove appoggiavasi Emilia, e le augurò la buona sera. L'orfanella fissò gli occhi sulla porta dond'era uscita la zia; ascoltava attenta se qualche suono venisse a rialzar l'abbattimento spaventoso de' suoi spiriti. Era mezzanotte passata; tutti dormivano, tranne il servo che aspettava il padrone. Il di lei animo, prostrato dai dispiaceri, cedè allora a terrori imaginari; tremava considerando le tenebre dell'ampia stanza in cui trovavasi; temeva senza saper perchè. Durò in tale stato tanto tempo, che avrebbe chiamata Annetta, la cameriera della zia, se la paura le avesse concesso d'alzarsi dalla sedia e traversar le camere. Le tetre illusioni a poco a poco svanirono; ed andò a letto, non per dormire, era impossibile, ma per[81] cercar di calmare il disordine dell'accesa fantasia e raccogliere le forze che le sarebbero state necessarie per la mattina seguente.

CAPITOLO XIX

Un colpo battuto alla porta di Emilia la scosse dalla specie di sonno al quale erasi data in preda. Sussultò: le vennero tosto in mente Montoni e Morano. Ascoltò qualche momento, e riconoscendo la voce di Annetta rischiò ad aprire.

«Che ti conduce qui così di buon'ora?» le chiese tutta tremante.

— Per carità, signorina, non vi spaventate; siete così pallida, che fate paura anche a me. Giù dabbasso fanno un gran rumore; tutti i servi vanno e vengono con furia, e nessuno può indovinarne il motivo.

— Chi c'è con loro?» disse Emilia; «Annetta, non m'ingannare.

— Il cielo me ne guardi, per tutto l'oro del mondo non v'ingannerei. Ho veduto soltanto che il signor Montoni mostra un'impazienza straordinaria, e mi diede l'ordine di farvi alzare sul momento.

— Cielo! aiutatemi,» gridò Emilia disperata. «Il conte Morano è dunque venuto?

— No, signorina, per quanto io sappia egli non

c'è. Sua *eccellenza* mandommi a dirvi che a momenti saranno qui le gondole, e partiremo da Venezia. Bisogna ch'io mi sbrighi per tornar dalla padrona, la quale è tanto confusa, che non sa più quel che si faccia.

—Ma insomma, che cosa significa tutto questo?

—Oh! signora Emilia, io non so altro se non che il signor Montoni è tornato a casa agitatissimo, e ci ha fatti alzar tutti, dichiarandoci che bisognava partir sull'istante.

— Il conte Morano viene egli con noi? e dove andiamo?[82]

—Lo ignoro. Ho inteso che Lodovico parlava d'un castello che il padrone ha in certe montagne.

—Negli Appennini?

— Appunto, signorina; ma sollecitatevi, e pensate all'impazienza del signor Montoni. Dio buono! sento già i remi delle gondole che arrivano.»

Annetta uscì a precipizio. Emilia si dispose a questo viaggio inaspettato, ed appena ebbe gettati libri ed abiti nel baule, ricevè un secondo avviso; scese nel gabinetto della zia, ove Montoni le rimproverò la sua lentezza. Egli uscì quindi per dare alcuni ordini, ed Emilia chiese il motivo di quella partenza subitanea. La zia parve ignorarlo come lei, e che non intraprendesse quel viaggio se non con estrema ripugnanza.

Finalmente tutta la famiglia s'imbarcò, ma nè

Morano, nè Cavignì si fecero vedere. Questa circostanza rianimò un poco gli spiriti abbattuti di Emilia, la quale somigliava ad un condannato a morte, cui venga accordata una breve dilazione: il suo cuore si alleggerì ancor più, quando ebbero fatto il giro di San Marco senza fermarsi per prendere il conte.

L'alba cominciava appena a biancheggiar l'orizzonte ed il lido. Emilia non ardiva fare veruna interrogazione a Montoni, che restò qualche tempo in cupo silenzio, e s'avvolse quindi nel mantello, come se avesse voluto dormire. Sua moglie fece altrettanto. Emilia, non potendo prender sonno, alzò una cortina, e si mise a considerar il mare. L'aurora illuminava grandemente la sommità dei monti friulani; ma le loro coste e le onde che le bagnavano, erano tuttavia sepolte nell'ombra: la fanciulla, immersa in dolce malinconia, osservava i progressi del giorno, che stendevasi sul mare, illuminando Venezia, i suoi isolotti, e finalmente le spiagge italiane, lungo le quali cominciavano già a mettersi in moto le barche. I gondolieri venivano spesso chiamati[83] da coloro che portavano le provvisioni al mercato di Venezia. Un'infinita quantità di barchette coperse in breve la laguna. Emilia gettò l'ultimo sguardo su quella magnifica città; ma il di lei spirito allora era soltanto occupato da mille congetture sui casi che l'attendevano, sul paese ov'era trascinata, e sul motivo di quel viaggio repentino.

Le parve dopo mature riflessioni, che Montoni la conducesse al suo castello isolato per costringerla più sicuramente all'obbedienza con mezzi di terrore. Se le scene tenebrose e solitarie che vi si disponevano non sortissero il bramato esito, il suo matrimonio vi sarebbe celebrato per forza, e con maggior mistero forse e meno smacco per l'onore di Montoni. Il poco coraggio resole dalla proroga svanì a questa terribile idea, e quando si toccò la riva, ell'era ricaduta nel più penoso abbattimento.

Montoni non rimontò la Brenta, ma continuò in carrozza per andare agli Appennini. Durante questo viaggio fu così severo con Emilia che ciò solo avrebbe servito a confermare le sue congetture allarmanti.

I viaggiatori cominciarono a salire gli Appennini: a quell'epoca que' monti erano coperti da immense foreste di abeti. La strada passava in mezzo a questi boschi, e non lasciava vedere che rupi spaventevoli sospese sul loro capo, a meno che qualche radura non lasciasse distinguere momentaneamente il sottoposto piano. L'oscurità di quei luoghi, il loro cupo silenzio, quando neanche il più lieve vento agitava la cima degli alberi, l'orrore dei precipizi susseguentisi, ciascun oggetto, in una parola, rendeva più imponenti le triste riflessioni d'Emilia. Essa non vedeva a sè intorno che immagini di spaventosa grandezza e di tetra sublimità.

A misura che i viaggiatori montavano attraverso le selve, le rupi accatastavansi a rupi, i monti parevano moltiplicarsi, e la cima di un'eminenza sembrava[84] servir di base ad un'altra. Finalmente trovaronsi sopra un piccolo piano, ove i mulattieri sostarono. La scena vasta e magnifica che si presentava nella valle, eccitò l'ammirazione universale, ed interessò perfino la signora Montoni. Emilia obliò un momento i suoi mali nell'immensità della natura. Al di là d'un anfiteatro di montagne, le cui masse parevano numerose quanto le onde del mare, e le cui falde erano coperte di folti boschi, scuoprivansi le campagne d'Italia dove i fiumi, le città, gli oliveti, le vigne e tutta la prosperità della coltura si mischiavano in una ricca confusione. L'Adriatico circoscriveva l'orizzonte. Il Po e la Brenta, dopo aver fecondato tutta l'estensione del bel paese, venivano a scaricarvi le loro fertili acque. Emilia contemplò a lungo lo splendore di quei luoghi deliziosi che abbandonava, e la cui magnificenza sembrava non ispiegarsi davanti a lei se non per cagionarle maggior rincrescimento. Per lei, il mondo intero non conteneva che Valancourt, il di lei cuore dirigevasi a lui solo, e per lui solo versava tante lacrime.

Da quel punto di vista sublime i viaggiatori continuarono a salire penetrando in una gola angusta che mostrava soltanto minacciose rupi sospese sulla strada. Nessun vestigio umano, verun segno di vegetazione compariva colà. Questa gola conduceva nel cuore degli Appennini. Si allargò finalmente, scoprendo una catena di monti sterilissimi, attraverso i quali bisognò viaggiare per più ore.

Verso sera, la strada svoltò in una valle più profonda, circondata quasi tutta da scoscese montagne. Il sole tramontava allora dietro lo stesso monte che scendevano i viaggiatori, prolungandone l'ombra verso la valle; ma i suoi raggi orizzontali, traversando qualche spaccatura, doravano le sommità dell'opposta foresta, e scintillavano sulle alte torri ed i comignoli d'un castello, i cui vasti bastioni estendevansi[85] lungo uno spaventoso precipizio. Lo splendore di tanti oggetti bene illuminati veniva accresciuto dal contrasto dell'ombre che avvolgevano già la valle.

«Ecco il castello di Udolfo,» disse Montoni, parlando per la prima volta dopo parecchie ore.

Emilia guardò il castello con una specie di terrore, quando seppe ch'era quello di Montoni; sebbene illuminato in quel momento dal sole all'occaso la gotica magnificenza di quell'architettura, le antiche mura di pietra bigia, ne formavano un oggetto imponente e sinistro. La luce s'affievolì insensibilmente, spargendo una tinta purpurea che si estinse grado grado, e lasciò i monti, il castello e tutti gli oggetti circonvicini in tetra oscurità.

Isolato, vasto e massiccio, esso sembrava dominare la contrada. Più la notte diveniva oscura, più le sue alte torri parevano imponenti. L'estensione e l'oscurità di quegli immensi boschi erano considerate da Emilia come adatte soltanto a servir di covile a masnadieri. Finalmente, le carrozze giunsero alle porte del castello. La lunga oscillazione della campana che fu suonata alla porta d'ingresso aumentò il terrore di Emilia. Mentre si aspettava l'arrivo di qualcuno che aprisse quelle imposte formidabili, ella considerò il maestoso edifizio. Le tenebre che l'avvolgevano non le permisero di discernerne il recinto, le grosse mura, i bastioni merlati e d'accorgersi che era vasto, antico e spaventoso. La porta d'ingresso conduceva nei cortili, ed era di proporzioni gigantesche. Due fortissime torri ne difendevano il passaggio. Invece di stendardi si vedevano svolazzare, su per le sconnesse pietre, erbe lunghissime e piante salvatiche abbarbicate nelle rovine, e che parevano crescere a stento in mezzo alla desolazione che le circondava. Le torri erano congiunte da una cortina munita di merli e casematte. Dall'alto della vôlta cadeva una pesante saracinesca.[86] Da questa porta, le mura dei bastioni comunicavano con altre torri sporgenti sul precipizio; ma queste muraglie quasi rovinate mostravano i guasti della guerra. Mentre Emilia osservava con tanta attenzione, si udì aprire i grossi catenacci. Un vecchio servitore comparve, e spinse le imposte per lasciar entrare il suo signore. Mentre le ruote giravano con fracasso sotto quelle saracinesche impenetrabili, Emilia si sentì mancare il cuore, credendo entrare nella sua prigione. Il cupo cortile che traversarono confermònne la lugubre idea; e la di lei immaginazione, sempre attiva, le suggerì un terror maggiore di quel che potesse giustificarlo la sua ragione.

Un'altra porta l'introdusse nel secondo cortile, ancor più tristo del primo. Emilia ne giudicava alla fioca luce del crepuscolo, vedendone le alte mura tappezzate d'ellera e di musco, e le merlate torri giganteggianti. L'idea di lunghi patimenti e d'un assassinio le colpì l'immaginazione d'improvviso orrore. Questo sentimento non diminuì allorchè entrò in una sala gotica, immensa, tenebrosa. Una face che brillava da lontano traverso una lunga fila d'arcate serviva solo a renderne più sensibile l'oscurità.

L'arrivo inaspettato di Montoni non aveva permesso alcun preparativo per riceverlo. Il servo da lui spedito partendo da Venezia, l'aveva preceduto di pochi momenti, e questa circostanza scusava in qualche modo lo stato di nudità e disordine del castello.

Il servo che venne a far lume, salutò il padrone tacendo, e la di lui fisonomia non fu animata da veruna apparenza di piacere. Montoni rispose al saluto con leggiero moto della mano e passò. La moglie lo seguiva, guardandosi intorno con una sorpresa ed un malcontento, cui pareva temer di esprimere. Emilia, vedendo l'immensa estensione di[87] quell'edificio, con timido stupore si avvicinò ad una scala marmorea. Qui gli archi formavano una vôlta altissima, dal centro della quale pendeva una lampada a tre becchi, che il servitore si affrettò di accendere. La ricchezza delle cornici, la grandezza di una galleria che conduceva a molti appartamenti, ed i vetri coloriti d'un finestrone gotico, furono, gli oggetti che scuoprironsi successivamente.

Dopo aver girato appiè della scala, e traversata un'anticamera, entrarono in una vastissima sala. L'intavolato di nero larice ne aumentava l'oscurità.

«Portate altri lumi,» disse Montoni nell'entrare. Il servo depose la lucerna ed uscì per ubbidire. La padrona osservò che l'aria della sera era umida in quel clima, e che avrebbe gradito un po' di fuoco: Montoni ordinò di accenderne.

Mentr'egli passeggiava pensieroso nella stanza, la signora Montoni riposava silenziosa sopra un sofà, aspettando il ritorno del servo. Emilia osservava l'imponente singolarità e l'abbandono di quel luogo, illuminato da una sola lucerna posta in faccia al grande specchio di Venezia, che rifletteva oscuratamente la scena, e l'alta statura di Montoni, che passava e ripassava colle braccia incrociate, e la faccia ombreggiata dalle piume del suo largo cappello. Il vecchio servitore tornò di lì a poco carico d'un fascio di legna e seguito da altri due servi con lumi.

«Vostra eccellenza sia il benvenuto,» disse il vecchio, dopo aver deposte le legna. «Questo castello è stato lunga pezza deserto. Ci scuserete sapendo che abbiamo avuto pochissimo tempo. Saranno due anni il giorno di san Marco prossimo, che vostra eccellenza non è venuta qui.

— Precisamente,» disse Montoni, «tu hai buona memoria, Carlo; come hai tu fatto dunque a vivere sì lungamente?

— Ah! signore, molto a stento. I venti freddi[88] che soffiano in questi luoghi nell'inverno, sono cattivi per me. Aveva pensato più d'una volta di domandare il permesso a vostra eccellenza di lasciarmi abbandonare i monti per ritrarmi nella valle; ma non so come sia, io non posso risolvermi ad abbandonare queste vecchie mura dove ho vissuto per tanti anni.

— Bene,» disse Montoni; «cosa facesti tu in questo castello dopo la mia partenza?

— Press'a poco come secondo il solito; ma tutto rovina qui: c'è la torre di settentrione che ha bisogno di esser risarcita; molte fortificazioni sono in cattivo stato; una parte del tetto della sala grande è crollato, e poco mancò non cadesse sulla testa della mia povera moglie (Dio l'abbia in pace). Tutti i venti vi s'inabissavano l'inverno scorso. Noi fummo quasi per morir di freddo.

— Ci sono altre riparazioni da fare?» disse Montoni con impazienza.

— Oh! sì, eccellenza. Il bastione è rovinato in tre luoghi. Le scale della galleria a tramontana sono piene di tante macerie, ch'è pericoloso passarvi. Il corridoio che mette alla camera di quercia, è nel medesimo stato. Una sera mi ci avventurai; e...

— Basta basta,» disse Montoni vivamente; «ne discorreremo domattina.»

Il fuoco era già acceso. Carlo spazzò il camino, dispose le sedie, spolverò una tavola di marmo vicina e uscì.

I nostri personaggi s'accostarono al fuoco. La Montoni tentò appiccar discorso, ma le brusche risposte del marito ne la distolsero. Emilia procurò di farsi animo, e con voce tremante disse: «Poss'io domandarvi, o signore, il motivo di questa improvvisa partenza?» Dopo una lunga pausa ebbe bastante coraggio per reiterare la domanda.

«Non mi garba rispondere alle interrogazioni,»

disse Montoni, «come a voi non conviene di farmene.[89] Il tempo spiegherà tutto. Desidero adesso non essere importunato più a lungo. Vi consiglio ad adottare una condotta più ragionevole. Tutte queste idee di pretesa sensibilità non sono, a dirla schietta, che debolezze.»

Emilia si alzò per andarsene. «Buona notte,» diss'ella alla zia, nascondendo con difficoltà la sua emozione.

— Buona notte, mia cara,» rispose questa con accento di bontà straordinaria in lei. La tenerezza inaspettata fece piangere la fanciulla, che, salutato Montoni, s'avviò. «Ma voi non sapete dove sia la vostra camera?» soggiunse la zia. Montoni chiamò il servo che attendeva nell'anticamera, e gli ordinò di far venire la cameriera di sua moglie, la quale arrivò poco dopo e seguì Emilia.

«Sai tu dove sia la mia camera?» diss'ella ad Annetta nel traversar la sala.

— Credo saperlo, signorina, ma è una stanza molto stravagante; è situata sul bastione meridionale, e ci si va dallo scalone: la camera della signora è all'altra estremità del castello.»

Emilia salì la scala ed entrò nel corridoio. Percorrendolo, Annetta ripigliò il chiaccherio.

«È un luogo solitario e tristo questo castello; io tremo tutta nel pensare che devo soggiornarvi. Oh! quante volte mi son pentita di avere abbandonata la Francia! non mi sarei mai aspettata, quando seguii la signora per girare il mondo, di essere imprigionata in un luogo simile. Oh! non sarei venuta via dal mio paese, quand'anco m'avessero coperta d'oro.

— Da questa parte, signorina, voltate a sinistra. In verità, son quasi tentata di credere ai giganti. Questo castello sembra fatto espressamente per loro. Una notte o l'altra vedremo qualche folletto; ne devono comparire in quella gran sala, la quale, ne' suoi pesanti pilastri, somiglia più ad una chiesa, che ad altro.[90]

— Sì,» disse Emilia sorridendo, lieta di sottrarsi a più serii pensieri, «se noi venissimo qui a mezzanotte e guardassimo nel vestibolo, lo vedremmo per certo illuminato da più di mille lampade. Tutti gli spiriti ballerebbero in giro al suon di deliziosa musica; e' soglion sempre tener lor congreghe in luoghi consimili. Temo, Annetta, tu non abbia bastante coraggio per assistere a sì bello spettacolo. Se tu parlassi, tutto svanirebbe all'istante.

— Epperciò credo che se abiterò qui un pezzo diverrò un'ombra anch'io.

— Spero che non confiderai i tuoi timori al signor Montoni; gli spiacerebbero assaissimo.

— Come! voi dunque sapete tutto, signorina? Oh! no, no. So ben io cosa devo fare, e se il padrone può dormire in pace, certo tutti qui possono fare altrettanto... Per quest'andito, signorina; esso conduce ad una scaletta. Oh! se vedo qualcosa, cado svenuta sicuramente.

— Non è possibile,» disse Emilia sorridendo, e svoltando l'andito che metteva in un'altra galleria. Annetta si avvide allora d'avere sbagliata strada, e si smarrì sempre più attraverso altri corridoi: spaventata infine dai loro giri e dalla solitudine loro, gridò chiedendo soccorso; ma i servi erano dalla parte opposta del castello, e non potevano udirla. Emilia aprì la porta d'una camera a sinistra. La cameriera sclamò:

«Non entrate là dentro, signora, ci perderemmo ancor più.

— Porta il lume: troveremo la strada traverso tutte queste stanze.»

Annetta stava alla porta titubando; essa tendeva il lume per lasciar vedere la camera, ma i suoi raggi non vi penetravano a metà. «Perchè non entri?» disse Emilia; «lasciami vedere per dove si va per di qui.»

L'altra si avanzò con ripugnanza. La camera dava[91] adito ad una fuga di stanze antiche e spaziose. I mobili che le adornavano erano antichi quanto le muraglie, e conservavano un'apparenza di grandezza, sebbene logorati dal tempo e dalla polvere.

«Come fa freddo qui,» disse Annetta; «a quanto si dice, non vi ha abitato nessuno da molti secoli. Andiamo via.

— Da questa parte potremo forse arrivare allo

scalone,» rispose Emilia, e andando sempre avanti, si trovarono in una sala guarnita di quadri; prese il lume per esaminare quello d'un soldato a cavallo sul campo di battaglia. Egli puntava la spada sopra un uomo disteso ai piedi del suo destriero, e che sembrava chiederli mercè. Il soldato, colla visiera alzata, lo guardava con l'aria della vendetta.

Quest'espressione e tutto il complesso sorpresero Emilia per la sua somiglianza con Montoni; fremè e volse altrove lo sguardo. Passando col lume accanto agli altri quadri, ne vide uno coperto da un velo nero; questa singolarità la colpì; fermossi coll'intenzione di alzare il velo e considerare ciò che v'era nascosto con tanta cura; pure esitò. «Madonna!» gridò Annetta; che vuol dir mai questo? È sicuramente la pittura, il quadro di cui si parlava a Venezia.

— Che pittura?» disse Emilia. «Che quadro?

— Un quadro,» rispose Annetta, tremante e pallida. «Non ho mai potuto sapere ciò che fosse.

— Alza quel velo, Annetta.

— Chi? io, signorina, io? No, per tutto l'oro del mondo.

— Ma che cosa hai saputo su questo quadro, che ti spaventa tanto?

— Nulla, signorina, non mi è stato detto nulla. Andiamo via.

— Sicuro, ma prima voglio vedere il quadro; piglia il lume, Annetta, alzerò io il velo.»[92]

La cameriera prese il lume e fuggì precipitosamente, senza volere ascoltare Emilia, la quale, non volendo restar al buio, fu obbligata a seguirla.

«Ma che cos'hai, Annetta? Cosa ti fu detto di quel quadro, che scappi quando ti prego di restare?

— Non ne so il motivo, e non m'han detto nulla. Tutto quel che so, è che ci fu qualcosa di spaventoso a tal proposito; che in seguito fu sempre tenuto coperto d'un velo nero, e che nessuno lo ha veduto da molto tempo. Si dice che ciò abbia qualche rapporto colla persona che possedeva il castello prima che appartenesse al padrone; e...

— Benissimo, Annetta, mi accorgo che infatti tu non sai nulla del quadro.

— No, nulla in verità, signorina; perchè mi hanno fatto promettere di non parlarne mai. Ma...

— In tal caso,» soggiunse Emilia, vedendola combattuta dalla volontà di rivelare un segreto, e dal timore delle conseguenze, «in tal caso, non voglio saperne di più.

— No, signorina; non me lo domandate.

— Tu diresti tutto.»

Annetta arrossì, Emilia sorrise; finirono di traversare quelle stanze, e si trovarono finalmente in cima allo scalone. La cameriera vi lasciò la padroncina per chiamare una serva del castello, e farsi condurre alla camera inutilmente cercata.

Intanto Emilia pensava al quadro. La curiosità la spingea a tornar indietro per esaminarlo; ma l'ora, il luogo, il cupo silenzio che regnava intorno, tutto ne la distolse. Pure risolse di tornar col nuovo giorno al misterioso quadro e sollevarne il velo.

La serva comparve alfine, e condusse Emilia nella sua camera, situata all'estremità del castello ed in fondo al corridoio, sul quale s'apriva appunto la fila di stanze che avevano traversate. L'aspetto deserto di quella camera fece desiderare alla fanciulla[93] che Annetta non partisse subito. Il freddo umido che vi si sentiva la gelava quanto il timore; pregò Caterina, la serva del castello, di accenderle un po' di fuoco.

«Oh! signorina, son molti anni che non venne acceso fuoco in questa camera,» disse la fantesca.

— Non c'era bisogno di dircelo, buona donna,» soggiunse Annetta; «tutte le stanze di questo castello son fresche come i pozzi in tempo di estate: stupisco che voi possiate vivere in un luogo simile. Per me, vorrei essere a Venezia, o piuttosto in Francia.»

Emilia fe' cenno a Caterina di andare a prender le legna.

«Non capisco,» disse la cameriera, «perchè questa si chiami la camera doppia.»

La padroncina intanto l'osservava in silenzio, e la

trovava alta e spaziosa come tutte le altre già vedute. Le pareti erano intavolate di larice; il letto e gli altri mobili pareano antichissimi, ed avevano quell'aria di tetra grandezza che si osservava in tutto l'edificio. Essa aprì un finestrone; ma l'oscurità non le permise di nulla distinguere.

In presenza di Annetta, Emilia procurava di contenersi e trattener le lacrime. Desiderava ansiosamente di sapere quando si aspettava al castello il conte Morano; ma temeva di fare un'interrogazione inutile, e divulgare interessi di famiglia in presenza della servitù. Intanto, i pensieri d'Annetta occupavansi di oggetti ben diversi: essa amava molto il maraviglioso; aveva udito parlare d'una circostanza relativa al castello, che solleticava molto la di lei curiosità. Le avevano raccomandato il segreto e la sua smania di parlare era così violenta, che ad ogni istante stava per dir tutto. Era circostanza sì strana! Il non poter parlarne era un castigo forte per lei; ma Montoni poteva imporgliene de' più severi ed essa temeva di provocarlo.[94]

Caterina portò le legna, e la fiamma sfavillante fugò alquanto la nebbia lugubre della stanza; la fante disse ad Annetta che la padrona la cercava: Emilia restò sola in preda alle sue tristi riflessioni. Per sottrarvisi, si alzò a considerare meglio la camera ed i mobili. Vide una porta chiusa poco esattamente; ma accorgendosi non esser quella ond'era entrata, prese il lume per sapere ove conduceva. L'aprì, e scorse i gradini d'una scaletta segreta. Volle vedere dove mettesse, tanto più che comunicava colla camera; ma nello stato attuale del suo spirito le mancò il coraggio per andar più oltre. Chiuse la porta, e cercò d'affrancarla, avendo osservato che dalla parte interna non aveva chiavistello, mentre di fuori ve n'erano fin due. Appoggiandovi una sedia pesante, rimediò in parte al pericolo; ma paventava molto d'esser costretta a dormire in quella camera isolata, sola e con una porta della quale non conosceva la riuscita. Voleva quasi andar a pregar la signora Montoni acciò permettesse ad Annetta di passar la notte con lei, ma rigettò quest'idea, persuasa che i di lei timori sarebbero stati chiamati puerili, e per non iscuoter anche di troppo la fantasia già alterata della giovine. Queste affliggenti riflessioni furono interrotte dal rumore di passi nel corridoio: era Annetta ed un servo che le portavano la cena da parte della zia. Si mise a tavola vicino al fuoco, ed obbligò la cameriera a mangiar seco lei. Incoraggita da tale condiscendenza, e dallo splendore e calore del fuoco, la buona ragazza accostò la sedia a quella d'Emilia, e le disse:

«Avete mai udito parlare, signorina, dello strano caso che ha messo il padrone in possesso di questo castello?

— Quale maravigliosa storia ti fu mai detta?» rispose Emilia, cercando nascondere la viva curiosità che la tormentava.[95]

— Io so tutto,» soggiunse Annetta guardandosi intorno, ed accostandosele sempre più; «Benedetto mi ha raccontato tutto per viaggio. — Annetta, mi diss'egli, voi non sapete nulla di quel castello ove noi andiamo? — No, gli risposi, signor Benedetto; e voi che ne sapete? — Ma mi lusingo che saprete custodire un segreto, altrimenti non vi direi nulla per tutto l'oro del mondo. — Ho promesso di non parlarne, e si assicura che al padrone spiacerebbe molto che se ne ciarlasse.

— Se hai promesso il segreto,» disse Emilia, «fai male a rivelarlo.»

Annetta tacque alcun poco, poi soggiunse: «Oh! ma per voi, signorina, so bene che vi posso confidar tutto.»

Emilia si mise a ridere, dicendo: «Io tacerò fedelmente quanto te.»

Annetta replicò con gravità, ch'era cosa indispensabile, e continuò: «Voi dovete sapere che questo castello è molto antico e ben fortificato; si dice che abbia già sostenuto diversi assedi, e non appartenne sempre al signor Montoni, nè a suo padre; ma per una disposizione qualsiasi, egli doveva entrarne al possesso, se la signora moriva senza maritarsi.

— Qual signora?» disse Emilia.

— Adagio,» soggiunse Annetta; «è la signora di cui verrò a parlarvi. Essa abitava nel castello, ed aveva, come potete immaginarvelo, un gran treno. Il padrone veniva spesso a visitarla; se ne innamorò e le offrì di sposarla; erano parenti alla lontana, ma ciò non importava. La signora amava un altro, e non volle saperne di lui, per cui dicono montasse sulle furie; e voi ben sapete qual uomo sia quando è in collera. Forse lo vide ella in uno di questi trasporti, e lo rifiutò. Ma, come vi diceva, essa parea trista, infelice, e ciò per molto tempo. O Dio! Che rumore è questo? Non sentite, signorina?[96]

— È il vento,» disse Emilia; «prosiegui il tuo racconto.

— Come vi diceva, essa era afflitta ed infelice, passeggiava sola sul terrazzo, sotto le finestre, e là piangeva amaramente... Tutto ciò l'ho inteso dire a Venezia; ma ciò che segue, lo seppi oggi soltanto: il caso è accaduto molti anni addietro, allorchè il signor Montoni era ancor giovine; la dama si chiamava la signora Laurentini; era bellissima, ma andava spesso in collera, al par del padrone. Accortosi questi ch'essa non voleva dargli retta, che fa? lascia il castello, e non ci torna più; ma ciò poco le importava, poichè era infelice anche lui assente. Una sera finalmente,» soggiunse la ragazza sbassando la voce, e guardando intorno inquieta, «per quanto si dice, verso la fine dell'anno, cioè alla metà di settembre, o ai primi di ottobre, a quanto suppongo, o fors'anco alla metà di novembre... poco importa, è sempre verso la fine dell'anno: ma non posso precisare il momento, perchè non me lo dissero neppur essi. In somma, verso la fine dell'anno, questa signora andò a passeggiare fuori del castello nel bosco vicino, come faceva di solito. Essa era sola, colla sua cameriera: faceva freddo; ed il vento, spazzando via le foglie, soffiava tristamente attraverso quei grossi castagni che abbiamo passati ieri: Benedetto mi mostrava gli alberi mentre raccontava. Il vento era dunque molto freddo, e la cameriera la pregava di tornare indietro, ma non volle acconsentirvi, chè passeggiava volentieri pei boschi in qualunque stagione, la sera in ispecie; e se le foglie secche cadevano intorno a lei, ne avea maggior piacere. Ebbene! fu veduta scendere verso il bosco; venne la sera, ed essa non comparve. Suonarono le dieci, le undici, mezzanotte, e non si vide tornare; i domestici, pensando che le fosse occorsa qualche disgrazia, ne andarono in traccia; cercarono tutta la notte, ma non la trovarono, e non poterono averne[97] nessun indizio. Da quel giorno non ne hanno più saputo nulla.

— È proprio vero?» disse Emilia sorpresa.

— Verissimo, signora,» rispose Annetta inorridita; «pur troppo è vero. Ma si dice,» soggiunse ella sottovoce, «che da qualche tempo la signora Laurentini fu vista più volte di notte nel bosco e nei contorni del castello; alcuni de' vecchi servitori, che restarono qui dopo il tristo caso, assicurano d'averla veduta. Il vecchio fattore potrebbe raccontare cose assai strane, a quanto si dice.

— Qual contraddizione!» soggiunse Emilia; «tu dici che non si era più udito parlare di lei, e poi asserisci che fu veduta.

— Tutto questo mi fu detto colla massima segretezza,» continuò Annetta senza badare all'osservazione; «son certa che non vorrete farci torto a Benedetto ed a me di parlare di questo fatto.

— Non temere della mia indiscrezione,» rispose Emilia; «ma permettimi ch'io ti consigli d'essere un po' più prudente, e non isvelare ad alcuno quel che hai detto a me. Il signor Montoni, come tu dici, potrebbe benissimo andare in collera, se ne sentisse parlare. Ma, quali ricerche furono fatte a proposito di questa infelice?

— Oh! infinite, perchè il padrone aveva diritti sul castello, essendo parente più prossimo della signora Laurentini; e si dice che i giudici, i senatori, od altri, dichiararono ch'egli non potesse entrarne in possesso, se non dopo molti anni, e che se dopo questo lasso di tempo la dama non si fosse trovata, allora il castello gli sarebbe appartenuto come se fosse morta. Ma il fatto si propalò, e si sparsero tante e tante voci strane in proposito, che non ardisco neppure menzionarvele...

— È strano,» disse Emilia; «ma allorchè la signora Laurentini è di poi ricomparsa nel castello, non le ha parlato nessuno?[98]

— Parlato! parlarle!» sclamò Annetta con ispavento. «No, no, e poi no, statene sicura.

— E perchè no?» disse Emilia, bramando sapere qualcosa di più.

— Madonna santa! Parlare con uno spirito!

— Ma quali ragioni vi sono per credere che fosse uno spirito, se nessuno se le è avvicinato, e se nessuno le ha parlato?

— Oh! signorina, questo non posso dirvelo. Come potete voi farmi domande così stravaganti? Ma nessuno l'ha veduta andare e venire nel castello. Ora la vedevano in un sito, e poco dopo era in un altro. Essa non parlava, e se fosse stata viva, cosa avrebbe fatto in questo castello senza parlare? vi sono perfino parecchi luoghi dove nessuno si è arrischiato più di andare, e sempre per lo stesso motivo.

— Perchè essa non parlava?» disse Emilia sforzandosi di ridere, malgrado la paura che cominciava ad impossessarsi di lei.

— No,» rispose Annetta indispettita; «ma perchè ci si vedeva qualche cosa. Si dice pure esservi un'antica cappella nella parte occidentale del castello, ove talvolta, a mezzanotte, si sentono gemiti. Io fremo solo a pensarvi! colà si sono vedute cose molto straordinarie.

— Finiscila una volta con queste favole.

— Favole! signorina, io posso dirvi in proposito una storia che mi raccontò Caterina. Era una fredda sera d'inverno, e Caterina stava seduta nel salotto col vecchio Carlo e sua moglie. Carlo desiderò di mangiar fichi, ed incaricò la serva d'andarne a cercare alla dispensa, ch'era in fondo della galleria settentrionale. Caterina prese la lampada... Zitto, signora, odo fracasso!...»

Emilia, in cui allora Annetta avea fatto passar la sua paura, ascoltò attenta; ma non udì nulla. La cameriera continuò: «Caterina andò alla galleria... è quella che abbiam traversata prima di venir qui.[99] Essa andava colla lampada in mano senza paura alcuna... Ancora!» sclamò d'improvviso; «ho sentito ancora: or non m'inganno.

— Zitto!» disse Emilia tutta tremante. Ascoltarono, e rimasero immobili. Fu udito un colpo battuto nel muro. Annetta gettò un alto grido, la porta si aprì con lentezza, e videro entrar Caterina, che veniva per dire alla cameriera che la sua padrona la cercava. Annetta ridendo e piangendo, rimproverò Caterina di averle fatto tanta paura: temeva avesse udito ciò ch'ella aveva detto. Emilia, profondamente colpita dalla circostanza principale del racconto di Annetta, non avrebbe voluto restar sola nella situazione attuale; ma, per evitare i sarcasmi della signora Montoni, e non tradire la propria debolezza, lottò contro l'illusioni della paura, e congedò Annetta per tutta la notte.

Quando fu sola, pensò alla strana storia della signora Laurentini, e poi alla situazione in cui trovavasi ella stessa in quel terribile castello, in mezzo a deserti e montagne, in paese straniero, sotto il dominio d'un uomo che pochi mesi prima non conosceva, e di cui considerava il carattere con un orrore giustificato dal terror generale ch'egli ispirava. Allora, ricordando i timori profetici di Valancourt, il cuore di lei stringeasi dolorosamente, abbandonandosi a vani rammarici.

Il vento, fischiando con forza di fuori pel corridoio, accresceva la di lei malinconia. Emilia restava fissa davanti alle fredde ceneri dello spento focolare, quando un'impetuosa raffica penetrando con ispaventevol fracasso per quegli anditi, scosse porte e finestre, e spaventolla tanto più che spostò, nella scossa, la sedia ond'ell'erasi servita per affrancare l'uscio della scaletta, che si socchiuse. Gelata dal terrore, stette immobile, si fe' quindi coraggio, e corse ad assicurarlo alla meglio; quindi coricossi lasciando il lume sulla tavola; ma quella[100] luce tetra raddoppiò la sua paura. Al tremolio degli incerti raggi le pareva sempre di vedere ombre moversi nel fondo tenebroso della camera, ed affacciarsi per fino alle cortine del letto. L'orologio del castello suonò un'ora prima ch'ella potesse addormentarsi.

CAPITOLO XX

La luce del giorno fugò i vapori della superstizione, ma non quelli della paura. Si alzò, e per distrarsi delle importune idee, cercò occuparsi degli oggetti esterni. Contemplò dalla finestra le selvagge grandezze che le s'offrivano; i monti accatastati l'un sull'altro, non lasciavan vedere che anguste valli ombreggiate da folte selve. I vasti bastioni, gli edifizi diversi del castello, stendevansi lungo uno scosceso scoglio appiè del quale rumoreggiava un torrente precipitandosi sotto annosi abeti in profondo burrone. Una lieve nebbia occupava le lontane fondure, e svanendo gradatamente ai raggi del sole, scopriva gli alberi, le coste, gli armenti ed i pastori.

Osservando queste ammirabili vedute, Emilia si trovò alquanto sollevata.

L'aria fresca del mattino contribuì non poco a rianimarla. Innalzò i pensieri al cielo, chè sentivasi ognor più tranquilla allorchè gustava le sublimità della natura. Quando si ritrasse dalla finestra, girò gli occhi verso la porta da lei assicurata con tanta cura la notte precedente. Era decisa di esaminarne la riuscita, quando, nell'avvicinarsi per levar la sedia, si avvide ch'essa n'era già stata alquanto scostata. È impossibile descrivere la di lei sorpresa nel trovar poscia la porta chiusa. Rimase attonita come se avesse veduto uno spettro. La porta del corridoio era chiusa come l'aveva lasciata; ma l'altra, che non si poteva chiudere se non dal di fuori,[101] eralo stata necessariamente nel corso della notte. Si spaventò all'idea di dover dormir ancora in una camera nella quale era sì facile penetrare, e così lontana da qualunque soccorso: si decise pertanto di dirlo alla signora Montoni, e domandarle il cambiamento della camera.

Dopo qualche difficoltà le riuscì di ritrovare la sala della sera precedente, ove stava già preparata la colazione. Sua zia era sola, Montoni essendo andato a visitare i contorni del castello, per esaminar lo stato delle fortificazioni in compagnia di Carlo. Emilia notò che la zia aveva pianto, e il suo cuore s'intenerì per lei con un sentimento che si manifestò più nelle sue maniere che nelle parole. Si fece coraggio non ostante, e profittando dell'assenza di Montoni, chiese un'altra camera, ed informossi del motivo di quel viaggio. Sul primo articolo, la zia la rimandò a Montoni, ricusando di mescolarsene; e sul secondo, protestò la più assoluta ignoranza. Parlarono quindi del castello e del paese che lo circondava; e la zia non potè resistere al piacere di motteggiare la buona Emilia sul di lei gusto per le bellezze della natura. Questi discorsi furono interrotti dall'arrivo di Montoni, il quale si mise a tavola senza mostra di avvedersi che vi fosse qualcuno vicino a lui.

Emilia, che l'osservava tacendo, vide nella sua fisonomia un'espressione più tetra e severa del solito. — Oh! se io potessi indovinare, — diss'ella tra sè, — i pensieri ed i progetti di quella testa, non sarei condannata a questo crudele stato d'incertezza! — Avanti la fine della colazione, passata nel silenzio, Emilia arrischiò la domanda del cambiamento della camera, allegando i motivi che ve la inducevano.

«Non ho tempo di occuparmi di queste inezie,» disse Montoni; «quella è la camera che vi fu destinata, e dovete contentarvene. Non è presumibile[102] che nessuno siasi preso l'incomodo di salire una scala per chiudere una porta; se non lo era quando entraste, è probabilissimo che il vento abbia sospinto un chiavistello. Ma io non so perchè dovrei occuparmi d'una circostanza così frivola.»

Questa risposta non soddisfece punto Emilia, la quale avea notato come i chiavistelli fossero rugginosi, e per conseguenza non tanto facili a moversi. Non fe' noto questa sua osservazione, ma rinnovò la domanda.

«Se volete essere schiava di simili paure,» disse Montoni severamente, «astenetevi almeno dal molestare gli altri. Sappiate vincere tutte queste frivolezze, ed occupatevi nel fortificare il vostro spirito. Non avvi esistenza più spregevole di quella avvelenata dalla paura.» Sì dicendo, egli guardava fisso la moglie, la quale arrossì, e non proferì parola. Emilia, sconcertata ed offesa, trovava allora i suoi timori troppo giusti per meritare que' sarcasmi; ma vedendo che qualunque osservazione in proposito sarebbe inutile affatto, mutò discorso.

Carlo entrò di lì a poco portando frutti. «Vostra eccellenza dev'essere stanca di quella lunga passeggiata,» diss'egli mettendo le frutta sulla tavola; «ma dopo la colazione ci resta da vedere assai più: c'è un posto, nella strada sotterranea, che conduce a...»

Montoni aggrottò le ciglia e gli accennò di ritirarsi. Carlo troncò il discorso e chinò gli occhi; poi, avvicinandosi alla tavola, soggiunse: «Mi son presa la libertà, eccellenza, di portare alcune ciliege per le mie padrone: degnatevi gustarle,» diss'egli presentando il paniere alle donne; «sono buonissime; le ho colte io stesso; vedete, sono grosse come susine.

— Andiamo, andiamo,» disse Montoni impazientito, «basta così. Uscite ed aspettatemi, poichè avrò bisogno di voi.» Quando i due coniugi si furono ritirati, Emilia cercò distrarsi esaminando il castello. Aprì una gran porta e passò sui bastioni, contornati per tre lati da precipizii. L'ampiezza di essi ed il paese svariato cui dominavano eccitarono la di lei ammirazione. Percorrendoli, sostava ella sovente a contemplare la gotica magnificenza d'Udolfo, la sua orgogliosa irregolarità, le alte torri, le fortificazioni, le anguste finestrelle, le numerose feritoie delle torrette. Affacciatasi al parapetto, misurò coll'occhio la voragine spaventosa del sottoposto precipizio, di cui le nere cime delle selve celavano ancora la profondità. Dovunque volgea gli sguardi, non vedeva che picchi erti, tetri abeti e gole anguste, che internavansi negli Appennini, e sparivano alla vista tra quelle inaccessibili regioni. Stava così intenta quando vide Montoni accompagnato da due uomini che si arrampicavano per un sentiero praticato nel vivo sasso. Egli si fermò sopra un poggio considerando il bastione, e voltandosi alla scorta, si esprimeva con aria e gesti molto energici. Emilia conobbe che un di coloro era Carlo, e che solo all'altro, vestito da contadino, dirigevansi gli ordini di Montoni. Si ritirò dal muro al repentino fracasso d'alcune carrozze ed al tintinnar della campana d'ingresso, e le venne subito l'idea che fosse giunto il conte Morano. Tornò celermente alla propria stanza, agitata da mille paure; corse alla finestra, e vide sul bastione Montoni che passeggiava con Cavignì: parevano intertenersi in animatissimo colloquio.

Mentre stava agitata e perplessa, udì camminare nel corridoio, ed Annetta entrò.

«Ah! signorina,» diss'ella, «è arrivato il signor Cavignì: son contentissima di veder finalmente una faccia cristiana in questo luogo. Egli è così buono, m'ha sempre dimostrato tanto interesse.... C'è pure il signor Verrezzi, ed un altro che voi non indovinereste mai.[104]

— Il conte Morano forse, suppongo...» E cedendo all'emozione, cadde quasi svenuta sulla sedia.

— Il conte? Ma chi ve lo dice? No, signorina, egli non è qui, fatevi coraggio.

— Ne sei tu ben sicura?

— Sia lodato Iddio,» soggiunse Annetta, «che vi siete riavuta presto. In verità, vi credeva moribonda.

--Ma sei proprio sicura che il conte non c'è?

— Oh! sicurissima. Io guardava da un finestrino nella torretta di settentrione, quando sono arrivate le carrozze: non mi aspettava certo una vista tanto cara in questa spaventosa cittadella. Ma ora vi sono padroni, servitori, e si vede un po' di moto. Noi staremo allegri: andremo a ballare e cantare nel salotto, ch'è lontano dall'appartamento del padrone. Ma, a proposito, Lodovico è venuto con loro. Vi dovete ricordare di Lodovico, signora Emilia: quel bel giovane che governava la gondola del cavaliere nell'ultima regata, e guadagnò il premio! Quello che cantava poesie così belle, sempre sotto la mia finestra, al chiaro della luna, a Venezia! Oh! come l'ascoltava io!

— Temo che que' versi non ti abbiano guadagnato il cuore, Annetta mia. Ma se è così, ricordati di non lasciarglielo capire. Adesso sono riavuta, e puoi lasciarmi.

— Mi scordava di domandarvi in qual maniera avete potuto riposare in questa antica e spaventosa camera la notte scorsa.

— Come secondo il solito.

— Non avete dunque inteso alcun rumore?

— No.

—Nè veduto nulla?

—Niente affatto.

—È sorprendente.

—Ma dimmi, per qual motivo mi fai tu queste interrogazioni?[105]

—Oh! signorina, non ve lo direi per tutto l'oro del mondo, nè molto meno quel che mi fu raccontato di questa camera... Vi spaventereste troppo.

— Se è così, tu mi hai già spaventata. Potrai dunque dirmi tutto quel che ne sai senza aggravarti la coscienza.

— Dio Signore! si dice che compariscano spiriti in questa camera, e da un bel pezzo.

— Se è vero, gli è uno spirito che sa chiudere molto bene i chiavistelli,» disse Emilia sforzandosi di ridere, malgrado la sua paura. «Ieri sera lasciai quella porta aperta, e stamane l'ho trovata chiusa.»

Annetta impallidì, e tacque.

«Hai tu inteso dire che qualche servitore abbia chiusa questa porta stamattina prima ch'io mi alzassi?

— No, signora Emilia, vi giuro che non lo so, ma andrò a domandarlo,» disse Annetta correndo alla porta del corridoio.

— Fermati, Annetta, ho altre domande da farti.

Dimmi quel che sai di questa camera e della scaletta segreta.

— Vado subito a domandarlo, signorina; eppoi son persuasa che la padrona avrà bisogno di me, e non posso più restare.» Ed uscì ratta, senza aspettare risposta. Emilia, sollevata dalla certezza che Morano non era arrivato, non potè astenersi di ridere del repentino terrore superstizioso di Annetta, benchè anch'ella se ne risentisse talfiata.

Montoni aveva negato ad Emilia un'altra camera, ed ella si decise a sopportar rassegnata il male che non poteva evitare. Procurò di rendere la sua abitazione più comoda che potè; situò su d'un grand'armadio la sua piccola biblioteca, delizia dei giorni felici, e consolazione nella sua malinconia, preparò le matite, avendo deciso di disegnare il sublime punto di vista che scorgevasi dalla finestra;[106] ma rammentandosi quante volte avesse intrapreso anche altrove una distrazione di quel genere, e quante ne fosse stata impedita da nuove imprevedute disgrazie, titubò ad accingersi al lavoro, turbata dal presupposto prossimo arrivo del conte.

Per evitare queste penose riflessioni, si mise a leggere; ma la sua attenzione non potendo fissarsi sul libro che aveva in mano, lo buttò sul tavolino, e risolse di visitare il castello. Rammentandosi la strana istoria dell'antica proprietaria, si ricordò del quadro coperto dal velo, e risolse d'andarlo a scoprire. Traversando le stanze che vi conducevano, si sentì vivamente agitata: i rapporti di quel quadro colla signora del castello, il discorso di Annetta, la circostanza del velo, il mistero di quell'affare, eccitavano nell'anima sua un lieve sentimento di terrore, ma di quel terrore che s'impadronisce dello spirito, l'innalza ad idee grandiose, e, per una specie di magia, all'oggetto medesimo, che n'è la cagione.

Emilia camminava tremando, e si fermò un momento alla porta prima di risolversi di aprirla. Si avanzò verso il quadro, che parea di straordinaria grandezza e trovavasi in un canto; si fermò nuovamente; alla fine, con mano timida alzò il velo, ma tosto lasciollo ricadere. Non era un dipinto che aveva veduto, e, prima di poter fuggire, svenne sul pavimento.

Allorchè ebbe ricuperato l'uso de' sensi la rimembranza di ciò che aveva veduto la fece quasi mancare una seconda volta, ed ebbe appena la forza di uscir da quel luogo e di tornar nella sua camera. Quando vi fu rientrata, non ebbe coraggio di restarvi sola. L'orrore la dominava intieramente, e quando fu un poco riavuta, non seppe decidersi se dovesse informare la signora Montoni di ciò che aveva visto; ma il timore di esser nuovamente derisa, la determinò a tacere. Sedette alla finestra per riprender coraggio. Montoni e Verrezzi passarono[107] di lì a poco; essi parlavano e ridevano, e la loro voce la rianimò alquanto. Bertolini e Cavignì li raggiunsero sul terrazzo. Emilia, supponendo allora che la signora Montoni fosse sola, uscì per recarsi da lei. Sua zia stava abbigliandosi pel pranzo. Il pallore e la costernazione della nipote la sorpresero assai, ma la fanciulla ebbe forza bastante per tacere, sebbene il labbro ad ogni momento fosse in procinto di tradirla. Restò nell'appartamento della zia fino all'ora del pranzo; essa vi trovò i forestieri, i quali avevano un aria insolita di preoccupazione, e parevano distratti da interessi troppo importanti, per fare attenzione a Emilia od alla zia: parlarono poco, e Montoni anche meno: Emilia fremè nel vederlo. L'orrore di quella camera le stava sempre innanzi, e cambiò colore temendo di non poter contenere l'emozione; ma potè vincere sè medesima, interessandosi ai discorsi ed affettando un'ilarità poco d'accordo colla mestizia del cuore. Montoni mostrava evidentemente riflettere a qualche grande operazione. Il pasto fu silenzioso. La tristezza di quel soggiorno influiva perfino sul giocondo carattere di Cavignì.

Il conte Morano non fu nominato. La conversazione s'aggirò tutta sulle guerre che in quei tempi laceravano l'Italia, sulla forza delle milizie veneziane e sulla bravura dei generali. Dopo il pranzo, Emilia intese che il cavaliere sul quale Orsino aveva saziata la sua vendetta, era morto in conseguenza delle ferite ricevute, e che l'omicida veniva cercato con cura. Questa notizia parve allarmar Montoni; ma seppe dissimulare, e s'informò dove fosse nascosto Orsino. Gli ospiti, eccettuato Cavignì, ignari che Montoni a Venezia ne avesse favorito la fuga, risposero che desso era scappato la medesima notte con tanta fretta e segretezza, che neppure i suoi più intimi amici non ne avevano saputo nulla.

Emilia si ritirò poco dopo colla signora Montoni, lasciando quei signori occupati nei loro consigli[108] segreti. Aveva già Montoni avvertito la consorte, con cenni espressivi, a ritirarsi. Questa andò sui bastioni a passeggiare, nè aprì bocca: Emilia non interruppe il corso de' suoi pensieri. Essa ebbe bisogno di tutta la sua fermezza per astenersi dal comunicare alla zia il soggetto terribile del quadro. Si sentiva tutta convulsa, ed era tentata di palesarle ogni cosa per sollevarsi il cuore; ma, considerando che un'imprudenza della zia poteva perderle ambedue, preferì soffrire un male presente anzichè sottoporsi per l'avvenire ad uno maggiore. Essa aveva in quel giorno strani presentimenti. Le pareva che il suo destino l'incatenasse a quel luogo lugubre. Nondimeno, la rimembranza di Valancourt, la perfetta fiducia che aveva del suo amore costante, bastavano a versarle in seno il balsamo della consolazione.

Mentre appoggiavasi al parapetto del bastione, scorse in poca distanza parecchi operai ed un mucchio di pietre che parevano destinate a risarcire una breccia. Vide parimenti un antico cannone smontato. La zia si fermò per parlare co' lavoranti, domandandoli cosa facessero. «Si vuol risarcire le fortificazioni, signora,» disse uno di loro. Ella fu sorpresa che Montoni pensasse a que' lavori, tanto più ch'ei non le aveva mai manifestata l'intenzione di voler soggiornare colà lunga pezza. Si avanzò verso un'alta arcata che conduceva al bastione di mezzogiorno, e che, essendo unita da una parte al castello, sosteneva una torretta di guardia dominante tutta la valle. Nell'avvicinarsi a quell'arcata, vide da lontano scendere dai boschi una numerosa truppa di cavalli e d'uomini, cui riconobbe per soldati al solo splendore delle lance e delle altre armi, giacchè la distanza non permetteva di giudicare esattamente dei colori. Mentre guardava, l'avanguardia uscì dal bosco, ma la truppa continuava a stendersi fino all'estremità del monte. L'uniforme militare si distingueva nelle prime file, alla testa[109] delle quali inoltrava il comandante, che pareva dirigere la marcia delle schiere, avvicinandosi gradatamente al castello.

Un tale spettacolo, in quelle contrade solitarie, sorprese ed allarmò singolarmente la Montoni, la quale corse in fretta da alcuni contadini che lavoravano all'altro bastione, a domandar loro cosa fosse quella truppa. Queglino non poterono darle alcuna risposta soddisfacente; e, sorpresi anch'essi, osservavano stupidamente la cavalcata. La signora, credendo necessario comunicare al marito il soggetto della di lei sorpresa, mandò Emilia per avvertirlo che desiderava parlargli. La nipote non approvava l'ambasciata, temendo il mal umore dello zio; pure obbedì senza aprir bocca.

Nell'avvicinarsi alle stanze, ove si trovava Montoni cogli ospiti, Emilia udì una contesa violenta. Si fermò temendo la collera che poteva produrre il suo arrivo inaspettato. Poco dopo tacquero tutti; allora essa ardì aprir la porta. Montoni si volse vivamente, e la guardò senza parlare; ella eseguì la commissione. «Dite alla signora che sono occupato,» ei le rispose.

La fanciulla credè bene raccontargli il motivo dell'ambasciata. Montoni e gli altri si alzarono tosto e corsero alle finestre; ma, non vedendo le truppe, andarono sul bastione, e Cavignì congetturò dovesse essere una legione di *condottieri* in marcia per Modena. Parte di quella soldatesca era allora nella valle, l'altra risaliva i monti verso ponente, e la retroguardia era ancora sull'orlo dei precipizi, dond'erano venuti. Mentre Montoni e gli altri osservavano quella marcia militare, s'udì lo squillo delle trombe e dei timpani, i cui acuti suoni venivan ripetuti dagli echi. Montoni spiegò i segnali, di cui pareva espertissimo, e concluse che non avean nulla di ostile. La divisa dei soldati e la qualità delle armi lo confermarono nell'opinione di[110] Cavignì; ebbe la soddisfazione di vederli allontanare, nè ritirossi fintantochè non furono intieramente scomparsi.

Emilia, non sentendosi bastantemente rimessa per sopportare la solitudine della sua camera, rimase sul baluardo fino a sera. Gli uomini cenarono fra loro. La signora Montoni non uscì dalle sue stanze: Emilia recossi da lei prima di ritirarsi, e la trovò piangente ed agitata. La tenerezza della nipote era naturalmente così insinuante, che riusciva quasi sempre a consolare gli afflitti; ma le più dolci espressioni a nulla valsero colla zia. Ella finse, colla solita delicatezza, di non osservare il dolore di lei, ma ne' modi usò una grazia così squisita, una premura così affettuosa, che quella superba se ne offese. Eccitare la pietà della nipote, era per lei un affronto sì crudele pel suo orgoglio, che s'affrettò a congedarla. Emilia non le parlò della sua estrema ripugnanza a trovarsi isolata; le chiese soltanto in grazia che Annetta potesse restare con lei fino al momento di coricarsi. L'ottenne a stento; e siccome Annetta allora era co' servitori, le convenne ritirarsi sola. Traversò veloce le lunghe gallerie. Il fioco chiarore del lume non serviva che a rendere più sensibile l'oscurità, ed il vento minacciava di spegnerlo ad ogni istante. Passando davanti la fuga delle stanze visitate la mattina, credette udir qualche suono, ma guardossi bene dal fermarsi per accertarsene. Giunta alla sua camera, non vi trovò neppure una scintilla di fuoco. Prese un libro per occuparsi, finchè Annetta venisse; ma la solitudine e la quasi oscurità la piombarono nuovamente nella desolazione, tanto più ch'era prossima al luogo orribile scoperto la mattina. Non sapendo risolversi a dormire in quella stanza dove per certo la notte precedente era entrato qualcuno, aspettava Annetta con penosa impazienza, volendo saper da lei un'infinità di circostanze. Desiderava egualmente interrogarla[111] su quell'oggetto d'orrore, di cui la credea informata, sebbene inesattamente. Stupiva però, che la camera che lo conteneva restasse aperta tanto imprudentemente. Il fioco chiarore diffuso sulle pareti dal lume presso a spegnersi, aumentava il suo terrore. Si alzò per tornare nella parte abitata del castello, prima che l'olio fosse totalmente consunto.

Nell'aprir la porta, intese alcune voci, e vide un lume in fondo al corridoio. Era Annetta con un'altra serva. «Ho piacere che siate venute,» disse Emilia; «qual cagione vi ha trattenute tanto? Favorite di accendere il fuoco.

— La padrona aveva bisogno di me,» rispose Annetta un poco imbarazzata. «Vado subito a prendere le legna.

— No,» disse Caterina, «è incombenza mia.» Ed uscì. Annetta voleva seguirla; ma Emilia la richiamò, ed ella si mise a parlar forte e a ridere, come se avesse avuto paura di stare silenziosa.

Caterina tornò colle legna, e tostochè fu acceso il fuoco e la serva se ne fu andata, la fanciulla domandò ad Annetta se avesse prese le informazioni ordinatele.

«Sì, signora,» rispose la ragazza, «ma nessuno sa nulla. Io ho osservato Carlo con attenzione, perchè dicono ch'egli sappia di cose strane; quel vecchio ha una cert'aria che non saprei esprimere: mi domandò più volte se era ben sicura che la porta della scaletta segreta non fosse chiusa. — Sicurissima, gli risposi. In verità, signorina, son tanto sbalordita, che non so quel che mi dica. Non vorrei dormire in questa camera più che sul cannone del baluardo, là in fondo.

— E perchè meno su quel cannone che in qualunque altra parte del castello?» disse Emilia sorridendo. «Credo che il letto sarebbe duro.

— Sì, ma non si può trovarne un più cattivo. Il fatto sta che la notte scorsa fu veduto qualcosa vicino a quel cannone, che vi stava come di guardia.
[112]

— E tu credi a tutte le favole che ti spacciano?

— Signorina, vi farò vedere il cannone di cui si tratta. Voi potete scorgerlo qui dalla finestra.

— È vero, ma è una prova che sia guardato da un fantasma?

— Come! Se vi faccio vedere il cannone, non lo credete neppure allora?

— No, non credo altro se non quel che vedo co' miei occhi.

— Ebbene, lo vedrete, se volete avvicinarvi soltanto alla finestra.»

Emilia non potè trattener le risa, e Annetta parve sconcertata. Vedendo la di lei facilità a credere al maraviglioso, la fanciulla credè bene astenersi dal parlarle del soggetto del suo terrore, temendo ch'ella soccombesse a paure ideali. Parlò dunque delle regate di Venezia.

«Oh! sì, signorina,» disse Annetta, «que' bei lampioni e quelle belle notti al chiaro di luna: ecco che cosa c'è di magnifico a Venezia; son certa che la luna è più bella in quella città che altrove. Che musica deliziosa si sentiva! Lodovico cantava così spesso vicino alla mia finestra, sotto il portico! Fu Lodovico a parlarmi di quel quadro che avevate tanta smania di vedere ieri.

— Che quadro?» disse Emilia, volendo far parlare Annetta.

— Quel quadro terribile col velo nero.

— L'hai tu veduto?

— Chi? io? giammai; ma stamattina,» continuò la cameriera, parlando sottovoce e guardandosi intorno, «stamattina, quando fu giorno chiaro, — voi sapete ch'io aveva un gran desiderio di vederlo, ed aveva inteso strane cose in proposito, — andai fino alla porta decisa di entrarvi, ma la trovai chiusa.»

Emilia fremette, e temendo d'essere stata osservata, poichè la porta era stata chiusa sì poco tempo[113] dopo la sua visita, tremava la sua curiosità non le attirasse la vendetta di Montoni; e comprendendo quel soggetto essere troppo spaventoso per occuparsene a quell'ora, cambiò discorso. Era vicina la mezzanotte, e Annetta accingeasi ad andarsene, allorchè intesero suonare la campana della porta d'ingresso; ristettero spaventate: dopo una lunga pausa udirono il rumore di una carrozza nel cortile; Emilia si abbandonò sopra la sedia esclamando: «È il conte senz'altro.

— A quest'ora! oh no! parendomi impossibile ch'egli abbia scelto questo momento per arrivare in una casa.

— Cara mia, non perdiamo tempo in vani discorsi,» disse Emilia spaventata; «va, te ne prego, va a vedere chi può essere.»

Annetta uscì portando via il lume, e lasciandola all'oscuro: ciò le avrebbe fatto paura qualche minuto prima, ma in quel momento non ci badava: aspettava ed ascoltava quasi senza respirare. Infine Annetta ricomparve.

«Sì,» diss'ella, «avevate ragione; è il conte.

— Giusto cielo!» sclamò Emilia; «ma è proprio lui? l'hai realmente riconosciuto?

— Sì, l'ho veduto distintamente; sono andata al finestrino della corte occidentale che, come sapete, guarda nel cortile intorno. Ho veduto la sua carrozza, ov'egli aspettava qualcuno: vi erano molti cavalieri con torce accese. Quando gli si presentò Carlo, disse alcune parole ch'io non potei capire, e scese in compagnia d'un altro signore. Credendo che il padrone fosse già in letto, corsi al gabinetto della padrona per saper qualcosa; incontrai Lodovico, dal quale seppi che il signor Montoni vegliava ancora, e teneva consiglio cogli altri signori in fondo alla galleria di levante. Lodovico mi fe' segno di tacere, ed io son tornata subito qui.»

Emilia domandò chi fosse il compagno del conte, e come li avesse ricevuti Montoni; ma Annetta non potè dirle nulla.

«Lodovico,» soggiuns'ella, «andava appunto a chiamare il cameriere del padrone per informarlo di questo arrivo, allorchè io lo trovai.»

Emilia restò alcun tempo incerta; finalmente pregò Annetta di andar a scoprire, se fosse possibile, l'intenzione del conte venendo al castello.

«Volentieri,» rispose l'altra; «ma come potrò io trovare la scala, se vi lascio la lucerna?»

Emilia si offrì di farle lume. Quando furono in

cima alla scala, essa riflettè che poteva essere veduta dal conte, e, per evitar di passare pel salone, Annetta la condusse per vari anditi ad una scala segreta che metteva nel tinello.

Tornando indietro, Emilia temè di smarrirsi, ed essere nuovamente spaventata da qualche misterioso spettacolo, e fremea all'idea di aprire una sola porta. Mentre stava perplessa e pensierosa, le parve udire un singulto; si fermò, e ne sentì un altro distintamente: avea a destra parecchi usci; tese l'orecchio; quando fu al secondo, intese una voce lamentevole, ma non sapeva decidersi ad aprir la porta, o ad allontanarsi. Riconobbe sospiri convulsi e le querele d'un cuore alla disperazione: impallidì, e considerò ansiosa le tenebre che circondavanla: i lamenti continuavano; la pietà vinse il terrore. Nella probabilità che le di lei attenzioni valessero a consolarlo, depose il lume, ed aprì la porta pian piano: tutto era tenebre, tranne un gabinetto in fondo d'onde trapelava una fioca luce. Parendole riconoscere la voce, si avanzò adagio, e vide sua zia appoggiata al tavolino, col fazzoletto agli occhi... Essa restò immobile per lo stupore.

Un uomo stava assiso vicino al caminetto, ma non potè distinguerlo, perchè le voltava le spalle; tratto tratto egli diceva qualche parola sottovoce, che non potevasi intendere, ed allora la zia piangeva più[115] forte. Avrebbe Emilia voluto indovinare il motivo di quella scena, e riconoscere colui che a quell'ora si trovava colà: non volendo però aumentare le smanie della zia scuoprendo i suoi segreti, si ritirò con cautela, e, sebbene a stento, le riuscì di trovare la sua camera, ove in breve altri interessi le fecero obliare la di lei sorpresa.

Annetta tornò senza risposta soddisfacente. I servi, coi quali aveva parlato, ignoravano il tempo che il conte doveva restare nel castello: non parlavano che delle strade cattive percorse, dei pericoli superati, e maravigliavansi che il loro padrone avesse fatto quella strada a notte così avanzata. Ella finì col chiedere il permesso d'andarsi a riposare.

Emilia, conoscendo che sarebbe stata una crudeltà il trattenerla, la congedò. Rimase sola, pensando alla propria situazione ed a quella della zia; e gli occhi di lei fermaronsi alfine sul ritratto trovato nelle carte che il padre aveale imposto di ardere, e che stava sul tavolo con vari disegni estratti da una scatoletta poche ore innanzi: tal vista la immerse in tristi riflessioni, ma l'espressione commovente del ritratto ne addolciva l'amarezza. Guardò intenerita que' leggiadri lineamenti; d'improvviso, ricordossi conturbata le parole del manoscritto trovato colla miniatura, e che allora aveanla compresa d'incertezza e d'orrore. Infine, si riscosse, e decise di coricarsi; ma il silenzio, la solitudine in cui si trovava a quell'ora tarda, l'impressione lasciatale dal soggetto cui stava meditando, le ne tolsero il coraggio. I racconti di Annetta, benchè frivoli, aveanla però conturbata, tanto più dopo la spaventosa circostanza ond'ella era stata testimone poco lungi dalla sua camera.

La porta della scala segreta era forse il soggetto d'un timore meglio fondato. Decisa a non ispogliarsi, si gettò vestita sul letto; il cane di suo padre, il buon Fido, coricato ai di lei piedi, le serviva di sentinella.[116]

Preparata così, procurò di bandire le triste idee; ma il suo spirito errava tuttavia sui punti che più l'interessavano, e l'orologio suonò le due prima ch'ella potesse chiuder occhio. Cedè finalmente ad un sonno leggero, e ne fu svegliata da un rumore che le parve sentire in camera. Tremante alzò il capo, ascoltò attenta: tutto era nel silenzio; credendo essersi ingannata, si riadagiò sul guanciale.

Poco dopo il rumore ricominciò: pareva venir dalla parte della scaletta. Si rammentò allora il disgustoso incidente della notte scorsa, in cui una mano ignota aveva socchiuso quell'uscio. Il terrore le agghiacciò il cuore. Si alzò sul letto, e stirando lievemente il cortinaggio, osservò la porta della scala. Il lume che ardeva sul caminetto spandeva una luce fiochissima. Il rumore che credeva venire dalla porta continuò a farsi sentire. Le pareva che ne smovessero i chiavistelli; poi si fermavano, e quindi ricominciavano pian piano, come se avessero temuto di farsi udire. Mentre Emilia fissava gli occhi da quella parte, vide l'imposta muoversi, aprirsi lenta e qualcosa entrare in camera, senza che l'oscurità le permettesse distinguer nulla. Quasi morta dallo spavento, fu abbastanza padrona di sè stessa per non gridare e lasciar ricader la cortina. Osservò tacendo quell'oggetto misterioso, il quale pareva cacciarsi nelle parti più oscure della camera, poi talvolta fermarsi; ma quando si avvicinò al camino, Emilia potè distinguere una figura umana. Una tetra rimembranza fu quasi per farla soccombere. Continuò nonostante ad osservar quella figura, la quale restò immobile buona pezza, e si avvicinò quindi pian piano ai piedi del letto. Le cortine, socchiuse alquanto, permettevano alla fanciulla di vederla; ma il terrore la privava perfin dalla forza di fare un movimento. Dopo un istante, la figura tornò al camino, prese il lume, considerò la camera, e riaccostossi adagio al letto. I raggi della lampada svegliarono[117] allora il cane, il quale saltò a terra, latrò forte, e corse sull'incognito, che lo respinse colla spada coperta dal fodero. Emilia riconobbe il conte Morano. Essa lo guardò muta dallo spavento. Egli cadde in ginocchio, scongiurandola di non temere, e gettando il ferro, volle prenderle una mano. Ma, ricuperando allora le forze paralizzate dal terrore, Emilia saltò giù dal letto, Morano si alzò, la seguì verso la porta della scaletta, e la fermò mentre ne toccava il primo gradino; ma già al chiarore d'un lume, essa aveva veduto un altr'uomo a metà della scala medesima. Gettò un grido di disperazione, e, credendosi tradita da Montoni, si diè per perduta.

Il conte la trascinò in camera. «Perchè tanto spavento?» diss'egli con voce tremante. «Ascoltatemi, Emilia, io non vengo per farvi alcun male; no, giuro al cielo, vi amo troppo, senza dubbio pel mio riposo.»

Emilia lo guardò un momento coll'incertezza della paura. «Lasciatemi, signore,» gli disse, «lasciatemi dunque sul momento.

— Ascoltate, Emilia,» soggiunse Morano, «ascoltatemi: io vi amo, e sono disperato, sì, disperato. Come posso io guardarvi, forse per l'ultima volta e non provare tutte le furie della disperazione? Ma no, voi sarete mia a dispetto di Montoni, a dispetto di tutta la sua viltà.

— A dispetto di Montoni!» sclamò Emilia con vivacità. «O cielo! che sento mai?

— Che Montoni è un infame,» gridò Morano con veemenza, «un infame che vi vendeva al mio amore, che...

— E quello che mi comprava lo era egli meno?» diss'ella gettando sul conte un'occhiata sprezzante. «Uscite, signore, uscite sull'istante.» Poi soggiunse con voce commossa dalla speranza e dal timore, benchè sapesse di non poter essere intesa da nessuno: «Od io metterò sossopra tutto il castello,[118] ed otterrò dal risentimento del signor Montoni ciò che implorai indarno dalla sua pietà.

— Non isperate nulla dalla sua pietà; egli mi ha tradito indegnamente: la mia vendetta lo perseguiterà da per tutto; e quanto a voi, Emilia, ha senza dubbio progetti più lucrosi del primo.»

Il raggio di speranza che le prime parole del conte avevano reso ad Emilia, fu quasi spento da queste ultime espressioni. La di lei fisonomia ne fu conturbata, e Morano procurò di trarne vantaggio. Ei disse:

«Io perdo il tempo, non venni per declamare contro Montoni, venni per sollecitare, per supplicare Emilia; venni per dirle tutto ciò che soffro, per iscongiurarla di salvarci amendue: me dalla disperazione e lei dalla rovina. Emilia, i progetti di Montoni son tali, che voi non potete concepirli; sono terribili, ve lo giuro. Fuggite, fuggite da quest'orrida prigione coll'uomo che vi adora. Un servo, guadagnato a forza d'oro, mi aprirà le porte del castello, e fra breve vi sarete sottratta da questo scellerato.»

Emilia era oppressa dal colpo terribile ricevuto nel mentre appunto rinascevale la speranza in cuore. Si vedeva perduta senza riparo. Incapace di rispondere e quasi di riflettere, si abbandonò sur una sedia, pallida e taciturna; era probabilissimo che in principio Montoni l'avesse venduta a Morano, ma era chiaro che in seguito avesse ritrattata la sua promessa, e la condotta del conte lo provava. Appariva eziandio che un progetto più vantaggioso aveva solo potuto decidere l'egoista Montoni ad abbandonare quel piano, che aveva sì vivamente sollecitato. Queste riflessioni la fecero fremere delle parole di Morano, ch'ella non esitava a credere. Ma mentre tremava all'idea delle sventure che l'attendevano nel castello di Udolfo, considerava che l'unico mezzo di uscirne era la protezione d'un uomo,[119] col quale non potevano mancarle sciagure più certe e non meno terribili; mali in fine, di cui non poteva sostener il pensiero.

Il silenzio di lei incoraggì le speranze del conte, che l'osservava con impazienza; ei le prese la mano e scongiurala a decidersi. «Tutti gl'istanti di ritardo,» le disse, «rendono la partenza più pericolosa; i pochi momenti che noi perdiamo, possono dare a Montoni il tempo di sorprenderci.

— Per pietà, signore, non m'importunate» disse Emilia fiocamente; «io sono infelice, e debbo continuare ad esserlo. Lasciatemi, ve ne prego, lasciatemi al mio destino.

— Non mai,» gridò il conte con impeto; «io perirò piuttosto... ma perdonate questa violenza: l'idea di perdervi mi altera la ragione. Voi non potete ignorare il carattere di Montoni; ma potete ignorare i suoi progetti, sì, voi li ignorate certo, chè diversamente non esitereste fra l'amor mio ed il suo potere.

— Io non esito punto,» disse Emilia.

— Partiamo dunque,» soggiunse Morano baciandole la mano, ed alzandosi in fretta. «La mia carrozza ci aspetta sotto le mura del castello.

— V'ingannate, signore; vi ringrazio dell'interesse che prendete per la mia sorte, ma io resterò sotto la protezione del signor Montoni.

— Sotto la sua protezione!» sclamò violentemente Morano; «la sua *protezione*! Emilia, deh! non vi lasciate ingannare... Ve l'ho già detto quale sarebbe la sua *protezione*.

— Scusate se in questo momento non presto fede ad una semplice asserzione, e se esigo qualche prova.

— Non ho il tempo nè il mezzo di produrne.

— Ed io non avrò nessuna volontà di ascoltarle.

— Voi vi beffate della mia pazienza e delle pene[120] mie,» continuò Morano; «un matrimonio coll'uomo che vi adora, è egli dunque così terribile ai vostri occhi? Preferite questa crudel prigionia? Oh! c'è qualcuno, per certo, che m'invola gli affetti che dovrebbero appartenermi, altrimenti non potreste ricusare un partito che può sottrarvi alla più barbara tirannide.» E correva smarrito su e giù per la camera.

— Il vostro discorso, conte Morano, prova abbastanza che i miei affetti non potrebbero appartenervi,» disse Emilia con dolcezza. «Questa condotta prova abbastanza ch'io sarei ugualmente tiranneggiata, caso fossi in vostro potere. Se volete persuadermi il contrario, cessate di molestarmi davvantaggio colla vostra presenza; se me lo negaste, mi obblighereste di esporvi alla collera del signor Montoni.

— Ma ch'ei venga!» sclamò Morano furibondo; «ch'ei venga! Ardisca provocare la mia! ardisca guardare in faccia l'uomo che ha così insolentemente oltraggiato! Gl'insegnerò io cosa sia la morale, la giustizia, e specialmente la vendetta! venga, ed io gl'immergerò la spada nel seno.»

La veemenza colla quale si esprimeva, divenne per Emilia un nuovo motivo d'inquietudine. Si alzò dalla sedia, ma le tremavano le gambe, e ricadde. Guardava attentamente la porta chiusa del corridoio, convincendosi di non poter fuggire senza esserne impedita.

«Conte Morano,» diss'ella finalmente, «calmatevi, ve ne scongiuro, ed ascoltate la ragione, se non la pietà. Voi v'ingannate egualmente nell'amore e nell'odio. Non potrò mai corrispondere all'affetto onde vi piaceste onorarmi, e certo io non l'ho mai incoraggito. Il signor Montoni non può avervi oltraggiato: sappiate ch'ei non ha diritto di disporre della mia mano, quand'anco ne avesse il potere. Lasciatemi, abbandonate questo castello,[121] finchè potete farlo con sicurezza. Risparmiatevi le terribili conseguenze d'una vendetta ingiusta, ed il rimorso sicuro di aver prolungato i miei patimenti.

— Una vendetta ingiusta!» esclamò il conte riprendendo a un tratto la furia della passione. «E chi mai potrà vedere questo volto angelico, e credere un castigo qualunque proporzionato all'offesa che mi fu fatta? Sì, abbandonerò questo castello, ma non ne uscirò solo. La mia gente mi aspetta, e vi porterà alla mia carrozza; le vostre strida saranno inutili; nessuno può ascoltarle in questo luogo remoto. Cedete dunque alla necessità, e lasciatevi condurre.

— Conte Morano,» diss'ella alzandosi, e respingendolo mentre si avanzava, «io sono adesso in poter vostro, ma riflettete che una simile condotta non può acquistarvi la stima di cui pretendete esser degno.»

Qui fu interrotta dal brontolìo del suo cane, che saltò giù dal letto per la seconda volta; Morano guardò verso la scala, e, non vedendo alcuno, chiamò ad alta voce *Cesario*.

«Emilia,» le disse, in seguito, «perchè mi obbligate ad usar questo mezzo? Oh! quanto desidererei persuadervi, anzichè obbligarvi ad essere la mia sposa! Ma giuro al cielo che Montoni non vi venderà ad un altro. Intanto verrete meco. Cesario, Cesario!...»

Un uomo comparve. Emilia gettò un alto strido, mentre il conte la trascinava. In quel punto s'intese rumore all'uscio del corridoio. Il conte si fermò, come esitante tra l'amore e la vendetta; l'uscio si aprì, e Montoni, seguito dal vecchio intendente e da parecchi altri, entrò precipitoso nella camera dicendo: «Ah traditore! pagherai il fio del tuo infame attentato; in guardia!»

Il conte non aspettò una seconda sfida; consegnò Emilia a Cesario, e voltosi con fierezza: «Sono da[122] te, infame,» gridò egli menandogli un colpo da disperato. Montoni si difese valorosamente, ma furono separati dai seguaci, mentre Carlo strappava Emilia alla gente di Morano.

«È per questo,» disse Montoni con ironia, «è per questo ch'io vi riceveva nel mio tetto, e vi permetteva di passarvi la notte? Voi adunque veniste a ricompensar la mia ospitalità con un indegno tradimento, e per involarmi mia nipote?

— Che chi parla di tradimento,» rispose Morano con rabbia concentrata, «osi mostrarsi senza arrossire. Montoni, voi siete un infame; se qui c'è tradimento, voi solo ne siete l'autore.

— Ah vile!» gridò l'altro sciogliendosi da chi lo tratteneva e correndo addosso al conte. Uscirono dalla porta del corridoio. Il combattimento fu così furioso, che nessuno ardì avvicinarsi. Montoni, d'altra parte, giurava di trafiggere il primo che si fosse frapposto. La gelosia e la vendetta aumentavano la rabbia e l'acciecamento di Morano. Montoni, più padrone di sè stesso, ed abilissimo, ebbe il vantaggio, e ferì l'avversario; ma questi parendo insensibile al dolore e alla perdita del sangue, seguitò a battersi, e piagò Montoni leggermente nel braccio, ma nell'istesso momento toccò una larga ferita, e cadde in braccio a Cesario. Montoni, appoggiandogli la spada al petto, voleva obbligarlo a chieder la vita. Morano potè appena replicare con un gesto ed una parola negativa, e svenne. L'altro stava per trafiggerlo, ma Cavignì gli trattenne il braccio: cedette però con molta difficoltà, e vedendo l'avversario rovesciato, ordinò di trasportarlo all'istante fuori del castello.

Emilia, che non aveva potuto uscire dalla camera durante lo spaventoso tumulto, entrò nel corridoio, e patrocinando con coraggio la causa dell'umanità, supplicò Montoni di accordare a Morano, nel castello, i soccorsi che esigeva il suo stato. Montoni, [123] il quale non ascoltava quasi mai la pietà, parea in quel momento sitibondo di vendetta. Colla crudeltà d'un mostro ordinò per la seconda volta che il suo vinto nemico fosse trasportato subito fuori del castello nello stato in cui si trovava. Quei dintorni, coperti di boschi, offrivano appena una capanna solitaria da passarvi la notte. I servi del conte dichiararono che non l'avrebbero mosso di lì, finchè non avesse dato almeno qualche segno di vita. Quelli di Montoni stavano immobili, e Cavignì faceva invano rimostranze: la sola Emilia, non badando a minacce, portò acqua a Morano, e ordinò agli astanti di fasciargli le ferite. Montoni, sentendo finalmente qualche dolore alla sua, si ritirò per farsi medicare.

In quell'intervallo, il conte rinvenne. Il primo oggetto che lo colpì, aprendo gli occhi, fu Emilia chinata su di lui coll'espressione della massima inquietudine. Egli la contemplò dolorosamente.

«L'ho meritato,» diss'egli, «ma non da Montoni. Io meritava d'esser punito da voi, e ne ricevo invece pietà.» Dopo qualche pausa soggiunse: «Bisogna ch'io vi abbandoni, ma non a Montoni. Perdonatemi i dispiaceri che vi cagionai. Il tradimento di quell'infame non resterà impunito.... Non sono in istato di camminare, ma poco importa: portatemi alla capanna più prossima. Non passerei la notte in questo luogo, quand'anco fossi certo di morire nel breve tragitto che dovrò fare.»

Cavignì propose di andare ad uniformarsi se vi fosse nelle vicinanze qualche abituro, prima di levarlo di là, ma il conte era troppo impaziente di partire. L'angoscia del suo spirito sembrava ancor più violenta del patimento della ferita. Rigettò sdegnosamente la proposta di Cavignì, nè volle che si ottenesse per lui il permesso di passar la notte nel castello. Cesario voleva far venir innanzi la carrozza, ma Morano glielo proibì. «Non potrei sopportarla,» diss'egli; «chiamate i miei servitori: essi mi trasporteranno sulle braccia.»[124]

Finalmente, calmandosi alquanto, acconsentì che Cesario andasse prima in cerca di un ricetto. Emilia, vedendolo risensato, si disponeva ad uscire, quando Montoni glie l'ordinò per mezzo d'un servo, aggiungendo che se il conte non era partito, dovesse allontanarsi immediatamente. Gli sguardi di Morano sfavillarono di sdegno, e si fece di fuoco.

«Dite a Montoni,» soggiunse, «che me n'andrò quando mi converrà. Lascerò questo castello ch'esso *chiama il suo*, come si lascia il nido di un serpente; ma non sarà l'ultima volta che udrà parlar di me. Ditegli che, per quanto potrò, non gli lascerò *un altro omicidio* sulla coscienza.

— Conte Morano, sapete voi bene quel che dite?» disse Cavignì.

— Sì, lo so benissimo, ed egli intenderà ciò ch'io voglio dire. La sua coscienza, su questo punto, seconderà la sua intelligenza.

— Conte Morano,» disse Verrezzi, che fin allora stava zitto, «se ardite insultare ancora il mio amico, v'immergo la spada nel cuore.

— Sarebbe azione degna dell'amico d'un infame,» disse Morano, e la violenza dello sdegno lo fe' sollevare dalle braccia de' servi; ma la di lui energia fu momentanea, e ricadde spossato. La gente di Montoni tratteneva Verrezzi, il quale pareva disposto a compiere la sua minaccia. Cavignì, meno irritato di lui cercava di farlo uscire, Emilia, trattenuta fin allora dalla compassione, stava per ritirarsi, quando la voce di Morano l'arrestò. Le fe' cenno di avvicinarsi. Ella si avanzò timidamente, ma il languore che sfigurava la faccia del ferito, eccitò la di lei pietà.

«Vi lascio per sempre,» ei le disse; «forse non vi vedrò più. Vorrei portar meco il vostro perdono, e, se non fossi troppo importuno, ardisco chiedere la vostra benevolenza.

— Ricevete questo perdono,» disse Emilia, «coi voti più sinceri per la vostra pronta guarigione.»[125]

Scongiuratolo quindi ad uscir tosto dal castello, recossi dallo zio. Egli era nel salotto di cedro su di un sofà, e soffriva molto della sua ferita, ma la sopportava con gran coraggio.

Emilia tremava nell'avvicinarsegli; ei la rampognò forte per non aver obbedito subito, e attribuì a capriccio la di lei pietà pel ferito.

La fanciulla, punta da quelle oltraggiose parole, non rispose.

In quella Lodovico entrò nella stanza, riferendo che trasportavano Morano su d'una materassa ad una capanna poco distante. Montoni parve placarsi, e disse ad Emilia che poteva tornare alla sua camera. Ella andossene volentieri; ma l'idea di passar la notte in una stanza che poteva esser aperta a tutti, le fece allora più spavento che mai. Risolse di andare da sua zia a chiederle il permesso di condur seco Annetta.

Nell'avvicinarsi alla galleria, udì voci di persone che parevano altercare; riconobbe ch'erano Cavignì e Verrezzi; quest'ultimo protestava di voler andare ad informar Montoni dell'insulto fattogli da Morano. Cavignì parea cercar di calmarlo.

«Non si deve badare,» diceva egli, «alle ingiurie d'un uomo in collera; la vostra ostinazione sarà funesta al conte ed a Montoni; noi abbiamo ora interessi molto più seri da discutere.»

Emilia unì le sue preghiere alle ragioni di Cavignì, e riuscirono in fine a distoglier Verrezzi dal suo progetto.

Entrata dalla zia, la di lei calma le fece credere che ignorasse l'accaduto; volle raccontarglielo con cautela; ma la zia l'interruppe dicendole che sapeva tutto. Benchè Emilia sapesse benissimo ch'ella aveva poche ragioni per amare il marito, pur non la credeva capace di tanta indifferenza. Ottenne il permesso di condur seco Annetta, e si ritirò subito. Una striscia di sangue, rigando il corridoio, conducea[126] alla sua stanza, e nel luogo del combattimento il suolo erane tutto coperto. La fanciulla tremò, ed appoggiossi alla cameriera nel passarvi. Giunta in camera, volle esaminare dove mettesse la scala, dipendendo molto la sua sicurezza da questa circostanza. Annetta, curiosa e spaventata insieme, acconsentì al progetto; ma nell'avvicinarsi alla porta, la trovarono chiusa al di fuori, talchè dovettero accontentarsi di assicurarla nell'interno, appoggiandovi i mobili più pesanti che poterono smovere. Emilia andò a letto, e la cameriera si mise sur una sedia presso al camino, ove fumava ancora qualche tizzone.

CAPITOLO XXI

Fa duopo riferir ora qualche circostanza di cui l'improvvisa partenza da Venezia e la rapida sequela di casi susseguiti nel castello non ne concessero d'occuparci.

La mattina istessa di quella partenza, Morano, all'ora convenuta, andò a casa Montoni per ricevere la sposa. Fu sorpreso non poco dal silenzio e dalla solitudine de' portici, pieni al solito di servitori; ma la sorpresa fece luogo immediatamente al colmo dello stupore ed alla rabbia, allorchè una vecchia aprì la porta, e disse che il suo padrone e tutta la famiglia erano partiti di buonissim'ora da Venezia per andare in terraferma. Non potendolo credere, sbarcò dalla gondola e corse nella sala ad informarsi più minutamente dalla vecchia, la quale persistè nella sua asserzione, e la solitudine del palazzo lo convinse della verità. L'afferrò pel braccio, e parve volesse sfogare sulla poveretta la bile che l'ardea. Le fece mille interrogazioni in una volta, accompagnati da gesti così furibondi, che colei, spaventatissima, non fu in grado di rispondergli. La lasciò, e si mise a scorrere il portico e i cortili come un [127] insensato, maledicendo Montoni e la propria dabbenaggine.

Quando la donna si fu riavuta dal terrore, gli raccontò quanto sapeva; per verità era poco, ma bastò a far comprendere a Morano come Montoni fosse andato al suo castello degli Appennini. Ei ve lo seguì tostochè la sua gente ebbe fatti i necessari preparativi, accompagnato da un amico e da numerosa servitù. Era deciso di ottenere Emilia, o sacrificare Montoni alla sua vendetta. Quando si fu alquanto calmato, la coscienza gli rammentò alcune circostanze che spiegavano abbastanza la condotta di Montoni. Ma in qual modo quest'ultimo avrebbe mai potuto sospettare un'intenzione ch'egli solo conosceva, e che non poteva indovinare? Su questo punto però era stato tradito dall'intelligenza simpatica che esiste, per così dire, fra le anime poco delicate, e fa giudicare ad un uomo ciò che deve fare un altro in una data circostanza. Così infatti era accaduto a Montoni. Aveva alfine acquistata la certezza di quanto già sospettava: che la sostanza, cioè, del conte Morano, invece di esser ragguardevole, come l'aveva creduto in principio, era al contrario in cattivissimo stato. Montoni avea favorito le sue pretese sol per motivi personali, per orgoglio, per avarizia. La parentela d'un nobile veneziano avrebbe sicuramente soddisfatto il primo, e l'altro speculava sui beni di Emilia di Guascogna, che doveangli esser ceduti il giorno stesso delle nozze. Aveva già concepito qualche sospetto per le sregolatezze del conte, ma non aveva acquistata la certezza della di lui rovina, se non la vigilia del matrimonio. Non esitò dunque a concludere che Morano lo ingannava per certo sull'articolo dei beni di Emilia, e questo dubbio confermossi, quando, dopo aver convenuto di firmare il contratto la notte medesima, il conte mancò alla sua parola. Un uomo così poco riflessivo, così distratto come Morano, nel[128] momento in cui s'occupava delle sue nozze, aveva facilmente potuto mancare all'impegno senza malizia; ma Montoni interpretò l'incidente secondo le proprie idee. Dopo avere aspettato un pezzo, egli aveva ordinato a tutta la sua famiglia di star pronta al primo cenno. Affrettandosi di arrivare al castello d'Udolfo, voleva sottrarre Emilia a tutte le ricerche di Morano, e sciogliersi dall'impegno senza esporsi ad alterchi. Se il conte, al contrario, non avesse avuto che pretese onorevoli, com'ei le chiamava, avrebbe certamente seguito Emilia, e firmata la cessione concertata. A questo patto Montoni l'avrebbe sacrificata senza scrupolo ad un uomo rovinato, all'unico scopo di arricchir sè medesimo. Si astenne nullameno dal dirle una sola parola sui motivi di quella partenza, temendo che un'altra volta un barlume di speranza non la rendesse indocile ai suoi voleri.

Fu per tai considerazioni ch'era partito improvvisamente da Venezia; e, per motivi opposti, Morano eragli corso dietro attraverso i precipizi dell'Appennino. Allorchè seppe il di lui arrivo, Montoni, persuaso che venisse ad adempire la sua promessa, si affrettò di riceverlo; ma la rabbia, le espressioni ed il contegno di Morano lo disingannarono tosto. Montoni spiegò in parte le ragioni della sua improvvisa partenza; e il conte, persistendo a chiedere Emilia, colmollo di rimproveri senza parlare dell'antico patto.

Il castellano finalmente, stanco della disputa, ne rimise la conclusione alla domane, e Morano si ritirò con qualche speranza sull'apparente di lui perplessità; quando però, nel silenzio della notte, si rammentò il loro colloquio, il di lui carattere e gli esempi della sua doppiezza, la poca speranza che conservava l'abbandonò, e risolse di non perder l'occasione di possedere Emilia in altro modo. Chiamò il suo confidente, gli comunicò il proprio disegno, [129] e l'incaricò di scoprire fra i servi del castello qualcuno che volesse prestarsi a secondare il ratto di Emilia: se ne rimise in tutto alla scelta e prudenza del suo agente, e non a torto, poichè questi non tardò a trovar un uomo stato recentemente trattato con rigore da Montoni, e che non pensava se non a tradirlo. Costui condusse Cesario fuori del castello, e per un passaggio segreto l'introdusse alla scala, gl'indicò una via più corta, e gli diede le chiavi che potevano favorirne la ritirata; fu anticipatamente ben ricompensato, ed abbiamo veduto qual riuscita ebbe l'attentato del conte.

Il vecchio Carlo, frattanto, aveva sorpreso due servitori di Morano, i quali avendo avuto ordine di aspettare colla carrozza fuori del castello, comunicavansi la loro maraviglia sulla partenza improvvisa e segreta del padrone. Il cameriere non aveva lor confidato, del progetto di Morano, se non ciò ch'essi dovevano eseguire; ma i sospetti eran destati, e Carlo ne trasse il miglior partito. Prima di correre da Montoni, procurò di raccogliere altre notizie, ed a tal uopo, accompagnato da un altro servo, si pose in agguato alla porta del corridoio della camera di Emilia; nè vi restò indarno, giacchè, poco dopo, sentì giunger Morano, ed essendosi accertato de' suoi progetti, corse ad avvertire il padrone, contribuendo così ad impedire il ratto.

Montoni, il giorno dopo, col braccio al collo, fece il solito giro delle mura, visitò gli operai, ne fece aumentare il numero, e tornò al castello, ov'era aspettato da nuovi ospiti. Li fe' venire in un appartamento separato, e Montoni restò chiuso seco loro per quasi due ore. Chiamato poscia Carlo, gli ordinò di condurre i forestieri nelle stanze destinate agli uffiziali della casa, e di farli immediatamente rifocillare.

Frattanto il conte giacea in una capanna della foresta, oppresso da doppio patimento, e meditando[130] una terribil vendetta. Il servo di lui, spedito al villaggio più vicino, non tornò che il dì dopo con un chirurgo, il quale non volle spiegarsi sul carattere della ferita, e volendo prima esaminare i progressi dell'infiammazione, gli amministrò un calmante, e restò con lui per giudicarne gli effetti.

Emilia potè nel resto di quella notte riposare un poco. Destandosi, si rammentò che finalmente era stata liberata dalle persecuzioni di Morano, e si sentì sollevata in gran parte da' mali che l'opprimevano da tanto tempo. L'affliggevano ancora però i sospetti esternatile dal conte sulle mire di Montoni: egli aveva detto che i suoi progetti erano impenetrabili, ma terribili. Per iscacciarne il pensiero, cercò le sue matite, si affacciò alla finestra, e contemplò il paese per isceglievi una bella veduta.

Così occupata, riconobbe sui bastioni gli uomini giunti di fresco nel castello. La vista di quegli stranieri la sorprese, ma ancor più il loro esteriore: avevano essi una singolarità di vestiario, una fierezza di sguardi, che cattivarono la di lei attenzione. Si ritirò dalla finestra mentr'essi vi passavano sotto, ma vi si riaffacciò tosto per osservarli meglio. Le loro fisonomie accordavansi così bene coll'asprezza di tutta la scena, che, mentre esaminavano il castello, li disegnò come banditi nella sua veduta.

Carlo, avendo procurato a coloro i rinfreschi necessari, tornò da Montoni, il quale voleva scoprire il traditore da cui, la notte precedente, Morano aveva ricevute le chiavi; ma Carlo, troppo fedele al suo padrone per soffrire che gli nuocessero, non avrebbe però denunziato il camerata, neppure alla giustizia. Accertò che l'ignorava, e che il colloquio de' servi del conte non gli avea svelato altro che la trama. I sospetti di Montoni caddero naturalmente sul guardaportone, e lo fece venire. Bernardino negò con tanta audacia, che lo stesso Montoni dubitò della sua reità, senza poterlo credere innocente;[131] infine lo rimandò, talchè sebben fosse il vero autore del complotto, ebbe l'arte di sfuggire ad un severo castigo.

Montoni recossi dalla moglie, ed Emilia non tardò a raggiungerli; essa li trovò in una violenta contesa e voleva ritirarsi, ma la zia la richiamò.

«Voi sarete testimone,» diss'ella, «della mia resistenza. Ora ripetete, o signore, il comando al quale ho tante volte ricusato d'obbedire.»

Egli ordinò severamente alla nipote di ritirarsi. La zia insistè perchè restasse. Emilia desiderava sfuggire alla scena di quell'alterco; voleva servire la zia, ma disperava di calmare Montoni, nei cui sguardi dipingeasi a tratti di fuoco la tempesta dell'anima.

«Uscite,» gridò egli infine con voce tuonante, Emilia obbedì, e andò sul bastione, dove non erano più gli stranieri. Meditando sull'infelice unione fatta dalla sorella di suo padre, e sull'orrore della propria situazione, cagionata dalla ridicola imprudenza della zia, avrebbe voluto rispettarla quant'erale affezionata; ma la condotta della Montoni aveaglielo sempre reso impossibile. La pietà però che sentiva pel cordoglio di quella infelice, le faceva obliare i torti dei quali poteva accusarla.

Mentre passeggiava così sul bastione, comparve Annetta, che, guardando intorno con cautela, le disse:

«Mia cara padroncina, vi cerco dappertutto; se volete seguirmi, vi farò vedere un quadro.

— Un quadro!» sclamò ella fremendo.

— Sì, il ritratto dell'antica padrona del castello. Il vecchio Carlo mi ha or detto ch'era dessa, e pensai farvi cosa grata conducendovi a vederla: quanto alla signora, voi sapete che non si può parlargliene.

— E perciò tu ne parli con tutti.

— Sì, signora; cosa farei qui, se non potessi[132] parlare? Se fossi in un carcere, e mi lasciassero chiaccherare, sarebbe almeno una consolazione: sì, vorrei parlare, quand'anco fosse ai muri. Ma venite, non perdiamo tempo: bisogna che vi mostri il quadro.

— È forse coperto da un velo?» disse Emilia dopo una pausa; «non ho nessuna voglia di vederlo.

— Come! signora Emilia, non volete vedere la padrona del castello, quella signora che sparve così stranamente? Quanto a me, avrei traversate tutte le montagne per veder il ritratto. A dirvi il vero, questo racconto singolare mi fa fremere al solo pensarvi, eppure è l'unica cosa che m'interessa.

— Sei tu poi certa che è un quadro? l'hai tu veduto? È coperto da un velo?

— Buon Dio! sì, no e sì: son certa che è un quadro. L'ho veduto, e non è coperto da alcun velo.»

L'accento e l'aria di sorpresa con cui Annetta rispose, rammentarono ad Emilia la sua prudenza, e con un sorriso forzato, dissimulando la commozione, acconsentì ad andar a vedere il ritratto posto in una stanza oscura attigua al tinello.

«Eccolo qua,» disse Annetta piano, mostrandole il quadro. Emilia l'osservò, e vide che rappresentava una signora nel fior dell'età e della bellezza. I lineamenti n'erano nobili, regolari e pieni d'una forte espressione, ma non di quella seducente dolcezza che avrebbe voluto trovarvi Emilia, nè di quella tenera melanconia che tanto l'interessava.

«Quant'anni sono scorsi,» disse Emilia, «dacchè è sparita questa signora?

— Venti anni circa, a quel che dicono.»

La fanciulla continuò ad esaminare il ritratto.

«Io penso,» ripigliò Annetta, «che il signor Montoni dovrebbe situarlo in una camera più bella. A parer mio, il ritratto della signora, della quale[133] ha ereditate le ricchezze, dovrebbe stare nell'appartamento nobile. In verità, era una bella donna, ed il padrone potrebbe, senza vergognarsi, farlo portare nel grand'appartamento dove c'è il quadro velato. (Emilia si volse). È vero che non lo si vedrebbe meglio: ne trovo sempre chiusa la porta.

— Usciamo,» disse Emilia; «lascia, Annetta, che torni a raccomandartelo; procura di esser riservatissima nei tuoi discorsi, e non far sospettare che tu sappia la minima cosa, a proposito di quel quadro.

— Santo Dio, non è già un segreto: tutti i servitori lo hanno veduto più volte.

— Ma come può essere?» disse Emilia sussultando; «veduto! quando? come?

— Non c'è nulla di sorprendente: già noi siam tutti un pochetto curiosi.

— Ma se mi dicesti che la porta era chiusa?

— Se così fosse, come avremmo potuto entrare?» E guardava da per tutto.

— Ah! tu parli di questo quadro qui,» disse Emilia calmandosi. «Vieni, Annetta. Non vedo altro degno d'attenzione. Andiamo via.»

Avviandosi alla sua stanza, essa vide Montoni scendere nella sala, e tornò nel gabinetto di sua zia, cui trovò sola e piangente. Il dolore e il risentimento lottavano sulla sua fisonomia. L'orgoglio aveva trattenuto fin allora le sue doglianze. Giudicando Emilia da sè medesima, e non potendo dissimulare ciò che si meritava da lei l'indegnità del suo trattamento, credeva che i suoi affanni avrebbero eccitata la gioia della nipote, anzichè qualche simpatia. Credeva che la disprezzerebbe, nè avrebbe, per lei la minima compassione; ma conosceva assai male la bontà di Emilia.

Le pene vinsero finalmente l'orgoglioso carattere. Quando Emilia era entrata la mattina nelle sue stanze, le avrebbe svelato tutto, se il marito non[134] l'avesse prevenuta; ed or che la di lui presenza non glielo impediva, proruppe in amari lamenti.

«O Emilia,» esclamò ella, «io sono la donna più infelice! Vengo trattata in un modo barbaro! Chi l'avrebbe preveduto, quando aveva dinanzi a me una sì bella prospettiva, che proverei un destino così terribile? Chi avrebbe creduto, allorchè sposai un uomo come Montoni, che mi sarei avvelenata la vita? Non c'è mezzo d'indovinare il miglior partito da prendere; non ve n'ha per riconoscere il vero bene. Le speranze più lusinghiere c'ingannano, ingannando così anche i più saggi. Chi avrebbe preveduto, quando sposai Montoni, che mi pentirei così presto della mia generosità?»

Emilia sapeva bene che avrebbe dovuto prevedere tutti questi inconvenienti, ma non essendo quello il momento di farle inutili rimproveri, sedette presso la zia, le prese la mano, e con quell'aria pietosa che la faceva somigliare ad un angelo custode, le parlò con infinita dolcezza. Tutti i suoi discorsi però non bastarono a calmare la signora Montoni, la quale non volle ascoltar nulla; essa aveva bisogno di sfogarsi ancor prima di essere consolata.

«Ingrato!» diss'ella, «mi ha ingannato in tutte le maniere. Ha saputo strapparmi dalla patria, dagli amici; mi chiuse in questo antico castello, e crede costringermi a cedere a tutti i suoi voleri; ma vedrà che si è ingannato, vedrà che nessuna minaccia basterà ad indurmi a... Ma chi l'avrebbe creduto? Chi l'avrebbe mai supposto che, col suo nome, la sua apparente ricchezza, costui non avesse nulla affatto? No, neppure uno zecchino del suo! Io credeva far bene: lo credeva uomo d'importanza ed opulentissimo, altrimenti non lo avrei sposato. Ingrato! Perfido! Mostro!...

—Cara zia, calmatevi; il signor Montoni sarà forse men ricco di quello che credevate, ma non è poi così povero. La casa di Venezia e questo castello[135] sono suoi. Posso io domandarvi quali sono le circostanze che vi affliggono più particolarmente?

— Quali circostanze!» sclamò la zia furibonda. «Che! non basta? Da molto tempo rovinato al giuoco, ha perduto anche tutto ciò che gli ho donato, ed ora pretende che gli faccia cessione di tutti i miei beni. Fortuna che la maggior parte di essi sono in testa mia: ei vorrebbe dilapidare anche questi e gettarsi in un progetto infernale di cui egli solo può comprendere l'idea; e... tutto questo non basta?

— Certo,» disse Emilia, «ma rammentatevi, signora, ch'io l'ignorava assolutamente.

— E non basta, che la sua rovina sia compiuta, che sia pieno di debiti d'ogni sorta al punto che, se dovesse pagarli, non gli resterebbe nè il castello, nè la casa di Venezia?

— Sono afflittissima di ciò che mi dite...

— E non basta,» interruppe la zia, «che mi abbia trattata con tanta negligenza e crudeltà, perchè gli ricusai la cessione; perchè invece di tremare alle sue minacce, lo sfidai risolutamente, rimproverandogli, la sua vergognosa condotta? Io l'ho sofferto con tutta la dolcezza possibile. Voi sapete bene, nipote, se mi sfuggì mai una parola di doglianza fino ad ora; io, il cui unico torto è una bontà troppo grande ed una troppo facile condiscendenza! E per mia disgrazia mi vedo incatenata per la vita a questo vile, crudele e perfido mostro!»

Emilia, comprendendo che i suoi mali non ammettevano consolazione reale, e spregiando le frasi comuni, stimò meglio tacere; la signora Montoni però, gelosa della sua superiorità, interpretò quel silenzio per indifferenza o disprezzo, e le rimproverò l'oblio de' propri doveri e la mancanza di sensibilità.

«Oh! come diffidava io di quella sensibilità tanto vantata, quando sarebbe stata messa alla prova!»[136] soggiuns'ella; «io sapeva benissimo che non v'insegnerebbe nè tenerezza, nè affetto pei parenti che vi hanno trattata come loro figlia.

— Perdonate, zia,» disse Emilia con dolcezza, «io mi vanto poco, e se lo facessi, non mi vanterei già della mia sensibilità, ch'è un dono forse più da temere che da desiderare.

— A meraviglia, nipote, non voglio disputar con voi; ma, come io diceva, Montoni minacciommi di violenze, se persisto più a lungo a negargli la cessione; era appunto il soggetto della nostra contesa quando entraste stamattina. Ora son decisa; non v'ha forza sulla terra che possa costringermivici, e non soffrirò con calma tanti mal trattamenti; gli dirò tutto ciò che merita, a dispetto delle sue minacce e della sua ferocia.»

Emilia profittò di un momento di silenzio per dirle: «Cara zia, voi non fareste che irritarlo senza necessità; non provocate di grazia, i mali crudeli che temete.

— Poco men cale, ma non lo appagherò mai; voi mi consigliereste forse a spogliarmi di tutto il mio?

— No, zia, non intendo dir questo.

— E che intendete voi dunque?

— Voi parlavate di far rimproveri al signor Montoni...» disse Emilia titubante.

— Che! Forse non li merita?

— Certo; ma non credo sia prudenza il farglieli nella situazione attuale.

— Prudenza! prudenza con un uomo che senza scrupolo calpesta perfino le leggi dell'umanità! ed userò prudenza con costui? No, non sarò vile a tal segno.

— Pel vostro solo interesse, e non per quello di Montoni,» disse Emilia modestamente, «stimerei bene di consultar la prudenza. I vostri rimproveri, quantunque giusti, riescirebbero vani, nè farebbero che spingerlo a terribili eccessi.[137]

— Come! Dovrei dunque sottoporrai ciecamente a tutto ciò ch'ei mi comanda? Pretendereste ch'io me gli gettassi ai piedi per ringraziarlo della sua crudeltà? Pretendereste che gli facessi donazione di tutti i miei beni?

— Cara zia, io forse mi spiego male! non sono in caso di consigliarvi sopra un punto tanto delicato; ma soffrite che ve lo dica: se amate il vostro riposo, cercate di calmare il signor Montoni, anzichè irritarlo.

— Calmarlo! è impossibile, ripeto, non voglio neppur provarmici.»

Emilia, benchè piccata dall'ostinazione e dalle false idee della zia, sentiva pietà de' di lei infortunii, e fece il possibile per calmarla e consolarla, dicendole:

«La vostra situazione è forse meno disperata che non crediate. Il signor Montoni può dipingervi i suoi affari in uno stato più cattivo di quello che lo siano realmente, per esagerare e dimostrare il bisogno che ha della vostra cessione; d'altronde, finchè conserverete i vostri beni, vi offriranno una risorsa, se la futura condotta di vostro marito vi obbligasse a separarvi da lui....

— Nipote crudele e insensibile,» la interruppe impazientemente la zia, «voi dunque tentate persuadermi che non ho motivo di querelarmi? Che mio marito è in una posizione brillante? che il mio avvenire è consolante, e che i miei affanni son puerili e romanzeschi come i vostri? Strane consolazioni! Persuadermi che sono priva di criterio e di sentimento, perchè voi non sentite nulla, e siete indifferentissima ai mali altrui! Io credeva aprire il cuore ad una persona compassionevole, che simpatizzasse colle mie pene; ma mi avvedo pur troppo che le persone sentimentali non sanno sentire che per sè. Andatevene.»

Emilia, senza risponderle, uscì con un misto di[138] pietà e disprezzo. Appena fu sola, cedè ai penosi pensieri che le faceva nascere la posizione infelice della zia. Le proprie osservazioni, le parole equivoche di Morano, l'aveano convinta che il patrimonio di Montoni mal corrispondeva alle apparenze. Vedeva il fasto di lui, il numero de' servi, le sue nuove spese per le fortificazioni, e la riflessione aumentò la di lei incertezza sulla sorte della zia e la propria, pensando al truce carattere dello zio che andava ognor più spiegandosi nella sua ferocia.

Mentre versava in questi affliggenti pensieri, Annetta le portò il pranzo in camera. Sorpresa da tal novità, domandò chi glielo avesse ordinato. «La mia padrona,» rispose Annetta. «Il signore ha comandato ch'essa pranzi nel suo appartamento ed ella vi manda il pranzo nel vostro. Ci sono state forti discussioni fra loro, e mi pare che la cosa si faccia seria.»

Emilia, poco badando alle sue ciarle, si mise a tavola, ma Annetta non taceva sì facilmente: parlò dell'arrivo degli uomini da lei già veduti sul bastione, e della loro strana figura, non meno che della buona accoglienza lor fatta da Montoni. «Pranzano essi con lui?» disse Emilia.

— No, signorina; hanno già mangiato nelle lor camere in fondo alla galleria settentrionale. Non so quando se ne andranno. Il padrone ha ordinato a Carlo di portar loro il bisognevole. Hanno già fatto il giro di tutto il castello, e dirette molte interrogazioni ai manovali. In vita mia non ho mai veduto ceffi così brutti; fanno paura a vederli.»

La fanciulla le domandò se avesse udito riparlare del conte Morano, e se vi fosse per lui speranza di guarigione. Annetta sapeva solo che trovavasi in una capanna, e molto aggravato. Emilia non potè nascondere la commozione.

«Signorina,» disse la ciarliera, «come le donne sanno ben nascondere l'amore! Io credeva che voi odiaste il conte, e mi sono ingannata.[139]

— Credo di non odiar nessuno,» rispose Emilia sforzandosi al sorriso; «ma non sono innamorata certo del conte Morano; e sarei egualmente dispiacentissima della morte violenta di chicchessia.»

Annetta tornò a parlare de' dissensi fra i coniugi Montoni. «Non è cosa nuova,» diss'ella, «giacchè abbiamo inteso e veduto tutto fino da Venezia, sebbene non ve ne abbia mai parlato.

— E facesti benissimo, ed avresti fatto meglio a continuare a tacere; abbi dunque prudenza, che questo discorso non mi garba.

— Ah! cara signora Emilia, vedo qual rispetto avete per persone che si occupano sì poco di voi! Io non posso soffrire di vedervi illusa in tal modo; debbo dirvelo unicamente pel vostro interesse, e senza alcun disegno di nuocere alla mia padrona, quantunque, a dir vero, abbia poca ragione di amarla.

— Tu non parli certo di mia zia,» disse Emilia con gravità.

— Sì, signora; ma io sono fuori di me. Se voi sapeste tutto quel che so io, non andreste in collera. Spesso, spessissimo ho inteso lei ed il padrone che parlavano di maritarvi al conte: essa gli diceva sempre di non lasciarvi cedere ai vostri ridicoli capricci, ma di saper costringervi ad obbedire. Mi si straziava il cuore all'udire tanta crudeltà; parendomi che essendo ella stessa infelice, avrebbe dovuto compatire le disgrazie altrui e....

— Ti ringrazio della tua pietà, Annetta; ma mia zia era infelice, e forse le sue idee erano alterate. Altrimenti io penso... son persuasa che... Ma via, lasciami sola, Annetta, ho finito di pranzare.

— Voi non avete mangiato quasi nulla; prendete un altro boccone... Alterate le sue idee? affè! mi pare che lo siano sempre. A Tolosa ho inteso spesso la padrona parlare di voi e del signor Valancourt alla signora Marville e alla signora Vaison in un modo poco bello: diceva loro che durava fatica a contenervi[140] ne' limiti del dovere, che eravate per lei un gran peso, e che se non vi avesse sorvegliata bene, sareste andata a scorrazzare per le campagne col signor Valancourt; che lo facevate venir la notte, e....

— Gran Dio!» sclamò Emilia facendosi di fuoco; «è impossibile che mia zia mi abbia dipinta così.

— Sì, signora, questa è la pura verità, sebbene non la dica tutta intiera. Mi pareva che avrebbe potuto parlare in altra maniera di sua nipote, anche nel caso che voi aveste commesso qualche fallo. Ma siate certa che non ho mai creduto neppure una sillaba di tutti i suoi discorsi. La padrona non guarda mai a ciò che dice, quando parla degli altri.

— Comunque sia, Annetta,» disse Emilia, ricomponendosi con dignità, «tu fai malissimo ad accusar mia zia presso di me; so che la tua intenzione è buona, ma non parliamone più; sparecchia la tavola.»

La cameriera arrossì, chinò gli occhi ed affrettassi ad andarsene.

«È dunque questo il premio della mia onestà?» disse Emilia quando fu sola. «È questo il trattamento che debbo ricevere da una parente, da una zia, la quale doveva difendere la mia riputazione, invece di calunniarla? Oh! mio tenero ed affettuosissimo padre, cosa diresti se tu fossi ancora al mondo? Che penseresti della indegna condotta di tua sorella a mio riguardo?... Ma via, bando alle inutili recriminazioni, e pensiamo soltanto ch'essa è infelice.»

Per divagarsi alquanto, prese il velo, e scese sui bastioni, l'unico passeggio che le fosse permesso. Avrebbe, sì, desiderato percorrere i boschi sottoposti, e contemplare i sublimi quadri della natura; ma Montoni non volendo ch'ella uscisse dal castello, cercava contentarsi delle viste pittoresche cui osservava dalle mura. Nessuno eravi allora colà; il cielo era tetro e tristo come lei. Però, trapelando[141] il sole dalle nubi, Emilia volle vederne l'effetto sulla torre di tramontana: voltandosi, vide i tre forestieri della mattina, e si sentì un tremito involontario. Coloro le si avvicinarono mentre esitava. Volle ritirarsi, ed abbassò il velo, che mal ne nascondeva la beltà. Essi guardaronla attenti, parlandosi tra loro: la fierezza delle fisonomie la colpì ancor più del singolare abbigliamento. La figura in ispecie di quello in mezzo spirava una ferocia selvaggia, truce e maligna che l'atterrì. Passò rapida: quando fu in fondo al terrazzo, si volse, e vide gli stranieri all'ombra della torretta, intenti a considerarla, ed a parlare con fuoco tra loro. Ella affrettossi a ritirarsi in camera.

Montoni cenò tardi, e restò un pezzo a tavola cogli ospiti nel salotto di cedro. Gonfio del suo recente trionfo su Morano, vuotò spesso la coppa, e si abbandonò senza ritegno ai piaceri della tavola e della conversazione. Il brio di Cavignì parea al contrario scemato: guardava Verrezzi, cui aveva stentato molto a contenere fin allora, e che voleva sempre manifestare a Montoni gli ultimi insulti del conte.

Un convitato mise in campo i casi della notte scorsa, e gli occhi di Verrezzi sfavillarono: si parlò poscia di Emilia, e fu un concerto di elogi. Montoni solo tacea. Partiti i servi, la conversazione divenne più libera; il carattere irascibile di Verrezzi mescolava talvolta un po' di asprezza in quanto diceva, ma Montoni spiegava la sua superiorità perfin negli sguardi e nelle maniere. Uno di essi nominò imprudentemente di nuovo Morano; Verrezzi scaldato dal vino, e senza badare ai ripetuti segni di Cavignì, diede misteriosamente qualche cenno sull'incidente della vigilia. Montoni non parve notarlo e continuò a tacere, senza mostrare alterazione. Quell'apparente insensibilità accrebbe l'ira di Verrezzi, il quale finì a manifestare i detti di Morano, [142] che, cioè, il castello non gli apparteneva legittimamente, e che non avrebbegli lasciato volontariamente un altro omicidio sull'anima.

«Sarei io insultato alla mia tavola, e lo sarei da un amico?» gridò Montoni pallido dal furore. «Perchè ripetermi i motti d'uno stolto?» Verrezzi, che si aspettava di vedere l'ira di Montoni volgersi contro il conte, guardò Cavignì con sorpresa, e questi godè della sua confusione. «Avreste la debolezza di credere ai discorsi d'un uomo traviato dal delirio della vendetta?

— Signore,» disse Verrezzi, noi crediamo solo quel che sappiamo.

— Come!» interruppe Montoni con gravità; «dove sono le vostre prove?

— Noi crediamo solo quel che sappiamo, e non sappiam nulla di quanto ci affermò Morano.»

Montoni parve rimettersi, e disse: «Io son sempre pronto, amici, quando si tratta del mio onore; nessuno potrebbe dubitarne impunemente. Orsù, beviamo.

— Sì, beviamo alla salute della signora Emilia,» disse Cavignì.

— Con vostro permesso, prima a quella della castellana,» soggiunse Bertolini. Montoni taceva.

— Alla salute della castellana,» dissero gli ospiti, e Montoni fece un lieve cenno di capo in segno d'approvazione.

«Mi sorprende, signore,» gli disse Bertolini, «che abbiate negletto tanto questo castello: è un bell'edifizio.

— E molto adatto ai nostri disegni,» replicò Montoni. «Voi non sapete, parmi, per qual caso io lo posseggo?

— Ma,» disse Bertolini ridendo, «è un caso fortunatissimo, ed io vorrei che me ne accadesse uno simile.

— Se volete compiacervi d'ascoltarmi,» continuò Montoni, «vi racconterò la cosa.»[143]

Le fisionomie di Bertolini e Verrezzi esprimevano ansiosa curiosità. Cavignì, il quale non ne esternava, sapeva probabilmente già la storia.

«Sono quasi venti anni che posseggo questo castello. La signora che lo possedeva prima di me, era mia parente lontana. Io sono l'ultimo della famiglia: essa era bella e ricca, ed io le offrii la mia mano, ma siccome amava un altro, mi respinse. È probabile che il preferito abbia respinto lei, che fu assalita da una costante malinconia, ed ho tutto il fondamento di credere che troncasse ella stessa i suoi giorni. Io non era allora nel castello: è un caso pieno di strane e misteriose circostanze ch'io vo' ripetervi.

— Ripetetele,» disse una voce.

Montoni tacque, ed i suoi ospiti, guardandosi reciprocamente, si chiesero chi avesse parlato, e s'avvidero che tutti si facevano la stessa domanda.

«Siamo ascoltati,» disse Montoni; «ne parleremo un'altra volta: beviamo.»

I convitati guardarono per tutta la sala.

«Siamo soli,» disse Verrezzi, «fateci la grazia di continuare.

— Non udiste qualcosa?» sclamò Montoni.

— Parmi di sì,» rispose Bertolini.

— Pura illusione,» disse Verrezzi guardando ancora. «Siam soli. Continuate, ven prego.»

Montoni ripigliò sottovoce, mentre i convitati si serravano intorno a lui.

«Sappiate che la signora Laurentini da qualche mese mostrava i sintomi d'una gran passione e d'un'immaginazione alterata. Talvolta si perdeva in una placida meditazione, ma spesso farneticava. Una sera di ottobre, dopo uno di questi accessi, si ritirò sola nella sua camera, vietando di sturbarla. Era la camera in fondo al corridoio, ch'è stata il teatro della scena d'ieri sera: da quell'istante non la videro più.[144]

— Come! Non fu veduta più?» disse Bertolini. «Il suo corpo non fu trovato nella camera?

— Non si trovò il suo cadavere?» esclamarono tutti unanimamente.

— Mai,» rispose Montoni.

— Quai motivi s'ebbero per supporre che si fosse uccisa?» disse Bertolini. — Sì, quai motivi?» disse Verrezzi. Montoni gli lanciò un'occhiata sdegnosa. «Perdonate, signore, soggiunse l'altro; non pensava che la signora fosse vostra parente, quando ne parlai con tanta leggerezza.»

Montoni, ricevendo questa scusa, continuò: «Vi spiegherò tosto il tutto: ascoltate.

— Ascoltate!» ripetè una voce.

Tutti tacevano, e Montoni cambiò di colore.

«Questa non è un'illusione,» disse finalmente Cavignì. — No,» disse Bertolini; «l'ho intesa anch'io.

— Questo diventa straordinario,» soggiunse Montoni, alzandosi precipitosamente. Tutti i convitati si alzarono in disordine: furono chiamati i servi, si fecero ricerche, ma non fu trovato nessuno. La sorpresa e la costernazione crebbero. Montoni fu sconcertato. «Lasciamo questa sala,» diss'egli, «ed il soggetto del nostro discorso; è troppo serio.» Gli ospiti, disposti ad uscire, pregarono Montoni di andare altrove a seguitare il suo racconto, ma invano; malgrado tutti i suoi sforzi per parer tranquillo, egli era visibilmente agitatissimo.

«Come!» disse Verrezzi; «sareste superstizioso, voi che vi burlate dell'altrui credulità?

— Non sono superstizioso,» rispose Montoni «ma convien sapere cosa ciò vuol dire.» Uscì, e tutti ritiraronsi.

FINE DEL SECONDO VOLUME

Milano, 1875 — Tip. Ditta Wilmant.

NOTE

[1] Specie di gondoletta ornata con magnificenza.

NOTA

La presente edizione del libro è una traduzione abbreviata e priva di quasi tutte le parti in poesia. La versione originale completa in inglese è disponibile su Project Gutenberg: The mysteries of Udolpho.

Ortografia e punteggiatura originali sono state mantenute, correggendo senza annnotazione minimi errori tipografici. In particolare, l'uso di trattini e virgolette per introdurre il discorso diretto, molto irregolare e incoerente, è stato per quanto possibile regolarizzato. Un indice è stato inserito all'inizio.

I seguenti refusi sono stati corretti [tra parentesi il testo originale]:

P. 14 -
col quale lo considerava. Alla perfine [perfino]

17 -
vedo bene che siete disposta [diposta] a

17 -
Tutti dormivano [dominavano] nel castello

22 -
a qual punto essa lo stimasse ed amasse [amassase]

27 -
cadde quasi esanime [esamine] sul seno. Non piangevan più

52 -
degli altri beni toccatigli [toccatagli]

62 -
o signore, che non accetterò [eccetterò] mai

64 - Calmato alquanto il di lei spavento, Montoni [Monteni]

76 - oltre Orsino, a questi conciliaboli notturni [nottorni]

83 - disponevano non sortissero [sortiressero] il bramato esito

86 - lasciar [lascir] entrare il suo signore

87 - posta in faccia al [ad] grande specchio

90 - per assistere [assistare] a sì bello spettacolo

106 - ad idee grandiose, e, per una specie [spece]

128 - colmollo di rimproveri [rimpoveri] senza parlare

141 - e senza badare ai ripetuti segni di [di di] Cavignì

Grafie alternative mantenute:

- follia / follìa
- Saint-Aubert / Sant'Aubert

I MISTERI DEL CASTELLO D'UDOLFO

CAPITOLO XXII

Montoni fece invano le più esatte ricerche sulla strana circostanza che lo aveva allarmato, e non avendo potuto scoprir nulla, dovette credere che qualcuno de' suoi fosse l'autore d'una burla così intempestiva. Le sue contese colla moglie, a proposito della cessione, divenendo più frequenti, pensò confinarla nella sua camera, minacciandola a una maggior severità se persisteva nel rifiuto.

Se la signora Montoni fosse stata più ragionevole, avrebbe compreso il pericolo d'irritare, con quella lunga resistenza, un uomo come il marito in cui balia ella trovavasi. Non aveva pure obliato di quale importanza fosse per lei la conservazione del possesso de' suoi beni, che l'avrebbero resa indipendente, caso avesse potuto sottrarsi al dispotismo di Montoni. Ma in quel momento aveva una guida più decisiva della ragione, lo spirito cioè della vendetta, che le faceva opporre la negativa alla minaccia, e l'ostinazione alla prepotenza.

Ridotta a non poter uscir dalla camera, sentì finalmente il bisogno ed il pregio della compagnia già sprezzata della nipote, perchè Emilia, dopo Annetta, era la sola persona che le fosse permesso di

[6]vedere.

La fanciulla s'informava spesso del conte Morano. Annetta ne sapeva pochissimo, se non che il chirurgo credeva impossibile la di lui guarigione. Emilia affliggevasi di essere la causa involontaria della sua morte. Annetta, che osservava la di lei commozione, l'interpretava a modo suo. Un giorno, essa le entrò in camera tutta affannosa e piangente. «Per carità, troviamo il modo di uscire da questo luogo infernale. Sappiate,» diss'ella, «che siamo alla vigilia di qualche brutta scena in questo maledetto castello. Quei signori tengono tutte le notti conciliaboli, ove si pretende che discutano affari importanti: inoltre, cosa significano tutti i preparativi che si fanno sui bastioni e sulle mura? E poi, quanta gente entra tutti i giorni nel castello con cavalli! e sembra che vi debbano restare, perchè il padrone ha ordinato di somministrar loro il bisognevole. Io ho saputo tutto da Lodovico, che mi ha raccomandato di tacere; ma siccome vi amo quanto me stessa, non ho potuto fare a meno di dirlo anche a voi. Ah! qualche giorno ci ammazzeranno tutti per certo.

— Non sai tu altro, Annetta?

— Come! Non basta tutto questo?

— Sì, ma non basta a persuadermi che ci vogliano uccider tutti.»

Emilia si astenne dal manifestare i suoi timori per non aumentare la paura della cameriera. Lo stato attuale del castello la sorprendeva e la turbava. Appena Annetta ebbe finito, la lasciò sola, per andare a nuove scoperte.

La fanciulla quella sera passò alcune ore tristissime in compagnia della zia. Si disponeva a coricarsi, quando udì un forte colpo alla porta della camera, prodotto dalla caduta di qualche oggetto. Chiamò per sapere cosa fosse, e non le fu risposto. Chiamò una seconda volta senza miglior successo: pensò che qualcuno dei forastieri giunti recentemente[7] nel castello avesse scoperta la sua camera, e vi si recasse con cattive intenzioni. Inquieta, stette attenta, tremando sempre che il rumore si rinnovasse. Si fece invece coraggio; si avvicinò alla porta del corridoio tutta tremante, ed intese un lieve sospiro tanto vicino, che la convinse esservi qualcuno dietro l'uscio. Mentre ascoltava ancora, il medesimo sospiro si fece intendere più distintamente, ed il suo terrore aumentò. Non sapea cosa risolvere, e sentiva sempre sospirare. La sua ansietà divenne sì forte che risolse di aprire la finestra e chiamar gente. Mentre vi si accingeva, le parve udir i passi di qualcuno nella scala segreta, e vincendo ogni altro timore corse verso il corridoio. Premurosa di fuggire, aprì la porta, ed inciampò in un corpo steso al suolo. Mise un grido, e guardando la persona svenuta, riconobbe Annetta. Grandemente sorpresa, fece ogni sforzo per soccorrere l'infelice. Allorchè ebbe ripreso l'uso dei sensi, Emilia l'aiutò ad entrare in camera, e quando potè parlare la ragazza l'assicurò, con una fermezza che scosse fino l'incredulità dell'altra, di aver veduto un'ombra nel corridoio.

«Io aveva inteso strane cose sulla camera attigua,» disse Annetta; «ma siccome è vicina alla vostra, madamigella, non voleva dirvele per non ispaventarvi. Tutte le volte ch'io ci passava accanto, correva a tutta possa; e vi accerto inoltre, che spesso mi parve di sentirvi rumore. Ma stasera, camminando nel corridoio, senza pensare a nulla, ecco veggo apparire un lume, e guardando indietro scorgo una gran larva. L'ho veduta, signorina, distintamente, quanto voi in questo momento. Una gran figura entrava nella camera sempre chiusa, di cui, non tien la chiave altri che il padrone, e la porta serrossi immediatamente.

— Sarà stato il signor Montoni,» disse Emilia.

— Oh! no, non era lui, avendolo lasciato che altercava colla padrona nel suo gabinetto.[8]

— Tu mi fai racconti molto strani, Annetta; stamattina mi hai spaventata colla paura d'un assassinio, ed ora vorresti farmi credere...

— Non vi dirò più nulla; ma però se non avessi avuta gran paura, non sarei svenuta, come ho fatto.

— Era forse la camera dal quadro del velo nero?

— No, signora, è quella più vicina alla vostra: come farò a tornare nella mia stanza? Per tutto l'oro del mondo non vorrei più traversare il corridoio.»

Emilia, commossa da questo incidente, e dall'idea di dovere esser sola tutta la notte, le rispose che poteva stare con lei.

«Oh! no, davvero,» disse Annetta, «io non dormirei ora in questa camera, neppure per mille zecchini.»

Emilia, rammentandosi d'aver udito gente sulla scala insistè perchè passasse la notte secolei, e l'ottenne con molta pena, e dopo che la paura di ripassare il corridoio ve l'ebbe persuasa.

Il dì dopo, Emilia, traversando la sala per andare sulle mura, intese rumore nel cortile e lo scalpito di molti cavalli. Il tumulto eccitò la sua curiosità. Senza andar più oltre, si affacciò ad una finestra, e vide nel cortile una truppa di cavalieri; aveano divise bizzarre ed armamento completo, sebben variato. Portavano essi una giacchetta corta rigata di nero e scarlatto; si avvolgevano in grandi ferraiuoli, sotto uno dei quali vide pendere dalla cintola pugnali di varia grandezza; osservò quindi che quasi tutti ne eran ben provvisti, e parecchi vi aggiungevano la picca ed il giavellotto; portavano in testa berretti all'italiana ornati di pennacchi neri; essa non si rammentava aver mai visti tanti brutti ceffi riuniti. Nel vederli si credette circondata da banditi, e le si affacciò subito alla mente che Montoni fosse il capo di questi birbanti,[9] e il castello il loro luogo di riunione. Questa strana supposizione però fu passeggiera. Mentre guardava, vide uscire Cavignì, Verrezzi e Bertolini vestiti come gli altri; aveano soltanto i cappelli ornati di grandi pennacchi rossi e neri; quando montarono a cavallo, Verrezzi brillava di gioia; Cavignì pareva allegro, ma il suo contegno era riflessivo, e maneggiava il cavallo con estrema grazia. La sua figura amabile, e che parea quella d'un eroe, non era mai apparsa con tanto vantaggio. Emilia, considerandolo, pensò che somigliava a Valancourt, e per vero dire ne aveva tutto il fuoco e la dignità; ma essa cercava invano la dolcezza della fisonomia, e quella schietta espressione dell'anima che lo caratterizzava.

Comparve quindi Montoni, ma senza divisa. Esaminò scrupolosamente i cavalieri, conversò a lungo co' capi, e quando li ebbe salutati, la truppa fece il giro del cortile, e, comandata da Verrezzi, passò sotto la vôlta ed uscì.

Emilia si ritirò dalla finestra, e nella certezza di esser più tranquilla, andò sui bastioni: non vide più lavoranti, ed osservò che le fortificazioni parevano ultimate. Mentre passeggiava assorta nelle sue riflessioni, udì camminare sotto le mura del castello, e vide parecchi uomini, il cui esteriore accordavasi colla truppa partita poco prima.

Presumendo che la zia fosse alzata, andò ad augurarle il buon giorno, e le raccontò quanto aveva veduto; ma essa non volle, e non potè darle contezza di nulla. La riserva di Montoni verso sua moglie, a tal proposito, non era punto straordinaria. Però, agli occhi di Emilia, aggiunse qualche ombra al mistero, e le fece sospettare un gran pericolo o grandi orrori nel progetto da lui concepito.

Annetta tornò ansante, secondo il consueto; la sua padrona le domandò premurosamente cosa vi fosse di nuovo, ed essa le rispose «Ah! signora, [10] nessuno ci capisce nulla. Carlo sa tutto, ma è riservato come il suo padrone. Qualcuno dice che il signor Montoni vuole spaventare il nemico; altri pretendono che voglia prender d'assalto qualche castello, ma ha tanto posto nel suo, che non ha bisogno certo d'andar a carpire quelli degli altri. Lodovico pare che ci veda più di tutti, perchè dice d'indovinare tutti i progetti del padrone.

— E che ti ha detto?

— Mi ha detto che il padrone.... che il signor Montoni è..... è.....

— Che cosa insomma?» disse la signora Montoni impazientandosi.

— Che il padrone si è fatto capo d'assassini, e manda a rubare per conto suo.

— Sei pazza. Come mai puoi tu credere?...

In quella comparve Montoni; Annetta fuggì tutta tremante. Emilia voleva ritirarsi, ma sua zia la trattenne, giacchè il marito l'aveva resa tante volte testimone de' loro diverbi, che non avevane più veruna soggezione.

«Che cosa significa tutto questo?» gli chiese la moglie; «chi sono quegli armati partiti testè e perchè faceste fortificare il castello? voglio saperlo.

— Evvia, ho ben altro da pensare,» rispose Montoni; «fareste meglio ad obbedirmi. Fatemi la cessione de' vostri beni senza tanti contrasti.

— Giammai! Ma quali sono i vostri progetti? Temete un attacco? sarò uccisa in un assedio?

— Firmate questa carta, e lo saprete.

— Qual nemico viene?» lo interruppe la donna: «siete voi al servizio dello Stato? Son io prigioniera fino all'ora della mia morte?

— Potrebbe darsi,» soggiunse Montoni, «se non cedete alla mia domanda; voi non uscirete dal castello se non mi avrete contentato.»

La signora gettò grida spaventose, ma li cessò poscia pensando che i discorsi del marito non fossero[11] che artifizi per estorcerle la donazione. E glielo disse poco dopo, aggiungendo che il di lui scopo non era certo tanto glorioso quanto quello di servir lo Stato; che probabilmente erasi fatto capo di banditi, per unirsi ai nemici di Venezia e devastare il paese.

Montoni la guardò un momento con aria truce; Emilia tremava, e sua zia, per la prima volta, credè aver detto troppo. «Questa notte stessa,» diss'egli, «sarete trascinata nella torre d'oriente, là forse comprenderete il pericolo d'offender un uomo, il cui potere su voi è illimitato.»

La fanciulla si gettò ai suoi piedi, e lo supplicò, piangendo, di perdonare alla zia. Questa, intimorita e sdegnata, ora voleva prorompere in imprecazioni, ora unirsi alle preghiere della nipote. Montoni, interrompendole con una bestemmia orribile, si staccò aspramente da Emilia, che lo teneva pel mantello: cadde essa sul pavimento con tanta violenza, che si fe' male alla fronte, ed egli uscì senza degnarsi di rialzarla. Ella si scosse al pianto della zia, corse a soccorrerla, e trovolla tutta convulsa. Le parlò senza ricevere risposta, ma le convulsioni raddoppiando, fu costretta di andare a chieder soccorso. Traversando la sala, incontrò Montoni, e lo scongiurò di tornare a consolar sua moglie. Allontanossi egli colla massima indifferenza; finalmente, essa trovò il vecchio Carlo che veniva con Annetta. Entrati nel gabinetto, trasportarono la Montoni nella camera attigua. La misero sul letto, ed a gran stento poterono impedire dal farsi male. Annetta tremava e piangeva. Carlo taceva, e sembrava compiangerla.

Allorchè le convulsioni furono alquanto cessate, Emilia, vedendo che sua zia aveva bisogno di riposo, disse: «Andate, Carlo, se avremo bisogno di soccorso vi manderò a cercare; ma intanto, se ve se ne presenta l'occasione, parlate al signor Montoni a favore della vostra padrona.[12]

— Oimè!» rispose Carlo; «ne ho vedute troppe! ho poco ascendente sul cuore del mio padrone. Ma voi, signorina, abbiate cura di voi stessa; mi pare che non istiate troppo bene.»

E partì scuotendo il capo. Emilia continuò a curare la zia, la quale, dopo un lungo sospiro, rinvenne; ma aveva gli occhi smarriti, e riconosceva appena la nipote. La sua prima domanda fu relativa a Montoni. Emilia la pregò di calmarsi e di star in riposo, soggiungendo: «Se volete fargli dire qualcosa, me ne incaricherò io. — No,» rispos'ella languidamente. «Persiste egli ancora a strapparmi dalla mia camera?»

La fanciulla rispose che non aveva detto più nulla, e fece ogni sforzo per distrarla; ma la zia non l'ascoltava, e sembrava oppressa dai pensieri. Emilia, lasciandola sotto la custodia della cameriera, corse a cercar Montoni, e lo trovò sulle mura in mezzo ad un gruppo d'uomini di ciera spaventevole. Egli si esprimeva con vivacità. Infine qualche sua espressione fu ripetuta dalla truppa, e quando si separarono, la fanciulla udì le seguenti parole: *Stasera comincia la guardia al tramonto del sole*. «*Al tramonto del sole*,» fu risposto, e si ritirarono.

Emilia raggiunse Montoni, sebbene ei paresse volerla scansare, ed ebbe il coraggio di pregare per la zia, e rappresentargliene lo stato ed il pericolo cui sarebbesi esposta la di lei salute in un appartamento troppo freddo. «Soffre per colpa sua,» rispos'egli, «e non merita compassione. Sa benissimo come deve fare per prevenire i mali che la attendono. Obbedisca, firmi, ed io non ci penserò più.»

A forza di preghiere, ella ottenne che la zia non sarebbe stata rimossa fino al dì seguente. Montoni le lasciò tutta notte per riflettere. Emilia corse ad annunziarle la dilazione. Essa non rispose, ma parea molto pensierosa. Intanto la sua risoluzione sul[13] punto contestato sembrava cedere in qualche cosa. La nipote le raccomandò, come una misura indispensabile di sicurezza, di sottomettersi. «Voi non sapete quel che mi consigliate,» le rispose la donna. «Rammentatevi che i miei beni vi appartengono dopo la mia morte, se io persisto nel rifiuto.

— Io lo ignorava, cara zia; ma questa notizia non m'impedirà certo di consigliarvi un passo dal quale dipende il vostro riposo, e ardisco dire anche la vostra vita. Nessuna considerazione per un sì debole interesse, ve ne scongiuro, non vi faccia esitare un momento a cedergli tutto.

— Siete voi sincera, nipote?

— E potreste dubitarne?»

La signora Montoni parve commossa. «Voi meritate questi beni, cara nipote, e vorrei poterveli conservare: avete una virtù, di cui non vi credeva capace. Ma il signor Valancourt?

— Signora,» interruppe Emilia, «cambiamo discorso, di grazia, e non credete che il mio cuore capace di egoismo.» Il dialogo finì così.

Emilia rimase presso la zia, nè la lasciò che molto tardi.

In quel momento, tutto era tranquillo, e la casa pareva sepolta nel sonno. Traversando le lunghe e deserte gallerie del castello, Emilia ebbe paura senza saper perchè; ma quando, entrando nel corridoio, si rammentò l'avvenimento dell'altra notte, fu assalita da improvviso terrore, e fremè che un oggetto come quello veduto da Annetta non si presentasse innanzi a lei, e che la paura ideale o fondata non producesse il medesimo effetto su i di lei sensi. Non sapeva precisamente di qual camera avesse parlato la donzella, ma non ignorava che dovea passarvi dinanzi. Il suo sguardo inquieto procurava di distinguere nell'oscurità: camminava adagio e con passo incerto. Giunta ad una porta, udì un piccolo rumore; esitò, ma ben presto il suo timore[14] divenne tale, che non ebbe più forza di camminare. D'improvviso, la porta si aprì, una persona, che le sembrò Montoni, apparve, rientrò prontamente nella camera e la chiuse. Al lume ch'era in essa, credette aver distinta una persona vicina al fuoco, in atteggiamento malinconico. Il suo terrore svanì, e fece luogo alla sorpresa: il mistero di Montoni, la scoperta d'un individuo ch'egli visitava a mezzanotte in un appartamento interdetto, e di cui si raccontavano tante cose, eccitò vivamente la di lei curiosità.

Mentre stava perplessa desiderando spiare i movimenti di Montoni, ma temendo d'irritarlo se ne fosse vista, la porta si aprì di bel nuovo e si richiuse per la seconda volta. Allora Emilia entrò bel bello nella camera contigua, e depostovi il lume, si nascose in una vôlta oscura del corridoio, per vedere se la persona che usciva fosse veramente Montoni. Dopo alcuni minuti la porta si aprì per la terza volta; la medesima persona ricomparve: era Montoni; egli guardossi intorno, chiuse e se ne andò. Poco dopo si sentì chiudere al di dentro. Essa rientrò nella sua stanza sorpresa al massimo segno. Era già mezzanotte: essendosi avvicinata alla finestra, intese camminare sul terrazzo sottoposto, e vide parecchie persone moversi nell'ombra; la colpì un rumor d'armi, ed una *parola d'ordine* detta sottovoce: allora si ricordò degli ordini di Montoni, e comprese che per la prima volta montavano la guardia nel castello; quando tutto fu quieto, se ne andò a riposare.

CAPITOLO XXIII

La mattina seguente, Emilia andò a trovare la zia di buonissim'ora; ella aveva dormito bene, e ricuperati gli spiriti e le forze, ma la di lei risoluzione di resistere al marito era combattuta dal[15] timore. La fanciulla, temendo le conseguenze della sua caparbietà, fece di tutto per persuaderla, ma la signora Montoni, come vedemmo, aveva lo spirito della contraddizione; e quando se le presentavano circostanze disgustose, cercava meno la verità che argomenti da combattere. Una lunga abitudine aveva tanto confermato in lei questa disposizione naturale, che non se ne accorgeva più. Le ragioni di Emilia non fecero che risvegliare il suo orgoglio, anzichè convincerla; e non pensava se non a sottrarsi alla necessità di obbedire sul punto in questione. Se le fosse riuscito di fuggire dal castello, contava già separarsi legalmente, e vivere nell'agiatezza coi beni che le restavano. Emilia lo avrebbe desiderato quanto lei, ma non si lusingava d'un esito favorevole; le dimostrò l'impossibilità di uscire dalla porta, assicurata e guardata con tanta cautela; l'estremo pericolo di confidarsi alla discretezza di un servo, che avrebbe potuto tradirla per malizia o imprudenza; e la vendetta infine di Montoni, se avesse scoperto la trama...

Questa lotta di contrari affetti lacerava il cuore della zia, quando entrò d'improvviso il marito, e senza parlare della di lei indisposizione, le dichiarò venir a rammentarle quanto indarno essa tentasse di resistere ai suoi voleri. Le accordò tutto il giorno per acconsentire alla sua domanda, protestandole, in caso di rifiuto, che la sera medesima l'avrebbe rilegata nella torre di levante; aggiunse che molti cavalieri dovendo pranzare quel giorno istesso nel castello, essa farebbe gli onori della tavola colla nipote. La signora Montoni non voleva accettare, ma riflettendo che durante il pranzo, la sua libertà, sebben ristretta, avrebbe potuto favorire i suoi progetti, acconsentì; il marito ritirossi tosto. L'ordine ricevuto penetrava Emilia di maraviglia e timore; fremeva all'idea di trovarsi esposta a tali sguardi, e le parole del conte Morano non erano fatte per[16] calmarla. Le convenne dunque prepararsi per comparire al pranzo, ma si vestì anche più semplicemente del solito, per evitare d'essere distinta. Questa politica non le riuscì, giacchè, quando tornò dalla zia, Montoni, rimproverandole il suo far dimesso, le prescrisse un abbigliamento più ricercato, adoperando a tal uopo gli ornamenti destinati pel di lei matrimonio con Morano. Adornata col miglior gusto e la massima magnificenza, la bellezza di Emilia non aveva mai brillato tanto. La sua unica speranza in quel punto era che Montoni progettasse meno qualche avvenimento straordinario, che il trionfo dell'ostentazione, spiegando agli occhi dei convitati l'opulenza della sua famiglia. Allorchè entrò nella sala, ov'era ammannito un lautissimo pranzo, il castellano ed i suoi ospiti erano già a mensa; essa andava a prender posto presso la zia, ma Montoni le fe' cenno colla mano; due cavalieri si alzarono, e la fecero sedere in mezzo a loro.

Il più avanzato in età di costoro era grande, aveva lineamenti caratteristici, naso aquilino, occhi incavati penetrantissimi; il di lui volto era magro e sparuto come dopo una lunga malattia.

L'altro, in età di circa quarant'anni, aveva fisonomia diversa; sguardo obliquo, ma volpino, occhi castagni, piccoli ed infossati, volto quasi ovale, irregolare e brutto.

Altri otto personaggi sedevano alla medesima tavola, tutti in divisa, ed avevano tutti un'espressione più o meno forte di ferocia, d'astuzia o di libertinaggio. Emilia li guardava timidamente, rammentandosi la truppa veduta il dì precedente, e si credeva circondata da banditi. Il luogo della cena era un'immensa sala antica ed oscura, illuminata da una sola finestra gotica altissima, dalla quale vedevasi il bastione occidentale e gli Appennini. Ella osservò che Montoni trattava con grand'autorità gli ospiti, i quali ricambiavanlo con dignitosa[17] deferenza. Nel tempo del pranzo non si parlò che di guerra e di politica, di Venezia, dei suoi pericoli, del carattere del doge regnante e dei primari senatori. Finito il pranzo, i convitati, alzatisi, bevvero tutti alla salute di Montoni e alla gloria delle sue imprese. Mentre egli accostava la coppa alla bocca, il vino traboccò spumeggiando e ruppe il cristallo in mille pezzi. Ei faceva uso di quella specie di vetri di Venezia, i quali hanno la proprietà di rompersi allorchè ricevono un liquore avvelenato. Sospettando che qualcuno dei convitati avesse attentato alla sua vita, fece chiuder le porte, e mettendo mano alla spada, lanciò occhiate furibonde su tutti indistintamente, gridando: «Qui c'è un traditore! che tutti quelli che sono innocenti mi aiutino a trovare il colpevole.» I cavalieri proruppero in grida d'indegnazione, e sguainarono le spade. La signora Montoni voleva fuggire, ma il marito le impose di restare, aggiungendo qualche altra cosa che non fu intesa a motivo del tumulto e delle grida. Allora tutti i servi comparvero innanzi a lui, e dichiararono la loro ignoranza. La protesta però non poteva essere ammessa, essendo innegabile che soltanto il vino del castellano era stato avvelenato, per cui bisognava che almeno il dispensiere fosse stato connivente. Quest'uomo, con un altro, la cui fisonomia tradiva la convinzione del delitto, o il timore della pena, fu messo in ceppi e trascinato in un tetro carcere; Montoni avrebbe trattato nella stessa guisa tutti gli ospiti se non avesse temute le conseguenze d'un passo sì ardito: si contentò dunque di giurare che non sarebbe uscito neppur uno, prima che fosse dilucidato quest'affare. Ordinò aspramente alla moglie di ritirarsi, e ad Emilia di accompagnarla.

Mezz'ora dopo comparve nel di lei gabinetto; Emilia fremè vedendo la sua aria truce, gli occhi sfavillanti di rabbia e le labbra livide. «È inutile[18] tenervi sulla negativa,» gridò egli furente alla moglie, «giacchè ho la prova del vostro delitto: non avete alcuna speranza di perdono se non in una sincera confessione; il vostro complice ha svelato tutto.»

Emilia fu colpita dall'atroce accusa. L'agitazione della zia non le permetteva di parlare; la sua faccia passava da un estremo pallore ad un rosso infiammato.

«Risparmiate i discorsi inutili,» disse Montoni, vedendola disposta a parlare; «il vostro contegno basta a tradirvi; or sarete condotta nella torre d'oriente.

— Quest'accusa,» rispose la moglie, che poteva appena articolar parola, «è un pretesto per la vostra crudeltà; sdegno di rispondervi.

— Signore,» disse vivamente Emilia, «questa orribile imputazione è falsa; oso rendermene mallevadrice sulla mia vita. Sì, signore,» soggiunse, «questo non è il momento di usar riguardi. Voi cercate ingannarvi volontariamente, al solo fine di perdere la mia povera zia.

— Se vi è cara la vita, tacete.»

Emilia, alzando gli occhi al cielo, sclamò: «Non c'è più speranza.»

Egli si volse alla moglie, la quale, rimessa dalla sorpresa, ne respingeva i sospetti con veemente asprezza. La rabbia di Montoni aumentava; Emilia, prevedendone le conseguenze, si precipitò ai di lui piedi, abbracciandogli le ginocchia e supplicandolo, piangendo, di calmare il suo furore; ma sordo alle preghiere della nipote e alle giustificazioni della moglie le minacciava fieramente amendue, quando fu chiamato. Uscì chiudendo la porta e portandone seco la chiave. Esse dunque si trovarono prigioniere. La Montoni guardava intorno a sè cercando un mezzo di fuggire. Ma come farlo? Sapeva pur troppo fino a qual punto il castello fosse forte, e con qual[19] vigilanza guardato. Tremava di affidare il suo destino al capriccio d'un servo, di cui conveniva mendicare l'assistenza.

Frattanto intesero gran tumulto e confusione nella galleria; alle volte si sentiva il cozzar delle spade. La provocazione di Montoni, la sua impetuosità, la sua violenza, facevano supporre ad Emilia che le armi sole potessero finire l'orribile contesa. La zia aveva esaurite tutte le espressioni dello sdegno, e la nipote tutte le frasi consolanti. Tacevano amendue in quella specie di calma, che succede nella natura al conflitto degli elementi. Le circostanze di cui Emilia era stata testimone le rappresentavano mille confusi timori, e le sue idee succedevansi in tumultuoso disordine; fu scossa dalla sua meditazione sentendo battere alla porta, e riconobbe la voce di Annetta.

«Mia cara signora, aprite: ho molte cose da raccontarvi,» diceva sottovoce la povera ragazza. — La porta è chiusa,» rispose la padrona. — Sì, lo vedo, signora, ma per carità apritela. — Il padrone ha portato seco la chiave. — O beata Vergine! che sarà di noi? — Aiutaci ad uscire,» disse la Montoni. «Dov'è Lodovico? — Nella sala grande cogli altri, che combatte valorosamente. — Combatte! e chi sono gli altri? — Il padrone, tutti quei signori, e molti altri. — C'è qualche ferito?» disse Emilia con voce tremante. — Sì, signora, ce n'è qualcuno disteso in terra immerso nel sangue. Gran Dio! fate ch'io possa entrare, signora; ah! eccoli che vengono; mi ammazzano sicuramente. — Fuggi,» disse Emilia, «fuggi; noi non possiamo aprirti.»

Annetta ripetè che venivano, e fuggì.

«Calmatevi, zia,» disse Emilia, «per pietà, calmatevi; essi vengono forse per liberarci. Chi sa che il signor Montoni non sia già vinto.

— Eccoli,» gridò la zia, «li sento venire.»

Emilia alzò gli occhi languenti verso la porta, [20] spaventata al maggior segno. Fu messa la chiave nella serratura; la porta si aprì, ed entrò Montoni seguito da tre satelliti. «Eseguite i miei ordini,» disse loro accennando la moglie; essa mise un grido e fu trascinata via sul momento. Emilia cadde priva di sensi sur una sedia: allorchè rinvenne, si vide sola, e guardando per tutta la stanza con occhi smarriti, sembrava interrogare ogni cosa sul destino della zia. Finalmente, si alzò per esaminare, quantunque con poca speranza, se la porta era libera, e la trovò aperta. Si avanzò timidamente nella galleria, incerta ove dovesse andare. Suo primo desiderio fu di ottenere qualche notizia sul destino della zia. Scese nel tinello. A misura che si avanzava, sentiva da lontano voci irate: le facce che incontrava pei numerosi anditi e la confusione che regnava aumentavano il di lei spavento. In fine arrivò nella stanza che cercava, ma non c'era alcuno. Non potendo più reggersi in piedi, si riposò un momento. Riflettè che avrebbe invano cercata la zia nell'immenso laberinto di quel castello, che pareva assediato dai briganti. Pensò dunque a tornare nella sua camera, ma temeva d'incontrarsi in que' feroci, quando un sordo mormorio interruppe il cupo silenzio; il rumore cresceva: distinse qualche voce e sentì passi che s'accostavano. Si alzò per andarsene ma venivano appunto per l'unica via ch'ella potesse seguire: pensò dunque di aspettare che fossero entrati. Udì gemiti, e vide poco dopo comparire un uomo portato da quattro. Atterrita a questo spettacolo, ebbe appena forza bastante per tornare alla sua camera senza poter conoscere chi fosse l'infelice circondato da quella gente, che nella confusione non l'aveano veduta.

Il suo affetto per la zia diveniva sempre maggiore; si ricordava che Montoni l'aveva minacciata di chiuderla nella torre di levante, ed era probabile che tal castigo avesse soddisfatto la di lui vendetta. [21] Risolse dunque, nel corso della notte, di cercare una via per recarsi a quella torre. Sapeva bene che non avrebbe potuto efficacemente soccorrere la zia, ma credè che nel suo tristo carcere sarebbe stata sempre una consolazione per lei l'udire la voce della nipote. Alcune ore passarono così nella solitudine e nel silenzio, e parve che Montoni l'avesse obliata del tutto. Appena fu notte, vennero appostate le sentinelle.

L'oscurità della camera rianimò il terrore di Emilia. Appoggiata alla finestra, fu assalita da mille idee disgustose. «E che!» diceva ella; «se qualcuno di questi banditi, col favor delle tenebre, s'introducesse nella mia camera, cosa avverrebbe di me?» Poi, ricordando l'abitante misterioso della camera vicina, il suo terrore mutò oggetto. «Non è un prigioniero, benchè resti nascosto in quella stanza; non è Montoni che lo chiuda per di fuori, ma è l'incognito stesso che si prende questa cura.» Facendo tutte queste riflessioni, si ritirò dalla finestra, ed accese il lume. Si affrettò quindi ad assicurare alla meglio l'uscio della scala. Questo lavoro l'occupò sino a mezzanotte. Tutto era quieto, nè si udiva che i passi della sentinella sul bastione. Aprì la porta con cautela, e vedendo e sentendo una perfettissima calma, uscì; ma appena ebbe fatti pochi passi, vide un fioco chiarore sui muri della galleria. Rientrò in camera, e chiuse la porta, immaginandosi che forse Montoni andasse a fare la sua visita all'incognito. Dopo mezz'ora circa uscì di nuovo, e non vedendo nessuno, prese la direzione della scala di tramontana, immaginandosi di poter ivi più facilmente trovare la torre. Si fermava spesso, ascoltando con paura il fischiar del vento, e guardando da lontano attraverso l'oscurità dei lunghi androni. Finalmente giunse alla scala che cercava, la quale metteva in due passaggi diversi. Esitò alcun poco, e scelse quello che conduceva in una vasta galleria.[22]

La solitudine di quel luogo la gelò di spavento, e tremava perfino all'eco de' propri passi. D'improvviso le parve sentire una voce, e temendo egualmente d'avanzarsi o di retrocedere, rimase immobile, osando appena alzar gli occhi. Le parve che quella voce proferisse lamenti, e venne confermata in quest'idea da un lungo gemito. Credè potesse essere sua zia, e si avanzò verso quella parte. Nulladimeno, prima di parlare, tremava di confidarsi con qualche indiscreto che potesse denunziarla a Montoni. La persona, qualunque fosse, pareva afflittissima. Mentre titubava, quella voce chiamò Lodovico. Emilia allora riconobbe Annetta, e tutta lieta si accostò per risponderle.

«Lodovico!» gridava Annetta piangendo; «Lodovico!

— Son io,» disse Emilia, tentando aprir la porta, «Ma come sei tu qui? Chi ti ha rinchiusa?

— Lodovico! Lodovico!

— Non è Lodovico; sono io, è Emilia.»

Annetta cessò di piangere e tacque.

«Se tu puoi aprir la porta, entrerò,» disse Emilia; «non temer di nulla.

— Lodovico! oh Lodovico!» gridava Annetta.

Emilia perdeva la pazienza, e temendo di essere scoperta, voleva andarsene; ma riflettè che la ragazza potrebbe aver qualche notizia sulla zia, o almeno avrebbe potuto indicarle la strada della torre. Ottenne infine una risposta, benchè poco soddisfacente. Annetta non sapeva nulla della padrona, e scongiuravala soltanto di dirle cosa fosse stato di Lodovico. Emilia rispose non saperlo, e le domandò come mai si trovasse rinchiusa là entro.

«Mi ha messo qui Lodovico. Dopo esser fuggita dal gabinetto della padrona, io correva senza saper dove: lo incontrai nella galleria, ed egli mi ha confinata in questa camera, portando via la chiave, affinchè non mi accadesse alcun male. Mi ha promesso[23] di tornare quando tutto sarà quieto. Ma è già tardi, e non lo veggo venire; chi sa che non l'abbiano ucciso?»

Emilia si rammentò allora l'individuo ferito da lei veduto trasportare nella sala, e non dubitò più che non fosse Lodovico, ma nol disse. Impaziente di saper qualcosa della zia, la pregò d'insegnarle la strada della torre.

«Oh! non vi andate, signorina, per l'amor di Dio, non mi lasciate qui sola.

«Ma, Annetta cara,» rispose Emilia, «non creder già ch'io possa restar qui tutta notte. Insegnami la strada della torre, e domattina mi occuperò della tua liberazione.

— Beata Maria!» disse Annetta; «dovrò dunque star qui tutta la notte? Morirò dalla paura e dalla fame, non avendo mangiato nulla dopo il pranzo.»

Emilia potè a stento contener le risa a queste espressioni. Infine ne ottenne una specie di direzione verso la torre orientale. Dopo molte ricerche, giunse alla scala della torre, e si fermò un istante per fortificare il suo coraggio col sentimento del dovere. Mentre esaminava quel luogo, vide una porta in faccia alla scala. Incerta se questa la condurrebbe dalla zia, tirò il chiavistello e l'aprì. Si avvide che metteva sul bastione, e l'aria le spense quasi il lume. Le nubi agitate dai venti stentavano a lasciar vedere alcune stelle, raddoppiando gli orrori della notte. Rinchiuse la porta e salì.

L'immagine della zia, pugnalata forse per mano istessa del marito, venne a spaventarla; e si pentì d'aver osato recarsi in quel luogo. Ma il dovere trionfò della paura, e continuò a camminare. Tutto era calmo. Finalmente le colpì gli sguardi una striscia di sangue sulla scala; le pareti e tutti i gradini n'erano aspersi. Si fermò sforzandosi di sostenersi, e la sua mano tremante lasciò quasi cadere il lume. Non sentiva nulla; quella torre non[24] pareva abitata da anima viva. Si rimproverò mille volte di essere uscita; temeva sempre di scoprire qualche nuovo oggetto d'orrore; eppure, prossima al termine delle sue ricerche, non sapeva risolversi a perderne il frutto. Riprese coraggio, e giunta alla torre, vide un'altra porta e l'aprì. I fiochi raggi della lampada non le lasciarono vedere che mura umide e nude. Entrando in quella stanza, e nella spaventosa aspettativa di ritrovarvi il cadavere della zia, vide qualcosa in un canto, e colpita da un'orribile convinzione, restò alcun tempo immobile. Animata quindi da una specie di disperazione, si accostò all'oggetto del suo terrore, e riconobbe un vecchio arnese militare, sotto al quale erano ammucchiate armi. Mentre si dirigeva alla scala per uscire, vide un'altra porta chiusa di fuori con un catenaccio, e dinanzi alla quale si vedevano altre orme di sangue: chiamò ad alta voce la zia, ma nessuno rispose. «Essa è morta!» sclamò allora; «l'hanno uccisa; il suo sangue rosseggia questi gradini.» Perdè tutta la forza, depose il lume, e sedette sulla scala. Dopo nuovi inutili sforzi per aprire, scese per tornare alla sua camera. Appena fu nel corridoio, vide Montoni, e spaventata più che mai, si gettò in un angolo per non incontrarlo. Gli sentì chiudere una porta, l'istessa ch'ella avea già notato. Ne ascoltò i passi allontanarsi, e quando l'estrema distanza non le permise più di distinguerlo, entrò in camera e coricossi.

Già biancheggiava l'alba e le palpebre d'Emilia non eransi ancora chiuse al sonno; ma alfine la natura spossata diè qualche tregua alle sue pene.

CAPITOLO XXIV

Emilia restò in camera tutta la mattina, senza ricevere alcun ordine di Montoni, nè vedere altro che gli armati i quali passeggiavano sul bastione.[25] L'inquietudine sul destino della zia la vinse finalmente sull'orrore di parlare a quel barbaro, e decise di recarsi da lui per ottenere il permesso di vederla.

L'assenza troppo prolungata di Annetta provava inoltre ch'era accaduta qualche disgrazia a Lodovico, e ch'essa era tuttavia rinchiusa. Emilia risolse dunque d'andar a vedere se ella fosse ancora nella stanza, e d'avvertirne Montoni: suonava il mezzogiorno. I lamenti della meschina si sentivano all'estremità della galleria: deplorava il proprio destino e quello di Lodovico; quando intese Emilia, la supplicò a liberarla subito, perchè moriva di fame. La padroncina le rispose che sarebbe andata immediatamente a chiedere la sua liberazione; allora la paura della fame cedè pel momento a quella del padrone; e quando la fanciulla la lasciò, essa la pregava con calore a non iscoprir l'asilo ove nascondeasi: Emilia si avvicinò alla gran sala, ed il tumulto che udì, gl'individui che incontrò rinnovaronle gli spaventi. Però pareano pacifici: la guardavano con avidità, talvolta le parlavano. Traversando la sala per recarsi nel salotto di cedro, ove teneasi d'ordinario Montoni, scorse sul suolo spade infrante e gocce di sangue: quasi quasi credea vedere un cadavere. Avanzandosi, distinse un mormorio di voci, che la fecero titubare se dovesse o no inoltrarsi. Cercava invano cogli occhi qualche servitore per farsi annunziare, ma non ne compariva alcuno. Gli accenti ch'ella intendea non esprimevano più la collera, e riconobbe la voce di parecchi convitati della sera precedente. Mentre si disponeva a bussare, comparve lo stesso Montoni; sorpreso, lasciò conoscere nella sua fisionomia tutti i vari moti dell'animo. Emilia, tremante, stavasi mutola. Montoni le domandò con severità che cosa avesse inteso del loro colloquio. Essa lo accertò di non essere venuta coll'intenzione di ascoltare i di[26] lui segreti, ma per implorare la sua clemenza per la zia e per Annetta. Montoni parve dubitarne, la fissò con occhio indagatore, e l'inquietudine che provava, non poteva nascere da frivole ragioni. Emilia lo scongiurò di lasciarla andare a visitare sua zia: egli rispose con un sorriso amaro, che confermò i suoi timori, e le fece perdere il coraggio di rinnovargliene la preghiera.

«Per Annetta,» diss'egli, «andate a trovar Carlo, che le aprirà. Lo stolto che l'ha rinchiusa non esiste più.»

Emilia, fremendo, rispose: «Ma la mia povera zia, signore, per pietà, parlatemi della mia zia...

— Se ne ha cura,» soggiunse Montoni: «non ho tempo di rispondere alle vostre vane domande.» E volle lasciarla. Emilia lo trattenne scongiurandolo di farle sapere ove fosse sua moglie; d'improvviso intesero la tromba, ed un rumore confuso di uomini e di cavalli nel cortile. Montoni corse subito fuori. Emilia, nell'incertezza di seguirlo, affacciatasi alla finestra, le parve distinguere i medesimi cavalieri veduti partire pochi giorni prima, e, scorgendo accorrer gente da tutte le parti, stimò bene di rifugiarsi nella sua camera. La maniera e le espressioni di Montoni quando aveva parlato di sua moglie, confermavano in parte i di lei sospetti. Stava assorta in que' cupi pensieri, quando vide entrare il vecchio Carlo.

«Cara signorina,» le diss'egli, «non ho potuto prima d'ora occuparmi di voi. Vi porto frutti e vino, chè dovete averne bisogno.

— Vi ringrazio, Carlo,» diss'ella; «avete forse ricevuto quest'ordine dal signor Montoni?

— No signora,» rispose il vecchio; «sua *eccellenza* ha troppe occupazioni.»

La fanciulla rinnovò le sue domande sul destino della zia: ma mentre la trascinavano via, Carlo era dall'altra parte del castello, e da quel momento[27] non ne sapeva più nulla. Mentr'egli così diceva, Emilia lo guardava attenta, e non poteva comprendere se parlasse per ignoranza, o dissimulazione o timore di offendere il padrone. Le rispose laconicamente sulla zuffa della sera prima, accertandola nel tempo stesso che gli alterchi erano finiti, e che il castellano credeva essersi ingannato sospettando degli ospiti. «Il combattimento non ebbe altra origine,» soggiunse Carlo, «ma mi lusingo di non rivedere mai più un simile spettacolo in questo castello sebbene vi si preparino cose strane.» Essa lo pregò di spiegarsi. «Ah! signora,» diss'egli, «non posso tradire il segreto, nè esprimere tutti i miei pensieri in proposito; ma il tempo svelerà tutto.»

Essa lo pregò di aprire ad Annetta, indicandogli la stanza ove la meschina si trovava rinchiusa; Carlo le promise di soddisfarla; mentre partiva, gli domandò chi fossero i nuovi arrivati: la sua congettura si verificò: era Verrezzi colla sua truppa.

Scorse più di un'ora prima che Annetta comparisse. In fine arrivò piangendo e lamentandosi.

«Chi l'avrebbe mai preveduto, signorina? Oh! caso terribile! Oh! povero Lodovico!

— L'hanno proprio ucciso?» le chiese commossa Emilia.

— No; ma fu ferito gravemente. Ecco perchè non poteva venire ad aprirmi; ma ora comincia a star meglio.

— Cara Annetta, mi rallegro molto nel sentire ch'egli esiste.»

Appena la giovine fu alquanto calmata, Emilia la mandò a far ricerche sulla zia, ma non potè averne notizia alcuna.

I due giorni susseguenti passarono senza verun caso notevole, e senza ch'ella potesse saper nulla della zia. La sera del secondo giorno, in preda al suo dolore, ed assalita da funeste imagini, per iscacciarle, si affacciò alla finestra, considerando i[28] tanti astri fulgidissimi e scintillanti nell'azzurro empireo, che tutti seguono una determinata via senza confondersi nello spazio. Si rammentò quante volte col diletto padre ne avesse osservato il corso. Queste riflessioni finirono a destare in lei quasi egualmente dolore e sorpresa. Pensò ai tristi eventi succeduti alle prime dolcezze della vita, alle ultime scosse, alla sua presente situazione in terra straniera, in un castello isolato, circondata da tutti i vizi, esposta a tutte le violenze, e le pareva d'essere illusa da un sogno prodotto dall'immaginazione alterata, nè poteva persuadersi che tanti mali non fossero ideali. Pianse al pensiero di quanto avrebbero sofferto i di lei genitori, se avessero potuto prevedere le sventure che l'attendevano.

Alzò gli occhi al cielo, e vide il medesimo pianeta osservato in Linguadoca la notte precedente alla morte del padre; desso trovavasi al di sopra delle torri orientali. Si rammentò i discorsi relativi allo stato dell'anime, e la melodia intesa, e della quale la sua tenerezza, a dispetto della ragione, aveva ammesso il senso superstizioso. All'improvviso, i suoni d'una dolce armonia parvero traversar l'aere; rabbrividì, ascoltò qualche minuto in una penosa aspettativa, sforzandosi di raccogliere le idee e ricorrere alla ragione. Ma la ragione umana non ha impero sui fantasmi dell'immaginazione, più che i sensi non abbian mezzi per giudicare la forma dei corpi luminosi, che brillano e tosto si estinguono nell'oscurità della notte.

La sorpresa di lei a quella musica sì dolce e deliziosa, era per lo meno scusabile, essendo già molto tempo che non udiva la menoma melodia. Il suono acuto del piffero e della tromba era la sola musica che si conoscesse nel castello di Udolfo.

Allorchè si fu un poco rimessa, cercò assicurarsi da qual parte venisse il suono. Le parve che partisse dal basso del castello, ma non potè precisarlo.[29] Il timore e la sorpresa cedettero tosto al piacere di un'armonia, che il silenzio notturno rendeva ancor più interessante. La musica cessò, e le idee di Emilia errarono a lungo su questa strana circostanza; era singolare udir musica dopo mezzanotte, allorchè tutti dovevano essere al riposo, e in un castello ove da tanti anni non erasi inteso nulla che vi somigliasse. I lunghi patimenti avevanla resa sensibile al terrore, e suscettibile di superstizione. Le parve che suo padre avesse potuto parlarle con quella musica, per ispirarle consolazione e fiducia sul soggetto ond'era allora occupata. La ragione le suggerì però questa congettura esser ridicola, e la respinse; ma, per un'inconseguenza naturale della fantasia riscaldata, si abbandonò alle idee più bizzarre: rammentò il caso singolare che aveva posto Montoni in possesso del castello; considerò la maniera misteriosa della scomparsa dell'antica proprietaria; non si era mai più saputo nulla di lei, ed il suo spirito fu colpito da paura. Non eravi nessun rapporto apparente tra quell'avvenimento e la melodia, eppure credè che queste due cose fossero legate da qualche vincolo segreto.

Finalmente si ritirò dalla finestra, ma le tremavano le gambe nell'accostarsi al letto. Il lume stava per estinguersi, ed ella fremeva di dover restare al buio in quella vasta camera; ma vergognandosi tosto della sua debolezza, andò a letto pensando al nuovo incidente, e risoluta di aspettare la notte successiva all'ora istessa per ispiare il ritorno della musica.

CAPITOLO XXV

Annetta venne da lei la mattina senza fiato. «Oh! signorina,» le disse con tronche parole, «quante cose ho da raccontarvi! Ho scoperto chi è il prigioniero, ma non era il prigioniero; è quello chiuso[30] in quella camera, di cui vi ho parlato, ed io l'aveva preso per un'ombra!

—Chi era quel prigioniero?» chiese Emilia, ripensando al caso della notte scorsa.

— V'ingannate, signora, non era prigioniero niente affatto.

—Chi è dunque?

— Beata Vergine! come son rimasta! L'ho incontrato poco fa sul bastione qui sotto! Ah! signora Emilia, questo luogo è proprio strano. Se ci vivessimo mill'anni, non finirei mai di stupirmi. Ma, come vi diceva, l'ho incontrato sul bastione, e certo pensava a tutt'altro che a lui.

— Queste ciarle sono insopportabili; di grazia, Annetta, non abusare della mia pazienza.

—Sì, signorina, indovinate? chi era mo; è una persona che voi conoscete benissimo.

— Non posso indovinarlo,» rispose Emilia con impazienza.

— Ebbene, vi metterò sulla strada. Un uomo grande, col viso lungo, che cammina con gravità, che porta un gran pennacchio sul cappello, che abbassa gli occhi quando gli si parla, e guarda la gente di sotto le ciglia negre e folte! Voi l'avete veduto mille volte a Venezia; era amico intimo del padrone. Ed ora, quando ci penso, di che aveva egli paura in questo vecchio castello selvaggio per chiudervisi con tanta precauzione? Ma adesso prende il largo, ed io l'ho trovato poco fa sul bastione. Tremava nel vederlo; mi ha fatto sempre paura; ma non voleva che se ne accorgesse. Allorchè mi è passato vicino, gli ho fatto una riverenza, e gli ho detto: Siate il ben venuto al castello, signor Orsino.

— Ah! dunque era Orsino?

— Sì, signora; egli stesso, colui che ha fatto ammazzare quel signore veneziano.

— Gran Dio!» sclamò Emilia; «egli è venuto a Udolfo! Ha fatto benissimo a star nascosto.[31]

— Ma che bisogno c'è di tante precauzioni? Chi potrebbe mai immaginarsi di trovarlo qui?

— È verissimo,» disse Emilia, ed avrebbe forse concluso che la musica notturna veniva da Orsino, se non fosse stata certa non aver egli nè gusto, nè talento per quell'arte. Non volendo aumentare le paure di Annetta parlando di ciò che cagionava la sua, le domandò se fossevi alcuno nel castello che sapesse suonar qualche istrumento.

«Oh, sì, signorina, Benedetto suona bene il tamburo, Lancellotto è bravo per la tromba, e anche Lodovico suona bene la tromba. Ma ora è ammalato. Mi ricordo che una volta...

— Non avresti tu intesa una musica,» disse Emilia interrompendola, «dopo il nostro arrivo in questo luogo, e segnatamente la notte scorsa?

— No, signora; non ho inteso mai altra musica, fuor quella dei tamburi e delle trombe. E quanto alla notte passata, non ho fatto altro che sognare l'ombra della mia defunta padrona.

— La tua defunta padrona?» disse la fanciulla tremando; «tu sai dunque qualcosa? Dimmi tutto quello che sai, per carità.

— Ma, signorina, voi non ignorate che nessuno sa cosa sia accaduto di lei: è dunque chiaro che ha preso l'istessa strada dell'antica padrona del castello, della quale nessuno ha saputo più nulla.»

Emilia, profondamente afflitta, congedò la cameriera, i cui discorsi avevano rianimato i terribili di lei sospetti sul destino della zia, ciò che la decise a fare un secondo sforzo per ottenere qualche certezza in proposito, dirigendosi un'altra volta a Montoni.

Annetta tornò di lì a poche ore, e disse ad Emilia che il portinaio del castello desiderava parlarle avendo un segreto da rivelarle. Quest'ambasciata la sorprese, e le fece dubitare di qualche insidia; già esitava ad acconsentire; ma una breve riflessione[32] gliene dimostrò l'improbabilità, e arrossì della sua debolezza.

«Digli che venga nel corridoio,» rispos'ella, «e gli parlerò.»

Annetta partì, e tornò poco dopo dicendo:

«Bernardino non ardisce venire nel corridoio, temendo di essere veduto. Si allontanerebbe troppo dal suo posto, e non può farlo per adesso. Ma se volete compiacervi di venire a trovarlo al portone, passeremo per una strada segreta ch'egli mi ha insegnata, senza traversare il cortile, e vi racconterà cose che vi sorprenderanno assaissimo.»

Emilia, non approvando quel progetto, negò positivamente di andare. «Digli,» soggiunse, «che se ha da farmi qualche confidenza, l'ascolterò nel corridoio quando avrà il tempo di venirci.»

Annetta andò a portar la risposta, ed al suo ritorno disse ad Emilia: «Non ho concluso nulla, signorina; Bernardino non può in verun modo lasciare la porta in questo momento; ma se stasera, appena farà notte, volete venire sul bastione orientale, egli potrà forse allontanarsi un minuto e svelarvi il suo segreto.»

Emilia, sorpresa ed allarmata al tempo stesso dal mistero che colui esigeva, esitava sul partito da prendere; ma considerando che forse l'avvertirebbe di qualche disgrazia, od avrebbe da darle notizie della zia; risolse di accettare l'invito. «Dopo il tramonto del sole,» disse, «io sarò in fondo al bastione orientale; ma allora sarà appostata la sentinella; come farà Bernardino a non esser veduto?

— È appunto ciò che gli ho detto, ed esso mi ha risposto aver la chiave della porta di comunicazione fra il cortile e il bastione, per la quale egli si propone di passare; che quanto alle sentinelle, non ne mettono alcuna in fondo al bastione, perchè le mura altissime e la torre di levante bastano da quella parte per guardare il castello, e che quando sarà oscuro, non potrà esser veduto all'altra estremità.[33]

— Ebbene,» disse Emilia, «sentirò ciò che vuol dirmi, e ti prego di accompagnarmi stasera sul bastione: intanto di' a Bernardino di esser puntuale all'ora indicata, giacchè potrei ancor io esser veduta dal signor Montoni. Dov'è egli? Vorrei parlargli.

— È nel salotto di cedro, a parlamento con altri signori. Io credo che voglia dare un banchetto per riparare il disordine dell'altra notte: in cucina sono tutti occupatissimi.»

La padroncina le domandò se aspettavano nuovi ospiti. Annetta non lo credeva. «Povero Lodovico!» diss'ella; «sarebbe allegro come gli altri se fosse ristabilito! Il caso però non è disperato: il conte Morano era più ferito di lui, e intanto è guarito e se n'è tornato a Venezia.

— Come facesti a saperlo?

— Me l'han detto ier sera, signorina; mi sono scordata di contarvelo.»

Emilia la pregò di avvertirla quando Montoni fosse solo. Annetta andò a portar la risposta a Bernardino, che l'aspettava impaziente. Il castellano intanto fu così occupato per tutto il giorno, che Emilia non ebbe l'occasione di calmare i suoi timori sul destino della zia. Volse i suoi pensieri all'ambasciata del portinaio: si perdeva in mille congetture, e man mano che si avvicinava l'ora del misterioso colloquio, cresceva la sua impazienza. Il sole finalmente tramontò: sentì appostare le sentinelle, ed appena giunse Annetta, che doveva accompagnarla, scesero insieme. Emilia temeva d'incontrar Montoni, o qualcuno de' suoi. «Rassicuratevi,» disse Annetta, «sono ancora tutti a tavola, e Bernardino lo sa.»

Giunte al primo terrazzo, la sentinella, gridò: *Chi va là?* Emilia rispose, e s'incamminarono al bastione orientale, ove furono fermate da un'altra sentinella, e dopo una seconda risposta, poterono continuare. Emilia non amava esporsi così tardi alla[34] discrezione di quella gente, impazientissima di ritirarsi, accelerò il passo per raggiunger Bernardino, ma non trovandolo si appoggiò pensierosa al parapetto. Il bosco e la valle eran sepolti nell'oscurità, un lieve venticello agitava solo la cima degli alberi, e tratto tratto si udivano voci nell'interno del vasto edifizio.

«Cosa sono queste voci?» disse Emilia tremante.

— Quelle del padrone e de' suoi ospiti che gozzovigliano,» rispose Annetta.

— Gran Dio! com'è mai possibile che un uomo sia così allegro quando forma l'infelicità del suo simile!... E la fanciulla guardò con raccapriccio la torre di levante presso cui si trovava: vide una fioca luce attraverso la ferriata della stanza inferiore: una persona vi passava col lume in mano; tale circostanza non rianimò le sue speranze a proposito della signora Montoni, poichè, avendola cercata colà appunto, non vi aveva trovato che una vecchia divisa e delle armi. Nulladimeno si decise a tentar di aprire la torre al di fuori, appena Bernardino si fosse partito da lei.

Passava il tempo, e costui non compariva. Emilia, inquieta, esitò se dovesse aspettarlo ancora; avrebbe mandata Annetta a cercarlo, se non avesse temuto di restar sola.

Mentre ragionava colla seguace della tardanza, lo videro comparire. Emilia si affrettò a domandargli che cosa voleva dirle, pregandolo di non perder tempo, poichè l'aria notturna l'incomodava.

«Licenziate la cameriera, signorina,» le disse Bernardino con voce sepolcrale, che la fece fremere, «il mio segreto non posso rivelarlo che a voi sola.» Emilia esitò, ma finì a pregare Annetta di allontanarsi alcuni passi; indi gli disse: «Ora, amico mio, son sola, cosa volete dirmi?»

Egli tacque un momento, come per riflettere poi,

rispose: «Io perderei certo il mio impiego se lo[35] sapesse il padrone. Promettetemi, signorina, che non paleserete a chicchessia sillaba di ciò che son per dirvi. Chi si è fidato di me in quest'affare me ne farebbe pagare il fio se venisse a capire ch'io l'avessi tradito. Ma mi sono interessato per voi, e voglio dirvi tutto.» Emilia lo ringraziò accertandolo della sua segretezza, e lo pregò di continuare. «Annetta mi ha detto nel tinello, quanto voi state in pena per la signora Montoni, e quanto desiderate essere informata del suo destino.

— È vero, se lo sapete ditemi tosto ciò che ha di più terribile; son parata a tutto.

— Io posso dirvelo, ma vi veggo così afflitta, che non so come cominciare.

— Son parata a tutto, amico,» ripetè Emilia con voce ferma ed imponente, «e preferisco la più terribile certezza a questo dubbio crudele.

— Se è così, vi dirò tutto. Già sapete che il padrone e sua moglie non andavano d'accordo; non tocca a me conoscerne il motivo, ma credo che ne saprete il risultato.

— Bene,» disse Emilia, «e così?

— Il padrone, a quanto pare, ha avuto ultimamente un forte alterco con lei: io vidi tutto, intesi tutto, e più di quel che possono supporre; ma ciò non riguardandomi, io non diceva nulla. Pochi giorni sono egli mi mandò a chiamare e mi disse: Bernardino, tu sei un brav'uomo, e credo potermi fidare di te... Lo assicurai della mia fedeltà. Allora, per quanto mi ricordo, mi disse: Ho bisogno che tu mi serva in un'affare importante. Mi ordinò ciò che doveva fare; ma di questo non dirò nulla, chè concerne soltanto la padrona.

— Cielo! che faceste? qual furia poteva indurvi ambidue ad un atto così detestabile?

— Fu una furia,» rispose Bernardino con voce cupa, e tacquero entrambi. Emilia non aveva coraggio di domandarne davvantaggio. Bernardino pareva temere di spiegarsi più particolarmente; alfine[36] soggiunse: «È inutile riandare il passato. Il padrone fu troppo crudele, sì, ma voleva essere obbedito. Se io mi fossi ricusato, ne avrebbe trovato un altro meno scrupoloso di me.

— L'avete uccisa?» balbettò Emilia; «io dunque parlo con un sicario?» Bernardino tacque, e la fanciulla mosse un passo per lasciarlo.

— Restate, signorina,» ei le disse; «voi meritereste di lasciarvelo credere, giacchè me ne stimaste capace.

— Se siete innocente, ditelo tosto» soggiunse Emilia quasi moribonda; «non ho forza bastante per ascoltarvi maggior tempo.

— Or bene, la signora Montoni è viva per me solo; essa è mia prigioniera: sua eccellenza l'ha confinata nella camera di sopra del portone, e me ne affidò la custodia. Voleva dirvi che avreste potuto parlarle; ma ora...»

Emilia, sollevata a tai parole da inesprimibile angoscia, scongiurollo di farle vedere la zia. Egli vi acconsentì senza farsi pregar molto, e le disse che la notte seguente, allorchè Montoni fosse a letto, se voleva recarsi alla porta del castello, potrebbe forse introdurla dalla prigioniera.

In mezzo alla riconoscenza che le ispirava siffatto favore, parve alla fanciulla di scorgere ne' di lui sguardi una certa soddisfazione maligna, mentre pronunziava quest'ultime parole. Sulle prime scacciò tale idea, lo ringraziò di nuovo, e raccomandò la zia alla di lui pietà, assicurandolo che l'avrebbe ricompensato, e sarebbe esatta all'appuntamento indicato; quindi gli augurò buona sera, ed andossene.

Passò qualche ora prima che la gioia, eccitata in lei dal racconto di Bernardino, le permettesse di giudicare con precisione dei pericoli che minacciavano ancora la zia e lei stessa. Quando la sua agitazione si calmò, riflettè che la zia era prigioniera d'un uomo, il quale poteva sacrificarla alla vendetta o all'avarizia sua. Allorchè pensava all'atroce fisonomia[37] del portinaio, credeva che il suo decreto di morte fosse già firmato; immaginando colui capace di consumare qualunque atto barbaro. Queste idee le rammentarono l'accento col quale le aveva promesso di farle vedere la prigioniera. Le venne mille volte in idea che la zia potesse esser già morta, e che lo scellerato era forse incaricato d'immolare anche lei all'avarizia di Montoni, il quale di tal guisa sarebbe entrato in possesso dei suoi beni in Linguadoca, che avevan formato il tema d'una sì odiosa contestazione. L'enormità di questo doppio delitto gliene fece alla fine respingere la probabilità; ma non perdè tutti i timori, nè tutti i dubbi ispiratile dalle maniere di Bernardino.

La notte era già molto avanzata, ed ella si afflisse quasi di non sentir la musica, della quale aspettava il ritorno con sentimento più forte della curiosità. Distinse lunga pezza le risa smoderate di Montoni e de' suoi convitati, le canzoni lubriche, e sentì finire ben tardi i loro rumorosi discorsi. Susseguì un profondo silenzio interrotto soltanto dai passi di quelli che si ritiravano ne' rispettivi alloggi. Emilia, ricordandosi che la sera precedente aveva intesa la musica press'a poco all'istess'ora, aprì pian piano la finestra, stando in attenzione della soave armonia.

Il pianeta da lei osservato al primo sentire della musica, non si vedeva ancora, e cedendo ad una impressione superstiziosa, guardava attenta la parte del cielo in cui doveva apparire, aspettando la melodia nello stesso momento. Alfine esso comparve, rifulgendo sopra le torri orientali. Emilia tese l'orecchio, ma indarno. Le ore scorsero in ansiosa aspettativa; nessun suono turbò la calma solenne della natura. Ella rimase alla finestra finchè l'alba non cominciò a biancheggiare le vette de' monti, e persuasa allora che la musica non si sarebbe altrimenti sentita, se ne andò a letto.

[38]

CAPITOLO XXVI

Emilia restò sorpresa il dì seguente udendo che Annetta sapeva la detenzione della zia nella camera sopra il portone d'ingresso del castello, e non ignorava neppure il progetto di visita notturna; che Bernardino avesse potuto confidare alla cameriera un mistero così importante era poco probabile, ma intanto le mandava un messaggio relativo al loro colloquio, invitandola a trovarsi sola, un'ora dopo mezzanotte, sul bastione, e aggiungendo che avrebbe agito secondo la promessa. Emilia fremè a tale proposta, e fu assalita da mille timori simili a quelli che l'avevano agitata la notte. Non sapea qual partito prendere: figuravasi spesso che Bernardino l'avesse ingannata; che forse aveva già assassinata la zia; ch'era in quel momento il sicario di Montoni, il quale voleva sacrificarla all'esecuzione dei suoi progetti. Il sospetto che la infelice donna non vivesse più, si riunì ai suoi timori personali. Infatti, lo zio sapeva che, in caso di morte della moglie senza avergli fatta la cessione de' suoi beni, li avrebbe ereditati Emilia; ned era improbabile ch'egli pensasse a sbarazzarsi anche di lei per entrar in tranquillo possesso di quelle tanto agognate sostanze. Alfine, il desiderio di liberarsi da tante crudeli incertezze, la decisero a non mancare al convegno.

«Ma come potrò io,» diss'ella, «traversar il bastione così tardi? Le sentinelle mi fermeranno, e il signor Montoni lo saprà.

— Bernardino ha pensato a tutto,» rispose Annetta; «ei mi ha dato questa chiave, incaricandomi d'avvertirvi ch'essa apre una porta in fondo alla galleria a vôlta, che conduce al bastione di levante; così non temerete d'incontrare gli uomini di guardia. Mi ha incaricato di dirvi inoltre che vi fa andare sul terrazzo sola per condurvi al luogo[39] convenuto, onde non aprire la sala grande, il cui cancello cigola.» Questa spiegazione così naturale calmò Emilia.

«Ma perchè vuole egli ch'io vada sola?

— Perchè? glie l'ho domandato appunto. Perchè, gli dissi, non potrei venire anch'io? che male ci sarebbe? Ma mi ha risposto di no. Io volli persistere: fu inflessibile. Mi figuro però che saprete chi andate a vedere.

— Te lo ha forse detto Bernardino?

— No, signora, non mi ha detto nulla.»

Per tutto il resto del dì, Emilia fu in preda a continue incertezze. Udì suonare la mezzanotte e titubava ancora. La pietà per la zia vinse alfine ogni ripugnanza: pregò Annetta di seguirla fino alla porta della galleria, e quivi aspettare il suo ritorno. Giunta colà, aprì, tremando, la porta, ed entrata sola e senza lume sul bastione, avanzossi guardinga ed attenta verso il luogo convenuto, cercando Bernardino attraverso le tenebre. Raccapricciò al suono di una voce rauca che parlava vicino a lei, e riconobbe tosto il portinaio, il quale l'aspettava appoggiato al parapetto. E' le rimproverò la sua tardanza, dicendole aver mancato più di mezz'ora. Le disse di seguirlo, ed accostossi al luogo ond'era entrato sul terrazzo. Quando la porta fu aperta, la tetra oscurità dell'andito, illuminato da una sola fiaccola che ardeva infissa nel suolo, la fece fremere; ricusò di entrarvi, a meno che non permettesse ad Annetta di accompagnarla. Bernardino si oppose, ma unì destramente al rifiuto tante particolarità proprie ad eccitare la curiosa pietà di Emilia per la zia, che riuscì a persuaderla a seguirlo fino al portone. Egli prese la torcia e andò avanti. In fondo all'andito aprì un'altra porta, e scesi pochi gradini si trovarono in una cappella diroccata. La fanciulla si rammentò alcuni discorsi di Annetta su tal proposito. Contemplava con terrore quelle mura senza vôlta[40] e coperte di musco; quelle finestre gotiche dove l'ellera e la brionia supplivano da lunga pezza ai vetri, ed i cui festoni frammischiavansi ai capitelli infranti. Bernardino urtò in una pietra e proruppe in una bestemmia orribile, resa più tremenda dall'eco lugubre. Il cuore di lei si agghiacciò, ma continuò a seguirlo, ed egli voltò a destra. «Per di qui, signorina,» le disse, scendendo una scala che pareva addurre a profondi sotterranei. Emilia si fermò domandandogli con voce tremante ove pretendesse condurla.

«Al portone,» rispose Bernardino.

— Non possiamo andarci per la cappella?

— No, signora, essa ci condurrebbe nel secondo cortile, ch'io voglio scansare.»

Emilia esitava ancora, temendo egualmente di andare innanzi, e d'irritare colui ricusando di seguirlo.

«Venite, signorina,» diss'egli, giunto già in fondo alla scala, «spicciatevi: io non posso star qui tutta notte; non vi aspetto più.» Sì dicendo, andò innanzi, portando sempre la fiaccola. Emilia, temendo di restar nelle tenebre, lo seguì con ripugnanza. Giunsero in un sotterraneo, ove l'aria umida e grossa, i folti vapori oscuravan talmente la fiaccola, che Bernardino, per paura non gli si spegnesse, si fermò un momento ad attizzarla; nell'intervallo, Emilia osservò vicino a lei un doppio cancello di ferro, e, più lontano, alcuni mucchi di terra che parevano circondare una fossa da morti. Simile spettacolo in cotal luogo l'avrebbe colpita violentemente in ogni altro tempo, ma allora credè quella fosse la tomba della zia, e che il perfido Bernardino conducesse anche lei alla morte. Il luogo oscuro e terribile ove ritrovavansi giustificava quasi il suo pensiero, che sembrava adattato al delitto, e vi si poteva commettere impunemente un assassinio. Vinta dal terrore, non sapeva che risolvere,[41] pensando come vana fosse la fuga, impedita dalla tenebria e dal lungo cammino, non che dalla sua debolezza. Pallida ed inquieta, aspettava che Bernardino avesse attizzata la fiaccola, e siccome la sua vista ricorreva sempre alla fossa, non potè a meno di chiedergli per chi fosse preparata. L'uomo volse vêr lei gli sguardi senza rispondere. Ella ripetè la domanda; colui, scuotendo la face, andò oltre, nè aperse bocca. La fanciulla camminò tremando sino ad un'altra scala, salita la quale trovaronsi nel primo cortile. Nel traversarlo, la fiamma lasciava vedere le alte e nere muraglie tappezzate di lunghe erbe sporgenti dalle commessure, e coronate da torricelle contrastanti colle enorme torri del portone. In quel quadro risaltava la tarchiata figura di Bernardino. Costui era avvolto in un lungo mantello scuro, sotto del quale appena si scuoprivano i suoi coturni, o sandali, e la punta della lunga sciabola che portava costantemente al fianco. Aveva in testa un berretto basso di velluto nero ornato d'una piccola piuma. I lineamenti duri esprimevano un umore burbero, astuto ed impaziente. La vista del cortile rianimò l'abbattuta Emilia, e nell'avvicinarsi al portone cominciò a sperare di essersi ingannata nelle sue paurose congetture; guardando inquieta la prima finestra sopra la vôlta, e vedendola scura, domandò se fosse quello il luogo ove trovavasi rinchiusa la sua zia. Essa parlava adagio, e Bernardino non parve intenderla perchè non le rispose. Entrarono nell'edifizio, e trovaronsi ai piè della scala d'una delle torri.

«La signora Montoni dorme lassù,» disse Bernardino.

— Dorme!» rispose Emilia salendo.

— Dorme in quella camera lassù,» soggiunse l'uomo.

Il vento che soffiava per quelle profonde cavità accrebbe la fiamma della torcia, la quale rischiarò[42] vie meglio l'atroce figura di Bernardino, le vetuste pareti, la scala a chiocciola annerita dal tempo, e gli avanzi di vecchie armature che parean il trofeo d'antiche vittorie.

Giunti al pianerottolo, la guida mise una chiave nella serratura d'una stanza, «Potete entrar qui,» le disse, «ed aspettarmi: intanto vado a dire alla padrona che siete arrivata.

— È una precauzione inutile, chè mia zia mi vedrà volentieri.

— Non ne sono ben sicuro,» soggiunse Bernardino additando la camera. «Entrate, signorina, che io vado ad avvertirla.»

Emilia, sorpresa ed offesa in certo qual modo, non ardì resistere; ma siccome colui portava via la fiaccola, lo pregò di non lasciarla al buio. Ei si guardò intorno, e veduta una lucerna in sulla scala, l'accese e la diede alla fanciulla, la quale entrò, ed egli chiuse la porta al di fuori; ascoltò attenta, e le parve che, in vece di salire, scendesse la scala, ma il vento impetuoso che soffiava sotto il portone, non le permetteva di distinguere alcun suono; infine, non udendo verun movimento nella camera superiore aveva detto il custode che stava la Montoni, stette viepiù perplessa. Poco dopo, in un intervallo di calma, le parve sentir scendere Bernardino nel cortile, e di ascoltarne perfino la voce. Tutti i primieri timori tornarono a colpirla più forte, persuasa non fosse più errore dell'immaginazione, ma un avvertimento del destino che doveva subire: non dubitò che la sua zia non fosse stata immolata, e forse in quella medesima stanza ove aveano tratto anche lei pel medesimo oggetto. Il contegno e le parole di Bernardino a proposito della zia confermavano le sue idee lugubri. Stava attenta, e non sentiva verun rumore nè sulla scala, nè nella stanza superiore; accostatasi alla finestra munita di ferree sbarre, udì alcune voci tra il soffio del vento,[43] ed al lume di una torcia che pareva essere sotto la vôlta, vide sul suolo l'ombra di parecchi uomini, tra cui una colossale, che riconobbe per quella del feroce custode.

Appena il di lei spirito si fu calmato, prese il lume per vedere se le fosse possibile di fuggire. La stanza era spaziosa, nè aveva altre aperture che la finestra e la porta per la quale era entrata: non c'erano mobili, all'infuori di un seggiolone di bronzo fisso in mezzo alla stanza, e sul quale pendeva una grossa catena di ferro, infissa alla vôlta. Lo guardò a lungo con orrore e sorpresa; osservò vari cerchi pure di ferro per chiudervi le gambe, ed altri simili anelli sui bracciuoli della sedia. Si convinse che quell'odiosa macchina era un istrumento di tortura, e che più d'un infelice, incatenato colà, doveva esservi morto di fame. Se le rizzarono i capelli al pensiero di trovarsi in siffatto luogo, e precipitossi all'altra estremità per cercarvi uno sgabello; ma non vide che una tenda oscura, la quale copriva intieramente parte della stanza. Attonita, stette a considerarla con ispavento: desiderava e temeva di sollevarla per vedere ciò che ricoprisse: due volte fu trattenuta dalla rimembranza dello spettacolo orribile che la sua mano temeraria aveva scoperto nell'appartamento chiuso; ma pensando che forse nascondeva il cadavere della zia assassinata, spinta dalla disperazione, l'alzò. Dietro trovavasi un cadavere steso sopra un lettuccio basso e lordo di sangue; la sua faccia, sfigurata dalla morte, era schifosa e coperta di livide ferite. Emilia lo contemplò con occhio avido e smarrito: ma il lume le cadde di mano; e cadde ella stessa svenuta a' piè dell'orribile oggetto.

Allorchè riebbe i sensi, si trovò nelle braccia di Bernardino, e circondata da gente che la trasportava fuori: si accorse di che si trattava; ma l'estrema debolezza non le permise di alzar la voce,[44] nè di fare moto alcuno, e scese la scala. Si fermarono sotto la vôlta: uno di coloro, togliendo la torcia a Bernardino, aprì una porta laterale, ed uscendo sulla piattaforma, lasciò distinguere gran quantità di gente a cavallo. Sia che l'aria aperta l'avesse un poco rianimata, o che quegli strani oggetti la restituissero al sentimento del pericolo, la fanciulla gettò alcune strida e fece vani sforzi per isciogliersi da quei briganti.

Bernardino intanto chiedeva la torcia, alcune voci lontane rispondevano, parecchie persone si avvicinavano, e un lume comparve nel cortile; Emilia fu trascinata fuor della porta: ella vide lo stesso uomo che teneva la torcia del portinaio, occupato a far lume ad un altro, il quale sellava un cavallo in fretta, circondato da altri cavalieri dal truce aspetto.

«Perchè perdere tanto tempo?» disse Bernardino, bestemmiando ed avvicinandosi; «spicciatevi, fate presto, perdio!

— La sella è quasi pronta,» rispose l'uomo che l'affibbiava, e Bernardino bestemmiò di nuovo per siffatta trascuraggine. Emilia, che gridava aiuto con voce fioca, fu trascinata verso i cavalli, ed i briganti disputarono fra loro su quale dovessero farla montare. In quella uscì molta gente con lumi, ed Emilia conobbe distintamente, fra tutte le altre, la voce strillante di Annetta: scorse quindi Montoni e Cavignì seguiti da soldati. Non li vedeva più allora con paura, ma con isperanza, e non pensava più ai pericoli del castello, dal quale poco prima desiderava tanto fuggire.

Dopo una breve zuffa, Montoni ed i suoi sconfissero i nemici, i quali, in minor numero, e poco interessati forse nell'impresa ond'erano incaricati, fuggirono di galoppo. Bernardino sparve fra le tenebre, ed Emilia fu ricondotta nel castello. Ripassando dal cortile, la memoria di quanto aveva veduto nella stanza del portone rinnovò in lei i terrori[45] primieri; e quando udì ricadere la saracinesca che la rinchiudeva ancora in quelle mura formidabili, fremè, ed obliando quasi il nuovo pericolo cui era sfuggita, non poteva comprendere come la vita e la libertà non si trovassero al di là di quelle barriere.

Montoni ordinò ad Emilia d'aspettarlo nella sala di cedro. Vi andò poco dopo, e l'interrogò con severità sul misterioso avvenimento. Sebbene lo riguardasse allora come l'assassino di sua zia, e potesse appena soddisfare alle sue domande, pure le di lei risposte poterono convincerlo non avere essa avuto volontariamente alcuna parte nella trama, e la congedò appena vide comparire la sua gente, che aveva fatto radunare per iscoprire i complici.

Emilia stette un pezzo agitata prima di poter riflettere sull'occorso. Il cadavere veduto dietro alla tenda stavale sempre innanzi agli occhi, e ruppe in dirotto pianto. Annetta gliene chiese il motivo, ma essa non volle confidarglielo, per timore di irritare Montoni.

Costretta a concentrare in sè tutto l'orrore di quel segreto, la di lei ragione fu per soccombere all'insopportabile peso. Quando Annetta le parlava, essa non l'udiva, o rispondeva fuor di proposito; sospirava, ma non versava lagrime. Spaventata dalla di lei situazione, Annetta corse ad informarne Montoni: egli aveva allora congedati i servi, senza avere scoperto nulla. Il commovente racconto che gli fece la cameriera sullo stato di Emilia, lo indusse a recarsi da lei. Al suono della sua voce, la fanciulla alzò gli occhi, un raggio di luce parve ravvivarne gli spiriti: si alzò per ritirarsi lentamente in fondo alla camera. Montoni le parlò con dolcezza: essa lo guardava con aria curiosa e spaventata, rispondendo sempre di sì a tutte le sue domande. Il di lei spirito pareva aver ricevuto una sola impressione, quella della paura. Annetta non poteva spiegar[46] questo disordine, e Montoni, dopo inutili sforzi per farla parlare, ordinò alla donzella di restar là tutta notte, e d informarlo il giorno di poi del suo stato.

Partito che fu, Emilia si ravvicinò, e domandò chi fosse colui ch'era venuto ad inquietarla, Annetta le rispose ch'era il signor Montoni, ed essa, ripetendo replicatamente questo nome, si lasciò condurre al letto, e l'esaminò con occhio smarrito; volgendosi quindi tremando alla seguace, la scongiurò a non lasciarla, dicendo che dopo la morte di suo padre era stata abbandonata da tutti. Annetta ebbe la prudenza di non interromperla, e quando, dopo aver pianto molto, la vide infine cedere al sonno, l'affezionata ragazza, obliando ogni paura, restò sola ad assistere Emilia tutta notte.

CAPITOLO XXVII

Il riposo restituì le forze alla fanciulla. Svegliandosi vide con sorpresa Annetta addormentata su d'una sedia vicina e tentò di rammentarsi le circostanze della sera uscitele talmente dalla memoria, che non gliene restava traccia: fissava tuttavia gli occhi sopra la cameriera, quando questa si destò.

«Ah, cara padroncina mi riconoscete?» sclamò essa.

— Se ti riconosco! Sicuramente; tu sei Annetta; ma come ti trovi qui?

— Oh! voi siete stata malissimo, in verità, ed io credeva...

— È singolare,» disse Emilia, procurando rammentarsi il passato; «ma parmi essere stata funestata da un sogno orribile! Dio buono!» soggiunse raccapricciando; «certo non poteva essere che un sogno.» E fissava sguardi spaventati su Annetta, la quale, volendo tranquillarla, le rispose: «Non era un sogno, no, ma ora tutto è finito.

— Essa fu dunque uccisa?» disse Emilia tremante. [47] Annetta mise un grido; essa ignorava la circostanza che ricordavasi la fanciulla, ed attribuiva la frase al delirio. Quand'ebbe chiaramente spiegato ciò che aveva voluto dirle, Emilia si rammentò il tentativo per rapirla, e domandò se l'autore del progetto era stato scoperto. L'altra le rispose di no, sebbene fosse facile indovinarlo, e disse che doveva a lei la sua liberazione. «È così, signora Emilia,» continuò Annetta; «io era decisa ad essere più accorta di Bernardino, il quale non aveva voluto confidarmi il suo segreto; ma io mi era piccata di scuoprirlo. Invigilava sulla terrazza; ed appena egli ebbe aperta la porta, uscii per cercar di seguirvi, persuasissima che non si progettava nulla di buono con tanto mistero. Assicuratami che non aveva chiusa la porta internamente, l'aprii, e vi tenni dietro da lontano, aiutata dal chiaror della fiaccola, fin sotto la vôlta della cappella. Io ebbi paura di andare avanti, avendo sentito raccontare cose strane di quel luogo, ma temeva parimenti ritornarmene sola; e mentre Bernardino attizzava la torcia, vinsi ogni timore, vi seguii fino al cortile, e quando saliste la scala, scivolai pian piano sotto il portone, ove intesi un calpestìo di cavalli al di fuori, e vari uomini che bestemmiavano contro Bernardino, perchè tardava a condurvi; ma colà fui quasi sorpresa: il custode scese, ed io ebbi appena il tempo di schivarlo. Aveva sentito abbastanza per sapere di che si trattava, nè dubitai più che c'entrasse il conte Morano in quel progetto, benchè fosse partito. Corsi indietro al buio, obliando tutte le paure; eppure non farei un'altra volta lo stesso tragitto per tutto l'oro del mondo. Fortunatamente il signor Cavignì ed il padrone erano ancora alzati; in un batter d'occhio radunammo gente, e abbiam fatti fuggire i briganti.»

L'ancella aveva cessato di parlare, e Emilia parea ascoltare ancora. Finalmente, rompendo il silenzio, [48] disse: «Credo sia meglio andarlo a trovare io stessa. Dov'è?»

Annetta domandò di chi parlasse.

«Del signor Montoni; ho bisogno di vederlo.» Annetta, rammentandosi allora l'ordine ricevuto la sera, si alzò immantinente, dicendo che incaricavasi d'andarlo a cercare.

I sospetti della buona ragazza sul conte erano fondatissimi; e Montoni, non dubitandone anch'esso, cominciò a presumere che il veleno mescolato col vino vi fosse stato messo per ordine di Morano.

Le proteste di pentimento da questi fatte ad Emilia allorchè fu ferito, erano sincere quando le fece, ma erasi ingannato anche lui. Aveva creduto disapprovare i suoi progetti, e si affliggeva soltanto del funesto loro risultato; quando però fu guarito, le sue speranze si rianimarono, e si trovò disposto ad intraprendere nuovi tentativi. Il portinaio del castello, lo stesso ond'erasi già servito, accettò volentieri un secondo regalo, e quand'ebbero concertato il ratto di Emilia, il conte partì pubblicamente dall'abituro ov'era stato a curarsi, e si ritirò colla sua gente a qualche miglio di distanza. Le ciarle sconsiderate di Annetta avendo somministrato a Bernardino un mezzo quasi sicuro per ingannare Emilia, il conte nella notte convenuta mandò tutti i suoi servi alla porta del castello, restando esso all'abituro per aspettarvi la fanciulla, cui si proponeva di condurre a Venezia. Abbiamo già veduto in qual modo andò a vuoto il suo progetto; ma le violente e diverse passioni dalle quali fu agitata l'anima gelosa di lui, son difficili ad esprimere.

Annetta fece l'ambasciata a Montoni e gli domandò un colloquio per la nipote: egli rispose che fra un'ora sarebbe stato nel salotto di cedro. Emilia non sapeva qual esito dovesse aspettarsi dall'abboccamento, e fremeva d'orrore alla sola idea della sua presenza; voleva parlargli del funesto destino[49] della zia, e supplicarlo d'una grazia che ardiva appena sperare, di ritornare cioè in patria, giacchè la zia non esisteva più.

Mentre, combattuta da mille timori, rifletteva sulla prossima conferenza, e sulle probabili conseguenze che potea derivargliene, Montoni le fece dire non poterla vedere se non il giorno dopo: Emilia non seppe che cosa pensare di tal ritardo. Annetta le disse, che Verrezzi e la sua truppa tornavano per certo alla guerra: il cortile esser pieno di cavalli, ed avere saputo che il resto della banda era aspettato per prendere tutti insieme un'altra direzione. Quando fu notte, Emilia si rammentò la musica misteriosa già udita; vi attaccava tuttavia una specie d'interesse, sperando provarne qualche sollievo. L'influenza della superstizione diventava ogni giorno più attiva sulla di lei fantasia infiacchita; congedò Annetta, e risolse di restar sola per aspettare la musica. Andò diverse volte alla finestra invano; le parve avere intesa una voce, e dopo un profondo silenzio, si credè nuovamente delusa nella sua aspettativa.

Così passò il tempo fino a mezzanotte, ed allora tutti i rumori lontani che si facevano sentire nell'abitato, cessarono quasi nello stesso momento, e il sonno parve regnar dappertutto. Tornò alla finestra, e fu scossa da suoni straordinari: non era un'armonia, ma il basso lamento d'una persona desolata. Atterrita, stette ad ascoltare: i flebili lamenti eran cessati: si chinò fuori della finestra per iscoprire qualche lume: una perfetta oscurità avvolgeva le camere sottoposte, ma credè vedere a poca distanza, sul bastione, moversi qualche oggetto. Il debole chiarore delle stelle non le permetteva di distinguer bene: s'immaginò fosse una sentinella, e celò il lume per osservare meglio senza essere veduta.

Il medesimo oggetto ricomparve quasi sotto la[50] finestra: essa distinse una figura umana; ma il silenzio con cui si avanzava le fe' credere non fosse una sentinella; la figura si accostò: Emilia voleva ritirarsi, ma la curiosità la spingeva a restare, ed in quell'incertezza l'incognito si pose in faccia a lei e restò immobile. Il profondo silenzio, la misteriosa ombra la colpirono talmente, che stava per ritrarsi, allorchè vide la figura muoversi lungo il parapetto e sparire. Emilia pensò qualche tempo a questa strana circostanza, non dubitando di aver veduto un'apparizione soprannaturale. Allorchè fu più tranquilla, si ricordò ciò che le avean detto delle temerarie imprese di Montoni, e le venne in idea d'aver visto uno di quegl'infelici spogliati dai banditi, divenuto loro prigioniero, e ch'egli fosse l'autore della musica misteriosa. Riflettendo però che un prigioniero non poteva passeggiare così senza guardia, respinse tale idea.

Credè in seguito che Morano avesse trovato il mezzo d'introdursi nel castello, ma se le presentarono tosto le difficoltà ed i pericoli di siffatta impresa, tanto più che se gli fosse riuscito di giunger fin lì, non sarebbesi contentato di stare muto a mezzanotte sotto la finestra, giacchè conosceva perfettamente la scala segreta, e non avrebbe per certo fatto quei lamenti da lei intesi. Giunse perfino a supporre, fosse qualcuno che volesse impadronirsi del castello; ma i suoi dolorosi sospiri distruggevano anche questa congettura. Allora risolse di vegliare la notte successiva per cercar di dilucidare il mistero, decisa ad interrogare la figura se si fosse di nuovo mostrata.

[51]

CAPITOLO XXVIII

Il giorno di poi Montoni mandò ad Emilia una seconda scusa, che la sorprese non poco.

Verso sera, il distaccamento che aveva fatta la prima scorreria nelle montagne, tornò al castello: dalla sua camera remota, Emilia sentì le frenetiche grida ed i canti di vittoria. Annetta venne poco dopo ad avvertirla che coloro si rallegravano alla vista d'un immenso bottino. Tal circostanza la confermò nell'idea, che Montoni fosse realmente un capo di masnadieri, e si fosse prefisso di ristabilire la sua opulenza assaltando i viaggiatori. In verità, quand'essa rifletteva alla posizione di quel castello fortissimo, quasi inaccessibile, isolato in mezzo a quei monti selvaggi e solilari, lontano da città, borghi e villaggi, sul passaggio dei più ricchi viaggiatori; le pareva che tal situazione fosse adattatissima per progetti di rapina, e non dubitò che Montoni non fosse realmente un capo di assassini. Il di lui carattere sfrenato, audace, crudele e intraprendente, conveniva molto ad una simile professione; amava il tumulto, e la vita burrascosa; era insensibile a pietà e timore; il suo coraggio somigliava alla ferocia animale: non era quel nobile impulso che eccita il generoso contro l'oppressore a pro dell'oppresso; ma una semplice disposizione fisica che non permette all'anima di sentire il timore, perchè non sente null'altro.

La supposizione di Emilia, quantunque plausibile, non era però abbastanza esatta: essa ignorava la situazione dell'Italia, e l'interesse rispettivo di tante contrade belligeranti. Siccome i redditi di parecchi Stati non bastavano a mantenere eserciti, neppure nel breve periodo in cui il genio turbolento dei governi e dei popoli permetteva di godere i benefizi della pace, si formò a quell'epoca un ordine[52] di uomini ignoti nel nostro secolo, e mal dipinti nella storia di quello. Fra i soldati licenziati alla fine di ciascuna guerra, un piccolissimo numero soltanto tornava alle arti poco lucrative della pace e del riposo. Gli altri, talvolta passavano al servizio de' potentati in guerra; tal altra formavansi in bande di briganti, e padroni di qualche forte, il loro carattere disperato, la debolezza dei governi, e la certezza che al primo segnale sarebbero corsi sotto le bandiere, li metteva al coperto da ogni persecuzione civile. Si attaccavano spesso alla fortuna d'un capo popolare, che li conduceva al servizio di qualche Stato, e trafficava il prezzo del loro coraggio. Quest'uso fe' dar loro l'epiteto di *condottieri*, nome formidabile in Italia per un periodo assai lungo. Ne vien fissato il fine al principio del secolo decimosettimo; ma sarebbe quasi impossibile indicarne con precisione l'origine.

Quando non erano assoldati, il capo d'ordinario risiedeva nel suo castello; e là, o ne' luoghi circonvicini, godevano tutti dell'ozio e del riposo. Talvolta soddisfavano i bisogni a spese dei villaggi, ma tal altra la loro prodigalità, allorchè dividevano il bottino, ricompensava ad usura delle loro sevizie, ed i loro ospiti prendevano alla lunga qualche tinta del carattere bellicoso. Montoni, spinto dalle grosse perdite al giuoco, aveva finito col farsi anch'egli capo d'una di queste bande; Orsino ed altri si riunirono a lui, e l'avanzo de' loro averi avea servito a formare un fondo per l'impresa.

Appena fu notte, Emilia tornò alla finestra, decisa di osservare più esattamente la figura, caso mai ricomparisse. Intanto perdevasi in mille congetture. Sentivasi spinta quasi irresistibilmente a cercar di favellarle; ma ne la tratteneva il terrore. «Se fosse una persona,» pensava, «che avesse progetti su questo castello, la mia curiosità potrebbe forse divenirmi fatale; eppure que' lamenti, quella[53] musica da me intesi son certo suoi, nè posson venire da un nemico.»

La luna tramontò, l'oscurità divenne profonda; ella intese suonare la mezzanotte senza vedere nè sentir nulla, e cominciò a formar qualche dubbio sulla realtà della precedente visione, per cui, stanca di aspettare invano, se ne andò a letto.

Montoni non pensò neppure il giorno seguente a farla chiamare pel richiesto abboccamento. Più interessata che mai di vederlo, gli fece domandare, per mezzo di Annetta, a qual ora potesse riceverla; egli le assegnò le undici ore. Emilia fu puntuale, si armò di coraggio per sopportar la vista dell'assassino di sua zia, e lo trovò nel salotto di cedro circondato da tutti i suoi ospiti, alcuni dei quali si volsero appena l'ebbero veduta, facendo un'esclamazione di sorpresa. Emilia, vedendo che Montoni non le badava, voleva ritirarsi, allorchè esso la richiamò indietro.

«Vorrei parlarvi da sola, signore, se ne aveste il tempo.

— Sono in compagnia di buoni amici pei quali non ho segreti; parlate dunque liberamente,» rispose Montoni.

Emilia senza aprir bocca, s'incamminò verso la porta, ed allora Montoni si alzò e la condusse in un gabinetto, chiudendone l'uscio dispettosamente. Essa sollevò gli occhi sulla di lui fisonomia barbara, e pensando che contemplava l'assassino della zia, compresa d'orrore, perdette la memoria dello scopo della sua visita, e non osò più nominare la signora Montoni. Questi finalmente le domandò con impazienza ciò che volesse da lui, «Non posso perder tempo in bagattelle,» diss'egli, «avendo affari di molta importanza.» Emilia gli disse allora che, desiderando tornarsene in Francia, veniva a domandargliene il permesso. La guardò con sorpresa, chiedendole il motivo di tale richiesta. Emilia esitò, tremò, impallidì,[54] e sentì scemarsi d'animo. Egli vide la sua commozione con indifferenza, e ruppe il silenzio per dirle che gli premeva di tornare nel salotto; Emilia facendosi forza, ripetè allora la domanda, e Montoni le diede un'assoluta negativa. Resa allora ardita: «Non posso più, signore,» diss'ella, «restar qui convenientemente, e potrei chiedervi con qual diritto volete impedirmi di partire.

—Per volontà mia,» rispose egli incamminandosi verso la porta, «ciò vi basti.»

Emilia, vedendo che simile decisione non ammetteva appello, non tentò di sostenere i suoi diritti, e fe' solo un debole sforzo per dimostrarne la giustizia. «Fin quando viveva mia zia,» diss'ella con voce tremante «la mia residenza qui potea esser decente, ma or ch'essa non è più, mi si deve concedere di partire. La mia presenza, o signore non può tornarvi gradita, e un più lungo soggiorno qui non servirebbe che ad affliggermi.

— Chi vi ha detto che la signora Montoni sia morta?» diss'egli fissandola con occhio indagatore. Ella esitò; nessuno aveaglielo detto, ed essa non ardiva confessargli come avesse veduto nella stanza del portone l'orribile spettacolo che glielo aveva fatto credere.

— Chi ve lo ha detto?» ripetè Montoni con impaziente severità.

— Lo so pur troppo per mia sventura; per pietà, non parlatemene più.» E sentivasi venir meno.

— Se volete vederla,» disse Montoni, «lo potete; essa è nella torre d'oriente.» E la lasciò senza aspettare risposta. Parecchi dei cavalieri, che non avevano mai veduta Emilia, cominciarono a motteggiarlo su tale scoperta, ma Montoni avendo accolte siffatte celie con serio contegno, e' cambiarono discorso.

Emilia, intanto, confusa dell'ultime di lui parole, non pensò che a rivedere l'infelice zia, a ciò spronata[55] dall'imperioso dovere. Appena vide Annetta, la pregò di accompagnarla e l'ottenne con grande difficoltà. Uscite dal corridoio, giunsero appiè della scala insanguinata; Annetta non volle andare più innanzi. Emilia salì sola; ma quando rivide le strisce di sangue, si sentì mancare, e fermossi. Alcuni minuti di pausa la rinfrancarono. Giunta sul pianerottolo, temè di trovar la porta chiusa; ma s'ingannava: la porta s'aprì facilmente, introducendola in una camera oscura e deserta. La considerò paurosa: si avanzò lentamente, ed udì una voce fioca. Incapace di parlare o di fare alcun moto, ristette: la voce si fece sentire nuovamente, e parendole allora di riconoscere quella della zia, si fece coraggio, si avvicinò ad un letto che scorse in fondo alla vastissima camera, ne aprì le cortine, e vi trovò una figura smunta e pallida; rabbrividì, e presale la mano che somigliava a quella di uno scheletro, e guardandola attenta, riconobbe madama Montoni, ma sì sfigurata, che i suoi lineamenti attuali le rammentavano appena ciò ch'era stata. Essa viveva ancora, ed aprendo gli occhi, li volse alla nipote. «Dove siete stata tanto tempo?» le chiese col medesimo suono di voce; «credeva che mi aveste abbandonata.

—Vivete voi,» parlò alfine Emilia, «o siete un'ombra?

—Vivo, ma sento che sto per morire.»

Emilia procurò di consolarla, e le domandò chi l'avesse ridotta in quello stato.

Facendola trasportare colà per l'inverosimile sospetto ch'ella avesse attentato alla sua vita, Montoni erasi fatto giurare dai suoi agenti il più profondo segreto. Due erano i motivi di questo rigore: privarla delle consolazioni di Emilia, e procacciarsi l'occasione di farla morire senza strepito, se qualche circostanza venisse a confermare i suoi sospetti. La perfetta cognizione dell'odio che aveva meritato[56] dalla moglie l'aveva indotto naturalmente ad accusarla dell'attentato. Non aveva altre ragioni per supporla rea, e lo credeva ancora. L'abbandonò in quella torre alla più dura prigionia, ove, senza rimorsi e senza pietà, la lasciò languire in preda ad una febbre ardente, che l'aveva infine ridotta sull'orlo del sepolcro.

Le striscie di sangue vedute da Emilia sulla scala, provenivano da una ferita toccata, nella zuffa, da uno dei satelliti che la trasportavano, e sfasciatasi nel camminare. Per quella notte accontentaronsi coloro di chiuder bene la prigioniera, non pensando a farle la guardia. Ecco perchè, alla prima ricerca, Emilia trovò la torre deserta e silenziosa. Allorchè tentò d'aprire la porta della stanza, sua zia dormiva. Se però il terrore non le avesse impedito di chiamarla di nuovo, l'avrebbe alfine svegliata, e sarebbesi così risparmiati tanti affanni. Il cadavere osservato nella camera del portone, era quello del ferito da lei veduto trasportare nella sala dove aveva cercato un asilo, spirato sul tettuccio pochi dì appresso, e che doveva esser sepolto la mattina seguente nella fossa scavata sotto la cappella per dov'era passata con Bernardino.

Emilia, dopo mille interrogazioni, lasciò la zia un istante per andar in cerca di Montoni. Il vivo interesse che sentiva per lei le fece obliare il risentimento a cui l'esporrebbero le sue rimostranze, e la poca apparenza di ottenere quanto voleva chiedergli.

«Vostra moglie è moribonda, signore,» gli diss'ella appena lo vide; «il vostro corruccio non vorrà perseguitarla certo fino agli ultimi momenti. Permettete dunque che sia trasportata nelle sue stanze, e se le apprestino i soccorsi necessari.

— A che gioverà questo, s'ella muore?» disse Montoni con indifferenza.

— Gioverà, signore, a risparmiarvi qualcuno dei[57] rimorsi che vi lacereranno allorchè sarete nella di lei situazione.»

L'audace risposta non lo scosse guari; resistè lunga pezza alle preghiere ed alle lagrime; al fine la pietà, che aveva assunto le espressive forme di Emilia, riuscì a commovere quel cuore di macigno. Si volse vergognandosi di un buon sentimento, e a volt'a volta inflessibile ed intenerito, acconsentì a lasciarla riporre nel suo letto, e assistere la nipote temendo insieme che il soccorso non fosse troppo tardo, e che Montoni non si ritrattasse, Emilia lo ringraziò appena, s'affrettò a preparare il letto della zia, aiutata da Annetta e le portò un ristorativo, che la ponesse in grado di reggere al trasporto.

Appena giunta nelle sue stanze, Montoni revocò l'ordine; ma Emilia, lieta di avere agito con tanta sollecitudine, corse a trovarlo, gli rappresentò che un nuovo tragitto diverrebbe fatale, ed ottenne che la lasciasse dov'era.

Per tutto il dì, essa non abbandonò la zia, se non per prepararle il cibo necessario. La signora Montoni lo prendeva per compiacenza, convinta di dover morire fra poco. La fanciulla la curava con tenera inquietudine: ormai non trattavasi più d'una zia imperiosa, ma della sorella di un padre adorato, la cui situazione faceva pietà. Giunta la notte, voleva passarla presso di lei, ma ella vi si oppose assolutamente, esigendo che andasse a riposarsi, e contentandosi della compagnia di Annetta. Il riposo per verità era necessario a Emilia, dopo le scosse e il moto di quella giornata, ma non volle lasciar la zia prima di mezzanotte, epoca riguardata dai medici come critica. Allora, dopo aver ben raccomandato ad Annetta di assisterla con cura e di andare ad avvisarla al minimo sintomo di pericolo, le augurò la buona notte e ritirossi. Aveva il cuore straziato dallo stato orribile della zia, di cui ardiva[58] appena sperare la guarigione. Vedeva sè stessa chiusa in un antico castello isolato, lontana d'ogni ausilio, e nelle mani di un uomo capace di tutto che avrebbe potuto dettargli l'interesse e l'orgoglio.

Occupata da queste tristi riflessioni, Emilia non andò a letto, e si appoggiò al davanzale della finestra aperta. I boschi e le montagne, fiocamente illuminati dall'astro notturno, formavano un contrasto penoso collo stato del suo spirito; ma il lieve stormir delle frondi ed il sonno della natura finirono ad addolcire gradatamente il tumulto degli affetti, e sollevarle il cuore al punto di farla piangere. Restò così in quella posizione senza avere altra idea che il sentimento vago delle disgrazie che l'opprimevano; quando alfine scostò il fazzoletto dagli occhi, vide sul bastione, in faccia a lei, immobile e muta, la figura già osservata: l'esaminò attentamente tremando, ma non potè parlarle com'eraselo proposto. La luna rifulgeva, e l'agitazione del suo spirito era forse l'unico ostacolo che le impedisse di chiaramente distinguere quella figura, la quale non facendo movimento alcuno, pareva inanimata. Raccolse allora le idee smarrite e voleva ritirarsi, quando la figura parve allungar una mano come per salutarla, e mentre ella stava immobile per la sorpresa e la paura, il gesto fu ripetuto. Tentò parlare, ma le spirarono le parole sul labbro, e nel ritirarsi dalla finestra per prender la lampada, udì un sordo gemito; ascoltò senza osar di riaffacciarsi, e ne udì un altro.

«Gran Dio!» sclamò essa; «che significa ciò?» Ascoltò di nuovo, ma non intese più nulla. Dopo un lungo intervallo, riavutasi, tornò alla finestra, e rivide la figura. Ne ricevè un nuovo saluto, e intese nuovi sospiri.

«Questo gemito è certamente umano! Voglio parlare,» diss'ella. «Chi va là?» gridò poi sottovoce; chi passeggia a quest'ora? La figura alzò[59] la testa, e s'incamminò verso il parapetto. Emilia la seguì cogli occhi, e la vide sparire al chiaro della luna. La sentinella allora si avanzò a passi lenti sotto la finestra, ove fermatasi, la chiamò per nome, e le domandò rispettosamente se avesse veduto passar qualche cosa. Essa rispose parerle aver veduto un'ombra. La sentinella non disse altro; e tornò indietro; ma siccome quell'uomo era di guardia, Emilia sapeva che non poteva abbandonare il suo posto, e ne aspettò il ritorno. Poco dopo lo sentì gridare ad alta voce. Un'altra voce lontana rispose. Uscirono soldati dal corpo di guardia, e tutto il distaccamento traversò il bastione. Emilia domandò cosa fosse; ma i soldati passarono senza darle retta.

Intanto essa si perdeva in mille congetture. Se fosse stata più vana, avrebbe potuto supporre che qualche abitante del castello passeggiasse sotto la sua finestra colla speranza di rimirarla e dichiararle i suoi sentimenti; ma tale idea non le venne, e quando ciò fosse stato, l'avrebbe abbandonata come improbabile, poichè quella persona, che avrebbe potuto favellarle, era stata muta, e quando ella stessa aveva detta una parola, la figura erasi allontanata d'improvviso. Mentre riflettea così passarono due soldati sul bastione, e parlando fra loro, fecero comprendere ad Emilia, che un loro compagno era caduto tramortito. Poco dopo vide avanzarsi tre altri soldati lentamente, ed una voce fioca; quando furono sotto la finestra, potè distinguere che chi parlava era sostenuto da' compagni. Essa li chiamò per domandar che cosa fosse accaduto; le fu risposto che il camerata di guardia, Roberto, era caduto in deliquio, e che il grido da lui fatto svenendo, aveva dato un falso allarme.

«Va egli soggetto a questi deliqui?» chiese la giovane.

— Sì, signorina, sì,» replicò Roberto: «ma quand'anco nol fossi, ciò ch'io vidi avrebbe spaventato anche il papa.[60]

— E che cosa vedeste?

— Non posso dire nè cosa fosse, nè che cosa vidi, nè com'è scomparso,» rispose il soldato, rabbrividendo ancora dallo spavento. «Quando vi lasciai, signorina, poteste vedermi andar sul terrazzo; ma non iscorsi nulla fin quando mi trovai sul bastione orientale. Splendea la luna, e vidi come un'ombra fuggire poco lungi a me dinanzi; sostai all'angolo della torre dove avea vista quella figura: era sparita; guardai sotto l'antico arco: nulla. D'improvviso udii rumore, ma non era un gemito, un grido, un accento, qualcosa insomma che avessi inteso in vita mia. L'udii una sol volta, ma bastò; non so più che mi avvenne sino all'istante in cui mi trovai circondato da' compagni.

— Venite, amici,» disse Sebastiano, «torniamo al nostro posto. Buona notte, signorina.

— Buona notte,» rispose Emilia, chiudendo la finestra, e ritirandosi per riflettere su quella strana circostanza che coincideva coi fatti delle altre notti; essa cercò trarne qualche risultato più certo d'una congettura; ma la sua immaginazione era tuttavia troppo riscaldata, il criterio troppo offuscato, ed i terrori della superstizione signoreggiavano ancora le sue idee.

CAPITOLO XXIX

Emilia recossi di buonissima ora dalla zia, e la trovò quasi nel medesimo stato: aveva dormito pochissimo, e la febbre non era cessata. Sorrise alla nipote, e parve rianimarsi alla di lei vista: parlò poco, e non nominò mai Montoni. Poco dopo entrò egli stesso; sua moglie ne fu molto agitata e non disse verbo; ma allorchè Emilia si alzò dalla sedia accanto al suo letto, la pregò con voce fioca di non abbandonarla.

Montoni non veniva per consolar la moglie, cui[61] sapeva esser moribonda, o per ottenerne il perdono; veniva unicamente per tentare l'ultimo sforzo ad estorcere la sua firma, affinchè dopo la di lei morte potesse restar padrone di tutti i suoi beni, che toccavano ad Emilia. Fu una scena atroce, nella quale l'uno dimostrò un'impudente barbarie, l'altra una pertinacia che sopravviveva per fino alle forze fisiche. Emilia dichiarò mille volte che preferiva rinunziare a tutti i suoi diritti, anzichè vedere gli ultimi momenti della infelice zia amareggiati da quel crudele diverbio. Montoni nondimeno non uscì fin quando sua moglie, spossata dall'affannosa contesa, perdè alfine l'uso dei sensi, Emilia credette di vedersela spirar in braccio; pure ricuperò la favella, e dopo aver preso un cordiale, intertenne a lungo la nipote con precisione e chiarezza a proposito dei suoi beni di Francia. Insegnolle dove fossero alcune carte importanti sottratte alle ricerche del marito, e le ordinò espressamente di non privarsene mai.

Dopo questo colloquio, la Montoni si assopì, e sonnecchiò fino a sera: destatasi, le parve di star meglio, ma Emilia non la lasciò se non molto tempo dopo mezzanotte, e quando le fu ordinato assolutamente; essa obbedì volontieri, chè la malata appariva alquanto sollevata. Era allora la seconda guardia e l'ora in cui la figura era già comparsa. La fanciulla udì cambiar le sentinelle, e quando tutto tornò quieto, affacciossi alla finestra, e celò la lampada per non essere scorta. La luna proiettava una luce fioca ed incerta; folti vapori l'oscuravano, immergendola talvolta nelle tenebre. In un di questi intervalli, notò una fiammella aleggiar sul terrazzo; mentre la fissava, essa svanì. Un bagliore le fece alzare il capo; i lampi guizzavano tra una negra nube, diffondendo una luce funesta e fugace sui boschi della valle e sugli edifizi circostanti.[62]

Tornando a chinar gli occhi, rivide la fiammella: essa parea in movimento. Poco stante udì rumor di passi: la vampa mostravasi e spariva volt'a volta. D'improvviso, al baglior d'un lampo, scorse qualcuno sul terrazzo. Tutte le ansietà di prima rinnovaronsi; la persona inoltrò, e la fiammella, che parea scherzare, appariva e svaniva ad intervalli. Emilia, desiderando finirla co' suoi dubbi, allorchè vide la luce proprio sotto la finestra, chiese con voce languente chi fosse.

«Amici: sono Antonio, il soldato di guardia,» fu risposto.

— Che cos'è quella fiammella? vedete come splende e poi scompare!

— Stanotte essa è comparsa sulla punta della mia lancia, mentr'era in pattuglia; ma non so cosa significhi.

— È strano,» disse Emilia.

— Il mio camerata,» proseguì il soldato, «anch'egli ha una consimile fiammella sulla punta della picca, e dice aver già osservato il medesimo prodigio.

— E come lo spiega egli?

— Accerta essere un segno di cattivo augurio, e null'altro. Ah! ma debbo recarmi al mio posto. Buona notte, signorina.» E s'allontanò.

Ella rinchiuse la finestra, e buttossi sul letto. La tempesta intanto, che minacciava all'orizzonte, era scoppiata con indicibile violenza; il rimbombo orrendo del tuono le impediva il sonno. Scorso qualche tempo, le parve udire una voce in mezzo al fracasso spaventoso degli elementi scatenati; alzossi per accertarsene, ed accostatasi all'uscio, riconobbe Annetta, la quale, quando le fu aperto, gridò:

«Essa muore, signorina, la mia padrona muore.»

La fanciulla sussultò e corse dalla zia; quando entrò, la signora Montoni pareva svenuta: era quieta[63] e insensibile. Emilia, con un coraggio che non cedeva al dolore allorchè il dovere richiedeva la sua attività, non risparmiò alcun mezzo per richiamarla alla vita, ma l'ultimo sforzo era già fatto, la misera avea finito di patire.

Quando Emilia conobbe l'inutilità delle sue premure, interrogò la tremante Annetta, e seppe che la zia, caduta in una specie di sopore subito dopo la partenza di lei, era rimasta in quello stato fino all'istante dell'agonia. Dopo una breve riflessione decise di non informar Montoni dell'infausto caso se non alla mattina, pensando che colui sarebbe prorotto in qualche disumana espressione, ch'ella non avrebbe potuto soffrire. In compagnia della sola Annetta, incoraggita dal suo esempio, vegliò tutta notte presso alla defunta, recitando l'uffizio dei morti.

CAPITOLO XXX

Allorchè Montoni fu informato della morte di sua moglie, considerando ch'era spirata senza fargli la cessione tanto necessaria al compimento dei suoi desiderii, nulla valse ad arrestare l'espressione del suo risentimento. Emilia evitò con cura la di lui presenza, e pel corso di trentasei ore non abbandonò mai il cadavere della zia. Profondamente angosciata dal triste di lei destino, ne obliava tutti i difetti, le ingiustizie e la durezza, sol rammentandosene i patimenti.

Montoni non disturbò le di lei preghiere: egli scansava la camera dov'era il cadavere della moglie, e perfino quella parte del castello, come se avesse temuto il contagio della morte. Pareva non avesse dato alcun ordine relativo ai funerali; cosicchè Emilia temette che fosse un insulto alla memoria di sua zia; ma uscì dall'incertezza, quando, la sera del secondo giorno, Annetta venne ad informarla[64] che la defunta verrebbe sepolta la notte stessa. Figurandosi che Montoni non vi avrebbe assistito, era lacerata dall'idea che il cadavere della povera zia andrebbe alla sepoltura senza che un parente od un amico le rendesse gli ultimi doveri: decise perciò di andarvi in persona; senza questo motivo, avrebbe tremato di accompagnare il corteo, composto di gente che avevano tutto il contegno e la figura di assassini, sotto l'orrida vôlta della cappella, ed a mezzanotte, all'ora cioè del silenzio e del mistero, scelta da Montoni per abbandonare all'oblìo le ceneri di una sposa, della quale la sua barbara condotta aveva per lo meno accelerato la fine.

Secondata da Annetta, ella dispose la salma per la sepoltura. A mezzanotte, comparvero gli uomini che dovevano trasportarla alla tomba. Emilia potè contenere a stento l'agitazione vedendo quelle orride figure: due di essi, senza proferir parola, presero il cadavere sulle spalle, ed il terzo precedendoli con una fiaccola, discesero tutti uniti nel sotterraneo della cappella. Dovevano traversare i due cortili della parte orientale del castello, ch'era quasi tutta rovinata. Il silenzio e l'oscurità de' luoghi poco poterono sullo spirito di Emilia, occupata d'idee assai più lugubri. Giunti al limitare del sotterraneo, essa sostò, sovrappresa da una commozione inesprimibile di dolore e di spavento, e si volse per appoggiarsi ad Annetta, muta e tremante al par di lei. Dopo qualche pausa, inoltrò, e scorse, fra le arcate, gli uomini che deponevano la bara sull'orlo d'una fossa. Ivi trovavansi un altro servo di Montoni ed un sacerdote di cui non s'avvide se non quando cominciò le preci. Allora alzò gli occhi, e scorse la faccia venerabile d'un religioso, che con voce bassa e solenne recitò l'uffizio dei morti. Nell'istante in cui il cadavere venne calato nel sepolcro, il quadro era tale, che il più abile pennello non avrebbe sdegnato dipingere. I lineamenti feroci, le[65] fogge bizzarre di quegli scherani, inclinati colle faci sulla fossa, l'aspetto venerabile del frate, avvolto in lunghe vesti di lana bianca, il cui cappuccio, calato indietro, faceva risaltare un viso pallido, adombrato di pochi capelli bianchi, onde la luce delle torce lasciava vedere l'afflizione addolcita dalla pietà; l'attitudine interessante di Emilia appoggiata ad Annetta colla faccia semicoperta d'un velo nero, la dolcezza e beltà della fisonomia, e il suo intenso dolore, che non le permetteva di piangere, mentre affidava alla terra l'ultima parente che avesse; i riflessi tremolanti di luce sotto le vôlte, l'ineguaglianza del terreno, ov'erano stati recentemente sepolti altri corpi, la lugubre oscurità del luogo, tante circostanze riunite, avrebbero trascinato l'immaginazione dello spettatore a qualche caso forse più orribile del funerale dell'insensata ed infelice signora Montoni.

Terminata la funzione, il frate guardò Emilia con attenzione e sorpresa; pareva volesse parlarle, ma la presenza dei masnadieri lo trattenne. Nell'uscire dalla cappella si permisero indegni motteggi sulla cerimonia e sullo stato di lui con grand'orrore d'Emilia. Li sofferse in silenzio, limitandosi a chiedere di essere ricondotto sano e salvo al suo convento, dal quale era venuto dietro richiesta espressa del castellano, a ciò indotto dalle istanze della nipote. Giunti nel secondo cortile, il frate impartì alla fanciulla la sua benedizione, fissandola con occhio pietoso, poi s'incamminò verso il portone. Le due donne ritiraronsi alle proprie stanze.

Emilia passò parecchi giorni in assoluta solitudine, nel terrore per sè e nel rammarico della perdita di sua zia. Si determinò infine a tentare un nuovo sforzo per ottener da Montoni che la lasciasse andare in Francia. Non sapeva formare veruna congettura sui motivi che potea avere d'impedirglielo; era troppo persuasa ch'ei volea tenerla [66] seco, ed il suo primo rifiuto le lasciava poca speranza. L'orrore inspiratole dalla di lui presenza, le faceva differire di giorno in giorno il colloquio. Un messaggio però dello stesso Montoni la tolse da tale incertezza; egli desiderava vederla all'ora che indicava. Fu quasi per lusingarsi, che, essendo morta la zia, egli acconsentirebbe a rinunziar alla sua usurpata autorità; ma rammentandosi poi che i beni tanto contrastati erano divenuti attualmente suoi, temè che Montoni volesse usare qualche stratagemma per farseli cedere, e non la tenesse fin allora prigioniera. Quest'idea, invece di abbatterla, rianimò tutte le potenze dell'anima sua, e le infuse nuovo coraggio. Avrebbe rinunziato a tutto per assicurare il riposo della zia, ma risolse che veruna persecuzione personale avrebbe il potere di farla recedere da' suoi diritti. Era interessatissima a conservare l'eredità a riguardo specialmente di Valancourt, col quale lusingavasi così di passare una vita felice. A questa idea sentì quant'ei le fosse caro, e si figurava anticipatamente il momento in cui la di lei generosa amicizia avrebbe potuto dirgli che gli recava in dote tutti quei beni; si figurava vedere il sorriso che animerebbe i suoi lineamenti, e gli sguardi affettuosi che esprimerebbero tutta la sua gioia e riconoscenza. Credette in quel momento di poter affrontare tutti i mali che l'infernale malizia di Montoni le avrebbe preparato. Si ricordò allora, per la prima volta dopo la morte della zia, ch'essa aveva carte relative a questi beni, e risolse di farne ricerca appena avesse parlato con Montoni.

Con questa idea andò a trovarlo all'ora prescritta: era in compagnia di Orsino e d'un altro uffiziale, e pareva esaminare con diligenza molte carte deposte su un tavolino.

«Vi ho fatta chiamare,» diss'egli alzando la testa, «perchè desidero siate testimone di un affare che debbo ultimare col mio amico Orsino. Tutto [67] ciò che si vuol da voi, è che firmiate questa, carta.» La prese, ne lesse borbottando alcune righe, la depose sul tavolo, e le diede una penna. Stava per firmare, quando le venne d'improvviso in mente il disegno di lui; le cadde la penna di mano, e negò di firmare senza leggere il contenuto: Montoni affettò sorridere, e ripresa la carta, finse rileggere un'altra volta come aveva già fatto. Emilia, fremendo del pericolo e dell'eccesso di credulità che l'avea quasi tradita, ricusò positivamente di firmare. Montoni continuò alcun poco i motteggi; ma quando, dalla perseveranza di lei, comprese che aveva indovinato il suo progetto, cambiò linguaggio e le ordinò di seguirlo. Appena furono soli, le disse che aveva voluto, per lei e per sè medesimo, prevenire un diverbio inutile in un affare, in cui la sua volontà formava la giustizia, e sarebbe diventata una legge; che preferiva persuaderla anzichè costringerla, e che in conseguenza adempisse al suo dovere.

«Io, come marito della defunta signora Cheron,» soggiunse egli, «divento l'erede di tutto ciò che ella possedeva; i beni, che non ha voluto donarmi mentre viveva, non devono ora passare in altre mani. Vorrei, pel vostro interesse, disingannarvi dell'idea ridicola ch'essa vi diede alla mia presenza, che i suoi beni cioè sarebbero vostri, se moriva senza cedermeli. Penso che voi siate troppo ragionevole per provocare il mio giusto risentimento; non soglio adulare, e voi potete riguardare i miei elogi come sinceri. Voi possedete un criterio superiore al vostro sesso; e non avete veruna di quelle debolezze che distinguono in generale il carattere delle donne, l'avarizia cioè e il desiderio di dominare.»

Montoni si fermò; Emilia non rispose.

«Giudicando come faccio,» ripigliò egli, «io non posso credere vorrete mettere in campo una[68] contesa inutile. Non credo neppure che pensiate acquistare o possedere una proprietà, sulla quale la giustizia non vi accorda nessun diritto. Scegliete dunque l'alternativa che vi propongo. Se vi formerete un'esatta opinione del soggetto che trattiamo, sarete in breve ricondotta in Francia. Se poi foste tanto sciagurata da persistere nell'errore, in cui v'indusse vostra zia, resterete mia prigioniera, finchè apriate gli occhi.»

Emilia rispose con calma: «Io non sono così poco istruita delle leggi relative a tale soggetto, per lasciarmi ingannare da un'asserzione qualunque; la legge mi accorda il possesso dei beni in questione, e la mia mano non tradirà i miei diritti.

— Mi sono ingannato, a quanto pare, nell'opinione che m'era concepita di voi,» disse Montoni severamente; «voi parlate con arditezza e presunzione su d'un argomento che non intendete. Voglio bene, per una volta, perdonare l'ostinazione dell'ignoranza; la debolezza del vostro sesso, dalla quale non sembrate esente, esige anche questa indulgenza. Ma se persistete, avrete a temer tutto dalla mia giustizia.

— Dalla vostra giustizia, signore,» rispose Emilia, «non ho nulla da temere, bensì tutto da sperare.»

Montoni guardolla con impazienza, e parve meditare su ciò che doveva dirle.

«Vedo che siete debole tanto da credere ad una ridicola asserzione. Me ne spiace per voi; quanto a me, poco me n'importa; la vostra credulità troverà il suo castigo nelle conseguenze, ed io compiango la debolezza di spirito che vi espone alle pene che mi costringete di prepararvi.

— Voi troverete, signore,» rispose Emilia con dolcezza e dignità, «la forza del mio spirito eguale alla giustizia della mia causa; e posso soffrire con coraggio quando resisto alla tirannia.[69]

— Parlate come una eroina,» disse Montoni con disprezzo; «vedremo se saprete soffrire egualmente.»

Emilia non rispose, e partì. Rammentandosi che

resisteva così per l'interesse di Valancourt, sorrise compiacendosi di pensare ai minacciati maltrattamenti. Andò a cercare il posto indicatole dalla zia, come deposito delle carte relative ai suoi beni, e ve le trovò; ma non conoscendo un luogo più sicuro per conservarle, ve le ripose senza esame, temendo di essere sorpresa.

Mentre, ritornata nella solitudine, rifletteva alle parole di Montoni e ai pericoli nei quali incorreva, opponendosi alla sua volontà, udì scrosci di risa sul bastione; andò alla finestra, e vide con sorpresa tre donne, vestite alla Veneziana, che passeggiavano con alcuni signori. Allorchè passarono sotto la finestra, una delle forestiere alzò la testa. Emilia riconobbe in lei quella signora Livona, le cui affabili maniere l'avevano tanto sedotta il giorno dopo il suo arrivo a Venezia, e che in quel giorno istesso era stata ammessa alla tavola di Montoni: tale scoperta le cagionò una gioia mista a qualche incertezza; era per lei un soggetto di soddisfazione il vedere una persona tanto amabile quanto sembrava la signora Livona, nel luogo istesso da essa abitato. Nondimeno, il di lei arrivo al castello in simile circostanza, il suo abbigliamento, che indicava non esservi stata costretta, glie ne fece sospettare i principii ed il carattere; ma l'idea spiaceva tanto ad Emilia, già vinta dalle maniere seducenti della bella Veneziana, che preferì non pensare che alle sue grazie, e bandì quasi intieramente qualunque altra riflessione.

Quando Annetta entrò, le fece diverse interrogazioni sull'arrivo delle forastiere, e trovò avere colei più premura di rispondere, ch'essa d'interrogare.[70]

«Son venute da Venezia,» disse la cameriera, «con due signori, ed io fui contentissima di vedere qualche altra faccia cristiana in quest'orrido soggiorno. Ma che pretendono esse venendo qui? Bisogna esser pazzi davvero per venire in questo luogo, oppure ci sono venute liberamente, giacchè sono allegre.

— Saranno forse state fatte prigioniere,» soggiunse Emilia.

— Prigioniere! oh! no, signorina: no, nol sono. Mi ricordo bene di averne veduta una a Venezia; è venuta due o tre volte in casa nostra. Si diceva perfino, sebbene io non l'abbia mai creduto, che il padrone l'amasse perdutamente.»

Emilia pregò Annetta d'informarsi dettagliatamente di tutto ciò che concerneva quelle signore, e, cambiando quindi discorso, parlò della Francia, facendole travedere la speranza di tornarvi in breve.

La ragazza uscì per raccogliere informazioni, ed Emilia cercò obliare le sue inquietudini, pascendosi delle fantastiche immaginazioni create da' poeti.

Verso sera, non volendo esporsi, sulle mura, agli avidi sguardi dei soci di Montoni, andò a passeggiare nella galleria contigua alla sua camera. Giugnendo in fondo ad essa udì ripetuti scrosci di risa. Erano i trasporti dello stravizio, e non gli slanci moderati d'una dolce ed onesta letizia. Parevan venire dalla porta del quartiere di Montoni. Un tal baccano in quel momento in cui l'infelice zia era appena spirata, l'indispettì al sommo, e vi riconobbe la conseguenza della mala condotta di Montoni. Ascoltando, credette riconoscere alcune voci donnesche; tale scoperta la confermò nei sospetti concepiti sulla signora Livona e le sue compagne: era evidente ch'elleno non trovavansi per forza nel castello. Emilia si vedeva così negli alpestri recessi degli Appennini, circondata da uomini che riguardava come briganti, ed in mezzo ad un teatro di[71] vizi, che la faceva inorridire. L'immagine di Valancourt perdè ogni influenza, ed il timore le fece cambiare i suoi progetti, riflettendo a tutti gli orrori che Montoni preparava contro di lei; tremando della vendetta, alla quale esso avrebbe potuto abbandonarsi senza rimorsi, si decise quasi a cedergli i beni contrastati, se vi persisteva ancora, e riscattare così la sicurezza e la libertà; ma, poco di poi, la memoria dell'amante tornava a lacerarle l'anima e ripiombarla nelle angosce del dubbio. Continuò a passeggiare finchè l'ombre della sera ebbero invase le arcate. La fanciulla nonpertanto, non volendo tornar alla sua camera isolata prima del ritorno d'Annetta, passeggiava tuttora per la galleria. Passando dinanzi all'appartamento dove avea una volta osato alzar il velo del quadro, le tornò in mente quell'orrido spettacolo, e sentendosi raccapricciare, sollecitossi, di andarsene dalla galleria mentre aveane ancor la forza. D'improvviso sentì rumor di passi dietro lei. Poteva essere Annetta, ma, voltando gli occhi con timore, scorse tra l'oscurità una gran figura che la seguiva, e poco dopo si trovò stretta tra le braccia d'una persona ed udì una voce bisbigliare all'orecchio. Quando si fu alquanto riavuta dalla sorpresa, domandò chi mai si facesse lecito di trattenerla così?

«Son io,» rispose la voce; «non temete.»

Emilia osservò la figura che parlava, ma la fioca luce della finestra gotica non le permise di distinguere chi fosse.

«Chiunque voi siate,» diss'ella con voce tremula, «per amor di Dio, lasciatemi.

— Vezzosa Emilia,» soggiunse colui, «perchè sequestrarvi così in questo luogo tetro, mentre giù dabbasso regna tanta allegria? Seguitemi nel salotto di cedro: voi ne formerete il migliore ornamento, e non vi spiacerà il cambio.»

Emilia sdegnò rispondere, ma procurò di sciogliersi.[72]

«Promettetemi che verrete, ed io vi lascerò subito; ma accordatemene prima la ricompensa.

— Chi siete voi?» domandò Emilia con isdegno e spavento, e cercando fuggire; «chi siete voi che avete la crudeltà d'insultarmi così?

— Perchè chiamarmi crudele?» rispose colui. «Vorrei togliervi da questa orribile solitudine, e condurvi in una brillante società. Non mi conoscete?»

Emilia si ricordò allora confusamente ch'era uno dei forestieri che circondavano Montoni la mattina in cui andò a trovarlo. «Vi ringrazio della buona intenzione,» replicò essa senza mostrar d'intenderlo, «ma tutto ciò che desidero per ora è che mi lasciate andare.

— Vezzosa Emilia,» soggiunse egli, «abbandonate questo gusto per la solitudine. Seguitemi alla conversazione, e venite ad eclissare tutte le bellezze che la compongono; voi sola meritate l'amor mio.» E volle baciarle la mano; ma la forza dello sdegno le somministrò quella di sciogliersi, e fuggendo nella sua camera, ne chiuse l'uscio prima che vi giungesse colui, e si abbandonò spossata sur una sedia. Sentiva la di lui voce e i tentativi che faceva per aprire, senza aver la forza di chieder soccorso. Alfine si avvide che erasi allontanato, ma pensò alla porta della scala segreta, d'onde avrebbe potuto facilmente penetrare, e si occupò subito ad assicurarla alla meglio. Le pareva che Montoni eseguisse già i suoi progetti di vendetta, privandola della sua protezione, e si pentiva quasi di averlo temerariamente provocato. Credeva oramai impossibile di ritenere i suoi beni. Per conservare la vita e forse l'onore, fece il proponimento che, se fosse sfuggita agli orrori della prossima notte, farebbe la cessione la mattina seguente, purchè Montoni le permettesse di partire da Udolfo.

Preso questo partito, si tranquillò: rimase così[73] per qualche ora in assoluta oscurità; Annetta non giungeva, ed essa principiò a temere per lei; ma non osando arrischiarsi ad uscire, dovè restare nell'incertezza sul motivo di questa assenza. Si avvicinava spesso alla scala per ascoltare se saliva qualcuno, e non sentendo verun rumore, determinata però a vegliare tutta la notte, si gettò vestita sul tristo giaciglio e lo bagnò delle sue innocenti lacrime. Pensava alla perdita de' parenti, pensava a Valancourt lontano da lei. Li chiamava per nome, e la calma profonda, interrotta soltanto dai suoi lamenti, ne aumentava le tetre meditazioni.

In tale stato, udì d'improvviso gli accordi di una musica lontana; ascoltò, e riconoscendo tosto l'istrumento già inteso a mezzanotte, andò ad aprire pian piano la finestra. Il suono pareva venir dalle stanze sottoposte. Poco dopo l'interessante melodia fu accompagnata da una voce, ma così espressiva, da non poter supporre che cantasse mali immaginari. Credette conoscere già quegli accenti si teneri e straordinari; ma rammentavasene appena come di cosa molto lontana. Quella musica le penetrò il cuore, nella sua angoscia attuale, come armonia celeste che consola e incoraggisce. Ma chi potrebbe descrivere la sua commozione allorchè udì cantare, col gusto e la semplicità del vero sentimento, un'arietta popolare del paese natio; una di quelle ariette imparate nell'infanzia, e tanto spesso fattele ripetere dal padre? A quel canto ben noto, fin allora non mai inteso fuori della sua cara patria, il cuore le si dilatò alla rimembranza del passato. Le vaghe e placide solitudini della Guascogna, la tenerezza e la bontà de' genitori, la semplicità e felicità de' primi anni, tutto affaccioссele all'imaginazione, formando un quadro così grazioso, brillante e fortemente opposto alle scene, ai caratteri ed ai pericoli ond'era circondata attualmente, che il suo spirito non ebbe più forza di riandare il passato e non sentì più che il peso degli affanni.[74]

D'improvviso, la musica cambiò, e la fanciulla, attonita, riconobbe l'istessa aria già intesa alla sua peschiera. Allora le si presentò un'idea colla rapidità del lampo, e secolei una catena di speranze la elettrizzò; poteva appena respirare, e vacillava tra la speranza e il timore: pronunziò dolcemente il nome di Valancourt. Era possibile che il giovane fosse vicino a lei, e ricordandosi d'avergli udito dire più volte che la peschiera, ove aveva sentito quella canzone, e trovato i versi scritti per lei, era la sua passeggiata favorita anche prima che si conoscessero, fu persuasa che fosse la di lui voce.

A misura che le sue riflessioni si consolidavano, la gioia, il timore e la tenerezza lottavano in lei: affacciossi alla finestra per ascoltar meglio quegli accenti, che valessero a confermare o distruggere la sua speranza, non avendo Valancourt mai cantato alla di lei presenza; la voce e l'istrumento tacquero di li a poco, ed essa ponderò un momento se doveva arrischiarsi a parlare. Non volendo, se era Valancourt, commettere l'imprudenza di nominarlo, e troppo interessata al tempo istesso per trascurar l'occasione di chiarirsi, gridò dalla finestra: «E' una canzone di Guascogna?» Inquieta, attenta, aspettò una risposta, ma indarno. Ripetè la domanda, ma non udì altro strepito tranne i fischi del vento traverso i merli delle mura. Cercò consolarsi persuadendosi che l'incognito si fosse allontanato prima ch'ella gli parlasse.

Se Valancourt avesse sentita e riconosciuta la sua

voce, avrebbe per certo risposto. Riflettè quindi che forse la prudenza l'aveva obbligato a tacere. «Se egli è nel castello,» diceva essa, «dev'esservi come prigioniero; per cui avrà temuto di rispondermi in tanta vicinanza delle sentinelle.»

Perplessa, inquieta, rimase alla finestra sino all'alba, poi se ne tornò a letto, ma non potè chiuder occhio; la gioia, la, tenerezza, il dubbio, il timore[75] occuparono tutte le ore del sonno, ore che non le parvero tanto lunghe come quella volta. Sperava veder tornare Annetta, e ricever da lei una certezza qualunque, che ponesse fine ai suoi tormenti attuali.

CAPITOLO XXXI

Annetta venne a trovarla di buon'ora.

«Sono stata molto inquieta non vedendoti tornar più ieri sera,» le disse Emilia. «Che cosa ti è mai accaduto?

— Ah! signorina, chi avrebbe mai osato ier sera traversare i lunghi corridoi della casa in mezzo a tutta quella gente ubbriaca? Immaginatevi che hanno gozzovigliato tutta notte insieme alle signore venute recentemente. Che baccano, Dio Signore!... che chiasso!... Lodovico, temendo per me, mi ha chiusa in camera con Caterina.

— Oh che orrore!...» sclamò Emilia; «ma dimmi: sapresti tu, per caso, se vi sono prigionieri nel castello, e se son rinchiusi in queste vicinanze?

— Io non era dabbasso, quando tornò la prima truppa dalla scorreria, e l'ultima non è ancora tornata: laonde ignoro se vi siano prigionieri; ma l'aspettano stasera o domani, ed allora saprò qualcosa di certo.»

Emilia le domandò se i servi avessero parlato di prigionieri.

«Ah! signorina,» disse Annetta ridendo, «ora mi accorgo che pensate al signor Valancourt. Voi lo credete sicuramente venuto colle truppe che si dicono arrivate di Francia per far la guerra in queste contrade. Credete che, incontratosi ne' nostri, sia stato fatto prigioniero. O Signore! come ne sarei contentissima se ciò fosse.[76]

— Ne saresti contenta?» disse Emilia con accento di doloroso rimprovero.

— Sì, signorina, e perchè no? Non sareste voi contenta di rivedere il signor Valancourt? Non conosco un cavaliere più stimabile; ho proprio per lui una gran considerazione.

— Ed in prova,» rispose Emilia, «tu desideri vederlo prigioniero.»

— Non già di vederlo prigioniero, ma sarei lietissima di rivederlo. Anche l'altra notte me ne sognai... Ma a proposito, mi scordava di raccontarvi ciò che mi fu detto relativamente a quelle pretese dame, arrivate ad Udolfo. Una di esse è la signora Livona, che il padrone presentò a vostra zia a Venezia: adesso ella è la sua amante, ed allora, ardisco dirlo, era press'a poco la medesima cosa. Lodovico mi disse (ma per carità, signorina, non ne parlate) che sua eccellenza non l'aveva presentata se non per salvar le apparenze. Si cominciava già a mormorarne; ma quando videro che la padrona la riceveva in casa, tutte quelle dicerie si credettero calunnie. Le altre due sono le amanti de' signori Bertolini e Verrezzi. Il signor Montoni le ha invitate tutte, e ieri ha dato un magnifico pranzo: vi erano vini d'ogni sorta; le risa, i canti ed i brindisi echeggiavano. Quando furono briachi, si sparsero pel castello; fu allora che Lodovico m'impedì di venir qui. La è stata una vera indecenza! così poco tempo dopo la morte della povera padrona! che cosa avrebbe mai ella detto, se avesse potuto intendere quello schiamazzo?»

Emilia volse la testa per nascondere l'emozione, e pregò Annetta di fare esatte ricerche a proposito dei prigionieri che potessero trovarsi nel castello, scongiurandola di usar prudenza, e non proferir mai nè il suo nome, nè quello di Valancourt.

«Ora che ci penso, signorina,» disse Annetta, «credo che prigionieri ve ne siano. Ho sentito ieri[77] in anticamera un soldato che parlava di riscatto: diceva che sua eccellenza facea benissimo a prender la gente, e ch'era quello il miglior bottino a motivo dei riscatti. Il suo camerata mormorava, dicendo ciò essere vantaggioso pel capitano, ma non pei soldati. — Noi altri, diceva quel brutto ceffo, non guadagniamo nulla nei riscatti.»

Questa notizia accrebbe l'impazienza di Emilia, la quale mandò Annetta alla scoperta.

La risoluzione presa dalla fanciulla di cedere ogni cosa a Montoni, soggiacque in quel momento a nuove riflessioni. La possibilità che Valancourt fosse vicino a lei, rianimò il suo coraggio, e risolse d'affrontare oltraggi e minacce, almeno fin quando potesse assicurarsi se il giovane fosse realmente nel castello. Stava appunto pensandovi, allorchè Montoni mandò a cercarla.

Egli era solo. «Vi ho fatta chiamare,» le disse, «per sentire se vi decideste infine a smettere le vostre ridicole pretese sui beni di Linguadoca. Mi limiterò per ora a darvi un consiglio, benchè potessi imporre ordini. Se realmente siete stata in errore, se realmente avete creduto che quei beni vi appartenessero, non persistete almeno in questo errore che potrebbe diventarvi fatale. Non provocate la mia collera, e firmate questa carta.

— Se non ho nessun diritto, signore,» rispose Emilia, «qual bisogno avete voi della mia rinuncia? Se i beni son vostri, potete possederli in tutta sicurezza senza mia intervenzione e senza il mio consenso.

— Non argomenterò più,» disse Montoni vibrandole un'occhiata, che la fece tremare. «Avrei dovuto vedere che è inutile ragionare coi ragazzi. La memoria di quanto sofferse vostra zia in conseguenza della sua folle ostinazione, vi serva ormai di lezione... Firmate questa carta.»

Emilia restò alquanto indecisa; fremette alla rimembranza[78] e alle minacce che le si ponevano sott'occhio; ma l'immagine di Valancourt, che l'aveva animata per tanto tempo, ch'era forse vicino a lei, unita alla forte indignazione fino da' primi anni concepita per l'ingiustizia, le somministrò in quel momento un imprudente, ma nobile coraggio.

«Firmate questa carta,» ripetè Montoni con maggiore impazienza.

— No, mai,» rispose Emilia; «il vostro procedere mi proverebbe l'ingiustizia delle vostre pretese, s'io avessi ignorati i miei diritti.»

Montoni impallidì dal furore; gli tremavano le labbra, ed i suoi occhi fiammeggianti fecero quasi pentire Emilia dell'ardita sua risposta.

«Tremate della mia prossima vendetta,» sclamò egli, con un'orrenda bestemmia; «voi non avrete nè i beni di Linguadoca, nè quelli di Guascogna. Osaste mettere in dubbio i miei diritti; ora osate dubitare del mio potere. Ho pronto un gastigo cui non vi aspettate; esso è terribile. Stanotte, sì, stanotte istessa...

— Stanotte!» ripetè una voce.

Montoni restò interdetto e si volse, poi, sembrando raccogliersi, disse piano: «Avete veduto ultimamente un esempio terribile d'ostinazione e di follìa; ma parmi non sia bastato a spaventarvi. Potrei citarvene altri, e farvi tremare solo nel raccontarveli.»

Fu interrotto da un gemito che pareva venire di sotto la stanza. Guardossi intorno: i di lui sguardi sfavillavano di rabbia e d'impazienza; un'ombra di timore parve nulladimeno alterarne la fisonomia. Emilia sedette vicino alla porta, perchè i diversi movimenti provati avevano, per così dire, annichilate le sue forze; Montoni fece una breve pausa, poi ripigliò con voce più bassa, ma più severa:

«Vi ho detto che potrei citarvi altri esempi del mio potere e del mio carattere. Se voi lo concepiste, [79] non ardireste sfidarlo. Potrei provarvi che allorquando ho preso una risoluzione... Ma parlo ad una bambina; ve lo ripeto, gli esempi terribili che potrei citarvi non vi servirebbero a nulla; e quand'anco il pentimento finisse la vostra opposizione, non mi placherebbe. Sarò vendicato; mi farò giustizia.»

Un altro gemito succedè al discorso di Montoni.

«Uscite,» diss'egli, senza parer di badare allo strano incidente.

Fuori di stato d'implorar la sua pietà, Emilia alzossi per uscire, ma non potendo reggersi in piedi, e soccombendo al terrore, ricadde sulla sedia.

«Toglietevi dalla mia presenza,» continuò Montoni; «questa finzione di timore convien male ad un'eroina che osò affrontare tutto il mio sdegno.

— Non avete udito nulla, signore?» disse Emilia tremando.

— Odo la mia voce soltanto,» rispose Montoni severamente.

— Null'altro?» soggiunse la fanciulla, esprimendosi con difficoltà. «Ancora... non sentite nulla adesso?

— Obbedite,» ripetè Montoni. «Io poi saprò scoprire l'autore di questi scherzi indecenti.»

Emilia si alzò a stento, ed uscì. Montoni la seguì, ma invece di chiamare, come l'altra volta, i servi per far ricerche nel salotto, andò sulle mura.

La fanciulla da una finestra del corridoio vide scendere dai monti un distaccamento delle truppe di Montoni. Non vi badò se non per riflettere agli infelici prigionieri che conducevano forse al castello. Giunta alfine in camera, si abbandonò sopra una sedia, oppressa da' nuovi affanni che peggioravano la di lei situazione. Non potea nè pentirsi, nè lodarsi della sua condotta: sol ricordavasi d'essere in potere d'un uomo il quale non conosceva altra regola se non la propria volontà. Fu scossa da tristi pensieri udendo un misto di voci e di nitriti[80] nei cortili. Le si offerse un'improvvisa speranza di qualche fortunato cambiamento; ma, pensando alle truppe vedute dalla finestra, credè fossero le stesse, di cui Annetta le aveva detto che si aspettava il ritorno.

Poco dopo udì molte voci nelle sale. Il rumore dei cavalli cessò, e fu seguito da perfetto silenzio. Emilia ascoltò attenta, cercando di conoscere i passi d'Annetta nel corridoio; tutto era quiete. D'improvviso, il castello parve immerso nella massima confusione. Era un camminare a precipizio, un andare e venire nelle sale, nelle gallerie e nei cortili, e discorsi veementi sul bastione. Corsa alla finestra, vide Montoni e gli altri officiali appoggiati al parapetto, od occupati ne' trinceramenti, mentre i soldati disponevano i cannoni. Il nuovo spettacolo la sbalordì.

Finalmente giunse Annetta, ma non sapea nulla di Valancourt. «Mi danno ad intendere tutti,» diss'ella, «di non saper nulla dei prigionieri; ma qui ci sono di belle novità! La truppa è tornata ai galoppo, ed a rischio di restare schiacciati, e' facevano a gara per entrare sotto la vôlta. Hanno portato la notizia che un partito di nemici, com'ei dicono, tengon loro dietro per attaccare il castello. Cielo! che spavento!

— Dio buono, vi ringrazio,» disse Emilia con fervore. «Ora mi resta qualche speranza.

— Che dite mai, signorina? vorreste voi cadere nelle mani dei nemici?

— Non possiamo star peggio di qui,» rispose Emilia.

— Ascoltate, ascoltate, tutto il castello è sossopra. Si caricano i cannoni, si esaminano le porte e le mura, battono, picchiano, turano, vanno e vengono come se il nemico fosse sul punto di dare la scalata. Ma che cosa sarà di me, di voi, di Lodovico? Oh! se io sento sparare il cannone, morrò[81] di paura. Se potessi trovare aperto il portone per mezzo minuto, farei presto a fuggirmene via di qua, nè mi rivedrebbero più.

— Se lo potessi trovare aperto anch'io un solo istante, sarei salva.» E in brevi parole narrò alla cameriera la sostanza del suo colloquio con Montoni, quindi soggiunse: «Corri subito da Lodovico; digli ciò che ho da temere, e ciò che ho sofferto: pregalo di trovare un mezzo di fuggire senza dilazione, e di ciò mi fido intieramente nella sua prudenza. Se vuole incaricarsi della nostra liberazione, sarà ben ricompensato. Non posso parlargli io stessa: saremmo osservati e s'impedirebbe la nostra fuga. Ma fa presto, Annetta, e procura di agire con circospezione. Ti aspetterò qui.»

La buona ragazza, la cui anima sensibile era stata penetrata da quel racconto, era allora tanto premurosa di obbedire, quanto la padroncina di adoprarla, ed uscì immediatamente.

Riflettendo Emilia ai motivi dell'assalto inaspettato, ne concluse che Montoni avesse devastato il paese, e che gli abitanti venissero ad attaccarlo per vendicarsi.

Montoni, senza essere precisamente, come Emilia lo supponeva, un capo di ladri, aveva impiegato le sue truppe a spedizioni audaci e atroci a un tempo. Non solo avevano esse spogliato all'occorrenza tutti i viaggiatori inermi, ma saccheggiate ben anco tutte le abitazioni situate in mezzo ai monti. In queste spedizioni, i capi non si facevano mai vedere: i soldati, in parte travestiti, erano presi talvolta per malandrini ordinari, altre volte per bande forastiere, che a quell'epoca innondavano l'Italia. Avevano dunque saccheggiate case, e portati via tesori immensi; ma avendo assalito un castello con ausiliari della loro specie, n'erano stati respinti, inseguiti dagli alleati degli avversari. Le truppe di Montoni si ritirarono precipitosamente verso Udolfo, ma furono[82] incalzate così da vicino nelle gole, che giunte appena sulle alture circostanti al forte, videro il nemico nella valle, distante poco più d'una lega. Allora affrettarono il passo per avvertir Montoni di prepararsi alla difesa; ed era il loro repentino arrivo che aveva piombato il castello in tanta confusione.

Mentre Emilia aspettava ansiosa il ritorno della fida ancella, vide dalla finestra un corpo di milizie scendere dalle alture. Annetta era uscita da poco; doveva eseguire una missione delicata e pericolosa, eppure era già tormentata dall'impazienza. Stava in orecchio, apriva la porta, e le movea incontro sino in fondo al corridoio. Finalmente udì camminare, e vide, non Annetta, ma il vecchio Carlo. Fu assalita da nuovi timori. Egli le disse che il padrone lo mandava per avvertirla di prepararsi a partire immediatamente, chè il castello stava per essere assediato, aggiungendo che si preparavano le mule, per condurla, sotto buona scorta, in luogo di sicurezza.

«Di sicurezza!» sclamò Emilia senza riflettere. «Il signor Montoni ha dunque tanta considerazione per me?» Carlo non rispose. La fanciulla fu alternativamente combattuta da mille contrari affetti: sembravale impossibile che Montoni prendesse misure per la di lei sicurezza. Era tanto strano il farla uscire dal castello, ch'essa non attribuiva questa condotta se non al disegno di eseguir qualche nuovo progetto di vendetta, come ne l'avea minacciata; poco dopo rallegravasi all'idea di partire da que' tristi luoghi; ma poscia, pensando alla probabilità che Valancourt fosse ivi prigioniero, se ne accorava vivamente.

Carlo le rammentò che non c'era tempo da perdere, il nemico essendo in vista. Emilia lo pregò di dirle in qual luogo dovessero condurla. Egli esitò, ma essa ripetè la domanda, ed allora rispose: «Credo che dobbiate andare in Toscana.»[83]

— In Toscana!» sclamò la fanciulla; «e perchè in quel paese?»

Carlo disse di non saper altro, se non che sarebbe stata condotta sui confini toscani, in una casuccia alle falde degli Appennini, distante qualche giornata di cammino.

Emilia lo congedò. Preparava tremante una piccola valigia, quando comparve Annetta.

«Oh! signorina, non c'è più scampo; Lodovico assicura che il nuovo portinaio è ancor più vigilante di Bernardino. Il povero giovane è disperato per me, e dice che morirò di spavento alla prima cannonata.»

Si mise a piangere, e sentendo che Emilia partiva, la pregò di condurla seco.

«Ben volentieri,» rispose questa, «se il signor Montoni vi acconsente.»

Annetta non le rispose, e corse a cercar il castellano, ch'era sulle mura circondato dagli uffiziali. Pregò, pianse e si strappò i capegli, ma tutto fu inutile, e Montoni la scacciò duramente con una ripulsa.

Nella sua disperazione, tornò presso Emilia, la quale augurò male da quel rifiuto. Vennero tosto ad avvertirla di scendere nel gran cortile, ove le guide e le mule l'attendevano. Essa tentò indarno di consolare Annetta, che, struggendosi in pianto, ripeteva ognora, che non avrebbe più riveduta la sua cara padroncina. Questa pensava fra sè, che i suoi timori potevano esser pur troppo fondati, pure cercò di calmarla, e le disse addio con apparente tranquillità. Annetta l'accompagnò nel cortile, la vide montare su d'una mula, e partire colle guide, poi rientrò nella sua stanza per piangere liberamente.

Emilia intanto, nell'uscire, osservava il castello, il quale non era più immerso in tetro silenzio, come quando eravi entrata; dappertutto era uno [84] strepito d'armi, un affaccendarsi ai preparativi di difesa. Quando fu uscita dal portone, quando s'ebbe lasciato indietro quella formidabile saracinesca, que' tetri bastioni, sentì una gioia improvvisa, come di schiavo che ricuperi la sua libertà. Questo sentimento non le permetteva di riflettere ai nuovi pericoli che potevano minacciarla: i monti infestati da saccomani, un viaggio cominciato con guide, la cui sola fisonomia valeva ad incuterle spavento. Sulle prime però gioì, trovandosi fuori di quelle mura, dov'era entrata con sì tristi presagi. Rammentavasi di quali presentimenti superstiziosi fosse stata côlta allora, e sorrideva dell'impressione ricevutane dal suo cuore.

Osservava con tai sentimenti le torri del castello, e pensando che lo straniero, cui credea ivi detenuto poteva essere Valancourt, la sua gioia fu di lieve durata. Riunì tutte le circostanze relative all'incognito, fin dalla notte in cui avevagli sentito cantare una canzone del suo paese. Se le era rammentate spesso, senza trarne alcuna convinzione, e credeva soltanto che Valancourt potesse esser prigioniero in Udolfo. Era probabile che, cammin facendo, raccogliesse da' suoi conduttori notizie più dettagliate; ma temendo d'interrogarli troppo presto, per paura che una diffidenza reciproca non li impedisse di spiegarsi in presenza l'uno dell'altro, aspettò l'occasione favorevole per intertenerli separatamente.

Poco dopo, udirono in lontananza il suono di una tromba. Le due guide si fermarono guardando indietro. Il bosco foltissimo, ond'eran circondati, non lasciava veder nulla. Uno di essi salì sopra un poggio per osservare se il nemico si avanzasse, giacchè la tromba senza dubbio apparteneva alla sua vanguardia. Mentre l'altro intanto restava solo con Emilia, ella si arrischiò d'interrogarlo a proposito del supposto Valancourt. Ugo, tale era il nome di colui, rispose che il castello racchiudeva parecchi prigionieri,[85] ma che non rammentandosene nè la figura, nè il tempo dell'arrivo, non poteva darle informazioni precise. Gli domandò quali prigionieri fossero stati fatti dall'epoca che indicò cioè da quando aveva intesa la musica per la prima volta. «Sono stato fuori colla truppa per tutta la settimana,» rispose Ugo, «e non so nulla di quel che è accaduto nel castello.»

Bertrando, l'altra guida, tornò ad informare il

compagno di quanto avea veduto, ed Emilia non domandò più nulla. I viaggiatori uscirono dal bosco, e scesero in una valle per una direzione contraria a quella che doveva prendere il nemico. Emilia vide intieramente il castello, e contemplò colle lacrime agli occhi quelle mura ov'era forse chiuso Valancourt. Cominciarono a sentire le cannonate; desse elettrizzavano Ugo, il quale ardeva d'impazienza di trovarsi a combattere, maledicendo Montoni che lo mandava così lontano. I sentimenti del suo compagno parevano molto diversi, e più adattati alla crudeltà, che ai piaceri della guerra.

Emilia faceva frequenti interrogazioni sul luogo del suo destino; ma non potè saper altro, se non che andava in Toscana; e tutte le volte che ne parlava, parevale scoprire nella faccia di quei due uomini un'espressione di malizia e fierezza che la faceva tremare.

Viaggiarono alcune ore in profonda solitudine; verso sera s'ingolfarono fra precipizi ombreggiati da cipressi, pini ed abeti; era un deserto così aspro e selvaggio, che se la malinconia avesse dovuto scegliersi un asilo, quello sarebbe stato il suo favorito soggiorno. Le guide decisero di riposar quivi. «La sera si avanza,» disse Ugo, «e andando più oltre saremmo esposti ad esser divorati dai lupi.» Questo fu un cattivo annunzio per Emilia, trovandosi ad ora così tarda in quei luoghi selvaggi, alla discrezione di coloro. Gli orribili sospetti concepiti[86] sui disegni di Montoni se le presentarono con maggior forza; fece di tutto per impedir la sosta, e domandò con inquietudine quanto cammino restasse da fare.

«Molte miglia ancora,» disse Bertrando; «se non volete mangiare, buona padrona, ma noi vogliamo cenare, chè ne abbiamo bisogno. Il sole è già tramontato: fermiamoci sotto questa rupe.» Il suo camerata acconsentì, fecero scendere Emilia dalla mula, e sedutisi tutti sull'erba, si misero a mangiare alcuni cibi tratti da una valigia.

L'incertezza aveva talmente aumentata l'ansietà di Emilia a proposito del prigioniero, che non potendo discorrere col solo Bertrando, lo interrogò alla presenza di Ugo; indarno: ei disse non saperne nulla affatto. Ciarlando di varie cose, vennero a discorrere di Orsino e del motivo per cui era fuggito da Venezia. Qual non fu il raccapriccio d'Emilia allorchè Bertrando narrò la storia d'un altro assassinio fatto commettere per conto del cavaliere, ed in cui il bravo avea sostenuta una parte principale! A tale scoperta, mille terribili supposizioni l'assalsero: essa credeva restar vittima della cupidigia di Montoni, il quale avesse deciso di disfarsi di lei in silenzio, e per mezzo di quegli scherani, per appropriarsi in pace i di lei beni.

Il sole era tramontato tra folte nubi, ed Emilia arrischiò tremando di rammentare alle guide che cominciava a farsi tardi, ma essi erano troppo occupati dei loro discorsi per badare a lei. Dopo aver finito di cenare, ripresero la strada della valle in silenzio. Emilia continuava a pensare alla propria situazione, ed alle ragioni che poteva aver Montoni per trattarla così. Era indubitato ch'egli aveva cattive mire su di lei. Se non la faceva perire per appropriarsi istantaneamente i di lei beni, non facevala nascondere per un certo tempo, se non per riservarla a progetti più tristi, degni della sua cupidigia, [87] e meglio adatti alla sua vendetta. Rammentandosi dell'insulto fattole nella galleria, la sua orribile supposizione acquistò maggior forza. A qual fine però l'allontanava dal castello, ove probabilmente erano già stati commessi con segretezza tanti delitti?

Il di lei spavento divenne allora sì eccessivo, che proruppe in dirotto pianto. Pensava nel tempo stesso al diletto padre, ed a ciò che avrebbe sofferto se avesse potuto prevedere le strane e penose di lei avventure. Con qual cura si sarebbe guardato dall'affidare la sua figlia orfana ad una donna tanto debole come la signora Montoni! La sua posizione attuale sembravale così romanzesca, che, rammentandosi la calma e serenità de' primi anni, si credeva quasi vittima di qualche sogno spaventoso, o di un'immaginazione delirante. La riservatezza impostale dalla presenza delle guide, cambiò il suo terrore in cupa disperazione. La prospettiva spaventevole di ciò che poteva accaderle in seguito la rendeva quasi indifferente ai pericoli che la circondavano. La notte era già tanto avanzata, che i viaggiatori vedevano appena la strada.

Dopo molte ore di penoso cammino, interrotto ben anco da una violenta burrasca, si trovarono fuori di quei boschi. Ad Emilia parve d'esser rinata, riflettendo che se quei due uomini avessero avuto ordine d'ucciderla, l'avrebbero certo eseguito nell'orrido deserto dond'erano usciti, e dove mai se ne sarebbe potuto trovare la traccia. Rianimata da questa riflessione, e dalla tranquillità delle sue guide, discese tacendo per un sentiero fatto solo per gli armenti, contemplando con interesse la sottoposta valle coronata a levante e a settentrione dagli Appennini; a ponente ed a mezzogiorno, la vista si estendeva per le belle pianure della Toscana.

«Il mare è là,» disse Bertrando, quasi avesse indovinato che Emilia esaminava quegli oggetti cui[88] il chiaro di luna le permetteva di scorgere; «desso sta ad occidente, benchè non possiamo distinguerlo.»

Emilia trovò subito una differenza di clima, molto più temperato di quello de' luoghi alpestri, poco prima attraversati. Il paese ora contrastava tanto colla grandezza spaventosa di quelli, ov'era stata confinata, e co' costumi di coloro che vi abitavano, che Emilia si credè trasportata nella sua cara valle di Guascogna. Stupiva come Montoni l'avesse mandata in quel delizioso paese, e non potea credere fosse stato scelto da lui per servir di teatro ad un delitto.

La fanciulla si arrischiò a chiedere se il luogo di loro destinazione fosse ancora molto distante. Ugo le rispose che non n'erano lontani. «A quel bosco di castagni in fondo alla valle,» diss'egli, «vicino al ruscello, dove specchiasi la luna. Non vedo l'ora di riposarmi là con un fiasco di vino buono ed una fetta di prosciutto.» Emilia esultò udendo che il suo viaggio stava per finire. In pochi momenti giunsero all'ingresso del bosco. Videro da lontano un lume:

avanzaronsi costeggiando il ruscello, ed arrivarono in breve ad una capanna. Bertrando battè forte. Un uomo si affacciò ad una finestrella, ed avendolo riconosciuto, scese immediatamente ad aprir la porta. L'abitazione era rustica, ma decente; costui ordinò alla moglie di portar qualche rinfresco ai viaggiatori, ed intanto parlò in disparte con Bertrando: Emilia l'osservò; era un contadino grande, ma non robusto, pallido, e di sguardi penetranti. Il di lui esteriore non annunziava un carattere capace d'ispirar fiducia, e non aveva modi che potessero conciliargli la benevolenza.

Ugo s'impazientiva, chiedeva da cena, e prendeva anche un fare autorevole, che non sembrava ammettere replica. «Vi aspettava un'ora fa,» disse il contadino, «avendo già ricevuto una lettera del signor Montoni.[89]

— Fate presto, per carità, abbiamo fame; e sopratutto portate tanto vino.» Il contadino ammannì loro immediatamente lardo, vino, fichi, pane ed uva squisita. Dopo che Emilia si fu alquanto rifocillata, la moglie del contadino le indicò la sua camera. La fanciulla le fece alcune interrogazioni intorno a Montoni: Dorina, così chiamavasi la donna, rispose con molta riservatezza, pretendendo ignorare le intenzioni di sua eccellenza. Convinta allora che non avrebbe ricevuto alcuno schiarimento sul nuovo suo destino, la licenziò, e coricossi; ma le scene maravigliose accadute, tutte quelle che prevedeva, si presentarono a un tempo alla di lei inquieta immaginazione, e concorsero col sentimento della nuova situazione a privarla d'ogni sonno.

CAPITOLO XXXII

Quando, allo spuntar del giorno, Emilia aprì la finestra, restò sorpresa contemplando le bellezze che la circondavano. La casa era ombreggiata da castagni, misti a cipressi e larici. A settentrione e a levante gli Appennini, coperti di boschi, formavano un anfiteatro superbo e maestoso. Le loro falde verdeggiavano di vigne e di oliveti. Le ville elegantissime della nobiltà toscana, sparse qua e là sui colli, formavano una vista sorprendente. L'uva pendeva a festoni dai rami dei pioppi e dei gelsi. Prati immensi costeggiavano il ruscello che scendeva dalle montagne; a ponente ed a mezzogiorno, si scorgeva il mare a gran distanza. La casa era esposta a mezzogiorno, e circondata da fichi, gelsomini e viti dai rubicondi grappoli, che pendevano intorno alle finestre: il praticello innanzi alla casa era smaltato di fiori e d'erbe odorifere. Quel luogo era per Emilia un boschetto incantato, la cui vaghezza comunicò successivamente al di lei spirito la calma, che non aveva gustata da tanto tempo.[90]

Fu chiamata all'ora della colazione dalla figlia del contadino, fanciulla di fisonomia interessante, dell'età di circa diciassette anni. Emilia vide con piacere che parea animata dalle più pure affezioni della natura: tutti quelli che la circondavano, annunziavano più o meno cattive disposizioni: crudeltà, malizia, ferocia e doppiezza; quest'ultimo carattere distingueva specialmente la fisonomia di Dorina e di suo marito. Maddalena parlava poco, ma con voce soave ed un'aria modesta e compiacente che interessarono Emilia. Le donne fecero colazione in casa mentre Ugo, Bertrando ed il loro ospite mangiavano sul prato prosciutto e formaggio, inaffiati di vini toscani. Appena ebbero finito, Ugo andò in fretta a cercare la sua mula. Emilia seppe allora ch'egli doveva tornare ad Udolfo, mentre Bertrando sarebbe rimasto alla capanna.

Quando Ugo fu partito, Emilia propose una passeggiata nel bosco; ma essendole stato detto che non poteva uscire se non in compagnia di Bertrando stimò meglio ritirarsi nella sua stanza.

Preferendo la solitudine alla società di quello scellerato e de' suoi ospiti, Emilia pranzò in camera, e Maddalena ebbe il permesso di servirla. La di lei conversazione ingenua le fece conoscere che i contadini abitavano da molto tempo in quella casa, la quale era un regalo di Montoni in ricompensa d'un servizio resogli da Marco, stretto parente del vecchio Carlo. «Sono così tanti anni, signora,» disse Maddalena, «ch'io ne so pochissimo; ma sicuramente mio padre deve aver fatto del gran bene a sua eccellenza, perchè la mamma ha detto spessissimo, che questa casa era il menomo regalo che potesse fargli.»

Emilia ascoltava con pena questo racconto, che dava un colore poco favorevole al carattere di Marco. Un servizio che Montoni ricompensava così, non poteva essere che delittuoso; e si convinceva sempre[91] più di non essere stata mandata in quel luogo se non per un colpo disperato.

«Sapete voi quanto tempo sarà,» disse Emilia, pensando all'epoca in cui la signora Laurentini era sparita dal castello, «sapete voi quanto tempo sia che vostro padre ha reso al signor Montoni il servizio di cui mi parlate?

— Fu un po' prima che venisse ad abitare in questa casa; saranno circa diciotto anni.»

Era l'epoca in cui si diceva presso a poco che fosse sparita la signora Laurentini. Venne in mente ad Emilia che Marco avesse potuto servir Montoni in quell'affare misterioso, secondando forse un omicidio. L'orribile pensiero la piombò in angosciose riflessioni. Restò sola fino a sera, vide tramontare il sole, ed al momento del crepuscolo le sue idee furono tutte occupate di Valancourt. Riunì le circostanze relative alla musica notturna, e tutto ciò che appoggiava le sue congetture sulla di lui prigionia nel castello, e si confermò nell'opinione di averne udita la voce. Stanca d'affannarsi, si gettò finalmente sul letto, e cedè al sonno. Un colpo battuto all'uscio non tardò a svegliarla. L'immagine di Bertrando con uno stile alla mano, si presentò alla di lei immaginazione alterata. Domandò chi fosse. «Son io, signorina, aprite, non abbiate timore, sono la Lena.

— Che cosa vi adduce sì tardi?» disse Emilia facendola entrare.

— Zitto, signora, per l'amor del cielo, non facciamo rumore. Se ci sentissero, non me la perdonerebbero. Mio padre, mia madre e Bertrando dormono,» soggiuns'ella chiudendo la porta. «Siccome voi non avete cenato, vi ho portato uva, fichi, pane ed un bicchier di vino.» Emilia la ringraziò, ma le fece conoscere che si esponeva al risentimento di Dorina, quando si fosse accorta della mancanza dei frutti. «Riprendeteli, Lena,» le disse, «io soffrirò[92] meno a non mangiare, che se sapessi doveste domani esserne sgridata da vostra madre.

— Oh! signora! non v'è pericolo,» soggiunse la Lena; «mia madre non può accorgersi di nulla, poichè è la mia parte di cena; mi fareste dispiacere ricusando.» Emilia fu talmente intenerita della generosità della buona fanciulla, che le vennero le lagrime agli occhi. «Non v'affliggete,» le disse la Lena; «mia madre è un po' viva, ma le passa presto. Non vi accorate dunque. Ella mi sgrida spesso, ma io ho imparato a soffrirla; e se mi riesce di scappare nel bosco, quando ha finito, mi scordo di tutto.»

Emilia sorrise, malgrado le sue lagrime, disse a Lena che aveva un ottimo cuore, ed accettò il dono. Desiderava molto sapere se Bertrando, Dorina e Marco avessero parlato di Montoni e dei suoi ordini in presenza di Maddalena; ma non volle sedurre l'innocente fanciulla, facendole tradire i discorsi de' suoi genitori. Quando se ne andò, Emilia la pregò di venire a trovarla più spesso che poteva, senza però mancare ai doveri di figlia; Lena lo promise, ed augurolle la buona notte.

Emilia per alcuni giorni non uscì mai di camera, e la Lena veniva a trovarla solo nel tempo de' pasti. La sua dolce fisonomia e le sue maniere interessanti consolavano la solitaria nostra eroina. In quest'intervallo il di lei spirito, non avendo ricevuta alcuna nuova scossa di dolore o di timore, potè giovarsi del divertimento della lettura. Ritrovò alcuni abbozzi, carta e matite, e si sentì disposta a ricrearsi disegnando qualche parte della magnifica prospettiva che aveva sott'occhio.

La sera d'un dì che faceva gran caldo, Emilia volle provarsi a fare una passeggiata, benchè Bertrando dovesse accompagnarla. Prese la Lena ed uscì seguita dallo scherano, che la lasciò padrona di scegliere la strada. Il tempo era sereno e fresco:[93] Emilia ammirava con entusiasmo quella bella contrada.

Il sole all'occaso dorava ancora la cima degli alberi e le vette più alte. Emilia seguì il corso del ruscello lungo gli alberi che lo costeggiavano. Sulla riva opposta alcune bianche pecorelle spiccavano fra il verde. D'improvviso, udì un coro di voci. Si ferma, ascolta attenta, ma teme di farsi vedere. Fu la prima volta che riguardò Bertrando come il suo protettore; ei la seguiva davvicino discorrendo con un pastore. Rassicurata da questa certezza, si avanza dietro una collinetta; la musica cessò, e di lì a poco sentì una voce di donna che cantava sola. Emilia, raddoppiando il passo, girò dietro la collina, e vide un praticello coronato da alberi altissimi. Vi osservò due gruppi di contadini che stavano intorno ad una giovinetta, la quale cantava, tenendo in mano una ghirlanda di fiori.

Finita la canzone, alcune pastorelle si avvicinarono ad Emilia ed alla Lena, le fecero sedere in mezzo a loro, e le presentarono uva e fichi. Quella placida scena campestre la commosse oltremodo, e quando tornò a casa, si sentì lo spirito più calmato.

Dopo quella sera passeggiò spesso in compagnia della Lena, ma sempre colla scorta di Bertrando. La tranquillità in cui viveva, le faceva credere che non si avessero cattivi disegni su di lei; e senza l'idea probabile che Valancourt in quel momento fosse prigioniero nel castello, avrebbe preferito di restare colà fino all'epoca del suo ritorno in patria. Riflettendo però ai motivi che potevano aver deciso Montoni a farla passare in Toscana, la sua inquietudine non diminuiva, non essendo persuasa che il solo interesse della di lei sicurezza l'avesse deciso a condursi in questa guisa.

Emilia passò qualche tempo nella capanna prima di ricordarsi che, nella precipitosa partenza, aveva lasciato ad Udolfo le carte della zia relative ai beni[94] della Linguadoca. Ciò le fece pena, ma poi sperò che il nascondiglio sarebbe sfuggito alle ricerche di Montoni.

CAPITOLO XXXIII

Torniamo un momento a Venezia, dove il conte Morano geme sotto il peso di nuove sciagure. Appena giunto quivi, era stato arrestato per ordine del Senato, e messo in una segreta così rigorosa, che tutti gli sforzi degli amici non riuscirono a saperne notizia. Egli non avea potuto indovinare a qual nemico dovesse la sua prigionia, a meno che non fosse Montoni, sul quale appunto fissavansi i suoi sospetti.

Essi erano non solo probabili, ma anche fondati. Nella faccenda della coppa avvelenata, Montoni avea sospettato Morano; ma, non potendo acquistar il grado di prova necessaria alla convinzione del delitto, ebbe ricorso ad altri modi di vendetta. Da una persona fidata fece gettare una lettera d'accusa nella *bocca del leone*, destinata a ricevere le denunzie segrete contro i cospiratori politici.

Il conte erasi attirato il rancore de' principali senatori; i modi altieri, la smodata ambizione faceanlo odiar dagli altri; non dovea dunque aspettarsi alcuna pietà da parte de' suoi nemici.

Montoni intanto faceva fronte ad altri pericoli.

Il suo castello era assediato da gente risoluta a vincere. La forza della piazza resistè al violento attacco, la guarnigione si difese strenuamente e la mancanza di viveri costrinse gli assalitori a sgomberare. Quando Montoni si vide di nuovo pacifico possessore d'Udolfo, impaziente di aver ancora Emilia in mano, mandò a cercarla. Costretta a partire, la fanciulla, diè un tenero addio alla dolce Lena. Risalendo l'Appennino, fissò un luogo sguardo di rammarico sulla deliziosa contrada che abbandonava;[95] ma il dolore che risentiva a dover tornare al teatro de' suoi patimenti, fu addolcito dalla probabile speranza di ritrovarvi Valancourt, benchè prigioniero.

Giunti a sera inoltrata, e senza tristi incontri, presso al castello, poterono scorgere al chiaro di luna i danni patiti dalle mura durante l'assedio. Anche i boschi avean sofferto: alberi atterrati, schiantati, spogli di frondi, bruciati, indicavano i furori della guerra.

Profondo silenzio era susseguito al tumulto delle armi. Alla porta, un soldato munito di lampada venne a riconoscere i viaggiatori, e li introdusse nel cortile. Emilia fu colta quasi da disperazione udendo rinchiudersi alle spalle quelle formidabili imposte che parevano separarla per sempre dal mondo.

Traversato il secondo cortile, trovaronsi alla porta del vestibolo; il soldato augurò loro la buona notte e tornò al suo posto. Intanto Emilia pensava al modo di ritirarsi nella sua antica stanza senza esser veduta, per paura d'incontrare sì tardi o Montoni o qualcuno della sua compagnia. L'allegria che regnava nel castello era allora talmente clamorosa, che Ugo batteva alla porta senza poter farsi intendere dalla servitù. Questa circostanza aumentò i timori di Emilia, e le lasciò il tempo di riflettere. Avrebbe forse potuto giugnere allo scalone, ma non poteva andare alla sua camera senza lume. Bertrando aveva appena una torcia, ed ella sapeva benissimo che i servi accompagnavano col lume solo fino alla porta, perchè il lampione sospeso alla vôlta illuminava sufficentemente il vestibolo.

Carlo aprì alfine la porta: Emilia lo pregò di mandar subito Annetta con un lume nella galleria grande dove andava ad aspettarla, e, salita la scala, sedette sull'ultimo gradino. Il buio della galleria la dissuase dall'entrarvi. Mentre stava attenta per sentire se venisse Annetta, sentì Montoni ed i suoi[96] compagni, che, parlando tumultuosamente con gente ebbra, si dirigevano a passi barcollanti verso la scala. Obliando la paura, entrò colle braccia avanti nella galleria, sempre attenta alle voci che udiva dabbasso, e tra le quali distinse quelle di Bertolini e Verrezzi. Dalle poche parole che potè intendere, capì che si parlava di lei: ciascuno reclamava qualche antica promessa di Montoni. Dopo aver alcun poco altercato, sentì venir su gente, e si slanciò nella galleria colla rapidità del lampo. Percorse così alla ventura parecchi di que' vetusti anditi; finalmente riescì in uno d'essi in fondo al quale le parve vedere un filo di luce.

Mentre dirigevasi colà, scorse venirle incontro

Verrezzi barcollante. Per cansarlo, si gettò in una porta che trovò a sinistra, sperando di non essere stata veduta; poco dopo, socchiuse l'uscio per cercar d'andarsene, quando un lume spuntò in fondo a quel corridoio, e riconobbe Annetta; le corse incontro, e questa, vedendola, le si buttò al collo con un grido. Emilia potè farle comprendere il suo pericolo, e recaronsi ambedue nella camera di Annetta alquanto distante. Alcun timore però non valse a farla tacere. «Oh! mia cara padrona,» diceva essa camminando, «quanta paura ho avuto! Ah! ho creduto di morire mille volte, e non sapeva se sarei sopravvissuta al fragor dei cannoni per potervi rivedere. Non ho mai provato in vita mia un contento maggiore quanto adesso che vi ritrovo.

— Zitto!» diceva Emilia; «siamo inseguite!»

Ma era l'eco de' loro passi.

«No,» disse Annetta, «hanno chiusa una porta.

— Facciamo silenzio per carità, e non parliamo più, finchè non siamo giunte alla tua camera.» Vi arrivarono finalmente senza sinistri incontri. La cameriera aprì, e Emilia si mise a sedere sul letto per riposarsi alquanto. La sua prima domanda fa se Valancourt era prigioniero. Annetta le rispose[97] non poter dirglielo con precisione, ma esser certa ch'eranvi molti prigionieri nel castello. Poscia cominciò a sua guisa a fare la descrizione dell'assedio, o piuttosto il dettaglio di tutte le paure sofferte durante l'attacco. «Ma,» soggiuns'ella, «quando intesi sulle mura i gridi di vittoria, credei che noi fossimo stati presi, e mi tenni perduta; in vece avevamo scacciati i nemici. Andai nella galleria settentrionale, e vidi un gran numero di fuggitivi sulle montagne. Del resto poi si può dire che i bastioni sono in rovina. Facea spavento il vedere nel bosco sottoposto tanti morti, ammucchiati l'un sopra l'altro!... Durante l'assedio, il signor Montoni correa qua, là, era da per tutto, a quanto mi disse Lodovico. Per me, egli non mi lasciava veder nulla. Mi chiudeva in una stanza nel centro del castello, mi portava da mangiare, e veniva a trovarmi più spesso che poteva. Debbo confessare che, senza Lodovico, sarei morta, sicuramente.

— E come vanno le cose dopo l'assedio?

— V'è un fracasso terribile,» rispose Annetta; «i signori non fanno altro che mangiare, bere e giuocare. Stanno a tavola tutta notte e giuocano tra loro le belle e ricche cose, che hanno preso quando andavano al saccheggio od a qualcosa di simile. Hanno alterchi vivissimi sulla perdita e sul guadagno; il signor Verrezzi perde sempre, a quanto si dice: Orsino guadagna, e sono sempre in lite. Tutte quelle belle signore sono ancora qui, e vi confesso che mi fanno ribrezzo quando le incontro.

— Sicuramente,» disse Emilia sussultando, «odo rumore, ascolta.

— Oibò! è il vento. Lo sento spesso quando soffia più forte del solito, e scuote le porte della galleria. Ma perchè non volete coricarvi? credo non vorrete restar così tutta notte.»

Emilia si stese sul letto pregandola di lasciare il lume acceso. Annetta si coricò accanto a lei; ma[98] la fanciulla non poteva dormire, e le pareva sempre d'intendere qualche rumore. Mentre Annetta cercava persuaderla ch'era il vento, udirono rumor di passi vicino all'uscio. La cameriera voleva scendere dal letto, ma Emilia la trattenne; si bussò leggermente, e si chiamò Annetta sottovoce.

«Per l'amor del cielo, non rispondere,» disse Emilia, «sta quieta. Faremmo bene a spegnere il lume, che potrebbe tradirci.

— Madonna!» sclamò la cameriera; «non resterei al buio adesso per tutto l'oro del mondo.» Mentre parlava fu ripetuto più forte il nome di Annetta. «Ah! è Lodovico,» gridò essa allora, e si alzava per aprir la porta; ma Emilia ne la impedì volendo prima assicurarsi se era solo. Annetta gli parlò qualche tempo, ed egli le disse che, avendola lasciata uscire per andare a trovar la padroncina, veniva a rinchiuderla di nuovo. Questa temendo di essere sorpresa se continuavano a parlare in quel modo, acconsentì a lasciarlo entrare. La fisonomia franca e buona del giovane rassicurò Emilia, la quale implorò il di lui soccorso, se Verrezzi lo avesse reso necessario. Lodovico promise di passar la notte in una camera attigua per difenderla da qualunque insulto, e, acceso un lume, se ne andò al suo posto.

Emilia avrebbe desiderato riposare, ma troppi interessi occupavano la sua mente: si vedeva in un luogo divenuto soggiorno del vizio e della violenza, fuori della protezione delle leggi, in potere d'un uomo instancabile nella persecuzione e nella vendetta; e riconobbe che resistere più a lungo alla di lui prepotenza sarebbe stata follia. Abbandonò pertanto la speranza di vivere agiatamente con Valancourt, e decise di ceder tutto a Montoni la mattina seguente, purchè le permettesse di tornarsene tosto in Francia. Queste riflessioni la tennero svegliata tutta notte.[99]

Appena fu giorno, Emilia ebbe un lungo colloquio con Lodovico, il quale le raccontò varie circostanze relative al castello, e le diè alcune notizie sui progetti di Montoni, che accrebbero i suoi fondati timori. Gli dimostrò gran sorpresa perchè, sembrando così commosso dalla di lei trista situazione in quel castello non pensasse d'andarsene. Ei l'assicurò non essere sua intenzione di restarvi, ed allora essa rischiò a domandargli se volesse assecondare la sua fuga. Lodovico l'accertò ch'era dispostissimo a tentarla, ma le rappresentò tutte le difficoltà dell'impresa, giacchè la di lui perdita sarebbe stata certa, se Montoni li raggiungesse prima d'esser fuori de' monti. Promise nulladimeno di cercarne con premura l'occasione, e di occuparsi d'un piano di fuga. Emilia gli confidò allora il nome di Valancourt, pregandolo d'informarsi se fosse nel numero dei prigionieri. La debole speranza che le rinacque da questo colloquio, dissuase Emilia dal trattare immediatamente con Montoni; risolse, s'era possibile, di ritardare a parlargli fin quando avesse saputo qualcosa da Lodovico, e di non far la cessione se non quando le fosse riuscito impossibile ogni mezzo di fuggire. Mentre fantasticava così, Montoni rinvenuto dall'ubbriachezza, la mandò a chiamare; essa obbedì, e lo trovò solo, «Ho saputo,» diss'egli, «che non passaste la notte nella vostra camera; dove siete stata?» Emilia gli dettagliò le circostanze che ne l'aveano impedita, e le chiese la sua protezione per l'avvenire. «Voi conoscete i patti della mia protezione,» diss'egli; «se realmente ne fate caso, procurate di meritarvela.»

Quella dichiarazione precisa, che non l'avrebbe protetta se non condizionatamente, durante la sua cattività nel castello, convinse Emilia della necessità di arrendersi; ma prima gli domandò se le avrebbe permesso di partire immediatamente dopo aver firmata la cessione; egli le ne fece solenne[100] promessa, e le presentò la carta, colla quale essa gli trasferiva tutti i suoi diritti.

Fu per qualche tempo incapace di firmare, avendo il cuore lacerato da opposti affetti; stava per rinunziare alla felicità della sua vita, e alla speranza che l'avea sostenuta in un sì lungo corso di avversità.

Montoni le ripetè i patti della sua obbedienza, osservandole che tutti i momenti erano preziosi. Essa prese la penna e firmò la cessione. Appena ebbe finito, lo pregò di ordinare la sua partenza e di lasciarle condur seco Annetta. Montoni allora si mise a ridere. «Era necessario ingannarvi,» diss'egli; «era l'unico mezzo per farvi agire ragionevolmente: voi partirete ma non adesso. Bisogna prima ch'io prenda possesso di quei beni; quando ciò sarà fatto, potrete tornarvene in Francia.»

La fredda scelleratezza colla quale ei violava il solenne impegno da lui preso, ridusse Emilia alla disperazione, conoscendo che il suo sacrifizio non le avrebbe giovato a nulla, e sarebbe rimasta prigioniera: non sapeva trovar parole per esprimere i suoi sentimenti, e capiva bene che ogni osservazione sarebbe stata infruttuosa; guardò Montoni con aria supplichevole, ma egli volse il capo, e la pregò di ritirarsi. Incapace di fare neppure un passo, ella si abbandonò sopra una sedia, sospirando affannosamente senza poter piangere, nè parlare.

«Perchè abbandonarvi a questo inopportuno dolore?» le disse Montoni; «sforzatevi di sopportare coraggiosamente ciò che ora non potete evitare. Non avete da lagnarvi di verun affanno reale; abbiate pazienza, e sarete rimandata in Francia. Intanto tornate alla vostra stanza.

— Non oso, signore,» rispose Emilia, «andare in un luogo ove può introdursi il signor Verrezzi. — Non vi ho io promesso di proteggervi?» disse Montoni. — Promesso!» ribattè Emilia titubando. — La[101] mia promessa dunque non basta?» riprese egli severamente. — Rammentatevi della vostra prima promessa,» disse Emilia tremando, «e giudicherete voi stesso qual caso io debba fare delle altre. — Guardatevi dal farmi ritrattare le mie parole. Ritiratevi, voi non avete nulla da temere nel vostro appartamento.»

Emilia ritirossi a passi lenti, e quando fu giunta

nella sua camera, esaminò attentamente se vi fosse nascosto qualcuno, chiuse la porta, e si mise a sedere vicino alla finestra. La misera avrebbe forse perduta la ragione, se non avesse lottato fortemente contro il peso delle sue sciagure. Invano sforzavasi di credere che Montoni l'avrebbe realmente rimandata in Francia, tostochè si fosse assicurato de' suoi beni, e che intanto l'avrebbe guarentita dagl'insulti. La sua speranza principale però era riposta in Lodovico; nè dubitava del suo zelo, malgrado la poca fiducia di lui stesso nella progettata evasione.

Questa trista giornata la trascorse come tante altre nella propria camera. Calò la notte, ed Emilia sarebbesi ritirata nella stanza di Annetta se un interesse più forte non l'avesse trattenuta: voleva attendere all'ora consueta il ritorno della musica, la quale, se non potea assicurarla positivamente della presenza di Valancourt nel castello, valea a confermarla nella sua idea e procurarle una consolazione sì necessaria nel suo attuale abbattimento.

La notte era burrascosa: il vento soffiava veemente; le ore passarono: Emilia udì appostar le sentinelle. Di lì a poco, una fioca melodia traversò l'aere; riconobbe il suono di un liuto accompagnato da' queruli accenti d'un uomo. Essa ascoltava sperando e temendo; ritrovò la dolcezza armoniosa della voce e del liuto, che già conosceva. Convinta che la musica partiva da una delle stanze sottoposte, si sporse in fuori per iscoprire alcun lume, ma indarno. Chiamò anche sottovoce, ma il vento impedì[102] senza dubbio di udirla; la musica continuava. D'improvviso, udì battere all'uscio della camera, ed avendo riconosciuto la voce di Annetta, le aprì, invitandola ad avvicinarsi pian piano alla finestra per ascoltare.

«Gran Dio!» sclamò Annetta; «io conosco questa canzone: essa è francese, ed una delle ariette favorite del mio caro paese... È un nostro compatriota che canta e dev'essere il signor Valancourt. — Piano, Annetta,» disse Emilia, «non parlar sì forte; potremmo essere intese. — Da chi? dal cavaliere? — No, ma qualcuno potrebbe tradirci. Perchè credi tu sia Valancourt quello che canta? Ma zitto: la voce diventa più forte. La riconosci? — Signorina,» rispose Annetta, «io non ho mai udito cantare il cavaliere.» Ad Emilia spiacque assai che l'unico motivo di Annetta per credere ch'era Valancourt, fosse che il cantore era Francese. Poco dopo udì la romanza intesa alla peschiera, e il di lei nome fu ripetuto così spesso, che Annetta gridò ad alta voce: «Signor Valancourt! signor Valancourt!» Emilia tentò trattenerla, ma essa gridava sempre più forte; la musica cessò, e nessuno rispose. «Non importa, signora Emilia,» disse la ragazza; «è il cavaliere senz'altro, ed io voglio parlargli. — No, no, Annetta; voglio parlargli io stessa. Se è lui, riconoscerà la mia voce, e risponderà. Chi è,» gridò ella, «che canta così tardi?» Susseguì un lungo silenzio. Ripetè la domanda, ed intese fievoli accenti, i quali parevano venir sì da lontano, che non potè distinguer nessuna parola. Allora credè che l'incognito fosse Valancourt senz'altro, giacchè aveva risposto alla sua voce, e lusingandosi che l'avesse riconosciuta, si abbandonò a trasporti di gioia. Annetta intanto continuava a chiamare. Emilia, temendo allora di esser tradita nelle sue ricerche, la fece tacere, riservandosi ad interrogare Lodovico la mattina seguente.[103]

Stettero ambedue qualche tempo alla finestra, ma tutto rimase tranquillo. Emilia, giubilante, camminava a gran passi per la camera, chiamando sottovoce Valancourt, e tornava quindi alla finestra, dove non udiva altro che il mormorio del vento tra le frondi. Annetta mostravasi impaziente quanto lei; ma la prudenza le decise infine a chiudere la finestra, ed andarsene a letto.

CAPITOLO XXXIV

Passarono alcuni giorni nell'incertezza. Lodovico aveva potuto sapere solamente che c'era un prigioniero nel luogo indicato da Emilia, un Francese, stato preso in una scaramuccia. Nell'intervallo, Emilia sfuggì alle persecuzioni di Verrezzi e Bertolini, confinandosi nella sua camera. Talvolta passeggiava la sera nel corridoio. Montoni pareva rispettar l'ultima sua promessa, sebbene avesse violata la prima; ed ella non poteva attribuire il suo riposo che al favore della di lui protezione. Erane allora così persuasa, che non desiderava partire dal castello se non dopo aver ottenuto qualche certezza a proposito di Valancourt. L'aspettava adunque, senza che ciò le costasse verun sacrifizio, non essendosi presentata fin allora nessuna occasione propizia di fuggire.

Finalmente, Lodovico venne ad avvertirla che sperava di vedere il prigioniero, dovendo questi avere per guardia la notte seguente un soldato di cui erasi fatto amico. La di lui speranza non fu vana, giacchè potè entrare nella prigione col pretesto di portargli acqua. La prudenza però gl'impose di non confidare alla sentinella il vero motivo di quella visita, che fu molto breve.

Emilia stette impaziente ad aspettarne il risultato; infine vide ricomparire il giovano con Annetta. «Il prigioniero, signorina,» diss'egli, «non ha voluto[104] confidarmi il suo nome. Quando pronunziai il vostro, si mostrò meno sorpreso di quel ch'io m'immaginassi.

— Come sta egli? Dev'essere molto abbattuto dopo una sì lunga prigionia... — Oh no! mi parve che stesse bene, quantunque non glie l'abbia domandato. — Non vi ha consegnato nulla per me?» disse Emilia. — Mi ha dato questo, dicendo che vi avrebbe scritto se avesse avuto l'occorrente. Prendete.» E le consegnò una miniatura. Emilia riconobbe il suo proprio ritratto, lo stesso che aveva perduto sua madre in modo così singolare alla peschiera della valle. Pianse allora di gioia e tenerezza, e Lodovico continuò: «Mi ha scongiurato a procurargli un abboccamento con voi. Gli rappresentai quanto mi paresse difficile farvi acconsentire il suo custode; mi rispose ciò esser più facile che non immaginassi, e che se ne gli avessi portata la vostra risposta, si sarebbe spiegato meglio. — Quando potrete rivedere il cavaliere, ditegli che acconsento a vederlo. — Ma quando, signora, in qual luogo? — Ciò dipenderà dalle circostanze; desse fisseranno l'ora ed il luogo.»

Il giovane le augurò la buona notte, e se ne andò.

Passò una settimana prima che Lodovico potesse rientrare nella prigione. Nell'intervallo, comunicò ad Emilia rapporti spaventosi di quanto accadeva nel castello: il di lei nome era spesso pronunziato ne' discorsi di Bertolini e Verrezzi, e diveniva sempre soggetto di alterchi. Montoni aveva perduto al giuoco somme enormi con Verrezzi, e c'era tutta la probabilità che gliela destinasse in isposa per isdebitarsi, ad onta dell'opposizione di Bertolini. A tai notizie, la meschina scongiurava Lodovico a riveder tosto il prigioniero, ed a favorire la loro fuga.

Finalmente Lodovico le disse d'aver riveduto il cavaliere, il quale avealo indotto a fidar nel carceriere,[105] di cui aveva già esperimentata la condiscendenza, e che avevagli promesso di uscire per mezz'ora la notte seguente, quando Montoni ed i suoi compagni stessero gozzovigliando. «È una bella cosa per certo,» soggiunse il giovane; «ma Sebastiano sa bene che non corre alcun rischio, lasciando uscire il prigioniero, poichè se potrà scappare dalle porte di ferro sarà molto destro. Il cavaliere mi manda da voi, o signora, per supplicarvi in nome suo di permettergli che vi veda stanotte, quando pur fosse per un momento solo, non potendo più vivere sotto il medesimo tetto senza vedervi; circa all'ora, non può precisarla, giacchè dipende dalle circostanze, come voi diceste, e vi prega di scegliere il luogo che crederete il più sicuro.»

Emilia era sì agitata dalla prossima speranza di rivedere Valancourt, che passarono alcuni minuti prima di poter rispondere. Finalmente, non seppe indicare un luogo più sicuro del corridoio. Fu dunque stabilito che il cavaliere sarebbe venuto quella notte nel corridoio, e che Lodovico avrebbe pensato a scegliere l'ora. Emilia, come può credersi, passò quest'intervallo in un tumulto di speranza, di gioia e d'ansiosa impazienza. Dopo il suo arrivo al castello non aveva mai osservato con tanto piacere il tramonto del sole. Contava le ore, e le parea che il tempo non passasse mai.

Finalmente suonò mezzanotte. Aprì la porta del corridoio per ascoltare se vi fosse rumore nel castello, e udì solo l'eco delle risa smoderate che partivano dalla sala grande. S'immaginò che Montoni ed i suoi ospiti fossero a tavola. «Essi sono occupati per tutta la notte,» disse fra sè, «e Valancourt sarà presto qui.» Chiuse la porta, e passeggiò per la camera coll'agitazione dell'impazienza. Si affacciava alla finestra, lusingandosi di sentir suonare il liuto; ma tutto era silenzio, e la sua[106] emozione cresceva. Annetta, che aveva fatto restare in sua compagnia, ciarlava secondo il solito; ma Emilia non intendeva sillaba de' suoi discorsi. Tornando alla finestra, sentì alfine la solita voce cantare accompagnata dal liuto. Non potè astenersi dal piangere per la tenerezza. Finita la romanza, Emilia la considerò come un segnale che le indicasse l'uscita di Valancourt. Poco dopo udì camminare nel corridoio, aprì la porta, corse incontro all'amante, e si trovò fra le braccia d'un uomo che non aveva mai veduto. La faccia ed il suono della voce dell'incognito la disingannarono sul momento, e svenne.

Allorchè risensò, trovossi sostenuta da quest'uomo, il quale la considerava con viva espressione di tenerezza e d'inquietudine. Non ebbe la forza per interrogare, nè per rispondere: proruppe in dirotto pianto, e si sciolse dalle di lui braccia.

L'incognito impallidì. Sorpreso, guardava Lodovico come per domandargli qualche schiarimento; ma Annetta gli spiegò il mistero che non intendeva neppur Lodovico. «Signore,» gridò ella singhiozzando, «voi non siete l'altro cavaliere. Noi aspettavamo il signor Valancourt, e non siete voi quello. Ah! Lodovico, come avete potuto ingannarci così? la mia povera padrona se ne risentirà per molto tempo.» L'incognito, il quale pareva agitatissimo, voleva parlare, ma gli spirarono le parole sul labbro, e battendosi colla mano la fronte, come preso da improvvisa disperazione, si ritirò dalla parte opposta del corridoio.

Annetta si terse le lagrime, e disse a Lodovico: «Può darsi che l'altro cavaliere, cioè il signor Valancourt, sia tuttora dabbasso.» Emilia alzò la testa. «No,» replicò Lodovico, «il signor Valancourt non c'è stato mai, se questo cavaliere non è lui. Se aveste avuta la bontà di confidarmi il vostro nome, signore,» diss'egli all'incognito, «quest'equivoco[107] non avrebbe avuto luogo. — È verissimo,» rispos'egli in cattivo italiano; «ma m'importava molto che Montoni lo ignorasse. Signora,» soggiunse quindi, volgendosi in francese a Emilia, «permettetemi due parole. Soffrite che spieghi a voi sola il mio nome e le circostanze che m'indussero nell'errore. Io sono vostro compatriotta, e ci troviamo ambidue in una terra straniera.»

Emilia procurò di calmarsi, ed esitava ad accordargli la sua domanda; in fine, pregò Lodovico di andar ad aspettarla in fondo al corridoio, trattenne Annetta, e disse all'incognito che quella fanciulla intendendo pochissimo l'italiano, ei poteva favellarle in questa lingua. Si ritirarono in un angolo, e l'incognito le disse, dopo un lungo sospiro: «Signora, la mia famiglia non dev'esservi ignota. Io mi chiamo Dupont; i miei parenti vivevano a qualche distanza dal vostro castello della valle, ed io ebbi la fortuna d'incontrarvi qualche volta, visitando il vicinato. Non vi offenderò certo ripetendovi quanto sapeste interessarmi, quanto mi compiaceva di errare nei luoghi che voi frequentavate, quante volte ho visitato la vostra peschiera favorita, e quanto gemeva allora delle circostanze che m'impedivano di dichiararvi la mia passione! Non vi spiegherò come potei cedere alla tentazione, ed in qual modo divenni possessore d'un tesoro inestimabile per me, che affidai, pochi giorni sono, al vostro messaggero, con una speranza ben diversa da quella che or mi resta. Non mi estenderò di più. Lasciate ch'io implori il vostro perdono, e circa a quel ritratto che restituii così male a proposito, la vostra generosità ne scuserà il furto, e vorrà rendermelo. Il mio delitto stesso è divenuto il mio castigo; e quel ritratto che involai alimentò una passione che dev'essere sempre il mio tormento.»

Emilia, interrompendolo, disse: «Lascio alla vostra coscienza, o signore, il decidere se, dopo tutto[108] quant'è accaduto a proposito del signor Valancourt, io debba rendervi il ritratto. Non sarebbe un'azione generosa: dovete convenirne voi stesso, e mi permetterete di aggiungere che mi fareste un'ingiuria insistendo per ottenerlo. Mi trovo onorata della favorevole opinione che concepiste di me; ma... l'equivoco di questa sera mi dispensa dal dirvi di più.

— Sì, signora, oimè! sì,» replicò Dupont; «accordatemi almeno di farvi conoscere il mio disinteresse, se non il mio amore. Accettate i servigi d'un amico, il quale, benchè prigioniero, giura di fare ogni tentativo per togliervi da quest'orribile soggiorno, e non mi negate la ricompensa d'aver tentato almeno di meritare la vostra gratitudine.

— Voi la meritate già, signore,» disse Emilia, «ed il voto che esprimete merita tutti i miei ringraziamenti. Scusatemi se vi rammento il pericolo a cui siamo esposti, prolungando questo abboccamento. Sarà per me una gran consolazione, sia che i vostri tentativi vadano a vuoto, od abbiano un esito felice, di avere un generoso compatriotta disposto a proteggermi.»

Dupont prese la mano di Emilia, che voleva ritirarla, e se l'appressò rispettosamente alle labbra.

«Permettetemi,» le disse, «di sospirare vivamente per la vostra felicità, e lodarmi d'una passione che m'è impossibile di vincere.» In quel punto Emilia udì rumore nella sua camera, e voltandosi da quella parte, vide un uomo il quale, precipitandosi nel corridoio brandendo uno stile, gridò: «v'insegnerò io a vincere questa passione!» E corse incontro a Dupont ch'era inerme. Questi scansò il colpo, si gettò su colui, nel quale Emilia riconobbe Verrezzi e lo disarmò. Durante la lotta, Emilia e Annetta corsero a chiamar Lodovico, ma era sparito. Tornando indietro, il rumore della lotta le fece sovvenire del pericolo. Annetta andò a cercar Lodovico; la fanciulla s'affrettò dove Dupont[109] e Verrezzi erano sempre alle prese, e li scongiurò a separarsi. Il primo finalmente gettò in terra l'avversario e ve lo lasciò sbalordito dalla caduta. Emilia lo pregò di fuggire, prima che comparisse Montoni, o qualcun altro: ei ricusò di lasciarla così senza difesa, e mentr'ella, più spaventata per lui che per sè medesima, raddoppiava le sue premurose istanze, udirono salire la scala segreta.

«Siete perduto,» diss'ella; «è la gente di Montoni.» Dupont non rispose, e sostenendo Emilia, che stentava a reggersi, aspettò di piè fermo gli avversari. Poco dopo entrò Lodovico solo, e gettando un'occhiata dappertutto: «Seguitemi,» disse loro, «se vi è cara la vita; non abbiamo un momento da perdere.»

Emilia domandò cosa fosse accaduto, e dove convenisse andare.

«Non ho tempo di dirvelo,» rispose Lodovico. «Fuggite, fuggite.»

Essa lo seguì all'istante, sostenuta da Dupont. Scesero la scala, e mentre traversavano un andito segreto, si ricordò di Annetta, e chiese dove fosse, «Ci aspetta,» le rispose Lodovico sottovoce. «Poco fa furono aperte le porte per un distaccamento che arriva, e temo che vengano chiuse nuovamente, prima che noi vi giungiamo.» Emilia tremava sempre più dopo aver saputo che la sua fuga dipendeva da un solo istante. Dupont le dava braccio, e procurava, camminando, di rianimare il suo coraggio.

Lodovico aprì un'altra porta, dietro la quale trovarono Annetta, e scesero alcuni gradini. Il giovane disse che quel passaggio conduceva al secondo cortile, e comunicava col primo. A misura che si avanzavano, un tumulto confuso, che pareva venire dal secondo cortile, spaventò Emilia.

«Non temete, signora,» disse Lodovico, «la nostra sola speranza è riposta in questo tumulto: mentre la gente del castello è occupata di quelli[110] che giungono, potremo forse uscir dalle porte inosservati. Ma zitto,» soggiunse avvicinandosi ad una porticella che metteva sul primo cortile; «restate qui un momento: io vado a vedere se le porte sono aperte, e se c'è qualcuno per via. Vi prego, signore, di spegnere il lume se mi sentirete parlare,» aggiunse consegnando la lampada a Dupont, «ed in tal caso restate in silenzio.»

Uscì, e chiuse la porta. «Noi saremo in breve fuori di queste mura,» disse Dupont a Emilia; «fatevi coraggio, e tutto andrà bene.»

Poco dopo udirono Lodovico parlar forte, e distinsero anche un'altra voce. Dupont spense subito il lume. «Gran Dio! È troppo tardi,» esclamò Emilia; «che sarà di noi?» Ascoltarono attenti, e si accorsero che Lodovico parlava colla sentinella. Il cane di Emilia, che l'aveva seguita, cominciò a latrare. Dupont lo prese in braccio per farlo tacere, e sentirono che il giovane diceva alla sentinella: «Intanto farò io la guardia per voi. — Aspettiamo un momento,» replicò la sentinella, «e non avrete questo incomodo. I cavalli devono esser mandati alle stalle vicine, si chiuderanno le porte, e potrò assentarmi per un minuto — Oibò! Per me non è un incomodo, caro camerata,» disse Lodovico; «farete a me lo stesso servizio un'altra volta. Andate, andate ad assaggiare quel vino, altrimenti la truppa arrivata lo berrà tutto, e non ve ne rimarrà più.»

Il soldato esitò, e chiamò nel secondo cortile, per sapere se i cavalli dovevano esser condotti fuori, e se potevano chiudersi le porte. Erano tutti troppo occupati per rispondergli, quand'anco l'avessero inteso.

«Sì, sì,» disse Lodovico, «non son così gonzi, si dividono tutto fra loro. Se aspettate quando partono i cavalli, troverete il vino bevuto tutto. Io ne ebbi la mia parte, ma giacchè non ne volete, andrò io in vece vostra.[111]

— Alto là, camerata,» soggiunse la sentinella, «prendete il mio posto per pochi minuti, che torno subito.»

E andossene correndo.

Lodovico, vedendosi in libertà, si affrettò di aprire la porta dell'andito. Emilia soccombea quasi all'ansietà cagionatagli dal lungo colloquio. Egli disse loro che il cortile era libero: lo seguirono senza perder tempo, e menarono seco due cavalli che trovarono isolati.

Usciti senza ostacolo dalle formidabili porte,

corsero ai boschi. Emilia, Dupont e Annetta erano a piedi; Lodovico sopra un cavallo, conduceva l'altro. Giunti nella selva, le due fanciulle salirono in groppa coi loro protettori. Lodovico serviva di guida, e fuggirono tanto presto quanto lo permetteva una strada rovinata, ed il fioco chiaror di luna traverso gli alberi.

Emilia era così stordita dall'inattesa partenza, che osava credere appena di essere sveglia: dubitava però molto che l'avventura potesse andar a finir bene, ed il dubbio era pur troppo ragionevole. Prima di uscire dal bosco udirono alte grida, e videro molti lumi nelle vicinanze del castello. Dupont spronò il cavallo, e con molta pena lo costrinse a correr più presto.

«Povera bestia,» disse Lodovico, «dev'essere ben stanca, essendo stata fuori tutto il giorno. Ma signore, andiamo da questa parte, perchè i lumi vengono per di qua.» E spronati i cavalli, si misero a galoppare. Dopo una lunga corsa, guardarono indietro: i lumi erano tanto lontani, che a mala pena potevano distinguersi; le grida avean fatto luogo a profondo silenzio. I viaggiatori allora moderarono il passo, e tennero consiglio sulla direzione da prendere. Decisero di andare in Toscana per guadagnare il Mediterraneo, e cercar d'imbarcarsi prontamente per la Francia. Dupont aveva[112] progettato di accompagnarvi Emilia, se avesse potuto sapere che il suo reggimento vi fosse tornato.

Erano allora sulla strada già percorsa da Emilia con Ugo e Bertrando. Lodovico, il solo di essi che conoscesse i tortuosi sentieri di que' monti, assicurò che a poca distanza ne avrebbero trovato uno pel quale sarebbesi potuto scender facilmente in Toscana, e che alle falde degli Appennini c'era una piccola città, dove avrebbero potuto procacciarsi le cose necessarie pel viaggio.

Emilia pensava a Valancourt ed alla Francia con gioia; ma intanto essa sola era l'oggetto delle riflessioni malinconiche di Dupont. L'affanno però ch'ei provava pel suo equivoco, veniva addolcito dal piacere di vederla, Annetta pensava alla lor fuga sorprendente, e al susurro che avrebber fatto Montoni ed i suoi. Tornata in patria, voleva sposare il suo liberatore per gratitudine e per inclinazione. Lodovico, per parte sua, si compiaceva di avere strappato Annetta ed Emilia al pericolo che le minacciava, lieto di fuggire egli stesso da quella gente che gli faceva orrore. Aveva resa la libertà a Dupont, e sperava di viver felice coll'oggetto del suo amore.

Occupati dai loro pensieri, i viaggiatori restarono in silenzio per più di un'ora, meno qualche domanda che faceva tratto tratto Dupont sulla direzione della strada, o qualche esclamazione di Annetta sugli oggetti che il crepuscolo lasciava vedere imperfettamente. Infine scorsero lumi alle falde di un monte, e Lodovico non dubitò più non fosse la desiata città. Soddisfatti di questa certezza, i suoi compagni si abbandonarono di nuovo ai loro pensieri; Annetta fu quindi la prima a parlare.

«Dio buono,» diss'ella, «dove troveremo noi denaro? So che nè la mia padrona, nè io non abbiamo un soldo. Il signor Montoni ci provvedeva egli!» L'osservazione produsse un esame che terminò[113] in un imbarazzo seriissimo. Dupont era stato spogliato di quasi tutti i suoi denari allorchè cadde prigioniero; il resto l'aveva regalato alla sentinella, che avevagli permesso di uscire dal carcere. Lodovico, che da molto tempo non poteva ottenere il pagamento del suo salario, aveva appena di che supplire al primo rinfresco nella città in cui dovean giungere.

La loro povertà li affliggeva tanto più, perchè poteva trattenerli in cammino, e, sebbene in una città, temevano sempre il potere di Montoni. I viaggiatori adunque non ebbero altro partito che quello di andare avanti a tentar la fortuna. Passarono per luoghi deserti; finalmente udirono da lontano i campanelli di un armento, e poco dopo il belato delle pecore, e riconobbero le tracce di qualche abitazione umana. I lumi veduti da Lodovico erano spariti da molto tempo, nascosti dagli alti monti. Rianimati da questa speranza, accelerarono il passo, e scopersero alfine una delle valli pastorali degli Appennini, fatta per dare l'idea della felice Arcadia. La sua freschezza e bella semplicità contrastavano maestosamente colle nevose montagne circostanti.

L'alba faceva biancheggiare l'orizzonte. A poca distanza, e sul fianco di un colle, i viaggiatori distinsero la città che cercavano, e vi giunsero in breve. Con molta difficoltà poterono trovarvi un asilo momentaneo. Emilia domandò di non fermarsi più del tempo strettamente necessario per rinfrescare i cavalli; la di lei vista eccitava sorpresa, essendo senza cappello, ed avendo appena avuto il tempo di prendere un velo. Le rincresceva perciò la mancanza di denaro, che non permettevale di procacciarsi quest'articolo essenziale.

Lodovico esaminò la sua borsa, e trovò che non bastava neppur a pagare il rinfresco. Dupont si arrischiò di confidarsi all'oste, che gli pareva umano ed onesto; gli narrò la loro posizione, pregandolo[114] d'aiutarli a continuare il viaggio. Colui promise di far tutto il possibile, tanto più essendo essi prigionieri fuggiti dalle mani di Montoni, cui egli aveva ragioni personali per odiare: acconsentì a somministrar loro i cavalli freschi per partire immediatamente, ma non era ricco abbastanza per fornirli anche di denaro. Stavano lamentandosi, lorchè Lodovico, dopo aver condotto i cavalli in istalla, ritornò tutto allegro, e le mise tosto a parte della sua gioia: nel levare la sella ad un cavallo, vi avea trovata una borsa piena di monete d'oro, porzione senza dubbio del bottino fatto dai condottieri. Tornavano essi dal saccheggio allorchè Lodovico era fuggito, ed il cavallo essendo uscito dal secondo cortile, ove stava a bere il suo padrone, aveva portato via il tesoro, sul quale per certo contava quel birbante.

Dupont trovò questa somma sufficientissima per ricondurli tutti in Francia, e risolse allora di accompagnarvi Emilia. Si fidava di Lodovico quanto poteva permetterglielo una conoscenza sì breve, eppure non reggeva all'idea di confidargli Emilia per un sì lungo viaggio. D'altronde, non aveva forse il coraggio di privarsi del pericoloso piacere di vederla.

Tennero consiglio sulla direzione da prendere. Lodovico avendo assicurato che Livorno era il porto più vicino ed accreditato, decisero d'incamminarvisi.

Emilia comprò un cappello e qualche altro piccolo oggetto indispensabile. I viaggiatori cambiarono i cavalli stanchi con altri migliori, e si rimisero lietamente in cammino al sorger del sole. Dopo qualche ora di viaggio attraverso un paese pittoresco, cominciarono a scendere nella valle dell'Arno. Emilia contemplò tutte le bellezze di quei luoghi pastorali e montuosi, unite al lusso delle ville dei nobili fiorentini, e alle ricchezze di una svariata[115] coltura. Verso mezzogiorno scoprirono Firenze, le cui torri s'innalzavano superbe sullo splendido orizzonte.

Il caldo era eccessivo, e la comitiva cercò riposo all'ombra. Fermatisi sotto alcuni alberi, i cui folti rami li difendevano dai raggi del sole, fecero una refezione frugale, contemplando il magnifico paese con entusiasmo.

Emilia e Dupont ridiventarono a poco a poco taciturni e pensierosi, Annetta era giuliva, e non si stancava mai di ciarlare, Lodovico era molto allegro, senza obliare però i riguardi dovuti ai suoi compagni di viaggio. Finito il pasto, Dupont persuase Emilia a procurare di gustar un'ora di sonno, mentre Lodovico avrebbe vegliato. Le due fanciulle, stanche dal viaggio, si addormentarono.

Quando Emilia svegliossi, trovò la sentinella addormentata al suo posto, e Dupont desto, ma immerso ne' suoi tristi pensieri. Il sole era ancora troppo alto per continuare il viaggio, e giustizia volea che Lodovico, stanco dalle tante fatiche, potesse finire in pace il suo sonno. Emilia profittò di questo momento onde sapere per qual caso Dupont fosse caduto prigioniero di Montoni. Lusingato dall'interesse che dimostravagli questa domanda, e dell'occasione che gli somministrava di parlare di sè medesimo, Dupont la soddisfece immediatamente.

«Io venni in Italia, signora, al servizio del mio paese. Una mischia ne' monti colle bande di Montoni mise in rotta il mio distaccamento, e fui preso con alcuni altri. Quando seppi d'essere prigioniero di Montoni, questo nome mi colpì. Mi rammentai che vostra zia aveva sposato un Italiano di tal nome, e che voi li avevate seguiti in Italia. Non potei però sapere con certezza, se non molto dopo, che costui era quello stesso, e che voi abitavate sotto il medesimo tetto con me. Non vi stancherò[116] dipingendovi la mia emozione allorchè seppi questa nuova, la quale mi fu data da una sentinella che potei sedurre fino al punto di accordarmi qualche ricreazione, una delle quali m'interessava assai, ed era pericolosissima per lui. Ma non fu possibile indurlo ad incaricarsi d'una lettera, e di farmi conoscere a voi. Temeva di essere scoperto, e provare tutta la vendetta di Montoni. Mi somministrò però l'occasione di vedervi parecchie volte. Ciò vi sorprende, ma vi spiegherò meglio. La mia salute soffriva molto per mancanza d'aria e d'esercizio, e potei finalmente ottenere, dalla pietà o dall'avarizia sua, di passeggiare la notte sul bastione.» Emilia divenne attenta, e Dupont continuò:

«Accordandomi questo permesso, la mia guardia sapeva bene ch'io non poteva fuggire. Il castello era custodito con vigilanza, ed il bastione sorgea sopra una rupe perpendicolare. M'insegnò egualmente una porta nascosta nella parete della stanza, ov'io era detenuto, ed imparai ad aprirla. Questa porta metteva in un andito stretto praticato nella grossezza del muro, che girava per tutto il castello, e veniva a riuscire all'angolo del bastione orientale. Ho saputo in seguito che ve ne sono altri consimili nelle muraglie enormi di quel prodigioso edifizio, destinati senza dubbio a facilitare la fuga in tempo di guerra. Per tal mezzo adunque io andava la notte sul bastione, e vi passeggiava con cautela onde non essere scoperto. Le sentinelle erano molto lontane, perchè le alte mura da quella parte supplivano ai soldati. In una di queste passeggiate notturne, osservai un lume alla finestra d'una stanza superiore alla mia prigione: mi venne in idea che quella fosse la vostra camera, e, sperando di vedervi, mi fermai in faccia alla finestra.»

Emilia, rammentandosi allora la figura veduta sul bastione, che l'aveva tenuta in tanta perplessità, esclamò: «Eravate dunque voi, signor Dupont,[117] che mi cagionaste un terrore così ridicolo? La mia fantasia era tanto indebolita dai lunghi patimenti, che il più lieve incidente bastava a farmi tremare.»

Dupont le manifestò il suo rammarico d'averla spaventata, poi soggiunse: «Appoggiato al parapetto in faccia alla vostra finestra, il pensiero della vostra situazione malinconica e della mia mi strappò alcuni gemiti involontari che vi attrassero alla finestra, almeno così supposi. Vidi una persona, e credetti foste voi. Non vi dirò nulla della mia emozione in quel momento. Voleva parlare ma la prudenza mi trattenne, e l'avanzarsi della sentinella mi obbligò a fuggire.

«Passarono alcuni giorni prima ch'io potessi tentare una seconda passeggiata, poichè non poteva uscire se non quando era di guardia il milite da me guadagnato coi doni. Intanto mi persuasi della realtà delle mie congetture sulla situazione della vostra camera. Appena potei uscire, tornai sotto la vostra finestra, e vi vidi senza ardir di parlarvi. Vi salutai colla mano, e voi spariste. Obliando la mia prudenza, esalai un lungo sospiro. Voi tornaste e diceste qualcosa. Intesi la vostra voce, e stava per abbandonare ogni riguardo, quando udii venire una sentinella, e mi ritirai prontamente; ma quel soldato mi aveva veduto. Egli mi seguì, e mi avrebbe raggiunto, senza un ridicolo stratagemma che formò in quel momento la mia salvezza. Conoscendo la superstizione di quella gente, gettai un grido lugubre, sperando che avrebbe cessato d'inseguirmi, e fortunatamente riuscii. Quell'uomo pativa di mal caduco: il timore ch'io gl'incussi lo fece cadere a terra tramortito, ed io m'involai prontamente. Il sentimento del pericolo incorso, e che il raddoppiamento delle guardie, per questo motivo, rendeva maggiore, mi dissuase dal tornar a passeggiare sul bastione. Nel silenzio delle notti però mi divertiva[118] con un vecchio liuto procuratomi dal mio custode, e talvolta cantava, ve lo confesso, sperando d'essere inteso da voi. Infatti poche sere fa, parvemi udire una voce che mi chiamasse, ma non volli rispondere per timore della sentinella. Ditemi, in grazia, signora, eravate voi?

— Sì,» rispose Emilia, con un sospiro involontario, «avevate ragione.»

Dupont, osservando la penosa sensazione che tal soggetto le cagionava, cambiò discorso.

«In una delle mie gite nell'andito di cui vi ho parlato, intesi,» diss'egli, «un colloquio singolare che veniva da una stanza contigua al medesimo. Il muro era in quel luogo così sottile, che potei udire distintamente tutti i discorsi che si facevano. Montoni stava colà coi compagni. Egli cominciò il racconto dell'istoria straordinaria dell'antica padrona del castello. Descrisse circostanze strane; la sua coscienza però deve sapere fino a qual punto fossero credibili. Ma voi dovete conoscere, signorina, le notizie vaghe che si fanno circolare sul destino misterioso di quella dama.

— Le conosco, signore,» diss'Emilia, «e mi accorgo che voi non ci credete.

— Io ne dubitava,» replicò Dupont, «prima dell'epoca di cui vi parlo; ma il racconto di Montoni aggravò i miei sospetti, e restai quasi persuaso ch'ei fosse un assassino. Tremai per voi. Aveva udito pronunziare il vostro nome dai convitati in modo inquietante, e sapendo che gli uomini i più empi sogliono essere i più superstiziosi, mi decisi a spaventarli, per distoglierli dal nuovo delitto ch'io temeva. Ascoltai attentamente Montoni, e nel luogo più interessante del racconto, ripetei più volte le sue ultime parole.

— Non avevate timore di essere scoperto?» chiese Emilia.

— No,» rispose Dupont, «sapendo, che se Montoni[119] avesse conosciuto il segreto dell'andito non mi avrebbe rinchiuso in quella stanza. La compagnia, per qualche momento, non badò alla mia voce, ma finalmente l'allarme fu sì grande, che fuggirono tutti. Montoni ordinò ai servi di fare attive ricerche, ed io tornai alla mia prigione.»

Dupont ed Emilia continuarono a discorrere di Montoni, della Francia, e del piano del loro viaggio. Ella gli disse che aveva intenzione di ritirarsi in un convento della Linguadoca; pensava di scrivere a Quesnel, per informarlo della sua condotta, ed aspettare la scadenza dell'affitto del suo castello della valle, per andare a stabilirvisi. Dupont la persuase che i beni, dei quali Montoni aveva voluto spogliarla, non erano perduti per sempre, e si rallegrò che fosse fuggita dalle mani di quel barbaro, il quale senza dubbio l'avrebbe tenuta prigioniera per tutta la vita. La probabilità di rivendicare i beni della zia, non tanto per sè medesima quanto per Valancourt, le fecero provare un senso di gioia ond'era stata priva per molto tempo.

Verso il declinar del sole, Dupont svegliò Lodovico per continuare il loro viaggio. Giunsero in Firenze a notte avanzata, ed avrebbero voluto rimanervi qualche giorno per rimirare le bellezze di quella famosa metropoli, ma l'impazienza di ritornare in patria li fece rinunziare a tal idea; ed il giorno seguente, di buonissim'ora, avviaronsi alla volta di Pisa, cui traversarono fermandosi appena il tempo necessario per rinfrescare i cavalli, e giunsero a Livorno verso la sera del giorno dipoi.

La vista di quella florida città piena di persone di tante diverse nazioni, ed i loro svariati abbigliamenti, rammentarono ad Emilia le mascherate di Venezia in tempo del carnevale; ma non vi regnava il brio e l'allegria dei Veneziani, essendo tutta gente occupata nel commercio.

Dupont corse al porto, e seppe che un bastimento[120] doveva far vela in breve per Marsiglia, dove avrebbero potuto trovare facilmente un imbarco per traversare il golfo di Lione e giungere a Narbona. Il convento, nel quale Emilia voleva ritirarsi era situato a poca distanza da questa città. La fanciulla fu dunque lietissima nel sentire che il suo viaggio per la Francia non avrebbe sofferto verun ostacolo. Non temendo più d'essere inseguita, e sperando rivedere in breve la sua cara patria ed il paese abitato da Valancourt, si trovò talmente sollevata, che, dopo la morte di suo padre, non aveva passati mai momenti così tranquilli. Dupont fu informato a Livorno che il suo reggimento era tornato in Francia: questa notizia lo colmò di gioia, giacchè in caso diverso non avrebbe potuto accompagnarvi Emilia senza esporsi ai rimproveri, e fors'anco al castigo del suo colonnello. Seppe reprimere la sua passione fino al punto di non parlarne più alla fanciulla, obbligandola così a stimarlo ed a compiangerlo, se non poteva amarlo.

CAPITOLO XXXV

Torniamo ora in Linguadoca, ed occupiamoci del Conte di Villefort, lo stesso che aveva ereditato i beni del marchese di Villeroy, in vicinanza del monastero di Santa Chiara. Rammentiamoci che quel castello era disabitato, allorquando Emilia si trovò in quelle vicinanze con suo padre, e che Sant'Aubert parve assai commosso, allorchè seppe di trovarsi così vicino al castello di Blangy. Il buon Voisin aveva fatti discorsi molto allarmanti per la curiosità d'Emilia a proposito di quel luogo.

Nel 1584, anno in cui Sant'Aubert morì, Francesco di Beauveau, conte di Villefort, prese possesso dell'immensa tenuta chiamata Blangy, situata in Linguadoca, sulle sponde del mare. Queste terre per parecchi secoli avevano appartenuto alla sua[121] famiglia, e gli ritornavano per la morte del marchese di Villeroy suo parente, uomo di carattere austero e di maniere riservatissime. Questa circostanza, unita ai doveri della sua professione, che lo chiamavano spesso alla guerra, aveva impedita ogni specie d'intrinsichezza tra lui ed il conte di Villefort. Si conoscevano poco, ed il conte non seppe la sua morte se non quando ricevè il testamento che lo faceva padrone di Blangy. Non andò a visitare i suoi nuovi possessi se non un anno dopo, e vi passò tutto l'autunno. Si rammentava spesso Blangy co' vivi colori che presta l'immaginazione alla rimembranza dei diletti giovanili. Ne' suoi primi anni, aveva conosciuta la marchesa, e visitato quel soggiorno nell'età in cui i piaceri restano sensibilmente impressi. L'intervallo scorso in appresso fra il tumulto degli affari, che troppo spesso corrompono il cuore e guastano la fantasia, non aveva però mai cancellato dalla sua memoria i giorni felici passati in Linguadoca.

Il defunto marchese aveva abbandonato il castello da molti anni, ed il suo vecchio agente l'aveva lasciato cadere in rovina. Il conte prese dunque il partito di passarvi l'autunno per farlo restaurare. Le preghiere e le lagrime ben anco della contessa, che sapeva piangere all'ocorrenza, non ebbero il potere di fargli cambiar risoluzione. Essa dovette dunque acconciarsi a permettere ciò che non poteva impedire, e a partir da Parigi. La sua bellezza la facea ammirare, ma il di lei spirito era poco adatto ad ispirare stima. L'ombra misteriosa dei boschi, la grandezza selvaggia dei monti, e la solitudine imponente delle sale gotiche, delle lunghe gallerie, non le offrivano che una trista prospettiva. Procurava di farsi coraggio pensando ai racconti statile fatti sulla bella vendemmia di Linguadoca, ma ivi non si conoscevano le contraddanze di Parigi, e le feste campestri dei contadini non potevano [122] lusingare un cuore, dal quale il lusso e la vanità avean bandito da tanto tempo il gusto della semplicità e le buone inclinazioni.

Il conte aveva due figli del primo letto, e volle che venissero con lui. Enrico, in età di venti anni, era già al servizio militare; Bianca, che non ne aveva ancora diciotto, era sempre nel convento, dove l'avean messa all'epoca delle seconde nozze del padre. La contessa non aveva talenti bastanti per dare una buona educazione alla figliastra, nè il coraggio per intraprenderla, e perciò aveva consigliato il marito ad allontanarla; temendo quindi che una bellezza nascente venisse ad eclissare la sua, aveva impiegato in seguito tutta l'arte per prolungare la reclusione della fanciulla. La notizia ch'essa usciva di monastero fu per lei di gran mortificazione, la quale però mitigossi considerando che, se Bianca usciva dal chiostro, l'oscurità della provincia avrebbe sepolte le sue grazie per qualche tempo.

Il giorno della partenza, la carrozza del conte si fermò al convento. Il cuore della giovinetta palpitava di piacere alle idee di novità e libertà che le s'offrivano. A misura che si avvicinava l'epoca del viaggio, la sua impazienza crebbe al punto di contar perfino i minuti che le mancavano a finir quella notte. Appena spuntata l'alba, Bianca era balzata dal letto per salutare quel bel giorno, in cui sarebbe stata liberata dai vincoli del chiostro, per andar a godere la libertà in un mondo, ove il piacere sorride sempre, la bontà non si altera mai, e regna col piacere senza verun ostacolo. Quando intese suonare il campanello, corse al parlatorio, udì il rumore delle ruote e vide fermarsi nel cortile la carrozza di suo padre: ebbra di gioia, correva pei corridoi annunziando alle amiche la sua imminente partenza. Una monaca venne a cercarla per ordine della superiora, che scese alla porta onde ricevere la contessa, la quale parve a Bianca un angelo sceso[123] per condurla al tempio della felicità. La contessa però, nel vederla, non fu animata dagl'istessi sentimenti. Bianca non era mai parsa tanto amabile, ed il sorriso dell'allegrezza dava a tutta la sua fisonomia la beltà dell'innocenza felice. Dopo un breve colloquio, la contessa si congedò: era il momento che Bianca attendeva con impazienza, come l'istante in cui stava per cominciare la sua felicità; ma non potè astenersi dal versar lacrime, abbracciando le sue compagne che piangevano egualmente nel dirle addio. La badessa, così grave, così imponente, la vide partire con un dispiacere, di cui non si sarebbe creduta capace un'ora prima. Bianca uscì dunque piangendo da quel soggiorno, ch'erasi immaginata di abbandonar ridendo.

La presenza del padre, le distrazioni del viaggio assorbirono presto le sue idee, e dispersero quell'ombra di sensibilità. Poco attenta ai discorsi della contessa e di madamigella Bearn sua amica che l'accompagnava; ella perdeasi in soavi meditazioni; vedeva le nubi tacite solcar l'azzurro firmamento velando il sole, ed oscurando così tratti di paese con bella alternativa di ombre e di luce. Quel viaggio fu per Bianca un seguito di piaceri; la natura, ai suoi occhi, variava ogni momento, mostrandole le più belle ed incantevoli vedute.

Verso la sera del settimo giorno, i viaggiatori scorsero in lontananza il castello di Blangy. La sua pittoresca situazione impressionò molto la fanciulla. A misura che si avvicinavano, ammirava la gotica struttura, le superbe torri, la porta immensa dell'antico edificio; essa credeva quasi d'avvicinarsi ad uno di que' castelli celebrati nell'istorie antiche, dove i cavalieri vedevano dai merli un campione col suo seguito, vestito di negra armatura, venire a strappar la dama de' suoi pensieri dall'oppressione d'un orgoglioso rivale. Essa aveva letto questa novella nella libreria del monastero, ripiena di cronache antiche.[124]

Le carrozze si fermarono ad una porta che metteva nel recinto del castello, e che allora era chiusa. La grossa campana che serviva ad annunziar gli stranieri era da lunga pezza caduta; un servo salì sur un muro rovinato, per avvertire l'agente dell'arrivo del padrone. Bianca, appoggiata allo sportello, considerava con emozione i luoghi circostanti. Il sole era tramontato, il crepuscolo avvolgeva i monti; il mare lontano ripercotea ancora all'orizzonte una striscia di luce. Udivasi il fragor monotono dell'onde che venivano a frangersi sul lido. Ciascuno della compagnia pensava ai diversi oggetti che più l'interessavano. La contessa sospirava i piaceri di Parigi, vedendo con pena ciò ch'ella chiamava orridi boschi e selvaggia solitudine; penetrata dall'unica idea di dover essere sequestrata in quell'antico castello, si doleva di tutto. I sentimenti d'Enrico erano eguali; pensava sospirando alle delizie della capitale e ad una vaghissima dama ch'egli amava; ma il paese, ed un genere di vita diverso, avevano per lui l'incantesimo della novità ed il suo rincrescimento era mitigato dalle ridenti illusioni della gioventù.

Le porte s'apersero alfine; la carrozza penetrò lentamente tra folti castagni che impedivan la vista. Era il viale di cui già s'erano internati Sant'Aubert ed Emilia nella speranza di trovare un asilo vicino.

«Che brutti luoghi!» sclamò la contessa; «certo, voi non contate, signore, restare tutto l'autunno in questa barbara solitudine. Bisognerebbe aver portata una bottiglia d'acqua di Lete, affinchè almeno la rimembranza d'un paese meno sgradevole non aumentasse la tristezza di questo.

— Io mi regolerò secondo le circostanze,» rispose il conte; «questa barbara solitudine era l'abitazione de' miei antenati.»

Il custode del castello insieme ai servi stati mandati[125] anticipatamente da Parigi, ricevettero il padrone all'ingresso del portico. Bianca riconobbe che l'edifizio non era intieramente di stile gotico. La sala immensa in cui entrarono non era però di gusto moderno. Un finestrone lasciava vedere un piano inclinato di verzura, formato dalla cima degli alberi sul pendìo del colle, ove sorgea il castello. Si scorgevano al di là le onde del Mediterraneo perdersi, a mezzogiorno od a levante, nell'orizzonte.

Bianca, nel traversar la sala, si fermò ad osservare un sì bel colpo d'occhio, ma ne fu presto riscossa dalla contessa la quale, malcontenta di tutto, impaziente di rifocillarsi e di riposare, si affrettò di giungere ad un salotto, adorno di mobili antichissimi, ma riccamente guarniti di velluto e di frange d'oro.

Mentre la contessa aspettava qualche rinfresco, il conte, in compagnia d'Enrico, visitavano l'interno del castello. Bianca rimase testimone, suo malgrado, del cattivo umore e del malcontento della matrigna.

«Quanto tempo passaste voi in questo tristo soggiorno?» chiese la contessa alla moglie del custode, quando venne ad offrirle il suo omaggio.

— Saranno trent'anni, signora, al dì di san Lorenzo.

— Come avete fatto a starvi così tanto e quasi sola? Mi fu detto però che il castello è rimasto chiuso per qualche tempo.

— Sì, signora, qualche mese dopo che il defunto signor marchese mio padrone fu partito per la guerra; sono più di venti anni che mio marito ed io siamo al di lui servizio. Questa casa è così grande e deserta, che in capo a qualche tempo andammo ad abitare vicino al villaggio, e venivamo solo tratto tratto a visitare il castello. Allorchè il mio padrone finì le sue campagne, avendo preso in avversione questo soggiorno, non ci tornò più, e non volle che abbandonassimo la nostra dimora. Ma ohimè! Quanto[126] è cambiato il castello da quell'epoca! La mia povera padrona vi abitava col massimo piacere, e mi ricorderò sempre di quel giorno che arrivò qui dopo essersi sposata! Com'era bella! Da allora il castello venne sempre negletto, ed io non passerò più giorni così felici.»

La contessa parve quasi offesa dai discorsi ingenui di quella buona donna sui tempi passati, e Dorotea soggiunse: «Il castello però sarà nuovamente abitato; ma io non vi starei sola per tutto l'oro del mondo.»

L'arrivo del conte fece cessare le ciarle della vecchia. Egli le disse che aveva visitato buona parte del castello, il quale aveva bisogno di molti risarcimenti prima di essere abitabile.

«Me ne spiace,» disse la contessa.

— E perchè, signora?

— Perchè questo luogo corrisponderà male a tante premure.»

Il conte non replicò, e voltossi bruscamente verso una finestra.

La cameriera della contessa entrò; questa chiese di essere accompagnata nel suo appartamento, e si ritirò unitamente alla signora Bearn.

Bianca, profittando della poca luce diurna che restava ancora, andò a far nuove scoperte. Dopo aver percorso vari appartamenti, si trovò in una vasta galleria adorna d'antichissimi quadri e di statue rappresentanti, a quanto le parve, i suoi antenati. Cominciava ad annottare, e si affacciò ad una finestra, ove contemplò con interesse la vista imponente di quei luoghi meravigliosi, udendo il sordo e lontano mormorio del mare, ed abbandonandosi così all'entusiasmo di quella scena affatto nuova per lei.

— Ho io dunque vissuto tanto tempo in questo mondo, diceva fra sè medesima, senza aver veduto questo stupendo spettacolo, senza aver gustate queste delizie! La più umile villana dei beni di mio padre,[127] avrà veduto fin dall'infanzia il bel colpo d'occhio della natura, e percorse liberamente queste posizioni pittoresche, ed io, nel fondo d'un chiostro, rimasi priva di queste meraviglie, che devono incantare la vista e rapire tutti i cuori! Com'è mai possibile che quelle povere monache, quei poveri frati possano provare un violento fervore, se non vedono nè sorgere, nè tramontare il sole? Io non ho mai conosciuto ciò ch'è veramente la devozione fino a stasera. Fino a questa sera io non aveva mai veduto il sole lasciare il nostro emisfero. Domani io lo vedrò sorgere per la prima volta. Com'è possibile di vivere a Parigi, non vedendo che case oscure e vie fangose, quando alla campagna si può vedere la vôlta azzurra del cielo e il verde smalto della terra? —

Questo soliloquio venne interrotto da un lieve rumor di passi, ed avendo Bianca domandato chi fosse, udì rispondersi: «Son io, Dorotea, che vengo a chiudere le finestre.» Il tuono di voce però col quale pronunziò queste parole sorprese alquanto Bianca. «Mi sembrate spaventata;» le disse; «chi vi ha fatto paura?

— No, no, non sono spaventata, signorina,» rispose Dorotea titubando. «Io son vecchia e poco ci vuole per turbarmi. Son lieta però che il signor conte sia venuto ad abitare in questo castello, il quale è stato deserto per tanti anni; ora somiglierà un poco al tempo in cui viveva la mia povera padrona.» Bianca le domandò da quanto tempo fosse morta la marchesa. «Ne è già passato tanto ch'io mi sono stancata di contar gli anni. Il castello da quell'epoca mi è sempre parso in lutto, e son certa che i vassalli l'hanno sempre in cuore. Ma voi vi siete smarrita, signorina. Volete tornare nell'altra parte della casa?»

La fanciulla domandò da quanto tempo fosse fabbricato il quartiere in cui si ritrovavano. «Poco[128] dopo il matrimonio del mio padrone,» rispose Dorotea. «Il castello era bastantemente grande senza questo accrescimento. Vi sono nell'antico edifizio molti appartamenti, di cui si è mai servito. È un'abitazione principesca; ma il mio padrone la trovava trista, come lo è infatti.» Bianca le disse di condurla nel quartiere abitato; Dorotea la fece passare per un cortile, aprì la gran sala, e vi trovò la signora Bearn. «Dove siete stata fino ad ora?» le disse questa. «Cominciava a credere che vi fosse accaduta qualche avventura sorprendente, e che il gigante di questo castello incantato, o lo spirito che vi comparisce, vi avessero gettata da un trabocchetto in qualche sotterraneo per non lasciarvi uscire mai più.

— No,» rispose Bianca ridendo; «voi sembrate tanto amante delle avventure, che io ve le regalo tutte.

— Ebbene! v'acconsento, purchè un giorno possa raccontarle.

— Mia cara signora Bearn,» disse Enrico entrando nella sala, «gli spiriti odierni non sarebbero tanto scortesi per cercar di farvi tacere. I nostri spettri son troppo inciviliti per condannare una signora ad un purgatorio più crudele del loro, qualunque esso sia.»

La Bearn si mise a ridere; entrò Villefort, e fu servita la cena. Il conte parlò pochissimo, parve astratto e fece spesso l'osservazione che dall'epoca in cui non l'aveva veduto, il castello era molto cambiato. «Sono scorsi molti anni,» diss'egli, «i siti sono i medesimi, ma mi fanno un'impressione ben diversa da quella ch'io provava altre volte.

— Questo luogo vi è parso forse per l'addietro più piacevole che adesso?» disse Bianca; «mi pare impossibile.»

Il conte la guardò con sorriso malinconico. «Era per l'addietro tanto delizioso a' miei occhi,[129] quanto lo è ora ai vostri. Il paese non è cambiato, ma ho cambiato io col tempo. L'illusione del mio spirito godeva alla vista della natura; ora essa è perduta! Se nel corso della vostra vita, cara Bianca, voi tornerete in questi luoghi, dopo esserne stata assente per molti anni, vi rammenterete forse i sentimenti di vostro padre, ed allora li comprenderete.»

Bianca tacque, afflitta da tali parole, e rivolse le sue idee all'epoca di cui parlava il conte. Considerando che chi le parlava allora probabilmente non esisterebbe più, chinò gli occhi, e sentendoli pregni di lagrime, prese la mano del padre, gli sorrise con tenerezza, e andò alla finestra per nascondere l'emozione.

La stanchezza del viaggio obbligò la compagnia a separarsi di buon' ora. Bianca, traversando una lunga galleria, si ritirò nel suo appartamento, luogo spazioso, colle finestre alte, il cui aspetto lugubre non era acconcio ad indennizzare della posizione quasi isolata in cui si trovava. I mobili n'erano antichi, il letto di damasco turchino, guarnito di frange d'argento. Tutto era per la giovine Bianca oggetto di curiosità. Prese il lume della donna che l'accompagnava per esaminare le pitture del soffitto, e riconobbe un fatto dell'assedio di Troia. Si divertì un poco a rilevare le assurdità della composizione, ma quando riflettè che l'artista che l'aveva eseguita, ed il poeta d'onde aveva ricavato il soggetto non erano più che fredda cenere, fu colta dalla malinconia.

Diede ordine di essere svegliata prima del sorger del sole, rimandò la cameriera e volendo dissipare quell'ombra di tristezza, aprì una finestra, e si rianimò alla vista della natura. La terra, l'aria ed il mare, tutto era tranquillo. Il cielo era sereno: qualche leggero vapore ondeggiava lentamente nelle più alte regioni, aumentando lo splendore delle[130] stelle, che scintillavano come tanti soli. I pensieri di Bianca s'innalzarono involontariamente al grande Autore di quegli oggetti sublimi. Fece una preghiera più fervida di quelle non avesse mai fatto sotto le tristi vôlte del chiostro; poi a mezzanotte si coricò, e non ebbe che sogni felici. Dolce sonno, conosciuto soltanto dalla salute, dall'animo contento e dall'innocenza!

CAPITOLO XXXVI

Bianca dormì assai più dell'ora indicata con tanta impazienza: la sua cameriera, stanca dal viaggio, la destò solo per l'ora della colazione. Questo dispiacere fu tosto dimenticato, quando, aprendo la finestra, vide da una parte l'ampio mare colorito dai raggi del mattino, le candide vele delle barche ed i remi che fendevano le onde; dall'altra, i boschi, la loro freschezza, le vaste pianure, e le azzurre montagne che tingevansi dello splendore del giorno.

Respirando quell'aria pura, le sue guance si colorirono di porpora, e facendo la sua preghiera: «Chi ha mai potuto inventare i conventi?» diss'ella; «chi ha potuto pel primo persuadere ai mortali di recarvisi, e col pretesto della religione, allontanarli da tutti gli oggetti che l'ispirano? L'omaggio d'un cuore riconoscente è quello che ci chiede Iddio; e quando veggonsi le sue opere, non si è grati? Non ho mai sentita tanta divozione, in tutte le ore noiose, trascorse in convento, come nei pochi minuti che ho passati qui. Io guardo intorno e adoro Iddio dal fondo del cuore.»

Sì dicendo si ritrasse dalla finestra, e traversando la galleria, entrò nella sala da pranzo, ove trovò il padre. Il fulgido sole aveva dissipato la sua tristezza; il riso ne sfiorava le labbra: parlò alla figlia con serenità, ed il cuore di lei corrispose a quella dolce[131] disposizione. Comparvero poco dopo Enrico, la contessa e madamigella Bearn, e tutta la compagnia parve risentir l'influenza dell'ora e del luogo.

Si separarono dopo colazione. Il conte si ritirò nel suo gabinetto coll'intendente. Enrico corse alla riva per esaminare un battello, di cui dovevano servirsi l'istessa sera, e vi fece adattare una piccola tenda. La contessa e madamigella Bearn andarono a vedere un appartamento moderno costruito con eleganza. Le finestre guardavano sopra un terrazzo in faccia al mare, evitando così la vista de' *selvaggi* Pirenei.

Bianca intanto si divertiva a vedere le parti dell'edifizio che non conosceva ancora. La più antica attirò tosto la di lei curiosità. Salì lo scalone, e traversando un'immensa galleria, entrò in una fila di stanze, dalle pareti ornate d'arazzi, o coperte di cedro intarsiato a colori; i mobili sembravano della medesima data del castello; gli ampi camini offrivano la fredda immagine dell'abbandono: tutte quelle stanze portavano tanto bene l'impronta della solitudine e della desolazione, che coloro, i cui ritratti vi erano appesi, ne parevano stati gli ultimi abitatori.

Uscendo di là, si trovò in un'altra galleria, una delle cui estremità riusciva ad una scala, e l'altra ad una porta chiusa. Scesa la scala, si ritrovò in una stanzetta della torre di ponente. Tre finestre presentavano tre punti di vista diversi e sublimi: al nord la Linguadoca; a ponente i Pirenei, le cui cime coronavano il paese; al mezzogiorno, il Mediterraneo e parte della costa del Rossiglione. Uscì dalla torre, e scendendo per una scala strettissima, si ritrovò in un andito oscuro, ove si smarrì. Non potendo ritrovare il suo cammino, e l'impazienza facendo luogo al timore, gridò aiuto. Udì camminare all'estremità dell'andito e vide brillare un lume tenuto da una persona la quale aprì una porticina con[132] cautela. Non osando inoltrarsi, Bianca l'osservava tacendo, ma allorchè vide che la porta si rinchiudeva, chiamò nuovamente, corse a quella volta, e riconobbe la vecchia Dorotea.

«Ah! siete voi, cara padroncina?» diss'ella «come mai poteste venire in questo luogo?» Se Bianca fosse stata meno occupata dalla sua paura, avrebbe probabilmente osservato la forte espressione di terrore e sorpresa che alterava la fisonomia di Dorotea, la quale la fece passare per un numero infinito di stanze, che, parevano disabitate da un secolo. Giunte finalmente alla residenza della custode, Dorotea la pregò di sedere e rinfrescarsi. Bianca, accettando l'invito, parlò della bella torre scoperta, e mostrò il desiderio di appropriarsela. Sia che Dorotea fosse meno sensibile alle grandi bellezze della natura, o che l'abitudine glie le avesse reso meno interessanti, non incoraggì l'entusiasmo di Bianca, la quale, domandò ove conducesse la porta chiusa in fondo alla galleria. L'altra rispose che comunicava con una fila di stanze nelle quali nessuno era entrato da molti anni.

«La nostra defunta padrona è morta colà, ed io non ho più avuto il coraggio di penetrarvi.»

Bianca, curiosa di veder quel luogo, si astenne dal farne domanda a Dorotea, vedendole gli occhi molli di pianto: poco dopo andò ad abbigliarsi per il pranzo. Tutta la società si riunì di buon umore, tranne la contessa, il cui spirito, assolutamente vuoto, oppresso dall'ozio, non poteva nè renderla felice, nè contribuire all'altrui contentezza.

L'allegria provata da Bianca nel riunirsi alla sua famiglia, si moderò allorquando fu sulla riva del mare, e guardò con paura quella gran distesa di acque. Da lontano l'avea osservata con entusiasmo; ma stentò a vincere il timore e seguire il padre in battello.

Contemplava tacendo il vasto orizzonte, che circoscriveva[133] solo la vista del mare, una sublime emozione lottava in lei contro il sentimento del pericolo. Un lieve zeffiro increspava la superficie dell'acque, sfiorando le vele ed agitando le frondi delle foreste che coronavano la costa per molte miglia.

A qualche distanza esisteva in que' boschi un casino stato in altri tempi l'asilo dei piaceri, e per la sua posizione sempre interessante e pittoresco. Il conte vi aveva fatto portare il caffè ed i rinfreschi. I rematori si diressero a quella parte, costeggiando le sinuosità della riva, oltre il vasto selvoso promontorio e la circonferenza di una baia, mentre in un secondo battello alcuni suonatori facevano echeggiar i circostanti dirupi di belle melodie. Bianca non temeva più; una deliziosa tranquillità si era impossessata di lei, e la faceva tacere. Era troppo felice per rammentarsi il monastero, e la noia ivi provata per tanto tempo.

Dopo un'ora di navigazione, presero terra e salirono per uno stretto sentiero sparso di fiorite zolle. A poca distanza, e sulla punta di un'eminenza, si vedeva il casino ombreggiato dagli alberi. Benchè preparato in tutta fretta, esso era bastantemente decente. Mentre la compagnia prendeva i rinfreschi e mangiava le frutta, i musicanti interrompevano la quiete deliziosa di quel luogo isolato. Il casino giunse perfino ad interessar la contessa, la quale, forse pel piacere di parlare di cose appartenenti al lusso, si diffuse a lungo sulla necessità di abbellirlo.

Dopo una passeggiata molto lunga, la famiglia tornò ad imbarcarsi. La bellezza della sera l'indusse a prolungare la gita ed avanzarsi nella baia. Una calma perfetta era succeduta al vento, che fin allora aveva spinto il battello, ed i marinai diedero mano ai remi. Bianca si compiaceva nel veder remare; osservava i cerchi concentrici formati nell'acqua dai colpi, ed il tremolìo che imprimevano nel quadro del paese senza sfigurarne l'armonia. Al disopra dell'oscurità[134] del bosco distinse un gruppo di torricelle tuttavia illuminate dai raggi del sole, ed in un intervallo di silenzio della musica udì un coro di voci.

«Che voci son queste?» disse il conte, ascoltando attentamente; ma il canto cessò, — È l'inno del vespro,» disse Bianca, «io l'ho inteso in convento. — Noi siamo dunque vicini ad un monastero?» disse il conte; ed il battello avendo spuntato un capo molto alto, videro il convento di Santa Chiara in fondo ad una piccola baia: il bosco che lo circondava, lasciava vedere parte dell'edificio, la porta maggiore, la finestra gotica dell'atrio, il chiostro ed un lato della cappella; un arco maestoso che univa anticamente la casa ad un'altra porzione degli edifizi, allora demolita, restava come una rovina venerabile staccata da tutto l'edifizio.

Tutto era in profondo silenzio, e Bianca osservava con ammirazione quell'arco maestoso, il cui effetto cresceva colle masse di luce e d'ombra, che spandeva il tramonto coperto di nubi. In quella l'imponente inno de' vespri ricominciò, accompagnato dal grave suono dell'organo; poi il coro andò affievolendosi gradatamente, e si spense quindi affatto. Mentre erano tutti intenti ad ascoltare con religioso raccoglimento, videro uscire dal chiostro una processione di monache vestite di nero con un velo bianco in testa, passare pel bosco, e girare intorno al monastero. La contessa fu la prima a rompere il silenzio. «Quest'inno e queste religiose sono d'una tristezza che mi opprime,» diss'ella; «comincia a farsi tardi; ritorniamo al castello, e sarà già notte prima che noi vi siamo arrivati.» Il conte alzò gli occhi, e si accorse che una tempesta minacciosa anticipava l'oscurità. Gli uccelli marini s'aggiravano sull'onde, vi bagnavan le penne, e fuggivan verso qualche asilo lontano; i marinai facevan forza di remi, ma il tuono romoreggiante da lontano, e la pioggia, che già principiava a cadere, determinarono[135] il conte a cercar ricovero nel monastero. Il battello cambiò direzione, ed a misura che la tempesta si avvicinava a ponente, l'aria diveniva più oscura, e i frequenti lampi infiammavano la sommità degli alberi ed i comignoli del convento. L'apparenza de' cieli allarmò la contessa e la Bearn, le cui strida ed i pianti inquietarono il conte ed i rematori. Bianca si teneva in silenzio, ora agitata dal timore, ora dall'ammirazione: osservava la grandezza delle nubi, il loro effetto sulla scena, ed ascoltava gli scrosci della folgore che scuotevano l'aere.

Il battello si fermò in faccia al monastero. Il conte mandò un servo ad annunziare il suo arrivo alla superiora e chiederle asilo. Benchè l'ordine di Santa Chiara fosse fino da quell'epoca poco austero, le donne sole potevano essere ricevute nel santo recinto. Il servitore riportò una risposta che spirava al tempo stesso l'ospitalità e l'orgoglio, ma un orgoglio nascosto sotto il velo della sommissione. Sbarcarono, e traversato velocemente il prato a motivo della pioggia dirotta, furono ricevuti dalla superiora che prima stese la mano ed impartì la benedizione. Passarono in una sala, ove trovavansi alcune religiose tutte vestite di nero e velate di bianco. Il velo della badessa però era semialzato, e lasciava scorgere una dolce dignità temperata da cortese sorriso. Ella condusse la contessa, la Bearn e Bianca in un salotto, ed il conte con Enrico restarono nel parlatorio.

La badessa domandò i rinfreschi, ed intanto discorse colla contessa. Bianca, avvicinandosi ad una finestra, potè considerare i progressi della burrasca; le onde del mare, che pochi momenti prima parevano ancora addormentate, si gonfiavano enormemente, infrangendosi senza interruzione contro la costa. Un colore sulfureo circondava le nubi, che si addensavano a ponente, mentre i lampi illumiminavano da lontano le rive della Linguadoca: tutto[136] il resto era avvolto nelle tenebre. In qualche intervallo, un lampo dorava le ali d'un uccello marino che volava nelle più alte regioni, o si posava sulle vele d'una nave in balìa dei marosi. Bianca osservò per qualche tempo il pericolo di quel bastimento, sospirando sul destino dell'equipaggio e dei passaggeri.

Infine, l'oscurità divenne completa. Il bastimento si distingueva appena, e Bianca fu costretta a chiuder la finestra per l'impeto del vento. La badessa, avendo esauriti colla contessa tutti i complimenti di civiltà, ebbe campo di rivolgersi a Bianca. La loro conversazione venne presto interrotta dal suono della campana che invitava le monache alla preghiera, giacchè la burrasca andava sempre crescendo. I servi del conte erano iti al castello per far venire le carrozze, le quali giunsero sul finir della preghiera. La tempesta essendo meno violenta, il conte tornò al castello colla sua famiglia. Bianca fu sorpresa di vedere quanto si fosse ingannata sulla distanza del monastero per le sinuosità della spiaggia.

La contessa, appena arrivata, si ritirò nel suo appartamento. Il conte, Enrico e Bianca andarono nel salotto, ma appena vi furono giunti, udirono, un colpo di cannone. Il conte riconobbe il segnale d'un bastimento in pericolo che chiedeva soccorso; aprì una finestra, ma il mare avvolto nelle tenebre ed il fracasso della tempesta non lasciavan distinguer nulla. Bianca si ricordò della nave già veduta, e ne avvertì tremando suo padre. Di lì a poco udirono un'altra cannonata, e poterono scorgere al chiarore d'un lampo una barca agitata dai flutti spumosi, con una sola vela, e che, ora scomparendo nell'abbisso, ora sollevandosi sino alle nubi, cercava di guadagnar la costa. Bianca si attaccò al collo del padre con uno sguardo doloroso in cui si dipingevano lo spavento e la compassione. Non eravi bisogno[137] di questo mezzo per intenerire il conte: egli guardava il mare con espressione di pietà, ma vedendo che i battelli non potrebbero resistere alla burrasca, proibì di arrischiarsi a perdita sicura, e fece portare molte torce accese sulle punte degli scogli, a mo' di faro.

Enrico uscì per andar a dirigere i servi, e Bianca col padre restò alla finestra, di dove si scorgeva al lume dei baleni il misero bastimento. Ad ogni cannonata rispondevano i servi alzando ed agitando le torce, e al debole chiarore dei lampi Bianca credè vedere nuovamente la nave molto vicino alla riva. Allora si videro i domestici del conte correre da tutte le parti avanzarsi sulla punta degli scogli, chinarsi sporgendo le torce; altri, dei quali non si distingueva la direzione che al movimento dei lumi, scendevano per sentieri pericolosi fin sulla spiaggia, chiamando ad alte grida i marinai, di cui sentivano i fischi e le fioche voci, che per intervalli si confondevano col fracasso della burrasca. Quei gridi inaspettati che partivano dagli scogli, accrescevano il terrore di Bianca ad un grado insopportabile; ma il di lei tenero interesse fu in breve sollevato, quando Enrico arrivò, correndo, a dar la notizia che il bastimento aveva gettato l'àncora nel fondo della baia, ma in sì miserando stato, che sarebbesi forse sommerso prima che l'equipaggio fosse sbarcato. Il conte fece tosto partire tulle le barche, annunziando agli stranieri che li avrebbe ricevuti nel castello. Tra essi eranvi Emilia Sant'Aubert, Dupont, Lodovico ed Annetta, i quali imbarcatisi a Livorno, e giunti a Marsiglia, traversavano il golfo di Lione quando vennero assaliti dalla tempesta. Furono tutti ricevuti dal conte con grande affabilità. Emilia avrebbe voluto andare al convento di Santa Chiara quell'istessa sera, ma egli non volle permetterglielo.

Il conte ritrovò in Dupont un'antica conoscenza, [138] e si fecero i più cordiali complimenti. Emilia fu ricevuta colla più cortese ospitalità, e la cena fu servita.

L'affabilità naturale di Bianca, e la gioia cui esprimeva per la salvezza dei forestieri, che aveva sì sinceramente compianti, rianimarono a poco a poco gli spiriti di Emilia. Dupont, sciolto dal timore provato per lei e per sè medesimo, sentiva la differenza della propria situazione. Uscendo da un mare procelloso, in procinto d'inghiottirli, si ritrovava in una bella casa, ove regnavano l'abbondanza ed il gusto, e nella quale riceveva cortesissima accoglienza.

Annetta intanto raccontava alla servitù i pericoli sofferti, felicitandosi della propria salvezza e di quella di Lodovico. In una parola, risvegliò il brio e l'allegrezza in tutta quella gente. Lodovico era lieto come lei, ma sapeva contenersi, e procurava inutilmente di farla tacere. In fine, le risa smoderate furono intese persino dall'appartamento della contessa, che mandò a sentire cosa fosse quel chiasso, raccomandando il silenzio.

Emilia si ritirò di buon'ora per cercare quel riposo, onde avea tanto bisogno; ma stette un pezzo senza poter dormire, perchè il di lei ritorno in patria le ridestava interessanti memorie. I casi occorsi, i patimenti sofferti dopo la sua partenza, le si affacciarono con forza, non cedendo che all'immagine di Valancourt. Sapere ch'essa abitava la medesima terra, dopo sì lunga separazione, era per lei una fonte di gioia. Passava quindi all'inquietudine e all'ansietà, quando considerava lo spazio del tempo scorso dall'ultima lettera ricevuta, e tutti gli avvenimenti che, in cotesto intervallo, avrebber potuto cospirare contro il suo riposo e la sua felicità; ma l'idea che Valancourt non esistesse più, o che, se viveva, l'avesse dimenticata, era sì terribile pel suo cuore, che non potè sopportarla. Risolse d'informarlo subito il giorno dopo del suo arrivo in[139] Francia con una lettera. La speranza finalmente di sapere in breve ch'egli stava bene, ch'era poco lontano da lei, ed in ispecie che l'amava ancora, calmò la di lei agitazione: il suo spirito si racchetò, chiuse gli occhi, e addormentossi.

CAPITOLO XXXVII

Bianca aveva preso tanto interesse per Emilia, che quando seppe ch'essa voleva andar ad abitare il convento vicino, pregò il padre d'impegnarla a prolungare il suo soggiorno nel castello «Voi comprendete benissimo,» soggiunse, «quanto sarei contenta di avere una tal compagna. Ora non ho verun'amica, colla quale io possa leggere o passeggiare. La signora Bearn è amica soltanto della mamma.»

Il conte sorrise di quell'ingenua semplicità, che faceva cedere la figlia alle prime impressioni. Si propose di dimostrargliene il pericolo a suo tempo; ma in quel punto applaudì, col suo silenzio, a quella cordialità che la portava a fidarsi istantaneamente d'una sconosciuta.

Aveva osservato Emilia con attenzione, e gli era piaciuta, per quanto poteva comportarlo una sì breve conoscenza. Il modo con cui Dupont aveagli parlato di lei, l'aveva confermato nella sua idea; ma vigilantissimo sulle relazioni della figlia, e intendendo come Emilia fosse conosciuta al convento di

Santa Chiara, risolse di recarsi a visitare l'abbadessa, e se le di lei informazioni avessero corrisposto ai suoi desiderii, voleva invitare Emilia a passar qualche giorno in casa sua. Aveva in vista, sotto questo rapporto, più il piacere della figlia, che il desiderio di far cosa grata all'orfana, ma nulladimeno prendeva per lei un sincero interesse.

Il dì dopo, Emilia era troppo stanca, e non potè scendere cogli altri a far colazione. Dupont fu pregato[140] dal conte, come antico conoscente, di prolungare il suo soggiorno nel castello. Egli vi acconsentì volentieri, tanto più che questa circostanza lo tratteneva presso Emilia. Non poteva in fondo al cuore alimentare la speranza ch'ella corrispondesse giammai alla sua passione ma non aveva coraggio di procurar di vincerla.

Allorchè Emilia fu alquanto riposata, andò a passeggiare colla novella amica, e fu sensibilissima alle bellezze di quei punti di vista. Nel vedere il campanile del monastero, annunziò a Bianca esser quello il luogo in cui voleva andare a risiedere.

«Ahi» rispose questa sorpresa; «io sono appena uscita di convento, e voi vi ci volete rinchiudere! Se sapeste quanto piacere io provo nel passeggiar qui con libertà, e nel vedere il cielo, i campi ed i boschi intorno a me, credo che abbandonereste quest'idea.» Emilia sorrise dell'eloquenza, colla quale ella si esprimeva, dicendole come non avesse l'intenzione di chiudersi in monastero per tutta la vita.

Rientrando in casa, Bianca la condusse alla sua torre favorita, e nelle antiche stanze già da lei visitate. Emilia si divertì ad esaminare la distribuzione, a considerare il genere e la magnificenza dei mobili ed a paragonarli con quelli del castello di Udolfo, ch'erano però più antichi e straordinari. Considerò anche Dorotea che le accompagnava, e parea quasi tanto antica, quanto gli oggetti che la circondavano. Parve che la vecchia guardasse Emilia con interesse, ed anzi l'osservava con tanta attenzione, che appena intendeva quanto le dicevano.

Emilia, affacciatasi ad una finestra, volse gli sguardi sulla campagna, e vide con sorpresa molti oggetti, di cui conservava ancora la memoria: i campi, i boschi ed il ruscello che aveva traversati con Voisin una sera, dopo la morte di Sant'Aubert, nel tornare dal convento alla casa di quel buon vecchio. Riconobbe[141] Blangy essere il castello che aveva scansato allora, e sul quale Voisin aveva tenuto discorsi così strani.

Sorpresa di tale scoperta, ed intimorita senza saperne il motivo, restò qualche tempo in silenzio, e rammentossi l'emozione di suo padre al trovarsi vicino a quella dimora. Anche la musica da lei sentita, e sulla quale Voisin le aveva fatto un racconto così ridicolo, le tornò allora in mente. Curiosa di saperne davvantaggio, domandò a Dorotea se si sentisse ancora musica a mezzanotte, e se ne conoscesse l'autore.

«Sì, signorina,» rispose la vecchia, «si sente tuttavia quella musica, ma non se ne conosce l'autore, ed io credo che non si saprà mai. Avvi qualcuno che indovina cos'è.

— Davvero!» sclamò Emilia; «e perchè non seguitano a far ricerche?

— Ah! signorina, abbiamo cercato anche troppo; ma chi può seguire uno spirito?»

Emilia sorrise, e rammentandosi quanto avesse recentemente sofferto per la superstizione, risolse di resistervi, benchè sentisse suo malgrado un certo timore mescolarsi alla curiosità. Bianca, che fin allora aveva ascoltato in silenzio, domandò cosa fosse questa musica, e da quanto tempo la si sentisse.

«Sempre, dopo la morte della nostra padrona,» rispose Dorotea. «Ma ciò non c'entra con quel che voleva dirvi.

— Diteci, ve ne prego, diteci tutto,» rispose Bianca. «Ho preso molto interesse a quel che mi hanno raccontato suor Concetta e suor Teresa in convento sulle apparizioni.

— Voi non avete mai saputo, o signorina, per qual motivo fummo costretti di uscire dal castello per andar ad abitare in quella casuccia?» continuò Dorotea.

— No, al certo,» rispose Bianca impaziente.[142]

— Nè la ragione, per la quale il signor marchese...» Qui titubò, e cambiò discorso; ma la curiosità di Bianca era destata; ella sollecitò la vecchia a continuar il suo racconto, ma non potè indurvela. Era dunque evidente ch'essa s'allarmava della sua imprudenza.

«So bene,» disse Emilia sorridendo, «che tutte le case antiche sono frequentate dagli spiriti. Vengo da un teatro di prodigi, ma disgraziatamente, dopo che ne uscii, n'ebbi la spiegazione.»

Bianca taceva, e Dorotea stava seria e sospirava. Emilia, rammentando lo spettacolo veduto in una camera di Udolfo, e, per una bizzarra relazione, le parole allarmanti lette accidentalmente in una delle carte bruciate per cieca obbedienza agli ordini paterni, fremeva al significato che sembrava avessero, quasi quanto all'orribile oggetto da lei scoperto sotto il velo funesto.

Bianca intanto, non potendo indurre Dorotea a spiegarsi di più, la pregò, passando vicino alla porta chiusa, di farle vedere tutti gli appartamenti.

«Cara signorina,» rispose la custode, «vi ho già dette le mie ragioni per non aprire quella stanza. Non vi sono più entrata dopo la morte della mia cara padrona: quella camera mi affliggerebbe troppo: per carità dispensatemene.

— Sì, certo,» rispose Bianca, «se tal è il vostro vero motivo.

— Pur troppo è l'unico,» disse la vecchia. «Noi l'amavamo tanto, ed io la piangerò sempre. Il tempo vola sì rapido! Sono molti anni ch'è morta, eppur mi ricordo, come se fosse oggi, di tutto quel che accadde allora. Molte cose nuove mi sfuggirono dalla memoria; ma le antiche le vedo come in uno specchio.» Poi, avanzandosi nella galleria, e guardando Emilia, soggiunse: «Questa signorina mi rammenta la signora marchesa: mi ricordo ch'era fresca come lei ed aveva il medesimo sorriso. Povera donna! Com'era allegra quando fece il suo ingresso qui![143]

— Che! forse non lo fu anche in seguito?» disse Bianca.

Dorotea scosse la testa. Emilia l'osservava, e sentivasi penetrata da vivo interesse. «Se ciò non vi affligge,» disse Bianca, «fateci la grazia di raccontare qualcosa della marchesa.

— Signora,» rispose Dorotea, «se voi ne sapeste quanto me, le trovereste troppo penose, e ve ne pentireste. Vorrei cancellarne l'idea sulla mia memoria, ma è impossibile... Io vedo sempre la mia cara padrona al suo letto di morte, vedo i suoi sguardi e mi rammento i suoi discorsi. Dio! che scena terribile!

— Che le accade dunque di sì terribile?

— Ah! la morte non è dunque abbastanza terribile?»

La vecchia non rispose ad alcuna delle interrogazioni di Bianca. Emilia, osservando che le spuntavano le lacrime, cessò d'importunarla, e procurò di attirare l'attenzione della sua giovine amica su qualche punto del giardino. Il conte, la contessa e Dupont vi stavano passeggiando, ed esse li raggiunsero.

Quando il conte vide Emilia, le andò incontro, e la presentò alla contessa in un modo così gentile, che le rammentò l'affabilità del proprio genitore.

Prima di aver finito i suoi ringraziamenti per l'ospitalità ricevuta, ed espresso il desiderio di recarsi tosto al convento, fu interrotta da un invito pressantissimo di prolungare il di lei soggiorno nel castello. Il conte e la contessa ne la pregarono con tanta sincerità, che malgrado il desiderio che aveva di rivedere le amiche del monastero, e sospirare nuovamente sulla tomba dell'amato padre, acconsentì di restare per qualche giorno. Scrisse intanto alla badessa per informarla del suo arrivo, e pregarla di riceverla nel convento come educanda. Scrisse parimente a Quesnel ed a Valancourt, e siccome non[144] sapeva ove indirizzare precisamente quest'ultima lettera, la diresse in Guascogna al fratello del cavaliere.

Verso sera, Bianca e Dupont accompagnarono Emilia alla casa di Voisin; nell'avvicinarsene, provò una specie di piacere misto ad amarezza. Il tempo aveva calmato il suo dolore, ma la perdita fatta non poteva cessare di esserle sensibile; si abbandonò con dolce tristezza alle memorie che le rammentava quel luogo. Voisin viveva ancora, e sembrava godere, come in passato, della placida sera di una vita senza rimorso. Era seduto innanzi alla porta della sua casa, compiacendosi della vista dei nipotini, che scherzavano intorno a lui, e di cui ora il suo riso, ora le sue parole eccitavano l'emulazione. Riconobbe subito Emilia, e mostrò gran gioia nel rivederla, annunciandole che, dopo la sua partenza, la di lui famiglia non aveva sofferto affanni o perdite funeste.

Emilia non ebbe coraggio di entrare nella camera ov'era morto Sant'Aubert, e dopo un'ora di conversazione, tornò al castello.

Nei primi giorni che soggiornò a Blangy, osservò con pena la malinconia profonda, che assorbiva troppo spesso Dupont. Emilia compiangeva l'acciecamento che lo tratteneva vicino a lei, e risolse di ritirarsi al convento appena potesse farlo. L'abbattimento dell'amico non tardò ad inquietare il conte, e Dupont gli confidò finalmente il segreto del suo amore senza speranza. Villefort si limitò a compiangerlo, ma decise fra sè di non trascurare veruna occasione per favorirlo. Allorchè conobbe la pericolosa situazione di Dupont, si oppose debolmente al desiderio da lui esternato di partire da Blangy l'indomani; gli fece però promettere di venire a passarvi qualche tempo, quando il suo cuore fosse stato più tranquillo. Emilia, che pur non potendo incoraggiare il suo amore, ne stimava le buone qualità, ed era gratissima ai di lui servigi, provò grand'emozione[145] quando lo vide partire per la Guascogna. Si separò da lei con tal espressione di dolore, che il conte s'interessò vie più per l'amico.

Pochi giorni dopo, anche Emilia partì dal castello, avendo però dovuto promettere al conte ed alla contessa di venire spesso a trovarli. La badessa la ricevè colla materna bontà di cui le aveva già data prova, e le monache con nuovi segni d'amicizia. Quel convento, a lei sì noto, risvegliò le sue tristi idee; ringraziava il Supremo Motore di averla fatta sfuggire a tanti pericoli, sentiva il prezzo dei beni che le restavano, e sebbene bagnasse sovente la tomba di suo padre delle sue lacrime, non sentiva più però la medesima amarezza.

Qualche tempo dopo il suo arrivo nel monastero, Emilia ricevè una lettera dello zio Quesnel in risposta alla sua, e alle domande su' suoi beni, che egli aveva preteso amministrare nella di lei assenza. Erasi specialmente informata sull'affitto del castello della valle, che desiderava abitare, se le sue sostanze glie lo permettevano. La risposta di Quesnel fu secca e fredda come se l'aspettava; non esprimeva nè interesse per i di lei patimenti, nè piacere perchè ne fosse sfuggita. Quesnel non perdè l'occasione per rimproverarle il suo rifiuto alle nozze del conte Morano, cui cercava rappresentare come ricco e uomo d'onore; declamava con veemenza con quell'istesso Montoni, al quale fin allora, erasi riconosciuto tanto inferiore; era laconico circa gl'interessi pecuniari di Emilia, avvertendola però che l'affitto del castello della valle spirava fra poco; non l'invitava ad andare da lui, ed aggiungeva che, nello stato meschino della sua sostanza, avrebbe fatto benissimo a restare per qualche tempo a Santa Chiara. Non rispondeva nulla alle di lei domande sulla sorte della povera Teresa, la vecchia serva del padre suo. In un poscritto, Quesnel, parlando di Motteville, nelle cui mani Sant'Aubert aveva posto la maggior parte[146] del suo patrimonio, le annunziava che i di lui affari stavano per accomodarsi, e ch'essa ne ritirerebbe più di quel che avrebbe potuto aspettarsi. La lettera conteneva parimente una cambiale a vista per riscuotere una modica somma da un mercante di Narbona.

La tranquillità del monastero, la libertà statale accordata di passeggiare sul lido e pei boschi circonvicini, tranquillarono a poco a poco lo spirito di Emilia, la quale però sentivasi inquieta a proposito di Valancourt, ed impaziente di riceverne una risposta.

FINE DEL TERZO VOLUME

Milano 1875 — Tip. Ditta Wilmant.

NOTA

La presente edizione del libro è una traduzione abbreviata e priva di quasi tutte le parti in poesia. La versione originale completa in inglese è disponibile su Project Gutenberg: The mysteries of Udolpho.

Ortografia e punteggiatura originali sono state mantenute, correggendo senza annnotazione minimi errori tipografici. In particolare, l'uso di trattini e virgolette per introdurre il discorso diretto, molto irregolare e incoerente, è stato per quanto possibile regolarizzato. Un indice è stato inserito all'inizio.

I seguenti refusi sono stati corretti [tra parentesi il testo originale]:

P. 9 - vide uscire Cavignì, Verrezzi [Verezzi] e Bertolini

20 - spaventata al maggior [maggiar] segno.

35 - quanto voi state in [in in] pena

38 - mi ha dato questa chiave, incaricandomi [incarincandomi]

48 - violente [violenti] e diverse passioni

50 - se [se se] si fosse di nuovo mostrata

113 - quest'articolo essenziale [esenziale].

142 -
le parole allarmanti lette accidentalmente [accidentalmante]

Grafie alternative mantenute:

- balia / balìa
- colta / côlta
- follia / follìa

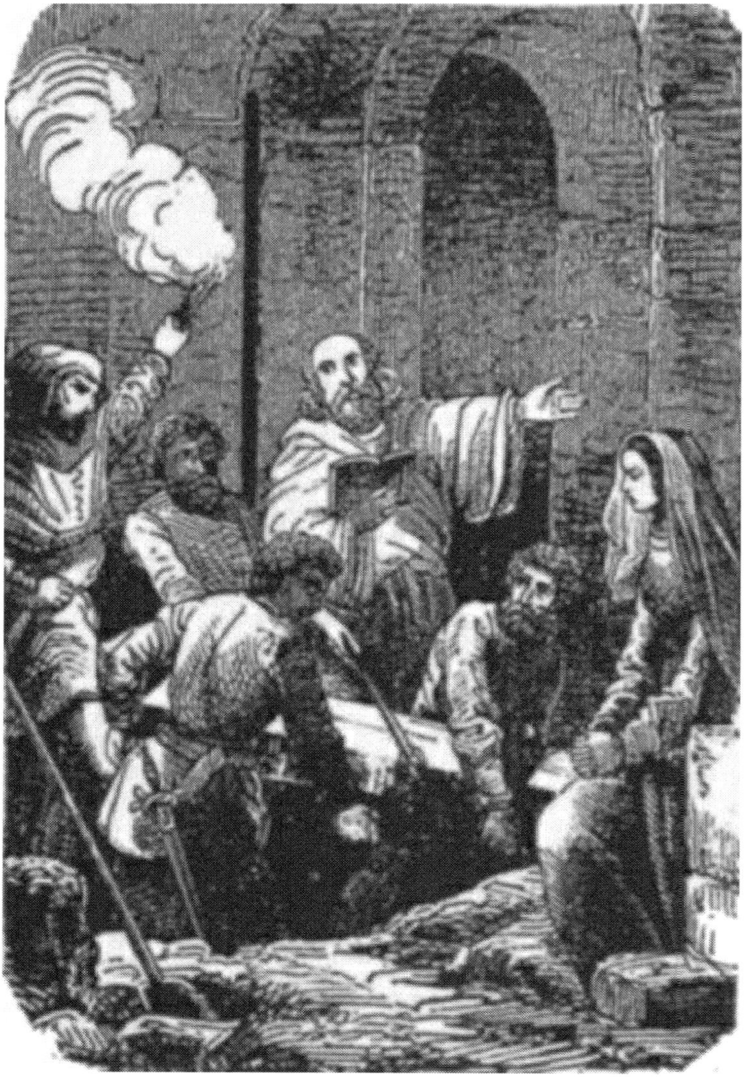

CAPITOLO XXXVIII

Bianca, che intanto trovavasi sola, non vedea l'ora di riveder la nuova amica, per dividere seco lei il piacere dello spettacolo della natura. Non aveva più nessuno cui esprimere l'ammirazione e comunicare le sue idee. Il conte, accortosi del di lei dispiacere, fece ricordare ad Emilia la visita promessa, ma il silenzio prolungato di Valancourt inquietava tanto la fanciulla, che fuggiva la società, ed avrebbe voluto differire il momento di riunirvisi fin quando non fosse calmata la sua ansietà. I Villefort la sollecitarono però così vivamente, che non potendo spiegare il motivo che l'attaccava alla solitudine, temè il suo rifiuto non avesse l'aria del capriccio, ed offendesse quegli amici dei quali voleva conservare la stima. Ritornò dunque al castello di Blangy; l'amicizia del conte la incoraggì a parlargli della sua posizione relativamente ai beni della zia ed a consultarlo sul modo di rivendicarli: non eravi dubbio che la legge non fosse in suo favore. Il conte la consigliò di occuparsene, e le offrì perfino di scrivere ad un avvocato di Aix per averne il parere. L'offerta venne accettata; le garbatezze che riceveva giornalmente in quella casa, l'avrebbero resa ancora felice, se avesse potuto esser certa che Valancourt [6]stava bene e l'amava sempre. Aveva già passata più d'una settimana al castello senza riceverne notizie; sapeva benissimo che se Valancourt non fosse stato dal fratello, era molto dubbio che la sua lettera pervenisse, ed intanto l'inquietudine, il timore che non poteva vincere turbavano continuamente il di lei riposo. Le passavano per l'idea i tanti casi, che potevano essere divenuti possibili dopo la sua cattività nel castello di Udolfo; talvolta era colta da tanto timore, o che Valancourt non esistesse più, o che non esistesse più per lei, che la compagnia istessa di Bianca le diveniva insopportabile. Passava ore intiere sola nella sua stanza, quando le occupazioni della famiglia le permettevano di farlo senza inciviltà.

In uno di questi momenti di solitudine, aprì una cassettina contenente le lettere di Valancourt, e qualcuno dei disegni fatti in Toscana; ma questi ultimi oggetti l'interessavano poco. Cercava in quelle lettere il piacere di rammentarsi una tenerezza, che aveva formato tutta la sua consolazione, ed avevale fatto qualche volta obliare ogni affanno; ma esse non producevano più l'istesso effetto, aumentando invece le sue angoscie. Pensava, aver forse Valancourt potuto cedere alla forza del tempo e della lontananza. Oppressa da tai dolorosi pensieri, appoggiò la testa sulle mani, lasciando libero sfogo alle lacrime. In quel momento, Dorotea entrò per avvertirla che il pranzo sarebbe stato anticipato di un'ora. Sussultò Emilia, ed affrettossi a raccogliere le carte; ma la vecchia notò le sue lagrime e la sua agitazione.

«Ah! signorina,» esclamò essa, «nella vostra fresca età avete anche voi affanni?»

Emilia si sforzò di sorridere, ma non poteva parlare.

«Oimè! cara fanciulla, quando avrete i miei anni, non piangerete per inezie. Certo non dovete affliggervi per qualcosa di serio?

[7]

— No, Dorotea,» rispose Emilia, «nulla d'importante.»

Dorotea, chinatasi per raccogliere qualcosa, esclamò improvvisamente; «Cielo! che vedo?» Cominciò a tremare, e si abbandonò su d'una sedia.

— Cosa avete veduto?» disse Emilia guardandosi intorno.

— È ella stessa,» disse Dorotea, «è lei precisamente com'era poco tempo innanzi la sua morte... Questo ritratto, oh Dio! dove l'avete trovato? È la mia cara padrona, è lei stessa!» E gettò sul tavolino la miniatura trovata da Emilia tra le carte che il padre le aveva ordinato di bruciare; era lo stesso ritratto, sul quale l'aveva una volta veduto piangere. Rammentandosi a tal proposito le circostanze della sua condotta, che l'avevano tanto sorpresa, l'emozione di Emilia fu tale, che non ebbe la forza d'interrogare Dorotea: tremava delle risposte che avrebbe potuto riceverne, e potè appena domandarle s'era certa che quello fosse il ritratto della marchesa.

«Ah! signorina,» rispose la vecchia, «come mi avrebbe colpito in questo modo, se non fosse l'effigie della mia padrona! O cielo,» soggiunse quindi riprendendo la miniatura, «ecco i suoi begli occhi azzurri, e quello sguardo così affabile e lusinghiero! Ecco la sua espressione, quando aveva pianto sola per qualche tempo! Ecco quell'aria di pazienza e rassegnazione, che mi squarciava il cuore e me la faceva adorare!

— Dorotea,» disse Emilia, «io prendo per la vostra afflizione un interesse maggiore che non potete supporre. Vi domando di non negarvi a soddisfar la mia curiosità, che non è frivola.»

Sì dicendo, ella rammentossi delle carte, fra le quali aveva trovato il ritratto, e si convinse quasi che fossero relative alla marchesa di Villeroy. Ma la supposizione le fece nascere uno scrupolo. Temeva che fosse precisamente il segreto che suo padre aveva voluto nasconderle, e pareale di mancare al[8] suo dovere cercando di penetrarlo. Qualunque fosse la sua curiosità sul destino della marchesa, è probabile che vi avrebbe resistito tuttavia, se fosse stata certa che quelle terribili parole rimastele impresse appartenessero all'istoria di quella dama, o che le particolarità che poteva confidarle Dorotea potessero entrare nel divieto di suo padre. Ma ciò che sapeva Dorotea poteano saperlo molti altri, e non era presumibile che Sant'Aubert avesse il progetto di nascondere alla sua figlia ciò ch'essa poteva sapere in altra guisa. Emilia ne concluse che se quelle carte erano relative alla marchesa, non versavano su d'un oggetto che Dorotea potesse spiegarle; per cui, bandito ogni scrupolo, cominciò ad interrogarla.

«Ah! signorina,» disse la vecchia, «la è un'istoria dolorosa, ed ora non posso raccontarvela; ma che dico? Non ve ne parlerò mai. Son molti anni ch'è accaduta, questa disgrazia, e non ho mai più parlato della signora marchesa se non con mio marito. Egli stava in questa casa come me, e sapeva soltanto da me certi dettagli che gli altri ignoravano. Io assisteva la padrona nell'ultima sua malattia, e ne seppi più che non il marchese istesso. Santa donna, quanto era paziente! Quand'essa morì, credetti morir con lei.

— Dorotea,» la interruppe Emilia, «potete esser certa che quanto mi dite non uscirà mai dalla mia bocca. Vi ripeto che ho ragioni per cercar schiarimenti in proposito, e m'impegno coi più sacri giuramenti a non rivelar mai i vostri segreti.» Dorotea parve commossa dalle parole di lei; la guardò tacendo, e poi soggiunse: «Mia bella signorina, la vostra fisonomia mi parla a vantaggio vostro. Voi somigliate tanto alla mia cara padrona, che mi par di vedermela innanzi agli occhi. Se foste sua figlia, non potreste rammentarmela meglio di così. Ma l'ora del pranzo si avvicina, e voi dovete andare ad unirvi alla famiglia che vi attende.[9]

— Promettetemi prima di aderire alla mia domanda,» disse Emilia.

— E voi, signorina, spero che mi direte in qual modo quel ritratto è caduto nelle vostre mani, ed i motivi della vostra curiosità a proposito della mia padrona.

— No, Dorotea,» replicò Emilia ravvedendosi. «Ho ancor io ragioni particolari per tacere, almeno fin quando non ne sappia qualcosa di più. Ricordatevi che non vi prometto nulla, e se volete compiacervi di contentar la mia curiosità, non dovete farlo coll'idea ch'io possa soddisfare la vostra. Ciò ch'io non voglio rivelare, non interessa me sola, altrimenti avrei meno riguardo a parlarne, e voi non potete narrarmi quanto desidero, se non confidando nel mio onore.

— Ebbene, madamigella,» disse Dorotea, dopo averla per qualche tempo fissata, «voi mostrate tanto interesse; quel ritratto, e la vostra fisonomia in particolare, mi fanno pensare che potete sì realmente prenderne, ch'io vi confiderò cose non mai dette ad altri tranne a mio marito, sebbene molti ne abbiano sospettata una parte. Vi descriverò la morte della marchesa, e vi dirò le mie idee in proposito. Ma promettetemi per tutti i santi...»

Emilia, interrompendola, le promise solennemente di non rivelar mai, senza suo consenso, quanto le avrebbe detto.

«Odo la campana che chiama a pranzo,» disse la vecchia, «io non posso più trattenermi.

— Quando potrò dunque rivedervi?»

Dorotea riflettè, e riprese:

«Per non dar sospetto, verrò da voi allorchè tutti dormiranno.

— Benissimo, ricordatevi di non mancare.

— Sì, sì, me ne rammenterò. Ma temo di non poter venire stanotte, essendovi il ballo della vendemmia, e quando cominciano non ismettono fino a giorno. Io soglio assistervi, e non voglio mancarci...»[10]

Emilia affrettossi a scendere. La sera, il conte e la sua famiglia, eccettuate la contessa e la Bearn, andarono a passeggiare onde partecipare alla gioia dei contadini. La festa si faceva in un'aia intorno alla quale erano appesi lumi agli alberi, da cui pendeva a festoni l'uva matura. Sotto una pergola vedeansi imbandite tavole copiosamente provviste di pane, vino, frutta e cacio. I suonatori, seduti appiè degli alberi, parevano partecipare dell'allegria prodotta dai loro strumenti. Un fanciullo suonava il cembalo e ballava solo, e co' suoi gesti, veramente ridicoli, raddoppiava le risa ed il brio di quella festa campestre.

Il conte gioiva di que' piaceri cui aveva contribuito la sua liberalità. Bianca prese parte al ballo con un gentiluomo del vicinato. Dupont venuto a visitare il conte a tenore della sua promessa, desiderava danzare con Emilia, ma ella era troppo trista, per prender parte a tanto brio. Questa festa le rammentava quella dell'anno precedente, gli ultimi momenti del padre, ed il caso terribile che l'aveva troncata. Piena di tali rimembranze, si allontanò insensibilmente, internandosi nel bosco; i suoni addolciti dalla musica tempravano la sua malinconia; la luna diffondea attraverso le foglie una luce misteriosa; immersa ne' pensieri, senza accorgersi della distanza si ritrovò nel viale, in cui la notte dell'arrivo di suo padre colà, Michele aveva procurato di trovargli un asilo. Il viale era sempre deserto e selvaggio come allora.

Considerando il luogo, si rammentò le emozioni ivi sofferte allo scorgere la figura ch'erasi dileguata fra gli alberi, ed ebbe qualche paura; tornò tosto indietro, in quella udì un rumor di passi, e fu raggiunta da una persona, che riconobbe per Enrico, il quale le manifestò qualche sorpresa di trovarla così lontana: essa gli disse che il piacere di passeggiare al chiaro della luna l'aveva fatta involontariamente[11] inoltrare in quel viale. D'improvviso, udì un'esclamazione d'un uomo che seguiva Enrico a poca distanza, e le parve riconoscere Valancourt; era lui stesso. L'incontro fu quale si può immaginarlo tra due persone sì care l'una all'altra, e separate per tanto tempo. Nell'ebbrezza del momento, Emilia obliò tutti i suoi affanni: Valancourt stesso pareva obliare che esistessero nel mondo altri fuor di lei, ed Enrico, attonito, li considerava in silenzio.

Valancourt le fece tante interrogazioni in una volta, che non ebbe tempo di rispondergli. Seppe che la sua lettera eragli stata mandata a Parigi, mentre partiva per la Guascogna; e che finalmente avendola ricevuta era volato in Linguadoca. Giunto al monastero, d'onde ella aveva datata la sua lettera, con molto suo dispiacere trovò le porte chiuse per esser già notte. Credendo di non poter vedere Emilia se non il giorno dopo, tornava al suo alloggio, quando incontrò Enrico, da lui conosciuto a Parigi, e per caso infine si trovò presso colei che non si lusingava di vedere se non la domane.

CAPITOLO XXXIX

Emilia, Valancourt e Enrico tornarono insieme alla festa; quest'ultimo presentò Valancourt al conte; Emilia credette accorgersi che questi non lo riceveva coll'ordinaria cordialità, quantunque paresse che si fossero già veduti. Fu invitato a godere i divertimenti della sera: quand'ebbe fatti i debiti complimenti al conte, andò a sedere accanto ad Emilia, e potè parlarle senza riserbo. I lumi appesi agli alberi permisero alla fanciulla di considerare quel volto, di cui nella sua assenza aveva procurato di rammentarsi tutti i lineamenti, e vide con pena che non era più l'istesso. Brillava come pel passato, di spirito e di fuoco, ma aveva perduto molto di quella semplicità, ed un poco anche di quella franca bontà,[12] che ne formava il carattere principale: era sempre però una fisonomia interessante. Emilia credeva travedere in lui un misto d'inquietudine e di malinconia. Egli cadeva talvolta in un'astrazione passeggera, e sembrava sforzarsi d'uscirne; tal altra guardava fiso la fanciulla, ed una specie di fremito pareva agitare la di lui anima. Ritrovava in Emilia la stessa bontà e beltà semplice che l'aveva sedotto allorchè la conobbe. Le guance erano un po' impallidite, ma la di lei dolce fisonomia, sebbene alquanto malinconica, la rendeva sempre più interessante.

Gli raccontò le più importanti circostanze di quanto erale accaduto dopo la di lei partenza di Francia. La pietà e lo sdegno penetravano a vicenda, Valancourt al racconto delle atrocità di Montoni. Più di una volta, mentr'essa parlava, egli alzossi dalla sedia e passeggiò agitato. Non parlò se non dei mali da lei sofferti, nelle poche parole che potè dirigerle, non intese ciò ch'ella gli disse, quantunque con chiarezza, del sacrifizio necessario dei beni della sua zia, e della poca speranza di ricuperarli. Il giovane che pareva agitato da qualche affanno segreto, la lasciò bruscamente; quando tornò, ella si accorse che aveva pianto, e lo pregò di rimettersi. «Le mie pene sono finite,» gli disse Emilia, «io sono sfuggita alla tirannia di Montoni. Vi ritrovo sano, lasciate adunque ch'io vi veda anche felice.»

Valancourt, più agitato che mai, rispose: «Io sono indegno di voi, Emilia, sono indegno di voi.» Tali parole, e più ancora l'espressione colla quale vennero pronunziate, afflissero vivamente Emilia. «Non mi guardate così,» le diss'egli stringendole la mano, «deh! non mi guardate così!

— Vi vorrei chiedere,» gli diss'ella con voce affettuosa e commossa, «di spiegarvi chiaramente; ma mi accorgo che in questo momento tal domanda vi affliggerebbe: parliamo di tutt'altro: domani forse sarete più tranquillo. Voi eravate una volta ammiratore[13] della natura; vi rammentate il nostro viaggio dei Pirenei?

— E posso obliarlo? Fu quella l'epoca più felice della mia vita: allora io amava con entusiasmo tutto ciò ch'era veramente buono e grande. Promettetemi Emilia di non dimenticarlo mai, ed io sarò tranquillo.

— La mia condotta dipenderà dalla vostra,» disse Emilia, «ma possiamo essere ascoltati. Viene appunto madamigella Bianca; andiamole incontro.»

I due amanti, raggiunta Bianca, recaronsi dal conte, e si misero a tavola sotto una pergola, ove sedevano i più venerandi vassalli, e tutti stettero allegri, tranne Emilia e Valancourt. Quando il conte tornò al castello, non invitò questi a seguirlo; egli prese dunque congedo da Emilia, e partì. La fanciulla, tornando in camera, pensò a lungo alla condotta di Valancourt ed all'accoglienza fattagli dal conte, ed in mezzo a queste riflessioni, obliò Dorotea. La mattina era già inoltrata quando se ne ricordò, e pensando giustamente che la buona vecchia non sarebbe venuta, pensò a riposare.

La sera seguente, il conte incontrò a caso Emilia in un viale del giardino. Parlarono della festa, ed il discorso cadde su Valancourt.

«Quel giovine ha talento,» disse Villefort. «Lo conoscete voi da un pezzo?

— Da un anno circa.

— Mi fu presentato a Parigi, ed in principio ne fui contentissimo.» E si fermò.

Emilia tremava, desiderava saperne di più, e temeva di far conoscere l'interesse che vi prendeva.

«Posso io domandarvi,» soggiunse egli poscia, «da quanto tempo vedete il signor Valancourt?

— Posso io domandarvi, o signore, il motivo di questa interrogazione?» diss'ella; «e vi risponderò immediatamente.

— Sicuro io vi dirò i miei motivi. È chiaro che[14] Valancourt vi ama, e fin qui non vi è nulla di straordinario, chè tutti quelli che vi vedono fanno altrettanto. Non ve lo dico per complimento, parlo con sincerità; ciò ch'io temo è ch'egli non sia amante preferito e corrisposto.

— Perchè lo temete voi, signore?» disse Emilia, cercando nascondere l'emozione.

— Perchè temo non ne sia degno.»

Emilia, agitatissima, lo pregò di spiegarsi meglio.

«Lo farò,» ripigliò egli, «se voi sarete convinta che solo l'interesse ch'io prendo per voi, mi ha indotto a parlarvene... Io mi trovo in una posizione delicata, ma il desiderio di esservi utile deve vincere tutto il resto. Volete voi aver la compiacenza d'informarmi in qual modo conosceste il signor Valancourt?»

Emilia raccontò brevemente come l'avesse incontrato, e pregò poscia il conte di spiegarsi.

«Il cavaliere e mio figlio,» le disse egli, «fecero amicizia nella casa di un loro compagno, ove l'incontrai io stesso. L'invitai a venire in casa mia: allora ignorava le sue relazioni con una specie di uomini, rifiuto della società, che vivono della risorsa del giuoco, e passano la vita nelle dissolutezze. Io conosceva soltanto qualche parente del cavaliere, e riguardava questo motivo come sufficiente per riceverlo in casa mia. Ma mi accorgo che voi soffrite... troncherò questo discorso.

— No, signore,» gli disse Emilia; «vi supplico di continuare.

— In breve seppi,» soggiunse il conte, «che le sue relazioni l'avevano trascinato in una vita di dissipazione da cui pareva non aver nè il potere, nè la volontà di ritirarsi. Perdè al giuoco grosse somme; questo vizio divenne per lui una vera passione, e si rovinò. Ne parlai con interesse ai di lui parenti, i quali mi assicurarono che le loro ammonizioni essendo state inutili, erano stanchi di farne. Seppi in[15] seguito che pe' suoi talenti era stato iniziato nei segreti della professione del giuoco, e che aveva avuta la sua parte in certi ignominiosi profitti.

— È impossibile,» sclamò Emilia; «ma perdonatemi, signore, non so quel che mi dico; perdonate al mio dolore: io credo, e debbo credere che foste male informato: il cavaliere ha senza dubbio nemici che hanno esagerato questi rapporti.

— Vorrei crederlo, ma nol posso; mi son deciso a parlarvene soltanto per l'interesse che prendo alla vostra felicità, e dietro mia piena convinzione.»

Emilia taceva, e rammentavasi le parole di Valancourt, che avevano scoperto tanti rimorsi, è sembravano confermare i detti del conte; non aveva però il coraggio di convincersene, ed il suo cuore era oppresso dall'angoscia. Dopo una lunga pausa Villefort soggiunse:

«Mi accorgo dei vostri dubbi, e li trovo naturali; è giusto ch'io vi dia la prova di quanto ho detto, eppure nol posso senza esporre qualcuno a me sommamente caro.

— Cosa temete, signore?» disse Emilia; «se posso prevenirlo; affidatevi al mio onore.

— Mi affido senza dubbio all'onor vostro, ma posso io fidarmi egualmente del vostro coraggio? Credete voi di poter resistere alle preghiere di un amante corrisposto, che, nel suo dolore, vorrà sapere il nome di chi lo priva della sua felicità?

— Non sarò esposta a questa tentazione, signore,» disse Emilia, con nobile fierezza, pur reprimendo a stento le lagrime; «non potrei continuare ad amare una persona che non posso più stimare, e perciò vi do la mia parola d'onore.

— Vi dirò dunque tutto; la convinzione è necessaria alla vostra futura pace, e la mia intiera confidenza è il solo mezzo per procurarvela. Enrico, il figlio mio, è stato troppo spesso testimone della cattiva condotta del cavaliere: vi fu quasi trascinato[16] anche lui, e si abbandonò a mille stravaganze; ma riuscii a preservarlo dalla perdizione. Giudicate ora, signora Emilia, se un padre, a cui l'esempio del cavaliere ha quasi traviato l'unico figlio, non abbia un titolo bastante per avvertire quelli ch'egli stima, di non affidare la loro felicità in tali mani. Ho veduto io stesso il cavaliere impegnato nel giuoco con tai persone, che fremo al solo rammentarle; se ne dubitate ancora potete informarvi meglio da mio figlio.

— Non dubito, o signore, dei fatti dei quali foste testimone, o che affermate,» disse Emilia, soccombendo al suo dolore; «il cavaliere si sarà forse abbandonato ad eccessi nei quali non cadrà più; se aveste conosciuto la purità dei suoi primi principii, potreste scusare la mia attuale incredulità.

— Aimè! quanto è difficile il credere ciò che ci affligge! ma non voglio consolarvi con false speranze... Noi sappiamo tutti quale attrattiva abbia la passione del giuoco, e quanto sia difficile il vincerla. Il cavaliere si correggerebbe forse per un certo tempo, ma tornerebbe ben presto a ricadere nella funesta sua inclinazione. Temo la forza dell'abitudine, temo anzi che il suo cuore sia già corrotto. E perchè dovrei nascondervelo? Il giuoco non è il suo unico vizio; pare ch'egli abbia preso il gusto di tutti i piaceri vergognosi.»

Qui il conte ammutolì; Emilia, addolorata, sentendosi quasi mancare, aspettava ciò che aveva ancora da dirle. Villefort, visibilmente agitato, continuò: «Sarebbe una delicatezza crudele se persistessi a tacerlo; per due volte, le stravaganze del cavaliere lo trassero nelle carceri di Parigi, d'onde è uscito, a quanto mi fu accertato da persone degne di fede, la mercè d'una certa contessa notissima, e colla quale viveva tuttavia quand'io partii da Parigi.»

E cessò di parlare; guardando Emilia, si accorse che cadeva svenuta, e s'affrettò a soccorrerla. Passò[17] qualche tempo prima ch'ella potesse riaversi: allora si trovò fra le braccia, non già del conte ma di Valancourt, il quale l'osservava con occhio smarrito, volgendole la parola con voce tremante. Al suono di quella voce tanto nota, Emilia aprì gli occhi, ma li rinchiuse tosto, e svenne di nuovo.

Il conte, con un'occhiata severa, fe' segno al giovane di allontanarsi. Questi non fece che sospirare e chiamare Emilia presentandole acqua. Il conte ripetè il suo gesto, e l'accompagnò con qualche parola; Valancourt rispose con uno sguardo risentito, ricusò di abbandonare il suo posto, finchè Emilia non fosse rinvenuta, e non permise ad alcuno di avvicinarsele; ma nell'istante parve che la sua coscienza l'informasse del soggetto dell'abboccamento del conte e di Emilia: i suoi occhi si accesero di sdegno, che fu tosto represso dall'espressione d'un profondo dolore: il conte, osservandolo, fu mosso a pietà più che ad ira. Emilia, ripreso l'uso dei sensi, si mise a piangere amaramente, ma facendosi coraggio ringraziò il conte ed Enrico, con cui Valancourt era entrato nel parco, e s'avviò al castello, senza dir nulla a quest'ultimo. Colpito nel cuore da tal condotta, egli esclamò: «Gran Dio! In qual modo ho io meritato questo trattamento? Che vi hanno detto per cambiarvi a tal punto?» Emilia, senza rispondere, ma sempre più commossa, raddoppiava il passo.

«Accordatemi pochi minuti di colloquio,» le diss'egli avanzandosi al di lei fianco, «ve ne scongiuro: io sono infelice.»

Quantunque avesse parlato sottovoce, il conte lo intese, e replicò che Emilia era troppo indisposta, onde poter parlare con alcuno, ma che ardiva accertare ch'ella avrebbe veduto il signor Valancourt il dì seguente se fosse stata meglio. Il giovane arrossì, guardò Villefort con fierezza, quindi Emilia con espressione di dolorosa sorpresa, poi raccogliendosi alquanto, soggiunse:[18]

«Ebbene, verrò, signora; approfitterò del *permesso del signor conte.*»

E fatto un leggiero inchino, si allontanò.

Appena rientrata nel suo appartamento, Emilia fu agitata da mille pensieri rammentandosi il racconto di Villefort. Talora credea che avessero falsamente accusato Valancourt, parendole impossibile che quel carattere sì franco e leale avesse potuto avvilirsi e cadere sì basso. Tal altra dubitava perfino della buona fede del conte, supponendolo spinto da motivi segreti a rompere la sua relazione con Valancourt; ma, riflettendoci, respingeva di poi siffatto pensiero. In ogni modo sentiva il peso della sua sventura. In mezzo al tumulto de' contrari affetti, si rammentò la semplicità dimostrata da Valancourt la sera precedente. Se avesse potuto dar ascolto al cuore, ne avrebbe sperato bene. Non poteva risolversi ad allontanarsi da lui per sempre, prima di avere acquistata una prova più convincente della sua cattiva condotta.

Infine deliberò di tornare al convento per passarvi due o tre giorni. Nello stato in cui si trovava, la società le diveniva insopportabile. Sperava che la solitudine del chiostro e la bontà della badessa l'aiuterebbero a riprendere qualche impero su sè medesima, ed a sostenere lo scioglimento che pur troppo prevedeva. Le pareva che sarebbe stata meno afflitta se Valancourt fosse morto, o s'egli avesse sposato qualche rivale. Ciò che la riduceva alla disperazione, era il vedere l'amante disonorato e coperto d'obbrobrio, costringendola così a strapparsi dal cuore un'immagine sì lungamente adorata.

Le triste riflessioni vennero interrotte da un biglietto di Valancourt, il quale, dipingendo il disordine dell'anima sua, la scongiurava di riceverlo quella sera medesima, anzichè la mattina. Provò essa tanta agitazione, che non ebbe la forza di rispondere: desiderava vederlo, per uscire da quello[19] stato d'incertezza. Recatasi dal conte, gli domandò consiglio. Villefort le rispose che, se credeva avere forza bastante da sopportare questa scena, credeva utile ad ambedue di accelerarla.

La fanciulla rispose all'amante che acconsentiva a vederlo, e procurò in seguito di raccogliere le forze ed il coraggio di cui aveva tanto bisogno per sostenere un colloquio che doveva distruggere le sue più dolci e care speranze.

CAPITOLO XL

Allorchè vennero ad avvertire Emilia che Villefort desiderava vederla, s'immaginò che vi fosse Valancourt. Nell'avvicinarsi al gabinetto del conte, la sua emozione divenne sì forte, che, non osando mostrarsi, si trattenne in sala per riaversi. Rimessasi alquanto, entrò, e trovò Valancourt seduto presso il conte. Si alzarono ambidue, e quest'ultimo si ritirò.

Emilia stava cogli occhi bassi, non potendo parlare, e respirando appena. Valancourt le sedette vicino; sospirava, e taceva. Finalmente, con voce tremante disse: «Desiderai vedervi stasera per uscire almeno dall'orribile incertezza in cui mi piombò il vostro cambiamento. Alcune parole del conte mi hanno spiegato qualcosa. Mi accorgo che ho nemici, invidiosi della mia felicità, accaniti a distruggerla; e m'accorgo parimente che il tempo e la lontananza indebolirono i vostri sentimenti per me.»

Queste ultime parole furono pronunziate colla massima commozione, ed Emilia non potè rispondere.

«Quale incontro è il nostro?» esclamò Valancourt alzandosi, e camminando a gran passi per la stanza;

«quale incontro, dopo una sì lunga e barbara separazione!» Tornò a sedere, poi soggiunse: «Emilia crudele, voi non mi parlate?» Si coprì la faccia come per nascondere l'agitazione, e prese[20] la mano di lei, che non seppe ritirarla. Essa non potè trattenere le lacrime: tutta la sua tenerezza tornò. Il giovane se ne accorse, un raggio di speranza gli surse nell'anima.

«E che! voi mi compiangete?» diss'egli; «voi mi amate ancora! Siete sempre la mia Emilia! Soffrite ch'io creda alle vostre lacrime.

— Sì, vi compiango, ma debbo io amarvi? Credete voi di essere tuttavia quel medesimo stimabile Valancourt ch'io amava pel passato?

— Che voi amavate pel passato?» sclamò egli. «L'istesso, l'istesso...» Si fermò un istante per la gran commozione, e continuò dolorosamente: «No, non sono più lo stesso, io son perduto: non son più degno di voi.» E si coprì di nuovo la faccia. Emilia era troppo colpita da una confessione tanto sincera per poter rispondere. Lottava contro il suo cuore, e sentiva il pericolo di fidar troppo nella sua risoluzione in presenza dell'amante. Le premea di por fine ad un colloquio sì penoso per entrambi. Ma, quando pensava che probabilmente sarebbe stato l'ultimo, mancavale ogni coraggio per non sentire più che il dolore e la tenerezza.

Valancourt intanto, divorato dai rimorsi e dall'affanno, non aveva forza, nè volontà di esprimersi. Sembrava appena sensibile alla presenza di

Emilia, e non faceva che piangere.

«Risparmiatemi,» gli disse la fanciulla, «il dispiacere di riparlare dei dettagli della vostra condotta, che mi obbligano a troncare la nostra relazione; bisogna separarci, ed io or vi vedo per l'ultima volta.

— No,» esclamò Valancourt, «il vostro cuore non può essere d'accordo col labbro; non potete pensare a respingermi per sempre da voi.

— Bisogna separarci,» ripetè Emilia, «e per sempre; la vostra condotta ce ne impone la necessità.

— È la decisione del conte, ma non la vostra;[21] ed io saprò con qual diritto egli si frappone tra noi.» Ed alzatosi, percorrea a passi precipitosi la camera.

— Disingannatevi,» disse Emilia non meno commossa. «La decisione è mia, il mio riposo lo esige.

— Il vostro riposo esige che noi ci separiamo per sempre!» sclamò Valancourt. «È vero ch'io sono decaduto dalla mia propria stima: ma come avreste potuto rinunziare così presto a me, se non aveste già cessato di amarmi, o se non aveste ceduto alle suggestioni d'un altro?... No, Emilia, voi non vi acconsentirete, se mi amate ancora, e troverete la vostra felicità nel conservare la mia.

— Come potrei essere scusabile,» rispos'ella, «se io vi affidassi il riposo della mia vita? Come potreste consigliarmelo, se vi fossi cara?

— Se mi foste cara? è egli possibile che dubitiate dell'amor mio? Ma sì, avete ragione di dubitarne, poichè io son meno disposto all'orrore di separarmi da voi, che a quello d'avvolgermi nella mia rovina. Sì, son rovinato, e rovinato senza risorsa; sono oppresso dai debiti, e non so come pagarli.»

Sì dicendo, gli occhi di lui erano smarriti e pieni di disperazione. Emilia fu costretta di ammirare la sua franchezza, e parve essere per qualche minuto in lotta con sè medesima.

«Io non prolungherò,» diss'ella alfine, «un abboccamento il cui esito non può essere felice. Valancourt, addio.

— No, voi non partirete,» gridò egli imperiosamente, «non mi lascerete così prima che l'animo mio abbia raccolta la forza necessaria per sopportare la mia perdita.»

Emilia, spaventata dal suo disperato dolore, gli disse con dolcezza:

«Riconosceste voi stesso la necessità di separarci; se volete farmi vedere che mi amate, perchè opporvi?[22]

— Io era uno stolto quando vi confessava... Emilia, è troppo: voi non v'ingannate sulle mie colpe, ma il conte è la barriera, e non sarà a lungo l'ostacolo della mia felicità.

— Ora voi parlate veramente da stolto: il conte non è vostro nemico, Valancourt; gli è mio amico, e questa sola considerazione dovrebbe bastare per farvelo riguardare come vostro.

— Vostro amico!» disse vivamente Valancourt; «da quanto tempo è egli tale, per farvi obliare così presto l'amante? È egli vostro amico colui che vi suggerì di preferire Dupont? Dupont, che voi dite avervi ricondotta dall'Italia? Dupont, ch'io dico avermi rapito il vostro cuore? Ma io non ho diritto d'interrogarvi. Siete padrona di voi stessa; ma quel Dupont non trionferà a lungo della mia sciagura.»

Emilia, più spaventata che mai dal furore di Valancourt, gli disse:

«In nome del cielo, siate ragionevole; calmatevi; Dupont non è vostro rivale, ed il conte non è suo difensore; voi non avete altri nemici che voi stesso, e mi convinco sempre più che non siete quel Valancourt che ho amato tanto.»

Egli non rispose; coi gomiti appoggiati sul tavolino, stava silenzioso. Emilia era muta e tremante, e non osava lasciarlo.

«Infelice!» esclamò egli poco dopo; «io non posso lagnarmi senza accusarmi! Perchè fui io trascinato a Parigi? Perchè non seppi difendermi dalle seduzioni che dovevano rendermi disprezzabile per sempre?» Voltosi quindi vêr lei, le prese la mano, e le disse affettuosamente: «Emilia, potete voi sopportare l'idea della nostra separazione? Potete voi abbandonare un cuore che vi ama come il mio? Un cuore che, malgrado i suoi errori, apparterrà a voi sola?» La fanciulla non rispondeva se non colle lacrime. «Io non aveva,» soggiunse egli, «un solo[23] pensiero che volessi nascondervi non un piacere, nè un desiderio, ai quali voi non poteste prender parte. Queste virtù potrebbero appartenermi tuttora, se la vostra tenerezza, che le aveva alimentate, non fosse cambiata senza rimedio; ma voi non mi amate più: quelle ore felici passate insieme si presenterebbero alla vostra immaginazione, e non potreste pensarvi con indifferenza. Non vi affliggerò oltre, ma prima ch'io parta, permettetemi di ripetervi, che qualunque possa essere il mio destino ed i miei patimenti, non cesserò mai d'amarvi teneramente. Io parto, Emilia, vi lascio per sempre.»

La di lui voce s'indebolì, e cadde sulla sedia nel massimo abbattimento. Emilia non poteva nè uscire, nè dirgli addio. Tutte le di lui follie erano quasi cancellate dal suo spirito, e non sentiva più che dolore e pietà.

«Ditemi almeno,» disse Valancourt, «che mi vedrete un'altra volta.» Il cuore di lei fu in certa qual guisa sollevato da tale preghiera. Si sforzò di persuadersi che non doveva negargliela; ma provava nondimeno qualche imbarazzo pensando ch'era in casa del conte, il quale avrebbe potuto offendersi del ritorno di Valancourt; finì ad acconsentirvi a patto che non avrebbe considerato il conte come nemico, nè Dupont come rivale; allora egli partì talmente consolato dalle ultime parole di lei, che perdè il primiero sentimento della sua disgrazia.

Emilia tornò in camera per ricomporsi e nascondere le orme delle lacrime: ella ebbe però difficoltà a calmarsi, non potendo bandire la rimembranza di quest'ultima scena, nè l'idea di rivedere Valancourt, giacchè quest'ultimo abboccamento sembravale dover essere più terribile del precedente. Il giovane le aveva fatta grand'impressione, malgrado quanto aveva saputo. Pareale impossibile ch'egli avesse potuto depravarsi al punto che le si voleva far credere, ed avrebbe ceduto forse[24] alle lusinghiere persuasioni del suo cuore, senza la prudenza di Villefort, il quale le rappresentò il pericolo della sua situazione, e la poca speranza che poteva offrire un nodo la cui felicità doveva consistere nel ristabilimento d'un patrimonio scialacquato, e nell'obblìo delle più viziose abitudini; e' fu perciò afflittissimo, ch'ella avesse condisceso ad un secondo colloquio.

Quella notte Emilia non potè chiuder occhio.

Valancourt intanto era in preda all'angosce della disperazione. La vista di Emilia aveva rinnovata l'antica fiamma, indebolita solo leggermente dall'assenza e dalle distrazioni d'una vita tumultuosa. Allorchè, ricevendo la sua lettera era partito per la Linguadoca, sapeva pur troppo che le sue follie l'aveano rovinato, nè pensava di nasconderlo all'amante; si affliggeva solo del ritardo che la sua condotta potrebbe cagionare al loro matrimonio, nè prevedeva come tale informazione avrebbe potuto indurla a rompere ogni loro legame. Oppresso all'idea di questa eterna separazione, lacerato dai rimorsi, attendeva il secondo abboccamento in uno stato quasi di delirio; ma sperava però sempre di ottenere a forza di preghiere qualche mutamento nella di lei risoluzione.

La mattina le fece domandare a che ora avrebbe

potuto riceverlo: quand'essa ricevè il biglietto, era col conte, che approfittò del nuovo pretesto per riparlarle di Valancourt. Vedeva la disperazione della giovine amica, e temeva che il coraggio l'abbandonasse. Emilia rispose al biglietto, ed il conte ritornò sul proposito dell'ultima conversazione. Egli parve temere le tentazioni di Valancourt, e le disgrazie alle quali si esporrebbe per l'avvenire, se non resisteva ad un dispiacere presente e passaggiero: queste ripetute ammonizioni potevano sole premunirla contro gli effetti della sua affezione, ed ella risolse di seguire i di lui consigli.[25]

Giunse alfine l'ora dell'abboccamento: Emilia si presentò sostenuta nel contegno, ma Valancourt, troppo agitato, restò qualche minuto senza poter parlare; le sue prime frasi furono preghiere, lamenti, rimproveri contro sè medesimo; in seguito le disse: «Emilia, vi ho amata, e vi amo più di me stesso; son rovinato per colpa mia, ma intanto non posso negare ch'io preferissi trascinarvi in un'unione infelice, anzichè soffrire, perdendovi il castigo che merito... Io sono un infelice, ma non voglio più esser un vile; non cercherò più di smovervi dalla vostra risoluzione colle istanze d'una passione egoista. Io rinunzio a voi, Emilia, e cercherò di consolarmi, pensando che, se sono disgraziato, voi potete almeno esser felice. Non ho, è vero, il merito del sacrifizio, e non avrei mai avuta la forza di farvi libera, se la vostra prudenza non l'avesse esigiuto.»

La fanciulla procurava di rattenere le lagrime, e stava per dirgli: «Voi parlate ora come facevate una volta.» Ma restò in silenzio.

«Perdonatemi, Emilia,» ripigliò egli, «tutte le inquietudini che vi ho cagionate. Pensate talvolta al povero Valancourt, e ricordatevi, che la di lui sola consolazione sarà di sapere che le sue follie non vi resero infelice.»

Le lagrime sgorgarono in copia dagli occhi di Emilia, la quale si sforzò di farsi coraggio e por fine ad un colloquio che aumentava la loro comune afflizione. Valancourt la vide piangere mentre si alzava; fece un nuovo sforzo per contenere i propri sentimenti, e calmare quelli di Emilia.

«La rimembranza di questo doloroso momento,» le diss'egli, «sarà in futuro la mia salvaguardia. L'esempio e la tentazione non potranno più sedurmi. La memoria di quel pianto che versate per me, mi darà la forza di superare ogni pericolo.»[26]

Emilia, alquanto consolata da tale assicurazione, rispose:

«Noi ci separiamo per sempre; ma se la mia felicità vi è cara, ricordatevi ognora che nulla vi potrà maggiormente contribuirvi colla certezza che voi riacquistaste la vostra propria stima.»

Valancourt le prese la mano, aveva gli occhi lagrimosi, e l'addio che voleva pronunziare veniva soffocato dai singulti. Dopo qualche momento, Emilia, tutta commossa, disse:

«Addio, Valancourt, possiate essere eternamente felice! Addio,» ripetè nuovamente volendo ritirare la mano; ma egli la teneva stretta fra le sue, e la bagnava di lacrime. «Perchè prolungare questi momenti?» continuò ella, con voce inarticolata; «essi son troppo penosi per noi.

— Troppo, sì, troppo, davvero,» sclamò Valancourt, lasciandole la mano, e abbandonandosi sulla sedia, celossi la faccia. Dopo un lungo intervallo, durante il quale Emilia piangeva amaramente e Valancourt lottava contro il suo dolore, egli si alzò di nuovo, e prendendo un accento più fermo, disse: «Io vi affliggo, ma l'ambascia che provo dev'essere la mia scusa. Addio, Emilia, voi sarete sempre l'unico oggetto della mia tenerezza. Pensate qualche volta all'infelice Valancourt, almeno per compassione, se non per istima, giacchè cosa sarebbe per me il mondo intiero senza di voi e senza la vostra stima? Cara Emilia, addio per sempre.»

Le baciò la mano, la guardò per l'ultima volta e fuggì precipitosamente.

Emilia restò nell'atteggiamento in cui l'aveva lasciata, col cuore così oppresso, che poteva appena respirare; udì il rumore dei di lui passi indebolirsi mano mano. Fu scossa da tale stato dalla voce della contessa che parlava in giardino. Allora versò lagrime che la sollevarono, e così, ripreso vigore, ebbe la forza di recarsi alla sua camera.

[27]

CAPITOLO XLI

Torniamo a Montoni, la cui sorpresa e rabbia per la fuga di Emilia fecero tosto luogo ad interessi più urgenti. Le sue depredazioni eransi talmente moltiplicate, che il senato di Venezia, malgrado la sua debolezza e l'utilità, che all'occasione avrebbe potuto ritrarre da Montoni, non volle sopportarle più a lungo. Fu decretato pertanto di distruggere le di lui forze e punire il suo brigandaggio. Un grosso stuolo di milizie accingevasi a marciare contro il castello di Udolfo. Un giovane ufficiale, animato contro Montoni dal risentimento di qualche ingiuria particolare, o fors'anco dal desiderio di distinguersi, chiese udienza al ministro che dirigeva quest'impresa. Gli rappresentò che Udolfo era un forte situato in un luogo troppo formidabile per essere preso d'assalto. Un corpo di truppe non poteva avvicinarvisi senza che Montoni ne fosse avvertito. L'onore della repubblica si opponeva al piano d'assediare quel castello con un esercito regolare. Bastava un pugno di gente risoluta, ed era probabilissimo d'incontrare ed attaccare Montoni ed i suoi fuori delle mura, ovvero avvicinandosi al castello colla cautela compatibile con pochi soldati, sarebbe stato facile trar vantaggio da qualche tradimento o negligenza, per penetrare d'improvviso nell'interno.

Il piano, seriamente meditato, fu affidato allo stesso ufficiale che l'aveva concepito. Dapprincipio egli usò l'astuzia; si accampò nei dintorni di Udolfo e procurò guadagnarsi l'assistenza de' vari condottieri. Non ne trovò neppur uno che non fosse pronto a tradire un padrone imperioso, per assicurarsi così il perdono del senato. Informatosi del numero delle truppe di Montoni, seppe che i suoi ultimi successi le avevano aumentate d'assai. Non iscoraggitosi per[28] questo, appiccò intelligenze nell'interno della piazza, che gli procurarono la parola d'ordine, e mescolatosi colla sua gente ai seguaci di Montoni, potè introdursi nel castello e sorprenderlo, mentre un altro stuolo de' suoi, dopo una lieve resistenza, faceva cedere le armi alla guarnigione. Tra le persone prese con Montoni, trovavasi Orsino: avendo saputo, dopo l'inutile sforzo fatto per rapire Emilia, che quello scellerato aveva raggiunto Montoni ad Udolfo, Morano ne aveva avvertito il senato. Il desiderio di prendere quest'uomo, autore dell'assassinio d'un senatore, fu uno dei motivi che fecero accelerare l'impresa, il cui successo riuscì gradito tanto, che, malgrado i sospetti politici e l'accusa segreta di Montoni, il conte Morano fu rimesso in libertà. La celerità e facilità di questa spedizione prevennero il chiasso e le dicerie, sicchè Emilia, in Linguadoca, ignorò la disfatta e l'umiliazione del suo crudele persecutore.

Il di lei spirito era sì oppresso da tanti affanni, che verun sforzo della sua ragione, valea a superarne l'effetto. Villefort non risparmiava alcun mezzo per consolarla. L'invitava spesso a passeggiare con lui e colla figlia, e tenevale acconci discorsi sperando sradicare gradatamente il soggetto del suo dolore e risvegliare in lei nuove idee. Emilia, vedendo in lui un vero amico, il protettore della sua gioventù, lo prese ad amare con affetto figliale.

Il di lei cuore si apriva con Bianca come con una sorella. La bontà e semplicità di questa fanciulla compensavala abbastanza della privazione di qualche vantaggio più lusinghiero. Passò qualche tempo prima che Emilia potesse distrarsi tanto dal pensiero di Valancourt, per ascoltare l'istoria promessale dalla vecchia Dorotea, la quale in fine, premurosa di narrargliela, glie ne fece sovvenire, e Emilia l'aspettò l'istessa sera.

Infatti, dopo mezzanotte, giunse Dorotea, e dopo[29] pochi minuti di riposo cominciò così il suo racconto: «Sono ormai venti anni che la signora marchesa arrivò in questo castello. Quanto era bella allorchè entrò nella sala ov'eravamo riuniti per riceverla! Quanto sembrava felice il signore marchese! Chi l'avrebbe potuto indovinare! Ma che dico? Signora Emilia, mi parve che la marchesa fosse un poco afflitta. Lo dissi a mio marito, ed egli mi rispose che sbagliava: non glie ne parlai più, e tenni per me le mie osservazioni. La signora marchesa aveva all'incirca la vostra età, e, come l'ho spesso notato, vi somigliava moltissimo. Il signor marchese diede feste splendide, e pranzi così magnifici, che da quel tempo il castello non fu mai così brillante. Io allora era giovine ed allegra quanto chicchessia. Mi rammento che ballava con Filippo il cantiniere; era vestita in gran gala. Vi giuro che faceva la mia figura. Il signor marchese allora mi osservava. Ah! egli era pur allora il bravo signore. Chi avrebbe potuto mai supporre che lui...

— Ma la marchesa cosa faceva?» interruppe Emilia.

— Ah! sì, è vero. La marchesa mi pareva che non fosse felice. Io la sorpresi una volta a piangere. Allorchè mi vide, si asciugò gli occhi sforzandosi di ridere. Non osai domandarle che avesse, ma la seconda volta che la trovai in quello stato, glie ne chiesi il motivo, e parve offendersene. Non le dissi più nulla, ma però indovinai qualcosa. Pareva che il padre l'avesse costretta a sposare il marchese per le sue ricchezze. Essa amava un altro signore, grandemente invaghito di lei. M'immaginai dunque che si affliggesse d'averlo perduto, ma però non me ne ha parlato mai. La mia padrona procurava di nascondere le sue lacrime al marito. Io la vedeva spesso dopo i suoi trasporti di dolore, prendere un'aria tranquilla quand'egli entrava. Il mio padrone divenne d'improvviso pensieroso e severo[30] colla moglie, la quale se ne afflisse, senza però lagnarsene mai. Allora parve disposta a tornare di buon umore, ma il marchese era così salvatico, e le rispondeva con tanta durezza, che fuggiva piangendo nella sua stanza. Io ascoltava tutto nell'anticamera. Povera signora! qualche volta credeva che il marchese fosse geloso: la mia padrona, benchè ammirata da tutti, era troppo onesta per meritare il più lieve sospetto. Fra tutti i cavalieri che frequentavano il castello eravene uno che mi pareva fatto per lei. Egli era così gentile, così galante! Ho osservato sempre che, quando veniva in casa il signor marchese era più malcontento del solito, e la padrona più pensierosa. Mi venne allora in idea che fosse quello il gentiluomo amante e riamato da lei, ma non ho potuto mai assicurarmene.

— Quale era il nome di quel cavaliere?» disse Emilia.

— Non posso dirvelo, signorina, perchè non conviene. Una persona morta poco tempo fa mi ha assicurato che la marchesa non era in buona regola la moglie del marchese, avendo ella prima sposato segretamente il cavaliere che amava. Non ardì confessarlo al padre, uomo brutale, ma non è verosimile, ed io non l'ho mai creduto. Come vi diceva, il marchese era quasi fuori di sè, allorchè quel cavaliere veniva qui. Il trattamento che faceva del continuo alla moglie la rese alfine infelicissima. Non voleva più che vedesse alcuno, e la costringeva a vivere affatto isolata. Io l'ho sempre servita: vedeva i suoi patimenti, ma ella non se ne doleva mai. Dopo un anno di questa vita, la padrona si ammalò: credei da principio che il suo male derivasse dagli affanni; ma, ohimè! temo molto che quella malattia non avesse un motivo più terribile.

— Più terribile!» sclamò Emilia; «ed in qual modo?

— Io ne dubito molto; vi furono circostanze[31] strane davvero, ma vi dirò solo ciò che accadde. Il signor marchese...

—Zitto! Dorotea.»

La vecchia mutò colore. Ascoltarono tuttaddue attentamente, e udirono cantare.

«Mi pare di aver già sentita questa voce,» disse Emilia.

— L'ho intesa spesso anch'io, e sempre precisamente a quest'ora,» disse Dorotea con gravità. «Se gli spiriti possono cantare, certo questa musica non può venire che da loro.»

A misura che la musica si avvicinava, Emilia la riconobbe per l'istessa già intesa all'epoca della morte del padre. La custode soggiunse:

«Mi pare d'avervi già detto, signorina, che cominciai a sentire questa musica poco dopo la morte della mia cara padrona.

— Zitto,» disse Emilia, «apriamo la finestra ed ascoltiamo.» Ma la musica si allontanò insensibilmente, e tutto rientrò nel silenzio. Il paese intiero era avvolto nelle tenebre, e lasciava scorgere solo indistintamente qualche parte del giardino.

Emilia, appoggiata alla finestra, considerava quel tenebrore con rispettoso silenzio, ed alzava gli occhi al cielo adorando i decreti del Supremo Fattore. Dorotea allora continuò con voce sommessa:

«Vi diceva adunque, signorina, che mi rammentava della prima sera in cui intesi questa musica:

ciò avvenne una notte poco dopo la morte della mia cara padrona. Non so per qual motivo non era andata ancora a dormire, e pensava dolorosamente alla marchesa, ed alla trista scena ond'era stata testimone. Tutto era tranquillo, e la mia camera era lontana da quelle degli altri domestici; in quella solitudine, e colla fantasia piena di tristi idee, mi trovava isolata, e bramava udire qualche rumore, giacchè sapete che quando si ode movimento, non si ha tanta paura. Io mi asteneva perfino dal girare[32] gli occhi per la camera, temendo sempre di vedere la faccia moribonda della mia povera padrona, che mi stava presente: quando d'improvviso intesi una dolce armonia, la quale pareva essere sotto la mia finestra; non ebbi la forza di alzarmi, ma credei fosse la voce della marchesa, e piansi di tenerezza. Da quella notte, intesi spesso quest'armonia, la quale però era cessata da qualche mese, ma ora è tornata di nuovo.

— È strano,» disse Emilia, «che non siasi ancora scoperto il cantore.

— Oh! signora, se fosse una persona naturale, si conoscerebbe da molto tempo; ma chi può avere il coraggio di correr dietro ad uno spirito? E quand'anco avesse tal coraggio, cosa si scoprirebbe? Gli spiriti, come sapete, possono prender la figura che vogliono: ora son qui, ora son là, e poco dopo sono cento miglia distanti.

— Di grazia, riprendiamo l'istoria della marchesa,» disse Emilia; «informatemi del genere della sua morte.

— Sì, signora... Il marchese divenne sempre più burbero, e la signora peggiorava tutti i giorni. Una notte vennero a chiamarmi; corsi da lei, e fui spaventata dallo stato in cui la trovai. Qual cambiamento! Mi guardò in modo da muovere a compassione i sassi. Mi pregò di chiamar il marchese, che non si era fatto vedere per tutto il giorno, avendo cose segrete da comunicargli. Venne; parve afflittissimo di vederla così malata, e parlò poco. La mia padrona gli disse che si sentiva moribonda, e desiderava parlargli senza testimoni; io uscii, e non mi dimenticherò mai l'occhiata che mi lanciò in quel momento. Allorchè rientrai, dissi al padrone di mandar a chiamare un medico, immaginando che il dolore gl'impedisse di pensarvi; la signora rispose ch'era troppo tardi: ma egli pareva non crederle, e riguardare la sua malattia come leggera.[33] Di lì a poco cadde in terribili convulsioni; urlava orrendamente. Il marchese fece partire un uomo a cavallo per cercar il medico. Io restai presso la marchesa, procurando di sollevarla. In un intervallo molto doloroso mandò a cercar di nuovo il padrone: egli venne, ed io voleva ritirarmi, ma ella desiderò che non m'allontanassi. Oh! io non mi scorderò mai quella scena. Il marchese perdeva quasi la ragione; ma la signora gli parlava con tanta bontà, e si dava tanta pena per consolarlo, che se mai egli avesse avuto qualche sospetto, doveva cancellarlo in quel momento. Sembrava oppresso dalla rimembranza de' suoi maltrattamenti, ed ella ne fu tanto commossa, che svenne fra le mie braccia. Io feci subito uscire il marchese, il quale corse nel suo gabinetto, e si gettò per terra, non volendo più veder nessuno. Quando la signora fu alquanto rimessa, chiese sue nuove, e disse in seguito che il di lui dolore l'affliggeva troppo, e che bisognava lasciarla morire in pace. Spirò nelle mie braccia colla dolcezza d'un angelo, giacchè la crisi violenta era già passata.»

Dorotea versò un torrente di lagrime. Emilia pianse con lei, intenerita dalla bontà della marchesa, e dalla rassegnazione colla quale aveva sofferto.

«Il medico giunse,» continuò Dorotea, «ma troppo tardi. Parve stupefatto nel vedere il cadavere della mia padrona, la cui faccia era divenuta livida e nera. Fece uscire tutti, e mi volse singolari domande a proposito della marchesa e della sua malattia. Scuoteva la testa alle mie risposte, e pareva giudicare sinistramente. Io lo compresi pur troppo, ma non comunicai le mie congetture se non a mio marito, che mi raccomandò di tacere: alcuni altri domestici ebbero però gli stessi sospetti che circolarono nel vicinato. Allorchè il marchese seppe che la signora era morta, si rinchiuse nel suo appartamento,[34] e non volle vedere che il medico. Restarono insieme più di un'ora, e il dottore non mi parlò più della marchesa, la quale fu sepolta nella chiesa del convento. Tutti i vassalli assistettero piangendo al suo funerale, perchè era molto caritatevole. Quanto al signor marchese, io non ho mai veduto un'afflizione come la sua, e talvolta nell'eccesso del dolore perdeva l'uso dei sensi. Non restò molto tempo nel castello, e partì pel suo reggimento. Poco dopo, tutti furono congedati, tranne mio marito e me, nè l'ho riveduto mai più.

— La morte della marchesa pare straordinaria!» disse Emilia, desiderando saperne qualcosa di più.

— Sì, signora, fu straordinaria. Vi dico tutto ciò che ho veduto, e voi potete indovinar quel che ne penso; non posso dir altro per non diffondere ciarle che potrebbero offendere il signor conte.

— Avete ragione; sapete voi dove sia morto il marchese?

— Nell'Alsazia, a quanto credo,» rispose Dorotea. «Mi rallegrai molto quando seppi che arrivava il signor conte. Questo luogo è stato lunga pezza in una trista desolazione. Noi vi udimmo rumori straordinari, poco dopo la morte della padrona, ed io, con mio marito, ci ritirammo in una casuccia poco lontana. Adesso, signora Emilia, che vi ho raccontato questa tragica istoria, vi rammenterò la vostra promessa di non lasciarne traspirar nulla ad alcuno.

— Sarò fedele alla mia parola,» rispose Emilia; «ciò che mi narraste m'interessa assai più di quanto potete supporre. Vorrei solo pregarvi di nominarmi il cavaliere che, secondo voi, s'interessava tanto per la marchesa.»

Dorotea negò assolutamente di acconsentirvi, e tornò a parlare della somiglianza di lei colla marchesa.

— «Vi è un altro ritratto di questa,» soggiunse, [35] «ed è in una delle stanze chiuse. Fu fatto prima del suo matrimonio, e voi le somigliate assaissimo.»

La fanciulla mostrò desiderio di vederlo, e Dorotea rispose che non aveva coraggio di entrare in quell'appartamento. Emilia le rammentò che, il dì innanzi, il conte aveva parlato di farlo aprire. La custode convenne allora d'andarlo prima a vedere con lei.

La notte era molto avanzata, e Emilia troppo commossa dal racconto inteso per visitare così tardi quel luogo. Pregò dunque la vecchia di tornare la notte seguente. Oltre il desiderio di vedere il ritratto, sentiva un'ansiosa curiosità di visitare la camera ov'era morta la marchesa, e che, secondo Dorotea, era rimasta nel primiero stato. La commozione che le cagionava l'aspettativa di una tale scena, era allora conforme allo stato del di lei spirito. Oppressa dal cambiamento della sua sorte, gli oggetti piacevoli aumentavano la sua malinconia in vece di dissiparla; forse aveva torto di piangere sì amaramente un infortunio inevitabile; ma veruno sforzo della ragione valeva a lasciarle scorgere con indifferenza l'avvilimento di colui che aveva già stimato ed amato con tanto trasporto.

Dorotea promise di tornare la notte seguente colle chiavi dell'appartamento, e si ritirò.

Emilia restò alla finestra, meditando tristamente sul destino dell'infelice marchesa, ed aspettando ansiosa il ritorno della musica notturna. La calma non fu turbata se non dallo stormir delle frondi agitate da lieve brezzolina. La campana del convento suonò mattutino, e Emilia se ne andò a letto cercando nel sonno l'oblio della dolorosa storia della marchesa di Villeroy.

[36]

CAPITOLO XLII

La notte seguente, all'istessa ora circa, Dorotea venne a prendere Emilia e portò le chiavi dell'appartamento della marchesa, che si trovava dalla parte opposta, al nord. Dovevano passare vicino alle stanze della servitù, e Dorotea desiderava sfuggire alle loro osservazioni. Volle dunque aspettare un'altra mezz'ora ond'assicurarsi che tutti i servitori dormissero. Era quasi un'ora dopo mezzanotte allorchè si misero in cammino. Dorotea andava innanzi e portava il lume; ma il suo braccio, indebolito dal timore e dalla vecchiaia, tremava sì forte, che Emilia, presa ella stessa la lucerna, s'offrì a sostenere i di lei passi mal sicuri. Bisognava scendere lo scalone, traversare gran parte del castello, e salire l'altro situato al nord. Non incontrarono nulla che alterasse vie maggiormente la loro agitata fantasia, e giunte in cima alla scala Dorotea mise la chiave nella serratura. «Ah!» diss'ella sforzandosi di girarla; «è chiusa da tanto tempo, che forse la ruggine non ci permetterà di aprirla.» Emilia però, più destra di lei, girò la chiave, aprì la porta, ed entrarono in una stanza antica e spaziosa.

«Dio buono!» disse Dorotea nell'entrare; «l'ultima volta che son passata da questa porta, io seguiva la salma della mia povera padrona!»

Traversarono una fila di stanze, e giunsero in un salotto adorno ancora con magnificenza.

«Riposiamo qui un momento,» disse Dorotea; «quella è la porta della camera, in cui è morta la padrona. Ah! signorina, perchè mi avete fatto venir qua?»

Emilia, vedendo la povera vecchia in uno stato compassionevole, la fece sedere e procurò di tranquillarla.[37]

«Come la vista di questo appartamento mi richiama alla memoria l'immagine del tempo passato! Mi pare che fosse ieri.»

— Zitto! qual rumore è questo?» disse Emilia.

Dorotea, spaventata, guardò per tutta la camera; ascoltarono ma non intesero nulla. La vecchia allora riprese il soggetto del suo dolore: «Questo salotto era, al tempo della signora, la più bella stanza del castello. Era mobiliato all'ultimo gusto. Tutti questi mobili vennero da Parigi; quei grandi specchi sono di Venezia. Questi arazzi erano in ispecie ammirati da tutti; rappresentano essi un'istoria che si trova in un libro, di cui ora non mi ricordo il nome.»

Emilia si alzò per esaminarli. Alcuni versi in provenzale, in fondo ai medesimi, le fecero riconoscere la storia di Coriolano.

Dorotea essendosi alquanto rimessa, aprì finalmente la porta fatale. Entrarono in una camera cupa e spaziosa. La custode si abbandonò tosto su d'una sedia esalando profondi sospiri, e ardiva appena alzar gli occhi. Emilia osservò il letto ove dicevasi morta la marchesa. Era parato di damasco verde. Un gran panno di velluto nero lo cuopriva fino a terra. Mentre la fanciulla, col lume in mano, girava intorno alla camera: «Dio buono!» esclamò Dorotea; «mi par di veder la mia padrona distesa su quel letto, come la vidi per l'ultima volta. Ah!» soggiunse ella piangendo ed appoggiandosi al letto; «io era qui quella notte terribile: le teneva la mano; intesi le sue ultime parole, vidi tutti i suoi patimenti, e spirò fra le mie braccia.

— Non vi abbandonate a queste funeste rimembranze,» disse Emilia; «usciamo e mostratemi il ritratto di cui mi parlate.

— Egli è nel gabinetto,» rispose Dorotea, mostrandole un uscio. L'aprì, ed entrarono ambedue nel gabinetto della marchesa.[38]

«Aimè! eccola là,» disse la custode, additando un quadro. «Ecco com'era allorchè giunse qui. Vedete bene ch'era fresca quanto voi.»

Mentr'ella continuava a smaniarsi, Emilia osservava attenta il ritratto, che somigliava moltissimo alla miniatura trovata fra le carte di Sant'Aubert: eravi soltanto una piccola differenza nell'espressione della fisonomia, e le parve riconoscere nel quadro un'ombra di quella malinconia pensierosa che caratterizzava sì forte il ritratto in miniatura.

«Vi prego, signorina,» disse Dorotea, «di situarvi presso questo quadro, affinchè io possa confrontarvi.»

Emilia la compiacque, e la vecchia rinnovò gli atti di sorpresa sulla di lei somiglianza. La fanciulla tornò a guardare, e le parve d'aver veduta in qualche parte una persona simigliante al ritratto; ma non potè rammentarselo bene. In quel gabinetto eranvi tuttavia molte cose d'uso della defunta, un abito, una sottana, un cappello, scarpe e guanti gettati là sul tavolino, come se li avesse cavati poco prima: eravi inoltre un gran velo nero ricamato; Emilia lo prese in mano per esaminarlo, ma si avvide tosto che cadeva in pezzi per vetustà; lo depose, e scorrendo il gabinetto, tutti gli oggetti le pareano parlar della marchesa.

Rientrata nella camera, Emilia volle vedere di nuovo il letto; osservando la punta bianca del guanciale che usciva di sotto al velluto nero, le parve scorgere un movimento. Senz'aprir bocca prese il braccio di Dorotea, la quale, sorpresa dall'azione e dal terrore di lei, rivolse gli occhi verso il letto, e vide il velluto sollevarsi ed abbassarsi; Emilia volle fuggire, ma la vecchia, cogli occhi fissi sul letto, le disse: «E il vento, signorina; abbiamo lasciato tutte le porte aperte. Vedete come l'aria agita anche il lume; è il vento sicuramente.»

Appena ebbe detto così, il panno si agitò con[39] maggior violenza. Emilia, vergognandosi del suo timore, si riavvicina al letto, volendo assicurarsi se il vento solo le avesse impaurite: osserva attentamente, il velluto si agita ancora, si solleva e lascia vedere... una figura umana. Misero entrambe un grido spaventoso, e lasciando le porte aperte, fuggirono a precipizio. Allorchè giunsero alla scala, Dorotea aprì una camera, in cui dormivano due serve, e cadde svenuta sul letto. Emilia, abbandonata dalla sua solita presenza di spirito, fece un debole sforzo per nascondere alle donne stupefatte la vera cagione del suo terrore. Dorotea, riavendosi, si sforzò di ridere del suo timore; ma quelle serve, giustamente allarmate, non poterono risolversi a passare il resto della notte in vicinanza del terribile appartamento.

La custode condusse Emilia alle sue stanze, ove parlarono con più calma del caso strano. Quest'ultima avrebbe quasi dubitato di quella visione, se la vecchia non glie ne avesse attestata la realtà. Le domandò dunque se era ben sicura che qualcuno non si fosse introdotto segretamente colà: essa le rispose che le chiavi non erano mai uscite dalle sue mani, e facendo spesso la ronda, aveva più volte esaminata quella porta, e trovatala sempre chiusa.

«È dunque impossibile,» soggiunse ella, «che nessuno siasi introdotto in quelle stanze, e quando avessero potuto farlo, com'è probabile che abbiano scelto d'andar a dormire in un luogo così freddo e solitario!»

Emilia le fece osservare che la loro gita notturna poteva essere stata spiata; che forse qualcuno, per burla, le aveva seguite coll'intenzione di far loro paura, e che, mentre esaminavano il gabinetto, erasi nascosto nel letto. Dorotea convenne da principio che la cosa era possibile, ma si rammentò quindi che, entrando, aveva per precauzione levata la chiave della prima porta, e chiusala di dentro. Non eravi[40] dunque potuto penetrare alcuno, e Dorotea affermò che il fantasma veduto non aveva nulla d'umano, ed era una spaventevole apparizione.

Emilia era molto commossa; di qualunque natura fosse quell'apparizione, umana o soprannaturale, il destino della marchesa era una verità incontrastabile. L'inesplicabile incidente accaduto nel luogo istesso dov'era morta, incusse ad Emilia un timore superstizioso. Scongiurò Dorotea di non parlare di quel caso a chicchessia, perchè il conte non fosse importunato da rapporti che avrebbero potuto spargere l'allarme in tutta la casa.

La vecchia acconsentì, ma si rammentò allora che l'appartamento era rimasto aperto, e non si sentì il coraggio di tornar sola a chiuderlo. Emilia, vincendo i suoi timori, le offrì di accompagnarla sino in fondo alla scala, ed ivi aspettarla. Rianimata da tale compiacenza, Dorotea andò nel modo proposto, e si contentò di chiuder la prima porta e poi raggiungere Emilia. Avanzandosi lungo l'andito che conduceva nella sala, udirono sospiri e lamenti che sembravano venire dal salone medesimo. Emilia ascoltò attenta, e riconobbe subito la voce di Annetta, che, spaventata dal racconto fattole dalle due serve, e non credendosi sicura che vicino alla padrona, andava a rifugiarsi da lei. Emilia cercò indarno di tranquillarla; ebbe pietà del suo spavento, ed acconsentì a lasciarla dormire nella sua camera.

CAPITOLO XLIII

Gli ordini precisi dati ad Annetta da Emilia, di tacere, cioè, sull'occorso, non produssero verun effetto. Il soggetto del di lei terrore aveva sparso un allarme così vivo tra la servitù, che tutti affermavano allora di aver sentito nel castello i rumori più straordinari. Il conte ne fu ben presto informato, e[41] gli disser che la parte del nord era indubbitatamente frequentata dagli spiriti. Ne rise in principio, e mise la cosa in ridicolo, ma accorgendosi quindi che produceva confusione nel castello, proibì di parlarne sotto pena di castigo. L'arrivo di qualche amico lo distrasse intieramente, ed i suoi medesimi servi non avean tempo di parlare di quest'affare se non dopo aver cenato. Riuniti allora nel tinello, raccontavano del continuo istorie di morti, di maghi, di spiriti e d'ombre fino al punto che non ardivano più alzar gli occhi, tremavano tutti al più piccolo rumore, e ricusavano di andar soli in qualunque luogo della casa.

Annetta si distingueva raccontando non solo i prodigi, ond'era stata testimone, ma anche tutto ciò che aveva immaginato nel recinto del castello di Udolfo. Non obliava la strana scomparsa della signora Laurentini, che faceva una forte impressione sull'animo degli ascoltanti. Annetta avrebbe anche chiacchierato de' sospetti concepiti su Montoni, se il prudente Lodovico, allora al servizio di Villefort, non l'avesse sempre a tal punto interrotta.

Tra i forestieri venuti a visitare il conte nel suo castello, eranvi il barone di Santa-Fè suo amico, e il di lui figlio, cavaliere amabilissimo e sensibile. Egli aveva conosciuto Bianca a Parigi l'anno precedente, e concepita per lei una vera passione. L'antica amicizia del conte per suo padre, e le reciproche convenienze di cotesto parentado, aveanlo fatto internamente desiderare al conte. Ma trovando la figlia ancor troppo giovine per fissare la scelta della sua vita, e volendo d'altronde provar la costanza del cavaliere, aveva differito di approvare quest'unione, senza però toglierne la speranza. Or il giovine veniva col barone suo padre a reclamare il premio della sua perseveranza; il conte acconsentì, e Bianca non vi si oppose.

Il castello, così bene abitato, divenne ridente e[42] magnifico. Il casino sulla riva del mare era spessissimo visitato da tutta la compagnia, che vi cenava quasi sempre quando permettevalo il tempo, e la sera finiva regolarmente con un'accademia di musica. Il conte e la contessa erano buoni filarmonici. Enrico, il giovine Santa-Fè, Bianca ed Emilia avevano tutti bella voce, ed il gusto suppliva alla mancanza del metodo. Parecchi suonatori di corni e strumenti a fiato, posti nel bosco, rispondevano con soavi armonie a quella che partiva dal casino.

In ogni altro tempo quei luoghi sarebbero stati deliziosi per Emilia, ma troppo oppressa allora dalla sua malinconia, trovava che nessun divertimento poteva riuscire a distrarla, e spesso l'interessantissima melodia di quelle accademie accresceva invece la sua tristezza. Preferiva perciò di passeggiar sola ne' boschi circostanti. La calma che vi regnava influiva sul suo cuore, e non tornava al castello se non costrettavi dall'assoluta oscurità. Una sera vi si trattenne più del solito: assisa su d'un masso, vide la luna sorgere sull'orizzonte a poco a poco, e rivestir successivamente della sua debole luce il mare, il castello ed il convento di Santa Chiara poco distante. Pensierosa, contemplava e meditava, quando d'improvviso una voce e la musica, già udita a mezzanotte, venne a colpirle l'orecchio. Il sentimento che provò fu un misto di sorpresa e terrore, considerando il suo isolamento. La musica si avvicinò; si sarebbe alzata per fuggire, ma i suoni parevan venire dalla parte per cui doveva passare, e tutta tremante ristette ad aspettar gli eventi; d'improvviso la musica cessò, e vide uscir dal bosco e passare una figura molto vicino a lei, ma così ratto, e l'emozione di lei fu sì grande, che non distinse quasi nulla. Finalmente tornò al castello, risoluta di non venir più sola e così tardi in quel luogo.

Questo leggiero avvenimento produsse grand'impressione sul di lei spirito. Rientrata in camera, si[43] rammentò sì bene l'altra circostanza spaventosa di cui era stata testimone pochi di prima, che appena ebbe coraggio di restar sola. Vegliò a lungo, ma nessun rumore venendo a rinnovare i suoi timori, andò a letto per cercar di gustare un po' di riposo.

Fu breve però; un chiasso spaventoso e singolare parve sorgere dal corridoio: s'udirono gemiti distinti; un corpo pesante urtò l'uscio che fu scosso dalla violenza del colpo: essa chiamò per sapere che fosse: non le fu risposto, ma ad intervalli udiva cupi gemiti. Il terrore la privò sulle prime della favella; ma quando intese strepito di passi nella galleria, gridò più forte. I passi fermaronsi al di lei uscio; ella distinse la voce di alcune fantesche, che pareano troppo occupate per poter rispondere. Annetta entrò a prender acqua, ed Emilia seppe allora come una donna fosse svenuta; la fece portare in camera per prestarle soccorso. Quando colei ebbe ricuperato i sensi, affermò che, salendo le scale per andar a dormire, aveva visto un fantasma sul secondo ripiano. Essa tenea la lampada abbasso a motivo dei gradini rovinati; sollevando gli occhi, scorse lo spettro, il quale dapprima immobile in un cantuccio, erasi poscia cacciato sulla scala, scomparendo alla porta dell'appartamento visitato ultimamente da Emilia. Un suono lugubre era susseguito a questo prodigio.

La fante tornò a scendere e correndo spaventata, era andata a cadere con un grido dinanzi all'uscio d'Emilia.

«Il diavolo senza dubbio,» disse Dorotea, accorsa al chiasso, «ha preso una chiave di quell'appartamento; non può essere altri; ho chiusa la porta io stessa.»

La fanciulla sgridò la donna dolcemente, e cercò di farla vergognare del suo spavento. La fante persistè a sostenere d'aver visto una vera apparizione. Tutte le altre donne accompagnaronla alla di lei[44] stanza, tranne Dorotea, che Emilia trattenne seco. La vecchia, tutta paurosa, narrolle antiche circostanze in appoggio del caso occorso. Di tal novero era una consimile apparizione da lei vista nel medesimo sito; tal rimembranza aveala fatta esitare prima di salir la scala, ed avea accresciuta la di lei ripugnanza ad aprir l'appartamento del nord. Emilia s'astenne dall'esternare la sua opinione intorno a ciò; ma ascoltò attentamente la ciarliera, e ne risentì vie maggiore inquietudine.

Da quella notte il terrore de' servi crebbe al punto, che gran parte di essi risolse d'accommiatarsi. Se il conte prestava fede ai loro timori, aveva cura di dissimularlo, e volendo prevenire gl'inconvenienti che lo minacciavano, impiegava il ridicolo ed i ragionamenti per distruggere quei timori e quegli spaventi soprannaturali. Nondimeno, la paura aveva reso tutti gli spiriti ribelli alla ragione. Lodovico scelse quel momento per provare al conte il suo coraggio e la riconoscenza pe' di lui buoni trattamenti. Si offrì di passare una notte nella parte del castello, cui pretendevano abitata dagli spiriti, ch'egli assicurava di non temere; e se fosse comparso qualche essere vivente, disse che avrebbe fatto vedere che nol temea egualmente.

Il conte riflettè alla proposta; i domestici che lo

udirono si guardarono l'un l'altro muti per la sorpresa e la paura. Annetta, spaventata per Lodovico, impiegò lagrime e preghiere per dissuaderlo da tale disegno.

«Tu sei un bravo giovane,» disse il conte sorridendo; «pensa bene alla tua impresa prima di accingerviti, ma se vi persisti, accetto la tua offerta, e la tua intrepidezza sarà generosamente ricompensata.

— Eccellenza,» rispose Lodovico, «io non desidero ricompense, ma la vostra approvazione. Vostra eccellenza ha già avuto molta bontà per me. [45] Desidero soltanto aver qualche arme per difendermi in caso di bisogno.

— Una spada non potrà difenderti contro gli spiriti,» disse ironicamente il conte, guardando i servi; «essi non temono nè porte, nè catenacci: un fantasma, voi lo sapete, passa tanto dal buco d'una serratura, come da una porta aperta.

— Datemi una spada, signor conte,» disse Lodovico, «ed io m'incarico di cacciare nel mar Rosso tutti gli spiriti che volessero attaccarmi.

— Ebbene,» rispose il conte, «avrai una spada, e di più una buona cena. I tuoi camerati avranno forse il coraggio di restare ancora per istanotte nel castello: certo è che almeno per questa notte il tuo ardire attirerà su di te tutti i malefizi dello spettro.»

Una estrema curiosità contrastò allora colla paura nello spirito degli uditori, i quali risolsero d'aspettare l'esito della temeraria impresa del loro collega.

CAPITOLO XLIV

Il conte avea ordinato che l'appartamento del nord fosse aperto e preparato, ma Dorotea, rammentandosi quanto ci aveva veduto, non ebbe coraggio di obbedire: nessuno dei servitori volle prestarvisi, ed esso restò chiuso fino al momento in cui Lodovico doveva entrarvi, momento aspettato da tutti con impazienza.

Dopo cena, il giovane seguì il conte nel suo gabinetto, e vi rimasero quasi mezz'ora; nell'uscire, il conte gli consegnò una spada. «Questa ha servito nelle guerre mortali,» diss'egli ridendo; «tu ne farai senza dubbio uso onorevole in una mischia affatto spirituale; e domattina sentirò con piacere che non resta più un solo fantasma nel castello.»

Lodovico ricevè la spada con un saluto rispettoso, e rispose: «Sarete obbedito, signor conte, e m'impegno[46] da ora in avanti che veruno spettro non turbi ulteriormente il riposo di questa dimora.»

Recaronsi nel salotto, ove gli ospiti del conte aspettavano per accompagnarlo all'appartamento del nord. Dorotea consegnò le chiavi a Lodovico, e s'incamminò a quella volta in compagnia della maggior parte degli abitanti. Giunti a' piè della scala, parecchi servitori, impauriti, non vollero andar più innanzi, e gli altri la salirono sino al pianerottolo. Lodovico mise la chiave nella serratura, ed intanto tutti lo guardavano con tanta curiosità, come se fosse occupato di qualche operazione magica; e siccome egli non era pratico di quella serratura, Dorotea l'aprì pian piano; ma quando i di lei sguardi ebbero penetrato nell'interno oscuro della stanza, mise un grido e si ritirò. A questo segnale d'allarme, la maggior parte degli spettatori fuggirono a precipizio giù per la scala; il conte, Enrico e Lodovico, rimasti soli, entrarono nell'appartamento; Lodovico teneva in mano la spada nuda, il conte portava una lampada, ed Enrico un paniere pieno di provvisioni pel bravo avventuriere. Traversando quella fila di stanze, il conte restò sorpreso del loro stato rovinoso, ed ordinò al servo di dire il giorno dopo a Dorotea, d'aprire tutte quelle finestre, volendo far restaurare quel magnifico appartamento; indi gli chiese dove facesse conto di stabilirsi.

«Dicono esserci un letto in una stanza; è là che voglio dormire, se per caso mi sentissi stanco di vegliare.»

Giunti alla camera indicata, v'entrarono tutti: il conte fu colpito nel vederne l'aspetto funebre; accostossi al letto commosso, e trovandolo coperto col panno di velluto nero, sclamò: «Che cosa significa ciò? — Mi fu detto che la marchesa di Villeroy è morta in questo luogo stesso, e vi giacque sino all'ora del seppellimento. Quel velluto ricopriva per certo il feretro.»[47]

Il conte non rispose nulla, ma divenne pensieroso; voltossi quindi verso Lodovico, gli domandò con serietà se realmente avrebbe coraggio di restar lì solo tutta la notte. «Se hai paura,» soggiunse, «non arrossire di confessarmelo; io saprò scioglierti dal tuo impegno senza esporti ai sarcasmi degli altri.»

L'orgoglio e qualche poco di paura parevan tenere perplessa l'anima di Lodovico. Finalmente l'orgoglio trionfò e rispose:

«No, signore, no, finirò l'impresa che ho cominciata, e sono commosso della vostra attenzione. Accenderò un bel fuoco nel camino, e spero passare bene il tempo colle provvisioni del paniere.

— Benissimo, ma come farai a difenderti dalla noia, se tu non potessi dormire?

— Quando sarò stanco, eccellenza, non avrò paura di dormire; ma in tutti i casi ho meco un libro che mi divertirà.

— Spero che non sarai sturbato; ma se nel corso della notte tu potessi concepire qualche serio timore, vieni a trovarmi nel mio appartamento. Confido troppo nel tuo giudizio e coraggio, per temere che tu possa spaventarti per qualche frivolezza. Domani io t'avrò l'obbligo d'un servigio importante. Si aprirà l'appartamento, e tutta la servitù sarà convinta della sua stoltezza. Buona notte, Lodovico; vieni a trovarmi di buon'ora, e ricordati ciò che ti ho detto.

— Sì, signore, me ne rammenterò. Buona notte, eccellenza; permettete che vi faccia lume.»

Accompagnò il conte ed Enrico fino all'ultima porta, e siccome qualche servitore, nel fuggire, aveva lasciato un lume sul pianerottolo, il contino lo prese, e augurò la buona notte a Lodovico, il quale rispose con molto rispetto, e chiuse la porta. Cammin facendo per tornare nella camera da letto, esaminò con iscrupolosa cura tutte le stanze per le[48] quali doveva passare, temendo vi si potesse essere nascosto qualcuno per ispaventarlo. Non vi trovò nessuno. Lasciò aperti tutti gli usci, e giunse nel salone, la cui muta oscurità lo fece gelare. Voltandosi indietro a guardare la lunga fila di stanze percorse, nel procedere innanzi scorse un lume e la propria figura riflettuti in uno specchio; rabbrividì. Altri oggetti pingeansivi oscuramente; non si fermò a considerarli; avanzandosi ratto nella camera da letto, vide la porta dell'oratorio. L'aprì, tutto era tranquillo. Colpito alla vista del ritratto della defunta, lo considerò lungo tempo con sorpresa ed ammirazione. Esaminato quindi il luogo, rientrò in camera, ed accese un buon fuoco, la cui vivida fiamma rianimò il di lui spirito, che cominciava a indebolirsi per l'oscurità e pel silenzio. Non si sentiva allora se non il vento soffiare attraverso le finestre, prese una sedia trascinò un tavolino presso al fuoco, cavò una bottiglia di vino con alcune provvisioni dal paniere, e cominciò a mangiare. Allorchè ebbe cenato, pose la spada sul tavolino, e non essendo disposto a dormire, trasse di tasca il libro ond'aveva parlato. Era una raccolta di antiche novelle provenzali. Attizzò il fuoco, smoccolò la lampada, e si mise a leggere. La novella che scelse attirò in breve tutta la sua attenzione........

Il conte frattanto era tornato nel tinello ove tutti l'aspettavano. Ciascuno era fuggito al grido penetrante di Dorotea, e gli fecero mille domande sullo stato dell'appartamento. Il conte li beffò per quella fuga precipitata e la superstiziosa loro debolezza.

Quando la compagnia si fu separata, il conte si ritirò nel suo quartiere. La rimembranza delle scene onde la casa era stata il teatro, l'affannava singolarmente. Alla fine fu scosso da' suoi pensieri dal suono d'una musica che intese vicino alla finestra.

«Cos'è quest'armonia?» diss'egli al suo cameriere; «chi suona e canta a quest'ora sì tarda?»[49]

Pietro rispose, quella musica aggirarsi spesso intorno al castello verso mezzanotte, e credere averla udita anch'egli altre volte.

«Che bella voce!» soggiunse il conte; «che suono melodioso è mai questo! sembra qualcosa di sovrumano. Ma ora si allontana...»

E fatto cenno al servo di ritirarsi, stette assorto un pezzo in dubbiosi pensieri.

Lodovico intanto, nella sua camera isolata, sentiva tratto tratto il rumore lontano di una porta che si chiudeva. L'orologio del salone, da cui era molto distante, suonò dodici colpi. «È mezzanotte,» diss'egli, e guardò per la camera. Il fuoco era quasi spento; l'alimentò con nuove legna, bevve un buon bicchier di vino, e avvicinandosi sempre più al caminetto, procurò di esser sordo al rumorio del vento che fischiava da tutte le parti. Infine, per resistere alla malinconia che gradatamente s'impadroniva di lui, riprese la sua lettura.

Dopo qualche tempo, depose il libro avendo sonno; accomodatosi alla meglio sulla sedia, si addormentò. Gli parve vedere in sogno la camera, ove si trovava realmente; due o tre volte si svegliò dal sonno leggero, sembrandogli scorgere la faccia d'un uomo appoggiata alla sua sedia. Quest'idea fece su di lui tanta impressione, che, alzando gli occhi, gli parve quasi di vederne altri che si fissassero nei suoi. Si alzò e andò a fare una visita scrupolosa della camera, prima di convincersi appieno non esservi nessuno dietro la sedia.

CAPITOLO XLV

Il conte dormì pochissimo, si alzò di buon'ora, e premuroso di parlar con Lodovico, corse all'appartamento del nord. La prima porta era chiusa di dentro, e fu perciò costretto a batter forte, ma nè[50] i suoi colpi, nè la sua voce vennero ascoltati. Considerando la distanza che separava quella porta dalla camera da letto, credè che Lodovico, stanco di vegliare, si fosse profondamente addormentato. Poco sorpreso adunque di non ricevere veruna risposta, si ritirò e andò a passeggiare pe' boschi.

Il tempo era oscuro; i fiochi raggi del sole combattevano i vapori che sorgevano dal mare, ricoprendo la cima degli alberi dalle frondi gialleggianti per la stagione autunnale. La bufera era calmata, ma l'onde, sempre commosse, muggivano tuttora.

Emilia erasi egualmente alzata di buon'ora, ed aveva diretto i passi verso il promontorio alpestre dal quale scoprivasi l'Oceano. Gli avvenimenti del castello occupavano il suo spirito, e Valancourt formava eziandio l'oggetto de' suoi tristi pensieri; non poteva esserle ancora indifferente. La sua ragione le rimproverava sempre una tenerezza che sopravviveva nel suo cuore alla stima; rammentavasi l'espressione de' suoi sguardi allorchè l'avea abbandonato, l'accento con cui le disse addio, e se qualche caso aumentava l'energia de' suoi pensieri, struggevasi in amare lacrime. Giunta all'antica torre, si riposò su di un gradino mezzo rovinato, osservando le onde che venivano lentamente a frangersi sulla riva, cospargendo gli scogli dalla bianca loro spuma. Il monotono loro fragore, e le grige nubi che velavano il cielo, rendeano la scena più misteriosa ed analoga allo stato del suo cuore. Tale stato le divenne troppo penoso; si alzò, e traversando una parte delle ruine, guardando a caso su d'un muro vide alcune parole malamente scolpite colla punta d'un coltello; le esaminò, e riconobbe il carattere di Valancourt: le lesse tremando.

Chiaro dunque appariva che Valancourt aveva visitato quella torre, ed era anzi probabile che fosse stato nella notte precedente ch'era stata burrascosa, e quei versi descrivevano un naufragio: inoltre parea[51] che non avesse abbandonato quelle rovine se non da poco tempo, chè il sole essendo sorto allora, non poteva avere scolpiti quei caratteri all'oscuro. Era dunque probabilissimo che Valancourt fosse nelle vicinanze.

Mentre tutte queste idee si presentavano con rapidità all'immaginazione di Emilia, tante emozioni la combatterono, che ne fu quasi oppressa; ma ebbe la prudenza di sfuggire un incontro pericoloso alla sua virtù, e s'incamminò in fretta alla volta del castello. Ricordandosi allora della musica già sentita e della figura passatale così vicino quella sera, fu quasi tentata di credere nella sua agitazione che fosse lo stesso Valancourt. Fatti pochi passi, incontrò il conte, che per distrarla dall'afflizione in cui la vide, le fece conoscere la risposta dell'avvocato di Aix, suo amico, a proposito della cessione dei beni della signora Montoni.

Ritornati al castello, Emilia si ritirò nella sua camera, ed il conte andò all'appartamento del nord. La porta n'era peranco chiusa. Il conte chiamò forte Lodovico, senza ricevere risposta. Sorpreso di tale silenzio, cominciò a temere non fosse accaduta qualche disgrazia all'infelice, o che la paura di qualche oggetto immaginario l'avesse fatto svenire. Cercò alcuni servitori, ai quali chiese se avessero veduto Lodovico, ma tutti risposero che, dalla sera precedente, nessuno erasi più avvicinato all'appartamento del nord.

«Egli dorme profondamente,» disse il conte, «è così lontano dalla porta d'ingresso, che non può sentire; bisognerà gettarla a terra. Prendete una leva e seguitemi.»

I servi rimasero muti e confusi; nessuno si movea. Dorotea parlò di un'altra porta che dalla galleria dello scalone metteva nell'anticamera del salotto, ed era per conseguenza assai più vicina alla camera da letto. Il conte vi andò, ma tutti i suoi[52] sforzi furono inutili; per cui la fece atterrare. Esso entrò pel primo; Enrico lo seguì co' più coraggiosi, e gli altri aspettarono sulla scala. Regnava in quel luogo il più cupo silenzio. Entrato nel salotto, il conte chiamò Lodovico, ma, non ricevendo risposta, aprì egli stesso, ed entrò. Il silenzio assoluto regnante colà confermò i suoi timori; Enrico fece aprire le imposte d'una finestra, ma Lodovico non fu trovato, malgrado le più esatte ricerche nell'oratorio, nel letto, ed in tutte le altre stanze. Tutte le porte che comunicavano al di fuori, erano chiuse internamente come pure tutte le finestre. Lo stupore del conte fu inesprimibile; rientrò nella camera, ove tutto era al suo luogo. La spada stava sul tavolino, colla lucerna, un libro ed un mezzo bicchier di vino. Accanto al caminetto eravi il paniere con un resto di provvisioni, e legna col fuoco spento. Il conte parlava poco, ma il di lui silenzio esprimeva molto. Pareva che Lodovico avesse dovuto fuggire per qualche uscio segreto ed ignoto. Il conte non poteva risolversi ad ammettere una causa soprannaturale; e poi, quando anche vi fosse, quest'uscio segreto, come spiegare i motivi della sua fuga?

Villefort aiutò egli stesso a staccare il parato di tutte le stanze, per iscuoprire se nascondeva qualche apertura, ma tutto indarno. Egli si ritirò dunque dopo aver chiuso il salotto, e messasene la chiave in tasca. Diede ordini pressanti perchè si cercasse Lodovico fino ne' dintorni, e si ritirò con Enrico nel suo gabinetto, ove restarono un'ora circa. Qualunque fosse stato il soggetto della loro conferenza, Enrico da allora perdè tutto il brio, e diveniva grave e riservato allorchè trattavasi il soggetto che allarmava tutta la famiglia. La paura dei servi crebbe al punto che la maggior parte di essi partì immediatamente, e gli altri restarono finchè il conte non li avesse surrogati. Le ricerche più esatte sul destino[53] di Lodovico furono inutili. Dopo molti giorni d'indagini, la povera Annetta si abbandonò alla disperazione, e la sorpresa generale fu al colmo.

Emilia, il cui spirito era stato vivamente commosso dalla strana fine della marchesa, e dalla misteriosa relazione ch'essa immaginava aver esistito fra lei e Sant'Aubert, era colpita in ispecie da un caso sì straordinario. Era inoltre afflittissima della perdita di Lodovico, la cui probità, fedeltà ed i servigi meritavano tutta la sua stima e riconoscenza. Desiderava trovarsi nella placida solitudine del suo convento; ma tutte le volte che ne parlava al conte, questi ne la dissuadea teneramente; ella sentiva per lui l'affetto, l'ammirazione ed il rispetto di una figlia; e Dorotea consentì alfine ch'ella l'informasse dell'apparizione da loro veduta nella camera da letto della marchesa. In tutt'altro momento avrebbe sorriso della di lei relazione, ma allora ascoltolla sul serio, ed allorchè ebbe finito, le raccomandò il più scrupoloso segreto. «Qualunque possa essere la causa di questi avvenimenti singolari,» disse il conte, «il tempo solo può spiegargli. Io veglierò con cura su quanto accadrà nel castello, ed impiegherò ogni mezzo per iscuoprire il destino di Lodovico. Intanto usiamo prudenza e circospezione. Andrò io stesso a passare una notte intiera in quell'appartamento, ma fintantochè ne determini l'istante, voglio che l'ignorino tutti.» La vecchia Dorotea gli raccontò allora le particolarità della morte della marchesa, che cagionarongli alta sorpresa.

La settimana seguente, tutti gli ospiti del conte partirono, eccettuato il barone, suo figlio ed Emilia.

Quest'ultima ebbe l'imbarazzo di un'altra visita del signor Dupont, che la fece risolvere a tornar subito al convento. La gioia manifestata da quell'uomo appassionato nel rivederla, la persuase come non avesse rinunziato alla speranza di farla[54] sua, Emilia però fu seco lui molto riservata. Il conte lo ricevè con piacere, glielo presentò sorridendo, e parve ritrarre buon augurio dall'impaccio in cui la vedea.

Dupont però lo comprese meglio, perdè d'improvviso ogni brio, e ricadde nel languore e nello scoraggiamento.

Il giorno seguente, nondimeno, spiò l'occasione di spiegare il motivo della sua visita, e rinnovò la domanda. Questa dichiarazione fu ricevuta da Emilia con visibile dispiacere: procurò di addolcirgli la pena d'un secondo rifiuto, coll'assicurazione reiterata della sua stima e amicizia. Più persuasa che mai dell'inconvenienza d'un più lungo soggiorno nel castello, andò subito ad informare il conte della sua volontà di tornare al convento.

«Cara Emilia,» le diss'egli, «vedo con dispiacere che incoraggite le illusioni pur troppo comuni ai giovani cuori: il vostro ha ricevuto un colpo violento, e credete non doverne guarir più. Cercate di respingere queste idee; scacciate le illusioni, e svegliatevi al sentimento del pericolo.»

Emilia sorrise forzatamente, e rispose: «So che cosa volete dire, o signore, e son preparata a rispondervi. Sento che il mio cuore non proverà mai un secondo affetto, e perderei la speranza di ricuperare ancora la pace e la tranquillità, se mi lasciassi trascinare a nuovi impegni.

— So bene che voi sentite tutto questo, ma so eziandio che il tempo indebolirà tale sentimento; io posso parlarvene in proposito, e so compatire i vostri affanni, chè conosco per esperienza cosa vuol dire amare e piangere l'oggetto amato,» soggiunse commosso assai; «giudicate dunque s'io debbo premunir voi contro i terribili effetti di un'inclinazione, che può influire su tutta la vita, e abbreviare quegli anni che avrebbero potuto esser felici. Il signor Dupont è uomo amabile e sensibile; vi adora da lungo tempo, la sua famiglia e le sue sostanze non son suscettibili d'alcuna obiezione. Or è superfluo aggiungere ch'io credo il signor Dupont capace di fare la vostra felicità. Non piangete, mia cara Emilia,» continuò il conte, prendendole una mano; «io non voglio indurvi a sforzi violenti per domare i vostri affetti, ma pregarvi solo a star lontana da tutte le occasioni, che possono rammentarvi gli oggetti della vostra tristezza, pensando qualche volta all'infelice Dupont, senza condannarlo a quello stato di disperazione da cui bramerei veder guarita voi stessa.

— Ah! signore,» disse Emilia, versando un torrente di lacrime, «non vorrei che i vostri voti a tal proposito ingannassero il signor Dupont, colla speranza ch'io possa accordargli la mia mano. Se consulto il cuore, ciò non accadrà mai, ed io posso sopportar tutto fuorchè l'idea che possa mai cambiar di pensiero.

— Soffrite ch'io mi faccia interprete del vostro cuore,» ripigliò il conte con un sorriso; «se mi fate l'onore di seguire i miei consigli sul resto, vi perdonerò l'incredulità sulla vostra condotta futura verso Dupont. Non vi solleciterò di restar qui più a lungo che non vi piaccia; ma astenendomi adesso dall'oppormi alla vostra partenza, reclamo dalla vostra amicizia qualche visita per l'avvenire.»

Emilia ringraziollo di tante prove d'affetto, e promise di seguire i suoi consigli, uno solo eccettuato, assicurandolo del piacere con cui profitterebbe del suo grazioso invito, allorchè Dupont non fosse più al castello.

Villefort, sorridendo di questa condizione, riprese: «Vi acconsento, il monastero è qui vicino; mia figlia ed io potremo venire spesso a vedervi. Se però qualche volta ci permettessimo di associare un compagno alla nostra passeggiata, ce lo perdonereste voi?»[56]

Emilia parve afflitta, e non rispose.

«Ebbene,» soggiunse il conte, «non ne parliamo più; vi domando perdono d'essermi spinto troppo oltre. Vi supplico di credere che il mio unico scopo è un vero interesse per la vostra felicità e per quella del mio buon amico.»

La fanciulla scrisse alla badessa, e partì la sera del giorno seguente. Dupont la vide partire con rammarico; ma il conte cercò incoraggiarlo colla speranza che col tempo essa gli sarebbe stata più favorevole.

Emilia fu contentissima di trovarsi nel placido ritiro del chiostro, ove la badessa le rinnovò le maggiori prove di materna bontà, avvalorate dall'amicizia veramente fraterna delle altre monache. Sapevano esse di già l'avvenimento straordinario del castello, e la stessa sera, dopo cena, pregarono Emilia di raccontarne i dettagli; essa lo fece con circospezione, estendendosi assai poco sulla scomparsa di Lodovico. Tutte le ascoltanti convennero unanimemente a darle una causa soprannaturale.

«Fu creduto per molto tempo,» disse una monaca chiamata suor Francesca, «che il castello fosse frequentato dagli spiriti, e rimasi assai sorpresa quando seppi che il conte aveva la temerità di venire ad abitarlo. Credo che l'antico proprietario avesse qualche peccato da espiare. Speriamo che le virtù dell'attual possessore possano preservarlo dal castigo riserbato al primo, se realmente era reo.

— E di qual delitto lo sospettano?» disse una certa Feydeau, educanda.

— Preghiamo per l'anima sua,» rispose una monaca, la quale fin allora non avea aperto bocca. «Se fu reo, il suo castigo quaggiù bastò ad espiarne la colpa.»

Eravi nell'accento di tai detti un misto di serio e di singolarità che colpì Emilia. L'educanda ripetè l'inchiesta senza badare alle parole della monaca.
[57]

«Non oso dire qual fu il suo delitto,» ripigliò suor

Francesca. «Intesi racconti strani a proposito del marchese di Villeroy. Dicono, tra altri, che dopo la morte della moglie partì da Blangy, e non vi tornò più. A quell'epoca io non era qui, e non posso dir nulla di preciso; la marchesa era morta già da molto tempo, e la maggior parte delle nostre suore non potrebbe dirne di più.

— Io lo potrei,» ripigliò la monaca che avea già parlato, e che si chiamava suor Agnese.

— Voi sapete dunque,» disse l'educanda, «le circostanze che vi fanno giudicare s'egli fosse colpevole o no, e qual delitto gli venisse imputato?

— Sì,» rispose suor Agnese; «ma chi potrebbe mai indagare i miei pensieri? Chi oserà mescolarsi ne' miei segreti? Dio solo è il suo giudice, ed egli è già al cospetto di quel giudice terribile.

— Vi domandava soltanto la vostra opinione, se questo discorso vi spiace, lo cambieremo subito.

— Spiacevole!» rispose la monaca con affettazione. «Noi parliamo a caso, senza pesare il valore delle parole. Spiacevole! è un'espressione miserabile. Io vado a pregare Iddio.»

Ed alzatasi sospirando, se ne andò.

«Che significa ciò?» chiese Emilia.

— Non è straordinario,» rispose suor Francesca; «ella è spesso così. La sua ragione è alterata; vaneggia.

— Povera donna!» soggiunse Emilia; «pregherò Dio per lei.

— Le vostre preci in tal caso si uniranno alle nostre, giacchè ne ha bisogno.

— Signora,» disse la Feydeau, «fatemi la grazia di dirmi la vostra opinione sul marchese di Villeroy. Lo strano avvenimento del castello ha tanto eccitato la mia curiosità, che mi rende ardita a tal segno: qual è dunque il delitto che gli viene imputato?[58]

— Non si può,» rispose la badessa con aria grave, «non si può avventurare veruna proposizione sopra un soggetto così delicato. Quanto al castigo di cui parla suor Agnese, non so che ne abbia sofferto alcuno, ed avrà voluto di certo alludere al crudele rimordimento di coscienza. Guardatevi bene, figliuole, di provare questo terribile castigo, ch'è il purgatorio della nostra vita. La marchesa è stata un modello di virtù e rassegnazione, ed il chiostro istesso non avrebbe arrossito d'imitarla. La nostra chiesa ha ricevuto la di lei spoglia mortale, e la sua anima è volata senza dubbio in grembo al Creatore. Andiamo, figliuole, a pregare per gl'infelici peccatori.»

Ella si alzò, e la seguirono tutte alla cappella.

CAPITOLO XLVI

Villefort ricevè alfine una lettera dell'avvocato di Aix, che incoraggiava Emilia ad affrettare le sue istanze pel ricupero dei beni della zia. Poco dopo ricevè un simile avviso per parte di Quesnel; ma il soccorso della legge non pareva più necessario, giacchè la sola persona che avesse potuto opporsi non esisteva più. Un amico di Quesnel, che risiedeva a Venezia, aveagli mandato la relazione della morte di Montoni, processato con Orsino, come supposto complice dell'assassinio del nobile veneziano. Orsino, trovato reo, fu giustiziato; Montoni ed i suoi compagni, riconosciuti innocenti di quel delitto, furono tutti rilasciati tranne il primo. Il senato vide in lui un uomo pericolosissimo, e, per diversi motivi, fu ritenuto in carcere. Vi morì in modo molto segreto e sospettossi che il veleno troncasse i suoi giorni. La persona dalla quale Quesnel aveva ricevuto la notizia, meritava tutta la fede. Egli diceva dunque a Emilia che bastava reclamare i beni della zia per andarne al possesso,[59] aggiungendo l'avrebbe aiutata a non trascurar veruna formalità. L'affitto della valle volgea al suo termine, per cui la consigliava di recarsi a Tolosa.

L'aumento del patrimonio d'Emilia aveva risvegliato in Quesnel un'improvvisa tenerezza per la nipote, e pareva avere più rispetto per una ricca fanciulla, di quel che non avesse sentito compassione per un'orfanella povera e senza amici.

Il piacere provato da Emilia a tale notizia, fu mitigato dall'idea che colui, pel quale aveva desiderato tanto di essere nell'agiatezza, non era più degno di lei. Nonpertanto ringraziò il cielo del benefizio inaspettato, e scrisse a Quesnel che sarebbe stata a Tolosa pel tempo indicato.

Quando Villefort andò al convento in compagnia di Bianca per far leggere ad Emilia il consulto dell'avvocato, fu istruito delle informazioni di Quesnel, e ne felicitò sinceramente la fanciulla. Tornò quindi a riparlare delle sue inquietudini sulla sorte di Lodovico; e disse che, volendo far cessare tutte le ciarle e le paure, aveva l'intenzione decisa di passare una notte intiera nell'appartamento del nord. Emilia seriamente allarmata, unì le sue preghiere a quelle di Bianca per distoglierlo da tale progetto.

«Che cos'ho io da temere?» rispos'egli; «non credo aver a combattere nemici soprannaturali, e quanto agli attacchi umani, sarò parato a riceverli; d'altronde, vi prometto di non vegliar solo. Mio figlio mi terrà compagnia; e se stanotte non isparirò come Lodovico, domani saprete il risultato della mia avventura.»

Il conte e Bianca, congedatisi poco dopo da Emilia, tornarono al castello.

La sera, dopo cena, Villefort s'incamminò con Enrico all'appartamento del nord, accompagnato dal barone, da Dupont e da alcuni domestici, che gli augurarono la buona notte alla porta. Tutto era in quelle stanze nel medesimo stato come dopo la[60] sparizione di Lodovico. Essi furon costretti ad accendere il fuoco da sè, poichè nessuno si era arrischiato a venire fin là. Esaminarono scrupolosamente la camera e l'oratorio, e sedettero vicino al fuoco. Deposero le spade sul tavolino, e parlarono a lungo di varie cose. Enrico era spesso distratto e taciturno, e fissava tratto tratto un occhio diffidente e curioso sulle parti oscure della camera. Il conte cessò a poco a poco di parlare, e, per sottrarsi a' pensieri che l'assalivano, si mise a leggere un volume di Tacito, ond'erasi prudentemente munito.

CAPITOLO XLVII

Il barone di Santa-Fè, inquieto per l'amico, non avendo potuto chiuder occhio in tutta notte, erasi alzato di buonissima ora. Andando per notizie passò vicino al gabinetto del conte, ed udì camminare: bussò, e venne lo stesso Villefort ad aprirgli: lieto di vederlo sano e salvo, il barone non ebbe tempo di osservarne la fisonomia straordinariamente grave; le sue risposte riservate però ne lo resero ben presto accorto. Il conte affettando di sorridere, rispose evasivamente alle di lui interrogazioni; ma il barone divenne serio e così pressante, che Villefort, preso allora un tuono deciso di gravità, gli disse:

«Amico caro, non mi domandate nulla di più, ve ne scongiuro. Vi supplico inoltre di tacere su tutto ciò che la mia condotta avvenire potrà avere di sorprendente. Non ho difficoltà a dirvi che sono infelice, e che il mio esperimento non mi fece trovare Lodovico. Scusate la mia riserva sugl'incidenti di stanotte.

— Ma dov'è Enrico?» disse il barone, sorpreso e sconcertato dal rifiuto.

— È nelle sue stanze; mi farete il piacere a non interrogarlo. Potete esser certo che il motivo che[61] m'impone silenzio verso un amico di trent'anni, non può derivare da un caso ordinario. La mia riserva, in questo momento, non deve farvi dubitare nè della stima, nè dell'amicizia mia.»

Troncato così il discorso, scesero per la colazione. Il conte mosse incontro alla sua famiglia con aria allegra: si schermì dalle molteplici interrogazioni con risposte scherzose, ed assicurò, ridendo, l'appartamento del nord non essere poi tanto da paventarsi, se lui e suo figlio n'erano usciti sani e salvi.

Enrico fu però meno felice ne' suoi sforzi per dissimulare; la sua faccia portava ancora l'impronta del terrore. Era muto e pensieroso, e quando voleva rispondere, celiando, alle pressanti dimande della Bearn, si vedeva bene il suo brio non esser naturale.

Dopo pranzo, il conte, a tenore della sua promessa, andò a trovare Emilia, la quale fu sorpresa di trovare ne' suoi discorsi sugli appartamenti del nord un misto di motteggio e riservatezza. Non disse però nulla dell'avventura notturna; e quand'essa ardì favellargliene, e chiedergli se si fosse accorto che gli spiriti frequentassero l'appartamento, si fece serio e rispose sorridendo:

«Cara Emilia, non vi guastate il cervello con simili idee che v'insegnerebbero a trovar uno spettro in tutte le stanze oscure. Ma credetemi,» soggiunse con un lungo sospiro, «i morti non appariscono per soggetti frivoli, nè all'unico scopo di spaventare i paurosi.» Tacque, pensò alquanto, indi ripigliò: «Ma via, non parliamone più.»

E s'accomiatò poco dopo. La fanciulla andò a raggiungere le monache, e restò sorpresa nel sentire come sapessero già l'avventura. Ammiravano esse l'intrepidità del conte a passar la notte nell'istesso appartamento ov'era sparito Lodovico, Emilia non considerava con qual rapidità circola una notizia[62] superstiziosa. Le monache l'avevano saputa dal giardiniere, ed i loro sguardi dopo la scomparsa di Lodovico, stavano sempre fissi sul castello di Blangy.

Emilia ascoltava tacendo tutte le loro dissertazioni sulla condotta del conte. La maggior parte la condannarono come temeraria e presuntuosa. Suor Francesca sosteneva che il conte aveva mostrato tutta la bravura di un'anima grande e virtuosa. Non erasi macchiato di verun delitto, e non poteva temere lo spirito maligno, avendo diritti alla protezione di colui che comanda ai cattivi e protegge l'innocenza.

«I colpevoli non possono reclamare questa protezione,» disse suor Agnese sospirando e fissati gli occhi in Emilia, la prese per la mano dicendole: «Voi siete giovine, siete innocente, ma avete passioni in cuore... veri serpenti. Essi dormono ora: guardate che non si sveglino perchè vi ferirebbero a morte.»

La fanciulla, colpita da tali parole, e dal modo con cui venivano pronunziate, non potè trattener le lacrime.

«Ah! è dunque vero!» sclamò allora suor Agnese con tenerezza; «così giovine, ed essere infelice! Noi siamo adunque sorelle? Esistono dunque teneri rapporti fra i colpevoli?» Quindi, con occhi smarriti: «No, non c'è più riposo! non più pace! non più speranza. Le ho gustate per l'addietro; allora poteva piangere. La mia sorte è decisa.

— C'è speranza per tutti quelli che si pentono e si correggono,» disse suor Francesca.

— Per tutti, fuorchè per me,» replicò suor Agnese. «Ma la testa mi bolle, credo esser malata. Oh! perchè non posso cancellare il passato dalla memoria! Quelle ombre che sorgono come furie per tormentarmi, le veggo sempre in sogno; quando mi sveglio mi stanno dinanzi! Ed ora le vedo là, là...»[63]

Restò qualche tempo nell'atteggiamento dell'orrore: i di lei sguardi erravano per la camera, come se avessero seguito qualche oggetto. Una monaca la prese dolcemente per la mano onde condurla fuori. Suor Agnese si calmò, mise un sospiro, e disse:

«Esse sono sparite, sì, sono sparite. Ho la febbre, e non so quel ch'io dica. Talvolta mi trovo in questo stato, ma presto passa. Fra poco starò meglio. Addio, care sorelle; vo' ritirarmi in cella; sovvengavi di me nelle vostre orazioni.»

Appena fu uscita, suor Francesca vedendo l'emozione di Emilia, le disse:

«Non vi sorprenda. La nostra sorella ha spesso la

testa alterata, sebbene io non l'abbia mai veduta in un delirio così grande come oggi, ma spero che la solitudine e l'orazione la calmeranno.

— La sua coscienza pareva oppressa,» disse Emilia; «sapete voi per qual motivo sia ridotta in uno stato così deplorabile?

— Si,» rispose suor Francesca; poi soggiunse sottovoce: «In questo momento non posso dirvi nulla. Se volete saperne qualcosa, venite a trovarmi in cella dopo cena. Ma rammentatevi che a mezzanotte io devo andare al mattutino; venite dunque o prima, o dopo.»

Emilia promise di esser puntuale; sopraggiunse la badessa, e non si parlò più dell'infelice suor Agnese.

Il conte tornando al castello, trovò Dupont in un trasporto di disperazione, cagionatogli dal suo amore per Emilia; amore nato in lui da troppo tempo ond'esser vinto facilmente. Egli avea conosciuta la fanciulla in Guascogna; il di lui padre, cui erasi confidato, trovando ch'essa non era abbastanza ricca, lo dissuase dal pensare a cercarla in isposa. Finchè visse suo padre, gli fu obbediente, ma non potendo vincere la sua passione, cercava di addolcirla[64] visitando i luoghi frequentati da Emilia, ed in ispecie la peschiera. Una volta o due aveale manifestato i suoi sentimenti in versi, ma giammai palesato il suo nome per non trasgredire agli ordini paterni. Colà aveva cantato quella canzone patetica, di cui Emilia era stata tanto sorpresa, e vi aveva trovato a caso quel ritratto che servì ad alimentare una passione troppo fatale al suo riposo. Abbracciata la carriera militare, scese a guerreggiare in Italia; intanto suo padre morì, ed egli aveva riacquistata la libertà quando l'unico oggetto che poteva rendergliela preziosa non poteva più corrispondergli. Si è veduto in qual modo ritrovasse Emilia, e come l'avesse aiutata a fuggire. Si è veduto finalmente a qual debole speranza appoggiasse il suo amore, e l'inutilità di tutti i di lui sforzi per vincerlo. Il conte procurò consolarlo collo zelo dell'amicizia, lusingandolo che forse la pazienza e la perseveranza potrebbero un giorno cattivargli l'affetto di Emilia.

Appena le monache si furono ritirate, la fanciulla, recatasi da suor Francesca, la trovò inginocchiata dinanzi ad un crocifisso; appena la vide, le fece segno di entrare, ed Emilia aspettò in silenzio ch'essa finisse la sua orazione, allora la monaca si alzò, e postasi a sedere sul letticciuolo, così cominciò:

«La vostra curiosità, sorella cara, vi ha resa esatta, ma non c'è nulla di notevole nell'istoria di suor Agnese. Non ho voluto parlare di lei in presenza delle altre, perchè non mi garba che conoscano il suo delitto.

— La vostra confidenza mi onora,» disse Emilia, «ma io non ne abuserò.

— Suor Agnese,» soggiunse la monaca, «è d'una famiglia nobile; la dignità della sua fisonomia ve lo avrà forse già fatto sospettare; ma non voglio disonorare il suo nome rivelandolo. L'amore fu cagione[65] delle sue follie e del suo delitto. Fu amata da un gentiluomo poco ricco, e il di lei padre, da quanto mi fu detto, avendola maritata ad un signore ch'ella odiava, accelerò la sua perdita: obliò i suoi doveri e la virtù, e profanò i voti del matrimonio; questo delitto fu scoperto, ed il marito l'avrebbe sacrificata alla sua vendetta, se il di lei padre non avesse trovato il mezzo di sottrarla al suo potere. Non ho mai potuto scoprire in qual modo potè riuscirvi. La chiuse in questo convento, e la decise a prendere il velo. Si fece spargere la voce ch'essa era morta; il padre, per salvar la figlia, concorse a confermare questa notizia, e fece credere perfino al marito ch'era stata vittima del suo geloso furore. Parmi che quest'istoria vi sorprenda, e per vero non è comune, ma non è però senz'esempio. Ora sapete tutto; aggiungerò soltanto che il contrasto nel cuore di Agnese fra l'amore, i rimorsi ed il sentimento dei doveri claustrali, cagionò alla perfine il disordine delle sue idee. In principio era alteratissima; prese in seguito una malinconia abituale, ma da qualche tempo cade in accessi di delirio più forti e frequenti del solito.»

Emilia fu commossa da quest'istoria, che le parve aver molta analogia con quella della marchesa di Villeroy, e sparse qualche lacrima sugli infortunii d'entrambe. «È strano,» soggiunse ella, «ma vi sono momenti in cui credo rammentarmi la sua figura; io non ho per certo veduta mai suor Agnese prima di entrare in questo convento; bisogna che abbia visto in qualche parte una persona che le somigli, eppure non ne ho nessuna memoria.» E rimase sovrappensieri. Quando suonò mezzanotte, congedossi e tornò nella sua camera.

Per molti giorni consecutivi, Emilia non vide nè il conte, nè alcuno della sua famiglia; quand'egli comparve, essa notò con pena l'eccesso della sua agitazione.[66]

«Non ne posso più,» rispos'egli alle di lei premurose interrogazioni; «voglio assentarmi per qualche tempo, onde ricuperare un poco di tranquillità. Mia figlia ed io accompagneremo il barone di Santa-Fè al di lui castello, situato alle falde dei Pirenei in Guascogna. Ho pensato, cara Emilia, che se voi andaste alla vostra terra della valle si potrebbe fare insieme parte del viaggio, ed io sarei lietissimo di potervi scortare fin là.»

Essa lo ringraziò, facendogli conoscere il dispiacere di non poter godere della sua compagnia, essendo obbligata di trasferirsi prima a Tolosa. «Allorchè sarete dal barone,» soggiunse, «vi troverete poco distante da' miei beni. Mi lusingo pertanto che non ripartirete di colà senza venire a trovarmi, credendo inutile dirvi qual piacere io proverò a ricevervi in compagnia di Bianca.

— Ne son convinto appieno,» rispose Villefort; «ed approfitterò molto volentieri delle vostre gentili profferte.»

E dopo i soliti complimenti, se ne partì.

Pochi giorni dopo, Emilia ricevè una lettera di

Quesnel che l'avvisava di esser già a Tolosa, che la terra della valle era libera, e la pregava d'affrettarsi, perchè i suoi affari lo chiamavano in Guascogna. Essa non esitò più; andò a fare i saluti al conte, che non era ancora partito, e si mise in viaggio per Tolosa, in compagnia dell'infelice Annetta, e d'un fido servo della famiglia del conte.

CAPITOLO XLVIII

Emilia compì il viaggio felicemente. Avvicinandosi a Tolosa, d'onde era partita colla zia, riflettè sul tristo fine di lei, la quale, senza la sua imprudenza, avrebbe potuto vivere ancora felice in quella città. Anche Montoni le si presentava spesso[67] al pensiero; parevale di vederlo ne' dì de' suoi trionfi, ardito, intraprendente, altiero, vendicativo; ed ora ecco che, scorsi pochi mesi, non aveva più il potere, nè la volontà di nuocerle, nè esisteva nemmen più; i di lui giorni erano svaniti come ombra fugace...

Giunta a Tolosa, scese al palazzo di sua zia, ora divenuto suo, ed invece d'incontrarvi Quesnel, vi trovò una sua lettera, colla quale, oltre a parecchie istruzioni circa i di lei beni, l'informava essere stato obbligato di partire due giorni prima per un affare importante. Il poco interesse che Quesnel mostrava di rivederla, non occupò a lungo i di lei pensieri, i quali si volsero alle persone vedute in quel palazzo, e sopratutto all'imprudente ed infelice signora Montoni; essa aveva fatta colazione secolei la mattina della sua partenza per l'Italia. Il salotto in cui ritrovavasi, rammentavale più che mai tutto quel che aveva sofferto allora, e le belle speranze di cui pascevasi a quell'epoca la zia. Affacciandosi alla finestra del giardino, vide il viale in cui la vigilia del suo viaggio erasi separata da Valancourt. La di lui ansietà, il premuroso interesse dimostrato per la sua felicità, le pressanti sollecitazioni fattele, affinchè non si abbandonasse all'autorità di Montoni, e la sincerità della sua tenerezza, tutto tornavale in mente. Le parve quasi impossibile che Valancourt si fosse reso indegno di lei, dubitava di tutti i rapporti, e perfino delle di lui proprie parole, confermanti quelle di Villefort. Oppressa dalle idee destatele da quel viale, si ritirò dalla finestra, e buttossi in una poltrona inabissata nel più vivo dolore. Annetta, entrando di lì a poco con qualche rinfresco, la trasse dai tristi pensieri.

Dal dì dopo, serie occupazioni la divagarono dalla sua malinconia; desiderava partir presto da Tolosa per recarsi alla valle: prese informazione dello[68] stato de' suoi possessi, e finì di regolarsi dietro le istruzioni di Quesnel. Abbisognò d'un grande sforzo per interessarsi in simili oggetti, ma se ne trovò ben compensata, e si convinse ognor più che la continua occupazione è il miglior rimedio contro la tristezza. Tutta la giornata la consacrò agli affari; s'informò degli abitanti più poveri dei dintorni, e distribuì loro soccorsi copiosi. Andata a passeggiare in giardino, si diresse verso il padiglione dov'erasi abboccata con Valancourt. Il desiderio di rivedere un luogo in cui era stata felice, vinse in lei l'estrema ripugnanza di rinnovare la sua ambascia entrandovi; ne spinse l'uscio: le finestre erano chiuse. Una sedia stava presso al terrazzino, come se vi avesse seduto qualcuno di recente. Il silenzio e la solitudine del luogo secondavano in quel momento le sue malinconiche disposizioni. Postasi a sedere presso una finestra, si rammentò la scena dell'abboccamento avuto quivi coll'amante. In quel luogo aveva passati seco lui i più bei momenti, quando la zia favoriva i loro progetti. «Come è mai possibile,» sclamò Emilia, «che un cuore così sensibile abbia potuto darsi in preda al vizio!» Si alzò, e volendo sfuggire alle chimere d'una felicità che non esisteva più, tornò verso casa. Traversando il viale, vide da lungi una persona passeggiare lentamente sotto gli alberi. Il crepuscolo non le permise di distinguere chi fosse: credè da principio che fosse un servitore, ma nell'avanzarsi egli volse la testa, e le parve riconoscere Valancourt; ma tosto sparve nel boschetto. Emilia, cogli occhi fissi al punto dove era sparito, restò immobile e tremante. Infine, fattasi animo, rientrò in casa, e temendo di lasciar conoscere la sua alterazione, si astenne dal chiedere chi fosse andato in giardino. Quando fu sola, si rammentò la figura veduta; era sparita così presto, che non aveva potuto distinguer nulla; pure quell'improvvisa partenza le faceva credere che fosse[69] Valancourt. Passò quella sera nell'incertezza e nei continui sforzi che faceva per cancellarlo dalla memoria. Vani tentativi: essa era agitata da mille contrari affetti; temeva al tempo istesso che fosse lui, oppure un'illusione. Voleva persuadersi che non desiderava più di rivedere Valancourt, ed il suo cuore con altrettanta costanza contraddiceva la ragione.

Passò una settimana prima d'arrischiarsi nuovamente a passeggiare in giardino. Infine, non volendo esporsi sola, si fece accompagnare da Annetta, la quale, dopo un lungo silenzio, le disse:

«Signora Emilia, perchè mai siete così afflitta? Parrebbe quasi che voi sapeste che cosa è accaduto.

— Cos'è accaduto?» rispose Emilia con voce tremante.

— La scorsa notte v'era un ladro nel giardino.

— Un ladro!» sclamò Emilia con vivacità.

— Così suppongo; chè altrimenti chi poteva essere?

— Dove l'hai tu veduto, Annetta?» rispose Emilia guardandosi attorno.

— Non l'ho veduto io, ma Giovanni il giardiniere. Era mezzanotte: Giovanni traversava il cortile per andarsene a dormire, allorchè vide una figura nel viale in faccia alla porta d'ingresso; indovinò chi era, ed andò a prendere lo schioppo.

— Lo schioppo!

— Sì, signora. Tornò nel cortile per osservarlo meglio; lo vide avanzare lentamente nel viale e guardare attento il castello. Vedendo che il ladro entrava nel cortile, Giovanni credè bene allora domandargli chi fosse e cosa volesse, ma colui non rispose e tornò indietro. Giovanni allora gli sparò addosso. Gran Dio! Voi impallidite! Quell'uomo non fu ucciso, ve ne assicuro; o almeno i suoi compagni l'hanno portato via. Giovanni, di buon mattino, andò a cercare il di lui cadavere, e non lo trovò; non vide altro che una striscia di sangue;[70] la seguì per iscuoprire da qual parte erano usciti, ma essa si perdeva sull'erba, e...»

Emilia svenne, e sarebbe caduta in terra se Annetta non l'avesse sostenuta, ed appoggiata ad un sedile di pietra. Allorchè, dopo un lungo deliquio, Emilia ebbe ripreso l'uso dei sensi, si fece condurre al suo appartamento, non volendo udir altro per timore di riconoscere che l'incognito era Valancourt.

Allorchè si credè abbastanza forte per sentir Giovanni, lo mandò a cercare; egli non potè dare nessuno schiarimento. Essa gli fece forti rimproveri per aver tirato a palla, ed ordinò di fare esatte ricerche per iscoprire chi fosse il ferito, ma indarno. Più essa vi riflettea, e più convincevasi che fosse Valancourt. Alfine l'inquietudine le cagionò un'ardentissima febbre, che l'obbligò a letto per qualche giorno.

La sua indisposizione e gli affari avevano già prolungato il di lei soggiorno a Tolosa al di là del tempo prefisso. La sua presenza ormai era necessaria alla valle: ricevè una lettera da Bianca, nella quale l'informava che il conte e lei, essendo tuttavia presso il barone di Santa-Fè, si proponevano al loro ritorno di andare a trovarla al di lei castello, se vi fosse stata, aggiungendo che le avrebbero fatta questa visita colla speranza di ricondurla a Blangy.

Emilia, rispose all'amica che fra pochi giorni sarebbe stata alla valle; fece in fretta i preparativi di viaggio, e partì sforzandosi di credere che se fosse accaduto qualche sinistro a Valancourt, ne sarebbe stata in qualche modo informata.

CAPITOLO XLIX

Il dì dopo, Emilia arrivò al suo castello della valle verso il tramonto. Alla malinconia inspiratale dal luogo già abitato da' suoi genitori, e dove aveva[71] passato anni felici, si unì tosto un tenero infinito piacere. Il tempo aveva smussato i dardi del suo dolore, ed allora rivedeva con compiacenza tutto ciò che rinnovavale la memoria de' suoi cari; le pareva che respirassero ancora in tutti quei luoghi ove li aveva veduti, e sentiva che la valle era per lei il più delizioso soggiorno. La prima stanza che visitò fu la sua libreria, ove, seduta sulla poltrona del padre, riflettè con rassegnazione al quadro del passato.

Poco dopo il suo arrivo ricevè la visita del venerabile Barreaux, che venne con premura ad accogliere l'unica figlia del suo rispettabile vicino, in una casa troppo lungamente derelitta. La presenza del vecchio amico fu di grande conforto per Emilia; la loro conversazione fu per amendue interessante, e si comunicarono reciprocamente le circostanze principali di quanto era accaduto. La mattina di poi, la giovine andò a passeggiare nel giardino gustando con tenera avidità il piacere di vagare sotto quegli alberi, piantati dal diletto genitore, ciascuno dei quali le ne rammentava la bontà i discorsi, il sorriso. Prima sua cura fu d'informarsi della vecchia Teresa, stata crudelmente licenziata da Quesnel senza veruna pensione, quando affittò quei beni. Avendo saputo ch'ella viveva in una casuccia poco lontana, vi andò subito, e fu lieta di trovarla sana ed allegra; essa si occupava a potar viti, ed appena la povera vecchia riconobbe Emilia, le saltò al collo, gridando:

«Ah! mia cara padroncina, io credeva di non rivedervi più; ma ora son contenta. Sono stata maltrattata assai; non aspettava certo nella mia età di essere scacciata in tal guisa.»

Entrate nell'abituro rustico, ma decentissimo, Emilia si congratulava seco lei di averla trovata in quell'abitazione passabilmente bella nella sua sventura. Teresa la ringraziò colle lagrime agli occhi.[72]

«Sì, signora,» le disse, «è anche troppo bella per me, grazie all'amico caritatevole che mi ha strappato dalla miseria. Voi eravate troppo lontana per aiutarmi: egli mi ha messa qui, ed io credeva quasi... ma non parliamone più.

— Chi è dunque quest'ottimo amico? chiunque ei sia diverrà anche il mio.

— Ah! signora padrona, egli mi ha proibito di palesare la sua buon'azione, e perciò non posso nominarvelo. Ma come siete cambiata dacchè non vi ho veduta! Siete pallida e magra! Ma, a proposito, che fa adesso quel caro signor Valancourt? Sta bene?»

Emilia, agitatissima, non le rispose; Teresa continuò:

«Dio lo ricolmi di benedizioni! Mia cara padrona, di grazia, non siate meco così riservata; credete voi ch'io non sappia ch'egli vi ama? Quando foste partita, veniva sempre al castello. Com'era afflitto! Voleva entrare in tutte le stanze, qualche volta stava a sedere colle braccia incrociate sul petto, senza dir verbo, tutto pensieroso. A un tratto si scuoteva e mi parlava di voi! e con che fuoco, con qual passione! Io lo amava appunto per questo... Quando poi il signor Quesnel ebbe affittato il castello, io credeva che il cavaliere impazzisse dal dolore.

— Teresa,» disse Emilia con serietà, «non mi nominate più il cavaliere.

— Non nominarvelo più! e per qual ragione! Io amo il cavaliere quasi quanto voi.

— Potrebbe anche darsi che spendeste male il vostro amore,» soggiunse Emilia cercando di nascondere le lacrime; «ma, checchè ne sia, noi non ci rivedremo mai più.

— Gran Dio, che ascolto! Il mio amore non può esser più giusto. È lo stesso signor Valancourt che mi regalò questa casa, e sorresse la mia vecchiaia[73] dal momento che il signor Quesnel mi bandì da casa vostra.

— Il cavalier Valancourt?» disse Emilia tutta tremante.

— Sì, signora, lui appunto, sebbene gli abbia promesso di non nominarlo. Fu egli che mi comprò questa casetta, e mi diè il denaro necessario per istabilirmivi. Ordinò inoltre al fattore di suo fratello di pagarmi regolarmente trenta franchi al mese. Ora, giudicate, signora padrona, se posso dirne male? Temo solo che la sua generosità abbia oltrepassato le sue forze; sono ormai tre mesi che non ricevo nulla. Ma non piangete, signorina; mi lusingo che non sarete meco in collera per avervi raccontato i benefizi del cavaliere?

— In collera!» sclamò Emilia, e versava lagrime in copia. «Quanto tempo è che non l'avete veduto?

— Oimè! non ne ho più avuta notizia dacchè egli partì improvvisamente per la Linguadoca; veniva allora da Parigi, e, come vi diceva poc'anzi, son tre mesi che il fattore non mi manda la mia pensione. Comincio a temere che gli sia accaduta qualche disgrazia. Se non fossi così lontana da Estuvière, e potessi camminare, sarei già andata ad informarmi di lui.»

L'ansietà d'Emilia era divenuta insopportabile; essa non poteva convenientemente mandare dal fratello di Valancourt; ma pregò Teresa di far partire, a nome suo però, un espresso per informarsi dal fattore sul destino del cavaliere. Si fece promettere dalla vecchia di non nominarla mai in questo affare, e di non parlarne neppure al giovane. Teresa trovò subito il mezzo di contentar la padrona. Emilia le diè qualche denaro, e tornò al castello più afflitta che mai: non poteva persuadersi che un cuore benefico come quello di Valancourt si fosse lordato di vizi, e sentivasi commossa dalla sua prova di bontà per la povera Teresa.

[74]

CAPITOLO L

Nell'intervallo, il conte di Villefort e Bianca avevano passato quindici giorni nel castello del barone di Santa-Fè. Avevan fatte molte gite ne' Pirenei ed ammiratene le bellezze. Il conte erasi separato dagli amici con dispiacere, quantunque dovessero in breve formare una sola famiglia, essendosi stabilito, che il giovane Santa-Fè, il quale l'accompagnava in Guascogna, avrebbe sposato Bianca appena giunti a Blangy. La strada che andava alla valle era nella parte più alpestre de' Pirenei ed impraticabile alle carrozze. Il conte noleggiò muli per sè e per tutto il suo seguito; prese due guide bene armate e pratiche di quelle montagne, le quali vantavansi di conoscere tutti i sentieri, non che la posizione delle scarse capanne di pastori, presso le quali dovevano passare.

Il conte partì di buon'ora coll'intenzione di passar la notte in un'osteriuccia a mezza strada dalla valle, di cui avevangli parlato le guide, e dove solevan riposare i mulattieri spagnuoli.

Dopo una giornata d'ammirazione e di fatiche, i viaggiatori trovaronsi in una valle coperta di boschi, e circondata da alture scoscese. Avevano già percorse molte leghe senza incontrare una sola abitazione, e udendo solo tratto tratto i campanelli degli armenti, quando intesero da lontano una musica bizzarra, e videro sopra un'eminenza un gruppo di montanari che ballavano allegramente. Il conte si fermò per godere di quella festa campestre. Erano contadini spagnuoli e francesi che abitavano in un villaggio poco distante. Villefort sospirava pensando che le grazie ed i piaceri innocenti fiorivano nella solitudine, rifuggendo dalle città incivilite. Il sole aveva già percorsa metà della sua carriera, ed i viaggiatori, riflettendo che non avevan tempo da perdere, si rimisero in cammino.[75]

Strada facendo, Bianca osservava in silenzio quelle solitudini, sentiva il lene stormir degli abeti, ed a misura che il sole scendeva all'occaso, sentivasi colta da insolita malinconia. Domandò al padre, quanto fosse ancor distante l'osteria, e se la strada era sicura di notte. Il conte ripetè alle guide la prima di queste due domande: n'ebbe risposta ambigua; e soggiunsero che se la notte si avanzava, sarebbe stato meglio fermarsi, finchè sorgesse la luna. «Ma adesso non si può forse viaggiare con sicurezza?» disse il conte. Le guide l'assicurarono che non eravi nessun pericolo, ed andarono innanzi. Bianca, tranquillata da tale risposta, si compiaceva ad osservare i progressi della notte. Il giovine Santa-Fè, la cui immaginazione, scevra da timore, vedeva in ogni cosa oggetti d'ammirazione, faceva osservare a Bianca i punti di vista più interessanti.

La notte diveniva più cupa, e negre nubi ne raddoppiavano l'oscurità; le guide proposero di aspettare il sorger della luna, aggiungendo che il tempo minacciava. Guardando intorno per trovare un ricovero, scorsero un oggetto sulla punta d'una rupe. La curiosità li spinse ad andar a veder cosa fosse, e quando furono a poca distanza scorsero una gran croce piantata colà a mo' di monumento per attestare ch'eravi stato commesso un omicidio. L'oscurità non permise di leggerne l'iscrizione; ma le guide si rammentarono allora esservi stata eretta in memoria del conte Beliard, stato ucciso da una banda di malfattori che infestavano i Pirenei qualche anno addietro. Bianca fremè all'udir raccontare alcune orribili particolarità sul destino delle sventurato conte. Una delle guide le narrava con voce sommessa, come se i suoi propri accenti gli facessero paura. Mentre i viaggiatori ascoltavano quel racconto cominciò a lampeggiare, laonde ripartirono tosto in traccia di qualche ricovero. Tornati sulla strada, le guide si misero a narrare molte istorie di rapine,[76] e d'assassinii commessi in quei luoghi medesimi, aggiungendo molte ciarle e millanterie sul loro coraggio, e sul modo maraviglioso con cui n'erano sfuggiti. La guida meglio armata cavò dalla cintura una delle sue quattro pistole, e giurò che quell'arme aveva purgata la terra in quell'istesso anno da tre assassini. Sguainò quindi uno stile lunghissimo, accingendosi a raccontare le prodezze in cui aveva figurato; ma Santa-Fè, accortosi che cotesto racconto affliggeva Bianca, cercò d'interromperlo. Infine, minacciando il tempo ognor più, rifugiaronsi in una grotta che scorsero appiè dei dirupi al chiaror de' baleni. Una guida accese un buon fuoco, e quella fiamma, insieme al riposo, fu di gran sollievo ai viaggiatori.

I servi del conte trassero fuori alcune provvigioni, ed imbandirono una buona cena. Dopo essersi rifocillati, Santa-Fè ascese la rupe dirimpetto. Tutto era tenebre, e nulla turbava in quel punto il silenzio notturno, meno il mormorio del vento, il rimbombo lontano dei tuoni e le voci della carovana.

Il giovine osservava il quadro che formavano i viaggiatori sotto la grotta. La figura elegante di Bianca contrastava colla maestà del conte, assiso accanto a lei sopra una pietra. Gli abiti grotteschi e le figure spiccate delle guide e dei servi situati in fondo alla grotta, producevano un bellissimo effetto. La luce della fiamma faceva parer pallida la faccia dei circostanti, e scintillare le armi, imporporando al contrario le foglie d'un castagno gigantesco, che ombreggiava la grotta, e questa tinta si confondeva gradatamente coll'oscurità del resto della scena.

La luna spuntò alfine ad oriente; e mentre Santa-Fè contemplava con ammirazione il suo disco atraverso le nubi, fu scosso dalle voci delle guide che lo chiamavano. Tornò subito alla grotta, e la di lui presenza calmò Bianca ed il conte, inquieti per la sua assenza.[77]

La burrasca che cominciava ad imperversare li obbligò a trattenersi colà. Il conte in mezzo alla figlia ed a Santa-Fè, procurava distrarre la prima, parlandole dei fatti celebri avvenuti in que' monti.

D'improvviso, udirono latrare un cane. I viaggiatori ascoltarono con qualche speranza; il vento soffiava forte, e le guide parvero non dubitar più, a quel segno, di essere vicini all'osteria che cercavano. Il conte allora si decise a proseguire il suo cammino.

I viaggiatori, diretti dai latrati del cane, costeggiarono nuovamente il precipizio, preceduti da una torcia a vento, che le guide avevano per mero caso. Si udiva il cane ora più, ora meno; talvolta cessava, e le guide cercavano dirigersi verso quella parte. Tutt'a un tratto il fracasso, spaventoso d'una cascata giunse al loro orecchio, e trovaronsi in faccia ad un burrone. Bianca scese dalla mula; il conte e Santa-Fè fecero altrettanto, le guide andarono in traccia di un ponte che potesse condurli dalla parte opposta, dove chiaro appariva trovarsi il cane; e confessarono alfine che avevano smarrita la strada. Trovarono da ultimo un passaggio pericolosissimo formato da due grossi abeti con rami d'albero e terra sopra. Tutta la comitiva fremeva all'idea di traversare un ponte di quella sorta. I mulattieri nondimeno si disposero a passare con le loro bestie. Bianca, tremante sull'orlo del torrente, ascoltava il mormorio dell'acqua, che a quel debolissimo chiaro di luna si vedeva precipitare dalle rupi in mezzo ad abeti d'altezza smisurata, e inabissarsi quindi in un'immensa voragine. Le povere mule traversarono il ponte colla precauzione lor dettata dall'istinto naturale. Quell'unica torcia, di cui fino a quel momento non era stato conosciuto il prezzo, fu pe' viaggiatori un tesoro inestimabile. Bianca, fattasi coraggio, preceduta dall'amante, ed appoggiata al braccio del padre, all'incerta luce della torcia, toccò finalmente l'opposta riva.[78]

Nell'avanzarsi, le montagne si ristringevano, non formando più che una gola angustissima, in fondo alla quale scorreva con fragore il torrente. I viaggiatori intanto si consolavano nell'udire del continuo abbaiare il cane, che forse vegliava all'ingresso di qualche capanna. Guardando attorno, videro in distanza scintillare un lume a considerevole altezza. Si vedeva esso e si perdeva a misura che i rami degli alberi ne intercettavano o ne scoprivano i raggi. I mulattieri chiamarono ad alta voce, ma nessuno rispose. Finalmente, credendo di non poter essere intesi a quella distanza, spararono una pistola. Il rumore dell'esplosione, ripetuto dagli echi, fu la sola risposta, cui successe assoluto silenzio. Il lume però si vedeva più distintamente. Poco dopo udirono un suono confuso di voci. I mulattieri rinnovarono le loro grida; ma le voci tacquero, ed il lume sparì.

Bianca soccombeva quasi all'inquietudine ed alla stanchezza. Il conte e Santa-Fè andavano incoraggiandola, allorchè distinsero una torre dalla parte ov'erasi veduto il lume. Villefort, alla di lei situazione ed a qualche altra circostanza, non dubitò più non fosse una torre d'osservazione, e persuaso che il lume venisse di là, procurò di rianimare la figlia colla prospettiva dell'imminente riposo in un luogo fortificato, ancorchè senza comodi.

«Nei Pirenei fu fabbricato un gran numero di queste torri,» disse il conte, procurando distrarre l'attenzione di Bianca. «Il metodo che s'impiega per avvisare dell'avvicinarsi del nemico come voi sapete, è di accendere un gran fuoco in cima di esse. Gli antichi forti e le torri che difendono i passi più importanti son custoditi con molta cura. Alcune vennero abbandonate, e son divenute per lo più l'abitazione pacifica di qualche cacciatore o pastore. Dopo una giornata faticosa, la sera, accompagnati dai loro fedeli cani, tornano presso un buon[79] fuoco a gustare il frutto della caccia, od a contare gli armenti. Qualche volta servono anche d'asilo ai contrabbandieri, i quali fanno un immenso commercio in queste montagne; talvolta si spediscono truppe per distruggerli. Il coraggio disperato di questi avventurieri li fa affrontare impavidamente i soldati; ma non sono mai i primi ad attaccare, quando possono farne a meno. I militari poi, i quali non ignorano che, in simili scaramucce, il pericolo è certo, e la gloria molto dubbia, non si danno gran premura di combatterli. Ma ecco la torre che cerchiamo.»

Bianca, osservando attentamente, si vide appiè di una rupe sulla quale sorgea la torre. Non vi si scorgeva alcun lume: i cani non latravano più, e le guide cominciarono a dubitare di essersi nuovamente ingannate. Al fioco chiaror della luna, quasi sempre coperta dalle nubi, riconobbero che quell'edifizio aveva un'estensione maggiore d'una semplice torre d'osservazione. Tutta la difficoltà dunque consisteva allora nel salire lassù, nè si vedeva nessuna traccia di strada.

Le guide presero la torcia per iscuoprirne il sentiero. Il conte, Bianca e Santa-Fè restarono appiè della rupe, e gli uomini deliberarono in segreto, se, trovandone anche la strada, la prudenza, permetteva d'entrare in un edifizio che poteva anche essere un covo d'assassini. Rifletterono nondimeno che il loro seguito era numeroso e ben armato, e calcolando il pericolo di passar la notte a cielo scoperto, esposti alla pioggia ed alla burrasca, risolsero cercare ad ogni costo di farsi ricevere.

Un grido delle guide fissò la loro attenzione. Un servo tornò ad annunciare la scoperta della strada; si affrettarono dunque raggiungerle salendo un angusto sentiero in mezzo ai cespugli ed ai rovi. Dopo molta fatica, ed anche con pericolo, giunsero sullo spianato. Alcune torri rovinate, circondate da un[80] grosso muro, si offersero ai loro sguardi. L'esteriore di quell'edifizio annunziava un totale abbandono; ma il conte, conservando tutta la sua prudenza, disse sottovoce: «Camminate piano finchè abbiamo esaminato questi luoghi.» Si trovarono tosto in faccia ad un'immensa porta rovinata. Dopo qualche incertezza penetrarono in un recinto dove sorgea il fabbricato. Riconobbero allora che non era un semplice posto, ma un'antica fortezza abbandonata, di stile gotico; le sue torri erano enormi e le fortificazioni in proporzione. L'imponenza dell'edifizio risaltava ancor più per la rovina e la degradazione dei muri quasi distrutti, e pel disordine delle macerie sparse qua e là nell'immenso recinto solitario e coperto d'erbe selvatiche. Nel cortile d'ingresso un'annosa querce giganteggiava. La fortezza era stata importantissima: essa dominava il vallone, poteva arrestare il nemico e difendersi con facilità. Il conte, esaminandola attentamente, restò sorpreso di vederla negletta. Tanto abbandono e tanta solitudine gl'inspiravano malinconia. Mentre continuava le sue osservazioni, gli parve di distinguer voci nell'interno. Considerò la facciata, e non vide alcun lume. Fatti alcuni passi, udì latrare un cane, e parvegli riconoscer quello la cui voce li aveva guidati fin là, non si poteva più dunque dubitare che il luogo non fosse abitato; ma il conte, titubante, consultossi di nuovo con Santa-Fè. Dopo un secondo esame, le ragioni che li avevano decisi in principio, gli parvero convincentissime per tentar di passare la notte al coperto.

Bussarono dunque al portone: i cani ricominciarono ad abbaiare, ma nessuno rispose: tornarono a batter più forte, ed allora udirono un mormorio di voci lontane; pareva adunque che gli abitanti di quel luogo avessero udito battere, e le precauzioni che prendevano per rispondere, ne fecero concepire un'opinione favorevole. «Io credo che siano cacciatori,»[81] disse il conte, «i quali abbiano cercato come noi un asilo in queste mura: sembra che temano in noi de' veri banditi: convien dunque rassicurarli. Noi siamo amici,» gridò ad alta voce, «e cerchiamo asilo per istanotte.» Allora udì camminare, ed una voce dimandò: «Chi va là?» «Amici,» rispose il conte; «aprite, e saprete tutto.» Fu tirato il catenaccio, si presentò sulla porta un uomo col lume in mano, vestito ed armato come un cacciatore, e disse: «Che cercate ad ora sì tarda?» Il conte rispose che aveva smarrita la strada, e che, se caso mai non potessero accordargli ricovero per poche ore, lo pregava ad insegnargli la via dell'abitazione o capanna più vicina. «Conoscete poco le nostre montagne,» rispose colui; «non se ne trova se non a qualche lega distante: io non posso insegnarvene la strada; e giacchè c'è la luna, cercatela da per voi.» Sì dicendo, accingevasi a chiuder la porta, quando parlò un'altra voce, ed il conte vide un altro lume, ed un uomo alla ferriata d'una finestra di sopra al portone. «Restate, amici,» disse questi; «vi siete smarriti, e senza dubbio siete cacciatori come noi.» Allora gli fu aperta la porta: alcuni uomini si presentarono all'ingresso dicendo al conte che entrasse ed invitandolo a passar la notte nella loro abitazione. Gli fecero un'accoglienza cortese, e gli offrirono di divider seco la loro cena già preparata. Il conte li osservava attentamente, e benchè circospetto, ed anche sospettoso, la stanchezza, il timore della tempesta, e sopra tutto la sicurezza che inspiravagli il suo numeroso corteggio, l'indussero ad accettar l'offerta. Fece entrar la sua gente, e furono condotti tutti insieme in un'immensa sala, illuminata in parte da un gran fuoco, intorno al quale stavano seduti due uomini in abito da cacciatore, che facevano arrostire carne sulla graticola, con alcuni cani accovacciati ai loro piedi. In mezzo alla sala eravi[82] una gran tavola. Quando il conte si avvicinò, coloro si alzarono, ed i cani ricominciarono a latrare, ma, ad un cenno dei padroni, tornarono al loro posto.

Bianca osservava minutamente quella sala oscura e spaziosa, quegli uomini, e suo padre che sorrideva. «Ecco,» disse il conte, «un buon fuoco adattatissimo per l'ospitalità; la fiamma fa piacere dopo aver viaggiato molto per questi deserti selvaggi. I vostri cani sembrano stanchi: avete fatta una buona caccia?

— Secondo il solito,» rispose uno di coloro; «noi torniamo quasi sempre carichi di cacciagione.

— Son cacciatori come noi,» disse uno di quelli che avevano introdotto il conte; «eransi smarriti, ed io li accolsi dicendo che c'era posto per tutti.

— È vero, è vero,» rispose il suo compagno.

— V'ingannate, amico,» disse il conte; «noi siamo viaggiatori. Trattateci però come cacciatori, che ne saremo contenti, e sapremo ricompensare la vostra cortese accoglienza.

— Sedete dunque,» rispose un altro. «Giacomo, metti legna sul fuoco: mi pare che l'arrosto sia all'ordine. Dà una sedia a questa signorina: di grazia, assaggiate la nostra acquavite, ch'è di Barcellona, e di prima qualità.»

Bianca sorrise con timidezza, e non voleva accettarla, ma suo padre la prevenne prendendo egli stesso il bicchiere. Santa-Fè, seduto vicino a lei, stringendole la mano, la incoraggì con un'occhiata; ma ella occupavasi d'un uomo che taciturno vicino al fuoco, fissava costantemente Santa-Fè.

«Voi fate una vita deliziosa,» disse il conte; «la vita del cacciatore è piacevole e salubre, ed il riposo è più caro allorchè succede alla stanchezza.

— Sì,» rispose uno degli ospiti, «la nostra vita

è piacevolissima, ma solamente nella stagione d'estate e d'autunno; nell'inverno, questi luoghi sono orribili, e non si può fare veruna caccia.[83]

— È una vita libera ed amena,» soggiunse il conte; «passerei volentieri un mese con voi.

— A proposito,» disse Giacomo, «non mi rammentava che abbiamo tordi; Pietro, va a prenderli; li cuoceremo per questi tre signori.»

Il conte fece alcune interrogazioni sul loro modo di cacciare, ed ascoltava attento e con molta compiacenza i loro curiosi dettagli, quando si udì il suono d'un corno. Bianca guardò il padre: ma egli continuava il suo discorso, quantunque girasse spesso gli occhi verso la porta con qualche inquietudine. «Sono i nostri compagni,» disse negligentemente uno di quegli uomini.

Comparvero di lì a poco due altri col moschetto in ispalla e le pistole alla cintura.

«Ebbene, fratelli, avete fatto buona caccia? Se portate nulla, non avrete da cena.

— Chi diavolo son costoro?» dissero essi in cattivo spagnuolo, accennando il conte ed il suo seguito. «Sono Spagnuoli o Francesi? Dove li avete incontrati?

— Son loro che hanno incontrato noi,» disse Giacomo in francese, «e l'incontro è gradevolissimo. Il cavaliere e la sua comitiva s'erano smarriti in queste montagne, e ci hanno chiesto di passar la notte nel forte.»

Gli altri non risposero nulla, e cavarono da una bisaccia una gran provvisione di uccelli: quindi lasciarono cascare in terra la bisaccia, che risuonò facendo conoscere che conteneva una quantità non indifferente di monete. Il conte allora, insospettito, considerò colui che la portava. Era un uomo grande e robusto, di faccia audace, ed invece di un abito da cacciatore, vestiva una divisa militare logora; i suoi sandali laceri erano affibbiati sulle gambe nude e nerborute; portava in testa una specie di berretto di cuoio somigliante molto ad un antico elmo romano. Il conte alla perfino abbassò gli occhi, e restò[84] muto e pensieroso. Nel rialzarli, vide in un canto della sala l'uomo che non cessava di guardare Santa-Fè, il quale parlava con Bianca e non gli badava. Poco dopo, vide quell'istesso uomo battere sulla spalla del soldato, egualmente attento ad osservare Santa-Fè; egli, vedendo che il conte lo guardava, volse gli occhi altrove, ma Villefort concepì qualche diffidenza, che però non volle esternare, e facendo ogni sforzo per sorridere, si mise a parlar con Bianca. Poco dopo rialzò gli occhi, ma il soldato ed il suo compagno erano scomparsi.

Colui che si chiamava Pietro ritornò quasi nell'istesso momento dicendo: «Il fuoco è acceso, e gli uccelli son pelati. Ceneremo in un'altra stanza più piccola ma più calda di questa.» Tutti i compagni applaudirono, ed invitarono gli ospiti a seguirli. Bianca parve afflitta di cotesto cambiamento, e se ne stava al suo posto. Santa-Fè guardò il conte, il quale dichiarò che avrebbe preferito di non uscir dalla sala. I cacciatori però reiterarono le loro istanze con tanta cortesia, che Villefort, malgrado i suoi dubbi e temendo di manifestarli, acconsentì finalmente ai loro inviti. Gli anditi lunghi e rovinati pei quali li fecero passare lo spaventarono; ma il rumoreggiar del tuono, che aveva già cominciato a farsi udire, non permetteva più di uscire da quel luogo a notte così avanzata, ed il conte temeva di provocare i suoi conduttori, lasciando travedere la sua diffidenza.

I cacciatori lo precedevano. Il conte e Santa-Fè, desiderando amicarseli, affettando famigliarità, portavano una sedia per ciascheduno, e Bianca li seguiva lentamente. Il di lei abito si attaccò ad un chiodo d'un uscio, e fu costretta a fermarsi per liberarsene. Il conte, che parlava con Santa Fè, non se ne accorse, e svoltando essi da un'altra parte dietro i cacciatori, Bianca restò sola in perfetta oscurità. Chiamò il padre; ma la burrasca aumentava, e lo scroscio dei fulmini impedì loro di udirla. Appena[85] ebbe staccato l'abito dal chiodo, seguitò con celerità il cammino per dove credeva fossero andati. Un lume che vide da lontano la confermò in quest'idea. Si avanzò verso una porta aperta, credendo trovare la stanza ove dovevano cenare. Sentì alcune voci, e s'arrestò a qualche distanza per assicurarsi di non essersi ingannata. Al debole chiarore d'una lampada vide quattro uomini intorno ad una tavola, i quali sembravan tener consiglio, e riconobbe fra loro colui che aveva fissato Santa-Fè con tanta attenzione: egli parlava con veemenza, benchè sottovoce. Un altro pareva contraddirlo, rispondendo con piglio imperioso. Bianca, inquieta di non trovarsi vicina nè al padre, nè a Santa-Fè e spaventata dall'aspetto di coloro, stava per allontanarsi, allorchè udì dire ad uno di coloro:

«Non litighiamo più. Seguite il mio consiglio, e svanirà ogni pericolo. Assicuratevi di quei due; il resto è una preda facilissima.»

Bianca allarmata da queste parole, volle sentire qualche cosa di più.

«Non si guadagnerebbe nulla col resto,» disse un altro; «io non son mai di parere di versare il sangue, quando si può risparmiarlo. Sbrigatevi di quei due, e il nostro affare è fatto; gli altri potranno andarsene.

— Oibò!» disse il primo, bestemmiando orribilmente; «andrebbero a dire ciò che abbiamo fatto dei loro padroni, verrebbero le truppe reali, e ci trarrebbero al supplizio. Bravo! tu dai sempre di buoni consigli; ma io però mi rammento il giorno di san Tommaso dell'anno scorso.»

Bianca fremè d'orrore. Il suo primo sentimento fu quello di fuggire, ma pensò che, ascoltando ancora, avrebbe forse potuto esser a tutti di qualche utilità, ed intese il dialogo seguente:

«E perchè non ammazzarli tutti?[86]

— Giuraddio! La nostra vita è cara più della loro; se non li ammazziamo, ci faranno impiccare.

— Sì, sì,» gridarono tutti.

— Commettere un omicidio è il mezzo più sicuro per iscansare la ruota,» disse il primo brigante.

— Dove diavolo sono andati stasera gli altri nostri compagni?» disse un altro con impazienza; «se erano qui, a quest'ora la faccenda era già spicciata. Non potremo far il colpo stanotte, perchè il seguito è più numeroso di noi. Appena farà giorno vorranno partire; e come impedirlo senza impiegar la forza?

— Ho formato un bel piano,» disse un altro. «Se possiamo sbrigare cheti cheti i due padroni, tutto il resto ci darà poca pena.

— È un piano maraviglioso,» rispose un altro ironicamente. «Se io posso fuggire di prigione, sarò certamente in libertà! Come vuoi far tu a sbrigarli cheti cheti?

— Col veleno,» rispose colui.

— Ben pensato!» disse un'altra voce; «così la mia vendetta sarà pienamente soddisfatta con una morte più lenta. Un'altra volta i signori baroni impareranno a non irritarla.

— Ho riconosciuto subito il figlio, appena l'ho veduto,» disse uno, che Bianca riconobbe per l'individuo che fissava Santa-Fè; «ma non mi rammento più la fisonomia di suo padre.

— Potete dire tutto quello che volete,» soggiunse un altro, «ma io scommetterei che quello non è il barone. Lo conosco bene quanto voi, giacchè io era uno di quelli che l'attaccarono coi nostri bravi colleghi che son periti.

— Che! forse non c'era anch'io?» disse il primo. «Vi assicuro che è il barone. Ma cosa importa che sia o non sia lui? Dovremo perciò lasciarci sfuggire questo bottino? non ci capitano tanto spesso sì fatte avventure. Quando si arrischia la ruota per frodare una pezza di raso, rompendosi[87] il collo attraverso precipizi; quando svaligiamo un infelice viaggiatore, o qualche contrabbandiere nostro collega, che c'indennizzano appena della polvere che ci costano, ci lasceremo noi scappare questa ricca preda? Hanno seco denari ed oggetti di valore...

— Non è per questo, non è per questo,» disse il terzo; «prenderemo quel che troveremo. Ma, se è il barone, voglio dargli un colpo di più, in onore dei nostri bravi compagni che fece andare al patibolo.

— Sì, ciarlate quanto volete, io vi ripeto che il barone è di statura più alta.

— Maledette le vostre liti,» disse il secondo; «dovremo noi lasciarli partire sì o no? Ecco ciò che dobbiamo decidere. Se perdiamo ancora tempo, sospetteranno il nostro progetto, e se ne andranno subito. Siano pure quel che si vogliono, mi sembrano ricchi; hanno tanti servitori! Avete osservato il brillante che aveva il conte? ma ora lo ha nascosto, essendosi accorto ch'io lo guardavo.

— Sì, è bellissimo, e quel ritratto che pende al collo della giovine, contornato di diamanti?

— Convien dunque pensare ad assicurarsene,»

dissero gli altri; «li avveleneremo; ma ricordiamoci che il loro seguito è composto di nove o dieci persone bene armate. Noi siamo in sei soli. Potremo attaccarne dieci a forza aperta? Diamo intanto il veleno, e poi penseremo al resto.

— Io vi consiglierò un altro mezzo più sicuro,» disse uno di coloro impazientemente; «sentite.»

Bianca, che ascoltava tal diverbio con orribile ambascia, non potè sentir più nulla, perchè coloro si parlarono sottovoce. La speranza di salvare il padre, Santa-Fè e tutto il seguito, se poteva raggiungerli subito, le somministrò all'improvviso forza novella, e si diresse di volo verso il corridoio. Il terrore e l'oscurità cospirarono allora contro di[88] lei. Appena ebbe fatto qualche passo, urtò in un gradino, all'ingresso del corridoio, e cadde al suolo. I masnadieri si riscossero a tal rumore, e precipitaronsi immediatamente fuori per assicurarsi se ci fosse qualcuno che ascoltasse i loro discorsi. Bianca li vide avvicinarsi, e prima che potesse alzarsi, la presero per un braccio, la trascinarono nella stanza e le sue strida non servirono che a ricevere le più spaventose minacce. Consultarono su quel che dovevan fare di lei.

«Procuriamo prima di sapere ciò ch'essa ha inteso,» disse uno di loro. «Da quanto tempo eravate nel corridoio? Ed a far che?» le chiese colui.

— Assicuriamoci intanto di questo ritratto,» disse un altro, avvicinandosi a Bianca. «Bella signorina, con vostro permesso, questo gioiello è mio:

datemelo, o ve lo prendo.»

Bianca, chiedendo misericordia, gli diè il medaglione, ed intanto un altro ladro l'interrogava con fiero cipiglio. La sua confusione ed il suo spavento spiegavano troppo chiaramente quel che la sua lingua non ardiva confessare. I briganti si guardarono con aria significante, e due di essi ritiraronsi in un canto, come per deliberare.

«Giur'al cielo! Sono brillanti di molto valore,» disse colui che guardava il medaglione; «anche il ritratto è bello: senza dubbio sarà quello di vostro marito, signora, che m'immagino debba essere il giovine cavaliere ch'era in vostra compagnia.»

Bianca, smarrita e disperata, lo scongiurava di aver pietà di lei: gli diè la sua borsa, e gli promise di tacere, se la riconduceva ai suoi compagni di viaggio; sorrideva egli ironicamente alle di lei parole, allorchè un rumore lontano fissò la di lui attenzione. Mentre ascoltava, afferrolla pel braccio con violenza, quasi temendo ch'ella volesse fuggire. Bianca gridò aiuto. Il rumore, avvicinandosi, scosse i banditi dalla loro irresolutezza.[89]

«Siamo traditi,» dissero essi; «ma potrebbe darsi che fossero i nostri colleghi di ritorno dalla scorreria: in tal caso l'affare è fatto: ascoltiamo meglio.»

Una scarica in lontananza confermò la loro supposizione; ma il primo rumore si avvicinava sempre più: si udiva uno strepito d'armi, il fracasso di una zuffa, e qualche gemito che partiva dal fondo del corridoio. I briganti allora prepararono le armi:

fu suonato un corno al di fuori; tre di essi lasciarono Bianca in custodia del quarto, ed uscirono a precipizio.

Intanto che Bianca, tremante e confusa, implorava pietà, riconobbe la voce di Santa-Fè, il quale comparve tutto coperto di sangue ed inseguito da alcuni banditi. Bianca non vide, non sentì più nulla, e cadde svenuta nelle braccia di chi la teneva.

Appena riacquistò l'uso de' sensi, riconobbe, all'incerta luce che vacillava intorno a lei, d'esser sempre nella medesima stanza. Restò alcun momento nell'incertezza e nello stupore. Un sordo gemito vicino a lei la fece memore di Santa-Fè, e dello stato in cui l'aveva veduto; allora alzandosi, si avanzò dalla parte d'onde veniva il sospiro. Non tardò molto a riconoscere, in un corpo steso sul pavimento, Santa-Fè pallido e sfigurato, che non poteva parlare. Aveva gli occhi chiusi, ed una delle sue mani, ch'ella prese nell'ambascia della disperazione, era bagnata di freddo sudore. Lo chiamò per nome, e gridò aiuto; qualcuno s'avvicina, un uomo entra: non era il conte; ma qual fu la di lei sorpresa, quando, supplicandolo di soccorrere Santa-Fè, riconobbe Lodovico! Ebbe egli appena tempo di riconoscerla; si occupò subito delle ferite del cavaliere, e giudicando che l'immensa perdita del sangue cagionava probabilmente la sua debolezza, corse a cercare acqua per lavargli le ferite e fasciargliele alla meglio.[90]

Appena egli fu uscito, Bianca udì camminare, e vide entrare Villefort con una torcia nella mano sinistra, e la spada insanguinata nella destra, che, tutto anelante, chiamava impazientemente la figlia. Al suono di questa voce ben nota essa volò nelle di lui braccia. Il conte, lasciando cadere la spada, la strinse al seno con indicibil trasporto di gioia e stupore: le domandò di Santa-Fè, e lo vide per terra dando qualche segno di vita. Lodovico tornò di lì a poco ben provvisto d'acqua e di acquavite; gli applicò l'una alla bocca e l'altra alle tempie, e Bianca lo vide finalmente aprir gli occhi, domandando subito di lei. La gioia ch'essa provò in quel momento, fu subito sturbata da una nuova inquietudine: Lodovico dichiarò che bisognava senza ritardo trasportare il cavaliere.

«I banditi che sono di fuori erano aspettati, e se perdiamo tempo ci troveranno qui. Sanno benissimo che il suono del corno, ad un'ora così strana, è sempre il segnale d'un estremo pericolo, e l'eco di questi monti ne porta la voce a molta distanza. Li ho veduti tornare in consimili casi dalle falde del Melicante. Avete voi appostata una vedetta all'ingresso del forte?

— No,» disse il conte, «la mia gente è dispersa, e non so dove sia. Lodovico, va tosto a riunirla, ma abbi cura di te stesso, e ascolta se senti i muli.»

Lodovico uscì immediatamente, ed il conte riflettè al modo di trasportar Santa-Fè, il quale non avrebbe potuto sopportare il moto d'una mula, quand'anche fosse stato in grado di reggersi in sella.

Mentre il conte raccontava come i banditi fossero

stati rinchiusi nella torre, Bianca osservò che era ferito anch'esso nel braccio sinistro; egli le rispose, sorridendo, quella ferita esser leggerissima. I servi, tranne due che furon lasciati alla porta[91] della fortezza, comparvero allora tutti, preceduti da Lodovico.

«Mi pare, signore,» diss'egli, «di sentir venire de' muli dal fondo della valle, ma il mormorio del torrente m'impedisce di accertarmene; ho portato meco l'occorrente pel trasporto del signor cavaliere.»

Mostrò allora una gran pelle d'orso attaccata a due pertiche che formava una comoda lettiga, di cui si servivano i banditi per trasportare i loro feriti. Lodovico la spiegò, vi adattò sopra alcune pelli di capra per renderla più morbida, fasciò le ferite del cavaliere, ed avendovelo posato dolcemente, le due guide, prendendo le quattro estremità delle pertiche sulle spalle, s'incamminarono per andarsene insieme ai servitori del conte, alcuni dei quali erano stati leggermente feriti. Passando per la sala, udirono da lontano un tumulto orribile: Bianca ne fu molto allarmata.

«Non temete,» disse Lodovico, «son tutti quei birbanti chiusi nella torre.

— Mi sembra che atterrino la porta,» disse il conte.

— È impossibile, signore,» rispose Lodovico, «perchè la porta è di ferro. Noi non abbiamo nulla da temere: intanto io andrò avanti per osservar meglio se mai si ode o non si vede nulla.»

Tutti lo seguirono; dopo essere stati alcun poco in ascolto, non udirono altro che il mormorio del torrente, ed una fresca brezzolina che agitava i rami dell'antica quercia nel cortile. I viaggiatori videro allora con estremo piacere che cominciava a spuntar il giorno, e Lodovico, alla testa della comitiva, la fece scendere nella valle per un sentiero opposto a quello pel quale erano venuti colà.

«Evitiamo la strada,» diss'egli, «che hanno preso i banditi stamattina.»

I viaggiatori si trovarono ben presto in una[92] strettissima valle: l'alba imbianchiva gradatamente i monti, e scopriva verdi praticelli che ricoprivan le falde delle rupi, sulle quali sorgevano le querce ed i lecci; la tempesta era cessata; l'aria del mattino e la vista di quella verzura, ancor più fresca per la pioggia della notte, rianimarono gli spiriti abbattuti della comitiva. Il sole sorse di lì a poco, e tutte le piante rosseggiarono in breve de' suoi raggi dorati; un resto di nebbia aggiravasi ancora in fondo alla valle, ma il vento la cacciava, ed a poco a poco il sole la fece sparir tutta. Dopo aver percorso una lega di cammino, Santa-Fè si querelò dell'eccessiva debolezza: sostarono per ristorarlo, e lasciar riposare i portatori. Lodovico si era munito, prima di partire, di qualche bottiglia di vino di Spagna, e ne distribuì a tutta la carovana; ma Santa-Fè non potè risentirne che un sollievo momentaneo. Una febbre ardentissima acquistò nuova forza per l'uso di questa bibita; egli non poteva nascondere i suoi orribili patimenti, nè astenersi dall'esprimere il desiderio impaziente di giungere all'osteria, in cui avevano prefisso di passar la notte precedente.

Mentre riposavano tutti all'ombra degli abeti, il conte pregò Lodovico di spiegargli brevemente in qual modo fosse sparito dall'appartamento del nord, come avesse potuto cadere nelle mani di quei banditi, e contribuito in una maniera così prodigiosa a salvarlo colla sua famiglia. Il conte gli attribuiva giustamente la loro salvezza. Lodovico accingevasi ad obbedirlo, ma un colpo di pistola sparato nella strada già da essi percorsa cagionando nuovi timori, obbligò i viaggiatori a rimettersi in cammino.

[93]

CAPITOLO LI

Emilia intanto provava la massima inquietudine sul destino di Valancourt. Teresa trovò finalmente una persona fidata da spedire al fattore, la quale s'impegnò di tornare il giorno dopo, e Emilia promise di trovarsi alla capanna di Teresa, che, divenuta zoppa, non poteva uscir di casa. Verso sera Emilia s'incamminò sola a quella parte con tetri presentimenti. L'ora già avanzata accresceva la sua malinconia. Era la fine dell'autunno; una densa nebbia nascondeva in parte la cima dei monti, e il vento freddo, che soffiava nei faggi, copriva la via delle ultime foglie ingiallite. La loro caduta, presagio della fine dell'anno, era l'immagine della desolazione del suo cuore, e sembrava predirle la morte di Valancourt: ne provò un presentimento sì forte, che fu più volte sul punto di tornare addietro. Non aveva forza bastante per andare incontro a cotest'orribile certezza; ma lottò contro la sua emozione e continuò ad avanzare.

Camminava mesta, ed i suoi occhi seguitavano il movimento delle masse vaporose che stendevansi all'orizzonte; considerava le fuggitive rondinelle, le quali, in balìa all'agitazione de' venti, ora scomparendo tra le nubi, ora aleggiando in atmosfere più tranquille, sembravano rappresentarle le afflizioni e le vicende, ond'essa era stata vittima. Aveva subìto i capricci della fortuna ed i turbini della sventura; aveva avuto qualche corto istante di calma. Ma come dare il nome di calma a ciò che non era se non la sospensione del dolore? Sfuggita ormai ai più crudeli pericoli, indipendente da' suoi tiranni, trovavasi padrona di una sostanza ragguardevole; avrebbe potuto con ragione aspettarsi di gustare la felicità; ma essa n'era più lungi che mai: sarebbesi accusata di debolezza e d'ingratitudine,[94] se avesse sofferto che il sentimento dei beni che possedeva fosse soffocato da quello d'un solo infortunio, se questo però non avesse colpito che lei sola. Ma essa piangeva per Valancourt, e se anche egli vivesse, le lacrime della pietà si univano a quelle del rammarico, afflittissima che un uomo come lui fosse caduto nel vizio, e quindi nella miseria. La ragione e l'umanità reclamavano assieme le lacrime dell'amicizia, ed il suo coraggio non poteva separarle ancor da quelle dell'amore. Nel momento attuale però non la tormentava la certezza dei torti di Valancourt, bensì il timore della di lui morte; le pareva, per così dire, di essere la causa innocente di questa disgrazia. La sua inquietudine aumentava ad ogni passo, e quando vide da lontano la capanna, le mancò il coraggio di avvicinarsi e sedette sur un banco nel sentiero. Il vento che susurrava tra le frondi pareva alla sua rattristata immaginazione recar suoni queruli; ed anche negl'intervalli di calma credea udire ancora dolorosi accenti. Prestando maggior attenzione, si convinse dell'error suo, e le tenebre, divenute più folte per la prossima caduta del dì, l'avvertirono d'allontanarsi, e con passo vacillante giunse alla capanna. Traverso i vetri si vedea scintillare un buon fuoco, e Teresa, avendo veduto venire Emilia, stava sulla porta ad aspettarla.

«La sera è fredda assai, signorina,» le disse ella. «Vuol piovere, ed ho creduto che un buon fuoco non dovesse spiacervi. Sedete dunque vicino a me.»

Emilia la ringraziò della sua attenzione, e guardandola in volto, fu colpita dalla sua tristezza. Si gettò sulla sedia, incapace di parlare, e la di lei fisonomia esprimeva tanta disperazione, che Teresa ne comprese il motivo, eppure taceva.

«Ah!» sclamò finalmente Emilia; «è inutile che me lo diciate. Il vostro silenzio, i vostri sguardi parlano abbastanza; egli è morto.[95]

— Oimè! mia cara padrona,» rispose Teresa colle lacrime agli occhi, «questo mondo è pieno di affanni. I ricchi ne hanno la lor dose come i poveri; ma procuriamo di sopportare in pace il carico che ci manda il cielo.

— Egli è dunque morto?» interruppe Emilia. «Ah! Valancourt è morto!

— Orribil giorno! Io ne temo,» soggiunse Teresa.

— Lo temete soltanto?»

— Sì, signorina, lo temo. Nè il fattore, nè verun'altra persona ha sentito più parlare di lui a Estuvière, dacchè è partito per la Linguadoca. Suo fratello ne è afflittissimo. Egli dice che scrive sempre esattamente, ma che non ha ricevuto veruna lettera da lui dopo la sua partenza: doveva esser già di ritorno da tre settimane: non ha scritto, non è tornato, e si teme che gli sia accaduta qualche disgrazia. Oimè! io non credeva di viver tanto da dover piangere la sua morte. Io son vecchia, e poteva morire senza dispiacere; mentre lui...»

Emilia, quasi moribonda, chiese un po' d'acqua: Teresa, spaventata, affrettossi a soccorrerla, e mentre le porgeva l'acqua, continuò: «Cara signorina, non vi affliggete tanto; il cavaliere può essere sano e salvo. Speriamo!

— Oh! no, non posso sperare,» disse Emilia. «Io so circostanze che mi piombano anzi nella disperazione; ma or mi sento meglio, e posso ascoltarvi: dettagliatemi tutto quel che avete saputo.

— Aspettate d'esservi rimessa, signorina; mi sembra che stiate sì male!

— Oh! no, Teresa, ditemi tutto intanto che posso ascoltarvi, ditemi tutto, ve ne scongiuro.

— Ebbene,» rispose Teresa, «vi acconsento. Il fattore ha detto pochissimo. Riccardo pretende ch'egli parlasse con molto riserbo del signor Valancourt. Quel ch'egli ha saputo, gli fu confidato da Gabriello, [96] uno dei servitori del conte, che disse essergli stato confidato da un amico del suo padrone. Dice dunque che Gabriello e tutti i servitori erano in gran pena pel signor Valancourt; ch'esso era un giovine così buono così amabile, e che lo amavano tutti come loro fratello; che non comandava imperiosamente, come tanti altri signori; che perciò era molto rispettato, e che la servitù l'obbediva volentieri al primo cenno per paura di spiacergli. Il signor conte stava in gran pena pel cavaliere, quantunque fosse andato in collera con lui ultimamente. Gabriello dice aver saputo che il signor Valancourt aveva fatte pazzie a Parigi; che aveva spesi molti denari, ed era stato perfino messo in prigione. Che il signor conte ricusava di liberarnelo, pretendendo ch'egli meritasse un tal castigo. Appena il vecchio Gregorio il cantiniere ne fu informato, fece fare un bastone a punta ferrata per andar a piedi a Parigi a trovare il padroncino; quando furono avvertiti che il signor Valancourt era di ritorno. Oh! qual gioia al suo arrivo! egli era però molto cambiato. Il conte lo ricevè freddamente, ed era afflitto. Il cavaliere partì immediatamente per la Linguadoca; e da quel momento, disse Gabriello, non se n'è saputo più nulla.»

Teresa tacque; Emilia sospirava, nè ardiva sollevar gli occhi da terra. Dopo una lunghissima pausa, sclamò: «Oh! Valancourt, tu sei perduto, e perduto per sempre. E son io, son io che ti diedi la morte.»

Quelle parole, quegli accenti disperati allarmarono la povera Teresa, la quale temè che quel colpo terribile non avesse alterata la ragione di Emilia.

«Mia cara padrona, calmatevi,» diss'ella; «non dite di queste cose: è impossibile che voi abbiate potuto uccidere il signor Valancourt.»

Emilia non le rispose che con un gran sospiro.

«O mia cara signorina,» ripigliò Teresa, «il[97] cuore mi si spezza vedendovi in tale stato, cogli sguardi fissi, pallida in volto, e sì afflitta. Mi spaventa il vedervi così.» Emilia non apriva bocca, e non parea udir nulla. «E d'altra parte, madamigella,» soggiunse la vecchia, «il signor Valancourt può essere sano ed allegro, malgrado quanto sappiam noi.»

A tal nome, la fanciulla alzò gli occhi e guardolla con occhi smarriti, come se avesse cercato di capirla.

«Sì, cara padroncina,» ripigliò Teresa ingannandosi sulla di lei intenzione, «il signor Valancourt può essere sano ed allegro.»

Alla ripetizione di quest'ultime parole, Emilia ne comprese il senso; ma invece di produrre l'effetto che ne aspettava Teresa, parvero soltanto raddoppiare il suo dolore: si alzò bruscamente, e percorse la cameretta a veloci passi, battendo palma a palma e singhiozzando. Mentre passeggiava così il suono dolce e sostenuto d'un oboè o flauto si mescolò alla bufera. La sua dolcezza colpì Emilia; sostò tutta attenta: i suoni recati dal vento si perdettero in una raffica più forte; ma il loro accento querulo le commosse il cuore, ed ella si strusse in lagrime.

«Oh!» sclamò Teresa, tergendo le lagrime; «è Riccardo il figlio del vicino che suona il suo strumento; è una musica malinconica.»

Emilia continuava a piangere.

«Egli suona spesso alla sera,» continuò la vecchia, «e fa ballare la gioventù. Ma, signorina, non piangete così. Venite qui vicino al fuoco che, fa freddo, e bevete un bicchier di vino per ristorarvi.»

Ed accomodatale una sedia al camino, andò a cavar dalla credenza un fiasco.

«Questo non è un vino ordinario,» soggiunse; «è del migliore di Linguadoca, e l'ultimo de' sei fiaschi che mi regalò il signor Valancourt quando partì per Parigi. Io non lo bevo mai senza pensare[98] a lui, e alle sue parole piene di bontà nell'atto di consegnarmelo. *Teresa*, mi diss'egli, *voi non siete più giovine; tratto tratto dovreste bere un bicchier di vino. Io ve ne manderò qualche altro fiasco, e bevendolo ricordatevi di me, vostro amico*. Sì, furon queste le sue parole: *Di me, vostro amico!*» Emilia continuava a camminar per la stanza, senza badare alle parole di Teresa, la quale continuò: «Mi son sempre ricordata di lui; povero giovine! Egli mi donò questo ricetto e sostenne la mia vecchiaia. Ah! se è vero che sia morto, sarà in paradiso col mio rispettabile padrone.»

Qui si mise a piangere, e depose il fiasco. Il suo dolore rinnovò quello di Emilia, che si avvicinò a lei, e guardolla attentamente come oppressa dalla riflessione ch'essa piangeva per Valancourt. La buona vecchia però, asciugando le lagrime, si fece coraggio, e le disse:

«Per carità non v'affliggete di più; prendete, di

grazia, un sorso di questo vino. Gustatelo per l'amor del signor Valancourt, che me lo ha regalato, come vi dissi.»

La mano d'Emilia, che aveva preso il bicchiere, tremò, e sparse il liquore nel ritirarlo dalle labbra.

«Per l'amore di chi?» sclamò ella; «chi vi ha dato questo vino?

— Il signor Valancourt, cara padroncina; sapea io che vi farebbe piacere; è l'ultimo mio fiasco.»

La fanciulla depose il bicchiere sulla tavola, proruppe nuovamente in un dirotto pianto, e Teresa, sconcertata e dolente, procurò di consolarla. Emilia le fe' cenno colla mano, che desiderava restar sola, e pianse sempre più forte. Un lieve colpo battuto alla porta non permise alla vecchia di lasciarla al momento. Emilia la pregò di non aprire a nessuno; ma pensando poi che poteva essere Filippo, il suo servitore, procurò di tergere il pianto, e Teresa andò ad aprire.[99]

La voce ch'ella intese attirò tutta la di lei attenzione: tese l'orecchio, volse gli occhi verso la porta, una persona comparve, e la fiamma del fuoco le fe' riconoscere... Valancourt!...

Nel vederlo, si scosse da capo a piedi, tremò, e perdendo l'uso dei sensi non vide più nulla. Un grido di Teresa annunziò che anche lei aveva riconosciuto il giovane. L'oscurità, sul primo momento, non aveale permesso di distinguerlo. Egli cessò di occuparsi di lei, vedendo cadere una persona dalla sedia vicino al fuoco. Volò a soccorrerla, e s'avvide di sostenere Emilia. La commozione che provò per l'inaspettato incontro, ritrovando colei da cui si credeva diviso per sempre, tenendola pallida e svenuta fra le sue braccia, è più facile ad immaginare che a descrivere! Sarà egualmente facile figurarsi ciò che provò Emilia, allorchè riaprendo gli occhi, rivide Valancourt. L'espressione inquieta colla quale la considerava, si cambiò tosto in un misto di gioia e tenerezza. Allorchè i suoi occhi s'incontrarono in quelli di lei, e che la vide in procinto di rinvenire, potè esclamare appena: *Emilia!* ma essa, volgendo altrove gli sguardi, fece un debole sforzo per ritirare la mano. Nei primi momenti che succedettero alle angosce dolorose, cagionate dall'idea della sua morte, Emilia obbliò tutti i falli dell'amante: lo rivide qual era nel momento in cui meritava il suo amore, ne risentì altro che gioia e tenerezza; ma oimè! fu un'illusione passaggiera! Le di lei riflessioni s'innalzarono nuovamente, come tante nubi sull'orizzonte, ad oscurare l'immagine lusinghiera che inebriava il suo cuore. Rivide allora Valancourt degradato in faccia alla società, indegno ormai della sua stima e tenerezza. Le mancò la forza, ritirò la mano, e si volse dalla parte opposta per nascondere il suo dolore. Il giovane, più agitato ed imbarazzato di lei, se ne stava muto e dolente.

Il sentimento di quanto doveva a sè stessa, trattenne[100] le sue lagrime, e le insegnò a dissimulare parte della gioia e del dolore, che facevano il più fiero contrasto nel fondo del suo cuore. Si alzò, ringraziollo della sua attenzione, salutò Teresa, e volle andarsene. Valancourt, svegliato come da un sogno, la supplicò umilmente di accordargli un momento d'attenzione. Il cuore d'Emilia perorava forte in favor suo; ma ebbe il coraggio di resistere, e non badando neppure alle suppliche di Teresa, che la pregava di non esporsi sola in tempo di notte, aveva già aperta la porta; ma la pioggia dirotta l'obbligò a rientrare.

Muta, interdetta, tornò vicino al fuoco. Valancourt, inquieto, turbato, camminava a gran passi per la stanza, come se avesse temuto e desiderato di parlare. Teresa esprimeva senza ritegno la gioia e la sorpresa che le cagionava il suo arrivo.

«Oh! mio caro benefattore,» diceva essa, «io non sono mai stata così contenta come in questo punto. Poco fa eravamo immerse ambedue nella massima afflizione per causa vostra; credendo che foste morto, parlavamo di voi, e piangevamo insieme; in quella appunto bussaste alla porta: la mia cara padrona versava calde lagrime.»

Emilia guardò Teresa in atto di disapprovazione; ma, prima ch'ella potesse parlargli, Valancourt, incapace di contenersi ulteriormente, esclamò:

«Mia Emilia, vi son io dunque tuttavia caro? Voi mi onorate d'un pensiero, d'una lagrima! O cielo! Voi piangete, anche adesso piangete!

— Signore,» disse Emilia, procurando di frenare il pianto, «Teresa ha ben ragione di ricordarsi di voi con gratitudine. Ella era afflittissima di non aver avuto vostre notizie: permettetemi che vi ringrazi anch'io di tutte le bontà di cui la colmaste. Ora son tornata, e spetta a me di averne cura.

— Emilia,» le disse Valancourt, non sapendo più contenersi, «così accogliete voi colui che già[101] una volta volevate onorare della vostra mano, colui che vi ha amata tanto, e che tanto ha sofferto per voi? Ma che potrò io allegare in mia difesa? Perdonatemi, signora, perdonatemi, non so più quel che mi dica: non ho più diritto ai vostri pensieri: ho perduto tutti i miei titoli alla vostra stima e al vostro amore. Sì, ma non oblierò mai d'averli posseduti un tempo; la certezza di averli perduti, forma ora la mia più crudele disperazione, il mio maggior tormento.

— Ah! mio caro signore,» disse Teresa prevedendo la risposta di Emilia, «voi parlate di aver già posseduto i suoi affetti... Anche adesso, sì, anche adesso, la mia padrona vi preferisce al mondo intiero, quantunque non voglia confessarlo.

— Ciò è veramente insopportabile,» disse Emilia. «Teresa, voi non sapete che cosa vi dite. Signore, se avete qualche riguardo, alla mia tranquillità, spero non vorrete prolungare questo momento doloroso.

— Io la rispetto troppo per turbarla volontariamente,» rispose Valancourt, il cui orgoglio lottava allora colla tenerezza; «non mi renderò volontariamente importuno. Vi aveva chiesto qualche istante d'attenzione, ma a che mi gioverebbe? Raccontandovi i miei affanni, non farei che avvilirmi vie maggiormente, senza eccitare la vostra pietà. Sappiate però, Emilia, che fui, e sono ben disgraziato!»

La sua voce vacillante divenne allora l'accento del dolore. Volse uno sguardo disperato alla giovine, e s'accinse a partire.

«Come!» soggiunse Teresa, «volete uscire con questa pioggia! No, no, il mio caro benefattore non deve allontanarsi in questo momento. Mio Dio! Quanto son pazzi i grandi di respingere così la loro felicità! Se foste povera gente, a quest'ora sarebbe già tutto finito. Parlare d'indegnità, dire che[102] non vi amate più, quando in tutta la provincia non vi son due cuori più teneri o, a dir meglio, due persone che si amino tanto come voi due!»

Emilia, oppressa da inesprimibile ambascia, si alzò e disse: «Non piove più, voglio andarmene.

— Restate, Emilia, restate, signorina,» rispose Valancourt, armandosi di tutta la sua risoluzione, «non vi affliggerò vie più colla mia presenza. Perdonatemi se non ho obbedito più presto. Se lo potete, compiangete colui che vi perde, e perde così ogni speranza di riposo. Possiate esser felice, sebbene io rimarrò eternamente infelice, possiate essere felice quant'io ve lo desidero con tutto il cuore.»

Gli mancò la voce a queste ultime parole, impallidì, gettò su di lei uno sguardo di tenerezza e dolore inesprimibili, e fuggì precipitosamente.

«Caro signore! Mio benefattore!» gridò Teresa seguendolo alla porta. «Signor Valancourt! Come piove! Che notte burrascosa per lasciarlo andar via!

egli morrà sicuramente dal dolore e dall'affanno. Cara signora Emilia, quanto siete incostante! poco fa piangevate la sua morte, ed ora lo scacciate così barbaramente!»

La fanciulla non rispose, e non udiva quel che diceva colei. Assorta nel suo dolore e nelle sue riflessioni, restava seduta cogli occhi fissi sul fuoco, e l'imagine del giovane presente al pensiero.

«Il signor Valancourt è molto cambiato, signora; com'è dimagrato! come afflitto! Eppoi ha il braccio fasciato.»

Emilia alzò gli occhi; non aveva osservata quest'ultima circostanza. Non dubitò più allora che Valancourt non fosse stato ferito dal giardiniere. A tal convinzione tutta la sua pietà si riaccese, e si rimproverò d'averlo lasciato partire con un tempo così cattivo.

Poco dopo vennero a prenderla in carrozza. Emilia sgridò Teresa per le cose irriflessive dette al Valancourt, le ordinò espressamente di non fare[103] mai più certi discorsi, e se ne tornò al castello pensierosa ed afflitta.

Valancourt, intanto, era rientrato nell'osteria del villaggio, ove aveva preso alloggio pochi momenti soltanto prima d'andare a visitar Teresa. Veniva a Tolosa e recavasi al castello del conte di Duverney. Non eravi più tornato dopo la sua separazione da Emilia a Blangy. Era rimasto qualche tempo nelle vicinanze d'un luogo ove abitava l'oggetto più caro al suo cuore. V'erano momenti in cui il dolore e la disperazione lo stringevano a ricomparire innanzi ad Emilia, e rinnovare le istanze a dispetto delle sue sciagure. Una nobil fierezza però, la tenerezza del suo amore, che non poteva acconsentire ad avvolgerla nei suoi infortuni, avevano finalmente trionfato della passione. Ritornando in Guascogna, era passato da Tolosa, e vi si trovava allorchè vi giunse Emilia. Andava a nascondere ed alimentare la sua dolorosa mestizia in quel medesimo giardino nel quale aveva passato presso di lei momenti così felici. Volendo aver la consolazione di rivederla ancor una volta, e ritrovarsi vicino a lei, passeggiava una sera nel parco, quando il giardiniere, prendendolo per un ladro, gli tirò una schioppettata, e lo ferì in un braccio. Questo caso l'aveva trattenuto a Tolosa per farsi curare: là, senza premura per sè medesimo, senza riguardi pe' parenti, la cui fredda accoglienza al suo ritorno da Parigi l'aveva scoraggito, non aveva informato nessuno della sua situazione. Ritrovandosi in istato di viaggiare, tornava ad Estuvière, passando per la valle; sperava di aver colà notizie d'Emilia; voleva trovarsi vicino a lei; desiderava anche informarsene dalla vecchia Teresa, e credeva in fine, che, nella di lui assenza, l'avrebbero privata della sua pensione. Tutti questi motivi lo avevano dunque condotto alla capanna di Teresa dove aveva incontrato Emilia.

Quella conferenza inaspettata avevagli dimostrato a un tempo tutta la tenerezza dell'amore di Emilia,[104] e tutta la fermezza della di lei risoluzione. La sua disperazione erasi rinnovata con maggior forza, e non eravi considerazione bastante per acquietarlo. L'immagine di Emilia, la di lei voce ed i suoi sguardi, si presentavano incessantemente alla di lui fantasia, e qualunque sentimento era bandito dal suo cuore, eccettuato la disperazione e l'amore. Un'ora prima della mezzanotte ritornò da Teresa per sentir parlar di Emilia e trovarsi ancora nel luogo già da lei occupato. La gioia che provò ed espresse quella povera vecchia, si cangiò presto in tristezza, allorchè ebbe osservato i di lui sguardi smarriti e la profonda malinconia che l'opprimeva. Dopo avere ascoltato attentamente tutto quel ch'essa poteva dirgli intorno ad Emilia, le regalò tutto il denaro che aveva indosso, quantunque ella si ostinasse a ricusarlo, e l'assicurasse che la sua padrona aveva provveduto ai di lei bisogni. Le consegnò anche un anello di valore, incaricandola espressamente di presentarlo a Emilia. La faceva pregare d'accordargli quest'ultimo favore di conservarlo per amor suo, e rammentarsi qualche volta, nel guardarlo, dell'infelice Valancourt che glielo inviava.

Teresa pianse nel riceverlo, ma più per tenerezza, che per l'effetto di alcun presentimento. Prima ch'ella potesse rispondere, Valancourt era già partito; corse sulla porta a chiamarlo, supplicandolo di tornare indietro, ma non n'ebbe alcuna risposta, e non lo vide più.

CAPITOLO LII

La mattina di poi, Emilia, nel gabinetto contiguo alla biblioteca, rifletteva alla scena della sera precedente, allorquando Annetta entrò anelante, ed abbandonossi senza fiato su d'una sedia. Passarono alcuni minuti prima che potesse rispondere alle interrogazioni di Emilia; finalmente esclamò:

«Ho veduto la sua ombra, signorina, sì, ho veduto la sua ombra![105]

— Che vuoi tu dire?» disse Emilia con impazienza.

— Egli è uscito dal cortile, mentr'io traversava il salotto.

— Ma di chi parli?» ripetè Emilia; «chi è uscito dal cortile?

— Era vestito come lo vidi le centinaia di volte. Ah! chi l'avrebbe mai creduto?»

Emilia, annoiata da quelle ciarle insipide, si accingeva a rimproverarle la sua ridicola credulità, quando un servo venne a dirle che un forestiero chiedeva di parlarle.

Emilia, immaginandosi allora che il forestiere fosse Valancourt, rispose essere occupata, e non voler veder nessuno. Il servo tornò subito dopo dicendo che il forestiere aveva cose importantissime da comunicarle. Annetta, rimasta fin allora muta e stupefatta, si scosse, e sclamò: «Sì, è Lodovico! sì, è Lodovico.»

E corse fuor dal gabinetto. Emilia ordinò al servitore di seguirla, e, se era realmente Lodovico, di farlo entrare sul momento.

Poco dopo, comparve l'Italiano accompagnato da Annetta, a cui l'allegrezza faceva obliare tutte le convenienze, e non voleva parlar altro che lei. Emilia esternò la sua sorpresa e soddisfazione nel vederlo. La sua prima emozione crebbe allorchè aprì le lettere del conte di Villefort e Bianca, che l'informavano della loro avventura e della situazione loro in un'osteria alle falde de' Pirenei, ov'erano stati trattenuti dallo stato di Santa-Fè e dall'indisposizione di Bianca. Quest'ultima aggiungeva che il barone era arrivato, che avrebbe ricondotto il figlio al suo castello, finchè fosse guarito dalle sue ferite, e ch'essa con suo padre continuerebbero il viaggio per la Linguadoca, e sarebbero passati dalla valle, proponendosi di esservi il giorno seguente. Essa pregava Emilia di trovarsi alle sue nozze, e d'accompagnarli al castello di Blangy; lasciava poi[106] a Lodovico la cura di raccontare egli stesso le sue avventure. Emilia, sebben premurosa di conoscere in qual modo fosse sparito dall'appartamento del nord, nondimeno volle sospendere questa soddisfazione finchè non si fosse rifocillato, ed avesse parlato a lungo colla sua Annetta, la cui gioia non sarebbe stata così stravagante se fosse risorto dalla tomba.

Emilia, intanto, rileggeva le lettere de' suoi amici. L'espressione della stima e dell'affetto loro, era in quel momento un vero balsamo nel suo povero cuore piagato. La sua tristezza, i suoi affanni, avevano acquistato nell'ultimo colloquio una nuova amarezza.

L'invito di recarsi a Blangy era fatto dal conte e dalla figlia colle più tenere espressioni. Anche la contessa ne la sollecitava. L'occasione n'era sì importante per l'amica sua, che Emilia non potea ricusarvisi. Avrebbe desiderato non abbandonare le placide ombre della sua dimora, ma sentiva la sconvenienza di restarvi sola mentre Valancourt trattenevasi ancora nelle vicinanze, oltrechè rifletteva che la società e la varietà degli oggetti sarebbero riuscite a tranquillare il suo spirito meglio della solitudine.

Quando Lodovico ritornò nel gabinetto, lo pregò di raccontarle dettagliatamente le sue avventure, e spiegarle per qual caso abitasse co'banditi in mezzo ai quali lo aveva trovato il conte.

Egli obbedì. Annetta, la quale, in mezzo alle sue tante ciarle, non aveva avuto il tempo di parlargliene, si accinse ad ascoltare con ardente curiosità. Ricordò prima alla padroncina e l'incredulità da lei dimostrata ad Udolfo a proposito degli spiriti, e la propria saggezza credendovi invece sì forte. Emilia arrossì suo malgrado pensando alla fede prestata ultimamente; notò soltanto che se l'avventura di Lodovico avesse potuto giustificare la superstizione d'Annetta, e' non sarebbe là a narrargliela.[107]

Il giovane sorrise, inchinossi e cominciò in questi termini:

«Vi rammenterete, o signora, che il signor conte ed il signor Enrico m'accompagnarono nell'appartamento del nord. Per tutto il tempo che vi rimasero non si presentò nulla di allarmante: appena furono partiti, accesi un buon fuoco nella camera, e sedetti presso al camino; aveva portato un libro per distrarmi, e confesso che tratto tratto io guardava qua e là con un sentimento simile alla paura. Molte volte, quando il vento soffiava con violenza, scuotendo le finestre, m'immaginai di udire rumori molto strani; anzi una volta o due mi alzai, ed osservando da per tutto non vidi altro che le grottesche figure dei parati, le quali pareva mi facessero boccacce. Passai così più di un'ora, e poi mi parve udir rumore, esaminai di nuovo la camera, e non vedendo nulla, ripresi il libro. Quando l'istoria fu finita, mi assopii. D'improvviso fui svegliato dal rumore che aveva già inteso; esso pareva venire dalla parte del letto. Io non so se l'istoria che aveva letta mi avesse alterata la fantasia, o se mi venissero in mente tutte le ciarle che si facevano su quell'appartamento; ma so bene che, guardando il letto, mi parve vedere la faccia d'un uomo fra le cortine.»

A tai parole, Emilia fremè e divenne inquieta ricordandosi lo spettacolo veduto colà da lei e dalla vecchia Dorotea. «Vi confesso, signorina,» continuò Lodovico, «che mi si agghiacciò il cuore. Il medesimo rumore risvegliò di nuovo la mia attenzione: distinsi lo scricchiolio d'una chiave che girava in una serratura, e quel che mi sorprendeva di più era il non vedere alcuna porta d'onde potesse provenire quel suono. Un istante dopo il cortinaggio del letto fu alzato lentamente, e comparve una persona: essa usciva da una porticina nel muro. Restò un momento nella medesima attitudine, col resto del volto nascosto dal lembo della tappezzeria, [108] cosicchè non vedeasi altro che i suoi occhi. Quando sollevò il capo, vidi di dietro a lei la figura d'un altro uomo, che guardava per disopra le spalle del primo. Non so come andasse la faccenda: la mia spada era sul tavolino, ma non ebbi la presenza di spirito d'impugnarla: restai zitto e cheto a considerarli cogli occhi mezzo chiusi, affinchè mi credessero addormentato. Suppongo che realmente ne fossero persuasi; li udii concertarsi, e restarono in quella posizione per lo spazio di circa un minuto; allora credetti vedere altre teste nell'apertura della porta, ed intesi parlar più forte.

— Questa porticina mi sorprende;» interruppe Emilia; «mi fu detto che il conte avea fatto levar tutte le cortine ed esaminar le pareti, credendo che celassero qualche andito pel quale fosse partito.

— Non mi par tanto straordinario, signorina, che quell'usciuolo abbia potuto sfuggire agli sguardi; esso è praticato in una parete sottile che sembra far parte del muro esteriore, per cui quand'anco il signor conte l'avesse osservato, non avrebbe badato ad una porta colla quale nessun passaggio parea dovesse comunicare. Fatto sta che il passaggio era nella grossezza del muro. Ma, per tornare agli uomini ch'io distingueva confusamente nello sfondo della porticina, ei non mi lasciarono a lungo in sospeso; precipitaronsi nella camera e mi circondarono: io aveva presa la spada, ma che poteva fare un uomo contro quattro? Fui ben presto disarmato; mi legarono le braccia, e postomi un bavaglio in bocca, mi trascinarono nell'andito. Prima di partire però lasciarono la mia spada sul tavolino, *per soccorrere*, dicevano essi, *coloro che venissero al par di me, a combattere gli spiriti*. Mi fecero traversare parecchi corridoi strettissimi formati nella grossezza del muro, e dopo avere sceso molti gradini, giungemmo ad una vôlta sotto il castello. Aprirono un uscio di pietra, ch'io credeva far parte del muro; percorremmo un lunghissimo passaggio[109] scavato nel masso; un'altra porta ci condusse ad un sotterraneo, e finalmente, dopo qualche intervallo, mi trovai sul lido del mare appiè delle rupi stesse, sulle quali sorge il castello: trovammo una barca che aspettava quei birbanti; mi vi trascinarono, e andammo a bordo d'un piccolo bastimento ancorato a poca distanza. Quando fui là dentro, due de' miei compagni restarono con me; gli altri ricondussero la barca, ed il bastimento si mise alla vela. Compresi allora il significato di tutto ciò, e che cosa facessero quella gente al castello. Sbarcammo al Rossiglione: dopo qualche giorno, i loro compagni vennero dalle montagne, e mi condussero nel forte in cui mi trovava quando giunse il signor conte. Avean cura d'invigilarmi, ed anzi m'aveano bendati gli occhi per condurmivi; ma anche senza questa precauzione, credo mi sarebbe stato assai difficile ritrovar la strada per quell'aspra contrada. Appena fui colà, mi tenevano come un prigioniero: non poteva mai uscire senza due o tre de' miei compagni, ed era sì stanco della vita, che andava studiando il modo di terminare la mia miserabile esistenza.

— Ma però vi lasciavan parlare,» disse Annetta; «non vi mettevan più il bavaglio. Non capisco perchè eravate sì stanco di vivere, senza parlare della probabilità che avevate di rivedermi.»

Lodovico sorrise, siccome anche Emilia, la quale gli domandò per qual motivo quegli uomini l'avessero rapito.

«Mi accorsi tosto,» ripigliò egli, «che coloro erano pirati, i quali da molti anni nascondevano il loro bottino nei sotterranei del castello, che, essendo vicino al mare, conveniva perfettamente ai loro disegni. Onde non essere scoperti avevano adoperato ogni mezzo per far credere che il castello era frequentato dagli spiriti e dalle ombre, ed avendo scoperto la via segreta, la quale conduceva all'appartamento del nord, che dopo la morte della marchesa[110] stava sempre chiuso, non fu lor difficile riuscirvi. La custode e suo marito, le uniche persone che abitassero nel castello, spaventati oltremodo dagli strani rumori che udivano, ricusarono di soggiornarvi più a lungo. Allora tutto il paese credè facilmente che il castello fosse abitato da' folletti, tanto più che la marchesa era morta in una maniera molto strana, e che il marchese da quel punto non eravi più tornato.

— Ma,» disse Emilia, «perchè mai que' pirati non si contentavano della cava, e perchè stimavan necessario deporre i loro furti nel castello?

— La cava, madamigella, stava aperta a tutti,» ripigliò il giovane, «ed i loro tesori sarebbero stati in breve scoperti. Ne' sotterranei invece erano sicuri, finchè il castello incutesse terrore. E' parve che i pirati vi recassero a mezzanotte le prese fatte per mare, e ve le tenessero, finchè potessero venderle vantaggiosamente. Erano essi intimamente collegati co' contrabbandieri e banditi che vivono ne' Pirenei, e vi fanno un traffico inesprimibile. Io restai dunque con questa banda di malandrini fino all'arrivo del signor conte. Non oblierò giammai la pena che sentii nel vederlo; quasi lo tenni perduto. Io sapeva che se mi faceva conoscere, i banditi avrebbero scoperto il suo nome, e probabilmente ci avrebbero ammazzati, tutti, per impedire ch'egli scoprisse il loro segreto, come proprietario di Blangy. Evitai la vista del signor conte, e invigilai sui briganti, risoluto, se progettassero qualche violenza, di mostrarmi, e combattere per la vita del mio padrone. Non tardai a sentir macchinare una trama infernale; si trattava di una strage generale. Mi arrischiai a farmi conoscere alla gente del conte; narrai quanto si progettava, e ci concertammo insieme. Il signor conte, allarmato per l'assenza della figlia, domandò dove fosse. I banditi non lo soddisfecero. Il mio padrone e Santa-Fè divennero furiosi. Pensando allora ch'era tempo di mostrarci, ci lanciammo[111] nella stanza ov'era preparata la cena, gridando: *Tradimento! Signor conte difendetevi.* Il conte ed il cavaliere sguainarono la spada sul momento; la zuffa fu ostinata, ma in fine noi restammo vincitori, come avrete sentito nella lettera del mio padrone.

— È un'avventura singolare,» disse Emilia; «certamente, Lodovico, la vostra prudenza ed intrepidezza meritano molti elogi. Vi sono però varie circostanze relative all'appartamento del nord, ch'io non comprendo ancora, e che voi forse sarete in grado di decifrarmi. Avete mai udito raccontare dai banditi i pretesi prodigi che operavano in quel luogo?

— No, signorina,» rispose Lodovico; «non li intesi parlarne mai: una volta sola li udii ridere della vecchia custode, che quasi quasi stette per sorprendere uno dei pirati. Fu dopo l'arrivo del conte, e colui che fece la burla ne ridea a crepapelle.»

Emilia arrossì, e pregò Lodovico di raccontargli dettagliatamente quanto sapeva.

«Ebbene,» diss'egli, «una notte che colui trovavasi nella camera da letto, udì gente nel salotto contiguo, e credendo non aver il tempo d'alzare il parato ed aprir la porta, si nascose nel letto, e vi restò per qualche tempo, credo io, molto intimorito.

— Come lo foste voi,» interruppe Annetta, «quando aveste l'ardire di passarvi la notte.

— Sì,» rispose Lodovico, «appunto così. La custode si avvicinò al letto con un'altra donna. Temendo allora di essere scoperto, pensò che il solo mezzo per salvarsi fosse quello di far loro paura. Alzò dunque leggermente il trapunto; ma il suo piano non riuscì, se non quando ebbe mostrata la testa; allora esse fuggirono, ci diss'egli, come se avessero veduto il diavolo, ed il birbante se ne andò tranquillamente.»

Emilia non potè trattenersi dal ridere a questa[112] spiegazione. Comprese l'incidente che l'aveva tanto impaurita, e fu sorpresa di averne sofferto tanto; ma considerò quindi, che appena lo spirito cede alla debolezza della superstizione, qualunque inezia basta a fare la massima impressione. Rammentandosi però la musica misteriosa che si sentiva verso mezzanotte al castello di Blangy, domandò a Lodovico se per caso ne avesse saputo nulla, ma egli non potè darne veruna spiegazione.

«So per altro, signorina,» aggiunse, «che i pirati non vi hanno parte; so che ne ridono, e dicono che il diavolo è senza dubbio alleato con loro.

— Scommetterei che hanno ragione,» disse Annetta sempre con volto ilare. «Ho sempre creduto che lui e gli spiriti fossero gli abitanti di quell'appartamento; vedete dunque, signorina, che non m'ingannava.

— Non si può negare che lo spirito maligno non v'abbia una estrema influenza,» disse Emilia sorridendo: «ma stupisco che i pirati persistessero nella loro condotta; dopo l'arrivo del conte, egli è certo che prima o poi dovevano essere scoperti.

— Ho motivo di credere,» rispose Lodovico, «ch'essi non contassero seguitare che il tempo necessario per mettere in salvo i loro tesori. Pare che se ne occupassero subito dopo l'arrivo del conte; ma non potevano lavorare che poche ore della notte, e quando mi presero, la vôlta era già mezzo vuota. Conveniva loro d'altronde di confermare tutte le superstizioni relative all'appartamento, nel quale ebbero la maggior premura di lasciar tutto al suo posto per meglio mantener l'errore. Spesso, celiando fra loro, si figuravano la costernazione degli abitanti di Blangy per la mia scomparsa. A datare da quel momento si credettero padroni assoluti del castello. Seppi però che una notte, malgrado le loro precauzioni, si scopersero quasi da sè. Andavano, secondo il solito, a ripetere i sordi gemiti che facevano tanta paura alle serve. Mentre stavano per[113] aprire, udirono voci nella camera da letto; il signor conte mi disse che vi stava lui stesso col signor Enrico: udirono ambidue strani lamenti, opera senza dubbio dei malandrini, fedeli al loro disegno di spargere il terrore. Il signor conte mi confessò di aver provato una sensazione maggiore della sorpresa: ma siccome il riposo della famiglia esigeva il silenzio, si guardarono bene dal farne parola ad alcuno.»

Emilia, rammentandosi allora il cambiamento del conte, dopo aver passata la notte in quel luogo misterioso, ne riconobbe il motivo. Non fece nuove interrogazioni a Lodovico, lo mandò a riposare, e diede le disposizioni necessarie per ricevere i suoi amici.

La sera, Teresa quantunque zoppa, venne a portarle l'anello di Valancourt. Emilia s'intenerì nel vederlo, ma la rimproverò d'averlo ricevuto, e ricusò d'accettarlo, malgrado il tristo piacere ch'essa ne avrebbe avuto. Valancourt lo portava in tempi più felici. Teresa pregò, supplicò, le rappresentò l'abbattimento in cui era il cavaliere quando le consegnò l'anello, le ripetè ciò ch'ei le aveva ordinato di dire. Emilia, non potendo nascondere il dolore che le cagionava quel racconto, proruppe in dirotto pianto.

«O Dio! Mia cara padroncina,» disse Teresa, «perchè piangete? Vi conosco fin dall'infanzia, vi amo come mia figlia, e vorrei vedervi felice. È vero che conosco il signor Valancourt da poco tempo; ma ho però forti ragioni per amarlo come mio figlio! Io so benissimo che vi amate scambievolmente! Perchè dunque piangere?» Emilia le fe' segno di tacere, ma essa continuò: «Vi somigliate amendue per ispirito e carattere; se foste maritati, sareste la coppia più felice. Chi impedisce il vostro matrimonio? Dio buono! Dio mio! Come mai si può veder gente che sfuggono la loro felicità, piangono e si disperano quasi non dipendesse da loro[114]l'esser contenti, e come se gli affanni ed il pianto valessero più del riposo e della pace! La scienza è certo una bella cosa, ma se non rende più saggi di così, preferisco di non saper mai nulla.»

L'età ed i lunghi servigi di Teresa le accordavano il diritto di dire il suo parere; non per tanto Emilia l'interruppe, e quantunque riconoscesse la giustizia delle di lei osservazioni, non volle spiegarsi. Si limitò a dirle che questo discorso l'affliggeva; che, per regolare la sua condotta, aveva motivi che non poteva spiegarle, e che bisognava restituir l'anello al cavaliere, dicendogli com'essa non potesse accettarlo. Le disse in seguito, che se faceva caso della sua stima ed amicizia, non doveva più incaricarsi di veruna ambasciata di Valancourt. Teresa ne fu commossa, e tentò insistere, ma il malcontento esternato dalla fisonomia della padroncina, le impedì di proseguire, e partì afflitta e maravigliata.

Per sollevare in qualche modo l'affanno e l'oppressione sua, Emilia si occupò dei preparativi del viaggio. Annetta, che la aiutava, parlava incessantemente del ritorno di Lodovico colla più tenera effusione. Emilia pensò che avrebbe potuto anticipare la loro felicità, e decise che, se Lodovico era costante quanto la semplice e buona cameriera, le avrebbe dato una buona dote, e li avrebbe impiegati in qualche parte de' suoi beni. Queste considerazioni la fecero pensare alla porzione di patrimonio, dal di lei padre venduta a Quesnel. Desiderava ricomprarla, perchè Sant'Aubert aveva dimostrato sovente il maggior rincrescimento che la dimora principale de' suoi avi fosse passata in mani straniere. Quel luogo, d'altronde, l'aveva veduta nascere, ed era la culla de' suoi primi anni. Poco le caleva de' beni di Tolosa, e si propose di venderli per riacquistare il patrimonio avito, se Quesnel acconsentisse a disfarsene. Tale accomodamento non le pareva impossibile, dacchè egli s'occupava di stabilirsi in Italia.

[115]

CAPITOLO LIII

Il giorno dipoi, l'arrivo de' suoi amici rianimò l'afflittissima Emilia. La valle fu nuovamente l'asilo d'un'amabile società. La sua indisposizione e lo spavento avuto, toglievano a Bianca qualcosa della sua vivacità, ma ella conservava però un'ingenua semplicità, che la rendeva ancor più interessante. La trista avventura de' Pirenei faceva desiderare impazientemente al conte di tornare al suo castello. Dopo una settimana, Emilia si preparò a seguire i di lei ospiti in Linguadoca, ed affidò a Teresa la cura della casa nella sua assenza. La vigilia della partenza, la buona vecchia le riportò l'anello di Valancourt, scongiurandola, colle lagrime agli occhi, di accettarlo. Non aveva più veduto il cavaliere, nè più udito parlar di lui dal momento che glie l'aveva consegnato. Sì dicendo esternava in volto maggior inquietudine che non volesse manifestarne. Emilia represse la sua, e pensando ch'era per certo tornato dal fratello, persistè nel rifiuto, e raccomandò a Teresa di conservarlo, finchè rivedesse Valancourt.

Il giorno seguente partirono tutti dal castello della valle, e giunsero l'indomani a Blangy. La contessa, Enrico e Dupont, che Emilia fu sorpresa di trovare colà, li ricevettero con indicibil trasporti di gioia. La fanciulla si afflisse molto nel vedere che il conte alimentava sempre le speranze dell'amico. La sera del secondo giorno, Villefort le parlò nuovamente delle offerte di Dupont: l'estrema dolcezza di Emilia nell'ascoltarlo lo ingannò sullo stato del di lei cuore; credè egli che Valancourt fosse quasi dimenticato, e ch'ella potesse avere favorevoli disposizioni per Dupont. Allorchè la di lei risposta l'ebbe convinto del suo errore, il suo zelo per assicurare la felicità di due persone che stimava cotanto lo spinse a farle conoscere che, per un affetto[116] male impiegato, avvelenava i più bei giorni della vita. Vedendo il di lei silenzio e l'abbattimento della sua fisonomia, il conte finì per dirle: «Non insisterò di più, ma son convinto appieno che non rigetterete sempre un uomo tanto stimabile come il signor Dupont.» Le risparmiò la pena di rispondere, e s'allontanò subito.

Emilia continuò a passeggiare, affliggendosi che il conte non desistesse da un progetto da lei sempre respinto. Perduta nelle sue tristi riflessioni, si trovò insensibilmente al bosco che circondava il convento di Santa Chiara, alla vista delle cui torri, accortasi allora quanto si fosse allontanata, risolse di prolungare un po' più la passeggiata, e d'andare ad informarsi della badessa e delle monache sue amiche. Entrò nel parlatorio, e non avendovi trovato nessuno, suppose che fossero tutte in chiesa; finalmente giunse una monaca cercando la badessa con aria d'impazienza, senza osservare Emilia. Ella si fece conoscere, ed intese che stavano pregando per l'anima di suor Agnese, la quale aveva languito per molto tempo, ed in quel momento era moribonda. La monaca le fece il dettaglio dei patimenti di suor Agnese, e le orribili convulsioni da essa patite. Era ricaduta in uno stato tale di disperazione, che nè le sue proprie orazioni, alle quali si univano quelle di tutta la comunità, nè le assicurazioni del confessore, non potevano calmarla, e lasciarle gustare un solo istante di quiete.

Emilia ascoltò tutto col massimo interesse; si rammentava lo smarrimento notato sovente nella fisonomia di suor Agnese, non meno che il racconto di suor Francesca, e la di lei pietà diveniva maggiore. Era già tardi; Emilia non potè nè vederla, nè andar a pregare per lei in quel punto; incaricò la monaca de' suoi complimenti per tutta la comunità, e se ne tornò al castello, pensando tristamente alla misera agonizzante.

[117]

CAPITOLO LIV

La sera del giorno dopo, Emilia, volendo saper le nuove di suor Agnese e rivedere le amiche, persuase Bianca di tenerle compagnia fino al monastero, alla cui porta videro una carrozza co' cavalli bagnati di sudore, lo che indicava essere giunti da pochi minuti. Regnava il più cupo silenzio nel cortile e nei chiostri ch'esse traversarono. Arrivando nel salone, furono informate da una monaca che suor Agnese viveva ancora in perfetto sentore, ma che sicuramente sarebbe morta nel corso della notte. Nel parlatorio, parecchie educande vennero a salutarla e a discorrere con lei. Di lì a poco sopraggiunse la badessa, ed espresse la massima soddisfazione nel rivedere Emilia; le sue maniere però avevano una singolar gravità, ed era di mesto umore. «La nostra casa,» diss'ella dopo i primi complimenti, «è veramente una casa di duolo. Una delle nostre sorelle paga in questo momento il tributo alla natura; voi non ignorate senza dubbio che la nostra povera Agnese è moribonda. La morte ci presenta una grande ed importante lezione; sappiamo profittarne, ed impariamo a prepararci al cambiamento che ci attende. Voi siete giovane, mia cara Emilia, e potete acquistare l'inapprezzabile pace della coscienza. Conservatela in gioventù, affinchè divenga un giorno il vostro conforto. Invano avremo fatto qualche buon'azione nell'età provetta, se i nostri primi anni saranno stati macchiati da qualche delitto. Gli ultimi giorni di Agnese sono stati esemplari. Possano dunque espiare le colpe della sua gioventù! I di lei patimenti attuali sono troppo terribili; ma speriamo che le assicureranno il riposo eterno. L'ho lasciata col suo confessore, e con un signore cui desiderava ardentemente di vedere, e ch'è arrivato or ora da Parigi: ardisco lusingarmi che l'aiuteranno a riacquistare la calma, della quale[118] il suo spirito ha tanto bisogno. Durante la sua malattia, essa vi ha rammentata talvolta. Potrebbe darsi ch'ella provasse qualche consolazione nel vedervi. Quando sarà sola andremo a trovarla, se ne avrete il coraggio. Queste scene straziano il cuore, lo confesso; ma è bene abituarvisi, poichè sono molto salutari per l'anima, e ci preparano a quanto dobbiamo soffrire.»

Emilia divenne grave e pensierosa; questo discorso le rammentava le massime del suo buon padre, e sentì il bisogno di piangere nuovamente sulla di lui tomba. Nell'intervallo del silenzio che susseguì le parole della badessa, le tornarono in memoria alcune minute circostanze de' suoi ultimi momenti: la commozione da lui mostrata udendo d'esser vicino al castello di Blangy, la domanda di essere sepolto in un certo luogo del monastero, e l'ordine così positivo di bruciar quelle carte senza leggerle. Si rammentò inoltre le parole orribili e misteriose del manoscritto lette involontariamente, e cui non si ricordava mai senza una penosa curiosità sul senso che potevano avere e sul divieto del padre. Era nonostante contentissima d'avere obbedito ciecamente.

La badessa non disse altro, essendo tanto commossa dal soggetto trattato che non poteva proseguire, e stavano tutte in silenzio per l'egual motivo. La meditazione generale fu poco stante interrotta dall'arrivo di un forestiere. Era esso il signor Bonnac, che usciva in quel punto dalla cella d'Agnese. Pareva assai turbato; ma Emilia credè notare nelle sue espressioni più orrore che dolore. Trasse in disparte la badessa e le parlò per qualche minuto: ella parve star molto attenta: parlava con riflessione e cautela, e mostrava grande interesse. Dopo ch'egli ebbe finito, salutò tutti rispettosamente, e si ritirò. La badessa propose ad Emilia di andare nella camera di suor Agnese; essa vi acconsentì con qualche ripugnanza, e Bianca restò colle educande.[119]

Alla porta della camera, trovarono il confessore, il quale, al loro accostarsi, alzò il capo, ed Emilia riconobbe lo stesso che aveva assistito suo padre; ma egli era astratto, e passò senza osservarla. Entrate nella cella, trovarono suor Agnese distesa sopra una stuoia; presso di lei eravi un'altra monaca. Era essa così cambiata, che Emilia avrebbe difficilmente potuto riconoscerla, se non fosse stata avvertita. La sua fisonomia era tetra ed orribile; gli occhi, infossati e velati, stavan fissi sopra un crocifisso che stringevasi al petto; era così assorta, che da principio non vide nè la badessa, nè Emilia. Finalmente, voltando gli occhi grevi, li fissò con orrore sopra

Emilia, sclamando:

«Ah! questa visione mi perseguita fino all'ultimo respiro.»

Emilia indietreggiò spaventata guardando la badessa, che le fece cenno di non temere, e poi disse a suor Agnese: «Figliuola, questa giovine che vi ho condotta è madamigella Sant'Aubert: mi lusingava che l'avreste veduta con piacere.» Agnese non rispose nulla, e considerando Emilia con orribile smarrimento, sclamò: «È dessa. Ah! ell'ha negli sguardi quelle attrattive, che fecero la mia perdita. Che volete? Che cercate? Una riparazione? L'avrete; anzi l'avete già avuta. Quanti anni sono scorsi dacchè non vi ho veduta? Il mio delitto è di ieri; soltanto invecchiai sotto il di lui peso; e voi siete sempre giovine, sempre bella! Bella come all'epoca in cui mi costringeste a quell'esecrabile delitto... Oh! se potessi obliarlo!... Ma a che servirebbe?... Io lo commisi!»

Emilia, estremamente commossa, voleva ritirarsi. La badessa la prese per mano, la incoraggì, e la pregò di aspettare che suor Agnese fosse più tranquilla. Procurò di calmarla, ma la delirante non l'ascoltava, e guardando sempre Emilia, continuò: «A che servono dunque tanti anni d'orazione e di pentimento? No, essi non bastano a lavar la macchia[120] dell'omicidio, sì dell'omicidio. Dov'è egli? dov'è? Guardate, guardate là! s'aggira per questa camera. Perchè venite a turbarmi in questo momento?» ripigliò Agnese, i cui occhi percorrevano lo spazio. «Non son io dunque abbastanza punita?

Deh! per pietà, non mi guardate con occhio così severo. Oh cielo! ancora! è dessa! è dessa! Perchè mi guardate con tanta pietà? perchè sorridete? Sorridere a me! Ma qual gemito! udiste?...»

Suor Agnese ricadde, e parve spirare, Emilia, non potendo reggersi s'appoggiò al letto; la badessa e l'assistente s'affrettarono a soccorrere la derelitta. Emilia voleva parlarle.

«Zitto,» disse la badessa, «il delirio è finito essa sta alquanto meglio.

— Sorella, è un pezzo che si trova in questo stato?

— Eran parecchie settimane che non aveva avuto un accesso così violento,» rispose la monaca; «ma l'arrivo di quel gentiluomo, che desiderava tanto di vedere, l'ha agitata forte.

— Sì,» ripigliò la badessa, «ed ecco per certo la causa del delirio; quando starà meglio, la lasceremo quieta.»

Emilia acconsentì volentieri; ma benchè fosse di poca utilità, non volle ritirarsi fin quando potè credere d'essere di qualche aiuto.

Quando suor Agnese ebbe ripresi i sensi, guardò ancora Emilia, ma senza smarrimento, e con una profonda espressione di dolore; passarono alcuni minuti prima che potesse parlare, poi disse debolmente: «La somiglianza è maravigliosa! è più che immaginazione riscaldata! Ditemi, ve ne scongiuro, se, malgrado il nome di Sant'Aubert, che voi portate, non siete figlia della marchesa.

— Di qual marchesa?» rispose Emilia attonita. La calma delle maniere d'Agnese le aveva fatto credere al ritorno della sua ragione. La badessa le diè un'occhiata d'intelligenza, ma essa ripetè la domanda.
[121]

«Di qual marchesa?» sclamò Agnese; «io ne conosco una sola: la marchesa di Villeroy.»

Emilia, rammentandosi la commozione di suo padre, allorchè gli fu nominata questa dama, e la domanda da lui fatta di esser sepolto presso le tombe de' Villeroy, provò un estremo interesse, e pregò suor Agnese di spiegare i motivi di tale interrogazione. La badessa avrebbe voluto fare uscire Emilia, la quale, troppo interessata, reiterò la domanda con calore.

«Portatemi la mia cassetta, sorella,» disse Agnese, «e vi svelerò tutto. Guardatevi in quello specchio, e lo saprete; voi siete certo sua figlia; altrimenti come spiegare una somiglianza così perfetta?»

La monaca le portò la cassetta; suor Agnese gliela fece aprire, e ne cavò una miniatura, che Emilia riconobbe esattamente somigliante a quella da lei trovata nelle carte di suo padre. Agnese stese la mano per pigliarla, la contemplò qualche tempo in silenzio, poi alzò gli occhi al cielo, e recitò sottovoce un'orazione; quand'ebbe finito, restituì il ritratto ad Emilia. «Tenetelo,» le disse, «ve lo dono, e credo che ne abbiate diritto; la vostra somiglianza mi ha colpito sovente, ma fino a questo momento non aveva turbata tanto la mia coscienza. Ma restate, sorella,» soggiunse, vedendo che l'infermiera volea partire, «non portate via la cassetta; essa contiene un altro ritratto.»

Emilia tremava per l'ansietà, e la badessa volea trascinarla via. «Agnese torna a delirare, le disse; «osservate come vaneggia! Ne' suoi accessi, essa non è più in sentore, e si accusa, come vedete, de' più orribili misfatti.»

La giovane per altro credette scorgere in quel delirio tutt'altro che follia. Il nome della marchesa, il suo ritratto aveano per lei bastante interesse, e risolse di procurarsi maggiori schiarimenti.

La monaca portò indietro la cassetta. Agnese calcò una molla, e scoperto un altro ritratto, lo mostrò dicendo:[122]

«Ecco una lezione per la vanità; guardate questo ritratto, ed osservate se c'è qualche rapporto fra quello ch'io sono e quello che sono stata.»

Emilia s'affrettò a prenderlo; è impossibile descrivere la sorpresa ed il terrore di lei, allorchè riconobbe in esso la perfettissima somiglianza con quello della signora Laurentini, che aveva veduto al castello di Udolfo: di quella dama sparita in modo così misterioso, e che si sospettava fatta perire da Montoni.

Muta e attonita, la giovine guardava alternamente il ritratto e la monaca moribonda, cercando invano una somiglianza che allora non esisteva più.

«Perchè quegli sguardi severi?» disse suor Agnese, non comprendendo la sorpresa di Emilia.

— Ho già veduta questa figura,» disse infine la giovine; «è egli realmente il vostro ritratto?

— Or potete domandarlo,» rispose Agnese; «ma vi accerto che un tempo era somigliantissimo. Guardatemi attenta e vedete l'effetto del delitto!... Allora io era innocente, e le mie sciagurate passioni dormivano ancora. Sorella mia,» soggiunse gravemente, e prendendo nella sua mano fredda ed umida una mano di Emilia, che fremette a quel tocco, «sorella mia, guardatevi bene dal primo movimento delle passioni! Guardatevi dal primo! Se non si arresta il loro corso, esso è rapido; la loro forza non conosce alcun freno: desse ci trascinano ciecamente a delitti, che non possono venir cancellati da lunghi anni di preghiere e di penitenza. È tale l'impero d'una passione, che domina tutte le altre, e s'impadronisce di tutte le vie del cuore; è una furia che ci rende insensibili alla pietà e alla coscienza, e quando il suo scopo è compiuto, furia sempre più spietata e crudele, ci abbandona per nostro tormento a tutti quei sentimenti che aveva sospesi, ma non soffocati, ai suplizi della coscienza, del rimorso e della disperazione. Ci svegliamo come da un sogno: siamo circondati da un nuovo mondo[123] attoniti e spaventati; ma il delitto è commesso. Il potere riunito del cielo e della terra non può annientarlo, ed i fantasmi ci perseguitano. Cosa sono le ricchezze, la salute e la grandezza, in confronto dell'inestimabil vantaggio di una coscienza pura, in confronto della salute dell'anima? Cosa sono gli affanni della povertà, del disprezzo e della miseria, in confronto dell'angoscia d'una coscienza in preda ai rimorsi? Oh! quanto tempo è scorso da che ho perduto la pace dell'innocenza. Ho gustato ciò che chiamavasi dolcezza della vendetta; ma quanto è passaggiera! Ella spira col di lei oggetto. Rammentatevene, sorella mia, le passioni sono il germe del vizio, come quello della virtù; ambedue possono essere il risultato: ciò dipende dalla maniera di governarle, e guai a coloro che non hanno mai imparato quest'arte tanto necessaria.

— Sventurato colui,» disse la badessa, «che conosce male la nostra santa religione!»

Emilia ascoltava Agnese in silenzio e con rispetto: considerava la miniatura, e si accertava della somiglianza del ritratto con quello veduto a Udolfo.

«Questa figura non mi è ignota,» diss'ella per far ispiegare la monaca.

— Voi v'ingannate,» rispose suor Agnese, «e non l'avete mai certamente veduta.

— No,» soggiunse Emilia; «ma ho veduto la sua perfetta somiglianza.

— È impossibile,» disse suor Agnese, che ora potremo chiamare la signora Laurentini.

— Era nel castello di Udolfo,» continuò Emilia,

guardandola fiso.

— Di Udolfo!» esclamò la signora Laurentini «di Udolfo in Italia?

— Precisamente,» rispose Emilia.

— Allora voi mi conoscete, e siete la figlia della marchesa.»

Emilia stupefatta da quella positiva asserzione, rispose:[124]

«Io son figlia di Sant'Aubert, e la dama che voi nominate mi è affatto estranea.

— Voi lo credete?» rispose la Laurentini.

Emilia le domandò per qual motivo pensasse il contrario.

«La vostra somiglianza,» disse la monaca. «È noto che la marchesa era molto affezionata ad un gentiluomo di Guascogna, quando sposò il marchese per obbedire a suo padre. Donna infelice!»

Emilia, rammentandosi l'eccessiva commozione di Sant'Aubert al nome della marchesa, avrebbe provato allora un sentimento ben diverso dalla sorpresa, se avesse conosciuto meno la probità del padre. Il rispetto che aveva per lui non le permise di fermarsi alla supposizione che le insinuava la Laurentini; la sua curiosità però crebbe a dismisura, e la scongiurò di spiegarsi più chiaramente.

«Non mi sollecitate a tal proposito,» rispose la

monaca; «è troppo terribile per me: potessi cancellarlo per sempre dalla memoria!»

Sospirò profondamente, e chiese alla giovine in qual modo avesse saputo il suo nome.

«Dal ritratto che vidi ad Udolfo e dalla somiglianza di questa miniatura.

— Voi dunque siete stata nel castello di Udolfo?» disse la monaca con estrema emozione. «Quali scene mi rammenta quel luogo! Scene di felicità, di patimenti e d'orrore!»

In quel punto, il terribile spettacolo veduto da Emilia in una camera del castello le tornò alla memoria; guardando la signora Laurentini, si rammentò le ultime parole di lei, che la macchia d'un assassinio non poteva esser lavata da molti anni d'orazione e di penitenza, e si vide costretta di attribuirle a tutt'altra causa che al delirio: provò un orrore inesprimibile sembrandole di vedere un'omicida... ed infatti, tutta la condotta della Laurentini confermava questa supposizione; Emilia si perdè in un abisso di congetture, e non sapendo in qual[125] modo chiarire simili dubbi, disse soltanto con parole tronche:

«La vostra improvvisa partenza da Udolfo...» La monaca sospirò. «Tutte le voci che corrono,» continuò Emilia... «la camera di ponente... quel velo di lutto... l'oggetto ch'esso cuopre, quando i misfatti son compiuti...» La monaca sclamò: «Come! ancora?» E cercando di sollevarsi, gli smarriti suoi sguardi parean discernere un oggetto. «Risorgere dalla tomba! Come! sangue e sangue sempre... Non ci fu sangue; tu non puoi dirlo... Oh! non sorridere, non sorridere con quel piglio pietoso...»

La Laurentini cadde in convulsioni: Emilia, incapace di reggere più a lungo ad una tale scena, fuggì dalla camera, ed andò a raggiungere Bianca e le educande ch'erano nel parlatorio. Le si affollarono tutte intorno, e spaventate dal terrore che ella manifestava, le fecero mille domande. Essa evitò di rispondervi, aggiungendo solo che suor Agnese era in agonia. Un quarto d'ora dopo furono informate che stava un poco meglio. La badessa comparve di lì a poco, e pregò Emilia di tornar da lei il giorno dipoi, giacchè aveva una cosa di qualche importanza da comunicarle. La giovane glielo promise, e se ne tornò al castello con Bianca. Cammin facendo, videro Dupont che parlava col forestiero veduto al monastero. Allorchè furono ad essi vicino, il forestiero si congedò, ed egli tornò al castello.

Villefort, udendo nominare Bonnac, disse che lo conosceva da lunga pezza; seppe il tristo oggetto del suo viaggio, ed avendo inteso ch'era alloggiato in un'osteria del paese poco distante, pregò l'amico di andar a cercarlo perchè venisse ad abitare al castello. Dupont vi si prestò con piacere; Bonnac accettò l'invito. Il conte colle sue attenzioni ed Enrico col suo brio fecero di tutto per dissipar la tristezza che sembrava opprimere il loro nuovo[126] ospite. Bonnac era un uffiziale al servizio francese, dell'età di circa cinquant'anni, alto di statura, di nobile portamento, affabile di maniere, e di fisonomia interessantissima. Il di lui volto, che pareva essere stato bello, portava un'impronta malinconica che sembrava provenire da lunghi affanni, anzichè da disposizione naturale.

Si separarono subito dopo cena. Quando Emilia si fu ritirata nella sua camera, le scene di cui era stata testimone se le presentarono nuovamente con orribile energia. Aver trovato in una monaca moribonda la signora Laurentini! Colei che, in vece d'essere stata vittima di Montoni, sembrava anzi rea ella stessa d'un delitto abominevole! Ciò era per lei un gran soggetto di sorpresa e di meditazione. I discorsi fatti sul matrimonio della marchesa, e tutte le sue interrogazioni sulla nascita di Emilia, erano proprie ad ispirare a chiunque sorpresa ed interesse.

L'istoria di suor Agnese, raccontata da suor Francesca, diveniva evidentemente falsa; ma qual potesse essere stato il motivo per cui era stata immaginata, Emilia non sapeva indovinarlo. Quanto poi eccitava maggiormente la di lei curiosità, era la relazione che la marchesa di Villeroy poteva aver avuto col di lei padre. La dolorosa sorpresa dimostrata da Sant'Aubert nell'udirne pronunziare il nome, la domanda da lui fatta d'essere sepolto vicino a lei, e il ritratto di quella dama trovato fra le sue carte, provavano esservi stato qualche rapporto fra loro. Talvolta Emilia pensava che il padre potesse essere stato l'amante preferito dalla marchesa, quando fu costretta di sposare Villeroy; ma non poteva persuadersi ch'egli avesse conservata la sua passione dopo quel matrimonio. Non dubitava però quasi più che le carte, di cui suo padre avevale ordinata la distruzione, non fossero relative alla marchesa, e se fosse stata meno certa dei rigidi principii di Sant'Aubert, avrebbe creduto che[127] il mistero della sua nascita fosse andato sepolto colle ceneri di quei manoscritti. Queste riflessioni l'occuparono gran parte della notte; il sonno le rappresentava del continuo la monaca moribonda, e si svegliò piena d'idee lugubri.

Alla mattina, si sentì troppo indisposta per andare a trovar la badessa, e verso mezzogiorno seppe che suor Agnese aveva pagato il tributo alla natura. Bonnac ne ricevè la nuova con dispiacere, ma Emilia osservò ch'egli sembrava meno afflitto del giorno precedente: questa morte senza dubbio l'affliggeva meno della confessione statagli fatta. Comunque fosse, egli era fors'anco un po' consolato pe' legati statigli fatti. La di lui famiglia era numerosa; le stravaganze d'un suo figliuolo l'avevano piombato in un abisso d'affanni, e gettato perfino in carcere. Il dolore che gli cagionava la condotta sconsiderata di questo figlio, le spese e la rovina che ne fu la conseguenza, avevangli dato quell'impressione di tristezza notata da Emilia. Raccontò dettagliatamente a Dupont tutte le sue disgrazie. Egli era stato per molti mesi in prigione a Parigi, senza speranza, per così dire, di uscirne, e trovandosi privo dei conforti della moglie, che, in una provincia lontana, tentava invano di muovere gli amici in suo favore. Infine essa andò a trovarlo: ottenne di entrare nel carcere, ma il cambiamento sensibilissimo in cui gli affanni e la prigionia avevano piombato il suo marito, l'accorò a segno, che ammalò gravemente.

«La nostra situazione,» continuò Bonnac, «commosse tutti quelli che n'erano stati testimoni. Un amico generoso, allora mio compagno di sventura, ottenne di lì a poco la libertà, ed il primo uso che ne fece, fu quello di tentare la mia. Vi riuscì; la somma enorme ond'io era debitore fu pagata, e quando volli esprimere la mia gratitudine al mio benefattore, egli era già lungi da me. Io dubito molto che la sua generosità abbia cagionata la sua perdita, e sia ricaduto egli stesso in quei ferri, dai[128] quali mi ha liberato. Per quante ricerche ne abbia fatte, non ho mai potuto saper nulla del suo destino. Amabile ed infelice Valancourt!

— Valancourt!» sclamò Dupont, «di qual famiglia?

— Valancourt dei conti Duverney,» rispose Bonnac.

È impossibile descrivere l'emozione di Dupont quando scoprì nel rivale il benefattore del suo amico. Dopo il primo moto di sorpresa, dissipò le inquietudini di Bonnac, facendogli sapere che Valancourt era in libertà, e trovavasi in Linguadoca. La sua passione per Emilia lo strinse in seguito a fare alcune domande sulla condotta del suo rivale a Parigi. Bonnac ne pareva bene informato; le di lui risposte lo convinsero appieno che Valancourt era stato calunniato, e per quanto doloroso fosse il suo sacrifizio, formò il progetto di riunire Emilia all'amante, non parendogli ora più indegno dei sentimenti ch'essa serbava per lui.

Bonnac raccontò che Valancourt, entrando nel gran mondo, era caduto nei lacci statigli tesi dal vizio e dall'impudenza; passava tutto il tempo fra una marchesa dissoluta ed il giuoco, ove l'ingordigia e l'avarizia de' suoi compagni avevano saputo trascinarlo. Aveva perduto somme vistose colla speranza di riguadagnarne piccole, ed erano appunto queste le perdite delle quali Villefort e Enrico erano stati sovente testimoni. Il conte suo fratello, irritato da tale condotta, ricusò di fargli rimesse rilevanti per soddisfare ai suoi debiti. Valancourt fu dunque imprigionato ad istanza de' creditori, ed il fratello ve lo lasciò per qualche tempo, sperando che un tal castigo avrebbe corretto i suoi costumi, tanto più non avendo avuto il tempo materiale per abituarsi radicalmente al vizio ed alla dissolutezza.

Nell'ozio del carcere, Valancourt ebbe campo di riflettere, e si pentì. La memoria di Emilia, indebolita dalle sue dissipazioni ma sempre presente al suo cuore, si rianimò con tutte le grazie dell'innocenza[129] e della bellezza; sembravagli lo rimproverasse di sacrificare la sua felicità ed i suoi talenti ad occupazioni vergognose e detestabili. Le sue passioni erano vive, ma il cuore non era corrotto; l'abitudine non l'aveva stretto nelle catene del vizio, e dopo molti sforzi e lunghi patimenti spezzò i lacci della seduzione.

Liberato finalmente per cura del conte suo fratello, e impietosito dalla scena commovente dei coniugi Bonnac, ond'era stato testimonio, il primo uso che fece della sua libertà fu al tempo istesso un esempio d'umanità e di temerità; arrischiò, in una casa da giuoco, quasi tutto il denaro mandatogli dal fratello, coll'unica speranza di restituire ai voti della sua famiglia l'amico infelice lasciato in prigione. La fortuna lo favorì, ma colse tal momento per fare il voto solenne di non ceder mai più alle allettative di quel vizio rovinoso.

Dopo aver ridonato il venerabile Bonnac alla sua riconoscente famiglia, Valancourt era ripartito per Estuvière. Nell'entusiasmo suo di aver reso la felicità a quell'infelice, obliò i propri mali. Si avvide però ben presto di aver perduta tutta la sua sostanza, senza della quale non poteva mai lusingarsi di sposare Emilia. La vita, senza di lei, gli pareva insopportabile. La sua bontà e delicatezza, e la semplicità del suo cuore, ne rendevano la bellezza vie più incantevole. L'esperienza avevagli insegnato ad apprezzare le qualità che aveva sempre ammirate, ma che il contrasto del mondo facevagli allora adorare. Queste riflessioni accrebbero i suoi rimorsi ed il suo rammarico. Cadde in un abbattimento, che non potè essere distratto neppure dalla presenza di Emilia, e si conobbe indegno di lei. In alcun tempo però Valancourt non aveva subìto l'ignominia della liberalità della marchesa di Campoforte, come aveva creduto Villefort, nè partecipato mai alle astuzie colpevoli de' giuocatori. Questi rapporti erano stati fatti da coloro che si compiaciono di avvilire l'infelice.[130] Il conte avevali avuti da una persona distinta, e l'imprudenza di Valancourt era bastata per confermarli. Emilia non glie ne aveva parlato particolarmente, e per conseguenza non aveva potuto giustificarsi; ed allorquando le confessò che non meritava più la sua stima, non avrebbe mai creduto di appoggiare egli stesso un'infame calunnia. L'errore era stato reciproco, e non erasi presentata fino allora l'occasione di rettificarlo.

Quando Bonnac ebbe spiegata la condotta di un amico generoso, ma giovine ed imprudente, Dupont, severo, ma giusto, decise tosto che bisognava disingannare il conte e rinunziare ad Emilia. Un sacrificio come quello che faceva allora il suo amore, meritava una nobile ricompensa; e se Bonnac avesse potuto obliare il benefico Valancourt, avrebbe desiderato che Emilia accettasse la mano di Dupont.

Appena il conte ebbe riconosciuto il suo errore, fu afflittissimo delle conseguenze della sua credulità. I dettagli di Bonnac sulla condotta del suo benefattore a Parigi lo convinsero che Valancourt aveva ceduto agli artifizi del libertinaggio, più per l'occasione di trovarsi co' compagni, che per inclinazione al vizio. Incantato dell'umanità generosa, quantunque temeraria, che mostrava il suo procedere verso Bonnac, ne obliò i falli passaggieri, e riprese per lui quella stima che avevagli inspirata la sua prima conoscenza. La più lieve soddisfazione che potesse accordare a Valancourt, era quella di procurargli il modo di spiegarsi con Emilia. Gli scrisse dunque immediatamente, pregandolo di perdonargli un'offesa involontaria, e l'invitò a recarsi subito a Blangy. La delicatezza del conte lo fece astenere dall'informare Emilia di questa lettera, e siffatta precauzione preservò la fanciulla da un affanno ancor più terribile di quello avesse creduto il conte, ignorando egli i sintomi della disperazione di Valancourt.

[131]

CAPITOLO LV

Alcune circostanze singolari distrassero Emilia dalle sue inquietudini, eccitando in lei sorpresa pari ad orrore.

Pochi giorni dopo la morte della signora Laurentini, fu aperto il testamento di quella dama in presenza della superiora del convento e di Bonnac. Un terzo de' suoi beni era stato lasciato al parente più prossimo della marchesa di Villeroy, e questo legato riguardava Emilia.

La badessa conosceva da molto tempo il segreto della sua famiglia; ma Sant'Aubert, ch'erasi fatto conoscere al religioso che avevalo assistito, aveva prescritto che questo segreto restasse celato sempre alla sua figlia. I discorsi però sfuggiti alla signora Laurentini, e la strana confessione da lei fatta nei suoi ultimi momenti, fecero creder necessario alla badessa di parlare alla sua giovane amica d'un soggetto che poteva illuminarla. Per questo motivo adunque avrebbe voluto vederla il giorno seguente a quello in cui era stata a visitare suor Agnese. L'indisposizione di Emilia avevale impedito di recarsi al monastero, ma dopo l'apertura del testamento, essendo andata a Santa Chiara, venne informata di molti dettagli che l'afflissero molto. Siccome poi il racconto fatto dalla badessa sopprimeva varie particolarità che possono interessare il lettore, e che l'istoria della monaca è legata con quella della marchesa, ometteremo la conversazione del parlatorio, e daremo qui un ristretto della storia della defunta.

Storia della signora Laurentini di Udolfo.

Era essa figlia unica ed erede dell'antica famiglia di Udolfo nel territorio di Venezia. Il primo infortunio della sua vita, e la vera sorgente di tutte le di lei sciagure fu che i suoi genitori, i quali avrebbero[132] dovuto moderare la violenza delle sue passioni, ed insegnarle a regolarle, non fecero che fomentarle con una colpevole indulgenza. Amavano in lei i propri sentimenti. Lodavano sgridavano, la figlia non secondo una tenerezza ragionevole, ma dietro la loro inclinazione. L'educazione non fu per essa che un misto di debolezza e di pertinacia che l'irritò. I consigli che le venivano dati divennero altrettante contese, in cui il rispetto figliale e l'amor paterno erano egualmente dimenticati. Ma siccome quest'amor paterno era sempre più forte, e si disarmava più facilmente, la figlia credeva aver vinto, e lo sforzo che facevano per moderare le sue passioni lor somministrava sempre nuova forza.

La morte de' genitori la lasciò padrona di sè medesima nell'età tanto pericolosa della gioventù e della bellezza. Amava il gran mondo, s'inebbriava del veleno della lode, e sprezzava la pubblica opinione quando contraddiceva a' suoi gusti. Il di lei spirito era vivo e brillante; aveva tutti i talenti, tutte le attrattive che formano la grand'arte di sedurre. La sua condotta fu quale potevano farlo presagire la debolezza de' suoi principii e la forza delle sue passioni.

Nel numero infinito de' suoi adoratori, vi fu il marchese di Villeroy. Viaggiando in Italia, la vide a Venezia, e se ne innamorò. Anch'essa fu colpita dalla bella figura, dalle grazie e dalle qualità del marchese, il più amabile de' gentiluomini francesi. Seppe nascondere i pericoli del suo carattere, le macchie della sua condotta, e il marchese chiese la di lei mano.

Prima della conclusione delle sue nozze andò al castello di Udolfo, ove il marchese la seguì. Là, meno riservata e prudente forse di quello fosse stata fino allora, diè luogo all'amante di formar qualche dubbio sulla convenienza nel nodo che stava per istringere. Un'informazione più esatta lo convinse del suo errore, e colei che doveva esser sua moglie, divenne la sua concubina.[133]

Dopo aver passato alcune settimane a Udolfo, fu d'improvviso richiamato in Francia: partì con ripugnanza, e col cuore pieno della sua bella, colla quale però aveva saputo differire la conclusione del matrimonio. Per incoraggirla a sopportare tale separazione, le diè parola di tornare a celebrar le nozze appena i suoi affari glielo avessero permesso.

Consolata da tale assicurazione, la signora Laurentini lo lasciò partire. Poco dopo, Montoni, suo parente, venne a Udolfo, e le rinnovò proposte da lei già respinte, che rigettò nuovamente. I suoi pensieri eran tutti rivolti al marchese di Villeroy. Provava per lui tutto il delirio d'un amore costante, fomentato dalla solitudine in cui erasi confinata. Aveva perduto il gusto de' piaceri e della società, e la sua unica consolazione consisteva nel contemplare e bagnar di lacrime un ritratto del marchese. Visitava i luoghi testimoni della loro felicità, e sollevavasi il cuore scrivendogli del continuo lettere affettuosissime. Contava i giorni, e le ore, i minuti che dovevano scorrere prima dell'epoca probabile del suo ritorno. Questo periodo immaginario finì; le settimane che susseguirono, divennero per lei d'un peso insopportabile. La di lei fantasia occupata in una sola idea, si disordinò. Il suo cuore era dedito ad un solo oggetto, e quando credè averlo perduto, la vita le divenne odiosa.

Scorsero parecchi mesi senza ch'ella ricevesse una sola parola del marchese. Passava i giorni intieri fra i trasporti di una passione furiosa ed il cupo languore della più nera disperazione. Isolata da tutto, e da tutti, si chiudeva in casa settimane intiere senza parlare ad altri che alla sua confidente. Scriveva lettere, rileggeva quelle ricevute una volta dal marchese, piangeva sul di lui ritratto, e parlavagli del continuo, ora per rimproverarlo, ora per baciarlo con fervore.

Finalmente, si sparse la voce nel castello che il[134] marchese si fosse maritato in Francia. Straziata dall'amore, dalla gelosia e dallo sdegno, prese il partito di andar segretamente in quel paese, e vendicarsi, se il fatto era vero. Comunicò alla sola sua confidente il progetto formato, e l'indusse a seguirla. Prese tutte le sue gioie, e quelle raccolte nelle successive eredità di vari membri della famiglia, ch'erano d'immenso valore; e partita segretamente in compagnia d'una sola cameriera, andò a Livorno, ove s'imbarcò per la Francia.

Al suo arrivo in Linguadoca, venne a sapere che il marchese di Villeroy era già ammogliato da qualche tempo. La disperazione alterò la sua ragione. Formava ed abbandonava contemporaneamente l'orribile progetto di pugnalare il marchese, la di lui sposa e sè medesima. Decise finalmente di presentarsegli, rimproverargli la sua condotta, ed uccidersi alla sua presenza. Ma quando l'ebbe riveduto, quand'ebbe ritrovato il costante oggetto de' suoi pensieri e della sua tenerezza, il risentimento cedè all'amore: le mancò il coraggio; il conflitto di tanti affetti contrari la rese tremante, e cadde svenuta ai suoi piedi.

Il marchese non potè resistere alla prova di tanta bellezza e sensibilità; tutta l'energia di un primo sentimento si risvegliò; la ragione, ma non l'indifferenza, aveva combattuto la sua passione. L'onore non avevagli permesso di sposar la Laurentini; aveva cercato di vincersi; aveva cercato una compagna, per la quale non aveva che stima, considerazione ed un ragionevole affetto. Ma la dolcezza e le virtù di quella donna adorabile non poterono consolarlo di un'indifferenza, ch'essa cercava indarno nascondere. Egli sospettava da qualche tempo che il di lei cuore fosse impegnato ad un altro, allorchè la Laurentini giunse in Linguadoca. Questa donna artifiziosa conobbe in breve tutto l'impero ripreso su di lui. Calmata da tale scoperta, si determinò a vivere, e moltiplicare gli artifizi per ridurre[135] il marchese all'esecrabile misfatto cui credeva necessario per assicurare la sua felicità. Perseverò nel suo progetto con profonda dissimulazione ed imperturbabile pazienza. Riuscì a staccare intieramente il marchese dalla consorte. La sua dolcezza, bontà e freddezza, così opposte alle maniere insinuanti, alla voluttà inesprimibile d'una Veneziana, cessarono ben tosto di piacergli. La Laurentini ne profittò per destare nel di lui cuore la gelosia dell'orgoglio, non potendo più risentir quello dell'amore: giunse perfino a designargli la persona per la quale affermava che la marchesa lo tradisse, dopo avergli strappato il giuramento, che il rivale non sarebbe stato mai l'oggetto della sua vendetta, nella persuasione, che, restringendola così da una parte, avrebbe preso dall'altra maggior violenza ed atrocità. Pensò che così il marchese si sarebbe determinato più facilmente all'atto orribile che diveniva indispensabile a' suoi disegni, e doveva annichilare l'unico ostacolo che sembrava impedire la di lei felicità.

L'innocente marchesa osservava con estremo dolore il cambiamento del marito verso di lei. Alla sua presenza, egli era pensieroso e riservato. La di lui condotta diveniva sempre più austera ed aspra: la lasciava struggere in lacrime, e per ore intiere essa piangeva sulla di lui freddezza, facendo sempre nuovi progetti per riguadagnarne l'affetto. La di lui condotta l'affliggeva tanto più in quanto che aveva sposato il marchese unicamente per obbedienza: ne aveva amato un altro, col quale sarebbe stata al certo felice; ma aveva saputo sacrificare la passione ai doveri coniugali. La Laurentini, la quale non tardò a scoprirlo, ne approfittò sagacemente. Suggerì al marchese tante prove apparenti sull'infedeltà della moglie, che, nell'eccesso del furore e del risentimento per l'oltraggio che credeva aver ricevuto, pronunciò il decreto fatale della sua morte. Le fu dato un lento veleno, e quell'infelice morì[136] vittima d'un'astuta gelosia e d'una colpevole debolezza.

Il trionfo della Laurentini fu di breve durata. Quel momento, ch'essa aveva riguardato come il colmo di tutti i suoi voti, divenne il principio di un supplizio che la tormentò fino alla morte. La sete della vendetta, prima motrice della sua atrocità, fu spenta appena soddisfatta, e lasciolla in preda alla pietà e ad inutili rimorsi. Gli anni di felicità ch'erasi ripromessa col marchese di Villeroy ne sarebbero stati indubbiamente avvelenati; ma anch'egli trovò il rimorso nel compimento della sua vendetta e la sua complice gli divenne odiosa. Tutto ciò che gli era sembrato una convinzione, parvegli allora svanire come un sogno; e fu oltremodo sorpreso, dopo che la moglie ebbe subìto il suo supplizio, di non trovare alcuna prova del delitto pel quale l'aveva condannata. Al sapere ch'ella era in fin di vita, sentì d'improvviso la persuasione della sua innocenza, la quale gli venne confermata dall'assicurazione solenne ch'essa gliene diede in punto di morte.

Nel primo orrore del rimorso e della disperazione, voleva darsi da per sè nelle mani della giustizia con colei che l'aveva piombato nell'abisso del delitto. Dopo questa crisi violenta, cambiò risoluzione: vide una volta sola la Laurentini, ma per maledirla come l'autrice detestabile di tanto misfatto. Le dichiarò che non la risparmiava se non perchè consacrasse i giorni all'orazione e alla penitenza. Oppressa dal disprezzo e dall'odio d'un uomo, pel quale erasi resa tanto colpevole; sovrappresa d'orrore per l'inutile delitto, di cui si era macchiata, la Laurentini rinunziò al mondo, e, vittima orribile d'una passione sfrenata, prese il velo nel convento di Santa Chiara.

Il marchese partì dal castello di Blangy, nè vi tornò più. Procurò di spegnere i rimorsi nel tumulto della guerra e nelle dissipazioni della capitale;[137] ma i suoi sforzi furono vani. Gli pareva d'esser sempre circondato da una nube impenetrabile; i suoi più intimi amici non valsero a consolarlo, e infine morì fra tormenti quasi eguali a quelli della Laurentini. Il medico che aveva osservato lo stato della marchesa dopo la sua morte, era stato indotto a tacere a furia di regali. I sospetti di qualche domestico si limitarono ad una voce vaga. Se questa voce giungesse al padre della marchesa, o se la mancanza di prove lo impedisse di accusarlo, è egualmente incerto. È indubitato però che la di lei perdita rincrebbe a tutta la famiglia, e specialmente a Sant'Aubert suo fratello, tal essendo il grado di parentela esistente tra la marchesa ed il padre di Emilia: egli sospettò il genere della sua morte, e scrisse immediatamente al marchese, da cui ricevè parecchie lettere, le quali, insieme a quelle della marchesa, che confidava al fratello il motivo della sua sventura, componevano le carte che Sant'Aubert aveva ordinato di bruciare. L'interesse, il riposo di Emilia aveangli fatto desiderare ch'ella ignorasse questa tragica istoria. L'afflizione cagionatagli dalla morte prematura d'una sorella da lui tanto amata, avevagli impedito di pronunziarne mai il nome, se non alla defunta consorte. Temendo specialmente la viva sensibilità di Emilia, le aveva lasciato ignorare affatto l'istoria ed il nome della marchesa, non che la parentela esistente tra loro, ed aveva prescritto il medesimo silenzio alla signora Cheron sua sorella, che l'aveva rigorosamente osservato.

Era sur alcune lettere della marchesa che, partendo dalla valle, Emilia vide piangere il padre; era al di lei ritratto ch'egli aveva fatto sì teneri baci. Una morte sì crudele può spiegare l'emozione cui dimostrò quando Voisin la nominò a lui dinanzi. Egli volle esser sepolto presso al mausoleo de' Villeroy, ove giaceano le ceneri di sua sorella. Il marito di questa essendo morto nella Francia settentrionale, ve l'avean sepolto colà.[138]

Il confessore, il quale assistè Sant'Aubert al letto di morte, lo riconobbe pel fratello della defunta marchesa. Per tenerezza verso Emilia, Sant'Aubert scongiurollo di celarle siffatta circostanza, e fe' chiedere la medesima grazia alla badessa, raccomandandole la figlia.

La Laurentini, arrivando in Francia, aveva scrupolosamente celato il suo nome. Entrando in convento, per meglio nascondere la sua vera storia, aveva ella stessa fatta circolare quella stata raccontata da suor Francesca. La badessa non era nel monastero quando fece professione, e non conoscea tutta la verità. I crudeli rimorsi che opprimevano la rea, la disperazione d'un amore deluso, e la passione che conservava pel marchese, aveanle alterata la fantasia. Dopo le prime crisi, una cupa malinconia s'impadronì di lei, e fu di rado sino alla morte interrotta da accessi violenti di delirio. Per vari anni il di lei solo piacere fu quello di passeggiare la notte pei boschi; portava seco un liuto, e s'accompagnava sovente colla sua bella voce cantando le più squisite ariette italiane coll'energico sentimento che occupava costantemente il suo cuore. Il medico che la curava, raccomandò alla badessa di tollerare questo capriccio, come l'unico mezzo di calmarla. Soffrivano adunque che la notte errasse pe' boschi, accompagnata dalla sola donna che fosse venuta seco da Udolfo; ma siccome un tale permesso alterava la regola del monastero, fu tenuto segreto; e quella musica misteriosa, unita a tante altre circostanze, fece credere che il castello di Blangy ed i suoi dintorni fossero frequentati dagli spiriti.

Avanti che la sua ragione si alterasse, e prima di prendere il velo, aveva fatto testamento. Oltre un lascito importante al monastero, essa divideva il resto de' suoi beni, che le sue gioie rendevano ragguardevoli, tra un'Italiana sua parente, sposa di Bonnac, ed il parente più prossimo della marchesa[139] di Villeroy. Emilia era la parente più prossima di questa dama, e la condotta misteriosa di suo padre venne giustificata in tal guisa.

La somiglianza d'Emilia colla sventurata sua zia era stata spesso osservata dalla Laurentini; ma fu specialmente all'ora della sua morte, nel momento stesso in cui la sua coscienza mostravale del continuo la marchesa, che siffatta somiglianza la colpì, e che, nel suo delirio, credette vedere la marchesa in persona. Ardì affermare, ricuperando i sensi, che Emilia doveva esser la figlia di quella dama. N'era convinta; sapeva che la sua rivale, sposando il marchese, gli preferiva un altro, e non dubitava che una passione sfrenata non avesse, come la sua, trascinata la marchesa a qualche fallo.

Intanto il delitto che, per un malinteso, Emilia supponeva essere stato commesso dalla signora Laurentini in Udolfo, non aveva mai avuto luogo. Emilia era stata ingannata dalla vista orribile del quadro coperto da un velo nero, onde si parlò negli scorsi capitoli, e che aveale fatto attribuire i rimorsi della monaca ad un omicidio accaduto in quel castello. Quel velo nascondeva un oggetto che la riempì di orrore; sollevandolo, invece di un quadro, vide nello sfondo una figura umana, i cui lineamenti sfigurati avevano il pallore della morte. Era coperta da un lenzuolo, e distesa in una specie di tomba. Ciò che rendeva tal vista ancor più spaventosa, era che quella figura parea esser già in preda ai vermi, e che le mani ed il volto ne lasciavano vedere le orme. È facile immaginare, che un oggetto tanto schifoso non si dovea guardar due volte. Emilia, quando lo vide, lasciò cadere il velo, e se ne allontanò spaventata, nè tornovvi più. Se avesse avuto il coraggio di osservarla più attentamente, l'orrore e lo spavento suo si sarebbero dissipati, perchè avrebbe riconosciuto che quella figura era di cera. Questo fatto, sebbene straordinario, non è però senza qualch'esempio negli annali della dura servitù[140] in cui la superstizione monastica ha sovente piombato il genere umano. Un membro della casa di Udolfo aveva offeso in qualche punto le prerogative della Chiesa, e fu condannato a contemplare due ore per giorno l'immagine in cera di un cadavere. Questa penitenza, che doveva servire a rammentargli una sorte inevitabile, aveva per iscopo di reprimere nel signore di Udolfo un orgoglio di cui quello di Roma era offeso. Non solo egli subì esattamente la sua penitenza, ma nel suo testamento, prescrisse la conservazione di quella figura, mettendo a tal prezzo la proprietà del dominio, e riguardando come utilissima l'umiliante moralità che insegnava il finto cadavere, l'avea fatto incorniciare nel muro del suo appartamento, ma nessuno degli eredi però volle imitarne la penitenza.

L'immagine era così naturale, che non è da stupirsi se Emilia la credè un corpo umano. Aveva udito raccontare la strana scomparsa della padrona del castello, e il carattere di Montoni autorizzava in lei il sospetto che il cadavere fosse quello della signora Laurentini assassinata dallo stesso suo parente.

Venendo a conoscere che la marchesa di Villeroy era sorella di Sant'Aubert, Emilia si sentì combattuta da contrari affetti. In mezzo alla mestizia cagionatale della morte prematura dell'infelice, si sentì alleviata dalle penose congetture in cui l'avea gettata la temeraria asserzione della Laurentini sulla di lei nascita e sull'onore de' suoi parenti. La sua fiducia ne' principii del padre non permetteale guari d'immaginare ch'egli avesse mancato alla delicatezza. Ripugnava a credersi figlia di tutt'altra che di colei ch'ella avea sempre amata e rispettata come sua madre; avrebbe stentato molto a crederlo; ma la di lei somiglianza colla defunta marchesa, la condotta di Dorotea, le asserzioni della Laurentini, il misterioso affetto di Sant'Aubert aveanle ispirati dubbi che la sua ragione non poteano nè distruggere,[141] nè confermare; ella se ne trovava così sbarazzata, e la condotta del padre si spiegava. Il suo cuore non era più oppresso che dalla sventura d'una parente amabile, e per la terribile lezione data dalla monaca moribonda. Troppa indulgenza per le sue prime passioni, avean trascinata grado grado la signora Laurentini ad un delitto il cui solo nome in gioventù l'avrebbe al certo fatta fremere d'orrore; delitto di cui lunghi anni di penitenza non avean potuto cancellar la memoria, nè alleviare la di lei coscienza.

CAPITOLO LVI

Dopo le ultime scoperte, Emilia fu trattata dal conte e dalla sua famiglia come una parente della casa Villeroy, e ricevuta, se era possibile, anche con maggiore amicizia.

Il conte, inquieto e sorpreso di non ricevere alcuna risposta da Valancourt, s'applaudiva della sua prudenza. Emilia non partecipava a paure di cui ignorava il motivo; ma quando la vedeva soccombere al peso del suo errore crudele, aveva bisogno di tutta la sua risoluzione per privarla d'un sollievo momentaneo e dissimular seco lei. Le nozze di Bianca si avvicinavano, attirando la sua attenzione e le sue cure. Si aspettava di giorno in giorno il cavaliere Santa-Fè, e tutto il castello si occupava dei più brillanti preparativi. Emilia voleva prender parte all'allegrezza che circondavala, ma lo tentava invano; preoccupata di quanto avea saputo, ed inquieta soprammodo della sorte di Valancourt si raffigurava lo stato in cui era quando diè l'anello a Teresa: essa credea riconoscervi l'espressione della disperazione, e quando considerava dove questo stato avrebbe potuto spingerlo, il cuore le sanguinava di dolore e spavento. I dubbi da lei formati sulla salute e sull'esistenza sua, l'obbligo in cui era di conservar questi dubbi sino al di lei ritorno alla valle, pareale insopportabile. Eranvi momenti in[142] cui nulla valea a contenerla. Essa sottraevasi inosservata da casa, andando a cercare la calma nelle profonde solitudini de' boschi che contornavano la spiaggia. Il fragor delle onde spumanti, il sordo stormir delle foreste, s'accordavano collo stato dell'anima sua: sedeva sopra una rupe o sulle rovine della vecchia torre; osservava verso sera la sfumatura de' colori nelle nubi; vedea svolversi i tetri veli del crepuscolo. La candida cresta dell'onde, eternamente sospinte al lido, distinguevasi appena sull'oscura superficie dell'acque. Talvolta essa ripetea i versi incisi dall'amante in que' luoghi; poi, troppo addolorata pe' dispiaceri che le rinnovavano, cercava distrarsi.

Una sera che col liuto errava a caso sul lido favorito, entrò nella torre. Salita una scala a lumaca, trovossi in una stanza meno rovinata del resto. Di là spesse fiate ella aveva ammirato la vasta prospettiva offertale dal mare e dalla terra: il sole tramontava da quella parte de' Pirenei che divide la Linguadoca dal Rossiglione; ella si mise ad una finestra munita di ferriate: i boschi e le onde sotto a lei conservavano ancora le tinte rossicce del tramonto. Accordato il liuto, vi unì il suono della voce, e cantò una di quelle romanze semplici e campestri tanto predilette da Valancourt.

Il tempo era sì queto e sereno, che appena la brezza vespertina increspava la superficie dell'acqua o gonfiava leggermente la vela indorata ancora agli ultimi rai del dì. I colpi misurati de' remi di qualche battello sturbavan soli il riposo ed il silenzio. La tenera melodia del liuto finiva d'immerger la fanciulla in dolce malinconia; essa ripetè le antiche canzoni, e le memorie in lei destate diventando ognor più tenere, le sue lagrime caddero sul liuto, e non potè proseguire.

Il sole era scomparso dietro le vette de' monti, e le loro cime più alte non ne ricevevan più la luce; Emilia, trattenendosi ancora nella torre, vi si[143] abbandonava a' suoi pensieri. Udendo camminare, sussultò, e guardando abbasso, riconobbe Bonnac. Ricadde nella meditazione, e dopo alcuni momenti, ripreso il liuto, cantò la sua aria favorita. Tornò ad udir rumore di passi; ascoltò: salivan la scala della torre. L'oscurità ispirolle qualche paura; i passi eran veloci e leggeri; la porta s'aprì ed il debole crepuscolo le celò sulle prime i lineamenti d'una persona che entrava; ma Emilia potea ingannarsi al suono della voce? era quella di Valancourt. La fanciulla, la quale non aveala mai intesa senza emozione, turbata da sorpresa e piacere a un tempo, appena se l'ebbe visto a' piedi, fu per venir meno. Tanti contrari affetti agitavanle il cuore, che a stento udiva quella voce, i cui teneri e timidi accenti cercavan riassicurarla. Valancourt, vedendola in tale stato, si rimproverava l'eccesso d'impazienza che l'aveva spinto a sorprenderla così. Appena giunto al castello di Blangy, non aveva potuto aspettare il ritorno del conte, ch'era fuori al passeggio, e correndone in cerca, nel passar presso la torre, avea riconosciuta la voce d'Emilia, ed era salito subito.

Quand'essa fu rinvenuta, respinse le attenzioni di Valancourt, e gli domandò, con aria di malcontento, qual fosse il soggetto della sua visita.

«Ah! Emilia,» disse Valancourt, «queste parole, questo disprezzo... Gran Dio! Mi sono illuso. Allorchè mi privaste della vostra stima, voi avete dunque cessato di amarmi?

— Sì, signore,» rispos'ella, sforzandosi di parer tranquilla; «se faceste caso della mia stima, non mi avreste data questa nuova occasione di affanno.»

La fisonomia del giovane si alterò visibilmente, e l'ansietà del dubbio cedè alla sorpresa e allo scoraggiamento. Tacque alcun poco, poi disse:

«M'avevano lusingato di un'accoglienza molto diversa! È dunque vero, o Emilia, che ho perduto per sempre il vostro affetto? Debbo io dunque credere che la vostra stima non può essermi mai[144] restituita, e che il vostro amore non può rinascere? Il conte ha meditato dunque questa crudeltà che mi dà una seconda volta la morte?»

L'accento con cui si esprimeva allarmò e sorprese molto Emilia. Tremante d'impazienza, gli disse che si spiegasse più chiaro.

«E perchè una spiegazione? Ignorate voi,» rispose Valancourt, «quanto la mia condotta fu calunniata? Ignorate voi che le azioni di cui mi credeste colpevole... E come poteste, o Emilia, degradarmi fino a questo punto nella vostra opinione?... Che queste azioni, le disprezzo e le abborro quanto voi? Ignorate voi che il conte ha scoperte le falsità che mi privavano dell'unico bene che mi sia caro al mondo; che mi ha invitato egli medesimo a venire a giustificarmi presso di voi? Lo ignorate voi, o son io ancora il trastullo d'una falsa speranza?»

Il silenzio di Emilia parea confermare questo timore; il giovane, nell'oscurità, non poteva distinguere la sorpresa e la gioia che la rendevano quasi immobile, incapace di parlare, un profondo sospiro parve sollevarla, e disse finalmente:

«Valancourt! Io ignorava tutto quel che mi avete detto. L'emozione ch'io sento n'è la prova. Io non poteva stimarvi più, ma non aveva ancora potuto riuscire a dimenticarvi.

— Qual felicità mi recan le vostre parole! Vi son dunque caro ancora, o mia Emilia?

— È forse necessario che io ve lo dica? Questo è il primo momento di gioia dopo la vostra partenza, e m'indennizza di tutto quello che ho sofferto.»

Valancourt sospirava, non poteva rispondere, bagnava di baci e lagrime le mani di lei, ed il suo pianto esprimeva assai meglio di qualunque più tenero linguaggio. La fanciulla, riavutasi alquanto, propose di tornar al castello. Allora, e per la prima volta, ricordossi che il conte avea invitato Valancourt[145] a giustificarsi appo lei, e che nessuna spiegazione era avvenuta. Ma, a questa sola idea, il suo cuore respinse la possibilità che Valancourt fosse stato reo. I suoi sguardi, la voce, i modi erano il pegno della sua nobile e costante sincerità. Ella abbandonossi dunque senza ritegno al sentimento di una gioia non mai provata fin allora.

Nè Emilia, nè il giovane seppero come fossero tornati al castello: se un potere magico ve li avesse trasportati, forse ne avrebbero meglio notato il movimento; erano nel vestibolo prima d'accorgersi che esistesse qualcuno al mondo. Il conte venne loro incontro con tutta la franchezza e l'affabilità del suo carattere; accolse cordialmente Valancourt, e lo pregò di perdonargli la sua ingiustizia. Poco dopo Bonnac raggiunse quel gruppo felice, e Valancourt ed esso si abbracciarono con reciproca e tenera soddisfazione.

Dopo i primi complimenti, il conte ebbe una lunga conferenza col giovane, il quale si giustificò appieno. Confessò così ingenuamente i suoi torti, e ne mostrò tanto rammarico, che il conte ne concepì le più liete speranze. Valancourt era dotato delle più eminenti qualità: l'esperienza gli aveva insegnato a detestare tutte le follie che l'avevano sviato qualche momento; ed il conte, persuaso ch'esso avrebbe menato vita onesta, gli confidò alfine senza scrupolo la felicità della parente cui amava come sua figlia. Le rese conto in due parole del soggetto del loro colloquio; Emilia aveva già saputo tutto ciò che Valancourt aveva fatto per Bonnac, e versava in quel momento copiose lacrime di piacere e di tenerezza. Il colloquio del conte Villefort finì a dileguare tutti i suoi dubbi, ed ella restituì senza tema la sua stima e l'amor suo a colui che aveva saputo inspirarglieli.

L'arrivo del cavaliere di Santa-Fè, guarito dalle sue ferite, finì di spargere il brio e l'allegrezza in tutti gli abitanti del castello. Il povero Dupont volle[146] scansar di gettare, colla sua presenza, qualche ombra di tristezza su tutta quella felice comitiva. Appena fu certo che Valancourt non era indegno di Emilia, pensò sul serio a guarire dalla sua passione, e partì. La di lui condotta, ben compresa dalla fanciulla, le ispirò pietà ed ammirazione insieme.

Quando Annetta seppe l'arrivo di Valancourt, Lodovico durò gran fatica a trattenerla; voleva correre nella sala ad esprimere tutta la sua gioia, assicurando che dopo il ritorno del suo caro Lodovico non aveva provato mai tanta consolazione.

Le nozze di Bianca e di Emilia furon celebrate nel medesimo giorno a Blangy con tutta la magnificenza. Le feste furono splendidissime: la sala grande era stata ornata d'un nuovo parato rappresentante Carlo Magno co' suoi dodici pari. Si vedevano i fieri Saraceni che si avanzavano in battaglia, e tutti gl'incanti ed il potere magico di Merlino. Le sontuose bandiere de' Villeroy, sepolte a lungo nella polvere, sventolarono di nuovo sulle torri gotiche del castello. La musica rimbombava da tutte le parti. Annetta ammirava tutte quelle feste, considerava la magnificenza degli abbigliamenti, le ricche livree dei servitori, i mobili di velluto ricamati in oro, ascoltava i lieti canti che facevan echeggiar le vôlte, e credevasi trasportata in un palazzo di geni e di fate. La vecchia Dorotea sospirava, e diceva che l'aspetto attuale del castello le rammentava tuttavia la sua gioventù.

Dopo aver per qualche giorno fatto l'ornamento delle feste, Emilia e Valancourt si congedarono dai loro buoni amici, e tornarono alla valle. Furono ricevuti dalla buona e fida Teresa con gioia sincera.

Le fresche ombre di quel luogo favorito parvero offrir loro gratamente le più care memorie. Percorrendo que' luoghi, soggiorno per tanto tempo de' suoi diletti genitori, Emilia mostrava con tenerezza allo sposo i luoghi ove solevan riposare, e la sua[147] felicità pareale più dolce, pensando che entrambi l'avrebbero abbellita d'un sorriso.

Valancourt la condusse al platano ove per la prima volta avea ardito favellarle d'amore. La memoria de' dispiaceri sofferti poscia, delle sventure, de' pericoli susseguiti a quell'incontro, aumentò il sentimento dell'attuale loro felicità. Sotto quelle sacre ombre, dedicate per sempre alla memoria di Sant'Aubert, giuraronsi scambievolmente di cercar di rendersene degni, imitando la di lui dolce benevolenza: ricordandosi che ogni specie di superiorità impone doveri a chi ne fruisce; offrendo a' loro simili, oltre le consolazioni ed i benefizi che la prosperità deve ogni giorno all'infortunio, l'esempio d'una vita passata nella gratitudine verso Dio, e la costante occupazione d'essere utile all'umanità.

Poco dopo il loro ritorno alla valle, il fratello di Valancourt venne a felicitarlo sul di lui matrimonio, ed a rendere omaggio ad Emilia. Fu talmente contento di lei, e della ridente prospettiva che questo matrimonio offriva a Valancourt, che tosto gli donò la metà de' suoi averi, e siccome non aveva figli, gli assicurò tutta la sua eredità.

I beni di Tolosa furono venduti. Emilia ricomprò da Quesnel il patrimonio avito; dotò Annetta, che si maritò a Lodovico, e impiegolli ambidue a Epourville. Valancourt e lei stessa preferivano gli ombrosi luoghi della valle ad ogni altra residenza, e vi fissarono stabile dimora; ma tutti gli anni, per rispetto alla memoria di Sant'Aubert, andavano a passar qualche mese nell'abitazione ove era stato allevato.

Emilia pregò lo sposo di permetterle che donasse a Bonnac il legato ricevuto dalla signora Laurentini, e ciò le venne accordato col massimo piacere. Il castello di Udolfo toccava egualmente alla sposa di Bonnac, come più prossima parente della Laurentini; e cotesta famiglia, lungamente infelice, gustò di nuovo l'abbondanza e la pace.[148]

Oh! quanto sarebbe dolce il parlar a lungo della felicità de' due sposi! dire con qual gioia, dopo aver sofferto l'oppressione de' malvagi e lo sprezzo de' fiacchi, furono alfine restituiti l'uno all'altro; con qual piacere ritrovarono i diletti luoghi della patria! Quanto sarebbe dolce narrare, come, rientrati nella via che adduce più sicuramente alla felicità, tenendo ognora alla perfezione dell'intelletto, fruirono delle dolcezze d'una società illuminata, de' piaceri d'una beneficenza attiva, e come i boschetti della valle ritornarono il soggiorno della saviezza ed il tempio della domestica felicità!

Possa almeno aver giovato il dimostrare, che il vizio può talvolta affliggere la virtù, ma che il suo potere è passeggiero, e certo il suo castigo, mentre, se la virtù è oppressa dall'ingiustizia, appoggiata però alla pazienza, trionfa infine di qualunque infortunio! E se la debole mano che scrisse questi eventi ha potuto sollevar un momento il cuor mesto degli afflitti; se colla sua morale consolante ha potuto insegnar loro a sopportarne il peso con rassegnazione, i suoi umili sforzi non saranno stati vani, e l'autore avrà ottenuto la sua ricompensa.

FINE DEL QUARTO ED ULTIMO VOLUME.

Milano 1875 — Tip. Ditta Wilmant.

NOTA DEL TRASCRITTORE

La presente edizione del libro è una traduzione abbreviata e priva di quasi tutte le parti in poesia. La versione originale completa in inglese è disponibile su Project Gutenberg: The mysteries of Udolpho.

Ortografia e punteggiatura originali sono state mantenute, correggendo senza annnotazione minimi errori tipografici. In particolare, l'uso di trattini e virgolette per introdurre il discorso diretto, molto irregolare e incoerente, è stato per quanto possibile regolarizzato. Un indice è stato inserito all'inizio.

I seguenti refusi sono stati corretti [tra parentesi il testo originale]:

P. 7 - maggiore che non potete supporre [suporre].

18 - la sua relazione [ralazione] con Valancourt

22 - e le disse affettuosamente [affettuosomente]

25 - mi darà la forza [forza la] di superare

31 - con rispettoso [ripettoso] silenzio

46 - Mi fu detto che la marchesa di Villeroy [Valleroy]

78 - ed a qualche altra circostanza [ciscostanza]

80 - udito battere, e le precauzioni [precauazioni]

83 - del cacciatore è piacevole e salubre [solubre]

90 - Avete voi appostata una vedetta [vendetta]

96 - con molto riserbo del signor Valancourt [Valencurt]

103 - aveva passato [passate] presso di lei momenti

131 - la conversazione del parlatorio [palatorio]

Printed by Amazon Italia Logistica S.r.l.
Torrazza Piemonte (TO), Italy